ROMAN VOOSEN

KERSTIN SIGNE DANIELSSON

SCHWÜRE, DIE WIR BRECHEN

ROMAN VOOSEN
KERSTIN SIGNE DANIELSSON

SCHWÜRE, DIE WIR BRECHEN

EIN FALL FÜR
SVEA KARHUU & JON NORDH

Kiepenheuer & Witsch

MIX
Papier | Fördert gute Waldnutzung
FSC® C083411

1. Auflage 2025

Covergestaltung buxdesign | Lisa Höfner
Gesetzt aus der Dante und der Futura PT
Satz Buch-Werkstatt GmbH, Bad Aibling
Druck und Bindung CPI books GmbH, Leck
ISBN 978-3-462-00707-7

Kontaktadresse nach EU-Produktsicherheitsverordnung:
produktsicherheit@kiwi-verlag.de

»To realize that all your life – you know, all your love, all your hate, all your memory, all your pain – it was all the same thing. It was all the same dream. A dream that you had inside a locked room. A dream about being a real person. And like a lot of dreams, there's a monster at the end of it.«

Rust Cohle, »True Detective«

»Für das Herz ist das Leben einfach:
Es schlägt, solange es kann. Dann stoppt es.«

Karl Ove Knausgård, »Sterben«

»If you want to find all the cops,
they're hanging out in the donut shop.«

The Bangles, »Walk like an Egytian«

Insel Tjörn, schwedische Westküste, Nacht auf den 18. Januar 1980

Als der Lotse an Bord ging, war er in keiner Weise beunruhigt, denn es gab keinen Grund dafür. Die »Star Clipper« war ein Frachter wie jeder andere, die Passage durch den Sund bis zum Hafen von Uddevalla kannte er in- und auswendig, die technischen Instrumente funktionierten einwandfrei, das Wasser war bis auf vereinzelte kleine Eisschollen spiegelglatt, die Sicht im Licht der Scheinwerfer war gut, auch wenn zwischen den Klippen zu beiden Seiten hoch über der Schiffsbrücke Nebelbänke waberten. Alles an der winterlichen Nachtfahrt war Routine. Jeder Handgriff saß, jede Kursjustierung war eine Selbstverständlichkeit. Die »Star Clipper« glitt gemächlich auf die Almöbrücke zu, die sich in einem hohen Bogen über den Sund spannte. Die Fahrrinne unter der fast dreihundert Meter langen Brücke beschrieb eine S-Kurve, zuerst backbord, dann steuerbord, aber auch dieses Manöver war unkompliziert und nichts deutete auf irgendwelche Probleme hin.

Bis zu dem Moment, an dem die Ruderanlage plötzlich blockierte.

Die Situation kippte von einem Augenblick auf den nächsten. Der Lotse, der Kapitän und der Steuermann warfen sich zuerst erstaunte, dann hektische, schließlich panische Blicke zu. Es folgten verzweifelte Handgriffe, doch jeder Versuch, das Ruder freizubekommen und die Fahrtrichtung zu ändern, schlug fehl, das Zeitfenster für eine Reaktion schloss sich und allen auf der Kommandobrücke wurde binnen weniger Sekunden klar, dass sie unaufhaltsam auf die Brückenpfeiler am westlichen Ufer zufuhren und eine Kollision nicht mehr zu verhindern war. Ihnen blieb weniger als eine Minute.

»Unter Deck!«, brüllte der Kapitän. »Alle unter Deck!«

Der Lotse griff geistesgegenwärtig ein Funkgerät und die Männer hasteten die Treppen hinab.

Was dann geschah, fühlte sich an, als würde ein berghoher Riese auf den Frachter eintreten. Von den Schiffsaufbauten gerammt, brachen zwei Stelen der Brücke weg. Die gesamte gigantische Stahlbeton-Konstruktion geriet ins Schwanken und fiel dann in sich zusammen. Der eine Teil der Fahrbahn brach wie eine Naturgewalt auf die »Star Clipper« ein, der andere krachte mit brachialem Donnern ins Wasser. Das Schiff stieß gegen einen der Pfeiler und kam abrupt zum Stehen, die Elektrik fiel aus, jedes Licht an Bord verlosch, Metall verbog sich knirschend. Es folgte ein Augenblick völliger Stille. Die schockierte Besatzung und der Lotse stiegen vorsichtig zurück aufs Deck. Sie zählten durch. Wie durch ein Wunder war niemandem an Bord etwas geschehen. Der Lotse blickte nach oben. Dort, wo vor zwei Minuten noch die mächtigste Bogenbrücke des Landes gethront hatte, waren nun nur noch Nachthimmel und Nebelschwaden. Doch dann bohrten sich auf dem westlichen Ufer weit über ihren Köpfen Scheinwerferkegel in die diesige Dunkelheit. Der Lotse begriff: Da fuhr ein Auto auf die Brücke zu. Was, wenn der Fahrer im Nebel dort oben nicht rechtzeitig bemerkte, dass …? Noch bevor er den Satz zu Ende gedacht hatte, sah er den Wagen durch die Nacht fallen, mit dem Dach auf die Meeresoberfläche klatschen und untergehen. Einen Augenblick lang waren noch die Scheinwerfer unter Wasser zu sehen, zwei Lichtfinger, die verzweifelt nach Hilfe tasteten, dann verloschen sie für immer. Der Schock des Lotsen wich blankem Entsetzen. Die zerstörte Brücke war zu einer Todesfalle geworden. Man musste die Straße auf beiden Seiten sofort absperren! Er nahm das Funkgerät und versuchte einen Kontakt mit der Zentrale in Marstrand herzustellen, doch das Signal war zu schwach. Er probierte es auf allen möglichen Frequenzen und schließlich, als er kaum noch daran glaubte, bekam er eine Verbindung zu einem Radiosender in Göteborg. Der Mann am anderen Ende hielt seine Meldung zunächst für einen schlechten Scherz, doch der Lotse sprach immer eindringlicher ins Funkgerät, bis der Radiomann ihm schließlich glaubte und die Polizei alarmierte. Im selben Moment näherte sich am Ostufer ein zweites Auto der Abbruchkante, bremste nicht ab, sondern fiel ebenfalls die vierzig Meter hinab, knallte aufs Wasser und versank in der schwarzen See. Die Männer auf dem Schiff verzweifelten. Es musste doch irgendetwas geben, was sie tun konnten! Hastig ließen sie ein Rettungsboot zu Wasser, um an Land zu kommen, die Böschung emporzuklettern und die Autos zu stoppen. Doch die driftenden Eisschollen am Ufer machten eine Landung des kleinen Boots unmöglich. Ein drittes und ein viertes Auto fielen ins Meer hinab, vermutlich starben die Insassen bereits beim Aufprall auf die Wasseroberfläche. Jemand kam auf die Idee, mit Leuchtspurmunition zu schießen, doch auch das brachte die ahnungslosen Autofahrer nicht zum Anhalten. Bis endlich die Polizei kam und die Straße auf beiden Seiten gesperrt wurde, war eine volle Stunde vergangen. Als der Lotse am Ende der Nacht von Bord geholt wurde, standen ihm Tränen in den Augen.

Später wurde eine Untersuchungskommission eingesetzt, doch die Ursache des Unglücks wurde nie zweifelsfrei geklärt. Ein technischer Fehler wurde nicht gefunden. Gerüchte tauchten auf, dass die »Star Clipper« schon einmal Probleme mit der Ruderanlage gehabt hatte, doch entsprechende Unterlagen tauchten nie auf. Als wahrscheinlichste Erklärung galt schließlich, dass das Schiffsruder durch Eisschollen blockiert worden war. Tausendmal ging der Lotse die Abläufe dieser Nacht im Kopf durch, tausendmal kam er zu dem Schluss, dass er nicht anders hätte handeln können. Den Makel der Katastrophe trug er für den Rest seines Lebens mit sich – wie einen Schatten.

Aber es gab noch eine weitere Ungereimtheit, die ihn umtrieb. Die Taucher hatten fünf Pkw und einen Lastwagen auf dem Grund des Sunds gefunden, in denen sich insgesamt acht Personen befunden hatten. Keiner der Insassen hatte das Unglück überlebt. Doch der Lotse hatte ebenfalls mitgezählt: In jener schicksalhaften Nacht waren nicht sechs, sondern sieben Autos die zerstörte Fahrbahn hinabgestürzt. Doch der siebte Wagen wurde nie entdeckt und niemand, der auf der Insel lebte oder dort zu tun hatte, galt als vermisst. Irgendwann sagte er sich, dass ihm die Wahrnehmung einen Streich gespielt haben musste. In dieser furchtbarsten Stunde seines Lebens war er schließlich außer sich gewesen. Acht Tote reichten, die Schuldgefühle wogen schwer genug. Doch der Rest eines Zweifels blieb. Manchmal wachte er nachts verschwitzt und mit klopfendem Herzen auf und dachte daran, dass es sieben Autos und ihre Insassen gewesen waren, die in den eisigen Tod gefallen waren, sieben und nicht sechs.

SCHWEDEN, HEUTE

1

Als Svea Karhuu den Tatort erreichte, zeigte die Casio an ihrem Handgelenk 5:56 Uhr. Die Julisonne lugte bereits über die Dächer der Malmöer Innenstadt. Der wolkenlose Himmel war azurblau und ließ keinen Zweifel daran, dass es genauso heiß werden würde wie an den Vortagen. Karhuu stieg von ihrem Rennrad und schloss es an einer Straßenlaterne auf der Fersensbrücke an. Dem Kanal war die Hitzewelle nicht gut bekommen, das Wasser unter ihr roch brackig und auf der braunen Oberfläche trieb bäuchlings ein toter Barsch. Sie hob den Kopf und blinzelte in die Sonne. Die Fahrt mit dem Rad hatte die Müdigkeit vertrieben. Trotzdem hätte sie jetzt gern einen Kaffee gehabt. Und die erste der fünf Zigaretten, die sie sich täglich zugestand. Aber beides musste vorerst warten.

Die Traube aus Streifenpolizisten, Kripoleuten und Mitarbeitern der Spurensicherung befand sich vor und auf der Grasböschung zwischen dem historischen Friedhof und dem Kanal. Mehrere Männer in Neoprenanzügen standen hüfttief im Wasser und verdeckten die Sicht auf das, was der Mittelpunkt der Aufmerksamkeit war. Am Telefon hatte sie nicht mehr erfahren, als dass es sich um einen Leichnam handelte – natürliche Todesursache ausgeschlossen. In dem Menschenknäuel entdeckte sie den aschblonden Haarschopf ihres Kollegen Kommissar Jon Nordh. Möwen standen in der Luft und krächzten aufgebracht. Karhuu strich ihr volles schwarzes Haar zurück, ging zu den Kollegen und bahnte sich einen Weg zwischen Schultern und Rücken, was an der steilen Böschung auf dem feuchten Gras gar nicht so einfach war. Schließlich stand sie vor Nordh, der an der Wasserkante kniete und aufstand, als er sie bemerkte. Statt einer Begrüßung presste er die Lippen aufeinander und deutete ein Kopfschütteln an. Erst in diesem Moment nahm sie wahr, wie still alle waren. Gedämpfte Stimmen, ungläubiges Gemurmel, geflüsterte Flüche. Nordh trat einen Schritt zur Seite und dann sah sie ihn.

Dann sah sie es.

Unwillkürlich legte sie sich die Hand auf den Mund. Auf dem Boden des schmalen Bootes am Uferrand lag der leblose Körper eines Mannes, der bis auf eine Art Lendenschurz unbekleidet war. Mittelgroß, schlank, blasse Haut. Das Schreckliche, das Unfassbare aber war der Kopf.

Da war kein Kopf mehr.

Doch, dort war ein Kopf.

Aber es war nicht der eines Menschen. Sie hatte es auf den ersten Blick für eine Gaukelei gehalten, eine Maske, aber bei genauerem Hinsehen verstand sie, dass er echt sein musste. Die feine Pigmentierung der Haut. Die wuchtigen Kiefer. Das Reptilienhafte. Dort, wo der Kopf des Mannes hätte sein müssen, war mit Nylonschnur und engen Stichen der Kopf eines ausgewachsenen Krokodils an den Hals genäht worden. Obszön ragte die lange, offene, mit spitzen gelben Zähnen bewehrte Schnauze in die Luft.

»Herrgott«, flüsterte jemand. »Herrgott im Himmel.«

Kurze Zeit später zog sich Svea Karhuu zusammen mit Jon Nordh in ein Stehcafé um die Ecke zurück, das für seine frühen Öffnungszeiten bekannt war. Vor den Fenstern kamen immer mehr Menschen vorbei, die Stadt erwachte zum Leben. Lange sprach keiner ein Wort, schweigend nippten sie an ihren Kaffeebechern. Die Croissants, die Nordh bestellt hatte, rührten beide nicht an. Es war Karhuu, die schließlich das Schweigen brach.

»Was um Himmels willen ist das da draußen am Kanalufer, Jon?«

Er blickte sie mit zusammengekniffenen Augen an, bevor er antwortete.

»Keine Ahnung. Nur ein verdammt mieses Gefühl. Ich habe schon verrückte Dinge gesehen, aber so etwas ist mir auch noch nicht untergekommen. Nicht ansatzweise.« Er schüttelte den Kopf, um seinen Worten Nachdruck zu verleihen. »Wie es aussieht, wollen sie uns den Fall aufdrücken, aber ich werde gleich zur Chefin gehen und alles daransetzen, dass wir nichts damit zu tun haben werden. Gott sei Dank schuldet sie mir noch einen Gefallen.«

»Aber …«

Nordh hob die Hand und schüttelte erneut den Kopf, zum dritten Mal an diesem Morgen, sie hatte mitgezählt.

»Bevor du irgendetwas sagst: Nein, Svea. Nein. Wie lange bist du jetzt bei der Mordkommission dabei? Neun, zehn Monate? Ich mache diesen Job seit fünfzehn Jahren. Glaub mir. Das da draußen ist toxisch. Durchgeknallter Scheiß. Solche Fälle löst man nicht einfach so. Und selbst wenn, wird man sie innerlich schwer wieder los. Sie begleiten dich und zerren an dir. Manchmal fressen sie dich auf. Ich kenne Kollegen, die an weniger kaputtgegangen sind. Glaube mir, du willst dir das nicht antun, bei all deinem Ehrgeiz nicht.«

Sie spürte Unmut in sich aufwallen. Nordhs Argumente mochten ja stimmen. Er hatte deutlich mehr Erfahrung als sie, war fast zwanzig Jahre älter, hatte von seinen vielen Dienstjahren den Großteil bei der Mordkommission gearbeitet. Sie dagegen war mit sechsundzwanzig immer noch eine Anfängerin. Nach ihrem Abschluss als Jahrgangsbeste der Polizeischule hatte sie sich zur verdeckten Ermittlerin ausbilden lassen und mehrere Einsätze absolviert, bevor sie nach einer schiefgelaufenen Operation im vergangenen Jahr von Stockholm nach Malmö versetzt worden war. In der südschwedischen Stadt hatte man sie aus Gründen, über die sie lieber nicht allzu lange nachsann, an Nordhs Seite gestellt, damit sie gemeinsam einen komplizierten Fall aufklärten. Ein Neustart. Nahezu alles, was sie im vergangenen Jahr über die Methodik von Mordermittlungen gelernt hatte, verdankte sie ihm. Trotzdem gab ihm das nicht das Recht, sie zu bevormunden, fand sie. Den Fall, der sie vor zehn Monaten nach Malmö geführt hatte, hatten Nordh und sie gemeinsam und auf Augenhöhe gelöst. Seitdem waren sie Partner. Sie respektierte ihn, das tat sie wirklich, sie hatte Hochachtung vor seinem Können und seiner Erfahrung, zeigte Verständnis für seine zerstreute, bisweilen schroffe Art, die möglicherweise auch darauf zurückzuführen war, dass er vor nicht allzu langer Zeit auf tragische Weise seine Frau verloren und nun als alleinerziehender Vater zweier kleiner Kinder den Spagat zwischen einem extrem fordernden Beruf und seiner Restfamilie zu bewältigen hatte. Dennoch mochte sie es nicht, wenn er ihr, wie jetzt, Gott und die Welt erklärte.

»Ist das so?«

»Ja, das ist so.« Er hob seine Hand und ließ sie auf die Tischplatte fallen. Ein gestisches Basta. »Sorry, Bärin.«

Bärin.

Es nervte sie, wenn er sie so nannte, und das wusste er genau. Ein blöder Wortwitz, der sich auf ihren Nachnamen bezog. *Karhuu*. Das war Meänkieli, eine nordschwedische Minderheitensprache, auch Tornedalfinnisch genannt, und bedeutete Bär. Der eigentliche Witz bestand darin, dass sie mit dem Vornamen Svea gesegnet war, *Schweden*. Schwedische Bärin. Diese schräge Kombination hatte sie ihren Adoptiveltern zu verdanken. Bei ihnen in Tornedalen, weit im Norden an der Grenze zu Finnland, war sie aufgewachsen, seit sie als Kleinkind zu ihnen gekommen war. Dabei sah jeder aus zwanzig Metern

Entfernung, dass ihr Erbgut irgendwo aus dem Nahen Osten stammen musste. So viel zur schwedischen Bärin.

Sie verschränkte die Arme vor der Brust.

»Und wenn die Polizeichefin nicht nachgibt?«

Er zog einen Mundwinkel hoch.

»Glaub mir, sie wird nachgeben.«

»Ich weiß nicht, ob ich damit einverstanden bin.«

Er warf ihr einen seiner Blicke zu, sah auf die Uhr, griff nach seinem Schlüsselbund und stand auf.

»Ich muss meinen Kindern Frühstück machen und sie zur Ferienfreizeit bringen, sonst reißt mir meine Schwiegermutter den Kopf ab. *See you later, alligator.*«

Er zwinkerte ihr zu und ging. Verdammt, er hatte das einfach so über ihren Kopf hinweg entschieden. Frustriert kippte sie den letzten Schluck des kalt gewordenen Kaffees hinunter. Sie brauchte jetzt dringend eine Kippe. Mit dem festen Vorsatz, dass in dieser Sache das letzte Wort noch nicht gesprochen war, stand sie auf. Schade um die Croissants, aber sie bekam beim besten Willen nichts herunter. Ein verdammter Krokodilkopf auf einem Menschenkörper. Konnte man sich nicht ausdenken. Und dennoch war es geschehen. Irgendjemand hatte einen Menschen getötet, ihm den Kopf abgetrennt und ihn durch einen Tierkopf ersetzt. Eine Tat, so abseitig, dass man sie nicht wirklich begreifen konnte. Sie fragte sich, warum sie gegen Nordhs Entscheidung aufbegehrte. Weil er überhaupt keinen Wert auf ihre Meinung gelegt hatte. Aber darüber hinaus? Er hatte ihren Ehrgeiz benannt und damit sicher nicht unrecht. Doch es war mehr als das. Natürlich wollte sie eine gute Ermittlerin sein. Oder werden. Aber dieser seltsam verstümmelte und arrangierte Leichnam, der Fall, der sich daraus ergab, reizte sie nicht nur, weil sie zeigen wollte, was in ihr steckte, sondern triggerte in erster Linie etwas viel Simpleres: Sie war schlicht und ergreifend neugierig.

2

Vielleicht war er Svea Karhuu gegenüber etwas zu brüsk gewesen, dachte er, zu kategorisch, während er zurück nach Hause in die Wohnsiedlung am Stadtrand fuhr, und das hatte sie nicht verdient. Vermutlich lag es an seiner Müdigkeit. Als der Anruf der Einsatzzentrale gekommen war, hatte er kaum geschlafen, weil Tim im Schlaf ins Bett gemacht hatte und aufgewacht war, was das Wechseln der Bettwäsche, eine Dusche und langes Trösten nach sich gezogen hatte. Der arme Junge. Seit Lindas Tod passierte das seinem sechsjährigen Sohn häufiger, auch wenn es im Laufe des vergangenen Jahres schon besser geworden war.

Prinzipiell war es ja gut, dass Karhuu keine Scheu vor schwierigen Herausforderungen zeigte, aber seine Erfahrung sagte ihm, dass man Fällen wie diesem aus dem Weg gehen sollte. Ein Krokodilkopf auf einem menschlichen Körper – schräger ging es doch kaum. Die Tat eines Irren. Es war nur eine Frage der Zeit, bis die Geschichte die Schlagzeilen beherrschen würde. Welche Kollegen auch immer für die Ermittlung verantwortlich sein würden – sie würden vom Boulevard und den Netztrollen wie die sprichwörtliche Sau durchs Dorf getrieben werden. Außerdem wollte Nordh Bilder wie das von der Leiche im Kanal nicht im Kopf haben. Er wollte sie nicht mit nach Hause nehmen. Tim und seine zwei Jahre ältere Schwester Lilly hatten es auch so bereits schwer genug, sie konnten keinen Vater gebrauchen, dessen Gedanken sich um enthauptete Leichen und angenähte Tierköpfe drehten. Karhuu kannte ihn noch nicht, den Sog des menschlichen Abgrunds, aber Nordh war ihm schon vor vielen Jahren in einem dramatischen Fall um missbrauchte und ermordete Kinder sehr nahegekommen, auch wenn er gerade noch rechtzeitig die Kurve gekriegt hatte. Damals hatte er sich geschworen, die Arbeit nie wieder so nahe an sich heranzulassen. Er hatte innerlich Schutzwälle hochgezogen und um die seltsamen und emotionsgeladenen Ermittlungen einen großen Bogen gemacht. Gesunder Selbsterhaltungstrieb, so sah er das. Auch wenn es vielleicht diplomatischere Wege gegeben hätte, dies seiner Kollegin zu vermitteln. Er trug Verantwortung für sie und dazu gehörte auch, dass er Karhuu im Zweifel vor sich selbst und ihrem durchaus lobenswerten Eifer beschützen musste. Von manchen Fällen ließ man besser die Finger, wenn man die Wahl hatte. Karhuu würde das früher oder später verstehen. Carl-Johan, sein ehemaliger langjähriger Partner und Freund, hatte das verstanden. Aber Calle war tot. Er hatte am Steuer des Wagens gesessen, in dem Linda tödlich verunglückt war. Warum die beiden an einem Dienstagabend, an dem Linda eigentlich bei ihrem Pilateskurs in der Turnhalle von Bunkeflo hätte sein sollen, gemeinsam in einem Auto auf einer Landstraße nördlich der Stadt gesessen hatten, wusste nur der liebe Gott. Nein, im Grunde wusste es natürlich jeder, der eins und eins zusammenzählen konnte. Linda und Calle hatten eine heimliche Affäre gehabt. Auf dem Weg zu einem Schäferstündchen waren sie tödlich verunglückt. Das tat so verdammt weh, dass er keine Worte dafür fand. Selbst fünfzehn Monate danach. Die Zeit heilt alle Wunden? Am Arsch.

Er schluckte den bitteren Geschmack im Rachen hinunter und parkte den Passat in der Einfahrt. Als er ins Haus trat, saß Rosa mit den Kindern bereits beim Frühstück. Ohne seine Schwiegermutter, die vor einigen Monaten bei ihnen eingezogen war, hätte er seinen Job an den Nagel hängen können. Mittlerweile war Rosa zu einem so selbstverständlichen Teil der Familie geworden, dass es sich manchmal so anfühlte, als hätte er Linda gegen ihre Mutter eingetauscht. Wenigstens war er noch nicht zu spät dran, um den Kindern ihre Obstdosen fertig zu machen, die Trinkflaschen zu füllen, an Tims Sportsachen zu denken, Lilly die hübsche, aber bei dem Wetter viel zu warme Jacke mit den Pailletten auszureden und die beiden zur Ferienfreizeit zu bringen. Zum Abschied küsste er seiner achtjährigen Tochter auf den Scheitel und strubbelte Tim durchs Haar. Zurück zu Hause räumte er die Spülmaschine aus, den Tisch ab, hängte Tims Bettwäsche auf, die er in der Nacht in die Waschmaschine gestopft hatte, machte sich einen Kaffee, füllte ihn in einen Thermosbecher, aß im Stehen eine Scheibe Toast und fuhr ins Hauptpräsidium, wo er direkt das Büro der Polizeichefin der Region Süd ansteuerte. Damit überging er sowohl seinen direkten Vorgesetzten als auch den Chef der Kriminalpolizei. Aber es war Nora Mellander, die in seiner Schuld stand. Auch das hatte mit Lindas und Calles Tod zu tun. Bis heute weigerte sich Nordh, daran zu glauben, dass seine Frau und sein Freund durch einen Verkehrsunfall ums Leben gekommen waren. Bis heute fand er keine Erklärung dafür, warum der Wagen mit all seinen Assistenzsystemen von der schnurgeraden Straße abgekommen war, sich überschlagen hatte und schließlich gegen einen Baum geschleudert war. Calle war ein exzellenter Fahrer, es war nicht glatt gewesen, das Auto neu, die Sicht gut. Nach Lindas Beerdigung – auf Calles war er nicht gewesen – hatte sich Nordh eine lange Auszeit genommen. Er war sich unsicher gewesen, ob er überhaupt in den Polizeidienst zurückkehren sollte, und hatte das Angebot eines ehemaligen Kollegen erwogen, in dessen erfolgreichem Sicherheitsunternehmen anzufangen: feste Arbeitszeiten und eine deutlich bessere Bezahlung. Es war Nora Mellander gewesen, die ihn mit einem Deal in den Dienst zurückgelockt hatte. Wenn er für sie einen schwierigen und undankbaren Fall löste, würde sie ihm im Gegenzug die Akte zum vermeintlichen Verkehrsunfall Lindas und Calles zugänglich machen. Nordh hatte geliefert, gemeinsam mit Svea Karhuu, die ihm in diesem Fall an die Seite gestellt worden war. Doch die Unterlagen, die die Polizeichefin ihm ausgehändigt hatte, waren ein Witz gewesen. Kurz, nichtssagend, lückenhaft. Mellander hatte ihn hereingelegt. Die Wut und Enttäuschung darüber hatte er sie spüren lassen, aber was brachte ihm das? Nur die Erkenntnis, dass die auffällig dünne Akte den vermeintlichen Unfalltod Lindas und Calles in seinen Augen nur noch rätselhafter machte. In manchen Phasen verwendete er viel Kraft und Zeit darauf, auf eigene Faust zu ermitteln, bisher ergebnislos. Außer den dürftigen Unterlagen hatte er nicht viel in der Hand. Calles Frau hatte nach dem Tod ihres Manns beim Aufräumen ein verstecktes Zweithandy gefunden und es an Nordh weitergegeben. Aber darauf befanden sich nur endlose Auflistungen von Städten und Orten mit ihren geografischen Angaben. Von Acapulco über Bahía Blanca und Torslanda bis Zürich. Nordh hatte Stunden über diesen Listen gebrütet, aber sie blieben ihm ein Rätsel. Wenn sie eine Art Code sein sollten, dann war er nicht imstande, ihn zu knacken. In anderen Phasen versuchte er, loszulassen und nach vorne zu schauen, allein schon um der Kinder willen.

Nordh klopfte an Mellanders Bürotür und trat ein. Die Polizeichefin wirkte nicht sonderlich überrascht, ihn zu sehen. Natürlich war sie längst über den grotesken Fund im Kanal neben dem alten Friedhof informiert worden. Sie bat ihn, Platz zu nehmen, und bot ihm Wasser an, was er gern annahm, sein Mund war trocken wie Löschpapier. Obwohl es noch früher Vormittag war, hatte die Temperatur bereits die Fünfundzwanzig-Grad-Grenze überschritten. Sie schenkte ihm aus einer schicken Glaskaraffe ein, er hörte die Eiswürfel klirren und auch die dünnen Zitronenscheiben entgingen ihm nicht. Die kleinen Freuden einer behördlichen Spitzenposition, ebenso wie das angenehm klimatisierte und großzügig geschnittene Eckbüro.

»Wie kann ich dir helfen, Jon?«, fragte sie, nachdem er von dem Wasser getrunken und sein leeres Glas auf dem übergroßen Schreibtisch abgestellt hatte. Als ob du das nicht wüsstest, dachte er. Mellander war nicht nur äußerst ambitioniert, sondern auch schlau, sonst wäre sie nicht so weit gekommen, sonst würde sie nun nicht vor ihm sitzen und ihm gekühltes Zitronenwasser anbieten. Früh hatte sie dem aktiven Dienst den Rücken gekehrt und mit Erfolg alles auf die Karrierekarte gesetzt.

Wozu lange drumherum reden?

»Der Krokodilmann aus dem Kanal: Ich will ihn nicht.«

Sie deutete ein leichtes Lächeln an, bevor ihre Züge wieder angemessen ernst wurden. Gewisse Frauen zum Lächeln bringen, das konnte er offenbar noch immer.

»Eine sehr unschöne Geschichte, da gebe ich dir recht.«

Nordh lachte auf.

»Unschön? Das ist der Euphemismus des Jahres. Der Fall riecht von vorn bis hinten nach Ärger. Psychoscheiß, damit kann ich schon in kleinem Maßstab schwer umgehen. Aber diese Alligatornummer ist nicht klein, sondern wird früher oder später hochgehen wie der *Fat Man*.« Mellander hob fragend eine ihrer sorgfältig gezupften Augenbrauen. »So hieß die Atombombe, die auf Nagasaki abgeworfen wurde«, schob er hinterher.

Sie seufzte.

»Geschmackvolle Metapher, Jon. Aber wir wissen doch noch gar nichts. Soweit ich informiert bin, hat die Rechtsmedizin gerade erst mit der Obduktion begonnen.«

»Bei aller Liebe, Nora: Ich weiß schon mehr, als ich wissen muss. Fälle dieser Art entwickeln sich in Nullkommanichts zu einem Albtraum. In jeder Hinsicht. Erinnerst du dich an die Frauenleiche, der am Gesicht die Haut abgeschält worden war? Die Kollegen, die den Fall bearbeitet haben, wurden monatelang von der Presse an die Wand genagelt. Einer ist wegen psychischer Schieflage anschließend in Frühpension geschickt worden, eine andere hat den Job hingeschmissen und verkauft jetzt Einbauküchen. Weder ist damals die Identität des Opfers geklärt worden, noch wurde der Täter dingfest gemacht. Dasselbe bei dem Toten, dem man ein Pentagramm in die Brust geritzt hatte. Oder dem Fall mit den zweiundsiebzig Stichwunden. So etwas will ich mir beim besten Willen nicht antun. Und Svea Karhuu erst recht nicht. Sie ist clever, mutig und lernt schnell, aber so eine Geschichte kommt für sie zu früh.«

Mellander nickte. Doch nicht auf eine Weise, die ihm recht gegeben hätte. Eher als wäre es eine einstudierte Geste, um dem Gegenüber so etwas wie grundsätzlichen Respekt und Empathie zu signalisieren. Wahrscheinlich lernte man das auf Seminaren für Führungskräfte. Ich höre dich, Jon, ich bin ganz bei dir.

Von wegen.

»Wer sollte denn deiner Meinung nach den Fall übernehmen?«

Lag das nicht auf der Hand? Beantwortete sich die Frage nicht von selbst? Es war naheliegend und logisch. Es war das einzig Richtige.

»Natürlich die Landesmordgruppe der Nationalen Operativen Einheiten.«

»Warum?«

Musste er das wirklich ausbuchstabieren?

»Erstens:«, er zählte es an den Fingern ab, als säße ihm ein Kind gegenüber, »Expertise. Die Landesmordgruppe kennt sich mit derartigen Ermittlungen aus, weil sie meistens gerufen wird, wenn solche Horrorgeschichten auftauchen. Zweitens: Manpower. Die LMG ist zehn bis zwölf Ermittler stark, allesamt erfahrene Füchse. Drittens: Spezialisten. Die LMG hat viel mehr Ressourcen als wir. Psychologen, Profiler, Forensikexperten. Verdammt, Nora, sie fliegen in die Vereinigten Staaten und haben Fortbildungen beim verdammten *FBI*.« Er betonte jeden der drei Buchstaben. »Außerdem ist es ein offenes Geheimnis, dass das kriminaltechnische Labor sie bevorzugt behandelt. Sie haben sogar eine eigene Pressesprecherin.«

Natürlich wusste Mellander all das genau.

»Du hast dir ja wirklich Gedanken gemacht, Jon.«

Spottete sie?

Er zuckte mit den Schultern.

»Im Gegenteil. Eigentlich ist es ein No-Brainer.«

»Noch etwas Wasser?«

»Nein, danke.«

Sie lächelte schmal. Legte die gefalteten Hände auf den Tisch. Schlug ihre schlanken Beine übereinander.

»Ich werde den Fall nicht an die Landesmordgruppe delegieren.«

Er betrachtete die Linie, die ihre Lippen bildeten, wo sie aufeinanderlagen. Ihren Blick. Die selbstbewusste Körperhaltung. Als würde sie für ein Pressefoto posieren. Im selben Augenblick begriff er. Der Posten des Landespolizeichefs wurde in einigen Monaten vakant. Bis jetzt hatten zwei ranghohe Stellvertreter ihren Hut in den Ring geworfen. Aber noch war nichts entschieden. Mellander hatte große Ziele. Ihr Mann, ein Staatsanwalt, war, wie man hörte, ein alter Amigo des Justizministers. Und warum auch nicht? Sie brachte vermutlich alles mit, was man für den Posten brauchte. Einschließlich der Fähigkeit, die Umstände immer zu ihrem eigenen Vorteil zu nutzen. Ein schlagzeilenträchtiger Fall, über den die Medien landesweit berichten würden, käme ihrer Bewerbung gerade recht, jedenfalls wenn er gelöst wurde, und zwar von ihren Leuten. Malmö – *twelve points*. Gleichzeitig war es für sie ein Spiel mit geringem Einsatz. Würde ihnen alles um die Ohren fliegen, fanden sich genügend Ränge unter ihr, die sie über die Planke schicken konnte.

»Wir lösen das intern.« Sie lächelte schmal. »Ich möchte, dass du die Ermittlung leitest. Du bist dafür mein bester Mann, Jon. Ich habe bereits mit deinem Vorgesetzten gesprochen, mit dem Chef der Kripo ebenso. Die beiden stimmen mir vorbehaltlos zu. Du hast eine beeindruckende Aufklärungsquote. Du hast Erfahrung. Du …«

Er schüttelte schnell den Kopf.

»Stopp, Nora, halt! Du brauchst gar nicht damit anzufangen, mir Honig ums Maul zu schmieren. Ich werde es nicht machen. Punkt. Und du wirst dafür sorgen. Denk daran, was du mir schuldest. Du hast mir etwas versprochen und konntest dein Versprechen nicht halten. Die Akte war nichts als Dünnpfiff. Was du natürlich wusstest. Aber nun wirst du deine Schuld begleichen. *Quid pro quo.*« Er hob beide Hände. »Sorry, aber suche dir einen anderen Idioten.«

Sie lächelte ein wenig breiter, verschränkte die Arme vor der Brust.

»Ehrlich gesagt finde ich gar nicht, dass ich dir so viel schuldig bin, Jon. Wenn ich mich richtig entsinne, warst du im vergangenen Jahr ziemlich am Boden. Was angesichts der Umstände natürlich vollkommen nachvollziehbar ist. Aber ich nehme mir heraus, zu sagen, dass es unter anderem auch meine Initiative war, die dich damals zurück in die Spur gebracht hat.«

Das war so infam, dass ihm die Spucke wegblieb. Wollte sie es sich tatsächlich an die Brust heften, dass er nach einer Phase tiefer Trauer wieder seine Arbeit aufgenommen hatte? Wohlgemerkt in einem komplizierten Fall, in dem es um ein erschossenes Kind ging, auf den niemand scharf gewesen war? Mellander hatte ihm damals ein Stöckchen hingehalten und er war drübergesprungen. Ein zweites Mal würde ihm das nicht passieren.

»Weißt du was, Nora? Das ist einfach nur erbärmlich.«

Natürlich saß sie am längeren Hebel, natürlich konnte sie ihn letztlich dazu zwingen, den Fall zu übernehmen. Aber es gab immer noch die Ombudsstelle, die Gewerkschaft, die Interne Ermittlung. Ganz zu schweigen von der Presse. Den Deal mit ihr, den er im vergangenen Jahr eingegangen war, würde er zwar nicht beweisen können, doch er war dazu in der Lage, mit seiner Story eine Menge Staub aufzuwirbeln. Nichts, was jemand gebrauchen könnte, der sich Chancen auf den höchsten Polizeiposten des Landes ausrechnete. Er machte Anstalten aufzustehen. Wenn Mellander tatsächlich Krieg wollte, konnte sie ihn bekommen.

»Die vollständige Akte ist hier, Jon. Ich habe sie für dich ausgedruckt.«

Sie klopfte auf einen dünnen Pappordner, der vor ihr auf dem Schreibtisch lag.

Er war baff.

»Du spielst mit mir«, sagte er schließlich leise. »Du hast mir die ganze Zeit etwas vorgemacht. Und jetzt machst du damit weiter.«

Vehementes Kopfschütteln.

»Ich habe dir zuliebe und um der alten Zeiten willen nachgeforscht und einer Menge Leute Feuer unterm Hintern gemacht. Trotzdem hat es mich einiges gekostet.«

Um der alten Zeiten willen. Vermutlich spielte sie damit auf ein fünfundzwanzig Jahre zurückliegendes einmaliges Techtelmechtel zwischen ihnen an. Damals waren sie beide noch auf der Polizeihochschule gewesen.

»Was gekostet?«

»Viele Versprechen.«

»Im Versprechen bist du offenbar groß.«

»Das tut jetzt nichts zur Sache. Wichtig ist, dass du mir glaubst.«

Warum sollte er ihr glauben? Weil sie in der Silvesternacht zum neuen Jahrtausend in der Küche eines Studentenwohnheims miteinander rumgemacht hatten?

»Seit wann hast du die fehlenden Teile?«

»Noch nicht lange.«

»Warum waren sie weg und sind nun wieder da?«

»Darauf kann ich nicht eingehen. Wichtig ist doch nur, dass sie nun wieder da sind.«

»Wenn du denkst, ich sei so dumm, dass ich mich ein zweites Mal damit ködern lasse, irrst du dich.«

»Ich gebe sie dir im Vorhinein. Jetzt. Hier. An Ort und Stelle.«

Er sah sie mit zusammengekniffenen Augen an. Eigentlich hatte er sie immer gemocht, trotz ihrer Spielchen, trotz ihres Gehabes. Das kecke Lächeln, ihr blondes Haar, den Shampooduft, sogar die spießigen Schleifenblusen. Vielleicht hatte er ihre Attitüde fälschlicherweise mit Selbstironie verwechselt. Aber da war keine Ironie. Da war nur der Wille zur Macht. Das sah er nun klarer als zuvor. Auf eine verdrehte Art und Weise war sie für ihn vielleicht immer noch begehrenswert, aber nur als verschwitzte Fantasie, denn im Grunde empfand er kaum mehr als Verachtung für sie. Sie schob ihm den Ordner über den Schreibtisch hinweg zu. »Lies!«, forderte sie ihn auf.

Er las.

Auch diese Akte war dünn. Das meiste war deckungsgleich mit den Papieren, die sie ihm vor zehn Monaten ausgehändigt hatte. Diese Textblöcke überflog er, denn er kannte sie in- und auswendig. Aber dann kam tatsächlich etwas Neues: ein Augenzeugenbericht. Ein Spaziergänger, der mit seinem Hund auf einem Feldweg unweit der Landstraße spazieren gegangen war, hatte einen Teil des Unfallhergangs beobachtet. Seiner Schilderung zufolge war da ein zweiter Wagen gewesen, ein weißer Kleinlaster, der mit hoher Geschwindigkeit direkt neben dem verunglückten Auto gefahren war, unmittelbar bevor dieses von der Straße abgekommen und gegen einen Baum geschleudert war. Aus der Perspektive des Mannes – der Feldweg verlief in etwa fünfzig Meter Abstand parallel zur Straße – hatte es so ausgesehen, als hätte der Kleinlaster den Unfallwagen überholen wollen. Gleichzeitig war da ein kreischendes Geräusch gewesen, wie Metall auf Metall, das den Motorenlärm übertönt und den Spaziergänger überhaupt erst auf das Geschehen auf der Landstraße aufmerksam gemacht hatte. Nordhs Magen krampfte.

Ein Augenzeuge.

Ein zweiter Wagen.

Ein kreischendes Geräusch.

Er sah auf. Mellander hatte die Hände auf der Schreibtischplatte gefaltet, den Kopf leicht schräg gelegt und betrachtete ihn interessiert. Wie eine Insektenforscherin einen seltenen Käfer, der ihr ins Netz gegangen war, dachte er.

Er las weiter. Was folgte, war technisches Palaver, das er bereits kannte. Aber der Schluss war neu. Eine Bewertung des Vorfalls, die der untersuchende Beamte vorgenommen hatte. Trotz der Zeugenaussage gebe es nichts, was darauf hinwies, dass es sich nicht um einen selbstverschuldeten Unfall handele. Das metallische Geräusch, dass der Zeuge gehört haben wolle, sei wahrscheinlich durch den schleudernden Wagen selbst entstanden, womöglich bei dem Aufprall auf den Baum, und dann in der Erinnerung des Zeugen zeitlich um einige Sekunden vorverlegt worden, eine Sinnestäuschung oder eine Gedächtnisunschärfe, wie sie bei Augenzeugen im Allgemeinen und bei traumatischen Erlebnissen im Besonderen nicht ungewöhnlich sei. Erschwerend hinzu kam, dass der Zeuge bei der Vernehmung deutlich alkoholisiert gewesen sei und auf Nachfrage zugegeben habe, zu dem Zeitpunkt des Geschehens bereits mehrere Flaschen Bier getrunken zu haben. Grundsätzlich sei die Beobachtung eines zweiten Autos zwar interessant, weil dieser Fahrer womöglich ebenfalls den Unfall bemerkt haben und Wichtiges zu Protokoll geben konnte, aber eine Fahndung nach dem Wagen aufgrund einer so vagen Beschreibung sei aussichtslos, weil es allein in Schonen an die zehntausend weiße Kleinlaster gab. Von sich aus habe sich der Fahrer dieses Transporters innerhalb des Untersuchungszeitraums jedenfalls nicht gemeldet. Weil es also nichts Belastbares gebe, was der These eines Verkehrsunfalls ohne äußere Einwirkungen widerspreche, laute die Empfehlung, die Ermittlung zu beenden. Es folgten noch einige Anhänge, wie zum Beispiel Carl-Johans Blutbild, das keine Auffälligkeiten zeigte, aber dieser Appendix war Nordh bereits bekannt. Neu war dagegen, dass der Untersuchungsbericht unterzeichnet war. Richard Bengtsson von der Verkehrswacht.

Wieder blickte er auf. Er spürte seinen Puls an den Schläfen pochen. Für einige Momente schrillte ein Tinnitus in seinem linken Ohr auf und klang dann wieder ab, ein Phänomen, das ihn seit Lindas Tod in Stresssituationen heimsuchte.

»Bengtsson ist vor zwei Wochen gestorben«, presste er hervor und bemerkte, wie heiser er klang. Er kannte den Kollegen nur vom Sehen, hatte zwar auf der Kondolenzkarte unterschrieben, war aber nicht zur Beerdigung gegangen.

»Ein Tumor«, sagte Mellander. »Zum Schluss ging es schnell.«

Er klopfte auf die Akte.

Schluckte.

Kämpfte mit seinen aufwallenden Gefühlen, befahl sich, ruhig Blut zu wahren.

»Nora, das liest sich, als wären Linda und Calle von der Straße abgedrängt worden.«

»Möglicherweise.«

»Seit wann kennst du die Aussage?«

»Wie ich schon sagte: Noch nicht lange.«

»Wann hattest du vor, mich darüber zu informieren?«

»Du weißt es doch jetzt.«

Er lachte höhnisch auf. Dieses zynische Miststück.

»Wie bist du darangekommen?«

»Noch mal: Ich habe meine Wege, sie brauchen dich nicht zu interessieren.«

Er starrte sie an.

»Das hier riecht nach nicht weniger als Mord!« Er schlug mit der Faust auf den Ordner. »Bengtssons Schlussfolgerung ist ein Witz! Wahrscheinlich wusste er das selbst. Du weißt es auf jeden Fall. Du musst ermitteln lassen, Nora. Du musst die Akte wieder öffnen.«

»Unmöglich.«

Ihm versagten die Worte. Sekundenlang musste er sich sammeln. Sein Mund war so trocken, dass die Zunge am Gaumen klebte.

»Wie bitte?«

»Unmöglich, Jon.«

Er traute seinen Ohren nicht.

»Warum zum Teufel …?«

»Ich verstehe dich. Das tue ich wirklich. Aber du musst mir glauben. Es hat damit zu tun, wie ich an die Akte gekommen bin. Weiter kann ich darauf nicht eingehen. Denk dir deinen Teil. Du bist schließlich nicht auf den Kopf gefallen. Aber offiziell wird vorerst nichts geschehen. Sieh es so: Du hast jetzt den Namen eines Augenzeugen. Das ist ein Anfang. Vielleicht führt es irgendwo hin, vielleicht entpuppt es sich als so bedeutungslos, wie Bengtsson es beurteilt hat. Ich tendiere im Übrigen zu Letzterem. Was du daraus machst, überlasse ich dir. Die Akte werde ich nur dann wieder öffnen, falls du auf etwas sehr, sehr Handfestes stoßen solltest. Keine vagen Indizien, keine Aussagen von betrunkenen Zeugen, sondern harte Beweise.«

Sie maßen sich mit Blicken. Er begriff nicht, was hier vor sich ging. Sicher, Mellander liebte Machtspielchen. Er brauchte sich keine Illusionen zu machen. Sie enthielt ihm Dinge vor. Benutzte ihn für ihre Zwecke. Log, wenn es sein musste. Aber an den Sachverhalten aus der Akte musste etwas dran sein, denn so weit, etwas Derartiges zu fälschen, würde sie nicht gehen. Außerdem war da der Name des Zeugen. Nordh würde die Aussage überprüfen können. Warum also dieser Aufriss? Weshalb die kryptischen Worte? Wozu die versuchte Vertuschung? Seine Gedanken überschlugen sich, seine Gefühle überwältigten ihn. Etwas Großes musste dahinterstecken. Etwas, das über Mellander hinausging. Etwas, wofür seine Frau und sein Teampartner hatten sterben müssen.

Oder sah er Gespenster? Gab es keine Vertuschung? War es am Ende doch nur eine zutiefst banale Geschichte? Ein Unfall, ein alkoholisierter Zeuge und die schlampig geführte Akte eines todkranken Kollegen, die nach seinem Ableben auf Mellanders Druck hin wieder zusammengepuzzelt worden war?

Unmöglich zu beantworten.

Mit zitternden Beinen stand er auf. Der Boden unter seinen Füßen schwankte.

»Du bekommst deinen verdammten Krokodilmörder«, sagte er, bevor er nach dem Ordner griff, sich umwandte und das Büro verließ.

3

Svea Karhuu musterte Jon Nordh mit zusammengekniffenen Augen und vor der Brust verschränkten Armen. Sie saßen in ihrem gemeinsamen Büro auf der Wache an der Drottninggatan, einem brutalistischen Betonbunker, der seine besten Jahre bereits hinter sich hatte.

»Woher der plötzliche Sinneswandel?«, fragte sie. Er beugte sich vor und reichte ihr über die gegenüberstehenden Schreibtische hinweg einen Einwegbecher mit Kaffee. »Danke, das ist nett von dir, aber es beantwortet meine Frage nicht.«

»Trink«, forderte er sie auf.

Sie zögerte, tat ihm dann doch den Gefallen, nahm den Plastikdeckel ab, blies und nippte. Der Kaffee war noch zu heiß, um wirklich etwas zu schmecken.

»Ja, ganz toll«, sagte sie.

Entweder bemerkte er ihren Sarkasmus nicht, oder er ging darüber hinweg.

»Nicht wahr? Ein neues Café am Värntorget. Syrer. Aber Kaffee können sie.«

Tja, warum auch nicht? War schließlich keine Raketenwissenschaft. Weder für Syrer, Schweden noch sonst wen. Nordhs notorische Zuschreibungen vermeintlicher Eigenschaften diverser Ethnizitäten in der Multikulti-Metropole Malmö gingen ihr auf den Keks. Doch jetzt war nicht der richtige Zeitpunkt, um die Dauerdiskussion aufleben zu lassen.

»Raus mit der Sprache«, sagte sie und stellte den Kaffee auf dem Schreibtisch ab.

»Sagen wir so: Die Chefin hat mich überzeugt.«

Sein Blick gefiel ihr nicht. Das war höchstens die halbe Wahrheit, dessen war sie sich sicher. Sie registrierte, dass er bemerkte, dass sie ihm nicht vollends glaubte. Trotzdem ließ er sich nicht mehr entlocken. Fürs Erste nahm sie es hin. Sie hatte bekommen, was sie wollte, und nun wollte sie endlich über den Toten sprechen, der nun offiziell zu ihrem Fall geworden war.

»Es ist also zu hundert Prozent unsere Ermittlung?«

»Uns steht alle denkbare Unterstützung zur Verfügung. Die Muppets sind mit an Bord. Und weiteres Fußvolk, falls wir es brauchen. Aber ja, wir sitzen am Steuer.«

Fußvolk.

Muppets.

Sie mochte nicht, wie er sich ausdrückte, aber auch das war keine Auseinandersetzung, die sie jetzt führen wollte. Wähle deine Schlachten mit Bedacht. Mit den Muppets, Waldorf und Statler, waren Anna Wallgren und Henning Stöcker gemeint, ein erfahrenes, älteres Ermittlerpaar, das auch privat liiert war. Die Animositäten zwischen ihnen und Nordh gingen in die graue Vorzeit zurück. Aber Karhuu mochte die beiden, vor allem Anna Wallgren, schätzte ihre Kompetenz und war froh, dass sie nun zum Team gehören würden.

Sie blies auf den Kaffee und nippte erneut. Er war wirklich nicht schlecht.

»Du hast Glück, dass ich bei der Lagebesprechung war. Auch wenn bisher nicht viel bekannt ist«, sagte sie. »Der Leichnam ist mittlerweile in der Pathologie. Den Rechtsmedizinern ist offenbar die Kinnlade heruntergefallen. Kein Wunder bei dem Anblick. Heute Nachmittag gibt es einen ersten Bericht. Mehr als dass der Kopf von einem echten Alligator stammt, ausgestopft ist und der Tote um die fünfzig Jahre alt, ließ sich bisher nicht aus ihnen herauskitzeln.«

»Irgendwelche körperlichen Auffälligkeiten?«

»Nichts, was unmittelbar ins Auge gefallen wäre.«

Nordh rieb seinen struppigen Zehntagebart. Wenn er ein wenig mehr auf sein Äußeres achten würde, hatte Karhuu schon öfter gedacht, würde er durchaus als attraktiver Mann durchgehen. Aber vielleicht hatte man als frisch verwitweter, alleinerziehender Vater schlichtweg andere Sorgen als sein Aussehen.

»Vermisstenanzeigen?«

»Es wurde nach Männern zwischen fünfundvierzig und fünfundfünfzig gesucht. Allesamt Fälle, die nicht älter als vier Wochen sind. Die Liste ist kurz. Die Datenbank hat fünf Namen ausgespuckt. Zwei der Männer können wir ausschließen.« Sie sah auf ihre Notizen. »Der eine ist deutlich kleiner als die ein Meter achtzig, auf die die Pathologen die Körperlänge des Toten schätzen, und hat massives Übergewicht. Der andere hat beide Oberarme tätowiert.«

»Bleiben also drei.«

»In Mathe bist du ein echtes Ass. Ein einundfünfzigjähriger stark dementer Mann aus Lund, der vor anderthalb Wochen aus einer Pflegeeinrichtung verschwunden ist. Ein achtundvierzigjähriger Stadtplaner aus Burlöv, der sich nach einem

Streit mit seinem Lebensgefährten aus dem Staub gemacht und seitdem nicht mehr gemeldet hat. Und ein Angestellter der Stadtverwaltung, Anfang fünfzig, der vorgestern Abend von seiner Frau als vermisst gemeldet worden ist.« Sie sah ihn an. »Die Frage ist, wie wir mit der Identifizierung vorgehen. Sollen wir den Angehörigen wirklich den Leichnam samt Krokodilkopf zumuten?«

»Wir brauchen Fotos aus der Rechtsmedizin. Vom Hals an abwärts.«

»Wie willst du den Leuten den fehlenden Kopf erklären?«

»Mit der Wahrheit. Dass wir momentan nicht wissen, wo sich der Kopf befindet.«

Das war harter Tobak. Karhuu versuchte, sich in die Betroffenen hineinzuversetzen. Aber natürlich hatte Nordh recht. So furchtbar die Situation war: Niemandem war mit Beschönigungen gedient, wo es nichts zu beschönigen gab. Ein Mensch hatte einen anderen Menschen getötet, ihn enthauptet und ihm dann den Kopf eines Krokodils angenäht.

Das waren die Fakten.

Beide schwiegen eine Weile. Nordh hatte wahrscheinlich ganz ähnliche Gedanken wie sie. Eine solche Tat war schlichtweg nicht zu begreifen. Und trotzdem bestand gerade darin die Aufgabe.

»Warum?«, fragte sie schließlich. »Warum tun sich Menschen gegenseitig so etwas an?«

Sie erwartete keine Antwort und es kam auch keine, Nordh blickte sie nur mit müden, schweren Augen an.

4

Sie versammelten sich im Besprechungsraum: Svea Karhuu, die Muppets, alias Anna Wallgren und Henning Stöcker, die Forensikerin Emma Davidsson, Mette Petersen von der IT und Jon Nordh selbst. Er räusperte sich. Fuhr sich durchs Haar, das zu lang und zu fettig war, wie er bemerkte. Dass er das letzte Mal geduscht hatte, musste trotz der Hitzewelle Tage her sein. An den letzten Friseurbesuch konnte er sich kaum mehr erinnern. Seit dem Tod seiner Frau hatten diese Dinge an Bedeutung verloren. Trotzdem musste er besser darin werden, sich der Außenwelt in einem akzeptablen Zustand zu präsentieren, ermahnte er sich zum x-ten Mal. Das erwartete man von einem Vater und leitendem Kommissar. Es war das Einzige, was ihm geblieben war: seine Kinder und der Job.

»Ich denke, in einer Sache sind wir uns alle einig«, begann er, »das Wichtigste ist zunächst einmal die Identifikation des Toten. Die Kollegen von der Bereitschaft haben heute Morgen bereits Vorarbeit geleistet und wir hoffen, dass wir über die Vermisstenanzeigen zu einem Ergebnis kommen.«

»Ich habe gerade Fotos aus der Pathologie erhalten und werde zusammen mit Jon im Laufe des Vormittags die Angehörigen der Vermissten kontaktieren«, ergänzte Karhuu.

»Punkt zwei ist laut Lehrbuch der Tatort«, fuhr Nordh fort. »Eigentlich spricht alles dagegen, dass er mit dem Fundort des Leichnams, also dem Boot im Kanal, identisch ist. Trotzdem müssen wir notgedrungen zunächst damit vorliebnehmen. Einige kundige Kollegen, die am frühen Morgen am Kanal mit dabei waren, sind sich sicher, dass es sich nicht um ein Ruderboot handelt, wie es in unseren Breitengraden üblich ist, sondern um ein exotischeres Gefährt, eine Art Barke, möglicherweise ein Eigenbau. Uns interessiert aber nicht nur die Herkunft dieses Boots, sondern natürlich vor allem, wer es auf welchem Weg zum Fundort manövriert hat.«

Mette Petersen meldete sich mit ihrem dänischen Zungenschlag zu Wort.

»Ich bin bereits dabei, mich um das Material verschiedener Überwachungskameras zu kümmern. Bisher noch ohne Erfolg, aber ich stehe auch noch ganz am Anfang. Was mich optimistisch stimmt, ist der Umstand, dass das Boot mit dem Leichnam mitten in der Innenstadt gefunden wurde.«

Nordh hob demonstrativ einen Daumen. Er mochte die stämmige Dänin, die heute eine Cowboy-Bluse und Westernstiefel trug.

»Unmittelbar neben einem Friedhof«, sagte Karhuu. Und dann leiser: »Was ist das überhaupt für eine Stadt, die sich in bester Lage einen Friedhof leistet?«

»Eine Stadt der Toten«, murmelte Nordh düster.

»Ich kann mich um das Boot kümmern«, sagte Henning Stöcker. »Anna und ich haben seit Jahren eine Jolle, und ich kenne die Häfen der Umgebung gut. Irgendwo muss das Ding ja schließlich zu Wasser gelassen worden sein. Vielleicht hat jemand etwas gesehen oder gehört.«

Nordh nickte knapp. Stöcker und Wallgren hatten ihm eigentlich nie etwas getan. Es war sein ehemaliger Partner und Freund Carl-Johan gewesen, der eine Fehde gegen die Muppets geführt hatte. Doch Calle hatte ihn hintergangen und war seit über einem Jahr tot. Trotzdem fiel es Nordh unerklärlicherweise schwer, seine Vorbehalte gegenüber dem Ehepaar fallen zu lassen. Vielleicht auch, weil diese Animositäten, zumindest was Stöcker anging, auf Gegenseitigkeit beruhten.

»Punkt Nummer drei ist der Elefant im Raum … das Krokodil.« Niemand lachte über den zugegebenermaßen nicht sonderlich originellen Wortwitz, aber Petersen deutete wenigstens ein Lächeln an und Wallgren kicherte, was allerdings nichts zu bedeuten hatte, denn sie kicherte ständig, ein Tick, der etwas Tourettehaftes hatte. »So ein Tier bekommt man schließlich nicht in der Zoohandlung.«

Die Forensikerin Emma Davidsson meldete sich zu Wort.

»Zur Herkunft kann ich noch nichts sagen. Aber mein Team ist sich sicher, dass es sich um eine professionell ausgeführte Taxidermie handelt, sprich, der Kopf des Krokodils wurde fachgerecht ausgestopft und konserviert. Ob das kürzlich geschah oder bereits vor längerer Zeit, wird eine genauere Analyse zeigen.«

Wieder nickte Nordh.

»Danke, Emma.« Er rieb seine Nasenspitze, eine für ihn typische Geste, wenn er sich konzentrierte. »Kommen wir zu möglichen Zeugen. Auch wenn es Nacht war, gibt es die Möglichkeit, dass jemand das Boot samt Fahrer auf dem Kanal bemerkt hat. Mette hat ja bereits darauf hingewiesen: Der Fundort liegt mitten in der Innenstadt, einen Katzensprung vom Gustav Adolfs Torg entfernt. Richtig dunkel wird es zu dieser Jahreszeit ja nicht, dazu kommt die Straßenbeleuchtung. Ich denke an Nachtschwärmer, die auf dem Heimweg waren, oder Frühaufsteher. Der Fundort kann auf dem Wasser aus drei verschiedenen Richtungen erreicht werden. Aus Westen durch das Gewirr im Schlossgarten bis zur Mündung im Öresund beim Gelände der ehemaligen Kockumswerft, aus dem Norden Richtung Hafen und Leuchtturm oder aus dem Osten, wo das Kanalsystem eine U-Form beschreibt, um dann wieder in den nördlichen Kanal zu münden. Letzteres halte ich für am unwahrscheinlichsten, denn alle Möglichkeiten, das Boot zu Wasser zu lassen, liegen Richtung Meer und eine Annäherung aus Osten würde nichts weiter als einen Umweg durch einen belebten Stadtteil bedeuten. Dennoch sollten wir alle Möglichkeiten in Betracht ziehen. Das bedeutet Klinkenputzen. Mellander hat uns zwei Dutzend Uniformierte zur Verfügung gestellt. Es handelt sich schließlich um Hunderte Haushalte. Anna, ich möchte, dass du den Trupp anführst.«

Notorisches Kichern.

Er wertete das als ein Ja.

»Die meisten Leute werden doch jetzt bei der Arbeit sein«, warf Stöcker ein. Ganz der besorgte Ehemann.

»Deshalb zwei Runden. Eine jetzt, eine heute Abend.«

»Okey dokey«, sagte Wallgren.

»Und was machst du?«, fragte Stöcker. Hörte Nordh da einen Vorwurf heraus? Statler und er würden in dieser Welt keine Busenfreunde mehr werden.

»Wie Svea schon gesagt hat, unterstütze ich sie bei der Identifizierung des Toten. Außerdem spreche ich mit einem Experten der Nationalen Operativen Einheiten, der sich auf Soziopathen und ihre Gewalttaten spezialisiert hat. Denn eins ist ja wohl klar: Wir haben es hier mit der Tat eines Geisteskranken zu tun.«

Karhuu räusperte sich.

»Ist das wirklich so klar?«

»Was denn sonst?«

Er hörte selbst, wie unwirsch er klang.

»Erinnerst du dich an unsere Ermittlung im Gangmilieu im vergangenen Jahr?«

»Ja, natürlich.«

»Dort tauchte das Rosengård-Netzwerk auf.«

»Worauf willst du hinaus, Svea?«

»Die heutigen organisierten kriminellen Strukturen im Stadtteil Rosengård sind aus drei ehemals rivalisierenden Gruppen hervorgegangen.«

Er verstand noch immer nicht, was der Exkurs jetzt sollte. Wollte Karhuu ihm eine Nachhilfestunde in der Geschichte der Malmöer Gangkriege erteilen? Verflucht, er war hier aufgewachsen und seit mehr als zwanzig Jahren bei der örtlichen Kripo. Sie dagegen war erst seit zehn Monaten an Bord.

»*So what?*«

»Die sogenannte Beirut-Connection, die *213er* und die *Crocodiles.*«

»Du meinst also, unser Kroko-Mann hat mit einer ehemaligen Rosengård-Gang zu tun, die seit drei oder vier Jahren nicht mehr existiert?«

Karhuu hob ihre muskulösen Schultern und ließ sie wieder sinken. Das erinnerte ihn jedes Mal daran, dass seine Partnerin seit Jahren *Mixed Martial Arts* trainierte, die härteste Kampfsportart überhaupt.

»Ich meine gar nichts, Jon. Ich finde nur, wir sollten am Anfang in alle möglichen Richtungen denken und erst einmal nichts ausschließen.«

Wohlmeinendes Gemurmel.

Er seufzte.

»Also gut. Die Rosengårder *Crocodiles.* Weitere Vorschläge? Eine Abrechnung zwischen Schmugglern von Krokodilleder-handtaschen?«

Keiner lachte. Nicht einmal Wallgren kicherte.

»Wie gesagt, wir sollten nichts ausschließen«, wiederholte Karhuu.

»Na schön«, sagte er, während er innerlich mit den Augen rollte. »Klopf von mir aus den ehemaligen *Crocodiles* auf die Finger, Svea.« Auch wenn das zu nichts führen wird. »Kroko-Alarm auf allen Frequenzen.« Er klatschte in die Hände. »An die Arbeit, Kollegen.«

»Was ist mit der Presse?«, wollte Stöcker wissen.

»Um die Medienstrategie kümmert sich Mellander persönlich.« Für einen Moment überlegte er, einen bissigen Kommentar zu den vermeintlichen Karriereplänen der Chefin und ihrer sich daraus ergebenden Taktiererei abzugeben, entschied sich dann aber dagegen. Auch wenn es seinen Kollegen vielleicht nicht bewusst war, sie alle hier waren Spielsteine in Mellanders Hand. Doch er hatte sich wenigstens dafür bezahlen lassen. Davon brauchten die anderen nichts zu wissen. »Alles, was die Enthauptung und den Krokodilkopf angeht, wird gegenüber der Öffentlichkeit bis auf Weiteres zurückgehalten.« Er blickte Wallgren an. »Das gilt auch für die Zeugenbefragungen. Früher oder später wird die Geschichte ans Licht kommen und einschlagen wie eine Bombe. Nutzen wir also die Zeit, die uns bleibt, bevor uns das halbe Land auf die Finger schaut.«

5

Das rechtsmedizinische Zentrum für die Region Süd lag in Lund, zwanzig Autominuten vom Präsidium entfernt. Svea Karhuu nahm einen Dienstwagen aus dem Fuhrpark. Die Pathologie war in einem gesichtslosen viergeschossigen Bau aus rotem Klinker untergebracht. Im Laufe des vergangenen Jahres war sie häufig hier gewesen, meistens in Begleitung von Nordh, dennoch überraschte sie immer wieder aufs Neue der starke Kontrast zwischen der betont nüchternen Umgebung – Edelstahl, Linoleum, schmucklose Wände – und des allgegenwärtigen menschlichen Dramas in seiner ureigensten Form, dem unaufhaltsamen Verfall alles Organischen und der Auslöschung all dessen, was wir einmal waren, dachte Karhuu, oder zumindest einer unumkehrbaren Verwandlung, wenn man sich denn zu dem Glauben an Transzendenz oder eines irgendwie gearteten Jenseits hinreißen ließ. Dies hier war ein Ort der Endgültigkeit und trotz seiner wissenschaftlichen Anmutung, trotz der Bahren aus gebürstetem Stahl, der schicken Rechner auf den höhenverstellbaren Schreibtischen und der schmucklosen Dienstkleidung des medizinischen Personals war es ein einziges großes *Memento mori*, eindringlicher als jedes Barockstillleben. Die Toten mahnen uns zu leben, hatte Nordh ihr irgendwann einmal mit in Falten gelegter Stirn zugeraunt, an einem jener wenigen Tage, an denen er mit einer Alkoholfahne zur Arbeit gekommen war, und es hatte so geklungen, als habe er die Worte eher an sich selbst gerichtet als an sie. Vielleicht, hatte sie gedacht, empfand man so, wenn man einen geliebten Menschen verlor, oder man redete es sich zumindest ein, denn irgendwie musste man ja weitermachen.

Von der durchaus heiteren Stimmung, die üblicherweise bei den Mitarbeitern der Rechtsmedizin herrschte – oft lief über die Raumlautsprecher ein beschwingtes Radioprogramm – und der Karhuus Empfinden nach immer ein gewisser Trotz innewohnte, war an diesem Tag nichts zu spüren. Strage, der diensthabende Pathologe, führte sie wortlos zu dem Leichnam. Ein Kollege trat schweigend einen Schritt zur Seite. Auch das Radio war stumm. Strage sog hörbar tief Luft ein, bevor er das Wort ergriff.

»Ich formuliere es mal folgendermaßen: Der Tod hat viele Gesichter. Einige sind nicht besonders schön. Entsprechend sehen wir so einiges. Aber so etwas wie dies hier …« Er ließ den Satz unbeendet. Karhuu zwang sich, bis an die Bahre heranzutreten und hinzuschauen. Genauer als am frühen Morgen am Kanal. Deshalb war sie hier. Um zu sehen und zu verstehen. »Wie du siehst, haben wir den Tierkopf bereits vom Rumpf getrennt. Zum einen, damit ihn die Kollegen von der Forensik genauer untersuchen können, zum anderen um uns über verschiedene Sachverhalte klar zu werden. Aber eins nach dem anderen. Der Anblick dieses, nun ja, Arrangements, ist nicht nur je nach Sichtweise bizarr oder Furcht einflößend, sondern verdeckt auch den Blick aufs Wesentliche – zumindest aus medizinischer Sicht.« Er deutete auf den Brustkorb. Erst jetzt löste Karhuu die Augen von der ausgefransten Haut des Halses, der durchtrennten Aorta und dem freiliegenden Wirbel, an dem deutliche Spuren einer Säge zu sehen waren, und wandte ihn der fahlen, merkwürdig eingefallenen Männerbrust zu. Oberhalb des

Brustbeins setzte ein zentraler vertikaler Schnitt an, der sich in gerader Linie etwa zwanzig Zentimeter lang in Richtung Bauch erstreckte und mit groben Stichen vernäht war. Allerdings waren die Nähte bereits wieder getrennt worden, nur die steifen schwarzen Fadenstoppel steckten noch wie borstige Haare in der weißen Haut. Wie hatte sie die fleischige Wunde am Morgen übersehen können? Weil Strage recht hatte. Der Reptilienkopf hatte alle Aufmerksamkeit auf sich gezogen, selbst jetzt noch, als er schon wieder entfernt worden war. Die Erinnerung und die Fantasie taten ihr Übriges. Sie bezweifelte, den Anblick vom frühen Morgen je wieder aus dem Kopf zu bekommen. In dieser Hinsicht hatte Nordh mit seiner Warnung sicherlich recht gehabt. Strage fuhr fort: »Es ist das, wonach es aussieht. Ein Schnitt, wie er bei einer Herztransplantation durchgeführt wird. Nur dass dieser arme Teufel nicht in der Rolle des Empfängers war, sondern sozusagen der Spender.« Er machte eine Kunstpause, bevor er fortsetzte. »Womit ich ausdrücken will, dass ihm das Herz entnommen wurde. Und ich betone deshalb *armer Teufel,* weil er während der Entnahme zweifelsfrei noch am Leben war. Mit anderen Worten: Diesem bedauernswerten Menschen wurde bei lebendigem Leib die Brust geöffnet und das Herz herausgerissen. *Gerissen.* Daran lässt der Zustand der entsprechenden Arterien und Venen keinen Zweifel. Kannst du dir vorstellen, wie viel Kraft es dazu braucht?« Er fixierte Karhuu. »Genau so wird es auch in meinem Obduktionsbericht stehen, auch wenn es auf Latein weniger dramatisch klingt, deshalb verwenden wir Mediziner ja überhaupt mit Vorliebe die Fachtermini. Die *causa mortis*«, er lächelte knapp, »wäre also geklärt. Die ersten Bluttests haben ergeben, dass das Opfer währenddessen unter dem Einfluss starker Beruhigungsmittel stand. Wenigstens das.«

Karhuu fiel auf, dass der Rechtsmediziner deutlich emotionaler klang, als sie ihn bisher erlebt hatte. Er wirkte mitgenommen.

Die Worte, die er verwendete. Die Modulation seiner Sprache. Als drückte er auf eine ungelenke Weise dem Toten gegenüber sein Beileid aus.

»Das Abtrennen des Kopfes geschah also *post mortem?*«, fragte sie.

»Wenigstens das«, wiederholte er murmelnd.

»Und darüber hinaus?«

»Der Mann ist noch nicht lange tot.« Strage räusperte sich. »Maximal fünfzehn Stunden.« Nun klang er, als habe er seine professionelle Distanz wiedergefunden. »Um die fünfzig, mit Kopf etwa ein Meter achtzig groß, knapp achtzig Kilo schwer. Nichtraucher. Gute allgemeine Konstitution. Die Muskulatur weist auf regelmäßiges Training hin. Der Blinddarm fehlt schon seit Jahren. Auch das linke Knie wurde operiert, kein künstliches Gelenk, eher der Meniskus. Interessant sind Magen- und Darminhalt. Offenbar haben die letzten Mahlzeiten allesamt aus Haferbrei bestanden.«

»Eine spezielle Diät?«

Strage zuckte mit den Achseln. Er hatte ja recht. Es war ihr Job, das herauszufinden. Die Identität des Mannes zu klären. Dem Korpus den fehlenden Kopf zurückzubringen. Auf dass ein wenig Würde wieder hergestellt würde. Den Menschen zu fassen, der ihn auf eine absurd grausame Weise getötet und den Leichnam geschändet hatte.

Sie verließ die Pathologie mit den Fotos, die sie benötigte. Die Bilder konnten nichts beschönigen, weil es nichts zu beschönigen gab. Aber sie waren notwendig. Der Körper wies gesprenkelte Muttermale auf, eine beinahe kreisförmige Bauchbehaarung, dazu die kleinen Narben der Blinddarm- und Knieoperationen. Sie war zuversichtlich, dass nahe Angehörige den Toten würden identifizieren können.

6

Als Jon Nordh der forensischen Psychologin der Nationalen Operativen Einheiten aus Stockholm per Videotelefonat zugeschaltet wurde, verschlug es ihm die Sprache. Sonya Yakupova sah seiner verstorbenen Frau auf eine so frappierende Weise ähnlich, dass er zusammenzuckte und dabei seinen halb vollen Kaffeebecher umstieß, dessen Inhalt sich über den Schreibtisch ergoss. Hektisch schob er wichtige Unterlagen beiseite, tastete vergeblich nach Taschentüchern, um das Malheur einzudämmen, gab das sinnlose Unterfangen jedoch schnell auf, während er gleichzeitig versuchte, in die Kamera seines Rechners zu lächeln, einen halbwegs professionellen Eindruck zu machen und den verstörenden Gedanken beiseitezuschieben, mit Linda aus dem Jenseits zu sprechen. Auf den zweiten Blick gab es natürlich Unterschiede. Den breiteren Mund, den längeren Hals, die abweichende Augenfarbe, die Grübchen in den Wangen, die kürzeren Haare. Dazu kam der osteuropäische Zungenschlag der Expertin. Nordh fasste sich wieder, auch wenn jetzt lauwarmer Kaffee auf seine Oberschenkel tropfte. Glücklicherweise war der Bildausschnitt so eingestellt, dass Yakupova von dem Missgeschick nichts mitbekam. Sie hielt sich nicht lange mit Höflichkeiten auf, was Nordh nur recht war.

»Die Fotos, die du mir geschickt hast, sind in höchstem Maße interessant. So etwas ist mir in dieser Form bisher noch nicht untergekommen. Eine erste Recherche in der Fachliteratur hat ergeben, dass Körpermodulationen von Leichen mithilfe von Tieren oder Teilen von Tieren ein sehr seltenes, aber kein unbekanntes Phänomen sind. Entsprechende Fälle sind zum Beispiel in den USA und in Mexiko dokumentiert. Dabei kann man zwischen zwei verschiedenen Tätermotivationen unterscheiden. Die erste Gruppe von Vorfällen charakterisiert sich durch

Symbolismus. Es geht um Erniedrigung und um das Vermitteln einer Botschaft. Im Umfeld mexikanischer Drogenkartelle sind mehrfach Tote aufgetaucht, denen man Schweineschwänze angenäht, Ratten in den Rachen gestopft, Genitalien mit denen von Tieren ausgetauscht hat. Es gibt einen Fall, in dem der Kopf eines Mannes durch den eines Esels ersetzt wurde. Wichtig dabei ist, dass die Mordopfer einer rivalisierenden Bande oder der Polizei angehören oder missliebige Journalisten sind. Es geht dabei nicht um das einzelne Individuum, sondern um den Feind an sich. Es sind Machtdemonstrationen, Einschüchterungsversuche, die Bestrafung vermeintlicher Verräter, Hohn gegenüber Rivalen oder Vertretern einer als Bedrohung empfundenen Institution.«

Nordh musste an Svea Karhuus Hinweis auf die ehemaligen *Crocodiles* denken. Vielleicht war ihr Gedanke doch nicht so weit hergeholt, wie er zunächst gedacht hatte. Ihm fiel ein, dass ihm auf der Fahrt ins Büro eine Frage in den Sinn gekommen war, die er der Psychologin stellen wollte, aber er kam nicht mehr darauf, was es war. Seine Konzentration litt noch immer unter Yakupovas Ähnlichkeit mit Linda. Der Kaffeefleck auf seiner Anzughose war bereits handtellergroß.

»Interessant.«

Mehr brachte er nicht heraus.

»Der zweite Typus von Vorfällen tritt im Zusammenhang von Ritual- und Serienmorden auf.« Bei den Begriffen musste Nordh trocken schlucken. Weil sie der Albtraum jedes Polizisten waren. Sonya Yakupovas Blick veränderte sich. Plötzlich war jede Ähnlichkeit mit Linda verschwunden. »Viele Serientäter fallen bereits in Jugendjahren als Tierquäler auf, oft viele Jahre vor ihrem ersten Mord. Besonders häufige Opfer sind dabei Katzen. Die Fachliteratur spricht von *women substitutes,* weiblichen Ersatz, weil gerade Katzen symbolhaft für Frauen stehen. Es gibt aber ebenso Beispiele für Hunde, Pferde oder andere Tiere. In der Musterbiografie eines Serienmörders geht der Täter vom Quälen und Töten von Tieren irgendwann zum Morden über. Bekannte Exempel dafür sind Ted Bundy oder Jeffrey Dahmer, aber es gibt auch viele andere. Ihnen allen ist gemein, dass sie die Tierphase irgendwann hinter sich lassen und sich auf Menschen konzentrieren. Ein anderer Tätertypus ist zum Beispiel Robert Christian Hansen. Er entführte Frauen, brachte sie in eine abgelegene Hütte, um sie dann freizulassen und wie Tiere zu jagen. Eine weitere Art von Tierbezug finden wir bei Ed Gein, dessen Geschichte und Persönlichkeitsprofil die fiktiven Figuren von Norman Bates in *Psycho* und Buffalo Bill in *Schweigen der Lämmer* inspirierten. Er zerstückelte seine Opfer wie Wild, hängte Teile von ihnen an Fleischhaken auf, häutete und verwahrte sie. Bei ihm zu Hause fand man einen Anzug aus menschlicher Haut, Masken, die aus Gesichtern gemacht waren, eine Sammlung Vulven und Nasen.« Nordhs Magen grummelte. »Fälle mit einer echten animalischen Substitution wie bei deinem Mordopfer sind dagegen extrem selten. Außer dem schon erwähnten mexikanischen Eselskopf oder den Schweineschwänzen – Taten, zu denen sich eindeutig die Söldner eines Kartells bekannt haben – habe ich nur zwei andere Fälle gefunden. Einer fand Mitte des neunzehnten Jahrhunderts im ländlichen Missouri statt und ist so lückenhaft dokumentiert, dass er aus wissenschaftlicher Sicht nicht zu bewerten ist. Im Zeitraum von mehreren Jahren wurden Frauenleichen entdeckt, deren Beine amputiert und durch die angenähten Beine von Schweinen ersetzt worden waren. Man hat damals einen entlaufenen Sklaven für die Taten verantwortlich gemacht und ihn ohne nennenswertes juristisches Verfahren aufgeknüpft. Es gibt nicht einmal Gerichtsakten zu dem Fall, nur einige Zeitungsberichte. Auch zu dem zweiten habe ich wenig gefunden, nur eine kurze Erwähnung in einer wissenschaftlichen Arbeit. Dabei ging es um den Fund mehrerer

Kinderleichen mit angenähten Katzenköpfen. Das fand in den Neunzigerjahren in Tennessee statt, ein Täter wurde nie gefasst. Die Südstaaten scheinen in dieser Hinsicht eine sehr spezielle Gegend zu sein.« Sie lächelte dünn. »Vieles deutet also darauf hin, dass deine Leiche mit dem Krokodilkopf etwas, nun ja, Exzeptionelles ist.« Das Lächeln verschwand abrupt. »Womit ich nicht sagen will, dass es bei diesem einen Toten bleiben muss. Falls der Mann das Opfer eines Täters aus der zweiten Kategorie ist, steht das Schlimmste zu befürchten.«

»Jemand, der es nicht bei einem Toten belässt«, murmelte Nordh.

»Ich will nicht die Pferde scheu machen. Die Datenlage zu ähnlichen Verbrechen ist wie gesagt dünn. Aber auszuschließen ist es nicht.«

Nordh brauchte einige Momente, um die Worte sacken zu lassen.

»Wie sieht es mit Profiling aus?«, fragte er schließlich. Er hatte in der Vergangenheit schon mit Fallanalytikern zusammengearbeitet. Mal war es erfolgreich gewesen, andere Male nicht.

»Sicher«, sagte Yakupova. »Das kann ab einem bestimmten Zeitpunkt der Ermittlung Sinn ergeben. Jedenfalls, wenn der Mörder zum zweiten Tätertypus gehört. Doch für seriöses Profiling braucht es eine Menge Informationen, vor allem bedeutend mehr Einzelheiten der Tatumstände. Und wenn ich dich richtig verstanden habe, wurde bisher weder das Opfer identifiziert noch der Tatort gefunden.«

Nordh nickte und kratzte seinen struppigen Bart. Yakupova hatte selbstverständlich recht. Sie standen ganz am Anfang. Am Anfang eines Albtraums, sagte seine Intuition. Der traute er in beruflichen Dingen nicht immer über den Weg, dazu war er zu verkopft veranlagt, zu analytisch. Aber dieses Mal schien vieles anders als sonst. Wahrscheinlich war es ein Fehler gewesen, den Fall doch anzunehmen, auch wenn Mellander ihn dafür entlohnt hatte.

»Wir kennen mittlerweile die Krokodilart«, sagte er, fast darüber verwundert, wie heiser er klang. »*Crocodylus niloticus,* ein Nilkrokodil.«

»Das ist ja schon einmal ein Anfang«, sagte Yakupova und lächelte kühl.

7

Die Mutter des schwer dementen Patienten, der zehn Tage zuvor aus einer Pflegeeinrichtung verschwunden war, war etwa siebzig Jahre alt. Ihre weißen, kurz geschnittenen Haare hatten einen stahlblauen Schimmer, der mit der großen metallenen Coco-Chanel-Schnalle ihres Kleids harmonierte. Das Doppel-C der Gürtelschnalle posaunte ihren Wohlstand ebenso in die Welt wie der panzergroße Audi in der Auffahrt des modernistischen Glas- und Sichtbetonpalastes, in dem die Hausherrin Svea Karhuu empfing. Die Ermittlerin streifte ihre Sneaker ab und reihte sie zwischen Gucci-Slippern und anderen teuren Schuhen ein. Die Frau führte sie ins Wohnzimmer, das doppelt so groß war wie Karhuus gesamte Anderthalbzimmerwohnung. Riesige Sofalandschaften, Deckenlampen wie Kunstobjekte, an den Wänden Warhol, ob Repliken oder womöglich sogar Originale, vermochte Karhuu nicht zu sagen. Ein Ambiente wie für einen Nespresso-Werbespot. Fehlt nur noch, dass gleich George Clooney hereinkommt und uns Cappuccino serviert, dachte sie und versuchte sich einen Moment lang vorzustellen, wie sich das Leben anfühlen musste, wenn man in Geld schwamm. Vielleicht auch nicht besonders prall, überlegte sie, wenn man einen schwer kranken Sohn hatte, der seit mehr als einer Woche verschwunden war. Sie setzte sich auf eines der

Sofas und die Frau nahm ihr gegenüber Platz. Kaffeespezialitäten wurden nicht serviert und auch von Clooney keine Spur.

»Mein Aksel war in jungen Jahren ein leidenschaftlicher und erfolgreicher Bergsteiger. Ohne zu übertreiben, kann man sagen, dass er damals ein Shootingstar der Achttausender-Szene war.« Sie schlug mit einer eleganten Bewegung die Beine übereinander. Wie wichtig es ihr erschien, die Exzellenz ihres Sohnes hervorzuheben, dachte Karhuu, andererseits war es vielleicht auch verständlich. »Bis auf der Annapurna bei grauenhaftem Wetter in über siebentausend Metern Höhe der Unfall geschah.« Sie seufzte. »Gott sei Dank konnte sein Leben gerettet werden, aber er hat ein schweres Schädel-Hirn-Trauma erlitten, von dem er sich nie ganz erholt hat. So viel Talent, so viele Träume – mit einem Mal dahin. Die ersten Jahre hat er wieder hier im Haus gelebt und ich habe ihn ambulant pflegen lassen. Aber sein Zustand verschlechterte sich im Laufe der Zeit. Eine Alzheimerdiagnose kam dazu, möglicherweise durch die Kopfverletzung begünstigt, möglicherweise von seinem Vater geerbt – Gott hab ihn selig. Aksel wurde launisch, oft aggressiv, und es gibt Momente, in denen er mich nicht mehr erkennt. Seit gut zehn Jahren lebt er nun im Heim, wo ihm die beste Pflege zuteilwird, die man für Geld bekommen kann.« Wieder ein tiefes Seufzen. »An manchen Tagen geht es ihm gut, an anderen weniger. Im Grunde wie bei uns allen, wenn auch auf einem anderen, nun ja, Niveau. Es ist nicht einfach für uns, weder für ihn noch für mich.«

»Aber nun ist er fort.«

»Nun ist er fort.«

Karhuu nahm die dunklen Ringe unter den Augen der Frau wahr, die auch die sorgfältig aufgetragene Kosmetik nicht ganz verdecken konnte.

»Ist das schon einmal geschehen?«

»Ja, mehrfach. Dann ist er mit dem Bus in die Stadt gefahren, hat sich in eine Konditorei gesetzt und Torte gegessen. Mittlerweile kennen ihn die Mitarbeiter des Cafés bereits und informieren telefonisch das Pflegeheim, wenn er kommt. Nur dieses Mal ist es anders. Er war nicht in der Bäckerei und auch sonst an keinen Orten, die wir manchmal zusammen besuchen. Niemand hat ihn gesehen, niemandem ist er aufgefallen. Die Polizei hat Busfahrer befragt, Bahnhofspersonal, sich in Supermärkten und Tankstellen der Umgebung erkundigt. Von Aksel keine Spur.«

Sie musste schlucken, was die gebräunte Haut an ihrem Hals zittern ließ. Karhuu musste an die Truthähne denken, mit denen sie neben Hühnern und Gänsen auf dem Hof in Tornedalen groß geworden war, auch wenn das nicht besonders nett war. Die Frau in ihrem Chanel-Kleid tat ihr leid. Der Moment der Wahrheit war gekommen.

»Würdest du dir bitte ein Foto ansehen, das wir von dem Leichnam gemacht haben?« Wie sagte man das Folgende am besten? Indem man die Dinge beim Namen nannte, ohne unnötig ins Detail zu gehen. »Der Kopf fehlt, daher gilt dem Körper besondere Aufmerksamkeit.«

Wieder das Zittern der Hautfalten. Karhuu reichte ihr das Bild herüber. Die hellblauen Augen der Frau tasteten das Foto ab. Schließlich blickte sie auf und sah Karhuu an.

»Das ist nicht Aksel«, sagte sie mit Bestimmtheit, und der Ausdruck ihres Gesichts schwankte zwischen Erleichterung und – wie Karhuu überrascht feststellte – einer nicht zu leugnenden Enttäuschung.

8

Der Mann, der ihm gegenüber saß, wirkte wie ein Mensch, dessen Leben gerade auf den Kopf gestellt wurde, und so war es ja auch, wenn plötzlich der Partner weg war, wer wüsste das besser als Jon Nordh selbst? Der Mittvierziger, der ins Präsidium gekommen war, war fahrig, verhaspelte sich beim Sprechen, artikulierte gestenreich. Seine Mimik zeigte blanke Angst, dann im Wechsel Hoffnung, Trauer, Wut, Verzweiflung. Selbst die Kaffeeflecken auf Nordhs Hose schien er zu übersehen. Der Kommissar versuchte den Mann, der als Physiklehrer arbeitete, zu beruhigen, doch in solchen Dingen war er nicht mehr besonders gut. Was sollte er auch sagen? Beruhige dich, mir geht es noch schlechter, meine Frau ist bei einem möglicherweise fingierten Autounfall ums Leben gekommen, weil sie hinter meinem Rücken mit meinem besten Freund und Partner gevögelt hat? Was er schließlich mit viel Geduld aus dem aufgelösten Mann herausbekam, war Folgendes: Der Vermisste, ein Stadtplaner, der mit dem Lehrer seit vierzehn Jahren zusammenlebte, war seit drei Tagen verschwunden. Als er am Abend nicht wie gewohnt nach Hause gekommen war und weder auf Anrufe noch auf Textnachrichten reagiert hatte, hatte sein Mann begonnen, mit Freunden und Bekannten sowie der Familie zu telefonieren. Niemand hatte etwas vom Verschwundenen gehört. Auch zur Arbeit war er nicht erschienen. Am nächsten Tag meldete der Lehrer ihn als vermisst. Als erste Maßnahme ortete die Polizei das Handy. Es stellte sich heraus, dass es sich in der gemeinsamen Wohnung in einer Nachttischschublade befand. Als Nächstes wurden die Krankenhäuser der Stadt kontrolliert. Ergebnislos. Auch in den sozialen Medien, in denen der Stadtplaner normalerweise auf verschiedenen Kanälen überaus aktiv war, herrschte Schweigen. Bis jetzt kein Lebenszeichen. Dem Lehrer liefen Tränen der Verzweiflung über das Gesicht. Nordh reichte ihm ein Taschentuch. Oh, er kannte das Gefühl nur zu gut.

»Und dann noch die unheimliche Sache mit den Abbuchungen«, schluchzte der Mann. »Irgendein skrupelloser Mensch, womöglich sein Mörder oder Entführer, ist an seine Kreditkarte gekommen, fährt quer durchs Land und lässt es sich auf seine Kosten gut gehen.«

»Was für Abbuchungen?«

»Auf unserem gemeinsamen Konto. Mir ist es erst vorhin aufgefallen. Ich kann es dir zeigen.« Schniefend holte er sein Smartphone hervor und öffnete die App seiner Bank. Er reichte Nordh das Handy. »Alles in den vergangenen Tagen.«

Achthundert Kronen an einer Tankstelle in Gislaved.

Hundertzwanzig bei einem McDonalds in Skövde.

Tausendeinhundert für ein Hotel in Kristinehamn.

Noch einmal achthundert für eine Tankstelle im Nirgendwo.

Zweitausendsiebenhundert in einem Angelladen in Mora.

Achthundertvierzig in einem Supermarkt, ebenfalls in Mora.

Viertausendvierhundert an Airbnb.

Die Abbuchungen erzählten eine Geschichte, aber vermutlich eine, die der Lehrer nicht gern hören würde. Andererseits war alles besser als der Tod, dachte Nordh. Er reichte ihm das Smartphone zurück, rieb seinen Bart, räusperte sich.

»Habt ihr in letzter Zeit womöglich häufiger miteinander gestritten? Gab es zwischen euch Meinungsverschiedenheiten, Eifersucht, Vorwürfe?«, fragte er den Mann so behutsam, wie er konnte.

Die Verwunderung in dessen Augen hätte nicht größer sein können. Dann begriff er.

»Eifersuchtsdramen gab es keine. Aber Streit. Eigentlich um Nichtigkeiten. Er will unbedingt, dass wir uns ein E-Auto anschaffen, … aber ich denke … das viele Geld … Du meinst …? Auf keinen Fall! Er würde mich doch nie … Außerdem ist er kein Naturmensch! Im Gegenteil! Die Vorstellung, dass er … in einem Angelladen …«

Sein Oberkörper hatte sich aufgebaut, nun fiel er in sich zusammen. Man konnte ihm förmlich ansehen, wie die Gedanken rotierten. Hundertprozentig sicher konnte sich Nordh natürlich nicht sein. Es gab theoretisch die Möglichkeit, dass tatsächlich jemand den Stadtplaner getötet hatte und nun mithilfe von dessen

Kreditkarte einen Angelausflug finanzierte. Doch die Erfahrungswerte sprachen dagegen. Es war kein Leichnam gefunden worden – wenn man von dem mit dem angenähten Krokodilkopf absah. Und dass ein Mörder solchen Kalibers anschließend eine leicht nachzuvollziehende Spur hinterließ, um in Mora angeln zu gehen, konnte sich Nordh beim besten Willen nicht vorstellen.

»Manchmal machen Menschen, die uns nahestehen, merkwürdige Sachen. Dinge, die wir nicht nachvollziehen können, zumindest nicht auf den ersten Blick«, sagte er.

Der Mann sah ihn an. Er schien zwischen Misstrauen, Einsicht und Hoffnung zu schwanken.

»Wie alles stehen und liegen zu lassen, um in Mora angeln zu gehen?«

»Zum Beispiel.«

»Ich weiß nicht recht.« Er schüttelte den Kopf. »Es passt nicht zu ihm.«

Es näherte sich der entscheidende Moment.

»Nun gut, ich zeige dir nun ein Foto des Toten, der gefunden wurde. Der Kopf des Leichnams fehlt, aber darüber musst du dir keine Gedanken machen. Konzentriere dich ganz auf den Körper. Wenn es der deines Manns sein sollte, was ich wirklich nicht glaube, dann wirst du ihn erkennen. Wenn er es nicht sein sollte, wovon ich stark ausgehe, rufe ich bei dem Hotel in Kristinehamn an und lasse mir eine Beschreibung des Übernachtungsgastes geben. Sollte sie auf ihn zutreffen, sorge ich dafür, dass Kollegen die Daten der Airbnb-Buchung besorgen und der Adresse einen Besuch abstatten. Einverstanden?«

Sein Gegenüber nickte. Bei den Worten vom fehlenden Kopf war erneut die Panik in seinen Augen aufgeflackert. Als Nordh ihm das Handy mit dem Foto reichte, das Karhuu ihm geschickt hatte, zitterte die Hand des Manns. Er warf einen schnellen Blick auf das Display, dann kniff er vor Erleichterung die Augen zu und atmete tief durch.

Zum Abschied klopfte Nordh ihm ermutigend auf die Schulter.

»Er nimmt sich sicherlich nur eine Auszeit. Drei, vier Tage, dann steht er wieder vor der Tür. Mit einem dicken Fang unter dem Arm.«

»Dabei mag er Fisch noch nicht einmal besonders gern.«

Beide lächelten dünn. Nordh wandte sich zum Gehen. Dann fiel ihm noch etwas ein.

»Er ist doch Stadtplaner, oder?«

»Ja.«

»Seit Jahren sind überall Baustellen und Umleitungen, der Verkehr ist eine Katastrophe. Wann hört das endlich auf?«

»Eine Stadt wird nie fertig. Das zeichnet sie ja gerade aus.«

Nordh war eingefleischter Malmöer, aber so hatte er die Sache noch nie betrachtet.

»Muss ich drüber nachdenken«, sagte er.

9

Das Haus der Sjöbäcks lag nur wenige Straßen von dem der Coco-Chanel-Frau entfernt. Bescheidener dimensioniert, zurückhaltende Architektur, aber zweifellos ebenfalls gut situierte Bewohner, sonst hätten sie sich die Adresse in dem ruhigen Wohngebiet am Stadtrand in Meeresnähe nicht leisten können. Bevor Svea Karhuu aus dem Wagen ausstieg, sah sie noch einmal auf ihre Notizen. Sophia Sjöbäck, achtundvierzig, PR-Unternehmerin, hatte ihren Ehemann Reidar, vierundfünfzig, in der kommunalen Verwaltung tätig, vor zwei Tagen als vermisst gemeldet. Karhuu klingelte. Sophia Sjöbäck machte einen gefassten Eindruck. Entspannte Gesichtszüge, gepflegtes Haar, dezentes Make-up. Doch irgendetwas war mit ihren Augen. Eine Trägheit der Lider, ein leicht verhangener Blick.

Valium, dachte Karhuu, oder ein noch stärkerer Angstlöser. Sie setzten sich ins Wohnzimmer. Nichts war protzig, nichts wirkte neureich. Klare Linien, geschmackvolle Details. Design, das teurer war, als es aussah: typisch skandinavisches Understatement. Die Frau servierte Kaffee, den Karhuu dankbar annahm, das Muster der Marimekko-Tassen entsprach dem der Sofakissen. Aus unsichtbaren Lautsprechern dudelte leise Lounge-Jazz. Karhuu knabberte Safran-Biscotti und hörte Sjöbäck zu. Zum letzten Mal gesehen hatte diese ihren Mann vor acht Tagen. Zunächst war ihr sein spurloses Verschwinden überhaupt nicht aufgefallen. Sie hatten beide Urlaub, sie führten eine offene Beziehung. Sophia Sjöbäck hatte eine Woche bei ihrem, wie sie es ausdrückte, engen Freund verbracht. Ihren Mann wähnte sie in dieser Zeit bei seiner Freundin in Kopenhagen. An Tagen, an denen sie beide bei außerehelichen Partnern waren, stellten sie die Kommunikation miteinander größtenteils ein. Was sollten sie einander auch schreiben? Wie toll der Sex mit dem oder der anderen war? Praktisches klärten sie, wenn möglich, vorher oder nachher. Vor zwei Tagen waren sie zu Hause miteinander verabredet gewesen, am folgenden Morgen wollten sie nämlich gemeinsam in Urlaub fahren, Bergwandern an der norwegischen Grenze. Doch nachdem ihr Mann zum verabredeten Zeitpunkt nicht aufgetaucht war und sie einen halben Tag lang vergeblich versucht hatte, ihn zu erreichen, hatte sie schließlich bei Reidars Freundin angerufen. Die Kopenhagenerin war ratlos. Trotz fester Verabredung war Reidar nicht bei ihr aufgetaucht. Er hatte ihre Anrufe nicht beantwortet und nicht auf ihre Mitteilungen reagiert. Ein klassischer Fall von Ghosting, hatte sie gedacht, sich plötzlich völlig rar machen, eine fiese Methode, mit jemandem Schluss zu machen. Nach dem Telefonat mit der Dänin war Sophia alarmiert. Das passte so gar nicht zu Reidar. Er war zuverlässig und gewissenhaft. In siebenundzwanzig Jahren Ehe hatte er sie nicht einmal hängen lassen. Sie rief Freunde und Bekannte ihres Manns an. Die erwachsenen Kinder. Reidars Mutter, die in Värmland lebte. Alles ohne Ergebnis. Der nächste Schritt war die Vermisstenanzeige bei der Polizei. Der Zeitraum, der seit dem letzten bestätigten Kontakt mit Reidar Sjöbäck vergangen war, hatte Karhuus Kollegen bewogen, die Sache sofort ernst zu nehmen. Das Ergebnis der obligatorischen Handyortung verschärfte die Dynamik der Situation noch einmal: Das letzte Signal des Smartphones war bereits sieben Tage alt, danach Funkstille. Die Beamten schickten einen Streifenwagen zu den letzten GPS-Koordinaten des Handys. Dort, auf der Brache eines Industriegebiets, fanden sie das ausgebrannte Wrack von Reidars Auto. Die Kriminalpolizei schaltete sich ein. Sophia Sjöbäck wurde ausgiebig vernommen. Natürlich wollte niemand die Möglichkeit ausschließen, dass ihr Mann seinem bisherigen Leben den Rücken gekehrt und sich abschiedslos auf und davon gemacht hatte, aber angesichts der Umstände erschien das nicht wahrscheinlich. In dem langen Gespräch mit den Kriminalbeamten fielen zutiefst beunruhigende Begriffe: Suizid, Entführung, Mord. Aber warum sollte sich Reidar das Leben nehmen, fragte Sophia Sjöbäck nun Karhuu, er war ein durch und durch erfüllter Mann in seinen, wie man so sagte, besten Jahren. Auch wenn ihr Beziehungskonzept Außenstehenden unkonventionell, wenn nicht fragwürdig erschien, war es genau das, was ihrer Ehe nach fast drei Jahrzehnten die nötige Würze verlieh. Sie führten ein gutes Leben miteinander, das betonte sie mehrmals. Er liebte sie und sie liebte ihn. Punkt. Reidar ging in seinem Job als Chef der kommunalen Wasserversorgung auf, der ihm ein sehr ordentliches Einkommen bescherte. Er war ein Machertyp, hatte politische Ambitionen und berufliche Pläne. Neben dem Wandern war er ein leidenschaftlicher Radfahrer. Er war ein verlässlicher, am Leben seiner erwachsenen Kinder interessierter Vater. Das erste Enkelkind war unterwegs und er war deswegen ganz aus dem Häuschen. Er führte enge, langjährige Freundschaften. Nein, die Vorstellung, dass Reidar Selbstmord begangen haben könnte, war absurd. Undenkbar. Ausgeschlossen. Nun ja, dachte Karhuu, Menschen sind nicht immer das, was sie zu sein scheinen. Es war nicht ungewöhnlich, dass gerade die engsten Angehörigen einem Suizid mit völligem Unverständnis, ja Verleugnung begegneten. Was nachvollziehbar war, denn lag nicht jedem Selbstmord auch ein stiller Vorwurf inne, ob beabsichtigt oder nicht? Sjöbäck fuhr fort. Entführung? Wer sollte Reidar entführen? Und warum? Sicher, sie hatten keine finanziellen Sorgen, sie verdienten beide gut. Aber sie waren nicht reich. Sagten das wohlhabende Menschen nicht immer, fragte sich Karhuu, aber das sprach sie natürlich nicht aus. Hier und jetzt war kein Platz für klassenkämpferische Gedanken. Sie hatte Mitleid mit der Frau. Der Benzo-Schleier vor ihrem Blick war verschwunden, aber da war ein unstetes Flackern, wenn sie sprach, das sich im Zittern ihrer Stimme widerspiegelte. Und wenn es um Lösegeld gehen sollte, warum hatten sich die Entführer nicht längst gemeldet? Karhuu wusste darauf keine Antwort. Sie hielt die Möglichkeit einer Erpressung ebenfalls für gering, allein schon, weil die Statistik dagegensprach. Stattdessen nahm in ihr eine Ahnung Gestalt an. Eigentlich schon vom Moment an, als die Tür geöffnet worden war und sie Sjöbäck zum ersten Mal in die Augen geschaut hatte. Neben der Angst und den Beruhigungsmitteln war da noch etwas anderes gewesen. Ein Entsetzen, das auf einer Gewissheit fußte. Menschen, die einander sehr nahestehen, verbindet ein unsichtbarer Draht. Davon war Karhuu fest überzeugt. Tief in ihrem Innern wusste die Frau bereits, dass ihr Mann tot war. Sie redete noch einige Minuten dagegen an und Karhuu stellte an den entsprechenden Stellen pflichtbewusst Fragen oder nickte aufmunternd, aber der jungen Ermittlerin war bewusst, dass sie sich dem Augenblick näherten, an dem sie ihrem Gegenüber das Foto in ihrer Tasche würde zeigen müssen.

10

Kleine Runde im Besprechungszimmer. Nordh, Karhuu und die Muppets. Trotz offener Fenster stand die Luft im Raum still, die Sonne brannte, die Nachmittagshitze war erdrückend. Nordhs Hemd hatte Schweißflecken unter den Achseln und klebte ihm am Rücken. Er hatte den Schlips gelockert. Das verschwitzte Haar pappte an seiner Stirn. Vermutlich sah er furchtbar aus. Von den Kaffeeflecken auf seiner Hose ganz zu schweigen. Er wünschte, er hätte am Morgen wenigstens ein Deo benutzt, aber seit Lindas Tod fielen ihm solche Dinge immer erst ein, wenn es bereits zu spät war. Am Morgen hatte er die Spülmaschine nicht angestellt. Die Dose mit dem Pausensnack für seinen Sohn stand noch auf der Anrichte. Und der Turnbeutel seiner Tochter mit dem nassen Handtuch darin lag seit Tagen auf dem Beifahrersitz seines Wagens. Als er bemerkte, dass ihn die anderen drei erwartungsvoll ansahen, schob er die Gedanken beiseite. Es gab jetzt Wichtigeres. Es galt, einen Mord aufzuklären. Es galt, einen verdammten Irren zu überführen.

»Wir haben das Opfer identifiziert, womit wir einen Riesenschritt weiter sind als heute Morgen«, sagte er und nickte Svea Karhuu zu. Sie gab ausführlich ihr Gespräch mit der Frau des Toten wieder. »Was war dein Eindruck?«, fragte er, als sie ihren Bericht beendet hatte.

»Sie stand unter Schock. War authentisch in ihrem Auftreten. Erst war da die Angst um ihren Mann. Dann der Schmerz, nachdem sie seinen Leichnam auf dem Foto erkannt hatte.«

»War da keine Verbitterung, kein Groll?«, fragte er. »Ich

denke da an die dänische Geliebte. Eine außereheliche Affäre hinterlässt doch immer Spuren.«

Keine Antwort. Er blickte Karhuu an, dann Stöcker und Wallgren.

Alle drei sahen betreten zu Boden. Unangenehmes Schweigen. Warum …? Es dauerte einen Moment, bevor der Groschen fiel. Sie dachten, dass er das sagte, weil … Dabei hatte er gar nicht an Linda gedacht. Jetzt tat er es natürlich doch. Aber es war ja nicht nur Linda. Stöcker hatte ihm irgendwann eröffnet, dass Calle vor Jahren auch etwas mit Wallgren und weiteren Kolleginnen am Laufen gehabt hatte. Diesen Umstand verdrängte Nordh, so gut es ging, denn es ließ die Sache zwischen Linda und Calle nur noch trostloser und trivialer erscheinen. Vielleicht daher sein anhaltender unterschwelliger Groll auf die Muppets – ihre Ehe hatte den Seitensprung überlebt.

»Ich glaube, das war für Sophia Sjöbäck in Ordnung«, sagte Karhuu schließlich vorsichtig. »Sie hat betont, dass Reidar und sie eine glückliche offene Beziehung führen, und sie hat ja auch selbst einen Liebhaber, auch wenn sie es etwas verblümter ausgedrückt hat.«

»Polyamorie«, sagte Wallgren und kicherte ihr irres Kichern.

Aber trotzdem, wollte Nordh einwenden. Er konnte sich beim besten Willen nicht vorstellen, dass solch ein Arrangement funktionierte, Fremdwort hin oder her. Jedenfalls nicht auf Dauer. Früher oder später gab es Tränen, Schmerz, Eifersucht. Von wegen freie Liebe. Das war schon bei den Hippies schiefgegangen. Doch er hielt erst einmal die Klappe. Er wollte nicht als der verbitterte Witwer rüberkommen, dessen verstorbene Frau hinter seinem Rücken … Er kaute auf seiner Unterlippe. Aber er *war* nun mal ein verbitterter Witwer, verflucht noch mal!

»Ich weiß nicht«, sagte er kopfschüttelnd. »Ich sehe in der Konstellation drei potenzielle Tatverdächtige. Eifersucht ist ein mächtiges Gefühl. Es kann einen übermannen. Die Ehefrau. Ihren Lover. Die dänische Geliebte.«

»Grundsätzlich als Mordmotiv durchaus denkbar«, sagte Karhuu. »Aber die Sache mit dem Krokodilkopf geht meines Erachtens doch deutlich über ein Liebesdrama hinaus.«

»Warum?«, fragte Nordh durchaus scharf. Er war jetzt auf Konfrontation aus. Was wusste Karhuu schon von Eifersucht? Nachts schlaflos im Bett zu liegen und innerlich zu verbrennen. Wieder und wieder und wieder. Denn wo sollte er hin mit seinem Gefühl, wenn die beiden Menschen, die das zehrende Feuer entzündet hatten, Seite an Seite gestorben waren und sich jeder Auseinandersetzung für immer entzogen hatten? »Dass wir es mit einem Wahnsinnigen zu tun haben, liegt doch wohl auf der Hand. Der kann sich hinter der freundlichsten Fassade verbergen.«

»Wenn es sich um einen Soziopathen handelt«, warf Anna Wallgren ein. »Das sind die Wölfe im Schafspelz, die nach außen hin ein völlig normales Leben führen. Psychopathen dagegen fallen meistens schon in ihrer Jugend auf, durch Tierquälerei oder Brandstiftung zum Beispiel.«

Sie kicherte. Dieser furchtbare Tick.

»Danke für die erleuchtenden Worte«, knurrte er.

»Meines Wissens spricht die forensische Psychologie heutzutage eher von dissozialen Persönlichkeitsstörungen«, sagte Karhuu betont sanft. »Aber ich denke, wir meinen alle insofern das Gleiche, als dass ein normaler Mensch nicht dazu fähig ist, einem anderen bei lebendigem Leib den Brustkorb zu öffnen, ihm buchstäblich das Herz herauszureißen, den Kopf abzutrennen und durch den eines Alligators zu ersetzen.«

»Wenn wir hier schon Wortklauberei betreiben«, sagte Nordh spitz, »dann möchte ich euch darauf hinweisen, dass wir es biologisch betrachtet nicht mit einem Vertreter der Familie der Alligatoren zu tun haben, sondern mit einem *Crocodylus niloticus*, einem Nilkrokodil, wie die Spurensicherung mittlerweile festgestellt hat.«

»Na dann«, murmelte Stöcker.

Spar dir deinen Sarkasmus, dachte Nordh.

»Danke für die Korrektur, Jon«, sagte Karhuu. Sie klang gänzlich unironisch. »Jede Kleinigkeit könnte wichtig sein. Apropos Krokodil: Ich hatte noch keine Zeit, mir die Akten zu den ehemaligen *Crocodiles* anzusehen, dennoch würde ich die Möglichkeit, dass organisierte Kriminelle hinter der Tat stecken, noch nicht gänzlich fallen lassen.«

»Waren wir uns nicht eben einig, dass es sich bei dem Täter um einen Irren handeln muss?«, fragte Nordh.

»Wo siehst du eine mögliche Verbindung eines Verwaltungsbeamten wie Reidar Sjöbäck zu den Malmöer Gangs?«, fragte Wallgren – dieses Mal ohne Kichern.

Gute Frage.

»Sjöbäck war kein kleines Licht, sondern der Chef der kommunalen Wasserwerke«, antwortete Karhuu. »Dazu gehören Malmö, Lund, Burlöv, Eslöv und Lomma. Also mehr oder weniger halb Schonen. Das Jahresbudget der Behörde beträgt Hunderte Millionen Kronen. Es ist kein Geheimnis, dass die Organisierte Kriminalität zunehmend und erfolgreich versucht, öffentliche Gelder anzuzapfen. Nicht nur durch groß angelegten Betrug bei Sozialleistungen, sondern auch durch Korruption innerhalb der Behörden. Je höher der Posten, desto größer die Möglichkeiten, Geldflüsse umzuleiten. Einen Mann wie Sjöbäck in der Tasche zu haben, würde bedeuten, eine Menge Einfluss ausüben zu können.« Karhuu wandte sich direkt an Nordh. »Was hat denn dein Gespräch mit der forensischen Psychologin ergeben?«

»Im Grunde sagt sie dasselbe wie das, worüber wir gerade sprechen«, gab er grummelnd zu. »Sie sieht zwei verschiedene Typen von Tätern, die infrage kommen. Verrohte Berufskriminelle, die derartige Leichenschändungen symbolhaft einsetzen. Als Machtdemonstration, zur Abschreckung und so weiter. Oder den armen Irren mit *dissozialen Persönlichkeitsstörungen.*«

Er malte mit den Fingern imaginäre Anführungszeichen in die Luft, was ihm einen Seitenblick von Karhuu einbrachte. Aber er war immer noch geladen. Ihm war zu heiß. Er hatte Durst. Seine klebrige Kleidung auf der Haut widerte ihn an. Dazu das Geschwafel von freier Liebe und außerehelichen Beziehungen. Aber natürlich lag es vor allem an diesem beschissenen Fall selbst. Sein ungutes Gefühl hatte sich in den vergangenen Stunden eher noch verstärkt. Er hätte auf seinen Bauch hören sollen, anstatt sich von Mellander einsacken zu lassen. Und wofür? Um den Ungereimtheiten des Unfalltods der beiden Menschen nachzugehen, die ihn nach Strich und Faden belogen und betrogen hatten.

»Theorien sind ja schön und gut, aber vielleicht kommen wir mit Konkretem weiter«, sagte Stöcker. Wo er recht hat, hat er recht, dachte Nordh. »Ich habe die Jachthäfen abgeklappert, die infrage kommen. Nirgendwo hat jemand in der vergangenen Nacht etwas gesehen oder gehört. Was kein Wunder ist, denn die Häfen werden schließlich nicht durchgehend bewacht. Es gibt Sicherheitsdienste, die ein-, zweimal nachts die Runde machen und es gibt hier und da Videokameras. Alles ist logischerweise darauf ausgerichtet, Diebstähle zu verhindern oder zumindest zu erschweren. Aber unserem Unbekannten ging es ja um etwas anderes: Unbemerkt ein kleines Boot zu Wasser zu lassen. An der *Dockan Marina,* die liegt zwischen den beiden Leuchttürmen am Hafen, etwa einen Kilometer Luftlinie nordwestlich vom Fundort im Kanal, wurde heute Vormittag eine Entdeckung gemacht. Auf der Rampe, auf der im Frühjahr die kleineren Jachten zu Wasser gelassen werden, stand ein Auto samt Bootstrailer. Der Anhänger halb unter der Wasserlinie, der Wagen, ein älteres Volvomodell, ausgebrannt.« Stöcker fuhr sich mit der Hand über die schweißfeuchte Halbglatze. »Mit anderen Worten: Jemand hat mithilfe eines Trailers ein Boot zu Wasser gelassen und sich nicht die Mühe gemacht, den Anhänger wieder herauszuziehen, sondern stattdessen das Auto in Brand gesetzt. Natürlich habe ich die Nummernschilder überprüft. Der Volvo wurde vor drei Tagen in Burlöv gestohlen, der Trailer bereits vor viereinhalb Monaten in Strandhem.« Er räusperte sich. »Im Weiteren habe ich dem Hafenmeister Fotos des Bootes gezeigt. So ein Ding hatte er noch nie gesehen. Eine Barke. Er war sich sicher, dass es sich dabei um einen Eigenbau handelt, wozu man viel Zeit, Geschick und Fachwissen benötigt.«

»Gute Arbeit«, sagte Karhuu.

Wallgren drückte ihrem Mann lächelnd den Arm. Unprofessionelle Schmonzette, dachte Nordh. Aber ja, es war gute Arbeit, musste er zugeben, mit den Ergebnissen konnte man arbeiten. Er nickte Stöcker zu.

»Gib die Infos bitte an Mette Petersen weiter. Vielleicht ist der Volvo mit dem Bootsanhänger von irgendeiner Kamera eingefangen worden.«

Er wandte sich an Wallgren.

»Hat das Klinkenputzen bereits etwas ergeben?«

Sie schüttelte den Kopf.

»Vielleicht haben wir später bei der zweiten Runde mehr Glück.«

»Dann fasse ich mal zusammen«, sagte Nordh, »unser Opfer ist ein gut situierter Mann in seinen besten Jahren. Chef der Wasserwerke, politisch vernetzt, angeblich glücklich verheiratet, erwachsene Kinder. Nebenbei hat er eine Geliebte in Kopenhagen, was für seine Frau aber offenbar kein Problem darstellt«, er warf einen vielsagenden Blick in die kleine Runde, »im Gegenteil: Sophia Sjöbäck hat ebenfalls einen Liebhaber, was wiederum unseren Reidar angeblich nicht stört. Nach einer Woche Fremdkuscheln ist ein gemeinsamer Wanderurlaub geplant, aus dem aus uns bekannten Gründen jedoch nichts wird. Ein Mensch mit *dissozialen Persönlichkeitsstörungen* oder ein *verrohtes Gangmitglied*«, dieses Mal verzichtete er auf die ironischen Anführungszeichen und beließ es bei der sarkastischen Betonung, »tötet Reidar Sjöbäck auf bestialische Weise, indem er ihm bei lebendigem Leib den Brustkorb öffnet und das Herz herausreißt. Er enthauptet den Leichnam und näht ihm den ausgestopften Kopf eines Nilkrokodils an. Mit einem gestohlenen Wagen und einem ebenfalls gestohlenen Trailer bringt er ein selbst gebautes Ruderboot zu Wasser, in dem der Leichnam aufgebahrt liegt, und manövriert es in die Kanäle der Innenstadt, um dann spurlos zu verschwinden.« Er blies die Backen auf und ließ die Luft dann langsam entweichen. »Irgendwelche Ideen, *anyone?*«

Es war lange still im Raum. Die Luft war zum Schneiden. Es war zu heiß, um zu denken. Das Zimmer hatte Südlage, aber niemand war auf die Idee gekommen, hier Jalousien, Vorhänge oder Rollos zu montieren. Sein Hirn schmolz und er konnte seinen eigenen Schweiß riechen.

»Die Zeiträume sind interessant«, sagte Karhuu schließlich. Ihr schien die Temperatur nicht das Geringste auszumachen. Vielleicht lag es an ihrem nahöstlichen Genpool, dachte er, auch wenn sie am Polarkreis aufgewachsen war. »Reidar Sjöbäck verschwindet acht Tage, bevor sein Leichnam in dem Boot auf dem Kanal auftaucht. Der Pathologe ist sich sicher, dass Sjöbäck maximal zwanzig Stunden zuvor getötet wurde, eher weniger. Das bedeutet, dass unser Opfer höchstwahrscheinlich entführt und eine ganze Woche lang gefangen gehalten wurde, was nur deshalb niemandem auffiel, weil er Urlaub hatte, ihn seine Frau bei seiner Freundin wähnte und diese sein Nichterscheinen als Schlussmachen interpretierte. Eine Woche Gefangenschaft vor dem eigentlichen Mord. Absurdes Detail: In Sjöbäcks Darm befand sich nichts als Haferbrei. Nächster Aspekt: der Bau der Barke. Nach dem, was der Hafenmeister Henning gesagt hat, ein sehr zeitintensives Projekt. Dann der Bootstrailer, der bereits vor Monaten gestohlen wurde. Worauf ich hinauswill: Der Mord an Sjöbäck war von langer Hand geplant und wurde aufwendig in Szene gesetzt. Wir haben es also mit einem extrem gut organisierten Täter zu tun, der einen immensen Aufwand betreibt.«

Einstimmiges Nicken. Nordh war wieder einmal beeindruckt. Karhuu war um so vieles weiter als er in ihrem Alter. Klug, strukturiert, analytisch. Sie diskutierten eine gute Stunde weiter hin und her, aber irgendwann drehten sie sich im Kreis. Dem Kern des Ganzen kamen sie nicht näher, da half weder psychologisches Fachvokabular noch ihre gemeinsame Kompetenz oder seine langjährige Erfahrung: Auf die Frage, wer zu solch einer Barbarei in der Lage war, fehlte ihnen jede Antwort. Selbst Nordh war sich unsicher, ob ein Liebesdrama, ob Eifersucht einen Menschen zu einer solchen Tat befähigte, auch wenn er es den anderen gegenüber vehement behauptet hatte. Aber bessere Theorien hatten sie bisher nicht zur Hand. Neuigkeiten von der Spurensicherung oder die Auswertung der Überwachungskameras in der Nähe des Fundorts ließen weiter auf sich warten. Es ging auf den Abend zu. Die Runde löste sich auf. Wallgren machte sich mit einem Trupp Streifenpolizisten erneut auf die Suche nach Zeugen. Stöcker, der als Aktenfresser bekannt und zugegebenermaßen ein guter Rechercheur war, begann damit, Reidar Sjöbäcks Hintergrund auszuleuchten. Karhuu suchte sich die Akten zu den *Crocodiles* heraus. Nordh selbst bestellte für den kommenden Tag Sjöbäcks Frau, ihren Liebhaber sowie die Kopenhagener Geliebte aufs Präsidium ein. Dann fuhr er nach Hause, um sich um das Abendessen zu kümmern. Beim Frühstück hatte er den Kindern Pizza versprochen.

11

Svea Karhuu investierte zwei Stunden in die Durchsicht der *Crocodiles*-Akten. Anschließend war sie davon überzeugt, dass nichts auf eine Verbindung zum Mord an Reidar Sjöbäck hinwies. Das stärkste Argument war dasselbe, das Jon Nordh schon vorgebracht hatte. Die sogenannten *Crocodiles* waren bereits vor mehr als drei Jahren in einem größeren kriminellen Netzwerk aufgegangen und seitdem waren der Name und ihr Signum, das *Lacoste*-Krokodil, in keinem aktenkundigen Zusammenhang mehr aufgetaucht. Dazu kam, dass die ursprüngliche Gang, ebenso wie ihre Nachfolger, ausschließlich für Drogenhandel und die damit verbundenen territorialen Auseinandersetzungen mit rivalisierenden Banden bekannt war: Dealerei, Besitz illegaler Schusswaffen, Mordversuche, Mord. Nichts deutete auf kriminelle Aktivitäten hin, die in eine Behörde hineinreichten. Keine Hinweise für Korruption, Schmiergeld, Betrug oder Erpressung. Das musste natürlich nicht zwangsläufig bedeuten, dass Sjöbäck auf seinem exponierten Posten oder auch als Privatperson so sauber war, wie seine Frau ihn charakterisiert hatte. Aber einen Verdacht auf kriminelle Machenschaften gab das Material schlichtweg nicht her. Wollten sie der Theorie, dass sich Sjöbäck in etwas Illegales verstrickt hatte, weiter nachgehen, so mussten sie tiefer graben – und an anderer Stelle.

Mit leichten Kopfschmerzen radelte Karhuu am frühen Abend zu ihrer winzigen Wohnung im Stadtteil Möllevång. Sie hatte vierzehn Stunden ohne Pause gearbeitet und viel zu wenig getrunken. In den Straßen stand noch immer die Hitze des Tages. Die Außenbereiche der Restaurants und Bars des quirligen Viertels waren voll besetzt, es herrschte ausgelassene Stimmung. Für die Leute an den Tischen, die Bier tranken oder an ihrem Aperol Spritz nippten, war es ein perfekter Hochsommerabend. Keiner von ihnen hatte an diesem Tag einen Toten inspiziert, dem bei lebendigem Leib das Herz herausgerissen worden war. Nach dem Besuch der Pathologie beschäftigte sie dieser Umstand der Tat mehr als die Enthauptung und das Anbringen des Krokodilkopfes. Vielleicht weil in ihr die eigentliche Unmenschlichkeit lag. Das Töten an sich.

Ihre Wohnung im Parterre eines fünfstöckigen Altbaus war angenehm kühl. Sie trank drei Gläser Wasser, dann duschte sie. Anschließend war sie zum ersten Mal an diesem Tag hungrig. Der Kühlschrank gab wenig her, aber zu den fröhlichen Menschenmassen draußen vor den Restaurants zog sie nichts. Selbst für einen Gang zum arabischen Lebensmittelladen um die Ecke konnte sie keine Energie aufbringen. Sie machte sich ein Müsli, das sie mit der Marmelade aus Moltebeeren süßte, die ihre Mutter ihr beim vergangenen Besuch in Tornedalen mitgegeben hatte. *Hilla,* wie es auf Meänkieli hieß. Gelbes Gold. Anschließend telefonierte sie mit ihrem Freund. Kristoffer und sie waren seit zweieinhalb Jahren ein Paar, und weil er in Stockholm lebte und sie sich selten sehen konnten, war diese halbe Stunde am Telefon ihr gemeinsames abendliches Ritual. Kristoffer hatte hörbar gute Laune, trotzdem – oder vielleicht gerade deshalb – wollte das Gespräch nicht richtig in Gang kommen. Es lag an ihr. Sie war erschöpft und ihre Gedanken wanderten immer wieder zurück in die Räume der Rechtsmedizin, ohne dass sie das Gefühl hatte, darüber sprechen zu können oder zu wollen. Er spürte ihre Zerstreutheit und sie kränkte ihn, das hörte sie heraus. Doch als Svea zum Abschied sagte, dass sie ihn liebte, meinte sie es auch so. Auch wenn die Situation nicht leicht war. Er konnte nicht aus Stockholm weg, sie nicht aus Malmö. Sie versuchten, die Wochenenden miteinander zu verbringen, was meistens nicht klappte. Im Frühjahr waren sie immerhin zusammen eine Woche auf Sizilien gewesen. Aber beide spürten, dass dies kein Dauerzustand war. Ein Jahr konnte man so überbrücken, vielleicht zwei. Spätestens dann musste sich etwas ändern. Kristoffer lernte an der renommiertesten Schauspielschule des Landes. Was nach seinem Abschluss beruflich geschah, stand in den Sternen. Die Gründe, die sie an Malmö banden, waren komplizierter. Vor vier Jahren hatte sie die Polizeischule in Stockholm absolviert, *summa cum laude*. Anschließend hatte sie auf Drängen der Polizeiführung hin eine Spezialausbildung als verdeckte Ermittlerin angehängt. Man suchte dringend jemanden wie sie: weiblich, jung, taff, und – wie man sich ausdrückte – mit migrantischem Hintergrund, was auch immer das genau bedeuten sollte. Dass sie aus Tornedalen stammte, wohl kaum. Hoch ambitioniert, wie sie war, ließ sie sich darauf ein. In ihrem zweiten Einsatz schleuste sie sich als vermeintliche Kleindealerin in einen illegalen Stockholmer Prostitutionsring ein. Junge Frauen, überwiegend Kriegsflüchtlinge aus der Ukraine, wurden mithilfe von Drohungen, Erpressung, Drogen und heftigster physischer und psychischer Gewalt zum Anschaffen gezwungen. In sechzehn Monaten *undercover* gelang es Karhuu, das Vertrauen mehrerer dieser Frauen zu gewinnen und Beweise gegen die Drahtzieher des Netzwerks zu sammeln, das sich über Dutzende Wohnungen in nahezu alle Bezirke der Hauptstadt erstreckte. Sie wurde nach und nach zu einer Kameradin der jungen Frauen, ein Mädchen für alles, erledigte Einkäufe und Botengänge, übernahm Hausmeistertätigkeiten wie das Reparieren verstopfter Klos, gab den Girls eine Schulter zum Ausheulen. Verdammt, sie organisierte sogar Abtreibungen, wenn es nötig war. Sie infiltrierte das wie geschmiert laufende Geschäftsmodell. Das kam dabei heraus, wenn man Prostitution vollständig verbot, hatte sie oft gedacht, man verlagerte sie in die Illegalität, in den Schatten, da, wo die Gesellschaft nicht hinschauen mochte. Was zur Folge hatte, dass skrupellose Verbrecher mit ihren Opfern machen konnten, was sie wollten. Eine dieser jungen Frauen war Kateryna gewesen. Karhuu und sie waren gleich alt und freundeten sich im Laufe der Zeit an. Wie die meisten anderen war Kateryna vor dem Krieg geflohen, hatte eine Vorgeschichte aus Missbrauch und Misshandlung, bevor sie mit falschen Versprechungen nach Stockholm gelockt und unter der Androhung von Gewalt gegen sie und ihren kleinen Sohn zur Prostitution gezwungen worden war. Es war Kateryna, die Karhuu an jenem schicksalsträchtigen Tag begleitet hatte. Gemeinsam hatten sie die Einkäufe für eine Gruppe Frauen erledigt, die zu acht in einer Drei-Zimmer-Dachwohnung am Stadtrand untergebracht waren. Unmittelbar vor der Wohnung schloss jemand die Tür ab. Er hatte die obligatorische Sporttasche über der Schulter, die, wie Karhuu wusste, voll mit Bargeld war, den wöchentlichen Einnahmen. Als er sich umwandte, erkannte sie den Geldeintreiber. Es war ein Kommissar des dritten Reviers. Nicht einmal zwei Jahre zuvor hatte sie unter seiner Anleitung das jährliche Schusstraining absolviert. Er erkannte sie ebenfalls – und begriff. Er riss seine Automatik aus dem Holster, das er unter der Lederjacke trug, doch Karhuu war schneller. *Undercover* war es zu gefährlich, eine Dienstwaffe bei sich zu führen. Aber sie hatte immer ein Messer im Ärmel. Für alle Fälle. Zwei blitzschnelle Armbewegungen und seine Halsschlagader war durchtrennt. Blut spritzte, er hustete, röchelte und sackte schließlich leblos in sich zusammen. Eine furchtbare Situation. Aber weil er seine Waffe gezogen hatte, war es alternativlos gewesen. Er oder sie, eine Frage von Leben und Tod. Sie hatte sich, Kateryna und die gesamte Operation geschützt. Trotzdem hatte ihr Chef und Mentor den verdeckten Einsatz daraufhin sofort abgebrochen, weil er seiner Meinung nach zu gefährlich geworden war und sie unter zu großem Stress stehen würde. Sie fand, dass das eine eklatante Fehleinschätzung war. Sechzehn Monate

Arbeit waren mit einem Mal dahin. Dabei war sie sehr kurz davor gewesen, genügend zusammenzutragen, um den schwedischen Teil des Netzwerks hochnehmen zu können, doch die Beweislage war für eine Anklage noch zu dünn. Als kurz darauf Ermittlungen zum Tod des korrupten Kommissars aufgenommen wurden und sich Karhuu in eine Schlägerei mit einer berüchtigten rassistischen Kollegin hatte verwickeln lassen, schickte ihr Chef sie nach Malmö, um sie fürs Erste aus der Schusslinie zu nehmen. Wenige Tage danach erreichte sie die Nachricht von Katerynas Tod. Sie hatte als Kronzeugin gegen das Netzwerk aussagen sollen. Angeblich war sie ohne Fremdeinwirkung aus dem Fenster eines Hotelzimmers im zwölften Stock gefallen. Karhuu glaubte keine Sekunde daran. Als der schiefgelaufene Undercover-Einsatz von einer Kommission aufgearbeitet wurde, verlangte ihr Chef von ihr, Kateryna die Tötung des korrupten Bullen in die Schuhe zu schieben, um auf diese Weise Gerüchte zu zerstreuen, denen zufolge eine verdeckte Ermittlerin für den Tod des im Polizeicorps überaus beliebten Kommissars verantwortlich war. Karhuu weigerte sich. Das hatte ihre Freundin nicht verdient. Der Vorschlag war ehrabschneidend und zynisch. Ihr Chef machte ihr klar, dass es ohne diesen dreckigen Deal für sie keinen Platz mehr in seinem Team und keine Rückkehr nach Stockholm gäbe. Sie begriff, dass es ihrem ehemaligen Förderer und Vorgesetzten, der letztendlich die Verantwortung für den havarierten Einsatz trug, im Grunde nur darum ging, sich selbst zu schützen. Sie pfiff auf ihn und machte ihre Aussage, in der sie alles so schilderte, wie es sich zugetragen hatte. Notwehr. Die Kommission sprach sie frei, sie wurde nicht belangt. Aber ihr Chef machte seine Drohung wahr und sorgte mit seinem Einfluss dafür, dass ihre Karriere als verdeckte Ermittlerin beendet war und es für sie bis auf Weiteres keine Zukunft bei der Stockholmer Polizei gab. Karhuu strandete in Malmö.

Neuneinhalb Monate war das nun her. Matt ließ sie sich aufs Bett fallen. Sie spürte es an ihrem Hinterkopf, das kleine, flache, harte Kästchen unter ihrem Kopfkissen. Es war ja auch Sinn der Sache, dass sie es nicht vergaß. Dass sie auf der Hut sein musste, Tag und Nacht. Jede Nacht. In dem Kästchen befanden sich neun Patronen. Seit sie hier war, hatte sie Monat für Monat eine dieser Patronen zugeschickt bekommen. Anonym. In jede war ein einziges Wort graviert:

Copkiller.

12

Jon Nordh kam auf den letzten Drücker. Seine Schwiegermutter saß mit Tim und Lilly im Wohnzimmer und spielte Karten, was bedeutete, dass die täglichen, mühsam ausgehandelten Rationen an Fernsehen, Hörspielen und Nintendo schon aufgebraucht waren. Alle hatten Hunger, er selbst ja auch. Im Supermarkt war ihm klar geworden, dass er für seine selbst gemachte Pizza *alla napoletana* zu spät dran war. Viermal Tiefkühlpizza war jedoch unter seiner Ehre, ernährungsphysiologisch fragwürdig und außerdem teuer. Der Kompromiss bestand aus Fertigteig plus Eigenbelag. Aus irgendeinem Grund mochte Tim nur gelbe Paprika und Lilly nur rote. Beim Essen musste er an Tims nächtliches Malheur denken. An den Tagen danach war er immer besonders sensibel.

»Wie war es in der Ferienfreizeit, Großer?«, fragte er und raufte seinem Sohn durchs Haar.

»Super«, sagte Timm.

Er sagte immer »Super«. Seine Ampel stand immer auf Grün. Jeder in der Familie hatte eine Pappampel an der Kühlschranktür, die man mithilfe eines Rädchens an der Seite verstellen konnte. Das war ein Vorschlag des Familientherapeuten gewesen. Nach Lindas Tod hatte ihnen die Krankenkasse ganze fünf Sitzungen bewilligt, auf die sie sieben Monate hatten warten müssen. Das Gesundheitswesen war noch überlasteter und kaputter als die Polizeibehörde, dachte er oft. Ob die Therapiestunden etwas gebracht hatten, vermochte er nicht zu sagen. Den Rat, seinen sechsjährigen Sohn mit Windeln schlafen zu lassen, hatte er ignoriert. Er wusch lieber x-mal die Bettwäsche, als Tim derart zu erniedrigen. Lillys Ampel stand immer auf Gelb. Er glaubte, es war ihre Art zu sagen, dass es gute und schlechte Momente gab, Augenblicke, an denen sie von Traurigkeit überwältigt wurde, Phasen, die Hoffnung machten. Zumindest wollte er das glauben. Im Gegensatz zu Tim, der seit Lindas Tod mehr und mehr zum Einzelgänger geworden war, traf sie sich mit Freundinnen, lachte, spielte, chillte. Sie wirkte meistens so, als sei alles in Ordnung. Aber wie es ihr wirklich ging? Oft empfand er, dass er zu den Gefühlen seiner Kinder keinen echten Zugang hatte. Seine eigene Ampel stand wie bei Timm immer auf Grün, denn das wurde schließlich von ihm erwartet. Dass er den Kopf oben behielt, dass er mit gutem Beispiel voranschritt. Die Einzige, die ihre Farbe regelmäßig der Tagesform anpasste, war Rosa. Sie war aufgrund eines schweren, chronischen Rückenleidens Frührentnerin. Rot bedeutete starke Schmerzen, grün, dass sie relativ mobil war.

»Was gab es heute in der Ferienfreizeit zu Mittag?«, fragte Nordh, eine eigentlich völlig bescheuerte Frage, die er trotzdem jeden Tag stellte, weil ihm selten bessere einfielen.

Tim zuckte mit den Schultern. Der Blick seiner großen grünen Augen, die er von seiner Mutter hatte, hing, wie oft beim Essen, im Nirgendwo.

»Fischstäbchen«, sagte Lilly. »Ekelhaft.«

»Erstens ist Essen niemals ekelhaft«, fühlte er sich bemüßigt zu sagen, »zweitens magst du Fischstäbchen und drittens hättest du ja die Alternative nehmen können.«

»Erstens«, äffte sie ihn nach, »schmecken die Fischstäbchen, die Rosa macht, anders, nämlich viel besser. Zweitens war das andere Essen eine eklige Suppe. Drittens …«

Ihr ging die Munition aus.

»Warst du wenigstens am Salatbuffet?«

Er machte sich ständig Sorgen über ihr Essverhalten. Lilly war dünn wie ein Strich.

»Ja-ha.«

»Und was habt ihr heute so gemacht?«

Tims Blick hing noch immer im Nichts.

»Dies das«, sagte Lilly

Sie schob den Teller von sich und verschränkte die Arme vor der schmalen Brust. Wenigstens hatte sie ihr Pizzastück aufgegessen, zumindest bis auf den Rand. Da ihm partout nichts einfiel, was an diesem Tag bei der Arbeit auch nur annähernd so harmlos gewesen war, dass er davon erzählen konnte, wandte er sich an Rosa.

»Und bei dir?«

Während sie zu einer Antwort anhob, streifte ihn ein Gedanke. Hätte ihm ein allmächtiges Wesen vor anderthalb Jahren die Tischszene gezeigt und ihm versichert, dass dies seine Zukunft sei, hätte er vermutlich angefangen zu weinen.

Colonia Dignidad, Chile,
September 1973

Peter arbeitete seit den frühen Morgenstunden mit den anderen Jungen der Rotte auf dem Feld. Die Spitzhacke war genauso stumpf wie der Spaten, und der Boden war hart und staubig. Sein Rücken schmerzte vom stundenlangen Hacken, Graben und Bücken. Eigentlich war er mit seinen zehn Jahren noch zu jung für die Gruppe der sogenannten Keiler, aber er war größer und stärker als seine Altersgenossen, daher hatte man ihn den Älteren zugeteilt. Er schuftete in der Ackerfurche, das Gesicht der Sonne zugewandt, und sah Stachelmann nicht kommen. Den Stachel sah man nie kommen. Der Stachel war ein Schleicher und ein Hundsfott. Er trat Peter von hinten ins Kreuz, sodass der Junge der Länge nach hinfiel. Dann griff der Rottenführer unter sein schwarzes Hemd, nahm den Gummiriemen heraus, den er immer bei sich trug, beugte sich über den Jungen und drosch mit dem Riemen auf ihn ein.

»Sau!«, brüllte er. »Du dumme Sau! Aufstehen!«

Peter rappelte sich auf. Ein letzter Hieb mit dem Riemen, dann drei schallende Ohrfeigen. Das war die Spezialität des Stachels. Niemand ohrfeigte so gekonnt wie der Stachel. Das Klatschen war fünfzig Meter weit zu hören. Die anderen Keiler hatten ihre Arbeit für einen Moment unterbrochen und beäugten die Szene. Manche konnten sich das schadenfrohe Grinsen nicht verkneifen. Man war immer froh, wenn es einen nicht selbst traf. Dazu kam, dass die meisten der anderen Jungen der Rotte Peter nicht mochten. Er war jünger als sie, hatte eine Hasenscharte und manchmal dachte er etwas langsamer als seine Kameraden, weshalb ihn viele für dumm hielten. Das reichte aus, um ihn zum Ziel ihres Spotts und zum bevorzugten Sündenbock zu machen.

Beinahe jedes Mal, wenn der Stachel in einem seiner Tobsuchtsanfälle einen Regelverstoß oder eine Sünde ahndete – die meisten hatten nie stattgefunden, der Stachel dachte sie sich einfach aus –, schoben die Keiler die Schuld auf Peter. Mit Ausnahme von Thomas, der sein Freund war, auch wenn ihre Freundschaft geheim war, denn der Stachel achtete mit Argusaugen darüber, dass man sich nie zu lange miteinander unterhielt. Allein schon die Vorstellung, zu zweit die wenigen Minuten Freizeit am Tag miteinander zu verbringen, gar zu lachen oder zu spielen, war absurd. Zu zweit zu sein, diente nur dem Zweck, einander zu kontrollieren und Regelübertretungen zu petzen.

Peter bezog die Dresche meistens klaglos, was den Stachel nur noch mehr auf die Palme brachte und noch fester zuschlagen ließ. Aber heute hielt sich der Rottenführer einigermaßen zurück. Er packte Peter am Ohr, verdrehte es und zog ihn vom Acker hinter sich her bis zum Feldweg, wo ein Geländewagen im Leerlauf wartete. Peter kannte den Fahrer, er hieß Walther, war fast schon erwachsen und gehörte zu den wenigen Lieblingen des Meisters.

»Hier ist die kleine Sau«, sagte der Stachel, ließ endlich Peters Ohr los und verpasste ihm noch einen Tritt in den Hintern.

»Aufsteigen!«, befahl Walther und deutete mit dem Kinn nicht etwa auf den Beifahrersitz, sondern auf die erdverkrustete Ladefläche des Wagens.

Peter kletterte hinauf und setzte sich auf die Pritsche. Der Wagen fuhr los und holperte in Richtung der Häuser. Die Sonne stand hoch über der majestätischen Kulisse der Anden und ihrer schneebedeckten Spitzen. Es war Frühling, die Bäume grünten und vom nahen Fluss her drang ein Rauschen. Die Wildblumen auf den Wiesen blühten. Am Himmel kreiste ein Bussard. Es war eigentlich schön hier, dachte Peter, ein schöner Ort, das hatte er jedenfalls geglaubt, als er vor zwei Jahren mit dem Schiff aus dem Heim in Deutschland hergebracht worden war. Am Anfang war es wirklich schön gewesen. In der Gruppe mit den kleineren Kindern, die von Tante Hedwig geleitet worden war. Tante Hedwig war nicht seine richtige Tante, aber sie war lieb. Sie sang mit den Kindern und las Geschichten vor. Einmal hatte sie Peter sogar in den Arm genommen, obwohl das streng verboten war. An ihren Geruch konnte er sich bis heute erinnern. Gut hatte sie gerochen, irgendwie warm, nach Apfelkuchen, Vanille und Zimt. Sie hatte ihm ein kleines Bildchen zugesteckt, mit dem Jesuskind darauf. Oft hatten Tante Hedwig und die Kinder zusammen gebetet:

»Gott ist mein Lotse. Ich werde nicht stranden. Gott leitet mich auf dunklen Wassern und führt mich auf der Fahrt meines Lebens. Gott gibt mir neue Kraft und hält mich auf dem rechten Kurs um seines Namens willen.«

Aber dann war Peter zu den Keilern gekommen und alles hatte sich verändert. Nun war nichts mehr schön. Er betete weiterhin jeden Tag zum lieben Gott und bat darum, dass er ihm helfen möge. »Jesus ist immer bei dir«, hatte ihm Tante Hedwig erklärt. Daran hielt sich Peter fest, auch in den schweren Stunden, wenn er grün und blau geschlagen in seinem engen Bett lag und nicht schlafen konnte, weil sein ganzer Körper schmerzte. Er hätte Walther gern gefragt, wo er ihn hinbrachte, aber das war undenkbar. Man fragte die Großen nichts, man wartete mit dem Sprechen, bis man gefragt wurde. Dann neigte man den Kopf, blickte auf seine Sandalen, die aus Lederriemen und alten Autoreifen vom Schuster der Siedlung gefertigt worden waren, und antwortete mit klarer, fester Stimme, so wie ein guter deutscher Junge zu antworten hat.

Der Wagen erreichte die Siedlung. Er hielt aber nicht vor dem großen Gebäude, in dem die Keiler ihren Schlafsaal hatten, sondern vor dem Haus, in dem der Meister lebte, der sich Pius nennen ließ. Pius wie der Papst, hatte Stachel ihnen mit unzähligen Ohrfeigen eingebläut, der Pius ist unser Papst.

»Dabei sind wir gar keine Katholiken«, hatte Thomas ihm einmal zugeflüstert.

»Was sind wir denn?«, hatte Peter gefragt.

»Arme Würstchen«, hatte Thomas grinsend geantwortet, »arme Würstchen in des Schäfers Suppe.«

So hieß der Meister, beziehungsweise der Pius, nämlich in Wirklichkeit. Schäfer, Paul Schäfer. Und alle in der Kolonie gehörten zu seiner Herde.

»Mitkommen!«, befahl Walther.

Peter sprang von der Pritsche und folgte Walther. Er war noch nie in diesem Haus gewesen. Staunend betrachtete er die Innenausstattung. Die Teppiche, die Tapeten, die gerahmten Gemälde an den Wänden. Es war hier viel schöner als in den anderen Gebäuden, prachtvoll und edel. Angeblich waren die Fenster kugelsicher, erzählte man sich bei den Keilern. Wegen der Kommunisten, die den Pius töten und ihnen allen das Land wegnehmen wollten. Peter wusste nicht, was Kommunisten waren, aber es mussten schreckliche, gottlose Menschen sein. Diener des Teufels, so nannte sie der Pius in seinen Predigten. Ihretwegen war auch der sechzig Kilometer lange Zaun gebaut worden, der die Kolonie umgab. Die Wachtürme, die Bunker und angeblich sogar Schussanlagen.

»In Wirklichkeit haben wir unser eigenes Gefängnis gebaut«, hatte Thomas einmal gesagt. Peter hatte hinter vorgehaltener Hand gelacht, auch wenn er es nicht wirklich verstanden hatte, genauso wenig wie das mit den Würstchen und der Suppe.

Walther führte Peter in ein Zimmer.

»Setzen«, sagte er.

Scheu nahm Peter in einem der Sessel Platz. Die Möbel sahen neu und teuer aus, und er schämte sich für seine staubige kurze Lederhose und das verschwitzte Hemd. Ohne weitere Erklärung ging Walther hinaus und machte hinter sich die Tür zu. Peter begriff nicht, was das alles sollte. Wieso hatte man ihn zum Pius gebracht? Dem Meister, dem Führer, dem Schäfer, dem Sprachrohr Gottes, des Herrn? Würde er ihn treffen? Allein? Peter war so aufgeregt, dass er am ganzen Körper zitterte. Es musste sich um eine Bestrafung handeln. Es handelte sich immer um Bestrafungen, wenn man gerufen wurde. Aber zum Pius selbst? Es musste um eine gigantische Strafe gehen. Aber wofür? Was hatte er nur falsch gemacht, was eine solch große Strafe nach sich *zog? Gesündigt, schlimm gesündigt. An etwas Verbotenes gedacht, etwas Schmutziges. Davon sprach der Stachel ständig. Von schmutzigen Dingen. Peter wusste noch nicht einmal, was das genau bedeuten sollte.*

»Wenn wir Beulen in der Unterhose bekommen«, hatte Thomas ihm erklärt. »Oder sogar feuchte Flecken.«

Peter hatte noch nie eine Beule in der Unterhose gehabt, auch keinen feuchten Flecken. Die Strafen dafür bekam er trotzdem. Zwanzigmal Spagat machen und dabei beten. So etwas würde dem Pius sicherlich nicht reichen. Seine Strafe würde weitaus fürchterlicher sein. Vielleicht würde er Peter sogar totschlagen. Die Macht dazu hätte er. Das Recht dazu auch. Er war der Gesalbte, er war ein wahrer Mann Gottes. Als er vor Jahren bei einem Jagdunfall von einem Fehlschuss getroffen und schwer verletzt worden war, hatte die Gemeinde wochenlang für ihn gebetet. Gott hatte sie erhört und den Pius entgegen jeder Wahrscheinlichkeit errettet. Weil er sein Stellvertreter auf Erden war. Sein Wegbereiter, sein strenges Werkzeug. Ein neuer Jesus. Jedoch mit einem hässlichen Glasauge. Das war das Schlimmste am Pius, dachte Peter, das furchtbare Glasauge. Das Auge Gottes, nannten es einige der anderen Jungen. Es sieht dir bis auf den Grund deines verschrumpelten, schwarzen Herzens. Es sieht deine bösen Gedanken. Deshalb bist du nun hier, kleiner Peter.

Eine Schiebetür öffnete sich. Der Pius stand da und lächelte Peter an. Er trug nichts als einen weißen, flauschigen Bademantel. Es war, als würde er aus sich selbst heraus leuchten. Vielleicht war dies das Licht Gottes.

»Komm«, sagte er freundlich, knüpfte den Gürtel seines Bademantels auf und streckte Peter die Hand entgegen. »Tritt ein in mein Reich.«

13

Acht Uhr morgens im Präsidium. Große Runde. Svea Karhuu hatte sechsmal Kaffee mitgebracht, den guten, italienischen vom Café nebenan. Sie hatte schlecht geschlafen und konnte eine starke Dosis Koffein gebrauchen. Außerdem trug die Geste vielleicht zum Teambuilding bei. Allgemeines Danke-Gemurmel, lächelnde Gesichter, die aber schnell wieder ernst wurden.

»Let's rock«, sagte Nordh, der aufmunternd in die Hände klatschte, dabei aber nicht gerade munter aussah, aber das tat er genau genommen nie.

Die Forensikerin Emma Davidsson machte den Anfang.

»Obwohl mein Team eine Nachtschicht eingelegt hat, gibt es aus forensischer Sicht keine guten Neuigkeiten. Fingerabdrücke, verwertbare Spuren – alles Fehlanzeige, sowohl auf dem Leichnam als auch in der Barke. Ein Hoffnungsschimmer sind womöglich einige Haare, die möglicherweise nicht vom Opfer stammen. Wir müssen auf die Ergebnisse der DNA-Tests warten. Auch was den Anhänger und das ausgebrannte Auto angeht, sieht es schlecht aus. Unser Hauptproblem: Das Boot ist der Fundort des Leichnams, aber definitiv nicht der Tatort. Womit uns die erfahrungsgemäß wichtigste und aussagekräftigste Informationsquelle fehlt. Sorry, Leute, dass wir bisher nicht mehr herausgefunden haben, aber wir können logischerweise nur mit dem arbeiten, was da ist. Natürlich bleiben wir weiter am Ball.«

»Danke«, sagte Nordh. Er blickte grimmig drein. »Den Tatort werden wir aufspüren. Früher oder später.«

»Den ersten ausführlichen Bericht bekommt ihr im Laufe des Tages«, schob Davidsson nach. »Ach so, ein merkwürdiges Detail noch: Der Magen- und Darminhalt des Toten. Wir haben ihn zunächst für Haferbrei gehalten. Aber das stimmt nicht, es handelt sich um eine ziemlich exotische Getreidesorte: Khorasan-Weizen. Es wird vorwiegend in südlichen Gefilden angebaut und ist unter dem Namen Kamut eine geschützte Marke, die nur streng biologisch angebaut werden darf. Also keine Pestizide, kein Kunstdünger, keine chemischen Zusätze. Etwas für echte Ökofreaks.«

Sie zog einen Mundwinkel hoch und Karhuu musste ebenfalls lächeln.

»Schräg«, sagte Anna Wallgren kopfschüttelnd. »So wie alles andere auch. Wenn Reidar Sjöbäck tatsächlich tagelang gefangen gehalten wurde, muss er mit dem Zeug gefüttert worden sein.«

»Wollt ihr wissen, was richtig schräg ist?«, fragte Mette Petersen, die für digitale Forensik verantwortlich war. Sie drehte ihren Laptop so, dass alle auf den Bildschirm sehen konnten. »Das Material stammt aus der Videokamera eines Geschäfts, die einzige, die wir gefunden haben, die den Kanal im richtigen Winkel einfängt.

Ein kurzer Clip in Schwarz-Weiß huschte über den Monitor, keine fünf Sekunden lang. Der Rechner wiederholte das grobkörnige Video in einer Schleife.

»Ein Affe«, sagte Nordh irgendwann, »ein Affe, der ein Boot fährt.«

Anna Wallgren kicherte ihr Kichern.

»Ich habe es vergrößert und mit den Kontrasten gespielt«, sagte Petersen, »so gut es ging.«

Sie drückte eine Taste. Alle starten auf die Vergrößerung. Ein Mann, der eine Tiermaske trug. Ein Pavian, wenn Karhuu sich nicht täuschte. Er steuerte die Barke mit einem Außenbordmotor durch den Kanal. Etwas Längliches ragte über die Bootskante hinaus in die Luft. Vermutlich war das die Schnauze des Krokodilkopfes.

»Die Aufnahme fand um 4:32 Uhr statt, ziemlich genau bei Sonnenaufgang«, sagte Petersen.

»Der Außenborder war nicht da, als der Leichnam gefunden wurde«, sagte Stöcker. »Der Täter muss ihn mitgenommen haben.«

»Oder er hat ihn einfach in den Kanal geworfen«, sagte Karhuu. »Wir brauchen da Taucher.«

»Ein verdammter Affenkopf«, murmelte Nordh. »Von wegen *Crocodiles.* Kaputter Psychoscheiß, ich habe es doch gleich …«

Er wurde vom Klingeln seines Telefons unterbrochen. Mit genervtem Gesichtsausdruck nahm er das Gespräch an. Es dauerte kaum eine Minute. Karhuu bemerkte, wie sich seine Züge strafften und sich sein Blick fokussierte. Im selben Moment, in dem er das Telefonat beendete, stand er auf und griff nach dem Holster mit der Dienstwaffe.

»Es gibt da etwas«, sagte er an sie gewandt, »das wir uns dringend ansehen müssen.«

14

Jon Nordh hatte das Blaulicht aufs Dach gesetzt und trieb den Passat bis an seine Leistungsgrenze. Sie rasten in nordöstlicher Richtung quer durch Schonen. Im Grunde war es idiotisch, so aufs Gas zu drücken, denn Streifenpolizisten waren längst vor Ort. Vielleicht war es eine Art Frustabbau, mit hundertachtzig Sachen über die E22 zu fliegen. Karhuu hielt sich demonstrativ am Griff über der Beifahrertür fest, aber wenigstens kommentierte sie seine Fahrweise nicht, was ihr Pluspunkte einbrachte. Er warf ihr einen kurzen Seitenblick zu. Gut sah sie aus – das üppige schwarze Haar, das klar geschnittene Gesicht, der durchtrainierte Körper, das registrierte er nicht zum ersten Mal. Nicht, dass es eine Rolle gespielt hätte. Er war ihr Partner und aufgrund seiner Erfahrung auch eine Art Mentor. Punkt. Liebschaften am Arbeitsplatz waren ein No-Go. Erst recht, wenn es ein berufliches Abhängigkeitsverhältnis gab. Vom Altersunterschied ganz zu schweigen. Außerdem konnte er sich nicht ansatzweise vorstellen, jemals wieder … Ach, Linda. Falls auf den Fluren getratscht wurde, interessierte es ihn nicht. Auch wenn Karhuu und er manchmal aus zwei verschiedenen Welten zu stammen schienen: Das Einzige, worauf es ankam, war, dass er ihr vertrauen konnte und im Gegenzug ihr Vertrauen spürte. So wie damals mit Calle. Er schluckte schwer. Mit Vertrauen war das so eine Sache. Aber dieses Mal war es anders. Er musste das Schlechte hinter sich lassen. Den Betrug. Den Verlust. Die Verbitterung. Stattdessen nach vorn schauen. Dabei war er gerade im Begriff, das Gegenteil zu tun. Er hatte diesen seltsamen Fall nur deshalb an der Backe, weil er weiter in der Vergangenheit bohrte. Es war falsch, aber er kam nicht dagegen an. Wie einen juckenden Mückenstich, an dem man nicht aufhören kann zu kratzen, auch wenn man weiß, dass es davon nur schlimmer wird. Seine Gedanken wanderten zu dem Augenzeugen in der Unfallakte, dann wieder auf die Straße, dann wieder zu seinem Protegé. Karhuu brachte viel mit: Intelligenz, Intuition, Ehrgeiz. Vom Letzten möglicherweise sogar zu viel. Vielleicht lag es daran, dass ihr Adoptivvater ebenfalls Bulle gewesen war, oder an ihrer, nun ja, ursprünglichen Herkunft. Vielleicht wollte sie Daddy oder der Welt etwas beweisen. War ja auch völlig egal. Das Einzige, das ihr fehlte, um eine gute, vielleicht eines Tages sogar brillante Ermittlerin zu werden, war Erfahrung. Das brauchte Zeit. Deshalb war er immer noch davon überzeugt, dass dieser Fall zu früh für sie kam. Auch wenn ihm bewusst war, dass allein er die Verantwortung dafür trug, dass sie nun mittendrin steckte.

Für die hundertzehn Kilometer brauchten sie eine knappe Dreiviertelstunde. Das Ziel hieß Wanås, ein Schloss aus dem 17. Jahrhundert, zu dem ein weitläufiger Park gehörte, in dem Kunstobjekte ausgestellt waren. Nordh hatte schon öfter von dem Skulpturenpark gehört, einem populären sommerlichen Ausflugsziel, gerade für Familien, er war aber selbst nie da gewesen. Ehrlich gesagt interessierten ihn Kunst und Kultur nicht besonders, auch wenn er sich in der Vergangenheit von Linda hin und wieder zu Ausstellungen und ins Theater hatte mitschleifen lassen. Hätte es etwas geändert, wenn er ihren Interessen damals mit mehr Enthusiasmus begegnet wäre?

Karhuu und er stiegen aus dem klimatisierten Wagen. Obwohl es noch keine zehn Uhr war, war es draußen bereits wieder heiß. Vor dem Eingang zum Park hatte sich eine Besucherschlange gebildet. Sie drängelten sich an den wartenden Menschen vorbei. Fröhliche Gesichter, Strohhüte, Bermudashorts und lachende Kinder. Wenn die wüssten, dachte er. Sie wurden von einem Streifenbeamten erwartet, der sie, vorbei an dem pittoresken Schloss und einem danebenliegenden kleinen See, tiefer in den Park hineinführte. Die Anlage war weitaus größer, als Nordh sie sich vorgestellt hatte, die Wiesen rund um das Schloss gingen in einen Wald über, der von mächtigen alten Eichen und Buchen dominiert wurde. Laub vom Vorjahr raschelte unter ihren Füßen. Zwischen all dem Grün entdeckte er verschiedene Holz-, Stein- und Bronzeskulpturen. Eine stellte lebensgroß eine Frau dar, die sich zum Pinkeln hinhockte. Das sollte Kunst sein? Musste man nicht verstehen. Er sah Karhuus Mundwinkel amüsiert zucken.

Das Kunstwerk, zu dem der Polizist sie führte, war eher ein Bau als eine Skulptur. Eine Pyramide aus Holz, die Basis gut zehn mal zehn Meter breit, schätzte Nordh, und sechs bis sieben Meter hoch. In zehn Stufen verjüngte sich das Bauwerk gen Himmel. Vor der imposanten Konstruktion standen ein weiterer Polizist und ein blasser junger Mann in Latzhose. Kurzes Händeschütteln, Austausch der wichtigsten Informationen. Der Latzhosenträger war ein Künstler, der den Sommer über an einer Plastik im Park arbeitete. Er war in einem Nebengebäude des Schlosses untergebracht. Als er am frühen Morgen eine Runde mit seinem Labrador gedreht hatte, hatte der Hund vor der Holzpyramide angeschlagen und Anstalten gemacht, die Stufen hinaufzuspringen. Neugierig geworden, hatte der Künstler den Hund angebunden und war die Pyramide hinaufgestiegen. Er wies mit zitterndem Zeigefinger nach oben. Im kornblumenblauen Himmel kreiste eine Schar Krähen über ihnen. Nordh und Karhuu sahen sich kurz an, dann stiegen sie nebeneinander hinauf. Noch bevor sie die letzte Stufe genommen hatten, hörten sie das dröhnende Summen eines ungeheuren Fliegenschwarms. Einen Augenblick später hatten sie Gewissheit. Das, was unter dem brummenden, schwarzblau schillernden Insektengewusel zu erkennen war, war zweifellos ein menschlicher Kopf, der auf zwei abgetrennten Krokodilfüßen prangte.

15

Dieses Mal saß Karhuu am Steuer. Hatte auf der Hinfahrt noch eine angespannte Stille im Auto geherrscht, waren sie auf dem Rückweg beide zu aufgekratzt, um zu schweigen. Sie hatten den Kopf mithilfe eines Fotos identifizieren können. Die Krokodiltatzen taten ihr Übriges. Sie waren sich zu hundert Prozent sicher: Es handelte sich um Reidar Sjöbäck. Da der Park am Vortag bis zum Abend geöffnet gehabt hatte und die Pyramide täglich von Hunderten Besuchern bestiegen wurde, musste der Kopf in der vergangenen Nacht auf der Holzkonstruktion platziert worden sein. Der Haupteingang des Schlossparks war nachts zwar verschlossen, aber wenn man zu Fuß unterwegs war, war es kein Problem, über die niedrige Mauer zu steigen, die das weitläufige Gelände umgab.

»Warum ausgerechnet dort?«, fragte Karhuu. »Und warum mit einem Tag Verzögerung?«

Nordh seufzte.

»Psychoscheiß.«

Ein Totschlagargument, dachte Karhuu. Sollte das jetzt die ganze Ermittlung hindurch so weitergehen?

»Das mag ja stimmen. Aber auch Täter mit dissozialen Persönlichkeitsstörungen handeln nach einer inhärenten Logik.«

Das Fachvokabular benutzte sie mit Absicht. Sollte sich Nordh ruhig darüber lustig machen. Sprachliche Präzision ist wichtig, dachte sie, denn sie ist das Spiegelbild unseres Bewusstseins. Klare Gedanken, genaue Analysen und der Sinn für Details führten zu den richtigen Schlussfolgerungen. Davon war sie überzeugt. Mochte Nordh so viel vereinfachen, wie er wollte. Die dumpfbackige Masche nahm sie ihm sowieso nicht ab, sie wusste, wie intelligent er war und wie sehr er methodisches Vorgehen schätzte.

»Und die wäre?«

»Darauf kenne ich auch noch keine befriedigende Antwort. Aber wir wissen bereits, dass er hochgradig organisiert handelt. Der abgelegte Kopf passt in dieses Muster.«

»Inwiefern?«

Sie spürte seinen Blick und kam sich wie ein Prüfling vor.

»Na ja, diese Installation im Park ist vermutlich der einzige Bau in ganz Südschweden, den man als Pyramide bezeichnen kann. Wenn sich der Täter die Mühe macht, dahinzufahren, um Sjöbäcks Kopf abzulegen, dann muss dahinter eine Absicht stecken. Nilkrokodil, Pyramide … vielleicht gibt es da einen Zusammenhang.« Nordh brummte etwas Unverständliches in seinen struppigen Bart. »Er will, dass wir sein Opfer finden«, fuhr sie fort, »er präsentiert uns seine Inszenierung auf dem Silbertablett, mitten in der Innenstadt beziehungsweise in einem gut besuchten Schlosspark. Er will, dass wir sehen, was er tut. Er will, dass wir erkennen, was er tut. Vielleicht will er, dass wir durch seine Taten sehen, was ihn ausmacht. Wer er ist.«

Aus den Augenwinkeln sah sie, dass er anerkennend nickte. Gut gemacht, *Agent Starling*.

»Warum der Tag Verzögerung?«, wiederholte er ihre Eingangsfrage.

Sie kaute auf ihrer Lippe herum.

»Weil er den großen Auftritt sucht. Das sprichwörtliche Scheinwerferlicht. Das hat er gestern jedoch nicht bekommen, obwohl er dafür einen großen Aufwand betrieben und ein hohes Risiko auf sich genommen hat. Nichts von seinem Kroko-Voodoo oder dem herausgerissenen Herz ist in der Presse oder im Netz gelandet. Also legt er nach. An einem Ort, der für ihn einerseits von Bedeutung ist und an dem andererseits eine große Wahrscheinlichkeit besteht, dass sein, nun ja, ich nenne es mal *Werk* von Parkbesuchern entdeckt und öffentlich wird.«

»Aber er hat zweimal Pech«, murmelte Nordh. Karhuu meinte eine gewisse Genugtuung herauszuhören. »Die Parkleitung ist damit einverstanden, zunächst einmal keine Einzelheiten zu dem Polizeieinsatz herauszugeben.«

»Er hat zweimal Pech«, bekräftigte sie.

»Wobei es natürlich nur eine Frage der Zeit ist, bis die Geschichte an die Öffentlichkeit dringt.« Eine Zeit lang blieb es still im Wagen. »Das Gute«, fuhr Nordh schließlich fort, »Reidar Sjöbäck hat seinen Kopf zurück. Seine Familie kann in Würde Abschied nehmen. Wenn der Bestatter einen ordentlichen Job macht, sogar mit offenem Sargdeckel.« Wieder seufzte er. Eigentlich klang es mehr nach einem erschöpften Schnauben.

»Ein Mann wurde auf grausamste Weise getötet und enthauptet, der Leichnam auf obszöne Weise manipuliert. Nun ist der Kopf wieder da. Lass uns eine Kerze dafür anzünden, dass der Horror damit beendet ist.«

»Und das Schlechte?«, hakte sie nach.

Nordh antwortete nicht. Stattdessen trommelten seine Finger einen nervösen Rhythmus auf die Seitenlehne der Beifahrertür.

16

Es war eng im Büro – die Muppets, die Bärin und Nordh. Die Mittagssonne knallte erbarmungslos durch die Fenster. Die Raumtemperatur musste bei mehr als dreißig Grad liegen. Er nahm sich vor, am nächsten Tag ein Thermometer mitzubringen, nachzumessen und beim Arbeitsschutzobmann Beschwerde einzulegen. Während Stöcker den biografischen Hintergrund von Reidar Sjöbäck referierte, rann Nordh der Schweiß den Rücken hinab. Neidisch taxierte er den Riesenbecher Eistee, an dem Wallgren unablässig nippte, und die vor Kälte beschlagenen Limonadendosen, die Karhuu und Stöcker vor sich stehen hatten. Nur er hatte sich mal wieder nicht rechtzeitig gekümmert und nahm notgedrungen mit lauwarmem Leitungswasser aus einer schlecht ausgespülten Kaffeetasse vorlieb. Jeder Schluck eine Kasteiung. Selbstvernachlässigung, hatte der Familientherapeut sein Verhalten genannt.

Reidar Sjöbäck kam aus einem bildungsbürgerlichen Haushalt. Schule und Abitur in Örebro, Studium der Soziologie und Verwaltungswirtschaft in Göteborg, Berufseinstieg in Borlänge, dann Stellenwechsel nach Malmö, Heirat, zwei Kinder, Karriere in der Stadt- und Kommunalverwaltung bis hin zum Chef der Wasserwerke von Malmö, Lund, Burlöv, Eslöv und Lomma.

Seit fünfundzwanzig Jahren aktives Parteimitglied der Liberalen mit Ambitionen auf einen hohen Posten im Rathaus. Seine Frau Sophia war Teilinhaberin und Geschäftsführerin eines erfolgreichen PR-Büros mit siebzehn Angestellten. Der Sohn war frisch examinierter Jurist, die Tochter arbeitete als Social-Media-Managerin im Unternehmen der Mutter. Niemand aus der Familie war jemals polizeilich auffällig geworden. Die Geliebte von Reidar Sjöbäck hieß Pernille Friis, lebte in Kopenhagen und war Journalistin, der Liebhaber von Sophia Sjöbäck hieß Petter Persson und war ein Landwirt aus der Umgebung – Schweinezucht. Nordh bemerkte, wie Karhuu bei der Erwähnung des Berufs eine Augenbraue hob, und lächelte in sich hinein. Stöckers Monolog dauerte fast zwanzig Minuten, Zwischenfragen gab es kaum. Das Leben, bis ins Detail aufgedröselt – Hobbys, Freundes- und Bekanntenkreis, Parteiseilschaften, Facebook-Selfies, Urlaubsfotos, Online-Petitionen und so weiter –, empfand Nordh als staubtrocken, was möglicherweise an Stöckers stoischem Vortrag lag und der Affenhitze, die es ihm schwer machte, sich zu konzentrieren. Auch wenn jede Kleinigkeit von Bedeutung sein konnte, interessierte er sich am meisten für Sjöbäcks Frau, ihren Bettgefährten und die dänische Geliebte. Das Konzept einer offenen Beziehung erschien ihm weiterhin suspekt, und er war sich sicher, dass es in der Viererkonstellation Reibungen oder sogar Verwerfungen gab, die zutage treten würden, sobald man an der Oberfläche kratzte. Für den Nachmittag hatte er Sophia Sjöbäck, den Bauern und die dänische Journalistin zum Verhör ins Präsidium bestellt. Er war sich unsicher, was er von den Vernehmungen erwartete. Ein Mord aus Eifersucht war grundsätzlich plausibel, eine tragische, aus den Rudern gelaufene *Amour fou,* ein Motiv so alt wie die Menschheit. Zugegeben, die Begleitumstände waren bizarr. Aber wenn man das Krokodil ausklammerte? Es gab doch sogar schon in der Bibel eine ähnliche Geschichte. Ein verzückter Herodes, der

Salome nach ihrem verführerischen Tanz den Kopf von Johannes dem Täufer in einer Schale überreicht. Und das herausgerissene Herz? Symbolischer ging es kaum. Liebe und Begehren konnten Menschen zu Monstern machen, das hatte Nordh in seinen fünfzehn Jahren bei der Mordkommission zur Genüge erlebt. Doch mit einem Tag Abstand und nach dem grausigen Fund auf der Pyramide im Skulpturenpark sah er die Sache durchaus auch skeptisch. Er stimmte Karhuus Analyse zu. Sie hatten es mit einem Täter zu tun, der sein Werk theatralisch in Szene setzte. Auf dem Kanal in der Stadtmitte, in einem Skulpturenpark. Jemand, der gesehen werden wollte. Ein Schaffender, ein Künstler. Das passte nicht zu einem Liebesdrama. Genauso wenig wie die fehlende Impulsivität. Das Gegenteil war richtig: Bisher zeugte jeder noch so kleine Aspekt der Taten von Impulskontrolle und hochgradiger Organisation. Die Spurensicherung war im Schlosspark noch zugange, aber davon erhoffte er sich wenig. Während die anderen drei lebhaft einen Umweltskandal diskutierten, der zwei Jahre zurücklag und die Wasserwerke unter Sjöbäcks Führung in die Schlagzeilen gebracht hatte, schaltete Nordh geistig auf Durchzug. Er war sich bewusst, dass das nicht richtig war. Er war der Anführer, dies war seine Ermittlung, sein Baby, auch wenn es ein ungeliebtes Kind war. Was bedeutete, dass er über jedes Detail im Bilde sein sollte, dass er sortieren, gewichten und letztendlich den Kurs bestimmen musste. Vorangehen, sein Team mitreißen, statt zu dösen und dem vagen unguten Vorgefühl, dass die ganze Geschichte mit dem Fund des Kopfes noch nicht zu Ende war, Raum zu geben. Um Punkt zwölf schlug er mit der Hand auf die Schreibtischunterlage und verkündete eine einstündige Mittagspause, die er mit einer Literflasche eiskalter Cola in der kühlen Tiefgarage unter dem Präsidium zu verbringen gedachte.

17

Svea Karhuu rückte in dem Vernehmungsraum ihren gepolsterten Stuhl zurecht. Das Zimmer unterschied sich erheblich von den engen, angeranzten Verhörzellen, die man aus Fernsehkrimis kannte. Teppichboden, gedeckte Farben, sachlich schickes Mobiliar, gepflegte Topfpflanzen: Ob Angehöriger, Zeuge oder Angeklagter, es war ein Raum, in dem man fast privat miteinander reden konnte, was natürlich der Zweck des Ganzen war. Wer hier hineinkam, sollte sich öffnen. Nordh, der neben ihr saß, setzte mit einem Knopfdruck die dezent verbaute Audio- und Videotechnik in Gang. Irgendetwas stimmte mit seinen Haaren nicht. Ob es getrockneter Schweiß war, ein falsches Pflegeprodukt oder der unglückliche Einsatz eines Kamms – einige Strähnen standen wild ab, was Nordh etwas Unseriöses verlieh. Am liebsten wäre sie ihm mit der Hand über den Kopf gefahren oder hätte ihn wenigstens darauf hingewiesen, aber dazu war es nun zu spät. Ihnen gegenüber hatte Sophia Sjöbäck Platz genommen und der Valiumschleier ihrer Augen erschien Karhuu noch ausgeprägter als am Vortag. Die Vorstellung, dass die fahle, apathische, in sich zusammengesunkene Frau ihren Mann auf bestialische Weise getötet haben könnte, wirkte absurd. Karhuu hielt sich an den Fragenkatalog, den sie im Vorhinein mit Nordh ausgearbeitet hatte. Die meisten Fragen stammten aus einem standardisierten Verfahren, waren aber den besonderen Umständen des Falls angepasst worden. Sjöbäcks Antworten waren einsilbig und trugen wenig dazu bei, das Verhältnis zu ihrem Mann, ihrem Liebhaber oder der Geliebten ihres Manns eindringlich zu bebildern. Nach Karhuus Empfinden stand die Frau unter Schock und der Wirkung starker Medikamente und war schlichtweg nicht in der Verfassung für eine Vernehmung. Oder sie war eine verdammt gute Schauspielerin. Im zweiten

Teil des immer wieder stockenden Dialogs übernahm Nordh das Ruder. Er war schärfer im Ton und ungeduldiger in den Nachfragen. *Good cop, bad cop* in der soften Variante. Das Ergebnis blieb dasselbe. Sjöbäcks blutleerer Schilderung zufolge war die Beziehung zu ihrem Mann trotz beziehungsweise gerade wegen der außerehelichen Affären glücklich. Keine Eifersucht, kein Zorn, kein Streit, keine Handgreiflichkeiten, kein Hass, keine Lügen. Die Nacht, in der ihr Gatte getötet worden war, hatte sie allein im gemeinsamen Haus verbracht. In der vergangenen Nacht, in der der Kopf ihres Manns in einem Schlosspark platziert worden war, hatte sie in der Wohnung ihrer Tochter übernachtet. Nachdem Nordh und Karhuu die Frau nach einer zähen Dreiviertelstunde entlassen hatten, war ihre jeweilige Reaktion dieselbe: Achselzucken.

Petter Persson war ein anderes Kaliber. Mindestens zehn Jahre jünger als seine Geliebte, Anzug, rosafarbenes Hemd, gepunktete Krawatte, Einstecktuch. Sah so der Landwirt von heute aus? Trotz seiner wenig wetterangepassten Kleidung stand Persson kein Tropfen Schweiß auf der Stirn, stattdessen drang ihm das Adrenalin aus jeder Pore. Es dauerte nur wenige Augenblicke, bis die Luft im Raum vor Aggressivität vibrierte, Wohlfühlambiente hin oder her. Der Schweinezüchter mit den schicken Slippern gab sich patzig, schmetterte jede zweite Frage mit einer sinnlosen Gegenfrage ab und drohte im Minutentakt mit seiner Topanwältin, die es vermutlich gar nicht gab. Eine gute Viertelstunde schaukelte sich sein Gezanke immer weiter hoch, bis Karhuu die Frage stellte, wann er Sophia Sjöbäck zum letzten Mal gesehen hatte, woraufhin Persson versteinerte, bevor er wie aus dem Nichts zu schluchzen begann, was sich in einen mehrminütigen Weinkrampf steigerte. Karhuu und Nordh reichten ihm abwechselnd Kleenextücher, die in einer schimmernden Edelstahlbox zur Grundausstattung des Raumes gehörten. Als sich der Mann wieder einigermaßen gefangen hatte, folgte ein

Geständnis. Und zwar das seiner Liebe zu Sophia. Dass ihr Mann getötet worden sei, tue ihm unheimlich leid, aber er habe damit nichts zu tun. Als er Sophia am Vortag telefonisch seinen Trost angeboten habe, habe sie nicht nur abgelehnt, sondern auch mit ihm Schluss gemacht. Die Trauer um Reidar lasse ihr jetzt keinen Platz für ihn, am besten solle er sich auf absehbare Zeit nicht mehr bei ihr melden, habe sie gesagt. Danke und auf Wiedersehen. Erneutes Schluchzen, noch mehr Kleenex. Irgendwann ging es dann wieder. Für die Tatnacht hatte er ein Alibi. Er war auf einem zweitägigen landwirtschaftlichen Kongress in einem Tagungshotel in Östersund gewesen, dreizehn Autostunden beziehungsweise zweieinhalb Flugstunden plus Umsteigen von Malmö entfernt. Die vergangene Nacht habe er allein auf seinem Hof verbracht. Als er schließlich gegangen war, sahen Karhuu und Nordh einander an, bevor sie gleichzeitig zu lachen anfingen. Das war dem Mann und seiner gefühligen Offenbarung gegenüber vielleicht unfair, aber es tat gut, denn es löste für einen Moment die Anspannung, die Karhuu seit dem Moment spürte, seit sie die Leiche mit dem Krokodilkopf am Morgen des Vortags zum ersten Mal gesehen hatte.

Das Erste, was sie wahrnahm, als Pernille Friis ihnen gegenüber Platz nahm, war eine seltsame Aura, die die kleine, schmale Mitdreißigerin in ihrem dunkelblauen Etuikleid und passenden Ballerinas zu umgeben schien. Vielleicht lag es an dem Retrochic ihrer Kleidung, die mit der ins rote Haar geschobenen Schmetterlingssonnenbrille und der Hochsteckfrisur harmonierte; ein Outfit, als wäre sie gerade *Frühstück bei Tiffany* entstiegen. Vielleicht lag es an den grünen Augen, die einen Tick zu eng standen, aber auf eine nicht unattraktive Weise, und den permanent zuckenden Mundwinkeln, die ihrem mit Sommersprossen übersäten Gesicht einen leicht spöttischen Ausdruck verliehen. Vielleicht waren es aber auch nur jahrhundertealte unbewusste Vorurteile, die auf rothaarige Frauen etwas Exzentrisches, wenn nicht sogar vage Hexenhaftes projizierten. Wie auch immer, Friis hatte sofort die volle Aufmerksamkeit, sie war dieser Typ. Man musste Reidar Sjöbäck nicht gekannt haben, um sich vorstellen zu können, dass er an einer Frau wie Friis Interesse gehabt hatte, was im Fall von Sophia Sjöbäck und ihrem Schweinezüchter schwerer gewesen war. Aber wo die Liebe hinfiel. Karhuu nahm aus den Augenwinkeln wahr, wie Nordh seinen Stuhl zurechtrückte, sich im Sitzen merklich aufrichtete, durchs Haar fuhr und die Brust nach vorne schob. Tja, steckte nicht tief in uns allen noch ein Steinzeit-Ich? Ihr war es recht, dass er die Gesprächsführung übernahm, denn so konnte sie sich ganz auf die Beobachtung der schillernden Dänin konzentrieren, die mit einer bemerkenswert dunklen Stimme beinahe akzentfrei Schwedisch sprach und offenbar kein Problem damit hatte, die Dinge beim Namen zu nennen. Friis und Sjöbäck hatten sich vor einigen Monaten in einem Jazzclub in Kopenhagen kennengelernt und waren noch am selben Abend miteinander im Bett gelandet. Der Sex war gut. Aus dem One-Night-Stand entwickelte sich eine lose Affäre und sie trafen sich in unregelmäßigen Abständen, zunächst in Hotels, später bei ihr zu Hause. Sie wusste, dass er verheiratet war, aber das störte sie nicht, im Gegenteil, sie gab zu verstehen, dass sie neben ihm noch andere Männer traf, worüber er Bescheid wusste und womit er kein Problem hatte. Auf Nordhs Frage, ob sie sich als Single definierte, erwiderte sie, dass sie den Begriff *ungebunden* vorzog. Trotzdem hatte sie Sjöbäcks Vorschlag, eine ganze Woche miteinander zu verbringen, zugestimmt. Sie beschrieb ihn als charmant und witzig und empfand seine Gesellschaft als angenehm. Sie hatte zwar keinen Urlaub, arbeitete aber viel im Homeoffice, außerdem war sie Hobbymalerin und Sjöbäck hatte sich dazu bereit erklärt, ihr für eine Serie von Bildern Modell zu stehen. Dass ihr Liebhaber zur verabredeten Zeit nicht bei ihr aufgetaucht war, ihre Nachrichten nicht beantwortete und nicht ans Telefon ging, hatte sie verärgert. Eine andere Erklärung, als dass er sie plötzlich ghostete, war ihr nicht in den Sinn gekommen. Sie hatte Ähnliches schon öfter erlebt, meistens mit Typen, die verheiratet waren und die irgendwann das schlechte Gewissen plagte. Aber nach ein paar Tagen hatte sie die Sache bereits abgehakt. Wer nicht will, der hat schon. Außerdem hatte sie, wie gesagt, durchaus andere Optionen. Nur um das Modellstehen tat es ihr leid, Reidar hatte ein ausdrucksstarkes Gesicht und eine interessante Physis gehabt. Der Anruf seiner Frau hatte sie natürlich beunruhigt und die Nachricht von seinem Tod machte sie betroffen. Sie hatte Reidar Sjöbäck nicht geliebt, aber sie hatte ihn sehr gern gemocht. Ein Alibi für die Tatzeit hatte sie nicht, ebenso wenig für die vergangene Nacht. Beide Male war sie allein zu Hause gewesen. Nach einer halben Stunde war die Vernehmung beendet. Friis verabschiedete sich und Nordh geleitete sie aus dem Raum. Erst da fiel sie Karhuu ins Auge, die kleine Krokodillederhandtasche, die der Journalistin über der Schulter hing.

18

Als Nordh gegen fünf die Teambesprechung beendete und nach Hause fuhr, zeigte die Anzeige auf dem Armaturenbrett eine Außentemperatur von fünfunddreißig Grad. Er war sich unschlüssig, was er von den Vernehmungen am Nachmittag halten sollte. Eine benebelte Witwe, ein cholerischer und zugleich tragisch clownesker Landwirt sowie eine heiße Dänin mit Krokotasche. Das Modeaccessoire musste Zufall sein, darüber waren sich alle einig gewesen, oder sie hatten es mit der schrägsten Soziopathin des Jahrhunderts zu tun.

In dem Moment, in dem er in die Auffahrt des Reihenhauses einbog, versuchte er, in den Familienmodus zu schalten. Rosa hatte ein leichtes Nudelgericht zubereitet und unter der Markise auf der Terrasse den Tisch gedeckt. Lilly und Tim trugen ihre Badesachen und sprangen jauchzend in den Wasserstrahlen des Rasensprengers herum. Er merkte, dass sich etwas in ihm löste, und zum ersten Mal an diesem Tag lächelte er. Seine Gesichtsmuskulatur war so verspannt, dass es wehtat. Rosa hatte die Flasche Chablis aufgemacht, die er ihr zum Geburtstag geschenkt hatte und die hervorragend zu der Pasta mit Zitronensoße passte, nach der die Kinder so verrückt waren. Er hätte ohne Probleme die ganze Flasche allein trinken können, aber da er nach dem Essen noch Auto fahren wollte, machte er nach einem halben Glas Schluss. Null Komma zwei Promille waren schnell erreicht und die Gesetzgebung war streng. Würde er angehalten und getestet, wäre er bei wenig mehr nicht nur seinen Führerschein los, sondern auch seinen Job. Trotzdem wurde es ein schönes gemeinsames Abendessen. Die Lautsprecherbox spielte schwedische Schlager der Fünfziger- und Sechzigerjahre, Rosas berüchtigte Playlist, die Lilly und Tim aus nicht nachvollziehbaren Gründen liebten und textsicher und mit vollem Mund mitsangen. Wir sind eine Familie, dachte er in diesem Moment, während sein Blick den chinesischen Lampion streifte, den Linda im vorletzten Sommer aufgehängt hatte, wir sind trotz allem eine Art Familie. Nachdem alle aufgegessen hatten, schlüpfte er zum Vergnügen der Kinder in die Rolle eines italienischen Kellners mit albernem Akzent, räumte den Tisch ab und servierte mit einem Geschirrhandtuch über dem Arm Eis für die Kinder und Kaffee für Rosa und sich. In die allgemeine gute Laune hinein fragte er Rosa, ob sie Lilly und Tim ins Bett bringen könnte, da er beruflich noch einmal losmüsse. Was gelogen war. Rosa war – wie meistens – einverstanden, aber die Kinder protestierten lautstark. Er habe am Morgen doch versprochen, nach dem Essen noch zum Strand zu fahren und schwimmen zu gehen. Das stimmte. Es zurückzunehmen, wäre wirklich gemein. Ein guter Vater tat so etwas nicht, ein guter Vater hielt seine Versprechen. Na gut, dann musste er das eine mit dem anderen verbinden. Die Kids würden spät ins Bett kommen, aber egal, sollten sie halt am nächsten Tag etwas später zum Freizeitprogramm gehen. Sie fuhren zum *Ribban,* wie Malmös größter Strand genannt wurde. Rosa hatte abgewunken, ihr Rücken machte zu viel Ärger, was Nordh nicht unlieb war, denn es passierte viel zu selten, dass die Kinder und er etwas zu dritt unternahmen, weshalb er ein latent schlechtes Gewissen mit sich herumtrug. Trotz vorgerückter Uhrzeit war der Strand rappelvoll. Sie suchten sich ein halbwegs ruhiges Plätzchen. Lilly hatte das Freischwimmerabzeichen, Tim noch nicht. Eigentlich wäre es verantwortungsbewusst gewesen, seinem Sohn die verhassten Schwimmärmel mit Seesternmuster aufzuzwingen – warum vergaß er dauernd, altersgemäße zu kaufen? –, aber Nordh verzichtete darauf. Er brachte die Demütigung nicht übers Herz. Tims Bettnässen, seine Apathie, die Kleinkindschwimmärmel – das alles gäbe es nicht, wenn Linda noch am Leben wäre. Und passende Schwimmflügel hätte er auch. Nordh riss sich am Riemen. Sie stürmten ins Wasser und warfen sich in die Wellen. Er passte auf, immer in der Nähe seines Sohns zu sein, bereit, jeden Moment eingreifen zu können. Aber es war nicht nötig. Tim schwamm, tauchte, schluckte Wasser, hustete, schwamm weiter. Er hielt sich oben, er boxte sich durch. Scheiß aufs Freischwimmerabzeichen. Nordh, der an seinen Wehrdienst bei der Marine eine Kampftaucherausbildung angehängt hatte, verspürte einen unbestimmten Stolz auf seinen Sohn. Auf Lilly. Irgendwie auch auf seine Schwiegermutter und sich. Vielleicht bekamen sie es tatsächlich hin.

Eine Stunde später parkte Nordh den Wagen in einem Dorf nordöstlich der Stadt am Straßenrand. Hier lebte der Augenzeuge des Autounfalls, Nordh hatte die Adresse aus der Akte. Er stieg aus. Die Kinder blieben im Auto, er hatte ihnen auf dem Handy eine ihrer Serien angemacht. Das Haus war klein, gedrungen und die weiß verputzten Wände hätten einen neuen Anstrich vertragen können. Er klingelte und eine Frau um die sechzig öffnete ihm die Tür. Ungepflegtes graues Haar, gelbliche Raucherhaut, das Gesicht faltig wie zerknittertes Papier.

»Ja?«

Nordh stellte sich vor und zeigte seinen Polizeiausweis.

»Ich würde gerne mit Kurt sprechen. Ist er zu Hause? Ich versuche seit zwei Tagen vergeblich, ihn zu erreichen.«

Die Frau starrte ihn an, als wäre er geisteskrank.

»Kurt ist nicht da.«

»Wann kommt er denn zurück?«

»Er ist weg.«

Sie spuckte ihm die Worte regelrecht entgegen.

Nordhs Kehle machte verrückte Sachen.

»Wie, weg?«, brachte er heraus.

»*Weg* weg.«

In ihren Augen loderte etwas, das er wiedererkannte. Rasender Zorn oder ein nicht gutzumachender Verlust. Noch bevor er etwas Weiteres sagen konnte, schlug sie ihm die Tür vor der Nase zu.

19

Svea Karhuu hatte sich im Ring des Trainingsstudios ausgepowert. Nichts auf der Welt war so gut wie das Gefühl nach einem guten Kampf. Na ja, fast nichts, ein paar Dinge gab es da vielleicht doch noch. Kurz dachte sie an Kristoffer. Sie vermisste ihn. Auch wenn es heute nur ein Trainingsfight gewesen war, stellte sich nach der heißen Dusche das körperliche Wohlgefühl ein, das sie jedes Mal erdete und ihr den Kopf freimachte. Ihr

Coach und Sparringspartner hatte sie ziemlich hart rangenommen, und als sie für eine Sekunde ihre Deckung vernachlässigt hatte, war sie trotz Kopfschutz auf dem linken Auge getroffen worden, was ihr wahrscheinlich ein ordentliches Veilchen bescheren würde. Aber das gehörte dazu und juckte sie nicht weiter, auch wenn Nordh ihr mit Sicherheit einen Spruch reindrücken würde. Und wenn schon. Insgeheim beeindruckte ihn ihre physische Schlagkraft, das hatte sie an seinen Blicken erkannt, als er sie bei einer schwierigen Festnahme einmal in Aktion gesehen hatte.

Auf dem Heimweg aß sie in einem Imbiss Falafel, kaufte im Supermarkt einige Lebensmittel ein und radelte nach Hause. Im Briefkasten lag ein Umschlag, den sie an der hingekritzelten Anschrift sofort wiedererkannte. Ihre Stimmung kippte von einem Moment auf den nächsten, ihr Herz begann zu klopfen, der Atem ging schneller. Sie eilte in die Wohnung und riss noch im Flur das Kuvert auf. Darin war wieder eine Patrone mit Gravur. *Copkiller.* Nummer zehn für die Sammlung unter dem Kopfkissen. Ihre Hände zitterten. Sie wusste, dass sie keine Angst haben sollte. Angst lähmte. Genau das wollte der Absender doch mit seinem Psychoterror bewirken. Trotzdem raste ihr Puls. Sie knüllte den Umschlag zusammen. Aber irgendetwas fühlte sich komisch an. Warum war das Papier so steif? Dann begriff sie. Dieses Mal war noch etwas anderes in dem Kuvert. Sie strich es wieder glatt und zog etwas aus der Längsseite, wo sie den Umschlag aufgerissen hatte. Es war ein Foto. Darauf war Kristoffer zu sehen, wie er aus dem Mietshaus, in dem seine Wohnung lag, auf die Straße trat. Er hatte die knallrote Sonnenbrille auf, die er sich vor zwei Wochen gekauft hatte. Die Aufnahme war also neu. Der Winkel, der Abstand und ein grauer Balken am unteren Bildrand ließen erahnen, dass das Foto wahrscheinlich von einem Auto aus geschossen worden war, das auf der gegenüberliegenden Straßenseite geparkt hatte. Karhuu lief es eiskalt den Rücken herunter. Wer auch immer sie bedrohte, wer auch immer diese Spielchen mit ihr spielte – woher wusste dieser jemand von ihrem Freund? Sie hatten ihre Beziehung nie an die große Glocke gehängt, im Gegenteil. Zu Beginn, weil sie damals noch als verdeckte Ermittlerin gearbeitet hatte und ein privater Auftritt in den sozialen Netzwerken natürlich ein Tabu gewesen war. Aber auch danach hatte ihr nichts daran gelegen, sich medial zu exponieren. Bei Kristoffer als angehendem Schauspieler lagen die Dinge etwas anders. Aber auch wenn er viel auf Instagram unterwegs war, hatte er nie ein gemeinsames Selfie oder ein Bild von ihr gepostet. Wobei: ein einziges Mal doch. Im Sizilienurlaub, als sie in einem Fischrestaurant am Meer zu Abend gegessen hatten, zwei Flaschen von dem wahnsinnig guten Weißwein getrunken hatten und in entsprechend ausgelassener Stimmung gewesen waren. Ein einziges verdammtes Pärchenfoto im Sonnenuntergang. Fuck!

Irgendjemand da draußen wusste, dass sie einen korrupten Polizisten erstochen hatte.

Irgendjemand wollte sie nicht ungestraft damit davonkommen lassen.

Irgendjemand wusste, was ihre Schwachstelle war.

Kristoffer schwebte in Gefahr.

Sie hämmerte auf die Kommode im Flur ein.

Fuck! Fuck! Fuck!

Was zum Teufel sollte sie nur tun?

Colonia Dignidad, Chile, Januar 1974

Peter erinnerte sich nur noch schemenhaft. Der Pius hatte ihn ausgezogen und geduscht und gebadet. Peter hatte sich geschämt. Für den Schmutz und die Nacktheit. Aber am Anfang war es auch schön gewesen. Noch nie in seinem Leben hatte ihn jemand gestreichelt. Doch dann war plötzlich nichts mehr schön gewesen. Der Pius hatte seinen Bademantel abgestreift. Er hatte Peter mit sich in sein Bett gezogen. Peter hatte sich gewehrt. Da war der Pius wütend geworden. Er hatte gebrüllt.

»Wisst ihr nicht, wem ihr euch zu Knechten macht, um ihm zu gehorchen, dessen Knechte seid ihr und müsst ihm gehorsam sein, es sei der Sünde zum Tode oder dem Gehorsam zur Gerechtigkeit!«

Er hatte Peter mit einem Ledergürtel geschlagen, und als der sich immer noch wehrte, hatte der Pius von seinem Nachttisch eine Pistole genommen und Peter den Lauf mit Gewalt tief in den Mund gedrückt. Den Geschmack von Metall und Waffenöl würde Peter nie wieder vergessen. Das, was danach geschehen war, ebenso wenig. Anschließend waren Männer gekommen und hatten Peter in eine enge Zelle mit vergitterten Fenstern gebracht, wo er eine Spritze bekommen hatte. Die Spritzen bekam er nun jeden Tag. Seitdem war alles in ihm wie aus Watte und Stahlwolle. Er wusste nicht, wie lange er schon hier war. Wochen oder Monate. Es war tagsüber sehr heiß in der Zelle, was bedeutete, dass es Sommer geworden war. Manchmal kam Walther. Dann wurde Peter ans Bett geschnallt und es wurden Elektroden an seinem Körper befestigt. Er bekam Stromstöße. Am Hals, an der Zunge, an den Augenlidern, an seinem Glied. Am schlimmsten waren aber die Schreie aus den anderen Zellen. Viele brüllten auf Spanisch. Die meis-

ten Worte kannte Peter aus dem Schulunterricht. So schlecht er in Mathematik war, so gut war er in Fremdsprachen. Die Gefangenen waren Kommunisten. Chile hatte einen neuen Führer. Er war ein guter Mann und ein Freund des Pius. Noch ein Mann Gottes.

Als Peter wieder nach draußen durfte, war es Herbst. Erntezeit. Die Keiler schufteten acht Stunden am Tag auf den Feldern. Dazu die anderen Pflichten. Unterricht. Hausaufgaben. Üben auf drei verschiedenen Musikinstrumenten. Der Chor. Latrinendienst. Dazwischen immer wieder Schläge vom Stachel. Den Teufel aus ihm herauspeitschen, nannte er das. Manchmal hetzte er ihm alle einundzwanzig Keiler auf den Hals. Seit Peters Haft schlug sogar Thomas fest zu, und ihn anlächeln, das tat er auch nicht mehr. Nun hatte Peter keinen Freund mehr, nun war er ganz allein. Sein erster Fluchtversuch war vollkommen kopflos. Er rannte eines Nachts einfach los. Der Suchtrupp fand ihn bereits nach anderthalb Stunden und zog ihn aus einem Gebüsch.

Wieder in die Zelle, wieder täglich Spritzen. Nach einer Woche ließ man ihn raus, weil man ihn auf den Feldern brauchte. Aber er bekam nur noch eine Mahlzeit am Tag und ein Jahr lang Sprechverbot. Die Ausübung der Strafe kannte keine Ausnahmen und keine Gnade. Nichts an diesem Ort kannte Gnade. Tante Hedwig war schon lange fort, niemand wusste, wohin. Peter blieb nur das Bildchen vom Jesuskind und das Gebet zu Gott als seinem Lotsen. Einmal belauschte der Stachel, wie Peter in der Nacht heimlich die tröstenden Worte aussprach, die Decke über den Kopf gezogen. Aber auch Beten war Sprechen. Es gab zur Strafe dreißig Hiebe mit dem Gummiriemen. Kurz darauf hörte Peter zum ersten Mal die Stimmen in seinem Kopf.

20

Der Anruf kam, als Kommissar Nordh seinen Kindern gerade French Toasts zum Frühstück machte. Rosa war noch nicht aufgestanden, was nie ein gutes Zeichen war. Er klopfte an ihre Zimmertür, dann öffnete er sie. Sie lag im Bett, die Decke über den Kopf gezogen.

»Die Ampel steht auf Rot«, knurrte sie. »Dunkelrot.«

Verdammt.

Aber es war wichtig. Wie eigentlich immer.

»Und wenn ich dir eine Oxycodon gebe?«

Er kam sich wie ein Arschloch vor. Weil er eins war. Bestach seine kranke Schwiegermutter mit starken Opioiden, an die er auf unsauberen Wegen gekommen war.

»Verdammt, Jon, ernsthaft?«

»Ich lege dir zwei auf den Nachttisch. Aber ich muss jetzt wirklich los. Tim braucht heute seine Sportsachen, und Lilly soll an ihre Obstdose denken.«

»Hat dir schon mal jemand gesagt, dass du ein mieses Arsch…«

»Ja. Ich mir selbst. Ständig. Danke, Rosa.«

Er rief seinen Kindern einen Abschiedsgruß zu, dann war er zur Tür hinaus. Er setzte die Sirene aufs Dach und fuhr so schnell es ging, trotzdem zog es sich, der Berufsverkehr in der Innenstadt war eine Katastrophe, seit Jahren überall Baustellen. Als er endlich den Hubschrauberlandeplatz erreichte, war Karhuu zum Glück bereits da. Vielleicht sollte er sich auch ein Rennrad zulegen oder gleich ein Motorrad. Aber für solche

Spielereien hatte er kein Geld übrig. Die Midlife-Crisis musste bis auf Weiteres verschoben werden.

Der Pilot gab ihnen Instruktionen. Für Karhuu war es das erste Mal, für ihn das dritte. Er hoffte, sie hatte einen guten Magen. Er selbst war froh darüber, noch nichts gefrühstückt zu haben. Der Lärm der startenden Rotoren war ohrenbetäubend. Sie setzten sich Kopfhörer auf.

»Wohin fliegen wir?«, fragte Karhuu über den Bordfunk.

»Eine Insel an der Ostküste, direkt an der Grenze zu Blekinge«, antwortete Nordh.

»Fünfundzwanzig Minuten«, sagte der Pilot, »vielleicht sogar weniger.«

Der Hubschrauber hob ab. Innerhalb von Sekunden schrumpfte unter ihnen die Stadt zusammen, bis sie aussah wie ein Ausschnitt aus Google Maps. Das gleißende Sonnenlicht zwang ihn zu blinzeln. Karhuu legte ihre Hand auf seinen Arm. Überrascht wandte er ihr den Kopf zu. Damit hatte er nicht gerechnet. Flugangst?

»Wohin fliegen wir?«, wiederholte sie. Diesmal sprach sie dringlicher und ihre Stimme knackte stratosphärisch aufgeladen in seinem Kopfhörer. Nun verstand er, was sie meinte. Er hatte am Telefon nur wenig erfahren, aber das wenige reichte aus, um ihn denkbar düster zu stimmen.

»Ich befürchte das Schlimmste«, murmelte er ins Mikrofon.

Sie nickte und zog ihre Hand zurück.

Der Helikopter nahm Tempo auf. Nordh meinte Staffanstorp auszumachen und irgendwann den Vombsee, dessen Konturen an einen Schmetterling erinnerten. Mit dreizehn oder vierzehn war er dort in einem Pfadfinderlager gewesen. Es hatte die ganze Zeit geregnet, und jeden Abend hatte es Würstchengulasch mit verkochten Nudeln gegeben. Furchtbar. Aber er hatte ein Mädchen geküsst. Anni-Frid. Braune Zöpfe, eine spitze Nase und der Geschmack von Erdbeerkaugummi. Es schien unendlich lange her. In einem anderen Leben.

Kurz darauf funkelte unter ihnen das Meer und Nordh schob seine Erinnerungen beiseite. Der Hubschrauber setzte zur Landung an. Die Inselgruppe lag am nördlichen Ende der Hanöbucht. Dort, wo Schonen aufhörte und Blekinge begann. Das Eiland, auf dem der Helikopter aufsetzte, war etwa dreihundert Meter lang und maß an der breitesten Stelle gut hundert Meter. Nordh sah Steine, Wacholderbüsche, Strandhafer, Heide. Ein kleiner Strand aus dunklem Sand, ein windschiefer Anleger, an dem drei Boote vertäut waren. Ein einzelnes Haus, weiß getüncht. Der Rotorenlärm ebbte ab. Nordh und Karhuu streiften sich die Helme von den Köpfen und stiegen aus. Drei Männer kamen ihnen entgegen, zwei in der orangeroten Kluft der Seenotretter und ein uniformierter Wasserschutzpolizist. Gestandene, wettergegerbte Kerle. Trotzdem sah jeder Einzelne von ihnen hilflos, ja verzweifelt aus. Die Sonne knallte unbarmherzig. Nordh spürte einen zunehmenden Druck hinter den Augen. Jetzt bloß keine Migräne. Vielleicht hätte er selbst eine Oxy einwerfen sollen. Aber nein, er brauchte jetzt alle Sinne.

»Wo?«, fragte er.

Gemeinsam umrundeten sie das Haus. Genaueres Nachfragen war nicht nötig. Der bis auf einen Lendenschurz unbekleidete Leichnam hing von einer gut fünf Meter hohen Fahnenstange kopfüber hinab.

Kopfüber.

Nur dass da kein Kopf war.

Doch, da war ein Kopf. Aber alles daran war falsch. Vor allem stimmten die Proportionen nicht. Er war viel zu klein und nicht menschlich. Es war der Kopf eines Vogels, eines Raubvogels, wenn Nordh sich nicht irrte, der irgendwie an den Hals des Leichnams genäht war. Einzelheiten waren schwer zu erkennen, denn noch immer rann Blut aus der Schnittstelle des Halses über den Vogelkopf hinweg, tropfte auf den Boden hinab und färbte den Sand schwarz. Er trat noch näher heran.

Nun erkannte er, dass die Haut des Toten über und über mit Zeichen bedeckt war. Sorgfältig bemalt oder vielleicht sogar tätowiert. Er erkannte Vögel, Schlangen, geometrische Zeichen. Waren das verdammte Hieroglyphen? Er bemerkte, dass Karhuu neben ihn getreten war.

»*Perkele*«, sagte sie leise.

Es war das einzige Wort Meänkieli, das er verstand.

Teufel.

Wellen brandeten gegen das Ufer.

21

Der grotesk zugerichtete Leichnam baumelte über ihren Köpfen im Wind. Das Holz des Fahnenmastes, das nicht für so viel Gewicht ausgelegt war, knirschte und ächzte bei jeder Bewegung. Trotz der Seebrise meinte Karhuu, das Blut riechen zu können, das immer noch in den Sand tropfte. Sie musste an ein geschächtetes Tier denken. Ihr Magen rebellierte. Sie legte den Kopf in den Nacken und schirmte die Augen mit der Hand ab. Der Schnitt in der Brust war deutlich zu sehen. Wahrscheinlich war auch diesem Mann das Herz herausgerissen worden. Sie fokussierte wieder den Vogelkopf. Ein Mensch mit einem Vogelkopf. Die Proportionen stimmten nicht, aber sie hatte so etwas schon einmal gesehen. Es waren die Hieroglyphen auf der Haut des Toten, die sie darauf brachten. Es gab altägyptische Götter, die so dargestellt wurden: menschliche Körper mit Tierköpfen. Warum war sie nicht schon vorher darauf gekommen? Sie zog das Handy aus der Tasche ihrer Jeans. Eine Minute später hatte sie es. Eine Website, die altägyptische Gottheiten vorstellte.

Dort, ein Mann mit dem Kopf eines Falken.

Sokar, ein Gott des alten Ägypten.

»Schau mal.«

Sie hielt Nordh das Display entgegen. Er las mit zusammengekniffenen Augen. Blickte vom Handy zum Fahnenmast und wieder zurück.

»Scheiße«, flüsterte er, »so eine verdammte Scheiße.«

Sie sah wieder auf den Bildschirm, scrollte über die Seite.

Dort.

Ein Mann mit Krokodilkopf.

Sobek, Gott der Fruchtbarkeit.

Holy shit.

Sie las es Nordh vor.

»Die Pyramide gestern«, sagte er mit belegter Stimme. »Das Nilkrokodil. Du hattest recht. Es gibt einen Zusammenhang. Götter, die verdammten Hieroglyphen an dem armen Kerl da oben …«

»Das alte Ägypten.«

Ihre Stimme war ebenfalls rau. Über ihnen kreisten Möwen und schrien siegessicher. Warmer Wind zupfte in ihrem Haar. Der kopflose, ausblutende Mann an der Fahnenstange, der Hubschrauber im Sand, die hilflosen Seenotretter – es war so absurd.

Nordh wandte sich an den Wasserschutzpolizisten und deutete auf das Haus und den Anleger.

»Weiß man, wem das hier gehört?«

»Bis vor einigen Jahren war das eine Übernachtungsmöglichkeit für Vogelkundler. War seit den Fünfzigerjahren im Besitz eines Vereins aus Åhus drüben. Dann hat Aaron de Klerk das Grundstück gekauft und das Haus umbauen lassen. Man hört, dass er hier im Sommer viel Zeit verbringt.«

»Aaron de Klerk? Muss man den kennen?«

»Chef der größten privaten Minengesellschaft im Land. Stammt aus der Gegend hier.«

Nordh deutete mit dem Kinn Richtung Fahnenmast.

»Ist er das?«

Der Polizist sah verlegen zu den Kollegen von der Seenotrettung, die links und rechts von ihm standen. Achselzucken.

»Schwer zu sagen, schätze ich.«

»Dumme Frage, mein Fehler.«

Nordh spuckte auf den Boden und scharrte mit dem Fuß im Sand.

»Wie seid ihr auf den Leichnam aufmerksam geworden?«, fragte Karhuu.

»Leuchtspurmunition in der Morgendämmerung«, sagte einer der Seenotretter. »Es ist mehreren Skippern und Fischern aufgefallen, wir bekamen einige Funksprüche rein. Natürlich sind wir der Sache sofort nachgegangen. Haben nach einem Schiff oder Boot Ausschau gehalten, das Hilfe braucht. Auf dem Wasser haben wir nichts gefunden. Hat dann etwas gedauert, bis wir auf diesen, nun ja … bis wir auf das hier gestoßen sind.«

»Wir haben natürlich sofort die Polizei informiert«, ergänzte der andere.

Der Wasserschutzpolizist nickte.

»Nachdem ich es mit eigenen Augen gesehen hatte, habe ich es gleich weitergegeben.«

»Gute Arbeit«, sagte Karhuu und nickte.

»Leuchtspurmunition«, sagte Nordh kopfschüttelnd. »Der Bastard will um jeden Preis auf sich aufmerksam machen.«

»Sollen wir den armen Teufel nicht runterholen?«, fragte einer der Seenotretter.

»Wir warten auf die Spurensicherung«, befand Nordh, ging ein paar Schritte, ließ sich in einigem Abstand mit dem Hinterteil in den Sand plumpsen und strich über seine Haare. Karhuu hockte sich neben ihn. Sie sahen auf das Meer hinaus.

»Zwei Tote innerhalb von achtundvierzig Stunden«, sagte Nordh irgendwann, »und wer weiß, ob damit schon das Ende erreicht ist.«

Er riss ein Büschel Strandhafer aus und warf es vor sich hin.

»Du denkst, es könnte noch mehr Tote geben?«

»Ich weiß es nicht. Aber ich habe ein verdammt beschissenes Gefühl.«

»Tut mir leid, dass ich dich zu diesem Fall gedrängt habe«, sagte sie leise.

Er warf ihr einen Seitenblick zu.

»Mir tut es leid. Es hat nichts mit dir zu tun. Das habe ich uns eingebrockt.«

Eine Weile schwiegen beide. Dann stupste sie ihn mit dem Ellenbogen an.

»Wir fassen den Mistkerl«, sagte sie. »Wir fassen ihn und sorgen dafür, dass er für immer weggeschlossen wird.«

22

Während Nordh und Karhuu auf das Eintreffen der Spurensicherung und des Pathologen warteten, zogen sie sich Latexhandschuhe an und untersuchten das Ferienhaus des Topmanagers. Sie betraten eine L-förmige Wohnküche. Schlichte, aber wertige Einrichtung mit maritimem Touch, dachte Nordh. Messinglampen, ein antiker Kompass, Fotos einer Segeljacht im Sonnenuntergang. Auf dem Herd stand ein Topf, in dem sich ein Rest Getreidebrei befand. Nordh schnupperte daran, aber ein anderer, stärkerer Geruch überlagerte alles. Als sie die Tür zum Schlafzimmer öffneten, hatten sie Gewissheit. Der Raum sah aus wie ein Schlachthaus. Blut, wohin man blickte, in allen Nuancen zwischen Hellrot und Schwarz. Lachen, Flecken, Spritzer bis weit die Wände hinauf. Flüssig und geronnen. Dazwischen Vogelfedern, Knochensplitter, Muskelfleisch. Eine Sehne. Etwas, das wie ein Stück Aorta aussah. Aber von einem menschlichen Kopf keine Spur. Auf dem Bett Ketten und

Ledermanschetten. Ein Knebelball, wie er bei SM-Praktiken verwendet wird. Ein umgekippter Breibecher. An der Wand blutige Handabdrücke. Nordh zwang sich, durch den Mund zu atmen. Brechreiz regte sich, den er nur mit Mühe beherrschen konnte. Karhuu schien es ähnlich zu gehen. Auch sie war blass geworden.

»Wie bei Sjöbäck«, sagte sie gepresst. »Der Mann ist hier allem Anschein nach eine Zeit lang gefangen gehalten worden, bevor er getötet und enthauptet wurde.«

»Verflucht«, sagte Nordh, mehr fiel ihm nicht ein. Wenn es eine Hölle gab, dann sah sie vermutlich so aus wie dieses Schlafzimmer.

Viereinhalb Stunden später saßen Nordh und Karhuu zusammen mit den Muppets in ihrem Büro. Wallgren hatte ein großes Batiktuch über dem Fenster festgetackert, und Stöcker hatte irgendwo einen funktionierenden Standventilator aufgetrieben.

»Super Initiative«, lobte Karhuu.

Nordh brachte immerhin einen gemurmelten Dank zustande. Wallgren verteilte Flaschen mit eiskaltem Mineralwasser.

»Auch wenn die Identifizierung durch einen Angehörigen noch aussteht, deutet vieles darauf hin, dass es sich bei dem Toten um Aaron de Klerk handelt«, sagte Stöcker. »Seine Mitarbeiter versuchen seit Tagen erfolglos, ihn zu erreichen. Dazu kommt, dass der Leichnam am Oberarm eine Tätowierung hat, wie sie bei Fallschirmjägern seit Jahrzehnten üblich ist. De Klerk war in seiner Armeezeit Fallschirmjäger. Ich habe bereits damit angefangen, ein paar Eckdaten zusammenzutragen.«

Stöcker begann mit seinem Vortrag.

Der Konzernchef war dreiundsechzig Jahre alt und war in Tosteberga aufgewachsen, einem Dorf an der Küste, dem die kleine Inselgruppe vorgelagert ist. Abitur in Åhus, verlängerter Wehrdienst bei der Luftwaffe, Studium an der renommierten Handelshochschule in Stockholm, Aufstieg in verschiedenen Minenunternehmen im In- und Ausland, davon fast zwanzig Jahre in Afrika: Bauxit, Mangan, Kobalt und Gold. Seit siebzehn Jahren war er zurück in Schweden und beim größten privaten Förderer von Eisenerz tätig, davon die letzten acht als Vorstandschef. Zweimal geschieden, drei erwachsene Kinder. Hauptwohnsitz in Stockholm, wo sich die Unternehmenszentrale befand. Pendelte viel zwischen der Hauptstadt und den Förderstätten in Nordschweden. Einem Interview aus einem Managermagazin zufolge verbrachte der leidenschaftliche Angler jeden Sommer einige Zeit in seiner alten Heimat.

»Aus seinem alljährlichen Inselurlaub scheint er kein Geheimnis gemacht zu haben«, sagte Karhuu. »Die Seenotretter aus der Gegend wussten ja auch Bescheid.«

»Wir brauchen eine Handyortung und Kontakt zu den Menschen aus seinem Umfeld«, sagte Nordh. »Ich will wissen, wie lange er in seinem Ferienhaus gefangen gehalten wurde. Bei Sjöbäck mag es an einer Verkettung von Zufällen gelegen haben, dass eine Woche lang niemand etwas von seinem Verschwinden bemerkt hat. Aber ein Spitzenmanager wie de Klerk ist ein anderes Kaliber. Ein Unternehmensführer hat doch Verpflichtungen, selbst wenn er im Urlaub ist.«

»Ich kümmere mich darum«, sagte Wallgren.

Das Telefon klingelte. Die Rechtsmedizin. Anhand von Fotos mehrerer Hautkrebsbehandlungen konnte der Tote zweifelsfrei als Aaron de Klerk identifiziert werden. Der Brustkorb war geöffnet und das Herz entnommen worden, auf dieselbe brutale Weise wie bei Sjöbäck. Weitere Untersuchungsergebnisse würden in den kommenden Stunden folgen.

»Zwei ausgeweidete, enthauptete Männer«, sagte Stöcker tonlos, dessen mürrischen Gesichtszügen selten eine weitere Gefühlsregung anzumerken war. Nordhs Hypothese zufolge eine Autismus-Spektrum-Störung oder wie das heutzutage hieß. »Dem einen hat man einen Krokodilkopf angenäht, dem anderen den eines Falken. Blöd gefragt: Was soll der Mist?«

»Svea hat eine Theorie«, sagte Nordh.

»Na ja, Theorie klingt zu hochtrabend. Eigentlich erklärt es auch nichts. Aber interessant ist es schon.« Karhuu zeigte die Abbildungen der altägyptischen Gottheiten auf ihrem Handy und erläuterte ihre Gedanken. »Ein Täter mit schweren Persönlichkeitsstörungen nimmt zwei Männer gefangen, füttert sie mit einem speziellen Getreidebrei, bevor er ihnen bei lebendigem Leib das Herz herausreißt und die Leichname zu Verkörperungen ägyptischer Gottheiten, nun ja, umformt.«

Wallgren kicherte.

»Wie viele solcher Götter gibt es denn?«, fragte Nordh.

Stöcker tippte auf seinem Laptop herum.

»Etwa tausendfünfhundert«, antwortete er. Seine Frau kicherte erneut. »Aber nicht alle haben Tierköpfe.«

Wallgren kicherte ein drittes Mal.

Es zerrte derart an Nordhs Nerven, dass er dem Impuls widerstehen musste, sie anzuschreien.

»Na, dann haben wir ja Glück gehabt«, sagte er ohne jeden Versuch, seinen Sarkasmus zu verbergen.

Kichern.

Es trieb ihn in den Wahnsinn. Aber er musste zugeben, dass das Batiktuch vor dem Fenster eine gute Idee gewesen war. Es war merklich kühler im Raum. Auch wenn es schräg aussah.

»Hennings Frage beantwortet das natürlich nicht«, sagte Karhuu. »Wozu das alles?«

»Ein Psycho mit Kleopatra-Fetisch«, brummte Nordh.

»Kleopatra war eine ägyptische Königin, keine Göttin«, sagte Stöcker.

Das war als Gag gemeint, dachte Nordh, aber so was begriff der Autist natürlich nicht.

»Wir brauchen jemanden, der uns die Hieroglyphen auf de Klerks Leichnam übersetzen kann«, sagte Karhuu. »Entweder sind diese Schriftzeichen Dekoration oder irgendeine archaische Beschwörungsformel, oder der Täter will uns damit etwas sagen. Und mit *uns* meine ich natürlich nicht nur uns, sondern die Öffentlichkeit. Auf die Gefahr hin, dass ich mich wiederhole: Ich bin davon überzeugt, dass er sich und sein Werk präsentieren will, und zwar der ganzen Welt.«

»Er hat verdammt noch mal mit Leuchtspurmunition geschossen, um auf sein Opfer aufmerksam zu machen«, sagte Nordh. Und mit einer gewissen Genugtuung: »In die Schlagzeilen hat er es bis jetzt trotzdem nicht geschafft.«

»Apropos Opfer«, sagte Karhuu. »Wählt der Täter sie zufällig oder gibt es zwischen den beiden einen Zusammenhang? Beide sind mittelalte heterosexuelle Männer in leitenden Positionen.«

Eigentlich eine gute Frage, aber Nordh stöhnte dennoch auf. Er war auch ein mittelalter heterosexueller Mann in leitender Position. Aber seit wann genau war daraus eigentlich ein Pariastatus geworden?

Gerade als er etwas entgegnen wollte, klingelte das Telefon erneut.

Mellander.

Er seufzte und holte tief Luft.

23

Karhuu brummte der Kopf. Es passierte zu viel in zu kurzer Zeit mit zu hoher Intensität. Der Tote im Kanal. Am Tag darauf der Kopf auf der Pyramide. Heute ein weiteres Mordopfer. Die unfassbare Gewalt. Aber sie hatte kein Recht, sich zu beschweren. Sie hatte den Fall unbedingt gewollt, obwohl sie vom ersten Moment an begriffen hatte, dass er sich von allem unterschied, womit sie es bis dahin zu tun gehabt hatte. Vielleicht half ein Eiskaffee gegen die leichten Kopfschmerzen. Sie war allein im Büro. Nordh war zu Mellander zitiert worden, um Bericht zu erstatten, Wallgren war nach Åhus gefahren, um dort mithilfe einiger Uniformierter und der Wasserschutzpolizei nach möglichen Zeugen zu fahnden und mit Personen aus de Klerks altem Umfeld zu sprechen, und Stöcker hatte sich in seinen Dachsbau zurückgezogen, um nach möglichen Verbindungen zwischen den beiden Mordopfern zu suchen und um Grundlegendes zur altägyptischen Mythologie zu recherchieren. Sie selbst hängte sich ans Telefon. Nach frustrierenden fünfzehn Minuten, während der sie immer wieder durchgestellt worden war, um danach in Warteschleifen festzuhängen und mit grenzdebiler Musik malträtiert zu werden, bekam sie endlich de Klerks persönlichen Sekretär an die Strippe beziehungsweise den *Executive Assistant,* wie der Mann namens Gisslén sich vorstellte. Auf Wegen, die sie nicht nachvollziehen konnte, war Gisslén bereits von de Klerks Tod informiert worden. Die Macht und die politischen Beziehungen, die ein Milliardenkonzern wie *Malmberg Ressources AB* hatte, konnte sie nur erahnen. Es war erst wenige Jahre her, dass sie als Oberstufenschülerin in Haparanda gemeinsam mit einigen samischen Mitschülern an spärlich besuchten Demonstrationen gegen die Erschließung neuer Bodenschätze auf traditionellem Rentierzuchtgebiet teilgenommen hatte. Gebracht hatte das nichts. In Nordschweden wurde heute mehr Eisenerz abgebaut als je zuvor, und die weltweit steigende Nachfrage nach Metallen und Seltenen Erden prognostizierte der Region einen regelrechten Bergbauboom. Nachdem Gisslén und sie ein paar Höflichkeiten ausgetauscht hatten, kam Karhuu zur Sache und stellte die Fragen, die sie sich im Vorhinein zurechtgelegt hatte. Gisslén arbeitete seit fünf Jahren eng mit de Klerk zusammen. Seiner Meinung nach war sein Chef fordernd, aber fair. Analytisch, weitsichtig, durchsetzungsstark. Nicht geliebt, aber geachtet. Karhuu verdrehte innerlich die Augen. In ihren Ohren waren das abgedroschene Floskeln. Vermutlich hätte sich de Klerk selbst nicht anders beschrieben. Der *Executive Assistant* fuhr fort. Unter de Klerks Leitung hatte der Konzern seinen Umsatz innerhalb weniger Jahre um fast vierzig Prozent und die Gewinne um ein Drittel gesteigert, die Aktionäre waren mehr als zufrieden. Karhuu musste an ihren mickrigen Indexfonds-Sparplan denken, für den sie monatlich einen Bruchteil ihres kargen Gehalts abdrückte. Damit würde sie wohl kaum zur Gattung »Aktionärin« gerechnet werden. Sprich, man musste reich sein, um reich zu werden. Ein rebellischer Impuls regte sich in ihr. Sie fragte nach der Umweltbilanz der vergangenen Jahre, was ein Fehler war, denn Gisslén war nun in seinem Element und quasselte minutenlang von *Green Steel,* ökologischem *Commitment* und innovativen *Substainability*-Konzepten. Mit weniger Anglizismen ging es wohl nicht. Es klang, als würde er aus einer Firmenbroschüre vorlesen, und vielleicht tat er das ja sogar. Nach dem ganzen PR-Sprech war es endlich an der Zeit für Fakten, entschied sie irgendwann und änderte die Ausrichtung ihrer Fragen. Gisslén hatte seinen Chef zum letzten Mal sechs Tage zuvor gesprochen, ein Telefonat. Da war de Klerk bereits seit zwei Tagen im Urlaub auf seiner Insel gewesen. Er hatte wie immer sachlich, aber kurz angebunden geklungen. Karhuu fragte, ob es üblich sei, dass Angestellte im Urlaub dienstlich kontaktiert wurden, woraufhin Gisslén lachte und sagte, dass es für *High Performer* wie den CEO und ihn im Grunde gar keinen echten Feierabend und kaum mehr als ein paar Tage Ferien gab, sondern höchstens kurze Intervalle mit niedrigerer Arbeitsbelastung. Nach diesem letzten Telefonat hatte es noch mehrmals E-Mail-Kontakt gegeben, das letzte Mal vier Tage zuvor. Karhuu überlegte. Der Täter könnte de Klerk dazu angehalten haben, wichtige E-Mails zu beantworten, um den

Anschein aufrechtzuerhalten, das mit dem CEO alles in Ordnung sei. Danach habe der Sekretär seinen Chef nicht mehr erreicht, was ihn verwundert, aber zunächst nicht beunruhigt habe. Das Mobilfunknetz auf den Inseln vor Åhus war nicht das zuverlässigste und es war in der Vergangenheit schon mehrmals vorgekommen, dass sich de Klerk in einem Funkloch befand. Doch nach drei Tagen habe er sich ernsthafte Sorgen gemacht und den konzerneigenen Sicherheitsdienst kontaktiert. Gute Leute, betonte Gisslén, Ex-Polizisten, Ex-Geheimdienstler, Ex-Militärs. Nach erneuten erfolglosen Kontaktversuchen und nach Gesprächen mit de Klerks erwachsenen Kindern, die in den vergangenen Tagen ebenfalls nichts von ihrem Vater gehört hatten, sei man am Vortag in einer eilig berufenen Besprechung zu dem Schluss gekommen, in Südschweden nach dem Rechten zu sehen, um an diesem Tag schließlich vor Ort von den lokalen Polizeibehörden zu erfahren, dass es auf de Klerks Insel einen Todesfall gegeben habe und es sich bei dem Toten aller Wahrscheinlichkeit nach um den Vorstandsvorsitzenden handelte. Auf diesem Weg war der Konzern also über das Ableben de Klerks informiert worden. Karhuu fragte, ob de Klerk Feinde im oder außerhalb des Unternehmens gehabt habe. Gisslén seufzte bedeutungsschwer. Wer ganz nach oben wolle, mache sich nicht überall Freunde, das liege in der Natur der Sache, nicht wahr? Aber so weit zu gehen, von Feinden zu sprechen, wollte er nicht. Wenn es eine Hilfe sei, könne er jedoch eine Liste mit Menschen anfertigen, mit denen de Klerk in beruflichem Zusammenhang *Issues* hatte. Ja, bitte, das sei eine große Hilfe, sagte Karhuu. Als Letztes teilte der Sekretär mit, dass der Konzern noch am selben Tag mit der Nachricht von de Klerk an die Öffentlichkeit gehen würde, allein schon, weil das Börsenrecht es verlangte. Karhuu schluckte. Die Nachricht vom Tod Reidar Sjöbäcks war ebenfalls öffentlich gemacht worden, aber noch wusste niemand von den Umständen der bizarren und bestialischen Morde. Aber ewig ließen sie sich nicht unter Verschluss halten. Mit trockenem Mund beendete sie das Gespräch. Höchste Zeit für einen Eiskaffee.

Extra large.

24

Mellanders Bürotür war geschlossen. Die Sekretärin wies Nordh an, auf einem Stuhl im Flur Platz zu nehmen und zu warten. Als hätte er nichts Besseres zu tun. Auf dem Handy scrollte er sich durch den Zwischenbericht der Spurensicherung. Das Lesen auf dem kleinen Bildschirm bereitete ihm Kopfschmerzen, nicht mehr lange und er würde eine Lesebrille brauchen. Oder ein größeres Smartphone. Als sich endlich die Bürotür öffnete, trat Mellander mit drei Männern in gut sitzenden Anzügen heraus. Höfliches Lächeln, Hände wurden geschüttelt, dann marschierte das Trio den Flur hinab. Mellander winkte ihn herein.

»War das gerade der Bürgermeister?«, fragte er.

Nicht dass er sich besonders für Politik interessierte.

»Richtig. Zusammen mit dem Leiter des Bauamts und Malmös größtem Hoch- und Tiefbauunternehmer.«

»Bekommst du einen neuen Swimmingpool?«

»Weißt du, Jon«, sagte sie, ohne eine Miene zu verziehen, »manchmal bist du wirklich witzig.«

Dieses Mal bot sie ihm kein eisgekühltes Zitronenwasser an, ihr VIP-Besuch hatte alles ausgetrunken, wovon die leeren Gläser zeugten. Nordh fasste zusammen: zwei Morde und was sie bisher darüber wussten. Was einerseits eine Menge an blutigen Details war. Andererseits waren sie weit davon entfernt, etwas so Konkretes wie einen Tatverdächtigen präsentieren zu können. Er sprach aus, was die forensische Psychologin in dem Videotelefonat bereits angedeutet hatte, was spätestens seit dem

Fund auf der Insel auch in seinem Kopf herumspukte und was mit Sicherheit niemand in der Polizeibehörde gerne hören wollte: Möglicherweise hatten sie es mit einem Serienmörder zu tun. Danach war es lange still. Die niedrige Temperatur in dem klimatisierten Raum war eine Wohltat. Mellanders sorgfältig, aber dezent manikürten Finger klickten an einem eleganten silbernen Kugelschreiber herum. Mine raus, Mine rein. Mine raus, Mine rein. Ihre gerunzelte Stirn zeigte, dass sie intensiv nachdachte.

»Im Netz ist ein Foto von der Leiche im Kanal aufgetaucht«, sagte sie schließlich. »Samt Krokodilkopf. Irgendeiner deiner Kollegen konnte offenbar nicht an sich lassen.«

Wieso *seiner* Kollegen? Am Fundort am Kanal waren, einschließlich der Spurensicherung, mehr als zwanzig Polizisten gewesen. Es waren genauso gut *ihre* Mitarbeiter. Und irgendein Trottel hatte ein Handybild geschossen und es weiterverbreitet, bis es irgendwo gelandet war, wo es nicht hingehörte. Das war ärgerlich, aber bei aufsehenerregenden Fällen erfahrungsgemäß nicht zu verhindern. Falls es nicht sogar der Täter selbst gewesen war. Schließlich deutete vieles darauf hin, dass er die Öffentlichkeit suchte.

»Und nun?«

»Einer unserer IT-Leute hat das Foto in einem obskuren Forum gefunden. Aber bis es vollends öffentlich wird, ist es nur eine Frage der Zeit. Uns bleibt gar nichts anderes übrig, als in die Offensive zu gehen. Du gibst heute Nachmittag eine Pressekonferenz. Im großen Saal, so viele Journalisten wie möglich. Die Pressestelle wird sich um die Akkreditierungen kümmern und dich unterstützen, aber im Scheinwerferlicht sitzt du. Das Gesicht der Mordkommission: Kommissar Nordh, unser bester Mann.«

Sie lächelte dünn und legte den Kugelschreiber sorgfältig austariert auf die lederne Schreibunterlage.

»Moment mal, Nora. Du hast gesagt, du würdest dich um die Presse kümmern.«

»Du zitierst mich falsch, Jon. Ich sagte, ich werde mich um die Pressestrategie kümmern. Und meine Strategie besteht darin, nun alles auf den Tisch zu legen, bevor es andere tun, was uns schlecht aussehen lassen würde. Sjöbäck und de Klerk sind beides keine Leichtgewichte. Die Sache ist jetzt schon ein Politikum. Der Bürgermeister ist besorgt. Dazu die grauenhaften Begleitumstände. Altes Ägypten, meine Güte. Der Fall wird Schockwellen auslösen, auch ohne deine Spekulationen über einen Serienmörder.«

»Du willst, dass ich das S-Wort der Presse gegenüber nicht in den Mund nehme?«

»Auf keinen Fall. Wir werden nicht unnötig die Pferde scheu machen. Wem wäre damit gedient?«

»So wild finde ich meine Spekulationen gar nicht.«

»Ach nein, Jon? Was genau weist denn deiner Meinung nach auf einen Serientäter hin?«

»Das wir zwei Morde innerhalb von achtundvierzig Stunden haben.«

»Zwei sind noch keine Serie.«

Was der Definition nach stimmte. Aber jede Mordserie fing naturgemäß mit zwei Toten an.

»Die klinische Brutalität. Das Spektakuläre. Das Abartige. Die Mensch-Tier-Verbindungen. Der Bezug zu einer altertümlichen, exotischen Götterwelt.« Er musste an Karhuus Worte denken. »Das alles weist auf die hochgradige Organisation eines Täters mit dissozialen Persönlichkeitsstörungen hin.«

»Das mögen ja alles Indizien sein. Trotzdem reicht das noch nicht aus, um das ganze Land in Panik zu versetzen. Du hast es doch eben lang und breit erläutert, Jon. Im Grunde wissen wir noch viel zu wenig. Woraus euch nach zweieinhalb Tagen niemand einen Vorwurf macht, am wenigsten ich. Aber das S-

Wort ist tabu. Genauso wie die Hieroglyphen und das andere ägyptische Zeug. Die Tierköpfe wiegen schon schwer genug. Entscheide selbst, welche Einzelheiten du aus ermittlungstaktischen Gründen zurückhalten willst.« Sie taxierte ihn. Kühle Augen. Wie ein Krokodil, dachte er. »Allerdings bitte mit neuem Haarschnitt. Du hast da übrigens einen Fleck auf dem Hemd. Haben wir uns verstanden, Jon?«

Er war alles andere als einverstanden.

»Ich hätte mich nicht von dir kaufen lassen sollen«, sagte er, während er aufstand.

»Tja«, sagte sie lakonisch.

Er tat einen Schritt auf den Schreibtisch zu, stemmte die Hände auf die Platte und beugte sich vor.

»Der Augenzeuge des Unfalls ist offenbar verschwunden, Nora«, sagte er leise, fast flüsternd. »Ist das nicht praktisch?«

Er suchte in den Krokodilaugen nach irgendeiner Regung.

Aber da war keine.

25

Kaum hatte Karhuu aufgelegt, klingelte das Telefon. Es war Nordh. Er klang aufgedreht.

»Befehl von ganz oben: Ich muss heute Nachmittag vor die Presse. Unser Killer bekommt jetzt die große Show, die er wollte.«

»Vielleicht besser jetzt als später«, sagte Karhuu vorsichtig.

»Ich brauche deine Hilfe. Damit ich in der Pressekonferenz nicht wie ein Vollidiot dastehe, muss ich mich um einige Dinge kümmern. Aber alles schaffe ich bis dahin nicht allein.«

»Was kann ich tun?«

»Wir müssen wissen, was die Hieroglyphen auf dem Leichnam bedeuten. Ich habe zwar nicht vor, Fotos der Leichname zu veröffentlichen, aber das von Sjöbäck schwirrt bereits im Netz rum, und irgendwann wird vermutlich auch das von de Klerk auftauchen. In dem Fall möchte ich nicht, dass uns irgendein Hobbygrafologe einen Schritt voraus ist und wir die Übersetzungen aus der Zeitung erfahren.«

»Okay. Was noch?«

»Bitte kümmere dich persönlich darum, dass wirklich alle Angehörigen der Opfer informiert werden, bevor ich vor die Kameras und Mikrofone trete. Jedes der Kinder und auch de Klerks Ex-Frauen.«

»Selbstverständlich. Noch etwas?«

»Melde dich, wenn irgendetwas auftaucht, wovon ich wissen sollte.«

»Na klar.«

Kurz war es still in der Leitung.

»Danke, Svea.«

»Du schaffst das, Jon.«

Er grunzte, dann legte er auf.

Sie machte sich umgehend an die Arbeit. Wo trieb man auf die Schnelle einen Ägyptologen auf? In einem Museum oder an einer Hochschule. Malmö war eine Unistadt, aber größer, älter und renommierter war die Universität im nahen Lund. Sie googelte den Fachbereich Archäologie und Geschichte des Altertums und telefonierte sich von dort aus durch, bis sie bei einem Professor landete, der sich auf das Altertum und dessen Schriftsprachen spezialisiert hatte. Karhuu schilderte ihr ungewöhnliches Anliegen.

»Hieroglyphen auf einem Leichnam?«

Es kostete Karhuu einiges an Überzeugungsarbeit, den Professor davon abzubringen, dass es sich um einen Telefonstreich handelte.

»Normalerweise würde ich die Schriftzeichen abzeichnen oder einzeln fotografieren und dann wieder in die ursprüngliche Reihenfolge beziehungsweise Position bringen lassen, aber ich fürchte, diese Zeit habe ich leider nicht. Darf ich dir zumuten, Fotos von dem Mordopfer im Ganzen zu begutachten? Wobei der Begriff *im Ganzen* insofern missverständlich ist, als dass dem Leichnam … der Kopf abgetrennt wurde.« Um wie viele Male absurder es klang, wenn man den Sachverhalt jemandem beschrieb, der kein Polizist war und nicht beruflich mit brutalen Morden zu tun hatte. Armer Jon, dachte sie, der diesen grauenhaften Irrsinn der Öffentlichkeit erklären musste. »Beziehungsweise ersetzt wurde. Das Haupt des Toten wurde abgetrennt und an dessen Stelle wurde ein anderer Kopf befestigt. Ein Tierkopf. Der Kopf eines Falken.«

Es war lange still in der Leitung.

»Verstehe ich das richtig: ein menschlicher Körper mit einem Falkenkopf?«

»Ja.«

»So stellten die alten Ägypter den Totengott Sokar dar. Einer der ältesten Totengötter überhaupt. Sein Kultort lag in der Nähe von Memphis, dort wurden schon in der ersten Dynastie die Toten begraben.«

Karhuu erwähnte nicht, dass sie selbst ebenfalls darauf gekommen war. Jetzt war es wichtig, so viele Informationen wie möglich aufzunehmen.

»Könntest du das genauer erklären? Wieso Memphis? Bei Memphis denke ich an Elvis Presley.«

Der Professor lachte.

»Nicht Memphis, Tennessee, sondern das Memphis des Altertums in Ägypten. Es liegt zwanzig Kilometer westlich von Kairo und wurde vor fünftausend Jahren gegründet.«

»Okay, danke. Und was genau ist die erste Dynastie?«

»Unter den Dynastien verstehen Altertumsforscher die Herrschaftsabfolgen. Die erste Dynastie Ägyptens hatte acht Herrscher, die als historisch gesichert gelten, sprich, es gibt Quellenmaterial, das die Herrscher und ihre Namen beschreibt. Sie gehört zur sogenannten frühdynastischen Zeit, in der das ägyptische Reich geeinigt wurde, und währte etwa von 3100 bis 2700 vor Christus.«

»Und was genau macht ein Totengott?«

»Die Totengötter sind für die Unterwelt zuständig, das Leben nach dem biologischen Tod. Dieses zweite Leben ist in der Vorstellungswelt der alten Ägypter viel wichtiger als das erste, weil es um das ewige Leben geht, insofern durchaus ähnlich wie im Christentum, nur dass das Jenseits eine noch viel größere Rolle spielt und die Vorstellung davon viel präziser ist. Jedem Toten steht eine Prüfung bevor. Sehr verkürzt ausgedrückt: In der Unterwelt wird vor einem Gericht das Herz des Verstorbenen gewogen. Ist es zu schwer, droht die endgültige Auslöschung, ist es leicht genug, winkt ein Platz an der Seite der Götter.«

Jenseits.

Herz.

Endgültige Auslöschung.

»Okay, kapiert.«

»Soll ich mir die Hieroglyphen nun ansehen? Ehrlich gesagt bin ich ziemlich neugierig geworden.«

»Das wäre überaus hilfreich. Aber ich muss dich nochmals vorwarnen: Der Anblick ist grauenhaft.«

»Ich bin nicht zart besaitet.«

»Dann schicke ich dir die Fotos per E-Mail.«

»Ich melde mich zurück, sobald ich mehr weiß.«

Karhuu bedankte sich erneut und legte auf. Das Wissen des Professors könnte sich für die Ermittlung noch als sehr wertvoll erweisen. Sie machte sich daran, die Angehörigen von Aaron de Klerk anzurufen. Nach der Rückkehr von der Insel hatte sie bereits die Mutter des Toten, die weit über achtzig war, und einen der drei erwachsenen Söhne informiert, die anderen beiden hatte sie nicht erreicht und bei den Ex-Frauen hatten sie es gar nicht erst versucht. Aber Nordh hatte recht: Es drängte. Negative Schlagzeilen wie »Ich musste es aus dem Fernsehen erfahren« konnten sie nicht gebrauchen. Gerade als sie den Hörer in die Hand genommen hatte, kam Henning Stöcker in ihr Büro.

»Ich habe etwas Interessantes herausgefunden«, sagte er atemlos und inhalierte einen Stoß seines Asthmasprays.

26

Mit einer Sache hatte Mellander recht, dachte Jon Nordh. Wenn er sich schon den landesweiten Medien präsentieren musste, brauchte er einen frischen Haarschnitt. Warum ließ er diese Dinge seit Lindas Tod derart schleifen? Jetzt lieber gar nicht erst anfangen, darüber nachzudenken. Stattdessen auf die nächsten Schritte konzentrieren. Sein Kleiderschrank war im Moment ziemlich leer, vor der Waschmaschine ragten Berge aus Schmutzwäsche in unrühmliche Höhe. Er buchte online einen Friseurtermin, fuhr in die Innenstadt, kaufte bei *Dressmann* einen dunkelblauen Anzug, Hemd und Krawatte, trank an einem Kiosk einen Liter Mineralwasser, und dann ging es weiter zu seinem libanesischen Friseur, wo er sich die Haare schneiden und rasieren ließ. Anschließend fuhr er nach Hause, duschte, zog sich das neue Outfit an, telefonierte mit der Spurensicherung und der Pathologie und ließ sich auf den aktuellen Stand bringen. Gute Neuigkeiten von der Forensik. In dem Raum im Ferienhaus auf der Insel, in dem de Klerk gefangen gehalten und getötet worden war, hatte der Täter zahlreiche Spuren hinterlassen. Die Kollegen arbeiteten mit der Hypothese, dass es zwischen Opfer und Täter zu einer körperlichen Auseinandersetzung gekommen war, wahrscheinlich hatte de Klerk sich mit seinem Peiniger in den letzten Momenten seines Lebens einen

Todeskampf geliefert. Es gab den blutigen Teilabdruck eines Handballens an der Wand und am Bett, was vermutlich auf einen aufgerissenen Gummihandschuh zurückzuführen war. Dazu kamen Schuhabdrücke in einer Blutlache auf dem Boden. Beides konnte nicht dem Opfer zugeordnet werden. Das galt ebenso für einige ausgerissene Haare, die auf der blutgetränkten Bettwäsche gefunden worden waren. Sie waren bereits auf dem Weg ins kriminaltechnische Labor in Linköping. Möglicherweise reichten sie, um ein DNA-Profil zu erstellen. Zu der These von einem Kampf passten die Ergebnisse einer Blutanalyse de Klerks aus der Gerichtsmedizin. Sein Körper wies einen deutlich niedrigeren Wert an Betäubungsmitteln auf als der von Sjöbäck.

Anschließend führte Nordh ein Videotelefonat mit der forensischen Psychologin Sonya Yakupova, mit der er bereits zwei Tage zuvor gesprochen hatte. Die Ähnlichkeit zu Linda, die ihn beim ersten Mal überrumpelt hatte, empfand er dieses Mal als rein oberflächlich. Sie tangierte ihn nicht mehr. Er fasste zusammen, was seit dem vergangenen Gespräch geschehen war. Ein zweiter Toter, ein nahezu identischer Ablauf aus Überwältigung, Gefangenschaft, Tod durch Herzentnahme bei lebendigem Leib, Enthauptung und Annähen eines Tierkopfes, diesmal eines Falken. Er erläuterte die Biografien der Getöteten und wies auf die Analogie zu Göttern der altägyptischen Mythologie hin, die Karhuu aufgefallen war.

»Wie kann ich behilflich sein?«, fragte Yakupova, nachdem sie sich alles ohne Zwischenfragen angehört hatte.

»Profiling«, antwortete Nordh. »Wir haben mittlerweile deutlich mehr Fakten und Daten als noch vor zwei Tagen.«

»Ich bin skeptisch, ob das Material bereits ausreicht, um seriös damit zu arbeiten. Aber der Bezug zum alten Ägypten interessiert mich. Ich schaue mir an, was ihr bisher habt, ohne dabei Versprechungen zu machen, einverstanden?«

Nordh nickte.

»Da ist noch eine zweite Sache.«

»Ich höre.«

Er blickte auf seine Armbanduhr.

»In einer Stunde gebe ich eine Pressekonferenz. Zwei Tote sind zu wenig, um von einer Mordserie zu sprechen, außerdem habe ich strikte Anweisungen, den Begriff Serientäter nicht in den Mund zu nehmen, um keine Panik zu schüren. Trotzdem wüsste ich gerne, womit wir im Weiteren rechnen müssen.«

»Du möchtest wissen, ob es weitere Tote geben wird?«

»Ja. Ich habe ein ziemlich mieses Gefühl bei der Sache.«

»Ich kann keine seriöse Prognose geben.«

»Das verstehe ich. Aber vielleicht eine Einschätzung aufgrund dessen, was du bisher weißt? Eine Vermutung?«

Sonya Yakupova massierte ihre Lippen.

»Lass es mich so formulieren«, sagte sie schließlich, »ich kann dein Gefühl gut nachvollziehen.«

27

Svea Karhuu musterte Henning Stöcker, der sich, leicht vornübergebeugt, am Türrahmen abstützte.

»Sag das bitte noch mal.«

Stöcker nahm einen weiteren Stoß seines Asthmasprays, atmete tief durch und ließ die kleine Dose in der Hosentasche verschwinden. Ihm stand Schweiß auf der Stirn.

»Sjöbäcks Geliebte Pernille Friis und Aaron de Klerks Sohn Måns arbeiten im selben Unternehmen«, wiederholte Stöcker. »Zenith.«

»Der große Medienkonzern?«

»Nun ja, klein ist *Zenith* nicht gerade. Das Unternehmen ist in den Neunzigerjahren aus einem Zeitungsverlag hervorgegangen, als im Fernsehen mit einem Mal Privatsender erlaubt waren. Sie haben lange Zeit immer weiter dazugekauft. Reality-TV, Sport, Infotainment, Krawalljournalismus. Dann hat das Internet den alten Medienmarkt kräftig durchgeschüttelt, was auch an *Zenith* nicht spurlos vorübergegangen ist, aber im Unterschied zu vielen Wettbewerbern haben sie den Sprung ins Digitale geschafft und stehen heute wirtschaftlich gesund da: drei Fernsehsender, zwei Boulevardblätter, Anteile an einem populären Streamingdienst, europäischer Fußball und eine Menge anderer Inhalte.«

Karhuu fragte sich, ob Stöcker in seiner Freizeit Wikipedia-Einträge verfasste.

»Wie viel Mitarbeiter gibt es denn?«

»Zweitausend. Sie verteilen sich auf Schweden, Dänemark und Norwegen.«

»Hm.«

Zweitausend Mitarbeiter, verteilt auf drei Länder. Das klang schon nicht mehr so aufsehenerregend. Da lief man sich nicht notgedrungen über den Weg.

Trotzdem musste Karhuu an die schillernde Rothaarige und ihre Krokodillederhandtasche denken.

»Das Unternehmen hat in Stockholm seinen Stammsitz und Ableger in Göteborg, Kopenhagen und Oslo.«

»Måns de Klerk arbeitet in Stockholm?«

»Ja.«

Karhuu rieb ihre Nasenspitze.

»Ich weiß nicht recht. Die Größe des Unternehmens, die räumliche Trennung …«

»De Klerks Job nennt sich *Assistant Chief of Total Quality Management.*«

Wieder so ein wichtigtuerischer englischer Titel.

»Das bedeutet?«

»Das bedeutet, dass er direkt dem Posten untersteht, der für die Qualitätssicherung in sämtlichen Bereichen und Arbeitsprozessen verantwortlich ist, um so die Qualität der Endprodukte zu optimieren und maximale Kundenzufriedenheit sicherzustellen.«

»Hast du das gegoogelt?«

»Ja.«

Ein Lächeln huschte über Stöckers Gesicht. Ein selten gesehener Gast.

»Sprich …«

»Sprich: Er kann nicht immer nur in Stockholm hinter dem Schreibtisch sitzen, sondern er hilft seinem Chef dabei, das ganze Unternehmen im Blick zu haben, auch den dänischen Zweig. Das bedeutet, er muss viel unterwegs sein. Die Chance, dass sich die beiden begegnet sind, ist meines Erachtens nicht klein.«

Karhuu pumpte die Wangen auf und ließ die Luft dann mit einem Stoß entweichen. Dass die Geliebte des einen und der Sohn des anderen Mordopfers für dieselbe Firma arbeiteten, war eine Verbindung, die man nicht ignorieren konnte.

»Nehmen wir mal an, Pernille Friis und Måns de Klerk kennen sich tatsächlich«, sagte sie. »Kannst du dir ein Szenario vorstellen, in dem diese Verbindung zu zwei derart obskuren und brutalen Morden führt?« Stöcker sah sie hilflos an und zuckte schließlich mit den Schultern. Er war ein begnadeter Rechercheur, aber überbordende Fantasie konnte man ihm nicht gerade vorwerfen. »Okay, lassen wir die grausamen Umstände zunächst einmal außen vor und nehmen an, Måns de Klerk ist einer von Friiss' zahlreichen Liebschaften. Aus Eifersucht tötet er seinen Konkurrenten Sjöbäck. So weit, so nachvollziehbar. Aber wie kommt sein Vater ins Spiel?«

»Geld?«

Karhuu zuckte mit den Schultern.

»Vielleicht.«

»Rache?«

»Hm. Weil er ein verbittertes Scheidungskind ist? Einen Ödipuskomplex hat? Weil sein Daddy ebenfalls scharf auf Miss Tiffany ist?« Wieder rieb sie an ihrer Nase. »Das überzeugt mich nicht.«

»Und wenn Måns und Pernille so eine Art modernes Bonnie-und-Clyde-Pärchen sind? Kennst du den Film *Natural Born Killers?*« Karhuu schüttelte den Kopf. »Hätte ich mir denken können, ist nicht deine Generation. Egal. Jedenfalls geht es da um ein Liebespaar im Blutrausch.«

»Aha. Und warum drehen sie so ab?«

»Schlimme Kindheit und der mediale Hype, den ihre Verbrechen auslösen.«

»Na ja, das Erste trifft wohl auf fast alle Serientäter zu, und das Letztere ist bisher noch nicht eingetreten.«

Was sich allerdings im Laufe des Nachmittags ändern würde. Sie dachte an die bevorstehende Pressekonferenz und war froh, nicht in Nordhs Haut zu stecken. Der Umstand, dass plötzlich ein Mediengigant wie *Zenith* in der Ermittlung auftauchte, beunruhigte sie ehrlich gesagt mehr als die lose Verbindung zwischen Friis und de Klerk junior. Wie Stöcker bereits ausgeführt hatte, war das Verlagshaus nicht gerade für sachliche Berichterstattung und seriösen Journalismus bekannt. Ganz im Gegenteil. Die tendenziösen Nachrichten und die kampagnenhafte Meinungsmache der Boulevardzeitungen waren immer wieder öffentlich gerügt worden und galten wahrscheinlich nicht zu Unrecht als mitverantwortlich für den Aufstieg der rechtspopulistischen Parteien in Skandinavien.

»Wahrscheinlich taugt so ein Hollywoodfilm nicht als Blaupause für die Wirklichkeit.«

»Wahrscheinlich nicht«, stimmte Karhuu zu. Sie sahen sich ratlos an. »Ich rufe Måns an«, sagte sie schließlich, »das wollte ich sowieso.«

Sie hielt das Gespräch kurz und sachlich. Måns de Klerk war von seinem Bruder bereits über den Tod des Vaters informiert worden. Er wirkte mitgenommen, aber kontrolliert und stellte einige Fragen zu den Umständen, die Karhuu so ausführlich, wie es möglich war, beantwortete. Es wäre unangemessen gewesen, weniger Informationen weiterzugeben, als es Nordh auf der Pressekonferenz tun würde. Trotz der Verbindung, auf die Stöcker gestoßen war – zunächst einmal war Måns de Klerk kein Verdächtiger, sondern ein Mann, der auf grausame Art und Weise seinen Vater verloren hatte. Karhuu hatte kurz überlegt, ihn auf Pernille Friis anzusprechen, sich dann aber dagegen entschieden. Eine Entscheidung über diese Konfrontation wollte sie nicht ohne Nordh treffen, außerdem sprach viel dafür, dies nicht am Telefon, sondern vis-à-vis in einem Vernehmungsraum zu tun, und zwar am besten, während Pernille Friis einen Raum weiter saß. Sollten sie sich tatsächlich kennen und sollte diese Bekanntschaft für die Ermittlung von Bedeutung sein, so war das Wissen darüber eine Trumpfkarte, die sie nicht unüberlegt ausspielen sollten. Im Anschluss sprach sie auch mit dem dritten Sohn und den beiden Ex-Frauen des Mordopfers. Alle reagierten bestürzt.

Es dauerte etwa eine Stunde, bis sich der Altertumshistoriker aus Lund zurückmeldete. Er kam ohne Umschweife zur Sache.

»Die Symbole auf dem Leichnam sind keine Hieroglyphen. Beziehungsweise, es sind möglicherweise Hieroglyphen, aber es sind definitiv keine altägyptischen.«

»Es sind Hieroglyphen, aber keine ägyptischen? Gibt es denn noch andere?«

»Eine Menge andere, aztekische zum Beispiel. Hieroglyphen nennt man im Allgemeinen Schriftzeichen, die bildhaften Charakter haben, wobei diese Bildzeichen nicht notwendigerweise für die Bezeichnung eines Gegenstands, einer Tätigkeit oder einer Idee stehen. Die altägyptische Schrift bestand zwar ursprünglich aus reinen Bildzeichen, hat sich dann aber immer mehr zu Lautzeichen gewandelt.«

»Was sind Lautzeichen?«

»Laute. So wie wir Buchstaben aussprechen. Aber eigentlich andersherum. Unsere Buchstaben repräsentieren die Laute, die wir benutzen, wenn wir sprechen.«

»Ich bin mir nicht sicher, ob ich das richtig verstehe.«

»Also gut. Ein Beispiel für ein Bildzeichen: Im alten Altägyptischen stand ein Quadrat für einen Hocker, weil ein Quadrat einem ägyptischen Hocker ähnlich sieht.«

»Kapiert.«

»Okay. Im moderneren Altägyptischen wurde aus dem Quadrat jedoch der Laut *P.* Aus einer Schlange wurde der Laut *F,* aus einer Eule der Laut *M.* Die Bildzeichen wandelten sich zu Lautzeichen. An diesem Umstand hatten Sprachwissenschaftler lange zu knabbern, und es ist einer der Gründe dafür, warum die ägyptischen Hieroglyphen lange als nicht entzifferbar galten.«

Karhuu war sich noch immer nicht sicher, ob sie alles verstand.

»Moment mal. Auf dem Leichnam ist zum Beispiel ein Fisch zu sehen. Das bedeutet also, dass dieses Fischzeichen nicht Fisch bedeutet, sondern irgendeinen Buchstaben oder Laut?«

»Wenn es ägyptische Hieroglyphen wären, lautete die Antwort Ja.«

»Aber es sind keine. Welche denn dann?«

Der Professor lachte. Er hatte ein ansteckendes Lachen. Trotz des Ernstes der Situation irritierte es Karhuu nicht.

»Wenn es denn überhaupt Schriftzeichen sind.«

»Wenn es denn überhaupt Schriftzeichen sind?«

»Diese … nennen wir sie vorläufig einmal Zeichen, sind, wie schon gesagt, auf keinen Fall ägyptisch. Sie gehören zu überhaupt keinem Schriftzeichensystem, das jemals wissenschaftlich untersucht worden ist, da bin ich mir sicher.«

»Was sind sie dann? Bedeuten sie überhaupt irgendetwas?«

»Beides ist schwer zu beantworten. Vom Erscheinungsbild her ähneln sie tatsächlich am ehesten den ägyptischen Hieroglyphen: die stilisierten Tiere und Pflanzen, die geometrischen Formen, die harmonische Anordnung. Es wirkt so, als habe jemand das Altägyptische imitiert. Aber ob es sich dabei um ein selbst entwickeltes Schriftsystem handelt oder einfach inhaltsleerer Quatsch ist, kann ich aufgrund der wenigen Zeichen – es sind hundertvierundzwanzig, wenn ich mich nicht verzählt habe, wobei sich die meisten mehrfach wiederholen – nicht beurteilen. Daher kann ich auch nicht beantworten, ob sie irgendeine Bedeutung haben.«

»Ich verstehe.« Karhuu überlegte einen Augenblick. »Was würde es brauchen, um das herauszufinden?«

»Theoretisch dreierlei. Mehr Zeit, mehr Zeichen und einen Schlüssel.«

»Schlüssel?«

»Weißt du, wie die ägyptischen Hieroglyphen entziffert wurden?«

»Nein.«

»Nun, ungefähr im vierten Jahrhundert nach Christus wurde das Altägyptische nach mehr als dreitausend Jahren von anderen Sprachen verdrängt und verschwand für anderthalb Jahrtausende im Nebel der Geschichte. Immer mal wieder gab es Versuche, es zu entziffern, am weitesten kamen dabei übrigens arabische Gelehrte, aber im Großen und Ganzen blieb die Sprache ein Rätsel. Das änderte sich erst, als 1799 der sogenannte Stein von Rosetta gefunden wurde, das Fragment einer Stele aus Memphis – Stichwort Elvis Presley – «, er lachte wieder sein sympathisches Lachen, »die aus dem zweiten Jahrhundert stammte, auf der ein königliches Dekret eingemeißelt war, und zwar in dreifacher Ausführung: in ägyptischen Hieroglyphen, damals fast nur noch als Sakralschrift hoher Priester geläufig, in ägyptischer Gebrauchsschrift, Demotisch genannt, und zuletzt auf Altgriechisch, wie es zu diesem Zeitpunkt in der ägyptischen Verwaltung gebräuchlich war. Es war der erste zweisprachige altägyptische Text, der in der Neuzeit entdeckt wurde. Den Schlüssel, auf den ich hinauswollte, fand im Fall der Entzifferung der Hieroglyphen der englische Physiker und Hobbygrafologe Thomas Young. Er hatte die kluge Annahme, dass der Herrschername Ptolemäus, den er in dem altgriechischen Teil fand, im Altägyptischen wahrscheinlich gleichlautend war. So wie der King des Rock 'n' Roll immer und überall Elvis Presley heißt, egal ob im amerikanischen Englisch, auf Schwedisch, Mandarin oder Kisuaheli. Verstehst du? Young identifizierte eine Zeichenfolge, die als einzige im ganzen Text von zwei Klammern umrahmt wurde, und mehrmals auftauchte. Er vermutete richtig, dass die Klammern, sogenannte Kartuschen, eine Markierung für die Wichtigkeit der dazwischen stehenden Zeichen waren, und ordnete diesen Hieroglyphen die Lautwerte *P, T, O, LO, M, I* und *OS* zu. Ptolemäus. Er sollte damit recht behalten. Die bildhaften Zeichen verwiesen nicht auf Gegenstände, sondern repräsentierten Laute wie in unserem Alphabet. Damit hatte Young die Grundlage der Entzifferung gelegt, die dann einige Jahre später einem jungen Franzosen mehr oder weniger vollumfänglich gelang.«

»Ptolemäus. Wie Elvis. Der Schlüssel war ein Name.«

»Wie Elvis. Der Schlüssel war ein Name«, wiederholte der Sprachexperte.

Karhuu seufzte resigniert.

»Kapiert. Aber ich fürchte, wir haben weder einen Schlüssel, noch gibt es mehr dieser Zeichen.«

»Falls weitere auftauchen oder du andere Fragen zum alten Ägypten hast, stehe ich gern zur Verfügung.«

Sie bedankte sich bei dem Professor und beendete das Gespräch. Mehr dieser Zeichen gab es wahrscheinlich nur dann, wenn es noch mehr Tote gab. Darauf konnte sie getrost verzichten. Dann ploppte eine Frage auf, die bisher noch niemand gestellt hatte. Warum waren diese Zeichen auf dem zweiten Leichnam aufgemalt gewesen, auf dem ersten aber nicht? Je mehr sie über die Ausführung des Altertumsforschers nachdachte, desto sicherer war sie sich, dass diese Hieroglyphen oder Zeichen – auch wenn es sich tatsächlich um Erfindungen des Täters handeln sollte – irgendeinen Sinn ergeben mussten. Denn welchen Zweck sollten sie sonst haben? Dekoration? Ein Wink mit dem Zaunpfahl, dass das gesamte Mordsetting in einem altägyptischen Zusammenhang zu verstehen war? In beiden Fällen hätte er dann doch die echten ägyptischen Hieroglyphen verwenden können. Nichts wäre naheliegender, selbst wenn man berücksichtigte, dass für einen Täter mit schweren Persönlichkeitsstörungen andere Maßstäbe galten. Aber nach allem, was sie über diesen Tätertypus wusste, war er innerhalb seines Mindsettings konsistent, so abgedreht es auch sein mochte. Er hatte einen immensen Aufwand und monatelange Planung betrieben, um seine Opfer wie abgeschlachtete Gottheiten in Szene zu setzen, und war dann nicht dazu in der Lage, die dazu passenden Hieroglyphen zu verwenden? Das war nicht plausibel. Im Internet konnte man sich in Sekundenschnelle jeden nur denkbaren Text in Hieroglyphen übersetzen lassen. Sie hatte es ausprobiert, ein Kinderspiel. Es musste einen Grund für die selbst kreierten Schriftzeichen geben. Eine Beschwörung? Eine Botschaft? Aber warum auf dem Leichnam de Klerks und nicht auf Sjöbäcks? Entweder hatte der Täter diesen Aspekt seiner Vorgehensweise verändert oder sie hatten im Falle Sjöbäcks etwas übersehen. Falls es sich bei den Symbolen, die auf de Klerks Körper gemalt worden waren, tatsächlich um ein selbst entwickeltes Zeichensystem handelte, dann war es sicher nicht erst in dem kurzen Zeitraum zwischen den beiden Morden entstanden. Und wenn es bereits vor Sjöbäcks Tod im Kopf des Täters existierte, warum war es dort dann nicht zur Anwendung gekommen? Eben, das ergab keinen Sinn. Sie rief Nordh an und informierte ihn gerade noch rechtzeitig vor der Pressekonferenz über den Stand der Dinge. Anschließend machte sie sich auf den Weg zu den Räumlichkeiten der Spurensicherung.

28

Hinterher fühlte sich Jon Nordh wie geröstet. Von den Fragen der Journalisten, aber auch von der aberwitzigen Temperatur im voll besetzten Presseraum. Was stimmte mit der Polizeibehörde nicht, dass sie an den heißesten Tagen des Jahres die gottverdammte Klimaanlage nicht zum Laufen bringen konnte? Das Jackett hatte er nach der zweiten Frage ausgezogen, trotzdem troff sein neues Hemd vor Schweiß. Als ihm die Pressesprecherin, die seinen vermurksten Auftritt nach bestem Bemühen unterstützt hatte, anschließend tröstend auf die Schulter klopfte, meinte er aus den Augenwinkeln wahrzunehmen, wie sie mit angewidertem Gesichtsausdruck ihre Hand zurückzog. Hoffentlich waren die Schweißflecken wenigstens auf den Fernsehbildern nicht zu sehen. Eine fromme Hoffnung angesichts der gnadenlosen Scheinwerfer. Dass er zu viel Mineralwasser mit Kohlensäure getrunken und deswegen dauernd hatte aufstoßen müssen, war ein Anfängerfehler gewesen und mit Sicherheit keiner Kamera und keinem Mikrofon entgangen. Dies alles gepaart mit Wortfindungsschwierigkeiten und gedanklichen Aussetzern, die er dem Lampenfieber zuschrieb. Vermutlich hatte er das Bild eines Vollidioten abgegeben. Vor seinem inneren Auge sah er bereits Mellanders bemitleidendes, nein, eher vorwurfsvolles Kopfschütteln. Geschenkt. Es war vorbei. Die Fakten waren in der Welt. Und die reißerischsten Mordfälle seit Ewigkeiten hatten ein Gesicht, wie Mellander es ausgedrückt hatte. Sein Gesicht. Wenn er lieferte, wenn sein Team den Täter bald überführte, würde man ihn wahrscheinlich zu einem Helden erklären, zu einem neuen Stadtheiligen – was für eine grauenhafte Vorstellung –, dessen Gloriole so hell erstrahlte, dass Mellander genügend Glanz für ihre Bewerbung abbekam, dafür würde sie zweifellos sorgen. Wenn sie jedoch versagten, wäre er der Sündenbock und damit weg vom Fenster, und er dürfte bis ans Ende seiner Dienstzeit Druckerpatronen austauschen oder Fahrraddiebstähle aufnehmen. Ein verdammt schlechter Deal, egal wie es ausging. Aber er hatte ihn sich selbst eingebrockt. Und Karhuu dazu. Ihn plagte ein schlechtes Gewissen ihr gegenüber. Gleichzeitig war da aber auch eine vage Hoffnung. Die Bärin war taff, schlau und mit dem richtigen Riecher gesegnet. Seine Erfahrung und ihre Intuition. Sie ergänzten sich. Dazu die Muppets, die bisher sauber ablieferten, und alle Ressourcen, die Mellander ihm zugesagt hatte. Vielleicht hatten sie tatsächlich eine reelle Chance. Wer oder was auch immer da an seinem grauenvollen Werk war.

Sein Smartphone klingelte. Es war Karhuu. Als hätte sie seine Gedanken gelesen. Bei Calle war es manchmal so gewesen. Sie hatten sich blind verstanden. Aber Calle war tot. Blind war einzig und allein Nordh gewesen. Er schluckte. Aber der bittere Geschmack in seinem Rachen blieb. Er nahm den Anruf an. Karhuu war in einem Außenlager der Spurensicherung. Es gab da etwas, das er mit eigenen Augen sehen musste. Er beeilte sich. Endlich raus aus dem Gebäude, auch wenn es draußen genauso heiß war. Wenigstens auf die Klimaanlage in seinem Passat war Verlass. Er drehte die Lüftung auf und gab Gas, kam aber trotzdem nur schleppend vorwärts. Feierabendverkehr und überall diese verfluchten Baustellen mit dem Dreieckslogo von Malmös größtem Hoch- und Tiefbauunternehmen. Er musste an den Kerl im Anzug denken, der zusammen mit dem Bürgermeister und dem Bauamtschef aus Mellanders Büro gestiefelt war. Die einmalige Chance, allen dreien die Meinung zu den Dauerbaustellen und dem stockenden Stadtverkehr zu geigen, hatte er verpasst. Im Radio brachten sie die News vom *Krokokiller.* Ein Boulevardblatt hatte den Begriff schon fünf Minuten nach der Pressekonferenz gebracht und er war von vielen anderen Medien übernommen worden. Auf einem Privatsender wurde zu dem Thema allen Ernstes ein Mann interviewt, der einmal von einem Krokodil gebissen worden war. Nordh schaltete das Radio aus. Hupte, obwohl das natürlich völlig sinnlos war. Irgendwann floss der Verkehr wieder und er drückte aufs Tempo. Die Außenstelle der Spurensicherung bestand aus einer großen Halle am Stadtrand, die zwischen gigantischen Logistikzentren lag und nicht weiter auffiel. Drinnen erwarteten ihn neben Karhuu zwei Forensiker in Shorts und T-Shirt. Sie standen unter einem Brückenkran, der die Barke aus dem Kanal am Bug so weit hochgezogen hatte, dass sie fast senkrecht in der Luft stand.

Warum zum Teufel …

Karhuu umkreiste das Boot.

»Komm und sieh dir die Unterseite an.«

Er folgte ihr. Dann sah er es. In das dunkle Holz waren in präziser Handarbeit Hunderte der rätselhaften Hieroglyphen geschnitzt.

Eine gute Stunde später war er zu Hause. Beim Eintreten erkannte er an Rosas Mimik zweierlei. Zum einen, dass die Oxycodontabletten geholfen hatten, zum anderen, dass Rosa die Pressekonferenz gesehen hatte. Zum zweiten Mal an diesem Tag klopfte ihm jemand aufmunternd auf die Schulter. Wenigstens verzog seine Schwiegermutter trotz des schweißnassen Hemds nicht ihr Gesicht. Er pellte sich aus der Kleidung, duschte kalt und schluckte dann selbst eine Oxy. Nach den vergangenen drei

Tagen hatte er sich das verdient, fand er, einmal innerlich durchatmen, sich die Last der elenden Welt von den Schultern nehmen lassen und auf einer Opioidwolke durch den Abend in die laue Nacht schweben. Die Kinder lachten über seine neue Frisur und Lilly sagte, er sehe nun wie ein Schönling aus. Er nahm das als Kompliment. Rosa hatte Hähnchenspieße mariniert und Tim fragte, ob er dabei helfen durfte, den Grill anzuzünden. Nordh stellte sein zweites Bier ab, holte den Grillanzünder und das Stabfeuerzeug mit dem rosafarbenen Griff, das Rosa gekauft und über dessen Farbe er bei jeder Verwendung schlechte Witze riss, während er sich daran erinnerte, wie er als Kind zusammen mit seinem Vater ein Lagerfeuer am Strand angezündet hatte. Ein Papa-Sohn-Ding, das er gerne weitergab. Aus seinem Magen strahlte ein warmes, weiches Gefühl bis in die hintersten Winkel seines malträtierten Körpers. Er kniete sich neben Tim vor den Grill, legte ihm den Arm auf die Schulter und erklärte ihm, was zu tun war. Vorsichtig spritzte Tim den Grillanzünder auf die Holzkohle, wartete andächtig, bis die Flüssigkeit eingezogen war, klickte das Stabfeuerzeug an und hielt die Flamme mit größter Konzentration an die Kohle, bis sie zu brennen begann. Nordh raufte ihm durchs Haar und sein Herz schien vor reiner, schierer Liebe überzulaufen, in einer Intensität, die möglicherweise auch ein klein wenig mit dem Cocktail in seinem Blut aus Oxycodon und Alkohol zu tun hatte. Während die Kohle zu glühen begann, kickte er mit den Kindern eine Runde im Garten, machte sich ein drittes Bier auf und kümmerte sich dann um das Grillen. Lilly deckte den Tisch auf der Terrasse und Tim half Rosa in der Küche beim Zubereiten des Salats. Aus der Bluetoothbox perlte Jazz von Nils Landgren und Esbjörn Svensson – der perfekte Soundtrack für den Abend, Nordh war nach etwas Leichtem, Luftigem zumute, Musik wie Champagner. Nach dem Essen spielten sie Karten und anschließend brachte er Lilly und Tim ins Bett.

»Du piekst gar nicht, sondern du bist ganz glatt im Gesicht«, sagte Lilly, als er ihr einen Gute-Nacht-Kuss gab, »das warst du ganz lange nicht.«

»Gefällt es dir?«

»Irgendwie schon.«

Morgen früh würde er sich rasieren, nahm er sich vor, nicht nur Lilly zuliebe. Als er wieder ins Untergeschoss kam, hatte sich Rosa bereits zurückgezogen, was ihm nicht unlieb war, denn ihm war weder nach Reden noch nach einem gemeinsamen Fernsehabend. Die Tablette schlug jetzt richtig ein. Er schwebte durch die Wohnung, holte sich ein fünftes Bier aus dem Kühlschrank und setzte sich damit in seinen Liegestuhl auf der Terrasse. Obwohl es auf zehn zuging, war es immer noch warm genug, um im T-Shirt draußen zu sitzen. Als er sein Handy in die Hand nahm, sah er, dass Karhuu angerufen hatte. Sie hatte keine Nachricht hinterlassen. Dann konnte es auch bis morgen warten, entschied er. Mit Rücksicht auf die Nachbarn setzte er Kopfhörer auf, drehte die Lautstärke auf und spielte Songs, zu denen er vor fünfundzwanzig Jahren getanzt hatte. Er hatte sich Calles geheimnisvolles zweites Handy geholt und ging zum hundertsten Mal die endlose Kontaktliste durch und tippte wahllos auf die Städte.

Acapulco (16° 51' 48 N 99° 52' 57 W)

New York (40° 42' 45 N 73° 56' 20 W)

Trilby, Ohio (59° 33' 13 N 18° 03' 79 O)

Aber auch stoned und angetrunken ergaben die Einträge keinen Sinn. Er legte das Handy zur Seite und drehte die Musik lauter.

And I forget just why I taste
Oh yeah, I guess it makes me smile
I found it hard, it's hard to find
Oh well, whatever, never mind

29

Svea Karhuu kaufte sich auf dem Nachhauseweg einen Salat. Eigentlich hatte sie aufgrund der Hitze keinen Appetit, aber irgendwas musste sie schließlich essen. Die Kühle in der Wohnung tat ihr gut. Sie zog sich bis auf die Unterwäsche aus und setzte sich mit dem Salat vor den Laptop, wo sie sich die Pressekonferenz vom Nachmittag ansah. Sie fand, es war nicht ganz so schlimm, wie es Nordh beschrieben hatte. Sicherlich gab es Menschen, die vor Journalisten und Kameras souveräner auftraten, aber die Fakten hatte er sachlich und nachvollziehbar rübergebracht. Er war halt kein Medienprofi, sondern ein Ermittler, ein sehr guter dazu, das war jedenfalls ihre Meinung.

Anschließend skypte sie mit Kristoffer. Dieses Mal sprang der Funke sofort über. Er erzählte eine lustige Geschichte, die er am Morgen erlebt hatte. Einem Prollo-Typen war in der U-Bahn von seinem Kampfhund auf die nagelneuen Sneaker gepinkelt worden. Sie musste lachen. Dann berichtete sie von ihrem Tag. Eigentlich durfte sie mit Kristoffer nur so allgemein wie möglich über ihre Arbeit sprechen, aber in diesem Fall waren viele Umstände ja bereits in den Nachrichten, Stichwort *Krokokiller*.

»Ich weiß, du bist ein großes Mädchen«, sagte er, »das stärkste und härteste seit Pippi Langstrumpf. Aber pass bitte trotzdem auf dich auf, okay?«

Er sorgte sich um sie und das war schön. Sie fühlte sich ihm nahe, über sechshunderteinundzwanzig Kilometer hinweg. Gleichzeitig erinnerte er sie an etwas, das sie seit dem Vortag verdrängt hatte. Das Foto von ihm, das ihr zugeschickt worden war. Es ließ sich einzig und allein als Drohung deuten. Wer auch immer ihr Monat für Monat die gravierten Patronen schickte, erhöhte nun den Druck. Sicher, es konnten bloß Psycho-Spielchen sein, Einschüchterungen, motiviert aus

Rache von jemandem, dem der korrupte Kommissar nahegestanden hatte. Es ließ sich aber auch nicht ausschließen, dass der anonyme Peiniger auf eine noch viel drastischere Vergeltung aus war. In Kristoffer hatte er ihren wunden Punkt gefunden. Er war es, der auf sich aufpassen musste beziehungsweise auf den *sie* aufpassen musste. Doch sollte sie ihm das sagen? Ihm von den Patronen und dem Foto erzählen? Ihm Angst machen? Ihn beschwören, dass möglicherweise seine Gesundheit oder sogar sein Leben in Gefahr war? Was würde das bringen? Wenn es tatsächlich jemand auf ihn abgesehen hatte, würde Kristoffer sich nicht davor schützen können. Selbst sie wäre dazu nicht in der Lage, zumindest nicht von Malmö aus, und erst recht nicht, wenn Kristoffer seinem Leben wie gewohnt nachging. Sie konnte auf einen bloßen Verdacht hin schlecht von ihm verlangen, alles aufzugeben, zu ihr zu kommen und sich bis auf Weiteres in ihrer Wohnung zu verschanzen. Genauso wenig konnte sie hier weg, um nach Stockholm zu fahren und Kristoffer wie ein Leibwächter auf Schritt und Tritt zu begleiten. Es war ein Dilemma, das sie frösteln ließ, und genau das wollte der Unbekannte natürlich erreichen. Sie wusste keinen Ausweg. Zu Kristoffer jedenfalls vorerst kein Wort. Sie allein hatte die Situation zu verantworten, also würde sie allein auch eine Lösung finden.

Irgendwie gelang es ihr, die düsteren Grübeleien zu überspielen und sich nichts anmerken zu lassen. Zumindest hoffte sie das. Um auf andere Gedanken zu kommen, erzählte sie in möglichst unbefangenem Ton von dem Gespräch mit dem Altertumsforscher über die merkwürdigen Pseudohieroglyphen und die Frage, ob sie etwas bedeuteten. Kristoffer erzählte ihr daraufhin die Geschichte der *Enigma,* eines Verschlüsselungsapparats, den das deutsche Militär im Zweiten Weltkrieg zur Chiffrierung seiner Funksprüche eingesetzt und der als unknackbar gegolten hatte. Decodiert wurde die *Enigma* maßgeblich von polnischen und englischen Mathematikern, die schrankwandgroße selbst gebaute Maschinen benutzten – die Vorläufer heutiger Computer –, um den in Trillionen Möglichkeiten zusammengesetzten Buchstabensalat Funkspruch für Funkspruch zu entziffern. Der Schlüssel zur Entzauberung des zunächst fast magisch erscheinenden deutschen Apparats, der nicht größer war als eine zeitgenössische Schreibmaschine, bestand nicht nur aus klug angewandter Mathematik und bahnbrechenden Ingenieurleistungen, sondern auch in der Bestimmung von Schlüsselwörtern. Begriffe, von denen man ausgehen konnte, dass sie von den gewissenhaften Deutschen in fast jeder Meldung benutzt wurden. Was dem Forscher Young der Herrschername *Ptolemäus* gewesen war, der ihm und seinen Nachfolgern den Durchbruch bei der Entzifferung der Hieroglyphen ermöglicht hatte, waren den polnischen und britischen Tüftlern im Zweiten Weltkrieg Wörter wie *Oberheereskommando* oder *Wettervorhersagebereich.* Historiker gingen davon aus, dass das Knacken der *Enigma* den Alliierten einen nicht zu überschätzenden militärischen Vorteil brachte, den Krieg maßgeblich verkürzte und auf diese Weise Zehntausenden, wenn nicht sogar Hunderttausenden Menschen das Leben rettete.

Ihr kam ein Gedanke. Vielleicht können wir das auch, überlegte sie, Leben retten. Wenn wir es tatsächlich mit einem Serienmörder zu tun haben. Falls es uns gelingt, die Zeichen zu übersetzen. Falls wir den Schlüssel finden.

»Mein Herz hast du jedenfalls geknackt«, sagte Kristoffer, »auch wenn das kitschig klingt.«

Ja, es klang kitschig. Aber es war deshalb nicht weniger wahr. Sie fühlte sich ihm so nahe wie lange nicht. Gleichzeitig hatte sie eine solche Angst um ihn, dass es ihr die Kehle zuschnürte.

»Ich liebe dich«, sagte sie mit gepresster Stimme.

Chile, 1979

Vieles hatte sich in den vergangenen Jahren verändert. Peter war gewachsen, eins fünfundneunzig hatte Schwester Ursel bei der letzten Messung ins Journal geschrieben. Neunundneunzig Kilogramm und kein Jota Fett am Körper, hatte sie gesagt. Peter wusste nicht, was ein Jota war, aber er stellte es sich als etwas sehr Kleines vor, so wie ein Sandkorn vielleicht oder etwas Lebendiges, eine neugeborene Feldmaus zum Beispiel, bevor sie die Augen aufmacht und Fell bekommt. Der Stachel schlug ihn nun nicht mehr, auch die anderen Keiler trauten sich nicht. Thomas sah ihm nicht mehr in die Augen. Wenn Peter ihn ansah, blickte Thomas zu Boden. Das machte Peter traurig. So war das mit den gefallenen Sündern, man grenzte sie aus, um nicht selbst ins Visier der Oberen und der Aufseher zu geraten. Wenn es für Peter Strafen gab, was ein-, zweimal die Woche der Fall war, dann musste er zu den Erwachsenen in den Keller. Dort gab es Schlaghölzer, dick wie sein Oberarm und fast einen Meter lang. Meistens war es dort unten, wenn er Prügel bezog, dass sich die Stimmen in seinem Kopf meldeten. Die eine gehörte Paul Schäfer, dem Meister, oder auch dem Stachel oder dem Erzengel Michael, Gottes Heerführer, Bezwinger des Teufels und Schutzpatron der wahren Deutschen. Eine andere gehörte Tante Hedwig oder, was immer seltener vorkam, Thomas, dem er trotz allem nicht böse sein mochte, und manchmal, ganz selten, sogar dem Jesuskind. Es war verwirrend. Die Stimmen stritten, sie sprachen in verschiedenen Zungen, sie kämpften miteinander.

»Du bist Dreck«, bellte der Pius in seinem Kopf, »Abschaum, ein Sünder, der es nicht wert ist, mir die Stiefel zu lecken. Die Strafe ge-

schieht dir recht. Gott ist Blut und Unterordnung. Winsele um Gnade und mach dich nützlich!«

»Nein, nein, nein«, sagte Tante Hedwig. »Dir widerfährt Unrecht«, sagte Thomas. »Dieser Ort ist kein Ort Gottes. Der Pius und seine Jünger legen falsches Zeugnis ab und schänden meine Worte«, sagte Jesus. »Hör nicht auf sie. Gehe hinaus in die Welt.«

Und Peter hörte auf Jesus, denn Christus war sein Lotse, und er wollte weg von hier, weg von diesem gottlosen Ort. Dieses Mal hatte er sich monatelang darauf vorbereitet. Er hatte eine Karte des Geländes gezeichnet. Er wusste, wann die Wachmänner ihre Runde drehten. Er kannte die Schwachstellen im Zaun. Er wusste, dass er die endlos lange Zufahrtsstraße meiden und sich im Dunkeln über die Felder und durchs Unterholz schlagen musste. Er hatte Proviant und Kleider zum Wechseln. Die Nacht von Samstag auf Sonntag war der beste Zeitpunkt. Dann waren alle müde von den Strapazen der Woche und der endlosen Abendpredigt. Sobald sich der Halbmond über dem Gebirgszug zeigte, stahl Peter sich davon. Er umrundete die drei Tore, an denen es Wachtürme und bewaffnete Vorposten gab, und durchquerte den Fluss. Das war gefährlich, aber die einzige Möglichkeit, unbemerkt an den Wachen vorbeizukommen. Am anderen Ufer hielt er sich zunächst südlich, dann östlich. Das Fortbewegen abseits der Straße strengte an. Nach etwa drei Stunden bemerkte er den Hubschrauber mit den Suchscheinwerfern. Sie hatten seine Flucht bemerkt. Er vernahm das Bellen der scharfen Schäferhunde. »Gib auf«, sagte der Pius, »stell dich. Ich weiß, wo du dich versteckst. Ich sehe dich mit meinem Glasauge. Es ist das Auge des strafenden Gottes.« »Nein«, widersprach Tante Hedwig, »gib nicht auf, mein Junge. Lauf weiter. Jesus wird dich leiten.«

Peter presste sich vor Angst auf den Boden und betete.

»Gott ist mein Lotse. Ich werde nicht stranden. Gott leitet mich auf dunklen Wassern und führt mich auf der Fahrt meines Lebens. Gott gibt mir neue Kraft und hält mich auf rechtem Kurs um seines Namens willen.«

Dreimal kreiste der Hubschrauber über ihm, aber die Kronen der mächtigen Eichen schirmten ihn ab. Gott hielt seine schützende Hand über ihn. Das Kläffen der Hunde verschwand in der Ferne.

Peter schlief am Tag und wanderte in der Nacht. Drei Nächte hindurch. Dann traf er am frühen Morgen auf ein Dorf. Sein Spanisch war gut. Man gab ihm Suppe und Brot. Dann wollte man ihn zurück in die Kolonie bringen.

»Das ist ein guter Ort«, sagten die Bauern. »Die Deutschen behandeln unsere Kranken und nehmen nicht einmal Geld dafür.«

»Es ist ein böser Ort«, sagte Peter.

Er zog sein Hemd hoch und zeigte ihnen seinen völlig vernarbten Oberkörper. So etwas hatten sie noch nie gesehen. Ein Mann begann zu weinen. Viele schüttelten die Köpfe und wandten den Blick ab. Einer der Bauern brachte ihn auf einem Motorrad zum Bahnhof in Parral. Im Dorf hatten sie etwas Geld gesammelt, damit sich Peter eine Zugfahrkarte kaufen konnte. Er fuhr nach Santiago. Die große Stadt machte ihm Angst. Er hatte noch nie so viele Menschen, Autos und Häuser gesehen. Dieser Lärm, diese Hektik. Aber da war auch noch ein anderes Gefühl: Er war frei. Eine Frau der Bahnhofsmission sprach ihn an. Sie hatte ein kleines silbernes Kreuz um den Hals. Das war ein gutes Zeichen, dachte Peter. Gott ist mein Lotse. Er erzählte seine Geschichte. Sie segnete ihn und organisierte ein Taxi, das Peter zur deutschen Botschaft brachte. Er trug seine Geschichte mehreren Mitarbeitern vor. Peter begriff, dass er nicht der Erste war, der aus der Kolonie geflohen war. Ein Problem war offenbar, dass der Pius die Vormundschaft für Peter hatte und Peter erst in einem Jahr volljährig sein würde. Er verstand nicht. Man erklärte es ihm. Offiziell war der Pius sein Vater. Als davon die Rede war, dass es vielleicht das Beste wäre, ihn in die Kolonie zurückzubringen, brach er zusammen.

Als er wieder zu sich kam, befand er sich in einem Hospiz, das von Ordensschwestern geleitet wurde. Alle waren sehr nett zu ihm. Über seinem Bett hing ein Bild vom Jesuskind, ganz ähnlich dem, das Tante Hedwig ihm vor Jahren geschenkt hatte. »Christus ist dein Lotse«, sagte sie in seinem Kopf. »Er hat dich hierhergeführt. Nun bist du in Sicherheit.« »Du bist eine Sau!«, brüllte der Stachel. »Eine dumme, kleine Sau, die sich an den Pimmel fasst und den Teufel beschwört.« »Komm zurück, damit ich dich bestrafen kann«, sagte der Erzengel Michael. »Du bist teuflischer Abschaum«, kreischte der Pius und Peters Mund schmeckte nach Metall und Waffenöl.

Peter blieb einige Wochen. Seine Wunden wurden versorgt. Aber die Narben würden für immer bleiben. Seine Nase war mehrfach gebrochen und die einzelnen Teile waren verschoben. Dazu die Hasenscharte. Er würde sein Leben lang hässlich sein. Auch sein linkes Kniegelenk war von den regelmäßigen Prügelstrafen schwer verletzt und er würde für immer hinken. Irgendwann kam jemand von der Botschaft vorbei und brachte ihm einen Reisepass. Zum ersten Mal in seinem Leben las er seinen eigenen Nachnamen. Neugebauer. Das gefiel ihm. Es passte zu einem neuen Leben. Von der Rückkehr in die Kolonie war nun keine Rede mehr. Ein Schiff würde ihn zurück nach Deutschland bringen.

»Du bist ein Sünder und ein Feigling«, flüsterte der Pius.

»Du kannst stolz auf dich sein«, sagte Tante Hedwig.

Als er zwei Wochen später im Hafen von San Antonio das Schiff besteigen sollte, versteifte sich sein Körper, als er den Namen am Bug las. DIGNITAS III. Er begann zu zittern. Er drehte auf der Reling um. Keine tausend Pferde brachten ihn an Bord dieses Schiffs. Es würde ihn direkt in die Hölle bringen. Der Pius und der Stachel lachten ihn aus. »Da gehörst du auch hin«, wieherte der Erzengel so laut, dass es in seinem Kopf hallte. Peter hielt sich die Ohren zu und irrte stundenlang durch den Hafen. Als es dämmerte, legte er sich hinter einen Haufen aussortierter Taue auf ein Stück Teerpappe und schlief ein. Am nächsten Morgen wurde er von einem jungen Mann geweckt, der ihn behutsam an der Schulter rüttelte. Er hatte warme braune Augen und ein sanftes Gesicht. Er sprach Englisch, auch wenn das nicht seine Muttersprache war. Er hieß Marik. Marik war Matrose. Er brachte Peter zu einem Frachtschiff. Es trug den Namen ANNAMARIA. »Das ist ein guter Name«, sagte Tante Hedwig. Maria, wie die heilige Jungfrau Maria. Da wusste Peter, dass er hier richtig war. Keine Frage, Jesus, sein Lotse, hatte ihn hergeführt. Marik brachte ihn an Bord und in der Messe bekam er etwas zu essen und zu trinken.

»Einen starken Kerl wie dich können wir immer gebrauchen«, sagte Marik.

30

Meistens ging es Nordh am nächsten Tag schlecht, wenn er zu viel Alkohol getrunken hatte, aber in dieser Nacht hatte er geschlafen wie ein Baby und er fühlte sich am Morgen blendend. Vielleicht lag das an der Oxy, vielleicht hatte er das angesichts der Anspannung der vergangenen Tage einfach gebraucht. Er machte den Kindern und Rosa Frühstück, prüfte doppelt und dreifach, dass sie dieses Mal alles eingepackt hatten, was sie benötigten, brachte sie zur Ferienfreizeit und machte sich dann selbst auf den Weg. Er umrundete die Stadt auf dem Autobahnring, fuhr ab auf die Landstraße Richtung Norden, bog auf einen überwiegend landwirtschaftlich genutzten Seitenweg ein und hielt vor dem Haus, das er bereits zwei Tage zuvor besucht hatte. Heute würde er sich nicht so einfach abwimmeln lassen, heute hatte er seine Kinder nicht dabei. Es gab Seiten an ihm, die sie nicht sehen sollten. Kalte Wut trieb ihn. Er klingelte Sturm. Es dauerte keine halbe Minute, bis die Frau die Tür öffnete. Er schubste sie in den Flur, wo sie fast zu Fall gekommen wäre. Verblüffung und Angst in dem Papiergesicht. Er trat ins Haus und warf hinter sich die Tür zu.

»Wo ist Kurt?«, schrie er. »Wo ist dein verdammter Mann?«

Ihr Körper kauerte sich in den Schatten, den einen Arm schützend vor den Kopf erhoben. Nordh musste an einen Hund denken, der regelmäßig Prügel bezog. Vielleicht wurde sie ebenfalls geschlagen, überlegte er, es hing etwas in der Luft, was den Gedanken provozierte, billiger Alkohol, kalter Zigarettenrauch, ungewaschene Kleidung, der Mief einer lieblosen

Ehe. Mit einem Mal tat ihm die Frau leid. Er schämte sich für seinen Ausbruch.

»Wo können wir uns in Ruhe unterhalten?«, fragte er, jetzt mit ruhiger Stimme. Er reichte ihr die Hand und half ihr hoch.

Sie setzten sich in die Küche. Auf dem Herd köchelte etwas vor sich hin, es roch nach Kohleintopf mit Speck. An einem Hochsommermorgen um kurz nach acht. Sie nestelte in einer Tasche ihrer fleckigen Schürze herum, bis sie eine Zigarettenpackung und ein Feuerzeug herausgefummelt hatte und sich mit zitternden Fingern eine Kippe ansteckte. Nordh war dankbar, dass der Rauch, den sie ausstieß, den Kohlgeruch überdeckte, denn er musste gegen ein Übelkeitsgefühl ankämpfen. Vielleicht waren die sechs, sieben Bier – irgendwann hatte er den Überblick verloren – doch nicht ganz ohne Nachwirkung.

»Kurt ist einfach so gegangen. Von einem Tag auf den anderen.«

»Er hat dich sitzenlassen?«

Sie nickte. Sog tief Rauch ein. Ließ ihn durch die Nasenlöcher wieder entweichen.

»Ja. Kommt dann und wann vor.«

Ihre Stimme war rau.

»Wann war das?«

»Vor zweieinhalb Wochen.«

Vor zweieinhalb Wochen war Bengtsson gestorben. Der Verkehrspolizist, der Kurt vernommen, dessen Aussage aber kein Gewicht zugemessen hatte. Etwa zur selben Zeit war Mellander an die vollständige Akte gelangt, wenn sie nicht gelogen hatte. Bei Nordh schrillten die Alarmglocken.

»Ich glaube, er hat eine andere.«

»Er hat dich wegen einer anderen verlassen?«

Sie inhalierte Rauch, als hinge ihr Leben davon ab.

»Ja. Aber erst, als er das Geld bekommen hat.«

Die Haare an seinem Unterarm stellten sich auf.

»Was für Geld? Wie viel? Von wem kam das? Und wofür?«

Die kleine, dünne Frau zuckte mit den Schultern.

»Ich habe den Umschlag nur kurz gesehen. Aber er war voller Scheine.«

»Woher hatte er den?«, wiederholte Nordh seine Frage.

»Der Mann trug einen Hut.«

»Ein Mann? Was für ein Mann? Was für einen Hut?«

Schulterzucken.

»Jetzt ist er bei seinem Flittchen und lässt es sich gut gehen.«

»Wer ist dieses Flitt … diese Frau?«

»Monica.«

»Und weiter?«

»Ich weiß nur, dass sie Monica heißt.«

»Wo wohnt diese Monica?«

»Helsingborg.«

»Kurt ist bei einer Monica in Helsingborg mit einem Haufen Geld, das er vor gut zwei Wochen von einem Mann mit Hut in einem Umschlag bekommen hat?«

»Bei seiner Hure. Und sie lassen es sich gut gehen.«

Nordh seufzte.

»Kannst du mir seine Telefonnummer geben?«

»Er nimmt sowieso nicht ab«, sagte sie, drückte mit einer energischen Bewegung die Zigarette aus und sah ihm zum ersten Mal in die Augen. »Willst du auch einen Schnaps?«

Einen Konterdrink. Eine ausgesprochen dumme Idee.

»Unbedingt«, sagte er.

31

Die Stimmung oben halten, hatte sich Karhuu gedacht und zur großen Runde sieben Eiskaffee mitgebracht. Sechs dankbar lächelnde Gesichter, sogar Nordh hatte offenbar gute Laune, auch wenn er trotz neuem Haarschnitt an diesem Morgen noch lädierter als sonst aussah. Er verlor einige zerknirschte Worte über die Pressekonferenz, dann betonte er, wie wichtig es jetzt sei, nach vorne zu schauen und trotz des Medienzirkus nicht den Fokus zu verlieren, konzentriert, sorgfältig und mit Vertrauen in die eigenen Stärken weiterzuarbeiten. Es war eine gelungene Motivationsrede, fand Karhuu, die sie an die Worte ihres ehemaligen MMA-Trainers erinnerten, der sie in den Jahren ihrer Polizeiausbildung auf Wettkampfniveau gepusht hatte. Nordh ging voran, und das war gut, spürte Karhuu, die Gruppe – sie eingeschlossen – brauchte das. Ein bisschen schämte sie sich noch immer dafür, dass sie Nordhs ursprüngliche Entscheidung, den Fall abzulehnen, infrage gestellt hatte. Alles, was er prognostiziert hatte, war eingetreten: Die Gewalt und Abartigkeit der Verbrechen krochen ihr unter die Haut. Sie hatten es mit einem Täter zu tun, der sich über alle menschlichen Konventionen hinwegsetzte. Ein Irrer, wie Nordh es lapidar ausgedrückt hatte. Die Taten waren von einer Natur, die nahelegte, dass es zu weiteren Opfern kommen könnte. Dazu kam nun auch noch der Druck der Medien. Dennoch bereute sie nichts. Nordh hatte sich aus freien Stücken umentschieden, warum auch immer. Jetzt steckten sie gemeinsam drin. Trotz der Anspannung und der emotionalen Belastung genoss ein Teil von ihr jede Sekunde. Adrenalin war eine starke Droge.

Nordh schlug für die weiteren Ermittlungsschritte eine Struktur vor: jeden denkbaren Aspekt der beiden Morde einander gegenüberzustellen. Einstimmiges Nicken. Alle waren davon überzeugt, dass der Täter seine Opfer nicht zufällig ausgesucht hatte, dazu war die Planung, der Aufwand und der Inszenierungscharakter der Morde schlichtweg zu groß. Also suchten sie nach Berührungspunkten. Der Rechtsmediziner Strage machte den Anfang.

»Es gibt viele Gemeinsamkeiten und einige interessante Unterschiede. Fangen wir mit Ersterem an. Ich will euch nicht langweilen, vieles kennt ihr ja bereits aus den Berichten, aber das Wichtigste möchte ich noch einmal betonen. Zweifellos wurden beide Opfer über mehrere Tage gefangen gehalten. Darauf weisen ausgeprägte Fesselspuren an Hand- und Fußgelenken hin. In dieser Zeit bestanden ihre Mahlzeiten ausschließlich aus einem bestimmten Getreidebrei.«

»Khorasan-Weizen«, warf die Forensikerin Davidsson ein. »Eine uralte Getreidesorte, auch unter dem altägyptischen Namen Kamut bekannt.«

»Schon wieder Ägypten«, sagte Wallgren kopfschüttelnd.

»Die Todesursache ist identisch«, fuhr Strage fort. »Beiden wurde, während sie noch lebten, der Brustkorb geöffnet und das Herz herausgerissen. Das Enthaupten und die Modifikationen mit den Köpfen der Tiere geschahen postmortal. Die Details stehen wie gesagt in meinen Berichten. Interessant sind die Unterschiede. Am wichtigsten finde ich den Umstand, dass Aaron de Klerk deutlich weniger Beruhigungsmittel im Blut hatte als Reidar Sjöbäck. Dafür gibt es einen guten Grund. Sjöbäck hat die starken Tranquilizer über einen intravenösen Zugang bekommen, es gibt eine entsprechende Einstichstelle am linken Arm. Bei de Klerk hat das Legen eines solchen Zugangs offenbar nicht funktioniert. Es gibt zahlreiche Versuche, Einstichstellen und blutunterlaufenes Gewebe an den Armen und auf den Hand- und Fußrücken. Die Ursachen dafür können zahlreich sein, bei manchen Menschen ist das fachgerechte Legen einer Kanüle schwieriger als bei anderen. Der Täter hat es schlichtweg nicht hinbekommen. Eine Konsequenz daraus ist, dass de Klerk die Beruhigungsmittel oral verabreicht worden sind, was eine ungenauere Dosierung mit sich brachte. Das ist wahrscheinlich die Ursache dafür, warum der Mann wesentlich weniger betäubt war als das erste Opfer. Eine Folge davon war offenbar ein Kampf, der zwischen de Klerk und seinem Mörder stattgefunden hat, ein Handgemenge, bei dem der Täter schließlich unkontrolliert mit einem Messer auf sein Opfer eingestochen hat, um den Widerstand zu brechen. Typische Abwehrverletzungen an Händen und Oberarmen des Leichnams sprechen für sich. De Klerk dürfte definitiv mehr gelitten haben als Sjöbäck. Ein kleines, aber möglicherweise wichtiges Detail: Die spontanen, unkontrollierten Schnitte und Stiche stehen im Gegensatz zu den akkuraten Schnitten der Brustkorböffnung sowie der Halsdurchtrennung und verraten uns anhand der Schnitt- und Stichwinkel, dass wir es mit einem Linkshänder zu tun haben. Es wurde kein Skalpell benutzt, sondern ein eher ungewöhnliches Messer, spitz, mit einer langen, dünnen, zweischneidigen Klinge. Eine Art Dolch.«

»Gute Arbeit«, sagte Nordh.

Emma Davidsson ergriff das Wort.

»Den Kampf greife ich gern auf. Unsere Rekonstruktion des Tatorts auf der Insel deckt sich mit der rechtsmedizinischen Analyse. De Klerk wurde über Tage auf dem Bett in seinem Ferienhaus gefangen gehalten. Als es am Ende für ihn um Leben und Tod ging, hat er seinen Peiniger vermutlich überrascht, indem er sich zur Wehr gesetzt und damit seinen Mörder überrumpelt hat. Wir gehen davon aus, dass es zu einer chaotischen Situation kam, in der der Täter die Kontrolle verloren hat, etwas, das er in allen anderen Aspekten seines Handelns, die wir bisher kennen, partout vermieden hat. Der Preis dieses Kontrollverlusts ist hoch. Wir haben DNA-Spuren, einen Teilabdruck der Hand, einen Schuhabdruck. Damit lässt sich arbeiten. Ohne zu stark psychologisieren zu wollen: Meiner Meinung nach zeigt dieser Umstand auch noch etwas anderes. Nach der Kampfsituation hätte der Täter eigentlich alle Zeit der Welt gehabt, seine Spuren zu beseitigen. Denken wir an die monatelange Vorbereitung. Was machen da noch zwanzig Minuten oder, von mir aus, auch zwei Stunden extra aus, die es dafür gebraucht hätte? Aber stattdessen beeilt er sich sogar. Nachdem er den Leichnam nach seinen Vorstellungen, nun ja, umgestaltet hat, zieht er ihn an einem Fahnenmast hoch, was im Übrigen eine enorme Kraftanstrengung sein muss, und schießt mit Leuchtspurmunition, damit der Tote so schnell wie möglich gefunden wird. Die Schlussfolgerung, die sich aufdrängt: Innerlich aufgewühlt von dem Kampf und der Gegenwehr seines Opfers, handelt er nicht länger abgeklärt, sondern hoch emotional.«

»Er ist stinkwütend«, stimmte Karhuu zu.

»Und ignoriert oder vergisst in seiner Rage die Spuren, die er hinterlassen hat«, fügte Davidsson an.

Nordh nickte anerkennend.

»Das, was ich gefunden habe«, sagte die IT-Spezialistin Mette Petersen, »fällt mir schwer zu bewerten. Es könnte einerseits für Impulsivität sprechen, andererseits für die pedantische Kontrolliertheit seiner Inszenierung, selbst noch nach der eigentlichen Tat. Aber seht selbst.«

Petersen reichte einige DIN-A4-Ausdrucke herum. Es handelte sich um ein Foto aus einer Verkehrsüberwachungskamera.

»Der Mann mit der Affenmaske«, sagte Wallgren erstaunt. »Er ist geblitzt worden.«

»Genau«, sagte Petersen. »Mit hundertdreißig Stundenkilometern. Erlaubt sind an der Stelle zwischen Åhus und Kristianstad siebzig. Da war es 6:22 Uhr. Wenn ich den Obduktionsbericht richtig verstanden habe, war das etwa zwei Stunden nach dem vermuteten Todeszeitpunkt.«

»Ihr wisst ja, dass wir Rechtsmediziner uns ungern auf genaue Uhrzeiten festlegen lassen, aber das könnte ungefähr hinkommen«, sagte Strage.

»Er überwindet den überraschend agilen de Klerk«, fuhr Petersen fort, »verrichtet sein Werk, verlässt die Insel mit einem Boot, landet an der Küste an, setzt sich ins Auto und rast mit aufgesetzter Affenmaske Richtung Kristianstad. Dass er dabei geblitzt wird«, sie klopfte auf einen der Ausdrucke, »nimmt er in seiner Wut entweder in Kauf oder er macht es mit voller Absicht, weil er von uns gesehen werden will, schließlich weist an dieser Stelle ein Schild auf die Verkehrskamera hin.«

»Bäm! Kontrollverlust!«, sagte Nordh und schlug triumphierend mit der flachen Hand auf den Tisch.

»Absicht!«, sagte Karhuu mit Nachdruck.

Sie diskutierten eine Weile hin und her.

»Das Nummernschild hast du wahrscheinlich schon überprüft?«, fragte Wallgren.

»Klar, es wurde vor sechs Wochen in Lund gestohlen«, antwortete Petersen. »Was wohl niemanden hier überraschen wird.«

»Warum schon wieder diese Pavianmaske?«, fragte Davidsson.

Stöcker ergriff das Wort.

»Ich habe mich fast die ganze Nacht hindurch mit einschlägiger Literatur beschäftigt. Wir sind nicht sofort darauf gekommen, vermutlich, weil wir uns auf die Opfer konzentriert haben und weil es nicht so naheliegend war wie mit dem Krokodil- oder Falkenkopf, aber auch eine Menschengestalt mit Paviankopf spielt in der altägyptischen Mythologie eine wichtige Rolle. Sie ist eine weniger bekannte Erscheinungsform von Toth, dem Gott der Wissenschaft, des Mondes, der Magie und der Weisheit. Oft wird er mit einer Schreibtafel und einer Binse abgebildet, er gilt als Erfinder der Sprache sowie der Hieroglyphen und repräsentiert Gerechtigkeit und die Ordnung der Welt.«

Karhuu stieß einen Pfiff aus.

»So sieht sich unser Killer also.«

»Erfinder der Hieroglyphen«, wiederholte Wallgren. »Passt ja zu den Zeichen auf de Klerks Leichnam und der Unterseite der Barke.«

»Was für ein Selbstbild«, sagte Davidsson kopfschüttelnd.

»Ein Schweinekopf hätte besser gepasst«, sagte Nordh verächtlich.

»Aber nicht nur das.« Stöcker, der Ringe unter den Augen hatte, nahm den Faden wieder auf. »Toth hat auch eine bedeutende Rolle im Jenseits, das für die alten Ägypter so wichtig war, dass es an allen Ecken und Enden bestimmend ins Diesseits hineinragte. Toth ist der Protokollant des Totengerichts, das aus zweiundvierzig Göttern besteht und darüber entscheidet, ob der Verstorbene würdig ist, ins Paradies aufgenommen zu werden. Dabei wird das Herz des Toten gewogen. Die Herzen guter Menschen sind leicht. Die Herzen böser Menschen sind schwer. Wenn das Herz schwerer wiegt als eine Feder von Maat, einer Göttin, die für das richtige Handeln steht, wird es von einem Ungeheuer namens Ammit verschlungen und auf den Toten wartet ewige Verdamnis. In den erhaltenen Abbildungen wird Ammit als ein Mischwesen aus Löwe, Nilpferd und einem Krokodilkopf dargestellt. Diese drei Tiere galten als die tödlichsten in Ägypten. In vielerlei Hinsicht ist Ammit die grausamste Figur der ägyptischen Götterwelt.«

»Puh«, schnaufte Petersen und fächerte sich mit einer Aktenmappe Luft zu.

»Abgedreht«, sagte Wallgren und kicherte. »Noch ein Krokodilkopf.«

»Wenn ich das alles richtig verstehe«, sagte Karhuu, »inszeniert sich der Täter als eine Art Ordnungshüter und Richter, der über Leben und Tod entscheidet. Er entnimmt und wiegt die Herzen seiner Opfer. Sieht sich selbst als klug, weise und gerecht. Als Schöpfer der Sprache. Das passt eins zu eins zu den selbst ausgedachten Schriftzeichen. In seiner Wahnwelt verkörpert er Toth. Deshalb trägt er die Affenmaske. Sie ist Teil seines Rituals.«

»Du meinst, es handelt sich um Ritualmorde?«, fragte Wallgren.

»Ich sehe nicht, was es sonst sein sollte.«

Karhuu sah zu Nordh.

Der massierte seine Augenlider. Für einen langen Moment war es still im Raum.

»Lasst uns mit Sveas Hypothese weiterarbeiten«, sagte er schließlich, »und sehen, wohin sie uns führt. Eine bessere haben wir nicht. Sie erklärt zumindest ansatzweise den ganzen altägyptischen Klimbim. Eine Pavianmaske …« Er schüttelte den Kopf. »Wenn wir ihn fassen, und das werden wir, Freunde, dann stopfe ich ihm das verfluchte Ding in den Rachen, das verspreche ich euch. Dieser mythologische Überbau, mit dessen scheinbarer Legitimität er sich zum Richter über Leben und Tod aufschwingt, bestärkt mich jedenfalls noch mehr in der Überzeugung, dass er sich seine Opfer nicht zufällig ausgesucht hat. Es muss eine Verbindung zwischen ihm und Sjöbäck geben, sowie zwischen ihm und de Klerk. Und wie Henning gestern bereits herausgefunden hat, gibt es ebenfalls eine Verbindung zwischen Sjöbäck und de Klerk. Sjöbäcks Geliebte und de Klerks Sohn arbeiten im selben Unternehmen, wenn auch an unterschiedlichen Standorten. Ob sie sich kennen und ob der Umstand für unsere Ermittlung relevant ist, werden wir hoffentlich heute Nachmittag herausfinden, wenn Svea und ich die beiden vernehmen.«

Amen, dachte Karhuu. Die Eiskaffees waren längst ausgetrunken und nach der Besprechung waren alle froh, eine Pause zu bekommen. Aber auch wenn es beschwerlich ist, dachte sie, machen wir Fortschritte.

Wir beginnen, zu verstehen.

32

Nordh verbrachte die Mittagspause in seinem Auto, das in der Tiefgarage stand. Leerlauf, die Klimaanlage auf vollen Touren, dazu anderthalb Liter eiskalte Cola und seine Grunge-Playlist vom Vorabend.

With the lights out, it's less dangerous, here we are now, entertain us.

Als er sich gedankenverloren übers Kinn fuhr, bemerkte er, dass er vergessen hatte, sich zu rasieren, obwohl er es seiner Tochter versprochen hatte. So viel zu seinen Versprechungen. Irgendwann klopfte von außen jemand an die Scheibe. Ach Gott, Ann-Marie, ein Urgestein der Verwaltung und seit den letzten Personalratswahlen Nachhaltigkeitsbeauftragte. Sie zog eine Schnute und wedelte pantomimisch Abgase zur Seite. Er zuckte mit den Schultern, machte dann aber den Motor aus. Die Musik ließ er jedoch weiter laut aufgedreht. Das Letzte, worauf er gerade Lust hatte, war eine idiotische Diskussion über das Vergeuden fossiler Brennstoffe und Umweltschutz. Nachdem ein langer, unangenehmer Moment verstrichen war, suchte Ann-Marie glücklicherweise das Weite. Dann fiel ihm etwas ein, was er längst hätte tun sollen, im Dauerstress der vergangenen Tage und Stunden jedoch schlichtweg vergessen hatte. Er googelte nach Pernille Friis. Stöcker hatte zwar zur Vorbereitung des Verhörs einige Informationen über Sjöbäcks Geliebte und de Klerks Sohn zusammengestellt, aber er war noch nicht dazugekommen, das Memo zu lesen. Außerdem regte sich in ihm der peinliche Impuls, nach einem freizügigen Foto der Frau zu suchen, wie er es in letzter Zeit manchmal bei Schauspielerinnen tat, wenn er spätabends allein vor der Glotze gestrandet war. Die Suchmaschine spie einen Schwall an Bildern und Beiträgen von Pernille Friis aus und er brauchte weniger als eine

Minute, um zu begreifen, dass sie keine politische Journalistin war oder Texte für Frauenzeitschriften verfasste. Friis war die Stimme und das Gesicht eines überaus erfolgreichen True-Crime-Podcasts. Vor knapp zwei Stunden war eine neue Folge veröffentlicht worden. Titel: *Wie ich in die Krokokiller-Morde hineingezogen wurde.* Sie war bereits mehr als hunderttausendmal aufgerufen worden.

Nordh schlug mit unkontrollierter Wucht gegen das Lenkrad, was so wehtat, dass er lauter schrie als Kurt Cobain.

33

»Pernille Friis ist eine was?«, fragte Karhuu ungläubig, was eine rhetorische Frage war, denn sie hatte Nordh natürlich verstanden.

»Eine verdammte True-Crime-Podcasterin«, wiederholte er tonlos. »Alles Furchtbare, das ganze Grauen, das geschehen ist, und alles, was wir hier tun«, seine Arme machten eine allumfassende Geste, die kraft- und hilflos zugleich wirkte, »ist für sie eine Goldgrube. Sie hat quasi den Jackpot gewonnen. Indem sie mit einem Mordopfer geschlafen hat. Den Inhalt der ersten Befragung, die wir mit ihr durchgeführt haben, hat sie bereits in der aktuellen Folge ihres Podcasts verbraten. Alles ist online.«

»Sie hat unsere Namen genannt?«

»Das, Gott sei Dank, nicht. Sie macht das seit vielen Jahren. Sie ist ein Profi. Sie weiß haargenau, wo die Grenze verläuft zwischen dem, was sie sagen und was sie nicht sagen darf. Vermutlich hat sie schon Dutzende Male mit der Polizei zu tun gehabt. Und nun passieren die schrecklichsten Verbrechen, die man sich vorstellen kann, und sie steckt mittendrin.«

Nordh schüttelte den Kopf. Seine Frustration quoll aus jeder Pore. Er hatte ja recht. Für die Ermittlung war das schlecht.

Die Presse, allen voran die Krawallblätter von *Zenith,* bauten jetzt schon Druck auf. Eine pfiffige Kriminaljournalistin desselben Medienhauses, die sich im Zentrum des Geschehens befand, konnte zu einem Albtraum werden. Eigentlich war es bereits einer.

»Vernehmen müssen wir sie trotzdem«, sagte sie.

»Worauf du Gift nehmen kannst.«

Er sah aus dem Fenster. Außer einer Betonwand gab es dort nichts zu sehen. In den Falten seiner Stirn sammelte sich Schweiß. Einen so heißen schwedischen Sommer hatte sie noch nie erlebt. Sein Gesichtsausdruck änderte sich abrupt. Ein Schweißtropfen rann von der Stirn über den Nasenrücken bis zur Spitze, wo er hängen blieb. Es war, wie einen Gedanken bei der Entstehung zu beobachten.

»Was?«, fragte sie.

»Und wenn es kein Zufall ist?«, sagte er.

»Wenn was kein Zufall ist?«

Er wandte sich ihr zu.

»Dass ausgerechnet eine True-Crime-Podcasterin in den spektakulärsten Fall des Jahres verwickelt ist.« Er stieß laut auf. Wenigstens hielt er sich die Hand vor den Mund. Der Geruch von Cola verbreitete sich. »Ich meine, dass Pernille Friis eine Frau vom Fach ist. Eine Expertin. Wahrscheinlich gibt es wenige Menschen außerhalb der Polizei, die so viel Ahnung von Verbrechen haben wie sie. Angeblich macht sie diesen Job seit mehr als zehn Jahren.«

»Worauf willst du hinaus?«

»Vermutlich könnte sie eine schwere Straftat begehen, ohne die üblichen Fehler zu machen.«

»Du denkst, sie könnte Sjöbäck und de Klerk getötet haben?« Karhuu fand die Überlegung abwegig. »Mal ganz abgesehen von dem ganzen abgefuckten Ägypten-Horror – die Frau wiegt höchstens fünfzig Kilo. Vermutlich hätte sie Probleme, eine

Kiste Bier anzuheben. Und sie soll die beiden Männerleichen bewegt und, in de Klerks Fall, an einem Fahnenmast hochgezogen haben?« Sie schüttelte entschieden den Kopf. »*No way.*«

»Und wenn sie es nicht allein war? Wenn sie es zusammen mit de Klerks Sohn getan hat?«

Karhuu stülpte die Unterlippe vor und blies sich Luft ins Gesicht.

»Ich glaube, du greifst nach Strohhalmen, Jon«, sagte sie nach einem langen Moment.

Sie sah, wie sein Adamsapfel arbeitete. Vor und zurück, vor und zurück.

»Vielleicht hast du recht«, sagte er schließlich. »Vielleicht aber auch nicht. Dir ist ihre Handtasche doch auch aufgefallen. Krokodilleder trägt heute eigentlich niemand mehr.«

»Ja«, sagte sie. »Die ist mir aufgefallen. Aber was heißt das schon? Friis hat offensichtlich einen Retromode-Fimmel. Da ist sie bei Weitem nicht die Einzige. Schau dich mal auf Insta oder TikTok um.«

»Nein, danke«, knurrte er. »Keine Zeit für so einen Mist.«

Was gelogen war. Karhuu hatte ihn schon mehrmals mit geöffneter Facebook-App auf seinem Handy scrollen sehen. Boomer. Sie seufzte.

»Okay, wir nehmen sie und Måns de Klerk ordentlich in die Mangel und sehen dann weiter, einverstanden?«

Er sah sie eindringlich an.

»Einverstanden.«

Sie hielt ihm die Faust zum Fistbump hin. In ihrer Anfangszeit in Malmö hatte er das immer getan und sie hatte es gehasst, weil es ihr vorgekommen war, als wollte er sich damit über sie lustig machen, indem er auf eine vermeintliche Gettoherkunft anspielte. Die Kanakin vom Polarkreis. Von der kulturellen Aneignung ganz zu schweigen. Aber im Laufe der Zeit hatte sich die Geste zwischen ihnen etabliert. Sie verstand, wie er es meinte: Zusammen schaffen wir das. Er reckte ihr den Arm entgegen. Ihre Fäuste berührten sich.

»Let's rock«, sagte sie.

34

Måns de Klerk war ein gut aussehender Mann Ende zwanzig. Er war erkennbar nicht gerade glücklich darüber, einen Tag nach dem Tod seines Vaters von der Polizei nach Malmö gebeten worden zu sein, gab sich aber Mühe, sich das nicht anmerken zu lassen. Unterschwelliger Frust, dachte Nordh, das war gut, damit konnte man arbeiten. Aus Stockholm mitgebracht hatte er einen Anwalt, ein langer Schlacks Mitte fünfzig, dessen Selbstzufriedenheit sich nicht nur in seinem arroganten Lächeln zeigte, sondern auch in dem Dreiklang aus Maßanzug, rahmengenähten Schuhen und einer *Breget* am Handgelenk, deren Preis wahrscheinlich Nordhs Jahreseinkommen überstieg. Kein Strafverteidiger, die verdienten nicht entsprechend viel, sondern ein Hausjurist des Minenunternehmens, das de Klerk senior geleitet hatte, wie das Emblem auf seiner Krawattennadel verriet. Was gut war, denn der Schnösel hatte sicherlich noch nicht oft einer polizeilichen Vernehmung beigewohnt. Wenn überhaupt schon mal. Interessant war, dass de Klerk überhaupt einen Anwalt im Schlepptau hatte, denn man warf ihm bis jetzt schließlich überhaupt nichts vor. Er war freiwillig gekommen und Nordh hatte den Grund der Befragung so vage wie möglich formuliert: Man wolle sich mit ihm unterhalten, wie übrigens auch mit einigen anderen, um das Leben seines Vaters von möglichst vielen Seiten zu beleuchten. Für den jungen Mann sprach, dass er schnell und verbindlich zugesagt hatte, ohne nach Ausflüchten zu suchen. Er trug Schwarz, war aber deutlich legerer gekleidet als der Anwalt. Nachdem Nordh sich noch einmal wortreich für das Kommen bedankt und betont hatte, wie wichtig solche Gespräche für jede Ermittlung seien, bat er Måns de Klerk, seinen Vater zu beschreiben. Der Sohn holte weit aus, schilderte die biografischen Wegmarken und Karriereschritte und zeichnete das Bild eines willensstarken, zielgerichteten Machertyps, der seinem Fleiß und Ehrgeiz alles andere untergeordnet hatte. Es klang in Nordhs Ohren wie ein klischeebeladenes Porträt aus einem Managermagazin, Stöckers Vortrag nicht unähnlich, wäre da nicht auch ein leiser Vorwurf herauszuhören gewesen: Seinen beiden Ehen und den drei Kindern hatte Aaron de Klerk offenbar nicht die Zeit und das emotionale Engagement gewidmet, die sie verdient gehabt hätten. Karhuu machte sich eifrig Notizen. Sie hatten sich im Vorhinein darauf geeinigt, dass Nordh das Wort führen sollte.

»War er ein schlechter Vater?«, fragte Nordh geradeheraus.

Immer da nachbohren, wo es wehtat.

Der Anwalt machte ein sauertöpfisches Gesicht.

»Du musst darauf nicht antworten«, sagte er.

»Du musst auf gar keine Frage antworten«, sagte Nordh lächelnd. »Wir unterhalten uns ja nur. Allerdings kann jede Antwort eine Hilfe sein, den Mörder deines Vaters zu fassen.«

»Ja«, sagte de Klerk nach kurzem Zögern. »Das war er wohl. Zumindest in dem Sinn, dass er für uns Kinder nicht allzu präsent war. Er war bei keinem Elternabend, keinem Fußballspiel, keiner Schulaufführung. Meine Abiturfeier hat er Hals über Kopf verlassen, weil irgendwo in Afrika eine Mine unter Wasser stand. Vielleicht liegt es auch daran, dass ich der Jüngste war, aber ich habe nur eine einzige Erinnerung daran, wie wir etwas zu zweit gemacht haben. Wir haben zusammen einen neuen Fernseher gekauft, weil der alte kaputtgegangen war. Toll, nicht wahr?« Er lächelte sarkastisch. »Anderseits ist er natürlich auch ein Vorbild. Er hat mir gezeigt, dass man sehr viel erreichen kann, wenn man bereit ist, die entsprechenden Opfer zu bringen. Ohne ihn wäre ich beruflich sicherlich nicht da, wo ich heute bin.«

Der letzte Satz war eine Steilvorlage, die Nordh sich nicht entgehen lassen konnte. Eigentlich hatte er erst später im Gespräch vom Senior zum Junior wechseln wollen, aber eine gelungene Vernehmung war immer eine Mischung aus Planung und Instinkt. Auch Karhuu hatte es bemerkt, das spürte er daran, dass sie ihre Sitzposition änderte und das eine Bein über das andere schlug.

»Wo stehst du denn beruflich, wenn man fragen darf?«

»Medienbranche. In der Hölle des mittleren Managements.« Er lächelte flüchtig. Gleichzeitig kokettierte er. Mochte seine Position für einen Fünfzigjährigen den Karrierefriedhof bedeuten, war sie für einen Mann seines Alters fraglos beachtlich.

»Interessant.«

»*Zenith*. Vielleicht schon mal gehört?« Nordh und Karhuu schüttelten in gespielter Ahnungslosigkeit unisono den Kopf. »Das Unternehmen hinter dem *Abendblatt* und *TV One*.«

»Ach so«, sagte Nordh, »die kennt man natürlich.«

»Aber auch noch vieles andere. Print, Fernsehen und eine Menge digitaler Angebote. Serien, Premiumsport, Podcasts.« Nordh hörte weiterhin einen gewissen Stolz heraus. Vielleicht tat es dem Filius gut, den Meriten seines Alten den eigenen Erfolg entgegenzusetzen. »Skandinavienweit gehören wir zu den absoluten Topplayern.«

»Und was machst du dort genau?«

»Qualitätssicherung. Wir haben hohe Ansprüche an unsere Produkte. Ich trage dafür Sorge, dass die Standards aufrechterhalten werden.«

»Wow, skandinavienweit. Da kommt man bestimmt viel herum.«

Der Edelanwalt wand sich auf seinem Stuhl. Im Gegensatz zu seinem Schützling schien er zu bemerken, dass sich das

Gespräch vom eigentlichen Thema wegbewegte, und er schien zu ahnen, dass das nichts Gutes war.

»Absolut. Unsere Hauptstandorte sind Stockholm, Oslo und Kopenhagen. Erst vergangene Woche war ich hier gleich um die Ecke auf der anderen Seite des Öresunds.«

Entweder war Måns de Klerk aufrichtig und arglos, ja naiv, oder ein Soziopath der Sonderklasse. Das war jedenfalls Steilvorlage Nummer zwei. Nordh brauchte bloß einzunetzen.

»Kopenhagen, interessant. Da fällt mir nämlich etwas ein. Vielleicht habe ich den Namen *Zenith* in den vergangenen Tagen doch schon einmal gehört. Du kennst nicht zufällig eine dänische Mitarbeiterin namens Pernille Friis?«

Måns de Klerks Gesicht versteinerte.

»Doch«, sagte er nach kurzem Zögern. »Sicher. Sie hat einen sehr erfolgreichen Podcast. True-Crime, wenn ich mich nicht irre. Aber was hat das mit meinem Vater oder mir zu tun?«

»Genau«, schaltete sich der Anwalt ein, zu spät, wie Nordh befriedigt registriert hatte, dem Lackaffen fehlte schlichtweg die Erfahrung für Vernehmungen, da nützte ihm auch die Luxusuhr nichts. »Was hat das mit dem Mord an Måns Vater zu tun?«

Nordh ignorierte den Einwand.

»Kennst du Pernille Friis persönlich?«

»Nein.«

»Hast du sie jemals getroffen?«

»Schon«, sagte Måns de Klerk, nun erstmals sichtlich irritiert. »Ein einziges Mal. Beruflich. Ein Meeting in größerer Runde. Aber ich sehe wirklich nicht, worauf das hinauslaufen soll.«

»Routinefragen«, sagte Nordh, was offenkundig Blödsinn war, aber das war vollkommen egal, denn er hatte de Klerk jetzt da, wo er ihn haben wollte. »Sicher, dass es nur dieses eine Mal war?« De Klerk nickte konsterniert. »Na schön. Wenn ihr kurz hier warten würdet, meine Kollegin und ich sind gleich wieder da.«

Nordh machte Anstalten aufzustehen. Im Verhörraum nebenan saß Pernille Friis. Es würde spannend werden, ihre Version vom Verhältnis zu dem jungen Manager zu hören.

»Nichts da!«, blaffte der Anwalt. Offenbar versuchte er nun zu kompensieren, dass er die entscheidenden Momente verpennt hatte. »Das Ganze hier entwickelt sich zu einer einzigen Unverschämtheit! Was sind denn das für abwegige Fragen? Einen Trauernden einer Lüge zu bezichtigen und ihm so zuzusetzen! Komm, Måns, wir gehen.«

Er stand auf und machte, zu de Klerk gewandt, eine wedelnde Handbewegung. Der sah eher verwirrt als aufgebracht aus. »Ihre Vorgesetzten werden von uns hören«, dröhnte der Jurist, der sich jetzt wieder zu Nordh und Karhuu umgedreht hatte.

De Klerk hatte die Geste des Anwalts ignoriert.

»Einverstanden, ich warte«, sagte er.

»Måns, du brauchst wirklich nicht …«

Der junge Mann schnitt dem Anwalt mit einer Handbewegung das Wort ab.

»Was auch immer das hier werden soll – ich will die Sache ein für alle Mal und ohne Restzweifel aus der Welt schaffen. Ich habe keine Lust, noch einmal wiederkommen zu müssen. Meine Familie und ich haben ein Recht darauf, meinen Vater in Würde bestatten zu können. Ich warte.«

35

Pernille Friis ist aus einem anderen Holz geschnitzt als der junge Manager, war Karhuus erster Gedanke, als sie den zweiten Verhörraum betraten. Selbstsicher und in kerzengerader Sitzhaltung lächelte die Podcasterin die beiden Ermittler an. Dieses Mal trug sie ein flaschengrünes Kleid, das mit ihrer Augenfarbe übereinstimmte und ihr korallenrotes Haar, den Lippenstift und die lackierten Fingernägel betonte – Komplementärkontrast, hallte es in ihrem Hinterkopf, irgendwann einmal im Kunstunterricht aufgeschnappt, aber was genau war noch mal die Wirkung? Nun, im Fall von Friis unterstrich der Farbgegensatz eine flirrende Sinnlichkeit, die unkonventionell, aber nicht zu ignorieren war, auch wenn Karhuu eigentlich nicht auf Frauen stand. Friis Körper war zierlich, fast knabenhaft, der Mund klein, die Haut so blass, dass auf ihrem Handrücken die Adern durchschimmerten. Das Gesicht war schmal und die Augen standen zu nah beieinander, um im klassischen Sinn schön zu sein. Doch war es gerade der Blick dieser eng stehenden Augen, knapp am Schielen vorbei, der Friis etwas Begehrenswertes verlieh, dem sich auch Karhuu nicht ganz entziehen konnte. Dazu dieser filmreife Fünfzigerjahre-Look. Wenigstens hatte Friis heute auf ihr Kroko-Täschchen verzichtet. Wie verabredet, übernahm Nordh die Gesprächsführung.

»Toller Podcast«, sagte er und hob mit sarkastischer Miene einen Daumen.

»Nicht wahr?«

Friis lächelte schmal.

»Ich zitiere«, sagte Nordh: »*Ein stark schwitzender Kommissar und eine Ermittlerin mit dunkler orientalischer Anmutung* – wir fühlen uns geschmeichelt.«

»Vielen Dank.«

»Ein Hinweis auf deine berufliche Tätigkeit wäre durchaus hilfreich gewesen.«

»Tja.« Wieder das Lächeln. »Da hattet ihr wohl eure Hausaufgaben nicht gemacht.«

Touché.

»Ist das nicht eine glückliche Fügung? Da geschieht das Verbrechen des Jahres und eine erfolgreiche True-Crime-Podcasterin befindet sich zufällig mittendrin?«

»Ist das Wort *glücklich* in diesem Zusammenhang nicht leicht deplatziert? Immerhin sind zwei Menschen aufs Grausamste getötet worden, von denen mir einer sehr nahestand.«

Clever, sie drehte den Spieß einfach um. Ganz so, als wäre Nordh der Schurke.

»Es tut mir sehr leid, sollte ich deine Gefühle verletzt haben.« Seine Stimme troff vor bitterer Ironie. »Welcher Natur waren die noch mal genau, diese Gefühle?«

Sie seufzte. Einen Tick zu theatralisch für Karhuus Geschmack.

»Wie ich bereits gesagt habe, habe ich Reidar sehr gern gehabt. Wir haben uns des Öfteren getroffen und miteinander geschlafen. Der Sex war gut. Wir konnten über dieselben Dinge lachen. Unser Verhältnis war unkompliziert. So wie ich es mag.«

»So wie du es magst«, echote Nordh.

»So wie ich es mag«, wiederholte Friis. »Ohne großes Drama, einfach ein Spiel.«

»Sah Reidar das genauso?«

»Soweit ich das beurteilen kann: Ja.«

»Er hat dir nicht seine Liebe gestanden?«

»Liebe.« Sie machte ein abfälliges Geräusch. »Was ist schon Liebe? Er hat nicht damit gedroht, meinetwegen seine Frau zu verlassen, falls es das ist, worauf du hinauswillst. Gott sei Dank.«

»Was war das für ein Gefühl, als Reidar nicht aufgetaucht ist, obwohl ihr miteinander verabredet wart, und sich auch im Anschluss nicht gemeldet hat?«

Erneutes Seufzen.

»Haben wir das nicht alles schon durchgekaut? Ich war natürlich sauer. Wer wird schon gern versetzt? Ich dachte, er ghostet mich, weil er die Beziehung beenden will. Es hat mich überrascht, dass er so feige war und es mir nicht ins Gesicht sagen wollte, denn er hat eigentlich einen sehr verbindlichen Eindruck auf mich gemacht. Wie gesagt, ich mag es gern ehrlich und unkompliziert. Aber nun gut. Nach ein paar Tagen hatte ich Reidar abgehakt. Große Gefühle sind nicht so mein Ding. Als dann nach einer Woche seine Frau anrief, war ich natürlich besorgt, und als sich dann herausstellte, dass er tot war …« Sie zwinkerte heftig. »Ein Scheißgefühl. Natürlich ist es ein Scheißgefühl.«

Karhuu und Nordh tauschten einen schnellen Blick aus. Nordh nickte unmerklich.

»Aber dieses Scheißgefühl«, übernahm Karhuu das Wort, »steht deinem Job nicht im Weg?« Sie räusperte sich. »Bei uns Polizisten ist es nämlich so, dass wir keine Fälle übernehmen, in die wir persönlich involviert sind. Es liegt doch auf der Hand: Gefühle beeinträchtigen unsere Sichtweise. Deshalb halten wir von solchen Verstrickungen Abstand. Man nennt das übrigens professionelle Distanz. Ich dachte, die wäre Journalisten ebenfalls wichtig, erst recht, wenn sie sich mit Kriminalfällen befassen.«

Friis fixierte sie. Ihre grünen Augen funkelten. Es ist dieser leichte Silberblick, konstatierte Karhuu erneut, die Quelle der unterschwelligen erotischen Vibes, die von der Frau ausgingen. Wie es wohl wäre, dachte sie, ihren kleinen roten Mund zu küssen?

»Erstens«, zischte Friis, »kann ich Berufliches und Privates ausgezeichnet trennen, wenn ich muss. Zweitens bin ich der festen Überzeugung, dass Leidenschaft meiner Arbeit guttut und dass Emotionen sehr wohl ein starker Antrieb sein können, um exzellente Ergebnisse zu erzielen. Darin bestärken mich Woche für Woche meine mehr als hunderttausend Zuhörer.«

Bums!

Ein Plädoyer für Leidenschaft. Von der Frau, die sich eben noch über große Gefühle lustig gemacht hatte. Karhuu kam der Ausbruch aufgesetzt vor. Hörte sie da gar eine versteckte Drohung heraus? Es gab eine direkte Info-Pipeline, aus dem Verhörraum, aus dem Zentrum dieses Falls in die Öffentlichkeit, und am Hebel saß Pernille Friis und entschied über die Dosis und Färbung sämtlichen Inhalts. Karhuu schoss das Zitat durch den Kopf. *Dunkle orientalische Augen.* Was ging diese Frau, was gingen die Podcast-Hörer ihr Aussehen an? Sie saß hier als Ermittlerin und nicht als Multikulti-Maskottchen, verdammt noch mal! Wut stieg in ihr auf. So viel zu professioneller Distanz.

»Kennst du Måns de Klerk?«, schoss es aus ihr heraus.

Friis lehnte sich in ihrem Stuhl zurück und schlug lächelnd die Beine übereinander. Wie in diesem alten Film, wie eine Parodie auf *Basic Instinct.* Irritierenderweise wanderten Karhuus Gedanken zu der Frage, ob Friis im Gegensatz zu Sharon Stone einen Slip trug.

»Im Unterschied zu euch habe ich meine Hausaufgaben gemacht. Der Name de Klerk ist sowohl in Schweden als auch in Dänemark selten. Nachdem ihr den Namen des zweiten Opfers gestern auf der Pressekonferenz veröffentlicht habt, fiel mir natürlich sofort mein Kollege bei *Zenith* ein. Dass Måns der Sohn von Aaron de Klerk ist, war nicht schwer herauszufinden. Journalismus für Anfänger.«

»Bist du Måns mal persönlich begegnet?«, fragte Nordh.

»Im Rahmen eines Meetings«, antwortete Friis, und das Lächeln ihres kleinen, hübschen Munds wurde noch ein wenig breiter. »Anschließend sind wir in einer kleineren Gruppe zusammen essen gegangen und später in verschiedene Clubs.« Ihr Lächeln rutschte endgültig ins Süffisante. »Und noch später sind wir zwei dann in mein Bett.«

36

Nordh sprach das Offensichtliche aus.

»Einer von beiden lügt.«

Er rieb seinen Nacken, die Haut spannte, er hatte sich am Vortag auf der Insel einen Sonnenbrand geholt.

Sie standen im Flur und tranken Mineralwasser.

»Wer hat mit einer Lüge mehr zu gewinnen?«, fragte Karhuu. »Oder wer hat am meisten zu verlieren?«

»Ob Lüge oder Wahrheit – in Hinblick auf ihren Podcast würde Pernille natürlich davon profitieren, mit Måns verbandelt gewesen zu sein. Sie würde noch tiefer in den Fall verwickelt. Eine Kriminalreporterin, die nicht nur mit dem einen Opfer geschlafen hat, sondern auch noch mit dem Sohn des zweiten Opfers. So einen Plot kann man sich kaum ausdenken. Beziehungsweise käme er jedem Drehbuchautor zu unglaubwürdig vor.«

»Es käme ganz darauf an«, sagte Nordh, »wie man die Geschichte erzählen würde. Und im Geschichten erzählen ist Pernille offenbar große Klasse, sonst hätte sie nicht solchen Erfolg.«

»Aber sie ist am Ende immer noch Journalistin und keine Schriftstellerin. Sie muss sich an Fakten halten, denn ihre Glaubwürdigkeit ist ihr größtes Kapital, zumindest langfristig betrachtet.«

»Schon. Aber auch Journalisten machen Fehler. Lassen sich von guten Storys verführen. Gerade wenn die Früchte so tief hängen wie in diesem Fall. Pernille ist auf den großen Scoop gestoßen, wahrscheinlich ist dies der Höhepunkt ihrer bisherigen Karriere. Ihre Zuhörerzahl wird durch die Decke gehen, ihre Reichweite wird sich vervielfachen. Warum also nicht noch einen obendrauf setzen?« Nordh rieb seine Wange. »Falls sie nicht noch viel tiefer drinsteckt und in dieser Geschichte nicht nur Beobachtende ist, sondern Handelnde.«

»Traust du ihr das wirklich zu?«

»Ich weiß es nicht. Sie hat etwas an sich, das mich irritiert.«

»Sie ist *hot*«, sagte Karhuu mit einem Lächeln.

Nordh fühlte sich ertappt.

»Ja, das auch. Aber das meine ich nicht. Da ist etwas mit ihrer Körpersprache und ihren Blicken. Sie hat etwas Manipulatives.

Ich habe das Gefühl, sie spielt mit uns. Dieses Gerede von unseren und ihren Hausaufgaben.«

»In der Sache hat sie recht.«

»Ja, ja. Aber wie sie es uns unter die Nase reibt. Oder wie sie rhetorisch ihre große Schlusspointe gesetzt hat.« Er seufzte. »Das alles gefällt mir ganz und gar nicht.«

»Was hältst du von Måns?«

Nordh überlegte einen Augenblick.

»Auf den ersten Blick wirkt er gradliniger und authentischer, fast schon ein wenig blauäugig. Gut für uns. Ich rechne ihm an, dass er nicht auf den Trottel im Maßanzug gehört hat und mit Pauken und Trompeten abgedampft, sondern geblieben ist. Das macht uns die Arbeit erheblich einfacher.«

»Und deine Überlegung, dass die beiden möglicherweise unter einer Decke stecken könnten?«

»Dann wäre er ein verdammt guter Schauspieler. Auszuschließen ist es nicht. Manche Menschen mit dissozialen Persönlichkeitsstörungen können so etwas.«

Nordh malte keine Anführungszeichen mehr in die Luft und unterließ auch jede spöttische Betonung, er hatte ihren Fachbegriff übernommen, bewusst oder unbewusst, was Karhuu mit einem Mini-Lächeln honorierte.

»Da hast du recht. Dass sie einander so deutlich widersprechen, was ihre Beziehung zueinander angeht, wäre in einem solchen Szenario natürlich äußerst clever, denn es verstärkt den Eindruck, dass sie eben gerade nicht zusammengehören und kein raffiniertes Psycho-Killerpärchen sind.« Nordh quittierte den Ausdruck ebenfalls mit einem kleinen Lächeln. Sie näherten sich sprachlich einander an. Gut so. »Aber nehmen wir vorerst an, Måns ist kein perverser Soziopath, sondern ein durchschnittlicher junger Mann. Was würde er mit einer Lüge bezüglich eines vermeintlichen One-Night-Stands mit Pernille gewinnen?«, fragte sie.

»Finden wir es heraus.«

37

»Pernille Friis zufolge kam es vor etwa sieben Monaten im Anschluss an eine firmeninterne Konferenz in Kopenhagen nach einem Geschäftsessen und Nachtclubbesuch zu Intimitäten zwischen ihr und dir«, sagte Nordh.

»Einspruch!«, rief der Anwalt. »Suggestivfrage!«

»Erstens«, sagte Karhuu, »sind wir hier nicht vor Gericht und zweitens war das überhaupt keine Frage.«

»Aber …«

De Klerk unterbrach den Anwalt mit einer Geste.

»Es ist richtig, dass es dieses Meeting mit anschließendem Essen gab. Es war ein frostiger Dezembertag, ich erinnere mich genau, die Stimmung war bei allen Mitarbeitern gelöst, ja, irgendwie sogar auf eine vorweihnachtliche Weise überschwänglich, denn die Geschäftszahlen sahen super aus und wir hatten produktive Gespräche hinter uns. Wir waren im *Noma* – schon mal gehört? –, tolles Restaurant, nicht gerade billig, aber empfehlenswert, wenn es mal etwas Besonderes sein soll.« Karhuu fiel auf, dass de Klerk seinen Sprachmodus geändert hatte. Sein Tonfall hatte etwas Vertrauliches bekommen, er begann die Dinge auszuschmücken. Wie ein Märchenonkel. Ein einfacher, wirkungsvoller Kniff. Aber eben auch leicht zu durchschauen. »Beim Essen floss der Alkohol in Strömen, mehr als es eigentlich dem Anlass entsprochen hätte, aber – hey! – wir sind doch alle erwachsen und wissen, wie so etwas manchmal läuft. *And I mean: why not?* Die Mitarbeiter hatten geliefert, mein Chef war mehr als zufrieden, die Firma zahlte. Also sind wir anschließend um die Häuser gezogen und haben so richtig auf die Kacke gehauen. Drei oder vier Bars, etliche Cocktails, ehrlich gesagt habe ich irgendwann den Überblick verloren. Richtig ist, dass Pernille und ich ein wenig miteinander geflirtet haben. Ich habe schon auf der Konferenz ihre Blicke bemerkt, wie auch nicht? Sie ist dieser Typ Frau, der auffällt, weil er auffallen will. Allein schon durch ihren Kleidungsstil. Außerdem waren wir aus der Runde die Einzigen diesseits der vierzig. Aber hey, alles harmlos, auch später in den Clubs, als wir uns näher miteinander unterhalten haben. Ich fand sie spannend. Ich bin kein großer Krimifan oder so etwas, aber was sie mit ihren Podcasts macht, ist wirklich klasse. Vielleicht habe ich ihr im Verlauf des Abends das ein oder andere Kompliment gemacht, das war es dann aber auch schon. Ich glaube, sie wäre für ein kleines Abenteuer offen gewesen, ehrlicherweise hat sie sogar ziemlich klare Signale gesendet, aber mir war nicht danach. Irgendwann habe ich mir ein Taxi rufen lassen und bin allein zurück in mein Hotel.«

»Das war's?«, fragte Karhuu.

»Das war's.«

»Gibt es dafür Zeugen?«

De Klerk hob die Schultern und ließ sie wieder fallen.

»Keine Ahnung. Ihr wisst doch, wie solche Abende sind. Es herrscht ein Gewusel, alle haben eine Menge intus, man verliert das Gefühl für Zeit und Raum. Aber ich sehe klar und deutlich vor mir, wie ich mich von Pernille verabschiedet habe. Umarmung ja, Kuss nein. Dann ab ins Taxi und tschüss. Seitdem habe ich diese Frau nie wieder gesehen. Aber mich interessiert brennend, warum ihr mich zu ihr befragt und was sie mit dem Tod meines Vaters zu tun hat.«

Er lehnte sich zurück und verschränkte seine Arme vor der Brust. Karhuus Empfinden nach klang er überzeugend. Aber das tat Friis auch. Die meisten manipulativen Menschen taten das. Es zeichnete sie geradezu aus.

»Pernille Friis zufolge habt ihr miteinander geschlafen«, sagte Karhuu.

Der junge Mann schüttelte vehement den Kopf.

»Das ist gelogen.«

»Sie ist die Geliebte von Reidar Sjöbäck«, sagte Nordh.

»Wie bitte?«

Karhuu wiederholte den Satz ihres Partners.

De Klerk wich die Farbe aus dem Gesicht.

Dieses Mal schaltete der Jurist schnell. Er schoss von seinem Stuhl hoch. Sein ausgestreckter Zeigefinger hackte in die Luft.

»Heißt das etwa, ihr bezichtigt meinen Mandanten des Mordes an seinem Vater und diesem Sjöbäck?«

Karhuu war sich sicher, dass Måns de Klerk nicht der Mandant des Anwalts war, jedenfalls nicht im juristischen Sinne. Aber geschenkt.

»Wir bezichtigen niemanden irgendetwas«, sagte sie mit ruhiger Stimme. »Aber der Umstand, dass Måns und Pernille sich kennen, verbindet die beiden Mordopfer nun einmal miteinander.«

»Ich kenne diese Frau doch kaum!«, rief de Klerk.

Er klang jetzt verzweifelt und auch wütend.

»Schon mal etwas von Zufall gehört?«, empörte sich der Anwalt. »Um drei Ecken bin ich mit Michael Jackson bekannt oder mit dem gottverdammten Papst!«

Nordh fixierte den jungen Mann.

»Wenn es sich um bloßen Zufall handelt, was natürlich möglich ist, warum weicht dann deine Darstellung des Zusammentreffens so deutlich von ihrer ab?«

De Klerks Lippen zitterten. Aber er antwortete nicht.

»Wir brauchen deinen Terminkalender«, sagte Karhuu. »Und eine Übersicht, in der du so detailliert wie möglich beschreibst, wo du dich in den vergangenen zwei Wochen aufgehalten hast, was du getan und wen du getroffen hast. Wir werden zudem deine Fingerabdrücke und eine Blutprobe nehmen.«

»Unverschämtheit!«, rief der Anwalt.

»Heißt das, ich bin verhaftet?«, fragte de Klerk mit belegter Stimme.

»Nein«, sagte Nordh. »Weder du noch Pernille stehen aktuell unter Mordverdacht. Aber ihr taucht im Zentrum der Ermittlung auf. Es wäre fahrlässig, an dieser Stelle nicht jeden Stein umzudrehen.«

»Letztendlich«, sagte Karhuu, »ist es auch in deinem Interesse und dem deiner Familie. Ihr wollt doch auch, dass wir den Mörder deines Vaters fassen. Ist es nicht gut zu wissen, dass die Polizei methodisch arbeitet und jeder Unklarheit, sei sie noch so zufällig, auf den Grund geht?«

Er nickte, auch wenn seinem Gesicht der Missmut anzusehen war.

»Was ist mit Pernille?«, fragte er.

»Für sie gilt selbstverständlich das Gleiche«, sagte Nordh.

»Das meine ich nicht. Ich spreche von ihrem Podcast. Darf sie dort Dinge öffentlich machen, die hier besprochen werden? Darf sie behaupten, dass sie und ich an dem fraglichen Abend etwas miteinander hatten, obwohl das nicht der Wahrheit entspricht?«

»Darf sie meinen Mandanten unbehelligt in den Schmutz ziehen?«, fügte der Jurist an.

Diese Frage aus seinem Mund war nicht gerade Werbung für seine Qualifikation. Was im Grunde für seinen ganzen Auftritt galt.

»Nun ja«, sagte Nordh, »das Recht auf freie Meinungsäußerung ist in unserem Land sehr weit gefasst. Da es sich hier jedoch um Aussagen in einem laufenden Ermittlungsverfahren handelt, sind dem gewisse Grenzen gesetzt, die Pernille Friis als erfahrene Kriminaljournalistin natürlich kennt. Die Frage ist, ob sie sich daran hält. Außerdem ist es natürlich generell strafbar, Unwahrheiten über Dritte zu verbreiten, Stichwort üble Nachrede. Aber darüber haben im Nachhinein Gerichte zu entscheiden.« Er seufzte. »Es ist also durchaus damit zu rechnen, dass sie bestimmte Sachverhalte unserer Untersuchung in ihrem Podcast thematisieren wird, und ich fürchte, eure Bekanntschaft gehört mit dazu.« Nordh warf dem Anwalt einen bedeutungsschweren Blick zu, bevor er wieder de Klerk ansah. »An deiner Stelle würde ich mich an Juristen wenden, die sich auf Straf- und Medienrecht spezialisiert haben, anstatt die Sache mit einem Amateur durchzustehen.«

Karhuu nippte an ihrem Wasser und lächelte in sich hinein.

38

Im Anschluss nahmen sie noch einmal Pernille Friis in die Mangel, ohne dass es zu neuen Erkenntnissen führte. Die Podcasterin blieb bei ihrer Aussage. Auch die Aussicht auf erkennungsdienstliche Maßnahmen und die nachdrückliche Bitte um das Auflisten ihrer gesamten Tätigkeiten in den vergangenen Wochen schienen sie nicht zu beeindrucken, im Gegenteil, sie fühlt sich hier wohl wie ein Fisch im Wasser, dachte Nordh, kein Wunder, sie lebt gerade den feuchten Traum jedes True-Crime-Reporters, denn sie steckt selbst mittendrin. Vielleicht sogar zu tief, dachte er, und vielleicht sogar mit Måns de Klerk unter einer Decke, auch wenn die beiden sie im Laufe des Nachmittags das Gegenteil hatten glauben lassen.

Nachdem de Klerk und Friis entlassen worden waren, setzten sich Nordh und Karhuu mit den Muppets zusammen, die die Vernehmungen über Kamera und Mikrofon verfolgt hatten. Keiner in der Runde mochte sich festlegen, was eine mögliche Verstrickung der beiden in die Verbrechen betraf. De Klerk wirkte unbedarfter, Friis abgebrühter, aber das musste nichts heißen. So richtig traute keiner den beiden einen Doppelmord dieses Kalibers zu, aber eine gewisse Unsicherheit blieb. Die erkennungsdienstliche Behandlung und ein DNA-Abgleich mit den Spuren vom Tatort auf der Insel sowie mögliche Alibis würden hoffentlich für mehr Klarheit sorgen, aber gerade der Genomvergleich konnte Tage dauern, selbst wenn Mellander beim kriminaltechnischen Labor Druck machte. Anna Wallgren war ein interessantes Detail aufgefallen. Während Nordh und Karhuu de Klerk vernommen hatten, hatte Friis ihr Make-up aufgefrischt. Sie war wie der Täter oder die Täterin, die auf Aaron de Klerk eingestochen hatte, Linkshänderin. Statistisch traf das auf jeden zehnten Menschen zu.

»Ein Hauch von Zweifel bleibt«, fasste Karhuu die Vernehmungen zusammen und das war ein treffendes und irgendwie fast poetisches Schlusswort. Es ging auf sechs Uhr zu. Nordh schickte alle nach Hause. Sie hatten sich den Feierabend verdient. Er selbst rief Rosa an und fragte, ob sie die Kinder ins Bett bringen könnte. Seine Schwiegermutter war einverstanden, ihre Ampel stand an diesem Tag auf Grün. Nordh war erleichtert, gleichzeitig tat es ihm um den Sommerabend mit Lilly und Tim leid. Eigentlich hatten sie heute gemeinsam das neue Federballset ausprobieren wollen. Kurz fragte er sich, ob seine Arbeit wirklich wichtiger war als die Zeit mit den Kids. Wäre es um Autodiebe oder einen Raubüberfall gegangen, wäre ihm die Antwort leichtgefallen. Aber es ging um Menschenleben. Also holte er sich im Pausenraum einen abgestandenen Kaffee, stibitzte einen von Stöckers Joghurts sowie einen Schokoriegel unbekannten Besitzes aus dem Kühlschrank und zog sich mit seiner Beute in sein Büro zurück. Es galt Protokolle zu schreiben, die aktualisierten Berichte der Spurensicherung und Pathologie zu sichten und die vielen Hinweise aus der Bevölkerung durchzugehen, die seit der Pressekonferenz am Vortag eingegangen waren. Jemand hatte bereits Vorarbeit geleistet und den allergröbsten Unsinn aussortiert, dennoch war eine Menge Bockmist übrig geblieben. Eine Frau verdächtigte ihren Nachbarn, weil sie seit Jahren stöhnende Geräusche aus der Wohnung über ihr vernahm. Eine Rentnerin aus dem fernen

Kalix hatte angegeben, mithilfe eines Pendels herausgefunden zu haben, wo der Mörder wohnte. Ein Mann aus Klövedal auf Tjörn wollte nachts eine Gestalt mit Tierkopf gesehen haben. Nordh riss der Geduldsfaden. Er zerknüllte das Blatt mit den idiotischen Vermerken und warf es in den Papierkorb. Wieso war dieser Schwachsinn nicht ausgesiebt worden? Das hier war Zeitverschwendung. Frustriert schob er den Stapel mit ungelesenen Hinweisen zur Seite. Er sah auf die Uhr. Es ging auf zehn zu. Er griff nach der Tastatur seines Rechners. Kurt, der Augenzeuge aus Lindas und Calles Unfallakte, ging nicht ans Telefon und befand sich laut seiner Frau bei irgendeiner Monica in Helsingborg und ließ es sich dort dank eines mysteriösen Umschlags voller Bargeld gut gehen. Nordh hatte schon überlegt, ob er Kurts Handy orten lassen sollte. Aber wenn rauskam, dass er eine ermittlungstechnische Maßnahme dieses Kalibers für eine private Fahndung missbrauchte, konnte ihn das seinen Job kosten. Er loggte sich im Einwohnerregister ein. In Helsingborg gab es vierhundertneunundsiebzig Monicas. Kurt war zweiundsechzig Jahre alt. Wenn Nordh den Suchfilter auf Frauen zwischen fünfundvierzig und siebzig begrenzte, blieben immer noch zweihunderteinundneunzig übrig. Warum konnte Kurts verdammte neue Flamme nicht Belladonna heißen oder Vilhelmina-Alexandra? Während er sich weiter den Kopf zerbrach, wie er diesen Kurt am schnellsten in die Finger bekam, klingelte sein Handy. Es war Karhuu.

»Bist du gerade online?«

»Ja.«

»Geh auf die Seite des *Neuen Abendblatts*.«

Seine Finger klapperten auf der Tastatur. In *Zeniths* Boulevardblatt war es der große Aufmacher. Ein Foto des Leichnams von Aaron de Klerk samt Hieroglyphen. Der Tote lehnte sitzend an dem Fahnenmast. Nur das Geschlechtsteil und den Falkenkopf hatte man aus vorgeblichem Taktgefühl verpixelt.

Trotzdem zeigte das Bild eine Monstrosität, sie auf der Startseite auszustellen war eine Untat. Nordh kochte. Trotzdem ratterten seine Gedanken. Das Bild musste aufgenommen worden sein, *bevor* der Täter den Leichnam nach oben gezogen hatte. Was die Herkunft des Fotos zweifelsfrei klärte. Der Killer hatte die Aufnahme selbst gemacht und nun veröffentlicht. Offenbar hatte ihm der Medienrummel nach der Pressekonferenz noch nicht gereicht. Möglicherweise weil Nordh auf Mellanders Geheiß hin alle Bezüge zum alten Ägypten unerwähnt gelassen hatte. Nun, das hatte sich jetzt erledigt. Der Täter hatte die Zügel in die Hand genommen und sein Werk der Welt offenbart. So viel zu Mellanders Pressestrategie. Nur dass nun er derjenige war, der wie ein Vollidiot dastand. Das Gesicht der Ermittlung.

»So eine Scheiße«, murmelte er ins Handy.

»Nimm es nicht persönlich.« Karhuu hatte offenbar seine Gedanken gelesen. »Früher oder später wäre eh alles an die Öffentlichkeit gekommen.«

»Dass die so dreist sind und den Leichnam zeigen.« Nordh schüttelte den Kopf. »Als gäbe es keine Presseethik mehr.«

»Das *Neue Abendblatt* war schon immer für seinen Brülljournalismus bekannt. Wenn man die Ergüsse dieses Schmuddelblatts überhaupt Journalismus nennen mag. Ich habe die anderen Nachrichtenseiten gecheckt. Deren Berichterstattung ist seriöser, die meisten zeigen das Foto nicht.«

Nordh nagte an seiner Unterlippe.

»Warum veröffentlicht es ausgerechnet *Zenith?*«

»Du denkst an Fries und de Klerk junior?«

»Hm.«

»Ich weiß nicht recht«, sagte Karhuu. »Könnte es nicht einfach so sein, dass das *Abendblatt* das unzensierte Bild zeigt, weil es schon immer ein zynisches, aufmerksamkeitsheischendes Krawallblatt war? Ohne dass Friis oder de Klerk dahinterstecken?«

»Möglich«, knurrte Nordh.

Aber wie sollte er den Aufriss in dem Drecksblatt nicht persönlich nehmen? Sein Name kam in dem kurzen Text dreimal vor.

»Sorry«, sagte Karhuu.

»Ist ja nicht deine Schuld.«

»Na ja, ich habe dich in den Fall hineingedrängt.«

Nordh seufzte.

»Das Thema hatten wir doch schon. Glaub mir, ich hätte die Chefin dazu bringen können, die Ermittlung an die Landesmordgruppe zu delegieren. Aber ich habe es nicht getan. Zu hundert Prozent meine Entscheidung, Svea. *Capisci?* Bitte keine falschen Schuldgefühle.«

Es blieb einige Sekunden still in der Leitung.

»Es ist alles genau so gekommen, wie du gesagt hast. Ein Fall wie ein Albtraum.«

Er räusperte sich. Seine Kehle war so trocken, dass er kaum sprechen konnte. Ein Königreich für ein großes, kaltes, frisch gezapftes Bier.

»Mach dir keine Gedanken und geh schlafen, okay? Morgen wird ein langer Tag.«

»Okay.«

»See you later, alligator.«

»Der Witz wird auch beim zweiten Mal nicht besser.«

»Nein?«

»Bis morgen, Jon.«

Wie müde und matt unsere Stimmen klingen, dachte Nordh.

39

Svea Karhuu hielt sich mit Eistee und Billie Eilish wach. Sie war in das Material über das alte Ägypten vertieft, das Stöcker zusammengestellt hatte. Die Mythologie war viel komplexer, als sie nach dem ersten Googeln gedacht hatte. Die Götterwelt war verzweigt und mannigfaltig, es gab komplizierte Verwandtschaftsverhältnisse und Bündnisse. Die Bedeutung einzelner Gottheiten wandelte sich im Laufe der Jahrhunderte und Jahrtausende, einige verloren an Bedeutung, andere gewannen an Gewicht, manche verschwanden, andere kamen dazu. Ein Jenseitsbild in ständiger Bewegung. Grabstätten und Pyramiden entstanden, Tempel und Kultorte verschoben sich. Pharaonen wurden gekrönt, manche verehrt, andere verdammt. Einige Namen kamen Karhuu bekannt vor, Götter wie Osiris und Isis, von Herrschern wie Tutanchamun und Königinnen wie Kleopatra hatte sie natürlich schon einmal gehört. Irgendwann begriff sie: Der Schlüssel zum Verständnis dieses altertümlichen Reiches und seiner Götterwelt lag in der enormen Zeitspanne, die es umfasste. Keine andere Hochkultur erstreckte sich auch nur annähernd so weit wie die mehr als drei Jahrtausende währende Geschichte des alten Ägypten. Ein solcher Zeitraum war aus menschlicher Perspektive im Grunde unvorstellbar. Ein Reich, das hundert Generationen währte. Eine Agrargesellschaft angesiedelt an den Ufern des Nils, geführt von einer elitären Oberschicht unter einem religiösen Überbau, der die Tür ins Jenseits öffnete und gleichzeitig weit ins Leben hineinragte. Mithilfe der Götterwelt erklärte man sich wie in jeder anderen Religion die Schöpfung und den Tod. Den Lauf der Sonne und die Nilfluten, die das Land fruchtbar machten. Aber auch Profanes. So gab es einen Gott der Gänse und einen der Kühe, einen der Weberei und einen der Waffen. Je mehr Karhuu las, desto mehr begriff sie: Was wir mit Ägypten assoziieren, die großen Pyramiden und die mumifizierten Pharaonen, sind nur schillernde Splitter einer Epoche, die im Alltag von harter Arbeit, von Landwirtschaft, Viehzucht, Handwerk, Jagd und Fischerei, aber auch kriegerischen Auseinandersetzungen geprägt war. Das, was wir heute als ein großes Ganzes wahrnehmen, war im Kleinen eine Abfolge von Herrschern und ihren Streitigkeiten, Aufstieg und Fall von gesellschaftlichen Schichten wie Beamten und Priestern, Adel und Königen, Eroberungen, Niederlagen, Verschiebung von Machtzentren und Einfluss, Kleinkriegen und religiösen Streitigkeiten. Eine Gesellschaft im Wandel und mit ihr ihre Religion. Sie erinnerte sich an das, was der Professor ihr erklärt hatte. Auch Sprache und Schrift hatten sich im Laufe der Zeit verändert, von Bildzeichen zu Lautzeichen. Ein Satz in dem wissenschaftlichen Material prägte sich ihr besonders ein: Die Erforschung einer Kultur, die drei-, vier-, fünftausend Jahre alt ist, macht jede Quelle zur Interpretation und das altägyptische Reich zu einer großen Projektionsfläche. Was den Mörder anging, konnte Karhuu dem nur zustimmen. Was auch immer in der Psyche dieses Monsters vor sich ging – aus irgendwelchen Gründen fühlte er sich dieser untergegangenen Welt und ihren verblassten archaischen Göttern auf eine verdrehte Weise so verbunden, dass zwei Menschen es mit ihrem Leben bezahlen mussten. Dank des Fotos, das das *Neue Abendblatt* mit schamloser Brutalität und auf den Voyeurismus der Masse zielend veröffentlicht hatte, hallte diese Botschaft nun durchs ganze Land und wahrscheinlich über die Grenzen hinaus. Sicher, die Zeitung würde einen Verweis des Presserates bekommen, es wäre nicht ihr erster. Aber selbst wenn sie achselzuckend eine Strafe zahlen müsste – das Bild war in der Welt, der Täter hatte seine Bühne bekommen. Ihr Handy klingelte und riss sie aus ihren Gedanken. Sie sah aufs Display. Es war Kristoffer.

»Hello Darling«, begrüßte sie ihn.

»Hej.«

Er klang aufgewühlt.

»Alles in Ordnung bei dir?«

»Ich weiß nicht.«

»Was ist denn los?«

»Es ist etwas Seltsames passiert.«

Er hatte jetzt eine Stimmlage, die sie noch nie bei ihm gehört hatte. Verwirrt, gleichzeitig aufgedreht und verletzlich.

»Nun erzähl mal. Eins nach dem anderen. Okay?«

»Jemand war in der Wohnung.«

»In deiner Wohnung?«

»Ja.«

»Ein Einbruch?«

»Irgendwie schon.«

»Irgendwie?«

»Ja.«

»Ist etwas gestohlen worden?«

»Das ist ja das Seltsame. Mein Laptop, der Fernseher, die *Omega,* die ich von meinem Opa geerbt habe … Alles noch da.«

Karhuu spürte, dass sie eine Gänsehaut bekam. Eine dunkle Ahnung nahm vage Gestalt an.

»Aber?«

»Aber es war definitiv jemand hier. Sachen wurden bewegt. Umgelegt. Verändert. Auf dem Küchenstuhl liegt mein Winterpulli, den ich seit Monaten nicht angerührt habe. Meine Zahnbürste lag im Kühlschrank. Und das *Strangeste:* Der Einbrecher hat mein Bett gemacht.«

Karhuu schluckte hart.

»Und es ist überhaupt nichts weggekommen?«

»Eine Sache. Jedenfalls wenn sie nicht noch irgendwo auftaucht, wo ich noch nicht nachgeschaut habe.«

»Was denn?«

Ihre freie Hand begann zu zittern.

»Ein Messer. Mein einziges gutes Küchenmesser.«

Ein Messer.

Klarer konnte die Botschaft nicht sein. Sie fummelte eine Zigarette aus der Schachtel und zündete sie an. Eigentlich rauchte sie nicht in der Wohnung, aber egal jetzt.

»Schatz, hör mir bitte genau zu. Bist du absolut sicher, dass niemand mehr in der Wohnung ist?«

»Du weißt doch, wie es hier aussieht. Wo sollte sich hier jemand verstecken?«

»Hast du unter dem Bett nachgeschaut? Dem Kleiderschrank?«

»Ja, Svea, hier ist niemand.«

Gut.

»Gut.«

»Aber ich check das nicht. Warum bricht hier jemand ein und …?«

»Ist das Schloss intakt?«

»Ja. Das ist auch so schräg. Wie konnte …«

»Schatz, hör mir bitte genau zu«, wiederholte sie sich. Sie sprach so eindringlich, wie sie es ihm gegenüber noch nie getan hatte. Weil sie etwas wusste, wovon er keine Ahnung hatte. Weil sie etwas getan hatte, wovon er keinen blassen Schimmer hatte. Sie würde es ihm erklären, aber nicht am Telefon, sondern von Angesicht zu Angesicht. Dann war es seine Entscheidung, ob er sie noch haben wollte. Aber jetzt war nicht die Zeit und der Ort dafür. Jetzt ging es einzig und allein um seine Unversehrtheit. Sie erklärte ihm, dass der Einbruch nichts mit ihm, sondern nur mit ihr zu tun hatte. Jetzt war es wichtig, dass er alles genau befolgte, was sie ihm sagte, Schritt für Schritt. Es war möglicherweise eine Sache von Leben und Tod. Er war verwundert über ihren Ernst, aber er versprach ihr, alles genauso zu machen. Zur Sicherheit ließ sie ihn alles noch einmal wiederholen. Es war nicht kompliziert, aber es kam auf Sorgfalt und Konzentration an. Er bohrte nicht nach einem Warum, und das rechnete sie ihm hoch an.

»Ich liebe dich«, sagte sie zum Schluss.

»Ich liebe dich auch«, antwortete er.

»Es tut mir sehr leid.«

»Ach was«, sagte er.

Sie legte auf. Dachte alles noch einmal durch. Dann rief sie ihren Vater an. Manchmal konnte es von Vorteil sein, wenn man nicht der einzige Polizist in der Familie war.

Auf See, 1983

Das Leben an Bord war gut. Peter hatte schon lange keine Stimmen mehr gehört. Die Arbeit war hart, aber das machte ihm nichts aus. Er war Härteres gewohnt. Er war ein starker Kerl und er mochte es, wenn er am Ende des Tages in der Koje lag und seine Muskeln müde waren. Niemand schlug ihn, niemand machte sich über sein Aussehen lustig. Die anderen Matrosen respektierten ihn, denn er schuftete für zwei. Einmal hatte ihn sogar der Kapitän persönlich gelobt und der Smut schaufelte ihm extra große Portionen auf den Teller. Und dann war da noch Marik. Marik war sein Freund. Anders als Thomas damals. Marik war immer da. Marik lachte viel. Marik stammte aus Ägypten und brachte ihm seine Sprache bei. Peter las Marik aus der Bibel vor und aus John Steinbecks »Straße der Ölsardinen«. Marik erzählte Peter arabische Märchen und einmal zeigte er ihm eine handgezeichnete Landkarte, die vom vielen Falten an den Falzen schon brüchig war.

»Meine Mutter hat mir das Zeichnen beigebracht«, sagte Marik. »Die arabische Schrift und sogar einige alte Hieroglyphen.«

Peter strich behutsam über das Papier und bewunderte die akkurat geschwungenen Linien, die rätselhaften Zeichen und mystischen Symbole. Unter seiner Haut kribbelte es und eine seltsame Sehnsucht griff nach seinem Herzen.

Marik deutete auf einen Punkt.

»Hier liegt das Dorf, aus dem ich stamme.«

»Mitten in der Wüste«, stellte Peter fest.

»Mitten in der Wüste«, wiederholte Marik.

»Und was ist das dort?«

Peter deutete auf ein Symbol, das an eine Stelle in der Nähe von

Mariks Heimatdorf gezeichnet worden war. Es stellte den Kopf eines Krokodils dar.

Marik lächelte geheimnisvoll.

»Dort leben die alten Götter und hüten ihre Schätze«, sagte er. »Tief unter dem Sand.«

»Alte Götter?«

»Eines Tages zeig ich es dir.«

»Gern.«

»Dann nehmen wir das hier.«

Er reichte Peter ein rundes, von Zellophan umwickeltes Päckchen, kleiner wie eine Murmel.

»Was ist das?«

»Man muss es kauen, damit sich die Götter offenbaren.« Peter wollte Marik das Päckchen zurückgeben, aber der machte eine abwehrende Geste. »Bewahr du es für uns auf.«

Peter fühlte sich geehrt, steckte es ein und wollte natürlich mehr erfahren, aber Marik ließ sich nicht mehr als sein Lächeln entlocken. Das Lächeln einer Sphinx, dachte Peter.

Manchmal, wenn sie zu zweit waren, las Marik ihm aus einer englischsprachigen Ausgabe von Jean Genets »Querelle« vor. Noch nie hatte ein Buch Peter so gepackt und gleichzeitig verwirrt. Querelle war ein Matrose wie sie. Aber er war ein Mensch ohne Moral, er trieb Unzucht mit Männern, er log, er betrog, er mordete und er lieferte seinen besten Freund der Polizei aus. Er war ein Sünder, trotzdem mochte Peter die Romanfigur auf eine unbestimmte Art. Marik schenkte ihm das Buch. In manchen Nächten schlichen sie sich aus den Kojen und kletterten im Schutz der Dunkelheit gemeinsam in eines der Rettungsboote. Dort lagen sie nebeneinander, fassten sich an den Händen und betrachteten den Sternenhimmel. War das schon eine Sünde, fragte sich Peter. »Ja!«, brüllte der Pius. Aber Jesus sagte: »Wir wollen einander lieben; denn die Liebe ist aus Gott und jeder, der liebt, stammt von Gott und erkennt Gott. Wer nicht liebt, hat Gott nicht erkannt; denn Gott ist Liebe.« Der Pius dagegen war ein Lügner und Heuchler.

Er hatte Peter zu Unzucht gezwungen und ihm grausame Dinge angetan. Damals war Peter noch ein Kind gewesen. Das war keine Liebe, sondern Gewalt. Aber mit Marik war es eine tiefe Verbundenheit, eine Freundschaft, vielleicht sogar Liebe, das sagte sein Herz. Und der Pius, der Stachel und der Erzengel Michael blieben stumm.

Alles änderte sich, als Johannes an Bord kam. Sie hatten eine Ladung Turbinen aus den USA nach Göteborg gebracht, wo sie eine Lieferung riesiger Maschinenteile aufluden, die für Nordafrika bestimmt waren. In Göteborg mussten zwei Matrosen von Bord, einer hatte sich bei der Arbeit einen komplizierten Handbruch zugezogen, ein anderer musste dringend zurück in seine Heimat nach Thailand, um seine verstorbene Mutter zu bestatten. Als Ersatz rekrutierte der erste Offizier einen Schweden. Er hieß Johannes, ein junger Mann, blass, dünn wie ein Strich, schüchtern und verschlossen. Sprach gerade einmal drei Brocken Englisch. Aber das sollte sich bald ändern. Alles an ihm sollte sich bald ändern. Noch nie hatte Peter bei einem Menschen eine solche Verwandlung erlebt, sich selbst eingeschlossen. Aus Johannes wurde John. Nach drei Monaten war Johns Englisch gut und sein Spanisch verständlich. Mehr brauchte man in der Seefahrt nicht. Aus dem linkisch wirkenden Jungen war ein ordentlicher Matrose geworden. Er packte überall mit an, beklagte sich nie und steckte lächelnd die Witze weg, mit denen alle Neulinge aufgezogen wurden. Vor allem war er duldsam. Gab man ihm einen Eimer Lackfarbe, pinselte er ohne einen Mucks zwölf Stunden durch. So verschaffte man sich auf See Respekt. Auf einem Schiff musste immer gemalt werden. Das unerbittliche Salzwasser führte schnell zu Rost. War man mit dem ganzen Schiff fertig, konnte man gleich wieder von vorn anfangen. So fand John seinen Platz in der Crew. Peter freundete sich mit ihm an. John suchte seine Nähe, war ein interessierter Zuhörer und stellte viele Fragen. Marik dagegen empfand anders. Er mochte John nicht. »Er hat kalte Augen«, sagte er, »und wer kalte Augen hat, hat ein kaltes Herz. Nimm dich vor ihm in Acht.« Peter verstand Marik nicht. Marik musste sich in John täuschen. »Du magst ihn nur, weil er wie du ein

Weißer ist«, sagte Marik. Das tat Peter weh. Es stimmte, abgesehen vom Kapitän und dem ersten Offizier waren John und Peter die einzigen Hellhäutigen an Bord, aber bevor Marik ihn darauf hinwies, hatte Peter sich darüber nie Gedanken gemacht. Aber zu Peters Überraschung war offenbar auch John die Hautfarbe wichtig. Es begann mit spitzen Bemerkungen, die John machte, wenn sie zu zweit waren. Ob Peter schon einmal aufgefallen sei, dass Marik und die anderen komisch riechen würden? Nein, das war Peter noch nie aufgefallen. Es stimmte auch nicht. Marik roch gut. Er liebte Mariks Geruch. Ob Peter schon einmal aufgefallen war, dass Araber, Asiaten und Schwarze allesamt etwas dümmer waren als Weiße? Nein, das war Peter noch nie aufgefallen. Marik war schlau, der Steuermann, der aus Sri Lanka stammte, war ein wandelndes Lexikon und der Maschinist, ein Nigerianer, war der beste Schachspieler an Bord. Ob Peter schon einmal aufgefallen war, dass Araber ihrer Natur nach Diebe und Lügner waren? Nein, das war Peter nicht aufgefallen und er fand langsam, dass es John mit den Hautfarben der Menschen und ihren angeblichen Eigenarten übertrieb. Bis plötzlich Dinge verschwanden. Eine Armbanduhr, die Peter auf einem Basar in Tunis gekauft hatte. Sein Rasierwasser. Und irgendwann die Bibel, in der er das Bild vom Jesuskind aufbewahrte, das Tante Hedwig ihm geschenkt hatte. Da wurde Peter so sauer, dass er die Diebstähle dem ersten Offizier meldete, der die Sache wiederum an den Kapitän weitergab. Daraufhin mussten sich alle auf Deck versammeln, während der erste Offizier und zwei seiner Vertrauten die Mannschaftsunterkünfte durchsuchten. Gefunden wurden die gestohlenen Dinge in Mariks Koje. Das Bild mit dem Jesuskind war in kleine Teile zerrissen worden und die Schnipsel befanden sich in Mariks Segelschuhen. Marik stritt die Diebstähle vehement ab, aber die Tatsachen sprachen gegen ihn. Peter brach es das Herz. Er mochte nicht daran glauben. Wie konnte sein Freund ihm das nur antun? Aus Eifersucht? Weil Peter seine freie Zeit nun zwischen Marik und John aufteilte? Der Kapitän bestrafte Marik hart. Er musste Peter einen Wochenlohn zahlen. Geld, das Peter nicht anrührte. Was aber viel härter wog: Marik musste das Schiff im nächsten Hafen verlassen. Das war in Neuseeland. »Für Diebe gibt es an Bord keinen Platz«, sagte der Kapitän. Als sich Peter und Marik verabschiedeten, hatten beide Tränen in den Augen. »Du weißt, dass ich es nicht war«, sagte Marik, »tief in deinem Herzen weißt du, dass nicht ich es war, sondern jemand anders. Und wir beide wissen auch, wer.«

Dann drehte sich sein bester Freund um und ging.

40

Nordh stellte den Motor aus. Er und Karhuu stiegen aus dem klimatisierten Wagen. Es war früher Vormittag, trotzdem war die Hitze wie ein Schlag ins Gesicht. Der Asphalt hatte diesen bestimmten Geruch, so als würde er schwitzen. Die Sonne stand am Himmel wie ein unerbittlicher Gott. Der Vorort im Malmöer Speckgürtel imponierte durch vornehme Gründerzeithäuser, pittoreske Gärten und alten Baumbestand. Die Familie Grosshög war wohlhabend, davon zeugte nicht nur die wuchtige Villa in dieser Lage, sondern auch zwei große E-Autos in der Auffahrt. Die beiden Ermittler durchquerten den Vorgarten. Den Pflanzen schien es trotz Hitzewelle hervorragend zu gehen, jemand musste sie morgens und abends gewissenhaft wässern. Sie klingelten. Ein Streifenpolizist öffnete die Tür und führte sie ins Wohnzimmer. Das Ehepaar saß nebeneinander auf einer Couch und hielt sich an den Händen. Ihr liefen Tränen über die Wangen, er mahlte mit dem Kiefer. Nordh und Karhuu stellten sich vor. Vera und Clas. Händeschütteln, Vertrauen schaffen. Sie nahmen den Grosshögs gegenüber Platz. Die ganze Geschichte bitte, von Anfang an. Vera wischte sich mit dem Handrücken durchs Gesicht. Clas erzählte. Charlotte, die sechzehnjährige Tochter, ihr einziges Kind, war am frühen Morgen nicht zum Frühstück erschienen. Das tat sie sonst immer. So beschäftigt sie alle wochentags waren – das gemeinsame Frühstück war ein Familienritual. Charlotte war eigentlich nicht der Typ, der verschlief. Aber vielleicht war sie krank? Vera rief mehrmals nach ihrer Tochter, deren Zimmer im Obergeschoss lag, bekam aber keine Antwort. Schließlich ging Clas nach oben, um nachzusehen. Er klopfte an, dann öffnete er die Zimmertür. Von Charlotte keine Spur, dafür aber … Am besten, sie schauten es sich mit eigenen Augen an. Karhuu nickte verständnisvoll, Nordh rieb sich das stoppelige Kinn. Das Rasieren hatte er schon wieder vergessen. Sie standen auf und Clas geleitete sie die Treppe hinauf. Dann blieb er stehen und deutete auf eine offene Tür am Ende des Flurs. Offenbar verkraftete er den Anblick kein weiteres Mal. Nordh und Karhuu gingen durch den Flur und betraten das Zimmer. Der erste Blick fiel auf das zerwühlte Bett. Blutflecken auf heller Bettwäsche. Dann öffnete sich der Blick und fiel auf die Wände, die über und über mit den hieroglyphenartigen Zeichen bedeckt waren, die sich auch auf Aaron de Klerks Leichnam und der selbst gezimmerten Barke befanden. Nordh wandte den Kopf nach links und nach rechts. Es mussten an die hundert sein, blutroter Lack, vermutlich aus einer Spraydose, ein einziges Horrorgraffito, rücksichtslos über gerahmte Bilder, Fotos und Möbel gesprüht.

»Eine Sechzehnjährige«, flüsterte Karhuu.

Nordh wollte etwas sagen, aber seine Kehle war so trocken, dass sein Adamsapfel krampfte.

»Ab jetzt«, presste er schließlich doch hervor, »nehme ich die Sache persönlich.«

41

Während die Spurensicherung ihre Arbeit tat, setzten sie sich wieder zu den Eltern ins Wohnzimmer. Karhuu fielen die großen, gegenstandslosen Gemälde an den Wänden auf. Über dem Couchtisch hing die gleiche zapfenförmige Poul-Henningsen-Lampe wie bei den Sjöbäcks. Dieselbe Einkommensklasse, dachte sie. Auch Aaron de Klerk war gut situiert, vielleicht sogar reich. Aber darüber hinaus? Die ersten beiden Opfer waren Männer über fünfzig, beide in hohen Managementpositionen. Wie passte eine Sechzehnjährige da hinein? Wo war das Muster? Nordh warf ihr einen Seitenblick zu. Sie interpretierte ihn so, dass ihm dieselbe Frage durch den Kopf ging.

Clas Grosshög hatte Kaffee gemacht und schenkte ihnen allen ein. Als seine Frau die Tasse anhob, um zu trinken, zitterte sie so sehr, dass Kaffee überschwappte, an ihrem Handgelenk entlanglief und auf den Teppich tropfte. Sie schien es nicht einmal zu bemerken.

»Es ist einzig und allein meine Schuld«, sagte sie mit tonloser Stimme. »Ich habe gestern Abend die Terrassentür offen gelassen. Ich wollte Durchzug im Haus haben, es war ja so drückend heiß.«

Das war es jetzt immer noch. Die Luft stand im Raum. Draußen, im Schatten der Markise, wäre es sicherlich angenehmer, dachte Karhuu. Durchs Fenster sah sie, wie ein leichter Windstoß die Blätter einer Espe zum Tänzeln brachte.

»Bitte keine Selbstvorwürfe«, sagte Nordh. Seine Stimme war ungewohnt sanft. »Bevor die Spurensicherung ihre Arbeit nicht beendet hat, nützt es nichts, über den möglichen Tatablauf zu spekulieren. Außerdem: Wenn für Charlottes Entführung tatsächlich derselbe Täter verantwortlich ist, der in den vergangenen Tagen die beiden Männer getötet hat, haben wir es mit jemandem zu tun, der so resolut handelt, dass er in jedem Fall seinen Weg ins Haus gefunden hätte, auch bei geschlossener Terrassentür.« Nordh hatte die Hände gefaltet und blickte die Eltern abwechselnd an. Er macht das gut, dachte Karhuu, er versucht ihnen die Schuldgefühle zu nehmen, denn sie haben sie nicht verdient. Innerlich schluckte sie. Mit Schuldgefühlen war das so eine Sache. Dass sie in Notwehr einen korrupten Polizisten getötet hatte, der sich an jungen Zwangsprostituierten bereichert hatte, tat ihr im eigentlichen Sinne nicht leid. Trotzdem war da seit diesem Tag eine diffuse dunkle Wolke über ihrem Kopf, die sie überallhin begleitete. So war das wohl, wenn man einem anderen Menschen das Leben nahm, und mochten die Umstände noch so zwingend und nachvollziehbar sein. Wirklich schuldig fühlte sie sich gegenüber Kateryna und Kristoffer. Kateryna hatte sterben müssen, weil sie Zeugin der Tat und bereit gewesen war, gegen die Hintermänner auszusagen. Kristoffer war allein durch sie in die Sache hineingezogen worden und befand sich ihretwegen in Gefahr. Nordhs Stimme, die nun an Nachdruck gewann, holte ihre flatternden Gedanken wieder zurück ins Hier und Jetzt. »Was aber viel wichtiger ist: Charlotte ist mit sehr hoher Wahrscheinlichkeit noch am Leben. Sie braucht euch jetzt. So stark und konzentriert, wie es überhaupt geht.«

Vera schluchzte auf.

»Woher weißt du, dass sie noch lebt?«, fragte sie unter Tränen.

»Mit hundertprozentiger Sicherheit wissen wir es nicht, aber es entspräche seiner Vorgehensweise«, sagte Nordh. »Seine beiden Opfer wurden ungefähr eine Woche gefangen gehalten, bevor er sie … bevor er ihnen das Leben genommen hat.«

Clas massierte seine Schläfen.

»Aber das Blut in ihrem Bett …«, sagte er.

»Vermutlich resultiert es aus Abwehrverletzungen«, sagte Karhuu. »Möglicherweise hat sie einen Schlag auf die Nase bekommen.« Etwas Harmloseres fiel ihr nicht ein. Sie versuchte sich an einem aufmunternden Lächeln. »Oder das Blut stammt von dem Entführer. Charlotte wehrt sich. Das ist ein gutes Zeichen.«

»Sie ist eine Kämpfernatur«, sagte Clas und klang fast ein wenig stolz dabei, »sie kommt ganz nach dir, Liebling.«

Er streichelte die Schulterblätter seiner Frau.

»Ach was«, sagte Vera und zog die Nase hoch. »Aber warum ausgerechnet sie?«

Damit sprach sie aus, was alle dachten. Warum ausgerechnet sie?

»Vielleicht wäre es ein guter erster Schritt, wenn ihr uns von Charlotte erzählt«, schlug Nordh vor. »Was ist sie für ein Mensch?«

Es sprudelte nur so aus den Eltern heraus. Es tat ihnen gut, von ihrer Tochter im Präsens zu sprechen, das war sofort zu spüren. Das Bild, das sie zeichneten, war das eines charakterstarken, intelligenten Mädchens mit guten schulischen Leistungen, das in ihrer Freizeit in einer Band E-Gitarre spielte, gerne las und sich für politische Fragen interessierte. Sie war überzeugte Veganerin, bezeichnete sich als Feministin, war in einem Roller-Derby-Team, engagierte sich für soziale Fragen, schnitt und färbte sich die Haare selbst. Sie hatte eine erste Liebe hinter sich, im Moment aber keinen *boyfriend*, zumindest wussten die Eltern von keinem. Charlotte hatte eine feste Freundinnenclique, die sich seit der Grundschule kannte. Im vergangenen Jahr waren durchs Roller Derby und ihr politisches Engagement aber auch neue Bekanntschaften dazugekommen. Das Verhältnis zu ihren Eltern war vertraut, aber auch nicht konfliktfrei. Die typischen Reibereien zwischen Pubertierenden und ihren Eltern gab es auch im Hause Grosshög. Gezanke um Ausgehzeiten, E-Zigaretten, ein Nasenpiercing. Aber auch ideologische Auseinandersetzungen. Vera saß in der Führungsetage eines großen Zementunternehmens, Clas unterstand die Aufsicht der Fluglotsen auf dem Kopenhagener Airport auf der anderen Seite des Öresunds. Fette *money jobs*, wie Charlotte es nannte. Die Eltern fühlten sich zwar nicht bemüßigt, ihre Karrieren aufgrund des moralischen Rigorismus ihrer Tochter aufzugeben, aber man suchte den Kompromiss im Kleinen. Statt sich gegenseitige Weihnachts- und Geburtstagsgeschenke zu machen, flossen Spenden an die Obdachlosentafel. Ihr Taschengeld leitete Charlotte direkt an den Ortsverband der Kommunisten weiter, sie verdiente ihr eigenes Geld, indem sie Nachhilfe gab. Kein Fleisch mehr im Haus, nur noch eine Flugreise im Jahr, Second-Hand-Kleidung, wo es möglich war. In Karhuus Ohren klang das alles plausibel. Die Grosshögs idealisierten ihre Tochter nicht, aber schienen sie in ihrer Entwicklung von einem Kind zu einer jungen Frau ernst zu nehmen. Nordh fragte nach Charlottes Auftreten in den sozialen Medien. Doppeltes Schulterzucken, es gehörte zum ausverhandelten Familienvertragswerk, dass die Eltern die digitalen Spuren ihrer Tochter nicht verfolgten. Sie sprachen fast eine ganze Stunde über Charlotte, aber der Frage, wie das Mädchen in den Fokus des Mörders geraten war, kamen sie keinen Millimeter näher. Nordh bat die Eltern, von sich zu erzählen: Werdegang, Beruf, Hobbys. Während die Grosshögs sprachen, tat die Spurensicherung im Haus und im Garten immer noch ihre Arbeit. Die Eltern skizzierten typische Biografien des gehobenen Mittelstands, Fleiß und Ehrgeiz waren Leitmotive, wichtig schien beiden zu betonen, dass sie sich jede Krone ihres Wohlstands hart erarbeitet hatten. Vielleicht hatte der klassenkämpferische Impetus der Tochter an dieser Stelle einen wunden Punkt berührt. Karhuu und Nordh hakten mehrmals nach, aber mögliche Berührungspunkte zu *Zenith,* True-Crime-Journalismus oder altägyptischer Mythologie gab es nicht. Beide hatten vor den Morden weder von Reidar Sjöbäck noch der Familie de Klerk gehört. Pernille Friis war ihnen unbekannt. Die Ermittler warfen sich einen Blick zu. Natürlich würden sie die Aussagen überprüfen, soweit das möglich war, aber zunächst deutete nichts darauf hin, dass die Grosshögs logen. Nordh bat sie, den Ablauf des vergangenen Tages, so genau wie es nur ging, zu schildern. Wie jeden Morgen hatten sie um sieben Uhr gemeinsam gefrühstückt. Charlotte hatte einen leicht verschlafenen, aber insgesamt aufgeräumten Eindruck gemacht. Sie belegte in den Ferien einen Spanisch-Sprachkurs, denn sie träumte davon, nach dem Schulabschluss gemeinsam mit zwei Freundinnen Südamerika zu bereisen. Um viertel vor acht hatte sie das Haus gemeinsam mit ihrer Mutter verlassen, die sie mit dem Wagen an der Sprachschule absetzte. Anschließend hatte Charlotte vier Stunden im Fair-Trade-Laden gejobbt, wo sie Kunden bediente und Regale auffüllte.

Als Clas und Vera gegen achtzehn Uhr nach Hause gekommen waren, hatte die Tochter, wie an jedem Donnerstag, für die Familie gekocht. Sie aßen gemeinsam auf der Terrasse zu Abend, es gab ein veganes Curry mit Reis. Anschließend war Charlotte mit dem Fahrrad zur Bandprobe ins Jugendzentrum gefahren und gegen einundzwanzig Uhr zurückgekommen. Sie hatte sich noch kurz mit ihrem Vater in der Küche unterhalten, dann hatte sie ihren Eltern eine gute Nacht gewünscht und war auf ihr Zimmer gegangen. Vera war gegen zweiundzwanzig Uhr ins Bett gegangen und schnell eingeschlafen, Clas hatte noch bis circa dreiundzwanzig Uhr dreißig Musik aus Charlottes Zimmer gehört. Als er sich kurz vor Mitternacht schlafen gelegt hatte, war die Musik im Zimmer seiner Tochter bereits ausgeschaltet gewesen. Wegen der drückenden Temperaturen im Haus hatte er die Tür des Elternschlafzimmers offen stehen lassen. Charlottes Tür war jedoch geschlossen gewesen. Ihm selbst hatte trotz des leichten Durchzugs die Hitze derart zu schaffen gemacht, dass er, grob geschätzt, erst gegen halb zwei, zwei eingeschlafen war. Er war sich sicher, dass er es gehört hätte, wenn bis dahin jemand ins Haus eingedrungen, die Treppe hinaufgegangen und es in Charlottes Zimmer zu einer körperlichen Auseinandersetzung gekommen wäre. Vera gab an, dass sie, wie jede Nacht, gegen vier Uhr kurz aufgewacht und auf die Toilette gegangen war. Um halb sieben hatte der Wecker geklingelt und beide waren aufgestanden.

»Es bleibt also ein Zeitfenster von viereinhalb bis fünf Stunden«, fasste Nordh zusammen. »Ist euch sonst irgendetwas aufgefallen? War Charlotte in letzter Zeit anders als sonst?«

»Wie meinst du das?«, fragte Vera mit einem misstrauischen Gesichtsausdruck.

»Andere Launen, veränderte Ansichten, neue Menschen in ihrem Leben?«

»Das haben wir doch alles bereits erzählt.«

»Habt ihr jemanden in der Nähe des Hauses bemerkt, der hier eigentlich nicht hingehörte?«, fragte Karhuu. »Ein neugieriger Spaziergänger? Ein Vertreter an der Tür? Jemand, der den Wasserzähler ablesen wollte?«

Kopfschütteln.

»Könnt ihr jetzt nicht endlich mit der Großfahndung beginnen?«, fragte Vera mit belegter Stimme. Sie griff nach der Hand ihres Mannes. »Wir sind natürlich jederzeit bereit, uns an die Öffentlichkeit zu wenden und an den Entführer zu appellieren.«

»Jederzeit«, pflichtete Clas ihr bei.

Karhuu und Nordh warfen sich einen Blick zu. Nordh räusperte sich. Karhuu war dankbar, dass er in diesem heiklen Augenblick Verantwortung übernahm.

»Die Frage ist, ob das die richtige Strategie wäre«, sagte er.

»Wie meinst du das?«

Dieses Mal klang Vera noch misstrauischer als zuvor.

»Nun ja, die Erfahrung zeigt, dass Großfahndungen und eine alarmierte Öffentlichkeit manchmal zu Ermittlungserfolgen führen«, sagte Nordh vorsichtig. »Natürlich besteht immer die Möglichkeit, dass irgendjemand etwas Auffälliges gesehen oder gehört hat. Dass es nützliche Hinweise gibt. Dass uns jemand den entscheidenden Tipp gibt. Aber wie alle Strategien bringt sie auch Nachteile mit sich.«

»Die da wären?«, fragte Clas scharf.

Wer wollte den Eltern ihre Beschützerinstinkte verdenken?

Nordh räusperte sich erneut. Die Wörter würden die Eltern

wie Messerstiche treffen, dachte Karhuu, dennoch mussten sie ausgesprochen werden.

»So wie der Fall hier gelagert ist – ein junges Mädchen als Entführungsopfer, der Täter ein Mehrfachmörder, bizarre Tötungsrituale, ein medialer aufmerksamkeitsheischender Überbietungswettbewerb –, würden sich die Presse und das Netz wie Aasgeier auf Charlotte und euch stürzen. Ihr Gesicht wäre überall, euer Familienleben würde bis auf den letzten Quadratmillimeter auseinandergenommen und seziert werden. Kaum jemand würde in der Berichterstattung auf Anstand und Würde Rücksicht nehmen. Im Gegenteil.«

»Ich pfeife auf Anstand und Würde, wenn ich dadurch meine Tochter zurückbekomme«, sagte Vera mit brechender Stimme.

»Das eigentliche Problem ist aber ein anderes«, sagte Nordh sanft, aber eindringlich. »Es ist von ermittlungstaktischer Natur. Wenn wir uns an die Öffentlichkeit wenden und um Hinweise bitten, werden wir Hinweise bekommen. Zu Tausenden. Womöglich zu Zehntausenden. Menschen, die ihre Nachbarn anschwärzen. Senioren, die den Briefträger verdächtigen. Spinner, die Charlotte in ihren Träumen gesehen haben wollen. Es türmen sich schon jetzt unaufgefordert eingegangene Tipps auf unseren Schreibtischen. Wenn wir nun auch noch Charlottes Verschwinden publizieren und die breite Bevölkerung um Hilfe bitten, droht die schiere Masse alles, was möglicherweise von Bedeutung wäre, unter sich zu begraben.«

»Aber was unternehmt ihr stattdessen, um Charlotte zu retten?«, fragte Clas, der, während Nordh sprach, immer weiter in sich zusammengesunken war.

»Wie sieht die andere Strategie aus?«, fragte Vera, deren Tränen auf den Wangen zu glänzenden Bahnen getrocknet waren.

Das, dachte Karhuu bitter, ist eine verdammt gute Frage.

42

Nordh und Karhuu hatten an einem Kiosk gehalten und sich mit Cola und Softeis an einen Tisch mit Sonnenschirm gesetzt. Doppelt Zucker, doppelt kalt. Körper und Hirn am Laufen halten, dachte Nordh. Das Verschwinden des Mädchens setzte ihm zu und Karhuu erging es wahrscheinlich ebenso, sie war für ihre Verhältnisse blass und kaute seit einer geraumen Weile auf ihrer Unterlippe herum. Er hatte den Grosshögs die nächsten Ermittlungsschritte erläutert. Kripoleute in Zivil würden in der Nachbarschaft nach Zeugen fragen, möglicherweise hatte ein schlafloser Anwohner in der Nacht etwas Wichtiges gesehen oder gehört. An Knotenpunkten in und um Malmö herum würden Verkehrskontrollen eingerichtet und stichprobenartig Autos durchsucht und Fahrer befragt werden. Parallel lief die Fahndung nach dem dunkelblauen BMW, in dem der Täter mit Affenmaske kurz nach dem Mord auf der Insel geblitzt worden war, auch wenn sich bald herausgestellt hatte, dass das Nummernschild gestohlen worden war. Der Chef der Kripo hatte in einem Telefonat zugesagt, bei den Nationalen Operativen Einheiten Druck zu machen, damit sich die forensische Psychologin, gestützt aufs bisherige Ermittlungsmaterial, umgehend ans Profiling machte. Zudem hatte er ein Dreierteam aus erfahrenen Kollegen abgestellt, das den Hunderten unaufgefordert eingegangenen Hinweisen zum *Krokokiller* nachging. Trotz all dieser Maßnahmen war es Nordh nicht leichtgefallen, die verzweifelten Eltern zurückzulassen. Wenigstens hatte der sozialpsychologische Dienst sofort zwei geschulte Mitarbeiterinnen geschickt, die die Grosshögs zusammen mit einem Kontaktbeamten betreuten.

»Verdammt, Svea, sie ist noch ein Kind. Das Monstrum hat sich ein Kind geschnappt.«

Er drückte die leere Coladose zusammen und versuchte sie in den zwei Meter entfernten Mülleimer zu werfen, was danebenging. Scheppernd fiel sie zu Boden.

»Wir haben vielleicht eine Woche«, sagte Karhuu. »Falls sich der Mistkerl an sein eigenes Muster hält, haben wir maximal eine Woche, um ihn zu fassen.«

»Falls.« Er schob den halb vollen Softeisbecher von sich. Er hatte keinen Appetit mehr. In seinem Hinterkopf tickten bereits die Sekunden herunter. Er massierte seine Wangen. Die Kiefermuskeln waren hart. Über dem Mülleimer kreisten Wespen. »Weißt du, wie lange die Polizei gebraucht hat, um den letzten Malmöer Serienmörder zu schnappen?«

»Nein.«

»Sieben verfickte Jahre.«

Er stieß lautstark auf.

»Jon!«

»Sorry.«

»Das meine ich nicht. Rülpsen kannst du, so viel du willst. Ich meine deine Einstellung.« Karhuu sah ihn eindringlich an. »Du bist der Chef. Du bist unser Leader. Du darfst dich nicht hängen lassen. Pessimismus können wir uns nicht leisten.«

Sie hatte ja recht. Nur dass es nicht so einfach war. Er war schließlich auch nur ein Mensch. Trotzdem versuchte er, sich zu straffen.

»Okay.«

»Gut«, sagte sie. »Danke. Also: Was geht dir zu Charlottes Entführung durch den Kopf?«

Er warf den Eisbecher Richtung Mülleimer. Er traf wieder daneben. Der Becher kullerte Richtung Straße davon, die aufgescheuchten Wespen tauchten ihm hinterher.

»Das Offensichtliche. Sie passt nicht ins Bild. Sjöbäck und de Klerk waren mittelalte Männer in Führungspositionen. Charlotte ist eine sechzehnjährige Bürgertochter mit sozialrebellischem Touch. In Führungspositionen sind dagegen ihre Eltern.«

Karhuu nickte.

»Mir geht da etwas durch den Kopf«, sagte sie. »Vera ist Managerin eines großen Zementunternehmens, Clas ist Fluglotsen-Chef. Beides Branchen, die massiv zur Klimakrise beitragen.«

Nordh zuckte mit den Schultern.

»So what?«

Er musste sich dringend diese Anglizismen abgewöhnen. Und seine Launen besser kontrollieren.

»Nun ja, Aaron de Klerk führte ein riesiges Minenunternehmen. Vielleicht habt ihr Leute hier im Süden keinen Begriff davon, aber da, wo ich herkomme, herrscht ein Bewusstsein dafür, welchen Preis die Menschen und die Natur für den Abbau von Erz und anderen Metallen bezahlen. Verunreinigtes Grundwasser, Erdrutsche, die Zerstörung der traditionellen Weidegründe der Samen und ihrer Rentiere.«

Er begriff noch immer nicht, worauf sie hinauswollte.

»Tragisch«, sagte er.

Es klang ironisch, dabei hatte er es gar nicht so gemeint.

In ihren Augen blitzte unvermittelt Wut auf. Sie funkelte ihn an. Für einen kurzen Moment befürchtete er, sie würde ihm ihre Coladose an den Kopf werfen. Dann schluckte sie ihren Zorn offenbar hinunter.

»Erinnerst du dich, was Henning über den Umweltskandal der Wasserwerke herausgefunden hat?« Nein, das tat er ehrlich gesagt nicht. Während Stöckers staubtrockenen Referats hatte er nämlich geträumt und auf den vorrückenden Sekundenzeiger der Uhr im Besprechungszimmer gestarrt, anstatt wie ein guter Teamchef aufmerksam zuzuhören, die Informationen zu gewichten und zu speichern. »Sjöbäck war damals federführend verantwortlich, auch wenn am Ende nur einer seiner Ressortleiter den Hut nehmen musste.«

»Irgendwas mit Bakterien im Trinkwasser?«

»Gefährliche Chemikalien. Weichmacher.«

Jetzt fiel der Groschen.

»Du meinst, es gibt da eine Konstante. Umweltverschmutzung und Erderwärmung.«

»Ja«, sagte Karhuu mit Nachdruck.

»Aber warum dann das Mädchen? Nach dieser Logik taugt sie als Sozialrevoluzzerin und Veganerin doch eher nicht zum Opfer.«

»Vielleicht möchte der Täter die Eltern strafen, indem er ihnen die Tochter nimmt?«

»Hm.« Nordh atmete schwer. Er war nicht wirklich überzeugt. »Und wie passt das mit der altägyptischen Todesmystik zusammen? Dem Pavianarsch, der im Jenseits über Himmel und Hölle entscheidet?«

»Keine Ahnung, Jon.« Sie hob die Hände und ließ sie wieder fallen. »Ich versuche doch auch nur, diesem ganzen verfluchten Mist irgendeinen Sinn zu geben.«

Sie nahm ihre leere Getränkedose und pfefferte sie Richtung Mülltonne. Treffer. Mit einem Ruck stand sie auf.

»Okay, okay, okay.« Er machte eine versöhnliche Geste. »Du hast natürlich recht. Ich habe keine Ahnung, wie dieser Irre tickt. Nichts spricht dagegen, dass er seinen kruden Ägyptenfimmel mit Ökoterror verwebt. Ein archaischer Umwelträcher, *why not?*«

Karhuu blickte ihn prüfend an. Dieses Mal war er nicht ironisch gewesen. Er meinte es so.

»Sind Friis und de Klerk junior damit aus dem Schneider?«, fragte sie.

Er schüttelte den Kopf.

»So einfach lassen wir sie nicht vom Haken. Auch wenn es auf den ersten Blick keine Verbindung zu dem Mädchen oder den Eltern zu geben scheint, sind sie damit noch lange nicht entlastet. Ich bin gespannt, ob sie Alibis für die vergangene Nacht haben.«

Er stand ebenfalls auf.

»Du hast da übrigens Eis an der Nasenspitze«, sagte sie.

Er wischte sich durchs Gesicht.

»Wie lange schon?«

»Mindestens fünf Minuten.«

Sie grinste, und er musste ebenfalls lächeln.

43

Nachdem Nordh sie abgesetzt hatte, meldete sich Karhuus Handy. Eine kurze, aber erlösende Mitteilung. Kristoffer war unbeschadet angekommen und fürs Erste außer Gefahr. Ihr fiel ein Stein vom Herzen. Mit einem Mal sah alles nicht mehr so düster aus. Wer auch immer hinter den Drohungen steckte – sie würde ihn außer Gefecht setzen. Und zusammen mit Nordh würde sie den Killer fassen, die Mordserie beenden und Charlotte befreien. Ganz schön viel Verantwortung, die da auf deinen Schultern lastete, sagte die eine Stimme in ihrem Kopf. Aber an Ehrgeiz und Wehrhaftigkeit hat es dir noch nie gemangelt, sagte die andere.

Charlottes beste Freundin hieß Linn und wohnte einige Straßen weiter. Es war Nordhs Vorschlag gewesen, das Bild, das die Eltern von ihrer Tochter gezeichnet hatten, um einige Facetten zu ergänzen. Karhuu hatte bereits kurz mit Linn telefoniert. Zum Glück war ihr Vater im Homeoffice, denn eine Sechzehnjährige in Abwesenheit der Eltern zu vernehmen, war nicht unproblematisch. Das Haus ähnelte dem der Grosshögs in Größe, Zuschnitt, Möbeln bis hin zu den Einrichtungsdetails. Dieselbe Einkommensklasse, derselbe Geschmack. Sie setzten sich auf die Terrasse, wo eine große Markise für Schatten sorgte. Der Vater servierte gekühlten Kräutertee in großen Gläsern. Dankbar trank Karhuu in langen Zügen.

»Habe ich das richtig verstanden, dass Charlotte verschwunden ist?«, fragte der Vater mit besorgter Miene.

»Wir müssen leider, Stand jetzt, von einer Entführung ausgehen.«

Die Hieroglyphen in Charlottes Zimmer ließ Karhuu bewusst außen vor. Trotzdem taten die Worte ihre Wirkung. Linn wich die Farbe aus dem Gesicht, ihr Blick senkte sich. Dies hier, begriff Karhuu, würde nicht einfach werden. Naturgemäß waren Vernehmungen, wenn man in der Mordkommission arbeitete, so gut wie nie erfreulich. Aber mit Kindern oder Teenagern war es noch einmal etwas anderes.

»Ach du meine Güte«, sagte der Vater, legte eine Hand auf den Mund und nahm sie gleich wieder weg. »Geht es um Lösegeld? Wer um alles in der Welt …? Das arme Mädchen … Die Eltern … Aber wie …? Meine Güte!«

Statt darauf einzugehen, warf Karhuu ihm einen Blick zu. Keine Frage, die emotionale Reaktion des Vaters war durchaus verständlich. Aber sie trug bestimmt nicht dazu bei, ein informatives Gespräch mit der Tochter führen zu können.

»Wir gehen momentan davon aus, dass die Chancen gut stehen, Charlotte wohlbehalten zurückzubekommen«, sagte Karhuu betont sachlich.

Das stimmte natürlich nur sehr bedingt. Charlottes Eltern gegenüber hätte sie sich nicht so weit aus dem Fenster gelehnt, auch wenn sie selbst an einen Ermittlungserfolg glaubte. Glauben musste.

Der Vater schüttelte den Kopf.

»Das darf nicht wahr sein«, sagte er, »das darf doch nicht wahr sein. Das arme Kind. Das arme, arme Kind. Oh Gott, oh Gott …«

Er wirkte, als stünde er kurz vor einer Panikattacke. Linn dagegen starrte weiterhin das Muster der Tischdecke an.

»Ob ich kurz allein mit Linn sprechen dürfte?«

Man sah dem Mann an, dass es in ihm arbeitete. Seine Hilfsbereitschaft rang mit seinem Beschützerinstinkt.

»Sicher«, sagte er dann, »natürlich tun wir alles, was in unserer Macht steht, um Charlotte zu helfen. Vorausgesetzt, dass Linn damit einverstanden ist.«

Seine Tochter nickte knapp. Ihren Tee hatte sie noch nicht angerührt. Der Vater zog sich ins Haus zurück. Vielleicht lauschte er vom Wohnzimmer aus, aber das war Karhuu egal, Hauptsache, Linn kam ins Reden. Aber wo beginnen? Bei den einfachen Dingen.

»Wann hast du Charlotte das letzte Mal gesehen?«

Endlich blickte Linn auf. Scheu und mit großen Augen.

»Gestern Abend bei der Bandprobe.«

»Ihr spielt in derselben Band?«

Überflüssige Frage. Aber irgendwie musste das Gespräch ja in Gang kommen.

»Ja.«

»Cool. Was für eine Musik macht ihr denn?«

»Dies das.«

»Dies das?«

»Eine Art Emo-Rock-Stoner-Cross-over mit Riotgirl-Texten.«

Was auch immer.

»Cool. Wie viele seid ihr denn?«

»Drei.«

»Und du spielst …«

»Bass.«

»Und Charlotte?«

»E-Gitarre und Gesang.«

»Cool. Ich wollte früher auch unbedingt eine Band haben, aber ich war dafür viel zu unmusikalisch. Zwei linke Hände und null Taktgefühl.« Vertrauen herstellen. Karhuu deutete ein Lächeln an und Linn lächelte zaghaft zurück. »Ist dir gestern irgendetwas an Charlotte aufgefallen?«

»Wie meinst du das?«

»War sie in einer speziellen Stimmung? Hat sie von anderen Dingen gesprochen als sonst?«

»Nein, eigentlich nicht. Eigentlich war alles wie immer.«

»Bis wann ging die Probe?«

»Halb neun ungefähr.«

»Und dann?«

»Wir haben vorm Jugendzentrum noch ein bisschen abgehangen. Gequatscht und so.«

»Und so?«

»Da waren noch andere. Ein paar Jungs, die wir kennen.«

Karhuu setzte wieder ihr Lächeln ein.

»Jemand hatte Gras dabei?«

Ein Schuss ins Blaue.

»Nein, ehrlich nicht.« Kurze Pause. Ein Blick ins dunkle Wohnzimmer, wo irgendwo der Vater saß. »Limo mit Wodka. Aber nicht viel.«

»Ist dir vor dem Jugendzentrum jemand aufgefallen? Jemand, der da nicht hingehörte? Ein Erwachsener?«

»Eigentlich nicht.«

»Das mit dem Alkohol … Versteh mich nicht falsch, ich finde das nicht so schlimm, aber ist Charlotte jemand, der öfter die Regeln bricht?«

Linns Blick wich aus.

»Nein«, sagte sie, »eigentlich nicht.«

»Eigentlich?«

»Nein, ist sie nicht.«

Warum das Zögern?

»Aber?«

»Kein Aber«, sagte Linn mit Bestimmtheit.

Karhuu beschloss, es gut sein zu lassen und das Thema zu wechseln.

»Was für ein Mensch ist Charlotte?«

Das Mädchen atmete schnell, immer wieder scheute ihr Blick.

»Sie ist meine beste Freundin. Wir kennen uns seit der ersten Klasse. Es gibt niemanden auf der Welt, den ich so gern habe wie sie.« Karhuu nickte aufmunternd. »Charlie ist großzügig, uneigennützig, weichherzig. Sie ist immer da, wenn ich sie brauche. Sie steht zu mir. Sie gibt mehr, als sie nimmt. Ich kann mir ein Leben ohne sie nicht vorstellen.«

Tränen standen in den großen, kajalumrandeten Augen.

»Das kann ich gut nachvollziehen«, sagte Karhuu sanft.

Eine lange Minute sagte niemand etwas, bis auf das Vogelgezwitscher in den Obstbäumen und das Geräusch des Rasensprengers im Nachbargarten war es still. Linn tupfte sich mit einer Serviette die Tränen aus den Augen, der Eyeliner verschmierte.

»Vergangenen Monat«, sagte sie und blickte wieder kurz ins verschattete Wohnzimmer, »bin ich auf einer Party übel abgestürzt. Ich hatte viel zu viel getrunken, bin hingefallen, habe mir das Handgelenk verstaucht und auf einmal waren alle Leute, die ich kannte, verschwunden. Es war mitten in der Nacht und ich war in einem Stadtteil, in dem ich mich überhaupt nicht auskannte. Für ein Taxi hatte ich kein Geld. Ich habe dann Charlie angerufen. Weißt du, was sie gemacht hat? Sie ist mit dem Fahrrad quer durch die Stadt zu mir gefahren und hat mich abgeholt. Im strömenden Regen! So jemand ist sie. Selbstlos und mutig.«

»Klingt toll«, sagte Karhuu. Aber auch tolle Menschen hatten Geheimnisse. Besonders Teenager. Höchstwahrscheinlich hatten diese Heimlichkeiten nichts mit der Entführung zu tun. Trotzdem war es wichtig, sich ein möglichst genaues Bild von dem Mädchen zu machen, darin waren sich Nordh und sie einig. Der Mörder wählte seine Opfer nicht nach dem Zufallsprinzip, davon waren sie überzeugt. Also musste es einen Grund dafür geben, dass es Charlotte getroffen hatte und nicht jemand anderen. »Hat sie eigentlich einen Freund?«

Wieder zögerte Linn. Es wirkte, als ob sie ihre Worte genau abwägte.

»Nein«, sagte sie schließlich. »Nichts Festes.«

Wieder deutete Karhuu ein Lächeln an.

»Etwas Loses?«

»Ich weiß es nicht genau. Seit sie mit Oliver Schluss gemacht hat, tut sie, was das angeht, ziemlich geheimnisvoll.«

»Oliver?«

Karhuu wusste bereits aus dem Gespräch mit den Eltern, dass er Charlottes Ex-Freund war. Aber das brauchte Linn nicht zu wissen.

»Ein Junge aus unserer Klasse.«

»Wann hat sie sich von ihm getrennt?«

Linns Blick schwenkte in den Garten.

»Vor ein paar Monaten. Wir waren auf Klassenfahrt in London. An einem Tag war sie auf einmal verschwunden. Im British Museum. Unsere Lehrer sind fast durchgedreht. Haben sie ausrufen lassen und alles. Ans Handy ist sie nicht gegangen. Wir haben sie überall gesucht, die ganze Klasse, gut eine Stunde lang. Die Lehrer wollten schon die Polizei rufen. Plötzlich war sie wieder da, total aufgedreht. Angeblich hat sie sich verlaufen und hat uns nicht wiedergefunden. Ich habe ihr das nie richtig abgenommen. Irgendwas war da. Irgendwas ist in dieser Stunde passiert. Aber selbst mir erzählt sie es nicht, obwohl sie mir sonst alles erzählt. Am nächsten Tag hat sie dann mit Oliver Schluss gemacht. Meine Meinung: Sie hat dort jemanden kennengelernt, und ich glaube, sie steht mit demjenigen bis heute in Kontakt.«

»Einen Engländer?«

Linn zuckte mit den Achseln.

»Warst du mal in dem Museum?«, fragte sie zurück.

»Nein.«

»Es ist riesig. Da laufen Schulklassen aus aller Welt herum. Es kann also genauso gut ein Schwede sein.«

»Warum glaubst du, dass sie dort jemanden kennengelernt hat? Könnte sie sich nicht auch einfach so von Oliver getrennt haben? Wenn ich mich an meine Schulzeit zurückerinnere, passierten auf Klassenfahrten immer irgendwelche Dramen.«

»Sicher, theoretisch schon. Aber vor diesem Museumsbesuch hat halt nichts darauf hingedeutet. Ich meine, ich bin ihre beste Freundin. Irgendwas hätte sie mir gegenüber sicher durchblicken lassen. Aber da war nichts. Kein bisschen Zweifel an Oliver. Und dann plötzlich Schluss. Ohne richtige Begründung. *Wir haben uns auseinandergelebt.* Allgemeiner geht's doch nicht. Und danach diese Andeutungen. Ich bin überzeugt davon, dass es da jemanden gibt.« Karhuu sog an ihrer Unterlippe. Ein heimlicher Freund. Konnte dieser Unbekannte etwas mit der Entführung zu tun haben? Linn pustete sich den Pony aus den Augen. Wieder waren sie tränenschwer. »Ich wette, dass dieser Typ etwas mit Charlies Verschwinden zu tun hat. Wer auch sonst?« Sie schluchzte. Die Tränen rannen ihr über die Wangen. »Und das alles nur wegen dieser beschissenen Mumien.«

Karhuu stockte der Atem.

»Was für Mumien?«

»Na, im British Museum. Deshalb waren wir doch überhaupt nur da. Weil wir es im Unterricht durchgenommen haben. Einige Mitschüler haben Referate gehalten. Es gibt dort eine megagroße Sammlung altägyptischen Zeugs. Echte Mumien, den Stein von Rosetta, Totenbücher auf Papyrus und so weiter.«

44

Charlottes Ex-Freund jobbte in einem Gartencenter am östlichen Stadtrand. Als Nordh den Jungen aufstöberte, war er gerade dabei, Säcke mit Torfmull zu einer Pyramide zu stapeln. Wenn man die Symbole einmal im Kopf hatte, sah man sie überall, dachte Nordh. Er musterte Oliver. Ein enges T-Shirt betonte den trainierten, aber noch schmalen Oberkörper, ein gleichmäßig geschnittenes Gesicht mit zartem Flaum zwischen Nase und Mund, Akne im Endspurt. Wenn demnächst die Pubertät mit ihm fertig war, würde er ein gut aussehender junger Mann sein. Nordh sprach ihn an und zeigte seinen Polizeiausweis. Oliver schob sich sein Käppi in den Nacken, und sie gingen ein paar Schritte in den Schatten, wo sie sich auf Gartenstühlen niederließen. Nordh hatte zwei Dosen Limonade dabei und reichte eine dem Jungen, der sie mit fragendem Gesicht entgegennahm. Nordh erklärte, warum er hier war. Oliver wirkte geschockt und sprachlos. Ohne ein Wort riss er nach einer langen Weile die Dose auf und trank in langen Zügen. Vielleicht eine Art Übersprungshandlung. Danach kamen die Fragen. Warum, weshalb und wieso Charlotte? Die Pickel leuchteten rot. Nordh hatte keine Antworten für ihn, im Gegenteil.

»Wird sie wieder nach Hause kommen?« Nordh setzte sein Cop-Gesicht auf und schwieg. Unter seinem bohrenden Blick wurde der Junge sichtlich nervös. »Du glaubst doch nicht, dass ich etwas damit zu tun habe? Ich schwöre, ich … Ich mag sie doch noch immer. Wirklich! Ich bin nicht sauer auf sie oder so. Am Anfang … Natürlich tat es weh, dass sie Schluss gemacht hat. Ich habe nicht verstanden, warum. Das tue ich ehrlich gesagt immer noch nicht. Aber ich habe es akzeptiert. Nach ein, zwei Wochen habe ich es akzeptiert. Wenn du wegen der vielen Nachrichten hier bist, die ich am Anfang geschickt habe: Die waren nicht so gemeint, auch wenn sie vielleicht irgendwie stalkermäßig rüberkommen. Wir haben uns danach ausgesprochen. Ehrlich! Ich meine, ich habe sie wirklich geliebt, aber …«

Dem Satz ging die Luft aus.

»Aber?«

»Ich würde ihr nie etwas antun. Sie entführen? Ich meine, welcher kranke Typ macht so etwas?«

Sein Blick war Entsetzen, seine Züge ein rot gepunktetes Fragezeichen. Sechzehn, ein grausames Alter. Nordh dachte an seine eigene Jugend zurück. Wie konnte man so unsicher und *gleichzeitig* seiner selbst so gewiss sein?

»Genau das würden wir natürlich auch gerne wissen«, sagte Nordh. »Fällt dir irgendetwas ein, was mit Charlottes Verschwinden zu tun haben könnte?«

Blöde Frage. Falsche Frage. Denn was sollte man darauf schon antworten? Er hob gerade an, um zu präzisieren, als Oliver den Mund aufmachte.

»Ich weiß nicht, ob es eine Rolle spielt«, sagte er, »aber ich finde, sie hat sich ziemlich verändert.«

Er nagte an seiner Lippe.

»Wie?«

»Wir waren fast anderthalb Jahre zusammen. Es war schön. Charlie ist lustig und schlau. Wir … wir waren auf derselben Wellenlänge. Wir hatten denselben Beat, weißt du? Aber irgendwann … ich weiß auch nicht. Sicher, einen ausgeprägten Gerechtigkeitssinn hatte sie auch schon früher. Aber irgendwann fing das mit der ewigen Verteilungsdebatte an. Ich finde das ja auch wichtig. Aber bei Charlie wurde es zum Dauerthema. Die Obdachlosentafel, bei der sie mithilft, der Fair-Trade-Laden, in dem sie fast umsonst jobbt. Sie will die ganze Welt retten. Aber für mich, für uns beide zusammen war immer weniger Platz. Weißt du, was sie mir zum Geburtstag geschenkt hat?« Nordh zuckte mit den Schultern. »Drei Monate Patenschaft für ein Kind im Sudan. Moralisch einwandfrei. Aber Romantik geht anders. Als wir vor den Ferien auf Klassenfahrt in England waren, hat sie schließlich Schluss gemacht. Damals war ich total überrumpelt. Aber wenn ich jetzt zurückblicke, hätte ich es kommen sehen müssen. Auch wenn ich immer noch nicht verstehe, warum sie nicht für Verteilungsgerechtigkeit kämpfen *und* mit mir zusammen sein konnte.« Er sah auf. »Aber egal. Hauptsache, sie kommt wieder nach Hause.«

Der trainierte Körper des Jungen sackte in sich zusammen. Das Gespräch war wieder da angekommen, wo es begonnen hatte. Nordh erhob sich und klopfte Oliver auf die Schulter.

»Wir finden sie«, sagte er und wusste selbst nicht, wie sehr er daran glaubte.

45

Ganz große Runde im Besprechungsraum, sogar Mellander war gekommen. Die Entführung einer Sechzehnjährigen durch einen mutmaßlichen Serienmörder rief die Chefin persönlich auf den Plan, dachte Svea Karhuu. Das Gute daran: Mellander hatte für die Bewirtung mit kalten Getränken und Sandwiches gesorgt. Nordh referierte und beantwortete Fragen. Wenn er nicht gerade im Scheinwerferlicht einer Pressekonferenz war, konnte er das ziemlich gut, registrierte Karhuu. Dennoch wirkte Mellander unzufrieden. Sie legte eine Attitüde an den Tag, als wäre das Ermittlerteam für die Taten verantwortlich und nicht ein irrer Killer, um es mit Nordhs Worten auszudrücken. Und irgendwie hatte ihr Partner und Mentor ja auch recht. Je länger der Fall andauerte, desto weniger gelang es ihr, kühl und sachlich zu bleiben. Spätestens seit sie Charlottes Eltern gegenübergesessen hatte, bemerkte sie, dass sich ein für sie gänzlich fremdes Gefühl in ihr aufbaute.

Hass.

Hass auf den Täter.

Und Hass auf denjenigen, der Kristoffer und sie bedrohte. Vielleicht war es die Gleichzeitigkeit beider Geschehnisse, die sie so unerwartet extrem emotional werden ließ.

»Ist das alles, was euch eingefallen ist?«, fragte Mellander spitz, nachdem Nordh alle Maßnahmen aufgelistet hatte, die sie nach Charlottes Entführung eingeleitet hatten.

»Was sollten wir denn deiner Meinung nach noch tun?«, fragte Nordh, der sichtlich angefressen wirkte.

»Das ist euer Job, nicht meiner.«

»Was genau ist denn in diesem Fall, bitte schön, dein Job?«, blaffte Nordh zurück.

»Euch die Mittel zur Verfügung zu stellen, die ihr braucht, um das Mädchen lebendig zurückzubringen und den Täter zu fassen.«

»Na schön, wir brauchen noch einmal hundert Mann, die in den nächsten Tagen mehrere Ringe aus Straßensperren um die Stadt legen, in zehn, dreißig und fünfzig Kilometern Abstand.«

»Fünfzig Mann.«

»Fünfundsiebzig.«

»Einverstanden.«

»Und einen Hundeführer.«

So ging es hin und her. Alle anderen am Tisch verfolgten das Feilschen wie einen Ballwechsel in einem Tennismatch. Es gab da irgendetwas zwischen den beiden, das Karhuu nicht begriff. Nordh hatte im Laufe der Zeit Andeutungen gemacht, dass die beiden eine lange zurückliegende gemeinsame Vergangenheit hatten. Aber da musste noch mehr sein. Ihr kam wieder in den Sinn, dass Nordh die Ermittlung am Anfang auf keinen Fall hatte übernehmen wollen. Er hatte davon gesprochen, dass die Chefin ihm noch einen Gefallen schuldete, und war zu ihr gefahren, um seine Position persönlich zu verdeutlichen. Nach dem Gespräch mit Mellander hatte er seine Meinung jedoch abrupt geändert. Was war da vorgefallen? Wahrscheinlich war es vollkommen egal. Trotzdem konnte sich Karhuu das Gezanke irgendwann nicht weiter mitansehen.

»Die Spurensicherung übermittelt uns am späten Nachmittag einen ersten Zwischenbericht«, unterbrach sie die beiden lautstark.

»Richtig«, bekräftigte Emma Davidsson von der Forensik. »Wir arbeiten selbstverständlich auf Hochtouren, aber die Spurenlage im Haus, speziell im Zimmer des Mädchens, ist komplex.«

Es funktionierte. Mellander und Nordh ließen fürs Erste voneinander ab.

»Wir tüfteln immer noch am Smartphone des Mädchens herum«, sagte Mette Petersen von der IT. »Aber bisher konnten wir die Sperre nicht knacken. Wenigstens sind ihre Social-Media-Accounts öffentlich. Wir sind noch bei der Auswertung, aber es lässt sich jetzt schon sagen, dass sie das Bild bestärken, dass Jon von Charlotte skizziert hat. Eine kluge, ernsthafte Teenagerin mit ausgeprägtem Musikinteresse, die sich im Laufe der vergangenen zwei Jahre zunehmend politischen Themen, besonders der sozialen Frage, zugewandt hat. Sie postet regelmäßig sehr emotionale Videos, in denen sie ihre Verzweiflung über die Politik zum Ausdruck bringt und andere auffordert, ebenfalls aktiv zu werden. Die Anzahl ihrer Follower ist nicht astronomisch hoch, aber durchaus beachtlich. Durchaus denkbar, dass der Täter auf diesem Weg auf sie aufmerksam geworden ist.«

Mellander nickte. Man sah ihr noch immer an, wie frustriert sie darüber war, dass der Fall immer albtraumhaftere Züge annahm. Aber das galt schließlich für sie alle in diesem Raum.

»Die Hieroglyphen in dem Zimmer?«, fragte sie, nun offenbar um konstruktive Mitarbeit bemüht.

»Ich habe umfangreiches Fotomaterial an den Experten an der Uni weitergeleitet«, sagte Karhuu. »Er meldet sich, sobald er mit seiner Analyse fertig ist.«

»Okay.« Mellander seufzte. »Was hat es mit diesem Besuch der altägyptischen Abteilung im British Museum auf sich?«

Karhuu gab in knappen Worten das Gespräch mit Charlottes Freundin wieder.

»Dass sie dort jemanden kennengelernt hat, der mit ihrer Entführung zu tun hat, halte ich zwar für unwahrscheinlich, aber ausgeschlossen ist es natürlich auch nicht«, schloss sie.

»Falls sich der Dreckskerl an seine bisherige Vorgehensweise hält«, sagte Nordh, »haben wir eine knappe Woche, um das Mädchen zu finden.«

»Falls der Dreckskerl in seinem Tempo weitermacht«, sagte Karhuu, »ist nicht auszuschließen, dass er außer Charlotte noch weitere Opfer gefangen hält, um sie in den nächsten Tagen wie Sjöbäck und de Klerk abzuschlachten.«

Ihre Sprache wurde derber, ob sie es wollte oder nicht, es geschah einfach. Vielleicht weil Nordhs Tonfall ansteckend war, vielleicht weil sich die Brutalität der Morde immer weiter in ihr Herz fraß.

»Was mich auf eine Idee gebracht hat«, schaltete sich Anna Wallgren, die wie ihr Mann bisher geschwiegen hatte, ins Gespräch ein. Obligatorisches Kichern. »Ich bin die landesweite Vermisstendatei durchgegangen und habe versucht, Personen zu identifizieren, die als nächste Opfer infrage kommen.« Kichern. »Das war allerdings vor der Entführung des Mädchens. Die Auswahlkriterien habe ich von Sjöbäck und de Klerk abgeleitet. Vielleicht ist die Liste nach dem Kidnapping des Mädchens hinfällig geworden, aber ich wollte es wenigstens erwähnen.«

»Gute Initiative«, lobte Nordh, der mit Komplimenten für Wallgren und Stöcker ansonsten notorisch geizte.

»Auf wie viele Personen bist du gestoßen?«, fragte Karhuu.

»Drei. Allesamt gut situierte Männer zwischen vierzig und sechzig, die im Laufe der vergangenen zehn Tage verschwunden sind und als vermisst gemeldet wurden. Ein Arzt aus Stockholm, der Manager eines Kosmetikkonzerns mit Sitz in Lund und der Chef eines Sicherheitsunternehmens.«

»Schaut euch die drei Fälle näher an«, sagte Mellander. Es klang eher nach einem Befehl als nach einem Rat. »Es würde nicht schaden, wenn wir dem Täter endlich einmal ein Stück voraus wären, anstatt jedes Mal drei Schritte hinterherzuhinken.« Wallgren nickte beflissen. »Was mich zum nächsten Thema bringt.« Mellanders Blick fixierte Karhuu und Nordh. »Ich weiß nicht, ob ihr bereits die neueste Podcastfolge von Pernille Friis gehört habt.« Doppeltes Kopfschütteln. »Um es kurz zu machen: Ihr kommt darin beide nicht gut weg. Was in der Verlängerung bedeutet, dass die gesamte Malmöer Polizei dabei schlecht wegkommt. Dass eine bekannte True-Crime-Journalistin im Zentrum des Falls steht und Details und Bewertungen der Ermittlungsarbeit in die Welt hinausposaunt, ist ein PR-Desaster sondergleichen.«

Als wüssten wir das nicht selbst, dachte Karhuu.

»Was schlägst du vor?«, fragte Nordh unwirsch. »Sollen wir sie deshalb etwa aus der Ermittlung streichen?«

»Ja.«

»Das kann nicht dein Ernst sein.«

Die Chefin und Nordh starrten einander an.

»Ihr glaubt doch nicht etwa, dass jemand wie sie zu solchen Taten fähig ist?«

»Vielleicht nicht allein, aber es gibt immerhin die Möglichkeit, dass sie mit de Klerk junior unter einer Decke steckt«, sagte Karhuu.

Mellander zog im gespielten Amüsement eine Augenbraue hoch.

»Wenn das eure Hauptspur ist, dann gnade uns Gott.«

»Irgendetwas an dieser Frau ist nicht ganz koscher«, erklärte Nordh.

»Solange nicht mehr gegen sie vorliegt als das, was ihr bisher zu Protokoll gegeben habt, lasst ihr sie in Ruhe«, sagte Mellander. »Dasselbe gilt für Måns de Klerk. Sein verstorbener Vater war bestens mit dem Wirtschaftsministerium vernetzt. Ich habe Anrufe erhalten. Es wird Druck gemacht, die Familie in Ruhe trauern zu lassen. Was im Übrigen ihr gutes Recht ist. Ihr werdet dem nachkommen. Punkt, Aus, Ende.«

Über einige lange Momente hinweg herrschte betretenes Schweigen.

Schließlich räusperte sich Stöcker, der bisher noch kein einziges Wort verloren hatte.

»Möglicherweise bin ich auf etwas gestoßen«, sagte er. »Ich habe die halbe Nacht damit verbracht, nach alten Fällen zu suchen, die unserem ähneln. Mensch-Tier-Manipulationen wie bei unserem Täter sind weltweit extrem selten, das hat die forensische Psychologin der Nationalen Operativen Einheiten Jon gegenüber bereits erläutert. Aber nahezu alle Serienmörder haben eine Vergangenheit als Tierquäler und …«

»Ich mag das Wort nicht«, unterbrach ihn Mellander.

»Tierquäler?«

»Serienmörder. Zwei Tote sind noch keine Serie.«

Was, genau genommen, zwar stimmte. Dennoch zweifelte spätestens nach der Entführung des Mädchens niemand im Raum mehr daran, womit wir es zu tun haben, dachte Karhuu.

»Jedenfalls bin ich auf diesen uralten Fall gestoßen«, fuhr Stöcker stoisch fort, »der es zumindest teilweise in die digitalisierten Akten geschafft hat, obwohl er fast fünfzig Jahre auf dem Buckel hat. Es ging dabei um Katzenkadaver mit angenähten Hundeköpfen, tote Hunde mit Schafsköpfen, Schafe mit Ziegenköpfen und so weiter. Bauern haben die Sache zur Anzeige gebracht. Tatverdächtig war damals ein Jugendlicher aus schwierigen Verhältnissen.«

»Wieso teilweise?«, fragte Karhuu.

»Weil aus irgendeinem Grund nur das Vorblatt der eigentlichen Akte digitalisiert worden ist. Es gibt eine grobe Zusammenfassung, mehr nicht. Vermutlich liegt das an den chaotischen Bedingungen, unter denen die Umstellung auf EDV in den Neunzigerjahren abgelaufen ist, vor allen Dingen in der Provinz. Ich bin natürlich dem Aktenzeichen nachgegangen und habe mit den Kollegen vor Ort telefoniert, aber das Original ist nicht mehr aufzutreiben, kein Wunder nach der langen Zeit.«

Mellander ließ wieder ihre sorgfältig gezupften Augenbrauen tanzen.

»Ernsthaft, Henning, der Fall irgendeines tierquälenden Teenagers aus den Siebzigerjahren soll uns weiterhelfen?«

»Das Ganze ereignete sich 1979 in Klövedal auf Tjörn.«

Stöcker klang wie ein Sprechroboter.

»Das führt doch zu nichts«, stöhnte Mellander auf. »Gebraucht eure Köpfe, wir benötigen andere Ansätze.«

»Moment mal«, sagte Nordh, der gerade in ein Sandwich gebissen hatte, mit vollem Mund. »Klövedal auf Tjörn? Teufel noch mal, das habe ich doch gestern bei den Hinweisen aus der Bevölkerung …«

Er stand auf, ging in das angrenzende Büro, kam mit einem Papierkorb wieder heraus und entleerte ihn auf dem Konferenztisch. Leere Coladosen tanzten auf der Tischplatte und rollten beiseite, dazwischen benutzte Taschentücher, hart gewordene Kaugummis, Pfirsichkerne, braun verfärbte, abgenagte Apfelstrünke, Papierknäuel. Mellander rückte mit angeekeltem Gesichtsausdruck ihren Stuhl nach hinten. Nordh entfaltete raschelnd zerknülltes Papier. In den Gesichtern der anderen standen Fragezeichen.

»Heureka!«, sagte er schließlich mit ironischer Emphase und glättete ein Blatt. »Es hat sich bei uns ein Mann gemeldet, der nachts in einem vorbeifahrenden Auto einen Menschen mit Tiermaske gesehen haben will. In Klövedal auf Tjörn.«

»Wie groß ist Klövedal?«, fragte Mette Petersen.

Stöcker tippte etwas in seinen Laptop.

»Hundertsechzig Einwohner«, sagte er.

»Ihr meint doch nicht im Ernst, dass …«

Karhuu fiel der Chefin ins Wort.

»Ich fahre dahin«, sagte sie und griff nach ihrem Holster.

46

Nordh hatte sich nach der Besprechung in sein Büro zurückgezogen. Einmal tief durchatmen. Er probierte sich sogar an einer Entspannungsübung, wie sie ihm der Familientherapeut nahegelegt hatte, brach die Meditation aber nach nicht einmal einer Minute ab – er konnte jetzt nicht an Wellen an einem Südseestrand denken. Stattdessen dachte er an Charlotte. Wie sich ihre Eltern fühlen mussten. Oh, er wusste, was Verlust bedeutete. Lähmende Panik, ein Alb auf der Brust. Wenn es ein Quäntchen Hoffnung gab, war es vielleicht sogar noch schlimmer. Das bange Warten, die Minuten und Stunden, die sich endlos dehnten. Verdammt, es musste einen Weg geben, das Mädchen zu retten. Aber wo suchen? Die Straßensperren hatten bis jetzt zu nichts geführt. Er rechnete auch nicht damit. Trotz der zusätzlichen Einsatzkräfte, die Mellander zugesagt hatte, war die Strategie im Grunde reiner Aktionismus. Charlotte war vor mehr als zwölf Stunden entführt worden. Der Täter war sicherlich nicht so dumm, mit einem gefesselten und geknebelten Teenager im Kofferraum spazieren zu fahren. Mit Sicherheit hatte er sie längst in ein Versteck gebracht. Bilder vom Tatort auf der kleinen Insel vor Åhus blitzten vor seinem inneren Auge auf. Das blutgetränkte Bett im Ferienhaus, der verunstaltete Leichnam am Flaggenmast. Das Telefon klingelte und riss ihn aus den düsteren Gedanken. Es war Anna Wallgren. Die Befragung in der Nachbarschaft der Grosshögs hatte wenig ergeben. Eine ältere Frau, die in derselben Straße wohnte und unter Schlaflosigkeit litt, hatte gegen halb zwei Motorengeräusche gehört. Ein junger Familienvater, der zwei Straßenecken weiter lebte, hatte in den frühen Morgenstunden im Halbschlaf ein Moped gehört. Einem Rentner war der Verkäufer des Fischmobils verdächtig vorgekommen, das alle zwei Wochen im Wohngebiet seine Runden drehte. Der Grund: Seit Kurzem war der Fischhändler dunkelhäutig. Rassistenarsch, dachte Nordh und bedankte sich bei Wallgren für den Anruf. Kurz darauf klingelte das Telefon erneut. Dieses Mal war es die Spurensicherung. Das Blut auf Charlottes Bettwäsche und dem Teppichboden in ihrem Zimmer war analysiert worden. Es stammte von zwei verschiedenen Menschen. *B Rhesus negativ* und *0 Rhesus positiv.* Die erste Blutgruppe war selten, nur zwei Prozent der Bevölkerung hatten sie, und Charlotte gehörte dazu. Die zweite war dagegen gewöhnlich und musste von ihrem Entführer stammen. Es gab deutlich mehr von Charlottes Blut. Das Verteilungsmuster der Schlieren deutete auf eine Schnittwunde hin, die ihr in einem Gerangel zugefügt worden war, wahrscheinlich durch ein Messer. Die tropfenartigen Flecken, die mutmaßlich vom Angreifer stammten, könnten auf eine blutige Nase oder eine aufgeplatzte Lippe hinweisen, wahrscheinlich die Folgen der Abwehrbemühungen des Mädchens. Wenigstens hat der Entführer was aufs Maul bekommen, dachte Nordh. Einbruchsspuren waren nicht gefunden worden, was nahelegte, dass der Täter tatsächlich durch die offen stehende Terrassentür ins Haus eingedrungen war. Nordh bedankte sich für den Zwischenbericht. Auch die Fahndung nach dem dunkelblauen BMW war bislang erfolglos. Nordh sah auf die Uhr und dachte an Karhuu. Sie war noch immer unterwegs. Mit Bleifuß und Blaulicht war die Strecke bis auf die Insel Tjörn, die nördlich von Göteborg an der Westküste lag, in zweieinhalb Stunden zu schaffen. Nordh hatte versucht, den Mann aus Klövedal zurückzurufen, der den Hinweis auf einen Autofahrer mit Tierkopf gegeben hatte. Erreicht hatte Nordh allerdings nur die Ehefrau. Die nächtliche Sichtung lag bereits einige Monate zurück, und sie hatte keine Ahnung, um was für eine Maske es sich genau gehandelt hatte. Ihrer Meinung nach war die ganze Sache sowieso nur irgendein Mumpitz, wahrscheinlich ausgelassene junge Leute, die aus Jux mit Halloweenmasken herumgefahren waren. Von einem örtlichen Tierquäler aus den Siebzigerjahren hatte sie noch nie gehört, sie und ihr Mann waren erst zwölf Jahre zuvor auf die Insel gezogen. Nordh überlegte, ob er Karhuu anrufen und sie ins Bild setzen sollte. Wahrscheinlich war die lange Fahrt reine Kraft- und Zeitverschwendung. Schließlich entschied er sich dagegen. Vielleicht brauchte Karhuu das gerade. Eine lange Autofahrt, um durchzupusten und den Kopf wieder frei zu bekommen. Außerdem: Der Fall der bizarr manipulierten Tierkadaver, den Stöcker ausgegraben hatte, war zwar nicht mit den beiden Morden zu vergleichen, aber es gab nicht zu leugnende Parallelen. Die forensische Psychologin hatte darauf hingewiesen: Auch ein Ted Bundy hatte seine Karriere als Serienmörder im Kindesalter mit Tieren begonnen. Vielleicht trieb Karhuu in Klövedal tatsächlich jemanden auf, der sich noch an die Geschehnisse aus den Siebzigern erinnerte. Nordh klickte sich zum x-ten Mal durch Tatortfotos. Las erneut die Protokolle der Vernehmungen von Pernille Friis und Måns de Klerk. Es war offensichtlich, dass einer von beiden gelogen hatte. Vielleicht sogar beide. Er fragte sich, ob sie für die vergangene Nacht Alibis hatten. Auch wenn Mellander etwas anderes verlangt hatte – er hatte nicht vor, die beiden so leicht vom Haken zu lassen, Podcast und politischer Druck hin oder her.

Irgendwann ging ihm so viel gleichzeitig durch den Kopf, dass er nicht mehr geradeaus denken konnte. Er machte Feierabend und fuhr nach Hause.

47

Auf der Fahrt hing Karhuu ihren Gedanken nach. Was tat sie hier eigentlich? Einem vagen Hinweis nachgehen. Als sie Hals über Kopf aufgebrochen war, hatte es sich gut und richtig angefühlt. Nun, nach zwei Stunden Autofahrt, war diese Energie verpufft. Wahrscheinlich war der Trip auf die Insel Tjörn eine Verschwendung von Zeit und Energie. Dem Gefühl von Hilflosigkeit entsprungen. Denn irgendetwas mussten sie schließlich tun, um das Mädchen und womöglich weitere Opfer zu retten. Im Büro zu sitzen und alles zum x-ten Mal durchzukauen, hatte sie nicht ausgehalten. Deshalb saß sie im Auto und donnerte mit hundertsiebzig Sachen über die Autobahn. Ein Psychologe hätte wahrscheinlich auch noch einen weiteren Grund identifiziert. Denn ein nicht unerheblicher Teil von ihr wollte trotz aller beruflicher Hingabe und des ehrlichen und tief sitzenden Wunsches, Charlotte zu helfen und den Mörder zu fassen, eigentlich etwas ganz anderes. Sie wollte bei Kristoffer sein. Sie wollte ihn in die Arme schließen und fest an sich drücken. Sie wollte ihm erklären, warum er in einer Nacht-und-Nebel-Aktion Stockholm verlassen und auf Umwegen und unter mehrmaligem Wechsel der Verkehrsmittel nach Tornedalen zum Hof ihres Onkels hatte fliehen müssen. Weil sie in Notwehr einen Menschen getötet hatte. Weil es jemanden gab, der diesen Tod rächen wollte. Weil Kristoffer und auch sie selbst erst wieder sicher waren, wenn sie diesen anonymen Feind gestellt und ausgeschaltet hatte. Weshalb ihr Vater nach Stockholm gefahren war und das Netz auslegte. Kleine, unauffällige Videokameras mit Anschluss ans Mobilnetz und 72-Stunden-Akkus. Im Hauseingang von Kristoffers Wohnung. Vor der Schauspielschule. Vor seinem Fitnesscenter. Im Eingang seines Stammcafés. Vor der Musikschule, in der er Gesangsstunden nahm. Sie selbst würde am nächsten Tag dasselbe tun. Vor ihrer Wohnung, vor dem Revier, vor dem Dojo, in dem sie trainierte. Tauchte in diesen Videofeeds dasselbe Gesicht mehrmals auf, würde die avancierte Software es erkennen. Von da ab würde man weitersehen. Vielleicht kannte sie ihren Peiniger, vielleicht gehörte er zu dem Prostitutionsring, den sie infiltriert hatte, vielleicht tauchte er in einer polizeilichen Datenbank auf.

Sie zwang sich, sich wieder auf die Straße und den Verkehr zu konzentrieren. Die Gegend wurde felsiger, ab und an blitzte links der Straße das tiefe Blau des Meeres in der Abendsonne auf. Sie fuhr durch Göteborg und geriet zweimal in einen Stau, der sich jedoch beide Male schnell wieder auflöste. In der Westküstenmetropole wurde noch mehr gebaut als in Malmö. Karhuu passierte den nördlichen Stadtrand. Westlich von ihr auf dem Wasser verlief die Grenze zwischen Kattegat und Skagerrak. Sie verließ die E6 vor Stenung-sund und bog auf die L160 Richtung Tjörn. Insgesamt drei Brücken verbanden die Insel mit dem Festland. Zuerst die kleine Stenungsöbrücke, dann die größere Källösundsbrücke und schließlich die majestätische Tjörnbrücke, die mit ihren hohen Betonpfeilern und gespannten Stahlkabeln an die Öresundbrücke erinnerte. Hinter der Brücke gab es einen Rastplatz, wo Karhuu hielt und eine Toilettenpause einlegte. Hier, von der Inselseite aus, wirkte das sechshundert Meter lange Bauwerk noch um einiges imposanter als aus der Autoperspektive. Auf einer Infotafel las sie, dass die Brücke 1981 in der Rekordzeit von siebzehn Monaten errichtet worden war, nachdem die ursprüngliche Bogenbrücke im Vorjahr von einem Schiff gerammt und wie ein Kartenhaus in sich zusammengefallen war. Bei dem nächtlichen Unglück waren acht Menschen ums Leben gekommen, allesamt Autofahrer, die wegen des dichten Nebels nicht bemerkt hatten, dass die Brücke eingestürzt war, und in ihren Wagen vierzig Meter in die Tiefe des Sunds gefallen waren. Karhuu erinnerte sich, im Radio mal eine Dokumentation über die Tjörnbrückenkatastrophe gehört zu haben, aber nun, in unmittelbarer Nähe zum Unglücksort, erschienen die Ereignisse viel lebendiger.

Sie machte sich wieder auf den Weg. Bis nach Klövedal waren es noch etwa fünfzehn Kilometer. Wie viele schwedische Dörfer bestand der Ortskern aus einer Kirche samt Friedhof und einer Handvoll Häuser, der Rest der gut hundertfünfzig Bewohner lebte in lose verstreuten Häusern und Höfen in der weiteren Umgebung. Das Navi lotste sie zum Haus des Mannes, der den Hinweis gegeben hatte. Gepflegter Garten, Obstbäume, drei johlende Kinder auf einem Trampolin. Ihr öffnete ein Mann um die vierzig, lange Haare, langer Kinnbart mit eingeflochtenen Perlen, Camouflage-Shorts, labberiges Iron-Maiden-T-Shirt. Er stellte sich als Olof vor, bat sie herein, führte sie auf die Terrasse, versorgte sie mit kalter Zitronenlimo und erzählte seine Geschichte. Im Gegensatz zu seinen Haaren war sie nicht besonders lang. Olof arbeitete als Altenpfleger und persönlicher Assistent von Patienten, die stark in ihrer Bewegung beeinträchtigt waren. An einem feuchtkalten Märzabend hatte er mit Bertil, neunundachtzig, einem seiner Klienten im Rollstuhl, eine Runde durch den Ortskern gedreht. Es war schon dunkel gewesen, als ein Wagen mit viel zu hoher Geschwindigkeit auf Armeslänge Abstand an ihnen vorbeigerauscht war. Olof ärgerte sich. Wer zum Teufel fuhr derart rücksichtslos? Er versuchte, einen Blick auf den Fahrer zu erhaschen, vielleicht war es jemand, den er kannte und den er sich irgendwann einmal zur Brust nehmen konnte. Hier in der Gegend kannte so ziemlich jeder jeden. Aber das Licht der Straßenlaternen reflektierte auf den Fensterscheiben des Autos und alles ging schnell. Er sah nur, dass irgendetwas mit der Anatomie des Fahrers nicht stimmte, aber er konnte nicht sagen, was es war.

»Das ist alles?«, fragte Karhuu.

Sie war enttäuscht und viel zu geschlaucht, um höflich zu sein.

»Nein«, sagte Olof. »Der alte Bertil hatte aus seinem Rollstuhl wohl eine bessere Sicht auf den Fahrer als ich. Weißt du, was er gesagt hat?«

Spann mich nicht auf die Folter, Mann!

»Was denn?«

»Dass da ein Tier am Steuer gesessen hat.«

48

Jon Nordh hatte sich vorgenommen, es bei einem Bier zu belassen. Aber selbst nach dem zweiten ließ die Anspannung nicht nach. Er stand in der Küche und bereitete Hamburger und Kartoffelsalat vor. Tim kam zu ihm und bettelte so lange, den Grill allein anmachen zu dürfen, bis Nordh nachgab. Er war mit den Gedanken woanders und händigte Tim das rosafarbene Stabfeuerzeug aus. Kurt in Helsingborg hatte er noch immer nicht an die Strippe bekommen. Aber ihm war etwas eingefallen. Valle, ein alter Buddy aus Polizeischultagen, fuhr seit Ewigkeiten in Helsingborg Streife. Vielleicht war die Lösung seines Problems nur ein, zwei Telefonate entfernt.

Als er mit den Essensvorbereitungen fertig war, gesellte Nordh sich mit dem dritten Bier zu den anderen nach draußen. Die Kohle war am Anglühen und der Geruch erinnerte ihn an die Sommer seiner Kindheit. Sichtlich stolz und mit feierlichem Ernst hatte ihm Tim das Feuerzeug zurückgegeben. Nordh baute das Federballnetz auf und spielte eine Runde mit den Kindern. Rosa, deren Ampel heute auf Gelb stand, feuerte Lilly und Tim aus ihrem Liegestuhl an. Die Ballwechsel gingen selten über zwei, drei Schläge hinaus, dennoch hatten alle ihren Spaß, am meisten, als Nordh den Federball aufs Dach drosch und eine Leiter holen musste, um ihn wieder herunterzuholen. Dann war es Zeit, die Burger zu grillen und zu Abend zu essen. Er machte nach dem dritten Bier Schluss und ließ sich zu einer letzten Partie überreden, bevor er die Kinder ins Bett brachte, während sich Rosa um den Abwasch kümmerte.

»Konnte Mama gut Federball spielen?«, fragte Tim, den lädierten Stofftier-Panda, den er zu seinem zweiten Geburtstag bekommen hatte, wie jeden Abend an sich gepresst.

Nordh konnte sich nicht erinnern, Linda je mit einem Federballschläger in der Hand gesehen zu haben.

»Ja, das konnte sie«, sagte er sanft und streichelte Tims Rücken.

Mit der Antwort schien sein Sohn zufrieden zu sein.

»Ich wette, sie war besser als du«, sagte Lilly, bevor sie sich umdrehte und Nordh das Licht ausmachte.

Als er unten im Wohnzimmer auf sein Handy blickte, zeigte es sieben verpasste Anrufe, davon viermal Mellander.

What the fuck …?

Rosa hielt ihm ihr Tablet hin. Es war die Startseite des *Neuen Abendblatts.*

Krokokiller entführt Sechzehnjährige

Darunter ein Foto aus Charlottes Zimmer.

Allüberall blutrote Hieroglyphen.

Eltern bitten die Bevölkerung um Mithilfe

Es kostete ihn immense Beherrschung, das Tablet nicht an die Wand zu schleudern.

49

Das geduckte Häuschen, in dem Bertil lebte, gehörte zu den wenigen, die den eigentlichen Ortskern bildeten. Olof hatte einen Anruf getätigt, Bertil empfing Karhuu in seinem Garten, den manche als verwildert bezeichnet hätten, sie dagegen fand ihn eher charmant und verwunschen als verwachsen. Die niedrigen Apfelbäume waren uralt und knorrig, eine Brise ließ die Blätter rascheln. Über einer Wildblumenwiese flatterten zitronengelbe Schmetterlinge. Bertil war einer dieser alten Männer mit Schalk in den wässrigen Augen. Er saß in seinem Rollstuhl an einem Gartentisch und forderte sie auf, ihm gegenüber Platz zu nehmen.

»Wunderschön hast du es hier.«

»Wie bitte?«

Er fummelte an einem Hörgerät herum.

»Sehr schön hast du es hier«, wiederholte sich Karhuu und machte eine umfassende Geste.

»Einen Moment.«

Er nahm das Hörgerät ab, ließ es in seiner Hosentasche verschwinden, nestelte aus der anderen ein zweites hervor und setzte es ein.

»Besser?«, fragte Karhuu laut.

»Du brauchst nicht zu schreien«, sagte er und zwinkerte ihr zu. »Diese dummen Dinger. Ich habe drei Stück, aber irgendwas ist immer. Ich würde dir ja etwas zu trinken anbieten, aber wir beeilen uns besser, bevor die Batterie den Geist aufgibt.«

Er lächelte schief.

»Danke, ich wurde schon von Olof versorgt.«

»Ach ja, der gute Olof. Netter Kerl, ohne ihn wäre ich aufgeschmissen. Aber über seinen komischen Wikingerbart komme ich nicht hinweg.« Nun musste auch Karhuu lächeln. »Trägt die Jugend das heute so?«

»Na ja, Olof und Jugend … das ist wohl eine Frage der Perspektive. Aber nein, die Jugend trägt das heute im Allgemeinen nicht so.«

»Dann ist es wohl schlicht und ergreifend schlechter Geschmack.«

Karhuus Lächeln wurde breiter.

»Dem habe ich wenig hinzuzufügen.«

»Na, da sind wir uns ja schon mal einig.«

Seine hellblauen Augen unter mächtigen silbergrauen Brauen blitzten. Keine Frage, der Alte war geistig noch voll auf der Höhe. Gut so. Da hatte sie die lange Fahrt schon mal nicht aufgrund der Halluzination eines senilen Greises auf sich genommen.

»Olof sagt, er hätte sich auf deine Bitte hin bei der Polizei gemeldet.«

»Das ist richtig.«

»Darf ich fragen, weshalb du nicht selbst angerufen hast?«

Bertil tippte sich ans Ohr.

»Die verdammten Dinger. Mal sind sie zu laut, mal sind sie zu leise. Manchmal ist da dieses grässliche Pfeifen und manchmal höre ich gar nichts. Am Telefon ist es noch schlimmer.«

»Verstehe«, sagte Karhuu. »Kommen wir doch zu diesem Märzabend, als Olof und du eine Runde gedreht habt und das Auto mit hoher Geschwindigkeit an euch …«

»Ein Affe«, fiel Bertil ihr ins Wort. »Da saß ein Pavian am Steuer. Natürlich nicht in Wirklichkeit. Es handelte sich selbstverständlich um eine Maske, aber sie sah lebensecht aus. Ich habe im ersten Moment einen solchen Schreck bekommen, dass ich fast aus dem Rollstuhl gehüpft wäre.«

»Ein Pavian?« Von einem Moment auf den nächsten war ihr Mund völlig trocken geworden. Die Zunge pappte ihr am Gaumen. »Du bist dir sicher, dass da ein Mann mit einer Pavianmaske am Steuer gesessen hat?«

»Hundert Prozent. Mit einer verdammt lebensechten Pavianmaske.« In seine Augen war ein ernster Ausdruck getreten. »Es war zwar kein Krokodil, aber trotzdem ein Tier. Denn deswegen bist du doch hier, wegen des sogenannten *Krokokillers,* nicht wahr?« Wozu drum herumreden? Sie bejahte. Ihr Puls ging schneller. Hätte Bertil eine Krokodilmaske erwähnt oder den Kopf eines Falken, hätte man auf die Idee kommen können, er wäre nur ein Wichtigtuer, der etwas aufgreift, wovon er in der Zeitung gelesen hat. Aber von dem Mann mit Pavianmaske war nichts an die Öffentlichkeit gedrungen. Das waren Insiderinformationen, von denen der alte Mann nichts wissen konnte. »In den Nachrichten war davon die Rede, dass dem Mordopfer ein echter Krokodilkopf auf den Hals gesetzt worden ist. Stimmt das?«

»Ja.«

»Aber das sind doch zwei grundverschiedene Dinge, eine Maske und ein echter Kopf.«

»Richtig.«

»Trotzdem bist du den weiten Weg aus Malmö hierhergekommen, um mit mir zu sprechen. Dabei kann sich doch jeder Trottel eine Tiermaske besorgen. Mit einer Maske Auto zu fahren, ist doch an sich völlig aussagelos. Und du wusstest bis gerade eben noch nicht einmal, um was für ein Tier es sich überhaupt gehandelt hat.«

Karhuu schluckte trocken. Die Argumentation des Alten war gescheit. Er hatte sich gründlich Gedanken gemacht. Es war nur ein Gefühl, aber sie war sich beinahe sicher, dass da noch mehr war.

»Trotzdem hast du uns angerufen«, sagte sie. »Anrufen lassen.«

Bertil nickte vor sich hin.

»Ich stamme von hier, weißt du?« Er deutete mit dem Kinn Richtung Haus. »Da drin hat mich meine Mutter zur Welt gebracht, beinahe neunzig Jahre ist das her. Fast ein Jahrhundert. Seitdem hat sich viel verändert. Auch hier auf der Insel. Fischer und Seeleute gibt es kaum noch, stattdessen kommen die Touristen. Betuchte Göteborger und Norweger haben hier ihre Sommerhäuschen. Im Winterhalbjahr leert es sich und es wird still. Du musst wissen, dass eine Insel ein besonderer Ort ist. Sie bringt einen anderen Schlag Menschen hervor. Verschlossener gegenüber der Außenwelt. Man regelt die Dinge unter sich. Daran haben auch die Brücken zum Festland im Grunde wenig geändert. Wusstest du, dass man bis 1960 nur mit der Fähre nach Stenungsund hinüberkam? Erst dann hat man die erste Brücke fertiggestellt. War eine große Sache damals. Die längste Bogenbrücke des Landes, eine ingenieurtechnische Meisterleistung, hieß es. Bis es zwanzig Jahre später zu einer Katastrophe kam. Ein Lastschiff hat einen der Pfeiler gerammt und die ingenieurtechnische Meisterleistung ist in den Almösund gekracht. Aber davon hast du sicherlich schon gehört?«

»Sicher.« Karhuu nickte weise, obwohl es noch keine Stunde her war, dass sie die Infotafel auf dem Rastplatz neben der Brücke gelesen hatte. »Acht Tote, sehr tragisch.«

»Ich übertreibe nicht, wenn ich sage, dass die Sache uns allen hier schwer zugesetzt hat. Wie gesagt, eigentlich ist die Insel ein einziges großes Dorf. Um ein, zwei Ecken kannte jeder eines der Opfer oder war mit ihm verwandt. Und auch wenn die neue Brücke im Rekordtempo von nicht einmal zwei Jahren errichtet wurde, war diese Phase für die meisten eine große Einschränkung. Ich zum Beispiel habe, wie viele andere von hier, in Torslanda bei Volvo am Band gearbeitet. Eine Stunde hin, eine Stunde zurück. Macht einen Elfstundentag. Ohne die Brücke wurden mit der provisorischen Fähre oder dem Umweg über Orust daraus, je nach Schichtende, dreizehn bis fünfzehn Stunden. Ich war gezwungen, mir in der Zeit eine Wohnung auf der anderen Seite zu nehmen. Finanziell war das eine große Belastung. Meine Frau, die hier als Friseurin gearbeitet hat, und meine Kinder habe ich kaum noch gesehen. In diesen zwei Jahren haben wir uns einander entfremdet. Wir blieben zwar bis zu ihrem Tod verheiratet, aber es war nie mehr wie vorher. Damit war ich nicht der Einzige.«

Der Blick des alten Mannes verlor sich im tiefen Grün des Gartens. Schwalben führten Flugkunststücke auf, es roch schwer nach Flieder und leicht nach Meer.

»Das tut mir leid«, sagte Karhuu. »Was hätte man damals anders machen können?«

Bertil zog die Nase hoch.

»Hilfsgelder für die Menschen hier oder wenigstens günstige staatliche Kredite wären ein Anfang gewesen«, sagte er. »Die Politiker und der König kamen aber erst zur Eröffnung der neuen Brücke, haben darauf angestoßen und dann waren sie wieder weg.« Bertil rieb an seiner knubbeligen Nase. »Aber das ist lange her.« Er drehte leicht den Kopf und sah Karhuu in die Augen. »Warum erzähle ich dir das alles? Weil mir seit zwei Tagen etwas durch den Kopf schwirrt und ich nicht zur Ruhe komme. Genauer gesagt, nachdem ich von den Mordopfern mit den angenähten Tierköpfen gelesen habe. Wir haben ja schon darüber gesprochen. Natürlich musste ich in dem Zusammenhang an die Situation mit dem rücksichtslosen Autofahrer denken. Aber ich hätte mich wahrscheinlich nicht bei der Polizei gemeldet, wenn da nicht noch etwas anderes gewesen wäre, schließlich sind eine Maske und diese furchtbar zugerichteten Leichname völlig verschiedene Dinge.«

Karhuu spürte, wie ihr Herz schneller schlug.

»Die verstümmelten Tiere«, sagte sie. »Ende der Siebzigerjahre hier in Klövedal. Tote Hunde mit Schafköpfen. Solche Sachen.«

Nun war es Bertil, der vor sich hin nickte.

»Du bist eine gute Polizistin«, sagte er.

»Na ja. Vielleicht werde ich eines Tages eine. Ehrlicherweise war es ein Kollege, der auf die Geschichte mit den Verstümmelungen gestoßen ist.«

»Als ich Olof gebeten habe, für mich bei der Polizei anzurufen, habe ich bewusst nichts davon erwähnt. Dafür ist die Sache zu unkonkret, und ich kann mich an vieles auch nicht mehr genau erinnern.« Er tippte sich gegen die Stirn. »Das gute, alte Getriebe beginnt langsam Rost anzusetzen. Manchmal frage ich mich, ob gewisse Dinge überhaupt geschehen sind oder ob ich mir meine Vergangenheit ein Stück weit selbst zusammenbastele.«

Karhuu spürte, dass ihr Gegenüber kokettierte. Bertils Verstand arbeitete zweifellos noch immer messerscharf.

»Du wolltest testen, ob bei uns ebenfalls jemand darauf stößt.«

Wieder blitzte in den Augen des Alten der Schalk auf.

»Was ja offenbar funktioniert hat.«

Durch einen Zufall. Aber immerhin.

»Ein Aktenvorblatt zu dem Fall hat sich durch äußerst glückliche Umstände ins Digitalzeitalter gerettet. Sonst säße ich jetzt nicht hier in deinem wunderschönen Garten. Ein Hinweis wäre durchaus hilfreich gewesen.«

»Es haben sich doch sicherlich viele Spinner bei euch gemeldet. Ich wollte wohl selbst nicht wie einer dastehen.«

Karhuu nickte. Das war nachvollziehbar. Aber im Nachhinein auch völlig egal, schließlich waren Stöcker und Nordh im Teamwork auf den möglichen Zusammenhang gestoßen und sie war hierhergefahren. Es kribbelte unter ihrer Haut. Sie wollte endlich wissen, was der Alte zu erzählen hatte.

»Jetzt bin ich aber wirklich neugierig, denn das erwähnte Aktenvorblatt gibt nicht allzu viel her.«

»Nun gut.« Bertil räusperte sich. »Die ganze unerfreuliche Geschichte kulminierte 1979, auch wenn sie viel früher begann. Ich weiß es noch deshalb so genau, weil im Januar 1980 die Brücke zusammenbrach und sehr vieles auf der Insel unter sich begraben hat, auch die Geschichte der Familie Eliasson. Wobei, Familie ist in diesem Zusammenhang vielleicht ein zu großes Wort. Es gab den alten Eliasson, ein Trinker und Schläger, und seine vier Söhne: Mattheus, Markus, Lukas und Johannes.«

»Wie die vier Evangelisten. Klingt ziemlich religiös.«

»Das war ja der Witz. Beziehungsweise die Tragik. Religiös, im Sinne von christlich, war im Hause Eliasson nämlich gar nichts.«

»Was war mit der Mutter?«

»Sie ist bei der Geburt des Jüngsten gestorben. Es klingt hart, aber vielleicht war es sogar das Beste so, denn früher oder später hätte ihr Mann sie sowieso totgeprügelt.«

Meine Güte.

»Hat denn niemand etwas dagegen unternommen?«

»Nun, das waren andere Zeiten damals. Maria, die Mutter, starb 1966 oder 67. Die Eliassons hatten ihren Bauernhof mit Schlachtbetrieb ein Stück weit draußen, in der Hahnenbucht, aber natürlich wusste trotzdem das ganze Dorf Bescheid, weil Maria, Gott hab sie selig, mal wieder grün und blau geschlagen oder hinkend in der Kirche oder dem Lebensmittelladen aufgetaucht war. Der Pastor ist mehrmals zum Alten rausgefahren und hat ihn ins Gebet genommen, zusammen mit dem damaligen Dorfbüttel, aber gefruchtet hat das nichts. Als es einmal ganz arg wurde, bin ich mit einigen anderen handfesten Kerlen zu ihm hin. Wir haben ihn ordentlich rangenommen. Danach blieb er eine Zeit lang nüchtern und es wurde für ein paar Monate besser, bevor es wieder schlimmer wurde.« Bertil zuckte mit den Achseln. »Heute würde man ganz anders damit umgehen, aber wie gesagt: Es waren andere Zeiten. Auch wenn das nichts entschuldigt. Sechs, sieben Jahre nach Johannes' Geburt und Marias Tod ist der Alte dann gestorben. Gott sei Dank. Klingt hart, aber ich meine das wirklich so. Hat sich den Hals gebrochen. Angeblich ist er besoffen vom Heuboden gefallen.«

»Angeblich?«

»So stand es jedenfalls im Polizeibericht. Die Gerüchte im Dorf sagten aber, dass die Jungen etwas damit zu tun hatten. Matti, der Älteste, war damals gerade achtzehn geworden, das weiß ich, weil ihm die Vormundschaft über die anderen drei übertragen wurde.«

»Einem Achtzehnjährigen? Die Jungen wurden einfach ihrem Schicksal überlassen?«

»Tja, auf dem Papier gab es einen Notar oder Anwalt in Göteborg, der offiziell die Verantwortung trug, aber in Wirklichkeit war es so, wie du sagst, die Jungen wurden mehr oder weniger sich selbst überlassen. Matti hat den Hof weitergeführt und die Jüngeren sind weiter zur Schule gegangen, jedenfalls die meiste Zeit. Hin und wieder hat der Landarzt nach ihnen geschaut, manchmal sind auch zwei, drei Frauen aus dem Dorf hin. Das Ganze klingt in deinen Ohren wahrscheinlich barbarisch und furchtbar und das war es wohl auch, aber du musst dir vor Augen halten, dass es nicht nur eine andere Zeit war, sondern auch, dass wir hier auf einer Insel sind. Deshalb habe ich am Anfang so weit ausgeholt. Die Mentalität ist eine andere als auf dem Festland. Wir regeln hier die Dinge selbst. Auch wenn die Geschichte mit den Eliasson-Jungen im Nachhinein sicherlich ein Fehler war. Selbst wenn die armen Jungs nun keine Schläge vom Alten mehr einstecken mussten, war die Situation auf dem Hof eigentlich unhaltbar. Gewusst haben es alle, wirklich gekümmert hat sich niemand. Da schließe ich mich ausdrücklich mit ein. Die Kinder sind verwahrlost. Haben sich gegenseitig das Leben zur Hölle gemacht. Es galt das Recht des Stärksten. Getreten wurde nach unten, getreten wurde nach Johannes. Und das hat Spuren hinterlassen. Nicht nur in der Schule wurde bald klar, dass mit dem Jungen etwas nicht stimmte. Er hat schon sehr früh kleinere Kinder gequält. Mitschüler manipuliert und gegeneinander aufgehetzt. Er hat ein anderes Kind dazu gebracht, sich mit einer Rasierklinge selbst zu verletzen. In der Umgebung gab es gelegte Brände, bei denen er in der Nähe gesehen worden ist, zwei Stoppelfelder wurden abgefackelt, der ein oder andere Schuppen und einmal sogar eine Scheune. Gottlob ist niemandem etwas Schlimmes passiert. Spätestens da hätte man eingreifen müssen. Ein-, zweimal war jemand vom Jugendamt da, angeblich auch ein Psychologe, es ging das Gerücht um, dass er in ein Heim sollte, aber geschehen ist nie etwas, vielleicht war kein Platz frei, vielleicht wollte auch nie jemand wirklich Verantwortung übernehmen. Dazu zähle ich mich, wie gesagt, auch. Nun ja, schließlich begann dann die wirklich scheußliche Zeit, in der rund ums Dorf die verunstalteten Tiere aufgetaucht sind. Pferde, Kühe, Schafe, Ziegen, denen der Kopf abgetrennt und ein anderer angenäht worden ist. Manche Kadaver kamen wohl vom Schlachtbetrieb, andere wurden von den Weiden geholt und elendig zu Tode gequält. Niemand hat daran gezweifelt, wer für die Abscheulichkeiten verantwortlich war. Irgendwann ist einem der Bauern die Hutschnur geplatzt. Er ist zum Hof der Eliassons rausgefahren, um Johannes und die älteren Brüder zur Verantwortung zu ziehen. Zurück kam er halb totgeschlagen. Erst da wurde die Polizei eingeschaltet. Es gab eine Untersuchung, das halbe Dorf wurde vernommen, der Schlachtbetrieb wegen unhaltbarer hygienischer Zustände geschlossen, der älteste Bruder wegen Körperverletzung verhaftet und das Jugendamt erneut hinzugezogen. Es war von einem Heimplatz für Johannes die Rede. Oben, in Mora, wenn ich mich nicht irre.«

Bertil faltete seine großen, derben Hände in seinem Schoß.

»Und dann?«, platzte es aus Karhuu heraus.

»Dann brach die Brücke zusammen, und von einem Tag auf den anderen änderte sich auf der Insel zwar nicht alles, aber manches. Im Laufe der nächsten zwei Jahre wurde bei vielen Bewohnern das Leben umgekrempelt. Dinge, die früher wichtig waren, fielen plötzlich weg. Die Zeit für den Schützenverein, fürs Fußballspielen, fürs Hockeytraining der Kinder. Die Sache mit den Eliassons wurde aus den Augen verloren. Jahrelang hat niemand über die Jungen gesprochen. Sie waren einfach weg, der ramponierte Hof verfiel vollends und niemand hat ihnen eine Träne nachgeweint.«

»Aber was ist aus ihnen geworden?«

Bertil hob seine Schultern und ließ sie wieder sinken.

»So wirklich weiß das niemand. Jahre später kam ein Gerücht auf, dass die Freundin einer Cousine einer Nachbarin – etwas in der Art – offenbar in der Erziehungsanstalt in Mora arbeitete, in die Johannes hatte eingewiesen werden sollen. Angeblich gab es eine Vereinbarung, dass Markus, der zweitälteste Bruder, gerade volljährig geworden und von allen vieren wohl der normalste – er arbeitete als Knecht auf einem der Nachbarhöfe –, Johannes mit dem Auto in das Heim bringen sollte. Nur dass die beiden offenbar niemals dort angekommen sind.«

»Was ist deiner Meinung nach aus ihnen geworden?«

»Tja.«

Bertil breitete die Arme zu einer pastoralen Geste aus.

»Ich fürchte, darauf weiß ich keine Antwort«, sagte er. Und nach einer Pause: »Aber ich habe mir in den vergangenen Tagen einige Gedanken gemacht. Dabei ist mir etwas eingefallen. Anfang der Zweitausenderjahre hat der damals schon pensionierte Pastor unserer Gemeinde seine sogenannten Memoiren veröffentlicht. Jedem, der sich nicht heftig gewehrt hat, hat er so ein Büchlein aufgenötigt, für zweihundert Kronen, der alte Fuchs, wenigstens hat er auf diese Weise wohl die Druckkosten wieder reinbekommen. Ist übrigens im vergangenen Jahr von uns gegangen, ja, ja, das Alter. Mein Exemplar staubt drinnen im Regal vor sich hin. Eigentlich war es eine Art kleine Dorfchronik, gespickt mit Anekdoten. Dass die Geschichte vom Eliasson-Hof und manchem, was daran hing, darin vorkam, haben ihm hier viele übel genommen. An so etwas erinnert sich nämlich niemand gern. Jedenfalls ist aufgrund des Büchleins eine Journalistin drüben aus Stenungsund auf die unschöne Episode aufmerksam geworden und hat sich hier ein paar Tage umgehört. Viel haben ihr die Leute nicht anvertraut. Der Artikel, der daraufhin erschien, hatte wenig Fleisch auf den Knochen. Ich habe ihn trotzdem aufbewahrt. Ihr ist es immerhin gelungen, den Werdegang von Matti und Lukas nachzuvollziehen. Matti ist immer wieder mit dem Gesetz in Konflikt gekommen und Mitte der Neunzigerjahre bei einer Auseinandersetzung zwischen Rockergangs in Eskilstuna gestorben. Er wurde erstochen. Ist gleich da drüben auf dem Friedhof neben der Kirche beigesetzt worden. Bei der Beerdigung waren wir weniger als eine Handvoll Leute. Nun ja. Lukas hatte ebenfalls kein Glück. Er hat zwar die Kurve in ein bürgerliches Leben gekriegt und in Norwegen eine Familie gegründet, ist aber kurz darauf bei einem Unfall auf einer Bohrinsel ums Leben gekommen.«

»Aber von Markus und Johannes keine Spur.«

Bertil wiederholte seine Geste.

»Es gab da die Sache mit der Wasserleiche.«

»Eine Wasserleiche?«

»Wurde auf der Nachbarinsel am Ufer angespült. Das muss einige Monate nach der Brückenkatastrophe gewesen sein. So genau erinnere ich mich nicht mehr. Die Leiche hatte so lange im Wasser gelegen und war von den Wellen so oft gegen die Felsen geworfen worden, dass eine Identifizierung nicht mehr möglich war. Aber der Leichnam trug gummierte Schnürstiefel, die offenbar ziemlich robust waren.«

Bertil machte eine Wirkungspause.

»Und?«

»Die Jungen vom Eliassonhof sah man öfter in solchen Schlachterstiefeln. Aber ein Beweis, dass der Tote einer der Jungen war, ist das natürlich nicht.« Er seufzte. »Ich habe Olof gebeten, im Internet nach ihren Namen zu suchen. Es gibt Leute, die so heißen, aber bei ihnen kommt das Alter nicht hin.«

»Du Hobbydetektiv«, sagte sie und schenkte ihm ein kleines Lächeln.

»Kalle Blomquist habe ich schon immer geliebt.«

Es entstand eine kleine Pause. Über wilder Malve brummten träge dicke Hummeln. In der Hecke machte sich eine Amsel bemerkbar. Eine einzelne Wolke überquerte den blauen Himmel wie ein Schiff.

»Der alte Eliassonhof«, sagte sie. »Gibt es den noch?«

»Auf die Frage«, sagte er lächelnd, »habe ich gewartet.«

50

Auf dem Weg ins Präsidium schaltete Nordh das Autoradio an. Sogar der öffentlich-rechtliche Nachrichtensender *P1*, der Inbegriff journalistischer Seriosität, brachte das Thema in einer Sondersendung. Er widerstand dem Impuls, das Radio sofort wieder auszuschalten. Der Moderator diskutierte mit einer Kriminologin, einem forensischen Psychiater und einer Ethnologin die Morde an Reidar Sjöbäck und Aaron de Klerk sowie die Verschleppung von Charlotte Grosshög. Es ging um den Mystizismus des alten Ägypten, die Pseudo-Hieroglyphen und die Psyche bekannter Serienmörder. Nichts, was Nordh neu gewesen wäre. Die Kriminologin kritisierte die Maßnahmen, die die Polizei ergriffen hatte, um das entführte Mädchen zu finden, als unzureichend. Ach was. Sollte sie es doch besser machen. Aber vom Elfenbeinturm einer Professorenstelle aus ließ sich die schnöde Praxis natürlich leicht schlechtmachen. Die vermeintliche Expertin untermauerte ihre Argumente mit der Entscheidung der Eltern, sich an die Öffentlichkeit zu wenden, weil die Polizei zu zögerlich agiert hatte. Ihrer Argumentation zufolge sollten die Angehörigen in solchen Fällen immer das letzte Wort haben. Na toll! Und was war mit dem Fallout? Was war mit den Tausenden unbedeutenden, teils schwachsinnigen Hinweisen, die nun sämtliche polizeiliche Kanäle zumüllten und verstopften? Darüber natürlich kein Wort. Es folgte in einem kurzen Einspieler ein Teil des Statements der Grosshögs, in dem sie sich an die Bevölkerung wandten. Nordh brauchte nur wenige Sekunden, um zu begreifen. Charlottes Eltern hatten kein selbst aufgenommenes Video gepostet oder sich an ein PR-Büro oder das Fernsehen gewandt, sondern sie hatten der bekannten True-Crime-Podcasterin Pernille Friis ein live gestreamtes Interview gegeben.

51

Svea Karhuu fuhr vorsichtig. Aus der Straße wurde ein Schotterweg, aus dem Schotterweg ein sich schlängelnder Feldweg. Es ging langsam abwärts, aber eine felsige Anhöhe nach der nächsten verwehrte die Sicht in die Hahnenbucht, in der der ehemalige Hof der Familie Eliasson Bertils Beschreibung zufolge liegen musste. Ihr gingen die religiösen Namen nicht aus dem Kopf. Sie war als Kind von Ove und Marie Sonntag für Sonntag in die Kirche geschleppt worden, was ihr unzählige todlangweilige Stunden, aber auch eine solide Bibelkunde beschert hatte. Elias war ein alttestamentarischer Prophet. Sein Name bedeutete »Mein Gott ist JAHWE«. Er tötete vierhundertfünfzig Götzenanbeter und fuhr in einem feurigen Wagen in den Himmel auf. Amen. Über den Apostel Johannes hätte sie mehr sagen können, über Johannes den Täufer sowieso. Aber Pyromanen oder Tierquäler waren sie ganz sicher nicht gewesen. Fun Fact: Johannes der Täufer war von Herodes *enthauptet* worden. Nach einer Wegkehre tauchte vor ihr ein verwitterter Schlagbaum auf, der den Weg versperrte. Das Ding sah aus, als wäre es seit Jahrzehnten nicht bewegt worden. Vielleicht war es das auch nicht, vielleicht wurde dieser Ort wegen seiner düsteren Geschichte tatsächlich heute noch gemieden. Sie mochte beinahe daran glauben. Wenn nur Bertils Pavianmaske nicht gewesen wäre. Sie stieg aus. Der Schlagbaum war mit einer rostigen Kette und altmodischem Vorhängeschloss gesichert. Aber sie war mit einem Bolzenschneider oder ähnlichem Gerät durchtrennt worden. Karhuu fand das abgeschnittene Teil im hohen Gras liegen. Der Rest war immer noch ums modrige Holz geschlungen, aber das Schloss erfüllte keine Funktion mehr, es hielt allein den Anschein aufrecht, dass hier kein Durchkommen war. Jemand war hier gewesen, keine Frage, vor nicht allzu langer Zeit, denn an der Schnittstelle des durchtrennten Kettenglieds hatte sich noch kein Rost gebildet. Gute Schlussfolgerung, Svea Blomquist! Sie wickelte die Kette ab und klappte den Schlagbaum hoch. Bevor sie wieder in den Wagen stieg, öffnete sie den Verschluss ihres Holsters. Sie fuhr nun im Schritttempo. Durch die offenen Fenster konnte sie das Meer riechen. Salz und in der Sonne verrottende Algen. Der Weg machte eine weitere Kehre um einen Felsen. Dann endlich öffnete sich der Blick und sie sah das Meer in der Abendsonne glitzern. Vor ihr lag die Bucht. In etwa zweihundertfünfzig Metern Entfernung und ein ganzes Stück unter ihr entdeckte sie nahe dem Ufer im Schatten der Klippen mehrere Gebäude. Sie schaltete den Motor aus und stieg aus dem Wagen. Dort unten lag der Hof der Eliassons. Das, was von ihm noch übrig war. Selbst aus der Entfernung konnte sie erkennen, dass Zeit und Witterung einem der Gebäude, der Form nach vermutlich ein Stall, das Dach eingedrückt hatten. Ein anderes, es musste sich um die Scheune handeln, stand in bedrohlicher Schieflage. Karhuu setzte den Weg hinab zu Fuß fort. Vorsicht ist besser als Nachsicht, dachte sie. Irgendjemand war in den vergangenen Wochen oder Monaten hier gewesen. Irgendjemand war mit einer verdammten Affenmaske durch Klövedal gefahren. Sie untersuchte den Boden. Die Erde war aufgrund der Witterung so trocken und fest, dass keine Reifenspuren zu erkennen waren. Warmer Wind zupfte an ihrer weiten Hose und ihrem Haar. Möwen segelten über ihren Kopf hinweg. Hagebutten- und Sanddornbüsche drückten sich in die Nischen der grauen Felsen. Alle zwanzig Meter blieb sie stehen und musterte aufmerksam die Hofgebäude. Der Schatten machte es schwer, mehr als die Konturen der Gebäude zu erkennen. Der Weg wurde steiler. Noch hundert Meter, noch achtzig. Sie konnte die gleichmäßige Brandung an den Klippen hören. Ein friedliches Panorama. Wenn man die verfallenen Gebäude ausblendete, die eine morbide Aura umgab. Und die tragische, ja, grausame Familiengeschichte der Eliassons. Noch sechzig Meter, noch vierzig. Sie war unten in der Bucht angelangt. Die Sonne war hinter einem Felsvorsprung verschwunden. Hier wurde es schlagartig kühler. Sie betrachtete den Stall mit dem eingefallenen Dach, die schiefe Scheune, das Haus mit den kaputten Fenstern. Graues, ausgewaschenes Holz, Dachziegeln voller Flechten und Moos. Aus einem Loch im Dachfirst lugten Birkenzweige. An einer Wand ein ausgeblichenes, ungelenk ausgeführtes Graffito, wahrscheinlich ebenfalls schon Jahrzehnte alt. *Don't say motherfucker, motherfucker.* Na dann. Der Eliasson-Hof war kaum mehr als eine Ruine. Sollte sie hineingehen? Sie wusste ja nicht einmal, wonach sie überhaupt suchte.

Der Schuss kam aus dem Nichts.

Wie ein Peitschenhieb auf ihren linken Oberarm. Die Wucht der Kugel ließ sie herumwirbeln. Geistesgegenwärtig warf sie sich auf den steinigen Boden. Ein zweiter Schuss fegte so dicht über sie hinweg, dass sie die verdrängte Luft im Nacken zu spüren meinte. Unter brennenden Schmerzen robbte sie auf eine Senke hinter einem Felsen zu. Ein dritter Schuss dröhnte, dann ein vierter, der den Felsen schrammte und einen Regen feinster Splitter auf ihr Haar niedergehen ließ. Der Arm pochte. Blut färbte ihre Bluse rot. Sie presste die rechte Hand auf die Wunde, lugte durch eine Felsspalte. Den rauchenden Gewehrlauf entdeckte sie in einem der Fenster im Erdgeschoss. Der Felsen, der ihr Schutz bot, war knapp einen Meter hoch. Sie änderte ihre Position, um sich die Wunde ansehen zu können. Halb liegend, halb hockend gelang es ihr, irgendwie die Bluse auszuziehen. Ein Streifschuss. Aber tief. Blut suppte aus der Furche in ihrem Fleisch. Sie riss die Bluse entzwei. Für einen Druckverband reichte es. Eine weitere Salve Schüsse jaulte über sie hinweg. Der Schütze benutzte zweifellos ein Sturmgewehr. Sie griff nach ihrer Glock 45. An Feuerkraft war sie ihm hoffnungslos unterlegen, zudem hatte sie die strategisch schlechtere Position. Gleichzeitig war sie hinter dem Felsen relativ sicher. Vorher war sie schutzlos auf den Hof zu geschlendert. Naiv wie eine Anfängerin. Sie hatte ihm eine Riesenchance geboten, aber er hatte sie vertan. Ihre Gedanken ratterten. Vielleicht hatte sie ihn genauso überrascht wie er sie. Im Grunde saß sie nun am längeren Hebel. Zwar verwundet und nur im BH, aber egal jetzt. Er würde nicht an ihr vorbeikommen. Selbst wenn er ein Auto hinter den Gebäuden stehen hatte – und davon war auszugehen, irgendwie musste er ja hergekommen sein –, würde er nicht an ihr vorbeikommen. Der befahrbare Weg führte nur fünf, sechs Meter an ihrem Felsen entlang. Sie war eine gute Schützin und ihr Magazin war voll. Ich habe dich, dachte sie mit grimmiger Befriedigung, ich habe dich, du sitzt in der Falle. Weil ein alter Mann sich an eine alte Geschichte erinnert und eins und eins zusammengezählt hat. Ob der verfallene Hof der Rückzugsort von Johannes Eliasson war? *Back to the roots?* Der Ort der Demütigungen seiner Kindheit? Ob sich Charlotte und womöglich noch weitere Entführungsopfer in dem Haus befanden? Eine Geiselsituation war denkbar. Sie brauchte dringend Verstärkung. Da sie es nicht wagte, die Pistole abzulegen, nestelte sie ihr Handy unter großen Schmerzen mit dem verletzten Arm aus der Tasche ihrer Jeans. Sie blickte aufs Display und stöhnte frustriert auf. Kein Empfang. Das durfte nicht wahr sein, verflucht noch mal! Vermutlich lag es an den hohen Klippen. Und nun? Eine beschissene Pattsituation. Er kam nicht raus, sie kam nicht rein. Oder übersah sie irgendetwas? Fest stand, dass sie hier so bald mit keiner Unterstützung rechnen konnte. Sie hatte Bertil zwar gesagt, dass sie sich den Hof aus der Nähe anschauen wollte, aber sie hatten darüber hinaus nichts abgemacht. Wenn sie sich nicht wieder bei ihm meldete, würde er einfach annehmen, dass sie nichts Auffälliges gefunden hatte und die Spur im Sande verlaufen war. Jon Nordh wusste zwar, dass sie einem Hinweis auf Tjörn nachging, aber natürlich ging er davon aus, dass sie, wenn sie sich nicht meldete, nach Malmö zurückkehren und angesichts der späten Uhrzeit direkt nach Hause fahren würde. Vor morgen würde er keine Anstalten machen, sie zu suchen.

Was also tun?

Wieder spähte sie durch den Felsspalt. Der Lauf des Sturmgewehrs war aus dem Fenster verschwunden. Was natürlich keinesfalls bedeuten musste, dass der Schütze sich zurückgezogen hatte. Womöglich war er auf dem Weg ins Obergeschoss, von wo aus er einen besseren Überblick und einen günstigeren Schusswinkel haben würde. Sie biss die Zähne aufeinander und presste sich das kalte Metall der Glock gegen die Stirn. Der Gedanke an Charlotte ließ sie nicht los. Falls sie sich im Haus befand, konnte er sie als lebendes Schutzschild oder Faustpfand benutzen. Genauso gut konnte er sie aber auch einfach töten. Als vorletzter Akt eines Monsters, das in der Falle saß. Bevor es sich dann selbst das Leben nahm.

Verdammt.

Sie klopfte sich mit dem Griff der Waffe gegen die Stirn. Für Situationen wie diese gab es kein Handbuch. Doch, gab es wohl. Aber ihr gefiel nicht, was drinstand: Immer zunächst auf die eigene Sicherheit achten. Sie musste eine Entscheidung treffen. Und das tat sie. Vielleicht war es wahnsinnig. Ganz sicher war es viel zu gefährlich. Sie sprang auf, umrundete den Felsblock und rannte mit ausgestrecktem Arm auf das Haus zu. Sie schoss einmal, zweimal, dreimal, viermal, sprintete, sprang, schoss erneut mehrmals, strauchelte, fing sich wieder und rannte weiter, bis sie die Hauswand erreichte. Ihre Ohren dröhnten von den Schüssen. Ihr Atem pumpte, ihr Herz trommelte. Hatte er das Feuer erwidert? Sie hatte nichts davon bemerkt. Wie auch, ihre Ohren schrillten. Aber weiter jetzt. Links von ihr, dort, wo einmal die Haustür gewesen war, gähnte ein rechteckiges Loch in der Wand. Rein da, zwei, drei Schüsse Sperrfeuer in die Dunkelheit, drei, vier schnelle Schritte. Sie presste sich an eine Wand, wartete, bis sich ihre Augen an das Zwielicht gewöhnt hatten. Wenn sie richtig gezählt hatte, waren von ihren siebzehn Patronen im Magazin noch acht übrig. Sie stand in einem Flur. Konturen einer Kommode, Tapete, die sich von der Wand schälte. Ein furchtbarer Geruch schlug ihr entgegen: Verwesung, Moder, Tierpisse. Sie lauschte, hörte aber nichts anderes als das Wummern ihres eigenen Pulses. Weiter jetzt. Sie stürmte durch den Türrahmen neben ihr. Ihr Waffenarm zuckte in die Ecken des Raums. Küchenarmaturen, offen stehende Ober- und Unterschränke, ein Tisch, eine Bank, umgekippte Stühle. Aber kein Mensch. Weiter. Nächster Raum. Ein Bett ohne Matratze, der Boden mit alter Kleidung bedeckt, an der Wand ein vergilbtes Elvis-Poster auf schwarzem Schimmel. Ausgerechnet der King. Aber kein Mensch. Weiter. Nächstes Zimmer. Ein Etagenbett, ein Kleiderschrank ohne Türen, über einem Schreibtisch Christus am Kreuz. Aber kein Mensch. Als sie sich umdrehte, stand er ihr direkt gegenüber, keinen Meter entfernt. Ein Hüne, der eine lebensechte Pavianmaske trug. Für den Bruchteil einer Sekunde starrten sie einander an. Geistesgegenwärtig schlug sie mit dem Griff der Glock auf den Gewehrlauf, den er in Hüfthöhe hielt, im selben Augenblick löste sich ein Schuss, der neben ihrem Knie in den Türrahmen eindrang. Holz splitterte. Ihre Pistole polterte zu Boden. Er versuchte, das Sturmgewehr hochzureißen. Sie griff nach dem Lauf und drückte es nach unten. Sie rangen miteinander. Er war sehr groß und sehr kräftig. Aber sie trainierte seit sieben Jahren Mixed Martial Arts. Sie rammte ihm das Knie in den Unterleib und versetzte ihm einen Kopfstoß. Die Nase unter der Maske verfehlte sie, sonst hätte sie ein Knacken hören müssen. Er schrie und krümmte sich trotzdem, hatte aber immer noch das Gewehr fest im Griff. Sie trat ihm auf den Fuß, er rammte ihr die Stirn ins Gesicht und traf ihren Mund. Ihre Lippe platzte auf. Sie nahm die rechte Hand vom Gewehrlauf und verpasste ihm eine Gerade aufs Auge. Aufjaulend taumelte er nach hinten, beide Hände ließen das Gewehr endlich los, aber da es an einem Riemen um seinen Oberkörper hing und sie sich mit der Linken noch immer am Lauf festklammerte, riss er sie mit sich. Sie stolperte, verlor das Gleichgewicht und fiel in ihn hinein. Zusammen landeten sie auf dem Boden. Für einen Moment verlor sie die Orientierung. Sie hatte den Gewehrlauf im Fallen loslassen müssen. Er stöhnte. Sie wälzte sich von ihm herunter. Der Riemen des Sturmgewehrs war von seiner Schulter gerutscht. Sie griff danach. Seine Hand mit dem Jagdmesser kam wie aus dem Nichts. Er hatte sich aus dem Liegen auf sie geworfen und rammte es in ihre linke Schulter. Sie schrie auf. Der Schmerz war überwältigend. Er riss das Messer aus ihr heraus, bäumte sich auf und holte weit aus. Wenn er ihre Brust traf, war sie tot. Die Bewegung ihres Beins war ein Reflex, keine bewusste Handlung. Vielleicht das Ergebnis von tausend Stunden Kampfsporttraining. Ein Kick mitten auf die Affenmaske. Mit allem, was ihre kräftige Oberschenkelmuskulatur hergab. Dieses Mal knackte es. Er schrie, ließ sich zur Seite kippen, kroch einen Meter auf allen vieren, rappelte sich auf. Sie lag noch immer auf dem Rücken, griff mit dem unverletzten Arm nach dem Gewehr und versuchte es in Position zu bringen, was einhändig fast unmöglich war. Mit dem Messer in der Hand starrte er sie an. Eine Sekunde, zwei. Dann drehte er sich um und verschwand mit schnellen Schritten im Zwielicht des Flurs. Sie atmete gegen den Schmerz in der Schulter an. Sie lag da wie gelähmt. Eine Minute, zwei. Von draußen hörte sie, wie ein Schnellboot gestartet wurde. Binnen kurzer Zeit verschwand das Brüllen des Motors in der Ferne und vom Boot war bald nichts mehr zu hören. Da war nur ihr Puls und das Wälzen der Brandung.

52

Irgendwie konnte Nordh die Entscheidung von Charlottes Eltern ja verstehen. Er musste an Lilly und Tim denken. Vielleicht hätte er selbst nicht anders gehandelt, selbst als Cop nicht, der die Gefahren einer öffentlichen Fahndung kannte. Natürlich griff man in einer solchen Situation nach jedem Strohhalm. Trotzdem wäre es besser gewesen, die Grosshögs hätten sich an ihn gewandt. Gemeinsam hätte man vielleicht einen tragbaren Kompromiss gefunden. Die Informationen nach und nach an die Öffentlichkeit gegeben. Und vor allem die Integrität der Familie besser geschützt. Stattdessen hatten sie ihre Seele an den Teufel verkauft. Ja, Pernille Friis und *Zenith* garantierten ihnen Reichweite. Aber um den Preis, dass der Medienkonzern aus der Familientragödie das größtmögliche Spektakel machen würde. Allein schon das Foto aus Charlottes Zimmer sprach Bände. Es diente einzig und allein dem Zweck, voyeuristische Bedürfnisse zu befriedigen. Vor seinem inneren Auge sah er, wie neugierige Reporter Schränke öffneten und Charlottes Unterwäsche begrapschten. Ihnen und dem verdammten Fotografen hätte er gern links und rechts eine runtergehauen. Pernille Friis ebenso. Stattdessen ließ er seine Wut am Lenkrad aus.

In seinem Büro nahm er schließlich Mellanders Anruf entgegen. Es war ihr achter Versuch, ihn zu erreichen. Sie faltete ihn zusammen. Als wäre er für die Entscheidung der Grosshögs verantwortlich. Sicher, die Polizei stand nun schlecht da. Aber drauf geschissen, die Reputation der Behörde interessierte ihn im Moment einen feuchten Dreck. Genauso wenig wie der Unmut der Chefin. Schließlich war sie es gewesen, die den verfluchten Fall unbedingt hatte behalten wollen, anstatt ihn an die Landesmordgruppe zu delegieren. Nachdem sie sich verbal ausgetobt hatte, versuchte er, Karhuu zu erreichen. Ehrlich gesagt wunderte er sich, dass sie sich noch nicht gemeldet hatte, die neuesten Entwicklungen konnte sie doch kaum verpasst haben. Er blickte auf die Uhr. Es war kurz nach zehn. Wahrscheinlich befand sie sich auf dem Rückweg von Tjörn. Sie ging nicht ans Handy. Untypisch. Aber sie würde zurückrufen, sobald sie sah, dass er versucht hatte, sie zu erreichen. Wenigstens waren die Muppets eingetrudelt und unterstützten die drei Kollegen, die für die Hinweise aus der Bevölkerung verantwortlich waren. Mellander hatte zugesagt, am nächsten Tag weitere Mitarbeiter zur Unterstützung abzustellen. Es war die Lawine, die er befürchtet hatte. Kein Wunder: ein spektakulärer Fall um einen Serienmörder, ein junges Mädchen, ein skrupelloser Medienkonzern, der aus allen Rohren feuerte. Er versuchte, die Grosshögs zu erreichen, aber es nahm niemand ab. Vielleicht hatten sie nach dem siebenundzwanzigsten Journalisten und dem hundertvierunddreißigsten Irren, der bei ihnen anrief, die Telefone ausgeschaltet. Vielleicht begannen sie bereits zu ahnen, dass sie die Büchse der Pandora geöffnet hatten. Er las den vorläufigen Bericht der Spurensicherung. Darin fand er nichts, was ihm auf Anhieb weiterhalf. Mette Petersen rief an. Sie hatte in dem Wohngebiet drei private Videokameras ausfindig gemacht. Keine hatte in der Tatnacht etwas Verwertbares eingefangen. Nordh bedankte sich und versuchte erneut, Karhuu zu erreichen. Immer noch nichts. Er ging ins Netz und sah sich das Videointerview von Pernille Friis und den Grosshögs in ganzer Länge an. Es tat weh, hinzusehen. Die verzweifelten Eltern, die fast pornografisch wirkenden Nahaufnahmen, die jede emotionale Regung einfingen, Friis' schmierige Anteilnahme, ihre unverhohlenen Spitzen gegen die vermeintliche Inkompetenz der ermittelnden Beamten, die Gegenschnitte mit Fotografien einer lächelnden Charlotte. Das kleine Einmaleins des zynischen Krawalljournalismus. Live und in Farbe. Gratulation, Frau Friis. Die eingeforderten Alibis und eine Aufstellung ihres Bewegungsprofils der letzten Wochen hatte er immer noch nicht erhalten, die entsprechenden Unterlagen von Måns de Klerk dagegen schon. Er hatte Wallgren aufgedrückt, die Angaben zu überprüfen. Schlau wurde er aus dem Paar noch immer nicht, fest stand nur, dass einer von beiden log.

Nordh klickte sich durch die aktuellen Schlagzeilen. Alle waren auf den Zug aufgesprungen, sogar ausländische Medien. Er registrierte, dass nach dem Interview die Berichterstattung jenseits aller platter Polizeikritik einen neuen Dreh bekommen hatte. Neben der barbarischen Brutalität, den altägyptischen Tataspekten und dem Rätselraten um die falschen Hieroglyphen fasste ein neues Narrativ Fuß. Offenbar fiel immer mehr Journalisten auf – oder sie schrieben voneinander ab –, worauf Karhuu bereits am Vormittag hingewiesen hatte: Die drei Taten hatten neben dem Ägypten-Kult eine weitere Konstante. Sjöbäck hatte einen Skandal um verunreinigtes Wasser zu verantworten. De Klerks Unternehmen stand für Raubbau an der Natur und die Zerstörung der Lebensgrundlagen der traditionellen samischen Rentierzucht. Charlottes Mutter arbeitete für die Betonindustrie, ihr Vater auf einem der größten europäischen Flughäfen. Beides Branchen mit katastrophaler CO_2-Bilanz. Aus dem Krokokiller wurde der Öko-Killer. Nordh kam ins Grübeln. Er hatte Karhuus Hypothese nicht wirklich ernst genommen. War vielleicht an den Überlegungen doch etwas dran? Sein Handy brummte. Er blickte aufs Display. Endlich meldete sich Karhuu zurück. Es war kurz vor Mitternacht.

»Wo steckst du?«, fragte er und erkannte im selben Moment, dass es deutlich spitzer klang, als es gemeint gewesen war.

»Scheiße, Jon«, stöhnte sie im Äther. »So eine verdammte Scheiße.«

Port Said, Ägypten 1985

Mehr als ein Jahr später lagen sie für einige Tage in Port Said. Es war für Peter schwer zu sagen, wann genau John in seinen Kopf gekommen war. Irgendwann in den Wochen oder Monaten nach der Trennung von Marik. Von nun an verbrachte er viel Zeit mit John. Was auch daran lag, dass die anderen Matrosen ihn seit der Sache mit dem Diebstahl und Mariks Bestrafung anders behandelten. Nicht viel, kaum wahrnehmbar, aber doch anders. Aus Herzlichkeit wurde Höflichkeit. Die gute Atmosphäre in der Mannschaft war abgekühlt, zumindest ihm gegenüber. So, als wäre die Sache mit Marik Peters Schuld. »Achte gar nicht auf sie«, sagte John. »Araber, Asiaten und Schwarze sind nicht wie wir. Sie tun nett, aber sie denken in Wirklichkeit schlecht von uns. Darum müssen wir zusammenhalten. Wir Weiße müssen zusammenhalten. Du und ich, Peter, wie Brüder.« Peter hatte dabei ein komisches Gefühl. Er konnte noch immer nicht glauben, dass Marik ihn bestohlen hatte. Er hatte Marik geliebt. Und Marik hatte ihn geliebt. Seine Abwesenheit tat unendlich weh. Er vermisste ihn schmerzlich. Tag für Tag. Trotzdem hatte John recht behalten. Der Araber hatte ihn beklaut. Das mit den Brüdern klang schön. Peter hatte nie einen Bruder gehabt. Es war bestimmt ein gutes Gefühl, einen Bruder zu haben. Jemand, auf den man sich immer verlassen konnte. Jemand, der ähnlich fühlte und dachte wie man selbst. Nicht wie damals bei den Keilern, die gemein und grausam gewesen waren, weil der Pius und der Stachel sie dazu gemacht hatten. John war anders. John schenkte Peter seine Zeit. John schenkte Peter sein Lächeln. John schenkte Peter einen goldenen Ring. Er passte zwar nur auf Peters kleinen Finger und es stand eine falsche Widmung darin – »Für Mimi von Dickie« –, aber es war mit Abstand das wertvollste Geschenk, das Peter je bekommen hatte. Als John ihm den Ring überreichte, rannen Peter Freudentränen übers Gesicht. »Blutsbrüder«, sagte John, lächelte breit, fuhr sich mit der Klinge seines Seemannsmessers über die Handfläche und hielt die blutende Hand und das Messer Peter entgegen. Peter tat es John nach, schnitt sich ebenfalls und dann drückten sie ihre Handflächen aneinander.

Blutsbrüder.

»Gut, gut, gut«, flüsterte eine Stimme in seinem Kopf, von der Peter nicht sagen konnte, ob sie John oder dem Pius gehörte. »Von nun an folgst du ausschließlich mir, verstanden?«

»Das ist unchristlich«, sagte Tante Hedwig. »Christus ist die Liebe und Christus ist dein Lotse. Er allein weist dir den Weg.« »Ich bin der Weg, ich bin dein Herr«, kreischten John und der Pius gemeinsam im Chor. Peter schauderte. Aber John griff sein Kinn und sah ihm fest in die Augen. »Wir beide, Peter«, sagte er eindringlich, »wir beide gegen den Rest der Welt. Schau, was ich hier habe.« Er zog etwas aus seiner Tasche und zeigte es Peter. Es war eine Karte. Peter erkannte sie sofort wieder. Es war Mariks handgezeichnete Karte. John tippte auf das Symbol, das einem Krokodilkopf ähnelte. »Weißt du, was hier liegt, mein Bruder? Hier liegt ein verschütteter Schatz!«

Peter erschrak. Wie kam John an Mariks Karte? Wie hatte er überhaupt von der Karte erfahren? Marik hatte John nicht ausstehen können, mit Sicherheit hatte er sie John nicht einfach so gezeigt. Hatte er etwa John gegenüber die Karte erwähnt? Hatte er gar von Mariks geheimnisvollen Andeutungen gesprochen? Er glaubte es nicht. Niemals hätte er Mariks Geheimnis verraten. Aber wie konnte er sich sicher sein, wenn sich John doch fast immer in seinem Kopf befand?

»Die Karte gehört Marik«, sagte er tonlos.

John leckte sich über die dünnen, bleichen Lippen.

»Er hat sie mir verkauft«, sagte er.

Peter wusste, dass das nicht stimmte. Marik hatte John verabscheut. Warum sollte er ausgerechnet ihm eine Karte verkaufen, die ihm sehr viel bedeutete?

In dem Moment erkannte Peter die kalten Augen von John, vor denen Marik ihn gewarnt hatte. Er sah in ihnen nichts als Härte und Gier.

»Ich glaube dir nicht«, wollte er sagen.

Aber da war Johns Stimme bereits in seinem Kopf. Vielleicht war es auch die des Pius oder des Stachels oder des Erzengels Michael. Oder aller zusammen.

»Glaube! Gehorche! Unterwirf dich! Folge mir!«

»Nein«, flehte Tante Hedwig. »Glaube ihnen kein Wort«, sagte Marik. »Folge mir, denn ich bin dein Lotse«, sagte Christus.

»Was ist mit dieser Karte?«, fragte er John zögerlich.

»Als wir in Tanger vor Anker lagen, habe ich mir ein Buch besorgt, das alle bekannten Ausgrabungsstätten Nordafrikas behandelt, und bin es durchgegangen. Ich habe die Karten in dem Buch genau studiert und mit der verglichen, die Marik gezeichnet hat. Der Krokodilkopf ist nur auf seiner Karte zu sehen. Aber ich habe in einem anderen Buch etwas darüber gelesen. Der Kopf steht für eine altägyptische Gottheit, die in dieser Region vor Urzeiten verehrt wurde. Es gibt offenbar alte Schriften, die einen Tempel erwähnen.« John lächelte maliziös. »Das Interessante ist, dass dieser Tempel nie gefunden worden ist.«

Peter dachte an Mariks Worte.

Alte Götter.

Ihn schauderte. Es klang blasphemisch. Aber gleichzeitig auch aufregend.

»Vielleicht wurde der Tempel zerstört«, sagte er.

»Oder er wurde verschüttet.« John blickte Peter eindringlich an. »Begreifst du, was das bedeutet?«

»Dass es in der Nähe von Mariks Dorf möglicherweise verschüttete Tempelruinen gibt?«

»Dummkopf!«, schrie der Pius und lachte gackernd.

»Es bedeutet, dass wir möglicherweise steinreich werden, mein Bruder. Da draußen in der Wüste liegt ein Schatz und wir beide werden ihn uns holen.«

Johns helle Augen funkelten. In dem Moment erkannte Peter: Es waren Augen aus Glas. Wie das Glasauge des Pius. Nur begriff Peter nun, dass es nicht die Augen Gottes waren, sondern die Augen des Teufels. John hatte Peters Sachen gestohlen und sie in Mariks Koje versteckt. Auf diese Weise hatte er Marik kaltgestellt. Um mit Peters Hilfe Mariks Geheimnis zu lüften. Um einen uralten verschütteten Tempel auszugraben. Um einen Schatz zu lüften und reich zu werden.

»Ich weiß nicht«, sagte er zögernd. »Mir ist nicht richtig wohl bei der Geschichte. Ich …«

In dem Moment haute John ihm eine runter. Eine Ohrfeige, die selbst dem Stachel zur Ehre gereicht hätte. Peter begann zu zittern. Plötzlich war alles wieder da.

Die Kolonie.

Die Angst.

Die Hoffnungslosigkeit.

In seinem Kopf lachte der Pius schallend. Oder war es John? Oder war er es vielleicht sogar selbst? Waren jeder für sich oder alle zusammen der Teufel in Person?

»Ich bin dein Meister«, sagte die Stimme in schneidendem Tonfall.

»Ja«, sagte Peter und neigte sein Haupt. »Du bist mein Meister.«

Er hörte Marik schlucken.

Tante Hedwig sagte nichts.

Jesus blieb stumm.

53

Kommissar Jon Nordh raste mit hundertachtzig durch die Nacht. Die Küste hinauf: Malmö, Landskrona, Helsingborg. Kurz dachte er an den Trinker Kurt, der irgendwo in dieser Stadt mit einer Monica das Geld versoff, das ihm ein namenloser Mann mit Hut zugesteckt hatte. Möglicherweise, damit er vergaß, was er gesehen hatte. Den Unfall von Linda und Calle. Der möglicherweise kein Unfall gewesen war. Er hatte seinen alten Kumpel Valle in Helsingborg angerufen. Valle hatte versprochen, sich im Trinkermilieu nach Kurt und Monica umzuhören. Zurückgemeldet hatte er sich seitdem noch nicht. Nordh schob die Gedanken beiseite. Es gab jetzt Wichtigeres. Halmstad, Falkenberg, Kungsbacka, Göteborg. Endlich kam der erlösende Anruf. Er sprach mit dem behandelnden Chirurgen. Svea Karhuu war mit dem Krankenwagen nach Stenungsund gebracht und sofort operiert worden. Die Stichwunde war tief, aber sie würde, ebenso wie die Schussverletzung, wahrscheinlich ohne Folgeschäden heilen. Nun schlief die Patientin tief und fest. Nordh bedankte sich. Nach einem Gewirr aus Umleitungen, Tunneln und Brücken spuckte ihn Göteborg auf der nördlichen Seite des Göta älv wieder aus. Die Baustellensituation in der Westküstenmetropole war noch schlimmer als in Malmö, dachte er flüchtig. Die Regung, in Stenungsund zu halten und nach Karhuu zu sehen, konterte er mit dem Argument, dass seine Partnerin nichts davon hatte, wenn er neben ihrem Krankenbett wachte, während sie schlief. Er wurde auf Tjörn dringender gebraucht. Als er den ehemaligen Bauernhof erreichte, ging es auf drei Uhr zu. Die Sonne war noch nicht aufgegangen, aber es wurde bereits wieder heller. Zwei Kollegen der Göteborger Kripo empfingen ihn. Die Spurensicherung war ebenfalls bereits vor Ort.

»Wir haben das Haupthaus und die Nebengebäude von oben bis unten durchsucht«, sagte der Kripomann. »Das Mädchen ist nicht hier.«

Verdammt!

»Aber es gibt da etwas, das du dir ansehen solltest«, sagte die Kripofrau.

Die beiden führten ihn in das verfallene Haus. Ihm schlug schier unerträglicher Gestank entgegen.

»Ist es das, wofür ich es halte?«, fragte er und presste sich den Arm auf die Nase.

»Schwer zu beurteilen«, sagte der Kripomann.

»Verwesung«, sagte die Kripofrau. »Aber ob es sich um, nun ja, Teile eines Menschen handelt, muss die Rechtsmedizin beurteilen. Eine Pathologin ist übrigens bereits auf dem Weg.«

Die Kegel von zwei Taschenlampen bahnten ihnen den Weg durch den langen Flur bis zu einer offen stehenden Luke im Boden.

»Da hinein«, sagte der Kripomann. »Aber Vorsicht, die Treppe ist steil.«

Der Gestank wurde noch schlimmer. Nordh war vieles gewohnt und alles andere als empfindlich, aber jetzt kämpfte er gegen den Brechreiz an. Sein inneres Kind weigerte sich, hinabzusteigen. Aber es gehörte nun mal zu seinem Job. Er dachte an Charlotte und gab sich einen Ruck. Unten war es kalt und beinahe taghell. Die Stativlampen der Spurensicherung leuchteten das Grauen gnadenlos aus. Karhuu hatte in ihrem atemlosen und leicht wirren Bericht einen ehemaligen Schlachtbetrieb erwähnt. Vielleicht erklärte das die Schienen mit rostigen Fleischhaken und Ketten an der Decke. Die Betonrinnen auf dem Boden, in denen schwarzkrustiges Blut getrocknet war. Die unzähligen Spritzer an den Wänden. Das alles wirkte jahrzehntealt. Aber es gab auch frische Spuren. Unübersehbar war das menschengroße, verwesende Fleischding, das in einer Pfütze undefinierbarer Flüssigkeit auf dem Boden in der Mitte des Raums lag.

»Ist es das, wofür ich es halte?«, wiederholte er sich.

»Ja, auch wenn der Kopf, der Schwanz und die Füße fehlen, handelt es sich zweifellos um einen Krokodilkadaver«, antwortete ein Mann im weißen Overall der Kriminaltechnik.

»Der Schwanz?«

Der Mann wies auf Fleischerhaken unter der Decke in einer Ecke des Raums.

»Vielleicht sind das dort gehäutete Teile davon. In diesem Verwesungsstadium schwer zu beurteilen.«

»Und zwei der Füße …?«

»Verflucht!«, rief jemand in der anderen Ecke des Kellers.

Alle wandten sich dem Mann zu. Nordh drängelte sich an den weißen Overalls vorbei. Einer der Kollegen stand vor einem Metallspind. Offenbar hatte er gerade die Türen geöffnet. Jemand richtete eine Lampe in den Metallschrank. Dort, auf einem Regalbrett zwischen zwei naturalistischen Pavianmasken, lag der abgetrennte Kopf eines Menschen. Nordh war sich sicher: Es war der Kopf von Aaron de Klerk, Augen und Mund aufgerissen und zu einem ewigen Schreckensschrei erstarrt.

54

Als Svea Karhuu zum ersten Mal aufwachte, war da nur Licht, Schwindel und das Schnarchen einer Fremden. Sie dämmerte wieder ein. Als sie zum zweiten Mal aufwachte, konnte sie sich orientieren. Bett, Krankenhaus, ein dumpfer Schmerz in der

Schulter, die Operation. Rechts ein Fenster, das zu viel Licht hineinließ. Sie blinzelte. Ein dünner Vorhang bauschte sich in einem leichten Luftzug. An der Wand vor ihr ein gerahmtes Bild, das Sonnenblumen zeigte. Links ein weiteres Krankenbett. Die Mitpatientin schnarchte noch immer. Karhuus Mund war trocken. Auf dem Tischchen rechts neben ihr stand ein Wasserglas. Mit einer vorsichtigen Bewegung griff sie danach. Die linke Schulter und der Oberarm pochten. Sie trank in kleinen Zügen und stellte das Glas wieder ab. Erst jetzt bemerkte sie die Nadel und den Schlauch in ihrem Handrücken, der zu einem Tropf an einem Gestell neben ihrem Bett führte. Mit der Orientierung kam die Erinnerung zurück. Ihre Fahrt auf die Insel, das lange Gespräch mit Bertil, die Geschichte der Familie Eliasson, der verrottende Hof in der Bucht, die Schüsse, der Treffer, ihre waghalsige Konterattacke, das Dröhnen ihrer Ohren, der Gestank, die Konfrontation mit dem Affenmann, der Zweikampf auf Leben und Tod, das Messer, seine Flucht, der aufheulende Bootsmotor. Irgendwie war sie wieder auf die Füße gekommen, hatte nach Charlotte gerufen, hatte schwankend Zimmer für Zimmer durchsucht, sich schließlich mehr schlecht als recht einen zweiten Verband angelegt, schleppenden Schritts den Rückweg Richtung Auto angetreten, die Hand auf den Verband gepresst, bis das Handy oben über der Bucht endlich wieder Empfang gehabt und sie Nordh angerufen hatte. In ihrem Auto hatte sie auf den Krankenwagen gewartet, dabei immer wieder das Bewusstsein verloren.

Eine Ärztin und ein Pfleger kamen ins Zimmer. Ihre Vitalwerte wurden gemessen und die Ärztin erklärte ihr den Verlauf der Operation. Alles war gut gegangen, sie würde eine Zeit lang in ihren Bewegungen eingeschränkt sein, aber keine langfristigen Schäden davontragen. Wichtig wäre eine Kombination aus Ruhe und einer allmählichen Mobilisierung mithilfe systematischer Physiotherapie. Gegen die Schmerzen könnte sie heute noch Opiate bekommen, am folgenden Tag würde man dann auf Ibuprofen umstellen. Antibiotika schienen – Stand jetzt – nicht nötig, da ihr Körper gut auf die OP zu reagieren schien. Karhuu bedankte sich. Der Pfleger brachte ihr frisches Wasser, Joghurt und eine Banane. Ihr war leicht übel, aber sie aß trotzdem, kaute bedächtig und dachte an Kristoffer, den sie in der Tiefe der nordschwedischen Taiga untergebracht hatte. Wahrscheinlich war er gerade mit ihrem Onkel angeln oder las ein Buch. Da oben gab es weder Internet noch Mobilfunknetz. Deshalb war er da. Niemand würde ihn aufspüren können. Sie hätte ihren kleinen Finger dafür gegeben, jetzt bei ihm zu sein. Ihr Vater hielt derweil in Kristoffers Wohnung Wache. Er hatte sein Jagdgewehr nach Stockholm mitgebracht. Sie schlief wieder ein und träumte wild. Von Pyramiden, Tiermasken und Krokodilen. Als sie wieder aufwachte, saß Nordh neben ihrem Bett, ein dünnes Lächeln im hohlwangigen Gesicht.

»*Welcome back*«, sagte er. »Du Heldin.«

Ihr Mundwinkel zuckte.

»Von wegen.«

»Hey«, sagte er ungewohnt sanft und legte ihr die Hand auf den Arm, »du hast alles richtig gemacht, Svea.«

Sie schüttelte den Kopf.

»Ich hätte die Rückseite des Hauses sichern müssen.«

»Du warst allein und der Bastard hat auf dich geschossen. Andere hätten sich in die Hose gemacht, wären in Deckung gegangen und hätten die Sache ausgesessen. Du dagegen warst mutig und hast für das Mädchen dein Leben riskiert. Ich ziehe den Hut vor dir.«

»Ach was.«

»Svea, du hast das Richtige getan.«

»Das Handbuch sagt aber etwas anderes.«

»Scheiß auf das Handbuch.«

»Darum geht es eigentlich auch nicht.« Sie blickte ihm in die Augen. »Ich hatte ihn, Jon. Ich hatte den Mistkerl. Und dann habe ich es vermasselt. Sieben Jahre Kampfsport, vier Jahre Ausbildung – und ich habe es trotzdem versaut.« Nordh sagte etwas Beschwichtigendes, aber sie unterbrach ihn. »War sie da? Ist Charlotte in dem Haus gewesen? Hat er sie auf dem Boot mitgenommen?«

»Wir wissen es nicht, die Spurensicherung arbeitet noch.« Nordh berichtete ausführlich. Er hatte die vergangenen sechs Stunden in dem ehemaligen Hof verbracht. Anschließend hatte er sich über eine Stunde mit Bertil unterhalten. Wallgren und ein kleines Team befragten die Dorfbewohner. Mellander hatte Tatortexperten aus Stockholm einfliegen lassen. Es lief sowohl eine landesweite Fahndung als auch eine über Interpol. Gesucht wurden Johannes Eliasson und sicherheitshalber auch sein Bruder Markus. Beide waren seit 1979 nicht mehr in Kontakt mit einer schwedischen Behörde gewesen. Entweder waren sie tot, hatten, wie auch immer, die Identität gewechselt, waren untergetaucht oder hatten sich ins Ausland abgesetzt. »Wir jagen ein Phantom«, sagte er schließlich.

Er sah furchtbar erschöpft aus.

»Du siehst furchtbar erschöpft aus«, sagte sie.

»Ich bin seit zweiunddreißig Stunden wach.«

»Du Armer.« Sie schenkte ihm ein schmales Lächeln. »Ich glaube, ich brauche wieder etwas gegen die Schmerzen.«

»Und ich einen Kaffee.«

55

Nordh war so müde, dass er auf der Rückfahrt nach Malmö fast am Steuer eingeschlafen wäre. Er hielt an einer Tankstelle und kaufte sich einen Energydrink. Nachdem er die Dose ausgetrunken hatte, rief er Charlottes Eltern an und gab ihnen ein Update. Immerhin gab es nun einen Tatverdächtigen. Dass dieser seit Jahrzehnten verschwunden war, brauchten die Grosshögs im Moment nicht zu wissen. Dass Karhuu den Bastard um ein Haar gefasst hätte, auch nicht. Etwas Hoffnung, das war Nordh ihnen schuldig, fand er, und es gab ja auch gute Gründe dafür. Dass er sauer über den Alleingang der Eltern war, was die unkoordinierte Medienstrategie und das Interview mit Pernille Friis betraf, ließ er sie nicht spüren. Sie hatten schon schwer genug zu tragen.

Die letzten hundert Kilometer fuhr er mit offenem Fenster. Das Koffein und der Fahrtwind hielten ihn wach. Als er endlich zu Hause ankam, war es bereits Mittag. Ihm blieben drei Stunden, bis die Kinder von der Ferienfreizeit kamen. Er schlief wie ein Stein. Als er wieder aufwachte, hatte er Kopfschmerzen. Seine Armbanduhr zeigte Viertel nach fünf. Sie hatten ihn schlafen lassen. Danke, Rosa. Ihre Stimmen drangen aus dem Garten durch das offene Fenster zu ihm hoch und es roch, als wäre schon wieder die Grillkohle am Glühen. Er hatte Hunger und Durst, keine Ahnung, wann er das letzte Mal etwas gegessen hatte. Sein Handy brummte auf dem Nachttisch. Eine neue Mitteilung. Er griff danach. *Holy shit*. Vierundvierzig Nachrichten und E-Mails, dreizehn verpasste Anrufe, davon allein dreimal Mellander. Er scrollte durch die Messages. »Schau mal ins Netz«, hatte Wallgren geschrieben.

»Schalt sofort den Fernseher an«, hatte Stöcker gefordert.

Sogar Karhuu hatte ihn benachrichtigt.

Er öffnete die App einer großen Newsseite.

Der Klima-Killer stellt ein Ultimatum

Jesus, Maria und Josef.

Er las. Offenbar waren am Vormittag bei den lokalen Redaktionen des öffentlich-rechtlichen Fernsehens, des Öffentlichen Rundfunks, der *Sydsvenskan*, des *Svenska Dagbladet* und *Dagens*

Nyheter identische Briefe eingegangen. Es handelte sich um eine Art Bekennerschreiben samt eines Forderungskatalogs. Der Verfasser bekannte sich zu den Morden an Reidar Sjöbäck und Aaron de Klerk.

An den Männern, beide schwerer Vergehen an der Umwelt schuldig, seien blutige Exempel statuiert worden, einerseits um sie für ihre Sünden zu bestrafen und andererseits, um endlich die Aufmerksamkeit zu erregen, die nötig sei, um die Gesellschaft wachzurütteln. Der Bezug zum alten Ägypten sei gewählt worden, um zu verdeutlichen, dass es in der Menschheitsgeschichte Kulturen gegeben habe, die es geschafft hätten, über Jahrtausende in Einklang mit der Natur zu leben. Nun sei es an der Zeit, den klimapolitischen Selbstmordkurs der Regierung zu ändern und den CO_2-Ausstoß in allen Sektoren drastisch zu senken, ohne dabei die Ressourcen von Mutter Erde so skrupellos wie bisher auszubeuten. Der Verfasser forderte eine Absichtserklärung des Ministerpräsidenten, die Umweltpolitik mit sofortiger Wirkung an die Ziele des Pariser Klimaabkommens auszurichten und die Gesetze zum Abbau von Rohstoffen sowie die Grenzwerte für die Verschmutzung von Wasser und Luft deutlich zu verschärfen. Sollte in den kommenden zweiundsiebzig Stunden eine verbindliche Absichtserklärung der Regierung ausbleiben, würde Charlotte Grosshög, die Tochter zweier Protagonisten der Fossilmafia, auf dieselbe grausame Weise hingerichtet werden wie Sjöbäck und de Klerk. Auch weitere Tote seien nicht auszuschließen, um der Forderung Nachdruck zu verleihen. Um zu beweisen, dass sich das Mädchen tatsächlich in seiner Gewalt befände, hätten die kontaktierten Redaktionen mit den Briefen Blut- und Haarproben des entführten Mädchens bekommen. Die Medien bestätigten dies. Vor der Veröffentlichung des Bekennerschreibens hatten die Redaktionen die Blutgruppe ermitteln lassen und Kontakt mit Charlottes Eltern und der Polizei aufgenommen. Die Grosshögs hatten bestätigt, dass ihre Tochter dieselbe seltene Blutgruppe hatte wie die Blutproben. Mit der Veröffentlichung des Schreibens waren sie einverstanden gewesen. Nordh fluchte. Das alles war geschehen, während er geschlafen hatte. Er wischte auf dem Handy von Webseite zu Webseite. Alle brachten mehr oder weniger dieselbe Story, unabhängig davon, ob sie zu den direkten Empfängern des Bekennerschreibens gehörten oder nicht. Die Briefe mit den Blut- und Haarproben waren offenbar am Vortag aufgegeben worden.

Er überflog die anderen Dienstnachrichten und E-Mails, überwiegend handelte es sich um Zwischenberichte vom Tatort auf Tjörn. Es gab wenig Neues. Er legte das Smartphone beiseite, duschte kalt und zog sich an. Was sollte man von dem Bekennerschreiben halten? Sicher, Karhuu hatte bereits am Vortag auf den möglichen Zusammenhang zwischen dem Umweltskandal, den Sjöbäck zu verantworten hatte, die umstrittenen Tätigkeiten des Minenkonzerns, dem de Klerk vorstand, und den beruflichen Posten der Grosshögs hingewiesen. Aber jetzt mal ernsthaft. Ökoterrorismus? Widersprach das nicht der These vom Tätertypus mit dissozialen Persönlichkeitsstörungen? Und wie passte dieses Narrativ zur Geschichte von Johannes Eliasson und seiner Familie? War aus dem misshandelten und gestörten Jungen, der Mitschüler drangsalierte, Tiere quälte, tötete, zerlegte und ihre Körperteile wie ein verrückter Puppenmacher austauschte, ein berechnender, denkbar brutaler und zu allem bereiter Klima- und Umweltaktionist geworden? In Nordhs Kopf ging das nicht zusammen. Aber nun gut. Einen Serienmörder, der sich in seiner kranken Fantasie zum Scharfrichter der altägyptischen Götterwelt aufschwingt, hatte er bis vor einigen Tagen auch nicht für möglich gehalten. Alles hing nun an der Verifizierung der Proben. Eine seltene Blutgruppe war das eine, aber solange es keinen DNA-Vergleich gab, konnte man die Übereinstimmung immer noch als Zufall abtun. Angesichts der medialen Aufmerksamkeit würde Mellander die Untersuchung des Genoms zweifellos im Rekordtempo durchdrücken. Er rief sie an. Sie spielte wie erwartet die Empörte. Warum war er als führender Kopf der Ermittlung stundenlang nicht erreichbar gewesen, während der Fall eine weitere dramatische Wendung genommen hatte? Weil selbst der engagierteste Bulle irgendwann einmal pennen musste. Weshalb hatte man den Aspekt eines möglichen Überzeugungstäters in Sachen Klima und Umwelt in der Ermittlung nicht stärker gewichtet? Weil, zumindest bis zu Charlottes Entführung, absolut nichts darauf hingewiesen hatte, dachte er, und das weißt du ganz genau, du blöde Gans. Aber er sagte zu allem Ja und Amen und informierte sie über Karhuus Gesundheitszustand sowie den Stand der Dinge auf Tjörn. Anschließend führte er weitere Telefonate. Die Untersuchung der Blut- und Haarproben war im Gange. Die landesweite Fahndung nach den verschollenen Eliasson-Brüdern war weiterhin ergebnislos. Er wollte gerade den nächsten Anruf tätigen, als von draußen wieder die Stimmen seiner Kinder und der Grillgeruch zu ihm durchdrangen. Scheiß drauf, dachte er, ich brauche jetzt erst einmal ein Stück Fleisch und ein kaltes Bier.

56

Als Svea Karhuu wieder aufwachte, fühlte sie sich besser. Die linke Schulter pochte zwar dumpf, aber das Gefühl von Schwindel und leichter Übelkeit hatte sich verflüchtigt. Sie trank in kleinen Schlucken ein Glas Wasser. Auf einem Teller neben ihrem Bett lag eine neue Banane. Wahrscheinlich war es eine gute Idee, etwas zu essen, auch wenn sie sich nicht hungrig fühlte. Viel lieber hätte sie eine Zigarette geraucht, aber das war vermutlich auch für eine Heldin nicht drin. Nordh und seine Sprüche.

Sie schälte mit bedächtigen Bewegungen die Banane. Gar nicht so leicht, wenn man die eine Hand kaum benutzen konnte. Sie biss ab und kaute mechanisch. Es schmeckte mehlig, aber ihr Körper würde es ihr vermutlich danken. Heilt schnell, dachte sie, ihr dummen Wunden. Ich brauche meine Schulter. Nachdem sie das Obst bezwungen und erneut getrunken hatte, nahm sie das billige Prepaidhandy, das eine Krankenschwester auf ihre Bitte hin aus ihrer Jackentasche genommen und auf den Tisch an ihrem Krankenbett gelegt hatte. Sie wählte die einzige Nummer, die darauf gespeichert war und die ebenfalls zu einem *burner phone* führte. Der ganze Mumpitz mit Kristoffers umständlicher Flucht zu ihrem Onkel in die nordschwedischen Wälder und den Billigtelefonen mit anonymen SIM-Karten war nötig, weil sie schwer einschätzen konnte, mit welchem Feind sie es zu tun hatte. Möglicherweise jemand mit guten ermittlungstechnischen Ressourcen, möglicherweise die Hintermänner des Prostitutionsrings. Wenn sie einen Kommissar in der Tasche gehabt hatten, konnten es genauso gut mehrere sein. Wer auch immer dahintersteckte, war darüber im Bilde, dass sie einem korrupten Kollegen in Notwehr die Kehle aufgeschlitzt hatte. Was eigentlich unmöglich war, denn darüber wussten nur Kateryna, ihr Chef und die interne Untersuchungskommission Bescheid. Kateryna war tot, jemand hatte sie aus einem Fenster im zwölften Stock eines Hotels gestoßen, vermutlich ein Handlanger des organisierten Verbrechens. Natürlich war es möglich, dass sie vorher unter Zwang etwas preisgegeben hatte. Vielleicht war sie bedroht oder sogar gefoltert worden.

Copkiller.

Oder waren schon damals, nach dem schiefgelaufenen Einsatz, als Karhuu von ihrem Chef vorübergehend auf einem unbedeutenden Posten in einem unbedeutenden Stockholmer Revier geparkt worden war, gewisse Gerüchte durch die Flure gewabert? War das Wort *Copkiller* nicht bereits dort schon einmal in irgendeinem Zusammenhang gefallen? Wenn sie sich nur besser an diese furchtbare Zeit erinnern könnte. Erinnern, darin war sie eigentlich Weltmeisterin. »Svea«, hatten ihre Eltern gesagt, seit sie ein kleines Kind war, »du hast ein Gedächtnis wie ein Elefant«. Oder: »Du bist ein wandelndes Lexikon.« Und das stimmte. Fakten, Dinge, Erlebnisse memorieren hatte sie immer schon gekonnt. Mehr als das. Eine Lehrerin in der Oberstufe und später auch einer ihrer Ausbilder hatten vermutet, dass sie ein fotografisches Gedächtnis hatte. Dabei gab es so etwas, wissenschaftlich betrachtet, überhaupt nicht. Gut war sie trotzdem. Schon mit zehn hatte sie ganze Nachschlagewerke memoriert. Bücher, die zu Hause herumlagen. Über Hunderassen, Dinosaurier oder Gartenkräuter, aber auch so abseitige Themen wie gotische Architektur oder die Geschichte der schwedischen Marine. Vieles von dem hatte sie bis heute behalten. Aber was die Wochen anging, nachdem sie einen Menschen mit einem Messer hatte töten müssen, nachdem sie sein Blut von ihren Händen gewaschen hatte, nachdem sie Nacht für Nacht aus Albträumen aufgeschreckt, nachdem sie rastlos, fahrig und niedergestimmt gewesen war – da herrschte Verwirrung. Ein milchiger Nebel hatte sich über ihre Erinnerung gelegt, und verflüchtigt hatte er sich erst wieder, als man sie wegen eines nichtigen Vorfalls suspendiert und im Anschluss nach Malmö geschickt hatte. Keine untypischen Symptome einer posttraumatischen Belastungsstörung. Vielleicht hätte sie sich damals in Behandlung begeben sollen. Vielleicht war es dazu noch nicht zu spät. Vielleicht war es einen Versuch wert – wenn dieser albtraumhafte Fall vorüber und Kristoffer und sie endgültig außer Gefahr waren.

Das Freizeichen erklang. Ihr Vater nahm ab.

»Wie geht es dir?«, fragte er.

»Na ja.«

Sie erzählte ihm von den Ereignissen auf Tjörn, ihren Verletzungen und der Operation. Ove war der einzige Mensch, dem sie sich restlos anvertraute. Das war schon so gewesen, als sie klein gewesen war, es hatte für ihre Undercover-Einsätze gegolten und war noch immer so. Ihrer Mutter gegenüber tendierte sie, die Dinge zu beschönigen, denn Marie war jemand, der sich eher zu viel als zu wenig Sorgen machte. Vielleicht wurde man so, wenn man mit einem Polizisten verheiratet war. Dass ihre Adoptivtochter in die Fußstapfen ihres Manns getreten war, hatte Marie nicht gutgeheißen und tat es bis heute nicht, selbst wenn sie versuchte, es sich nicht anmerken zu lassen. Und Kristoffer? Sie hatten sich zwischen zwei Undercover-Einsätzen kennengelernt. Er hatte eine grobe Vorstellung davon, was sie tat, aber über vieles ließ sie ihn im Unklaren. Dass sie den Tod eines Menschen zu verantworten hatte, hatte sie ihm nie erzählt. Sie hatte sich lange eingeredet, dass sie ihn belog, um ihn zu schützen. Dass sie schwieg, weil es um Dienstgeheimnisse ging. Aber das war Blödsinn. Sie hatte den Mund gehalten, weil sie sich schämte. Weil sie nicht wollte, dass er schlecht von ihr dachte. Weil sie Angst hatte, dass er sie verlassen würde. Denn wer wollte schon mit einer Mörderin zusammen sein, Notwehr hin oder her? Doch spätestens seit dem Einbruch in Kristoffers Wohnung hatte sie begriffen, dass sie diese Lüge nicht mehr länger aufrechterhalten konnte und wollte. Sie liebte ihn. Er hatte die Wahrheit verdient. Wenn er daraus die Konsequenz ziehen würde, sich zu trennen, konnte sie es gut verstehen, auch wenn es ihr das Herz brechen würde. Sie hätte schon längst klar Schiff machen müssen. Nun war er in die schmutzige Geschichte mithineingezogen worden und das war einzig und allein ihre Schuld.

»Mädchen, Mädchen«, sagte ihr Vater. »Ich weiß, dass du groß und stark bist, aber pass auf dich auf.«

Er berichtete aus Stockholm. Die Software, die die Feeds der versteckten Kameras auswertete, hatte noch niemanden aufgespürt, der an zwei Standorten aufgetaucht war. Auch in

Kristoffers Wohnung war es ruhig geblieben. Ove stellte keine Fragen zu ihrem Fall oder ließ irgendwelche Kommentare ab, obwohl er den medialen Rummel natürlich mitbekommen hatte. Der *Kroko-Klima-Killer* war allgegenwärtig. Dafür war sie ihrem Vater dankbar. Er war für sie da, wenn sie ihn brauchte, aber er ließ sie ihr Ding machen.

»Du weißt doch, ich bin unkaputtbar, Daddy.«

Er lachte sein warmes Lachen, wie immer, wenn sie ihn so nannte.

»Soll ich für dich die Kameras in Malmö aufstellen?«

»Ach was. Das sind hin und zurück vierzehn Stunden Autofahrt«, sagte sie. »Bleib in Stockholm. Ich kümmere mich darum, sobald ich hier raus bin. Grüß Mama von mir. Wir sprechen morgen.«

Sie legte auf und trank ein weiteres Glas Wasser. Anschließend nahm sie ihr Smartphone, loggte sich in die Fallakte ein und las sämtliche neue Berichte. Die Fahndung nach einem Motorboot hatte nichts ergeben. Kein Wunder, in den Häfen entlang der Westküste gab es im Hochsommer Tausende. Auf dem Grundstück des Eliasson-Hofes waren Werkzeug, Holz und Sägespäne gefunden worden, die darauf hindeuteten, dass der Täter dort die Barke gebaut hatte, in der Sjöbäck gefunden worden war. Sie musste an den Krokodilkadaver und de Klerks Kopf denken. Der Tatort war sowohl mit dem ersten als auch mit dem zweiten Opfer verknüpft. Konnte es überhaupt noch Zweifel daran geben, dass Johannes Eliasson für die grausamen Morde und Charlottes Entführung verantwortlich war? Aber wie passte das mit den Bekennerschreiben und den politischen Forderungen zusammen, die vor einigen Stunden öffentlich gemacht worden waren? Sie hatte keine Ahnung. Das Denken fiel ihr schwer. Vielleicht war ihr Körper noch zu erschöpft, vielleicht lag es an den Medikamenten. Ihr Smartphone klingelte. Es war der Altertumsprofessor aus Lund.

»Ich muss zugeben, dass ich mich ziemlich in dieses, nun ja, Projekt verbissen habe.« Er lachte nervös. »Seit du mir die Fotos zugeschickt hast, schlafe ich nicht mehr allzu viel, sondern sitze am Rechner und knobele. Manchmal denke ich, dass ich mithilfe klassischer Dechiffriermethoden und moderner Entschlüsselungsprogramme auf etwas gestoßen bin, einzelne Begriffe oder wenigstens grammatikalische Strukturen, aber dann zerrinnen die Bedeutungen wieder wie Sand zwischen den Fingern. Ich bin ehrlich gesagt ratlos. Hatte ich mithilfe der Zeichen aus dem Zimmer des verschleppten Mädchens anfangs noch auf einen Durchbruch oder wenigstens einen Fortschritt gehofft, muss ich mir wohl eingestehen, dass das Gegenteil eingetreten ist. Sie haben meine bis dahin zart gediegenen Übersetzungsansätze eher zertrümmert als bestärkt.«

»Wie meinst du das?«

»Es ist, als ob ihre Anordnung überhaupt keinen Sinn ergäbe.« Nervöses Lachen. »Vorausgesetzt, die Hieroglyphen ergeben überhaupt einen Sinn. Oder das System der Zeichen ist schlichtweg so komplex, dass ich es nicht durchschaue.«

»Dir fehlt immer noch der Schlüssel.«

»Genau.«

»So etwas wie Ptolemäus oder der Wetterbericht der deutschen Wehrmacht.«

»Richtig. Ich habe es erfolglos mit einem Haufen Begriffe versucht, die gerade durch die Medien geistern. Sämtliche nur denkbare Götter des alten Ägypten, dazu Klima, Ökologie, Umweltschutz und so weiter.«

»Hast du gerade etwas zu schreiben parat?«

»Sicher.«

»Versuche es mit folgenden Wörtern: Johannes. Eliasson. Klövedal. Hahnenbucht.« Sie überlegte. »Tjörn. Markus. Lukas. Matthäus.« Mehr fiel ihr nicht ein. »Brücke«, fügte sie dann doch noch an. »Okay?«

»Okay. Ich melde mich, wenn ich auf etwas stoße.«

»Ich danke dir.«

Sie legte auf. Ihre Gedanken kreisten, das leichte Gefühl von Übelkeit kehrte zurück. Die Schulter pochte wieder stärker. Es war Zeit für die Schmerzmittel. Die Frau im Nebenbett schnarchte wieder. Sie legte das Smartphone dicht neben ihr Ohr und hörte sich die aktuelle Podcastfolge von Pernille Friis an. Normalerweise erschien eine pro Woche. Seit Friis in den aufsehenerregenden Fall verwickelt war, sendete sie täglich. Heute ging es um die Frage, wie authentisch die Bekennerschreiben waren und inwiefern sie den Mörder zu einem Terroristen machten. Zudem gab es ein Interview mit einem Psychologen, der eine Art Profil des Täters entwickelt hatte. Friis rieb sich an einem Stichwort auf. Es ging um die vermeintliche sexuelle Impotenz des Täters. Die Journalistin kam immer wieder darauf zurück und machte mehrere verunglückte Witze darüber. Pietät gegenüber den Opfern ging anders. Im Vergleich zu älteren Podcastfolgen, von denen Karhuu sich zwei angehört hatte, war etwas geschehen, konstatierte sie. Friis war nun emotionaler, aufgedrehter, schriller. Die trockene Sachlichkeit, die einen Teil des Erfolgsrezepts der Sendung ausgemacht hatte, war einer grellen Zurschaustellung gewichen. War das eine Forderung ihres Arbeitgebers oder hing es womöglich mit der seltsamen Rolle zusammen, die Friis selbst in dem Fall spielte? Karhuu wusste darauf keine Antwort. Sie legte das Handy weg und schlief kurz darauf ein.

57

Nach dem Abendessen spielte Familie Nordh eine Runde Federball. Dieses Mal war sogar Rosa dabei, ihre Ampel stand heute auf Grün. Im Doppel entwickelten sich ein paar sehenswerte

Ballwechsel. Vor allem Lillys Schläge wurden immer präziser. Vielleicht profitierte sie davon, dass sie schon im Alter von fünf Jahren mit Tischtennis begonnen hatte. Die Geschichte mit der Tischtennisplatte im Keller war Lindas Idee gewesen. Wie fast alle guten Ideen in ihrer neundreivierteljährigen Ehe. Er hatte sich am Anfang gegen die Anschaffung gesträubt, denn er hegte und pflegte seit der Geburt der Kinder den Traum, dass sie eines Tages seine Fußballleidenschaft teilen würden. Weshalb er Lilly an ihrem fünften Geburtstag in der Juniorabteilung eines Vereins angemeldet hatte. Nur dass sein Projekt aus den verschiedensten Gründen immer wieder Rückschläge erlitt. Zuerst landete Lilly auf einer Warteliste, denn der Andrang auf die begehrten Plätze war groß. Als sie dann endlich ins Team rückte, fiel das Training immer wieder aus, weil entweder der Platz wegen eines defekten Drainagesystems beim kleinsten Regen unter Wasser stand oder der Trainer ständig krank war. Als die Übungseinheiten in die Sporthalle verlegt wurden, wollte Lilly nach dem zweiten Mal nicht mehr hin, weil sie die anderen Kinder doof fand. Ellenlange Vater-Tochter-Diskussionen, Zeter und Mordio. Was war mit den nagelneuen Indoorfußballschuhen, den Schienbeinschonern und dem Malmö-FF-Trikot, die er extra gekauft hatte? Aber Madame wollte plötzlich lieber in die Tanzgruppe. Nur dass die auch voll war. Ebenso wie die Judo-, die Gymnastik- und die Schwimmgruppe. Irgendwann konnte Linda die epischen Streitereien nicht länger mitansehen. Am übernächsten Tag wurde die Tischtennisplatte geliefert und fortan trainierten sie zu dritt im Keller, während Tim zufrieden unter der Platte saß und mit seinen Autos spielte. Ach, Linda. Manchmal vermisste er sie so sehr, dass er kaum atmen konnte.

Nachdem er die Kinder ins Bett gebracht, eine alberne Geschichte über einen sprechenden Hund erzählt und so lange mit ihnen gekuschelt hatte, bis sie eingeschlafen waren, ging er nach unten und setzte sich mit dem Smartphone auf die Terrasse. Obwohl es bereits auf zehn zuging, war es noch immer warm genug, um im T-Shirt draußen zu sitzen. Ihm fiel auf, dass er diesen Sommer noch keine einzige Mücke bemerkt hatte. Wahrscheinlich hatte das irgendeinen beängstigenden Grund, zu viele Pestizide oder den Klimawandel oder weiß der Teufel was, aber es freute ihn trotzdem. Es waren mittlerweile wieder Dutzende Benachrichtigungen eingegangen, die meisten davon Dienstmails. Eigentlich verlangte es seine Rolle im Team, dass er alles las, aber dazu fühlte er sich an diesem Abend nicht mehr imstande. Es wurde zu viel. Die Dinge wuchsen ihm über den Kopf. Die Ermittlung wurde zu groß. Und nun fiel auch noch Karhuu aus. Es war an der Zeit, neben ihm noch weitere Leute in die Leitung zu holen. Er allein konnte die vielen Bälle nicht länger in der Luft halten, es wurden schlichtweg zu viele. Morgen würde er mit Mellander darüber sprechen. Sie hatte bereits angedeutet, dass der Staatsschutz schon bei ihr angeklopft hatte, nun, wo Terrorismus im Raum stand und es Forderungen an die Regierung gab. Und warum in Herrgottsnamen eigentlich nicht? Die Säpo hatte ganz andere Ressourcen zur Verfügung und wenn es half, das Mädchen lebendig zurückzuholen, teilte er gern die Verantwortung. Er überflog die Betreffzeilen seiner Mails. Offenbar nichts bahnbrechend Neues. Die Ergebnisse der DNA-Vergleiche standen noch aus. Er rief im Krankenhaus in Stenungsund an, um sich zu erkundigen, wie es Karhuu ging, aber sie nahm nicht ab, vermutlich schlief sie. Gut so. Ruhe dich aus, Svea, und werde bald wieder gesund. Das Gefühl, ohne sie ziemlich allein dazustehen, war stärker, als er sich zunächst eingestanden hatte. Sicher, es gab da noch die Muppets und einige andere im Team, aber das war nicht dasselbe. Er wollte Karhuu an seiner Seite haben, bei diesem verfluchten Fall wollte er Karhuu an seiner Seite haben. Offiziell mochte sie eine Auszubildende sein, in Wirklichkeit war sie längst seine Partnerin. Nie war ihm das so deutlich geworden wie jetzt. Ich brauche dich, Svea.

Die Nachricht seines alten Kumpels Valle aus Helsingborg hätte er beinahe übersehen. Er hatte über Umwege eine notorische Trinkerin namens Monica Fröberg, achtundfünfzig, arbeitslos, aufgespürt, die dafür bekannt war, ihre Lebensabschnittspartner im Dreimonatsrhythmus zu wechseln. Die Adresse hatte er mitgeschickt. In Nordhs Brust regte sich etwas. Als hätte sein Körper von einem Moment auf den anderen eine neue Energiequelle angezapft. Etwas Heißes, Mächtiges durchströmte ihn. Es fühlte sich gut an, gleichzeitig spürte er, dass es falsch und ungesund war. Vor seinem inneren Auge sah er rot glühende Lava vor sich hin blubbern. Wenn er klug war, löschte er die Nachricht, trank noch in Ruhe ein Bier, genoss die laue Abendluft und legte sich dann ins Bett. Aber drauf geschissen. Er stand auf und zog sich Schuhe an. Wenn er Gas gab, war er in einer Dreiviertelstunde in Helsingborg. Der Passat flog durch die aufziehende Nacht. Es war elf, aber noch immer nicht richtig dunkel. Links der E6 ließ sich das silberschwarze Meer erahnen, in der Ferne blinkten die roten Lichter eines Offshore-Windparks. Er nahm die Abfahrt nach Helsingborg. In der Innenstadt fuhr er an einem Fischrestaurant vorbei, in dem er vor Urzeiten mit Linda essen war. Das war am dritten Jahrestag ihres Kennenlernens gewesen, noch vor der Hochzeit und den Kindern. Der Wein dort war unglaublich gewesen und sie hatten beide ordentlich einen in der Krone gehabt. Auf dem Spaziergang zurück zum Hotel hatte Linda einen versauten Witz nach dem anderen erzählt und er hatte sich vor Lachen nicht mehr eingekriegt. *Kommt ein Blinder in den Fischladen …* Er biss sich auf die Unterlippe. Ihm stiegen Tränen in die Augen. Das Navi führte ihn in ein anderes Viertel. Er wischte sich über die Augen und parkte. Ziemlich abgerockt, das Gebäude, in dem Monica wohnte. Satellitenschüsseln an Balkongeländern. Über ihm bauschte sich in der Brise eine zerfetzte kroatische Flagge. Das Schloss der Haustür war kaputt. Monica Fröberg wohnte im Erdgeschoss. Er baute sich vor der Wohnungstür auf. Klingelte. Er stand auf einer fleckigen, rosafarbenen Fußmatte in Herzform mit Inschrift. *Girls just want to have fun.* Na dann. Von innen drang gedämpft Schlagermusik. *Du är det bästa jag har.* Das Lieblingslied seiner verstorbenen Mutter. Egal jetzt. Nichts geschah. Er klingelte Sturm. Es dauerte eine ganze Minute, bis sich drinnen doch etwas rührte. Die Musik wurde leiser gestellt. Schritte auf knarzendem altersschwachem Laminat. Zögerliches Türöffnen, einen Spalt nur, die Sicherheitskette eingehakt. Er sah die Hälfte eines teigigen, verlebten Frauengesichts. Ängstlicher Blick. Schnapsfahne. Er hielt ihr kurz seinen Ausweis entgegen.

»Kommissar Markus Möller. Ich muss dringend mit Kurt sprechen, es geht um eine Belohnung, die ihm möglicherweise zusteht.«

Die billigsten Tricks der Welt. Aber fürs A-Team, wie Alkis im Bullensprech hießen, wahrscheinlich ausreichend. Das Gesicht verschwand kurz, dann war es wieder da.

»Ich kenne keinen Kurt.«

Die Wörter leierten, man spürte, dass Monica selbst nicht an die Scharade glaubte.

»Es geht immerhin um siebzigtausend Kronen. Für uns wäre Kurts Aussage von enormer Wichtigkeit.«

Er lächelte das kühle Haifischlächeln, das er sich irgendwann einmal bei Calle abgeschaut hatte.

Wieder verschwand Monicas Gesicht. Schritte von der Tür weg. Getuschel im Hintergrund. Schritte zur Tür hin. Ein neuer Gesichtsausschnitt. Großporige rote Nase, geplatzte Äderchen, ein blutunterlaufenes Auge, Siebentagebart, der Alkoholdunst noch intensiver als bei seiner Freundin.

»Also?«

»Du bist Kurt?«

»Siebzigtausend Kronen?«

»So etwas bespricht man nicht zwischen Tür und Angel. Darf ich reinkommen?«

Es war schwer, die Mimik zu deuten, wenn man nur einen Ausschnitt des Gesichts sah, aber Nordh erkannte, wie es in Kurts benebeltem Gehirn zu arbeiten begann. Zahnräder griffen langsam ineinander. Ein Abwägen. Kurt mochte besoffen sein, aber er war kein Idiot. Er verstand, worum es hier ging. Er hatte vor ein paar Tagen einen Haufen Scheine dafür kassiert, dass er etwas *nicht* gesehen hatte. Nun bot ihm ein Bulle Geld dafür, dass er *doch* etwas gesehen hatte.

»Der Unfall?«

»Bingo. Darf ich jetzt reinkommen?«, wiederholte sich Nordh.

Der Teil von Kurts Stirn, den er sehen konnte, legte sich in Falten. Es war ein Einerseits und Andererseits. Einerseits waren siebzigtausend Kronen viel Geld. Andererseits … Da war ein Flackern im Blick, da herrschte Angst hinter der Tür. Sie stand Kurt ins Gesicht geschrieben. Nordh begriff. Der Mann mit dem Hut hatte Kurt nicht nur bezahlt, sondern auch gedroht. Wenn er den Mund aufmachte und erzählte, was er gesehen hatte, dann …

»Nein«, sagte Kurt. »Nein, danke.«

»Aber …«

Kurt drückte die Tür zu, bis sie ins Schloss fiel. Selbst mit zwei Promille plus x hatte er eine nachvollziehbare Entscheidung getroffen. Alle Achtung, dachte Nordh, aber du hast noch nicht begriffen, wer hier das größere Gewaltkapital mitbringt. Spoiler: Es ist nicht der Mann mit dem Hut. Nordh machte zwei Schritte zurück, dann trat er mit aller Kraft gegen die Tür. Er war weder der Größte noch der Kräftigste, aber dank seiner Fußballeroberschenkel flog die Tür auf. Er trat in einen muffigen Flur. Kurt war bereits am Ende des Flurs angelangt und drehte sich nun schwerfällig um. Trotz gebeugten Rückens und behäbiger Bewegungen ein Kerl wie eine Dampframme, Schultern wie ein Stier. Er starrte Nordh an und wirkte kein bisschen ängstlich. Seine Visage war wutverzerrt. Was angesichts der Situation durchaus verständlich war, dachte Nordh. Kurt stampfte mit schweren Schritten auf ihn zu. Ein einziger Kopftreffer mit diesen Riesenfäusten und Nordh würde im Krankenhaus aufwachen. Oder gar nicht mehr. Er sah sich panisch um. Neben ihm stand eine Tüte mit leeren Schnapsflaschen. Er beugte sich hin, griff hinein und nahm eine Flasche heraus. Keine Sekunde zu früh. Wutschnaubend stürzte sich Kurt auf ihn. Nordh knallte ihm die Flasche ins Gesicht, wo sie mit einem knirschenden Geräusch zerbarst. Splitter stoben. Kurt fiel wie ein gefällter Baum. Knock-out in der ersten Runde. Stöhnend lag er am Boden, hielt sich das Gesicht. Blut rann zwischen seinen Fingern hervor. Scheiße, dachte Nordh, so eine Scheiße. Das Ganze hier drohte ihm zu entgleiten. Er beugte sich über den Mann. Dass Monica schreiend und mit einer gusseisernen Pfanne über ihrem Kopf auf ihn zurannte, bemerkte er fast zu spät. Er riss zur Abwehr einen Arm nach oben, was den Schlag abdämpfte, ansonsten hätte sie ihm wahrscheinlich mit dem Ding den Schädel gespalten. So erwischte sie ihn nur leicht an der Schläfe, aber selbst das reichte aus, um ihn laut aufjaulen zu lassen. Der Schwung ihres Schlags riss Monica fast mit zu Boden, sie kam ins Stolpern und fiel dann über Kurt und ihn der Länge nach hin. Ihr Kopf knallte auf den Boden und sie schrie auf. Wie in einer gottverdammten Screwball-Komödie, dachte Nordh, rieb seinen Arm und betupfte seine blutende Stirn. Er lag quer über dem keuchenden Riesenkerl, Monica bäuchlings neben ihnen. Nordh krabbelte zur Seite und setzte sich mit dem Rücken an die Wand gelehnt hin. Kurt richtete den Oberkörper auf, er wirkte desorientiert. Monica robbte auf ihn zu und zog sich an ihm hoch, ihre Nase blutete. Sie klaubte Kurt Glassplitter aus dem Gesicht. Er brummte dabei wie ein unzufriedener

Bär. Nordh stand auf und sah sich in der Wohnung um. Sein Arm schmerzte bei jeder Bewegung, sein Kopf dröhnte. Er fand Pflaster, Küchenpapier und eine halb volle Flasche Wodka. Er ging zurück in den Flur zu Kurt und Monica. Klaglos ließen sie sich helfen. Eine Runde *Emergency Room* frei Haus. Schweigend wurde Blut weggetupft, Wunden desinfiziert, Pflaster geklebt. Die lächerliche Schlägerei hatte sie alle drei auf merkwürdige Weise ernüchtert.

»Bist du wirklich ein Bulle?«, fragte Kurt irgendwann.

»Ja.«

»Aber es gibt gar keine Belohnung.«

Kurt sagte es wie eine Feststellung, nicht wie eine Frage.

»Nein.« Eine halbe Minute lang war es still. Kurt trank aus der Wodkaflasche, sein malträtiertes Gesicht sah furchtbar aus. Er reichte die Pulle an Nordh weiter, der drei, vier große Schlucke nahm. Sein Rachen brannte, aber es tat gut. Er gab die Flasche an Monica weiter. Auch sie ließ sich nicht lumpen. »Den Unfall, den du beobachtet hast – meine Frau saß in dem Wagen. Zusammen mit meinem besten Freund. Die beiden hatten hinter meinem Rücken eine Affäre.«

Monica schüttelte bedeutungsschwer den Kopf.

»Das Leben ist kein Ponyhof«, nuschelte sie.

»Tut mir leid zu hören«, brummte Kurt. »Mein Beileid.«

»Tja«, sagte Nordh. Er hob die Hände und ließ sie wieder fallen. »Wie auch immer. Ich bin nur wegen einer einzigen Frage hier: War das ein Unfall oder wurde der Wagen von der Straße gedrängt?«

»Ich weiß es nicht«, sagte Kurt. Er lallte nicht mehr, aber er sprach undeutlich. »Tut mir leid, Mann. Aber da war ein anderes Auto direkt neben dem Unfallwagen. Ein weißer Kleinlaster. Es sah aus, als wollte er überholen, aber dann war da dieses schlimme Geräusch, das den Motorenlärm übertönt hat. Ein Kreischen. Wie Metall auf Metall. Und dann kam der Pkw von der Straße ab, überschlug sich und knallte gegen den Baum.« Er spuckte blutigen Rotz auf den Boden. »Auf dem Laster stand etwas, ein Schriftzug, es ist mir erst später wieder eingefallen.« Er klopfte sich gegen die Schläfe. »Mein Schaltkasten funktioniert nicht mehr so gut wie früher. Der verdammte Schnaps. Aber was will man machen?«

Eine gute Frage.

Tja, was will man machen?

»Erinnerst du dich an die Aufschrift?«

Kurt schüttelte sein schweres Haupt. Fettige Haarsträhnen hingen ihm ins blutige Gesicht.

»Nein, Mann.«

»Denk bitte genau nach.«

»Tut mir leid.«

»Sicher?«

»Sicher.«

»Und der Mann mit dem Hut, der dir Geld gegeben hat?«

»Der sagte, ich soll die ganze Geschichte mit dem Unfall vergessen. Hat mir fünfzigtausend in die Hand gedrückt.«

»Hatte der Kerl einen Namen?«

»Hat sich als Anders Andersson vorgestellt, aber ich glaube nicht, dass das sein richtiger Name war.«

Das glaubte Nordh auch nicht.

»Wie sah er aus?«

Kurt zuckte mit den Schultern.

»Mitte fünfzig. Durchschnittstyp.«

»Und der Hut?«

»So ein Humphrey-Bogart-Hut.«

»Ein Trilby?«

Erneutes Schulterzucken.

»Keine Ahnung, wie die heißen. Detektive in alten Schwarz-Weiß-Filmen tragen solche Hüte. Bogart. Kojak. Die Blues-Brothers.«

Keine Frage, ein Trilby. In Nordhs Hinterkopf klingelte etwas. Aber nicht laut genug, als dass er den Gedanken zu fassen bekam.

Na dann.

Nordh raffte sich auf. Es war Zeit zu gehen. Die ganze Aktion war völlig nutzlos gewesen. Er jagte einem weiteren Phantom hinterher.

»Netter Abend. Bis zum nächsten Mal.«

»Ernsthaft?«, fragte Monica.

Ägypten 1985

In Port Said begriffen Peter und John bald, dass der Traum, einen antiken Schatz zu heben und tatsächlich einen verschütteten Tempel in der Wüste auszugraben, zwei völlig verschiedene Dinge waren. Es begann schon mit den Entfernungen auf dem ihnen nahezu unbekannten Kontinent. Das Dorf, aus dem Marik stammte, lag gut tausend Kilometer südlich der Hauptstadt. Über weite Strecken folgte man dem Verlauf des Nils, dann musste man sich westwärts in die Tiefe der Sahara vorwagen, in ein Gebiet, in dem es keine richtigen Straßen gab, sondern nur unbefestigte Wege und die traditionellen Nomadentrecks. Spätestens dort unten benötigte man einen ortskundigen Führer. Dann gab es die nicht minder wichtige Frage der richtigen Ausrüstung. Peter hatte beinahe sein halbes Leben mit knüppelharter Feldarbeit verbracht. Er wusste, dass sie mit zwei Spaten nicht weit kommen würden. Wenn es diesen Tempel tatsächlich gab und er bis heute unentdeckt war, dann konnte es nur daran liegen, dass er wirklich verschüttet war, durch wandernde Dünen, einen Erdrutsch oder was auch immer. Jedenfalls würde es kaum damit getan sein, ein bisschen im Sand zu schaufeln. Sprich, sie benötigten schwereres Gerät. Und sollten sie – aus Peters Sicht entgegen jeder Wahrscheinlichkeit – wirklich so etwas finden wie Mumien, alte Kultgegenstände oder wertvolle Grabbeigaben, stellte sich die Frage, was sie damit anstellen sollten. Mit einem einbalsamierten Pharao oder einem goldverzierten Sarkophag spazierte man nicht einfach so außer Landes. Was sie vorhatten, war Diebstahl, Schmuggel, vielleicht sogar Grabraub und Leichenschändung, selbst wenn die Menschen schon seit Jahrtausenden tot waren. Es war falsch, es war eine Sünde und es bestand die Gefahr, dass sie gefasst und ins Gefängnis geworfen würden. Peter wusste das alles. Aber der Meister befahl. Eine einzige Ohrfeige hatte ihn die Oberhand gewinnen lassen. Also gehorchte er. Der neue Meister erzählte ihm vieles. Er offenbarte sich ihm. Sein ganzer Name lautete Johannes Eliasson. Er handelte im Auftrag Gottes. Wie Johannes der Täufer war er ein Wegbereiter für Jesus Wiederkehr auf Erden. Wie Johannes, der Apostel, war er der Lieblingsjünger Christi. Und so wie der Prophet Elia auf feurigen Rössern lebendig in den Himmel hinaufgefahren war, war der Meister aus der eisigen und tödlichen Tiefe des Meeres lebendig auf die Welt zurückgekehrt. Das hatte er Peter wieder und wieder in allen Details erzählt. In einer nebligen Winternacht hatte John neben seinem Bruder in einem Auto gesessen, als sich vor ihnen plötzlich ein Abgrund aufgetan hatte und der Wagen vierzig Meter tief in einen Höllenschlund gefallen und im eisigen Nass versunken war. Ein Sturz, den niemand überleben konnte. John hatte ihm Ausschnitte aus schwedischen Zeitungen gezeigt, die er sorgfältig in seiner Brusttasche verwahrte. Peter betrachtete die Bilder und John übersetzte die Texte. Ein Schiff hatte eine Hochbrücke gerammt, die daraufhin in sich zusammengefallen war. Alle Autoinsassen, die in den nachtschwarzen Abgrund hinabgestürzt waren, der sich im Nebel plötzlich vor ihnen aufgetan hatte, waren gestorben. Nur John war, entgegen jeder Logik, zu den Lebenden zurückgekehrt. Wie also sollte Peter einem wahren Propheten, Wegbereiter und Stellvertreter Christi den Gehorsam verweigern?

Sie verbrachten Wochen damit, sich in Port Said umzuhören, an detailliertes Kartenmaterial zu kommen, einen Führer zu suchen und die Expedition im Detail zu planen. Was konkret bedeutete, dass John im Zimmer in der billigen Pension blieb, in der sie sich eingemietet hatten, und kaltes Bier trank, während Peter in der Gluthitze durch die Straßen und Viertel, durch die Teestuben und Kaschemmen zog und vorsichtig Erkundigungen einholte. Eines Abends lernte er in einer verrauchten Bar einen jungen Mann namens Mats-Linus Thunström kennen. Mats kam wie John aus Schweden und war wie Peter ebenfalls einige Jahre zur See gefahren. Daher kamen sie schnell miteinander ins Gespräch. Mats, ein offener, ja leutseliger Kerl, hatte als

Matrose jeden Penny beiseitegelegt und war dabei, sich als Kaufmann und Händler zu etablieren.

»Als Seemann«, erklärte er Peter, »wirst du nur ausgenutzt. Du bist nur Mittel zum Zweck. Richtiges Geld machen die, die den Reedereien und Speditionen die Aufträge geben. Die kaufen und verkaufen. Die ein Näschen für gute Geschäfte zwischen hier und dort haben.«

Mats hatte eine Marktlücke entdeckt. Er hatte herausgefunden, dass es sehr lukrativ sein konnte, gebrauchte Baumaschinen und Spezialwerkzeuge in Europa einzukaufen, um sie dann mit Gewinn bei kleineren Unternehmern in Ägypten, Libyen oder Algerien zu verkaufen. Betonmischer, Presslufthämmer, Bagger. Der Clou an der Geschäftsidee bestand darin, dass die exportierten Gerätschaften alt genug sein mussten, um die Importzölle zu umgehen. Seine nordafrikanischen Abnehmer scherten sich nicht um Beulen, Kratzer oder sonstige Gebrauchsspuren. Hauptsache, die Maschinen funktionierten, und falls es doch mal etwas zu reparieren gab oder spezielle Ersatzteile fehlten, waren die einheimischen Mechaniker behände und wahre Könige des Improvisierens.

»Hast du dich hier mal auf den Straßen umgesehen?«, fragte Mats. »Hier fahren viele Autos rum, die wir in Europa schon vor Jahren oder Jahrzehnten aussortiert haben. Dabei hält so ein Benz mit Pflege und Geschick gut und gerne fünfzig Jahre.«

Peter nickte zustimmend. Das alles klang einleuchtend. Aber die Tentakel seiner Gedanken, die der Meister steuerte, waren bereits woanders, sie hatten sich um etwas geschlungen und ließen es nicht mehr los: Mats-Linus Thunström hatte Zugang zu Baggern und anderem schweren Gerät.

Anderthalb Wochen und etliche Planungsstunden später setzte sich ihre Expedition tatsächlich in Bewegung. Flussaufwärts den Nil entlang, immer weiter gen Süden. John, Mats und Peter saßen in einem klapprigen Land Rover, der sicherlich schon Jahrzehnte auf dem Buckel hatte. Auf dem Dach hatten sie zwei vorsintflutliche, aber funktionstüchtige Metalldetektoren verzurrt. Der Geländewagen zog einen

Anhänger, auf dem, vertäut unter einer Plane, eine Art Mini-Bagger stand, wie er zum Beispiel beim Verlegen von Abwasserrohren zum Einsatz kam. Peter kannte ähnliche Modelle aus der Kolonie und wusste um ihre Einschränkungen, weshalb er eigentlich einen größeren Bagger bevorzugt hätte, aber um den zu besorgen, hätte Mats einen Monat gebraucht, außerdem hätte das weitere logistische Probleme nach sich gezogen, sie hätten einen Lkw samt Tiefladehänger plus Fahrer benötigt, ein deutlich teureres Unterfangen, das weniger geländetauglich gewesen wäre und mit Sicherheit mehr ungewollte Aufmerksamkeit auf sich gezogen hätte. Die größte Schwierigkeit hatte jedoch nicht in Fragen der Ausrüstung oder Planung bestanden, sondern darin, Mats von ihrem Coup zu überzeugen. Der ehrgeizige junge Mann mochte offenherzig sein, aber er war kein Naivling. Das, was sie vorhatten, verstieß gegen eine lange Reihe an Gesetzen. Warum sollte er sich an einer waghalsigen, verbrecherischen Aktion mit äußerst geringen Erfolgsaussichten beteiligen, wenn er gerade dabei war, sich in Port Said eine Existenz als Handelskaufmann aufzubauen? Sicher, er hatte gerade einige Wochen Leerlauf, weil die Fünfundzwanzigtausend-Dollar-Lieferung, in der jeder Cent seines Kapitals steckte, wegen eines Streiks der Hafenarbeiter in Rotterdam feststeckte. Trotzdem sprach im Grunde alles dagegen und nichts dafür. Bis auf eine der sieben Todsünden und der vielleicht menschlichsten aller Fehlbarkeiten überhaupt: Habgier. Es war John, der das Feuer des materiellen Verlangens in Mats' gutmütiger Seele entfachte. Oh, im Manipulieren war der Meister exzellent. Wieder und wieder sprach er von den unermesslichen Reichtümern und wertvollen Artefakten des alten Ägypten, die schon die Römer, dann die Araber und schließlich die britischen Kolonialherren entdeckt und geraubt hatten. Bis Mats irgendwann schließlich nachgab. Sie brachen in das große Abenteuer auf. Staubige Straßen, Landschaften in hundert Variationen von Ocker. Aber immer wieder auch üppiges Grün, weite Felder, kleine Wälder, das tiefe Blau des Nils. Kairo, Beni Suef, Al-Minya, Mallawi, Asyut, Sohak, Quena, Luxor. In einem Kaff kurz hinter Esna blieben sie mit einem Getriebe-

schaden liegen, was sie fünf ganze Tage kostete. In Kom Ombo machten sie halt, um einen lokalen Führer zu rekrutieren, der sich in der Wüste auskannte. Ihre Anwerbungsversuche blieben erfolglos. Entweder wirkten die Angesprochenen wenig vertrauenserweckend oder sie kannten nur die touristischen Sehenswürdigkeiten wie den Doppeltempel, für den die Stadt berühmt war. Nach drei Tagen gab das Trio es auf und entschied, sich auf den eigenen Spürsinn zu verlassen. Sie füllten ihren Proviant auf, deckten sich mit Wasser- und Benzinkanistern ein und verließen die Landstraße auf einem Weg Richtung Westen. Vor ihnen lag die unfassbare Weite der Sahara. Sie fuhren langsam und verglichen Mariks Zeichnung immer wieder mit dem Kartenmaterial der Region, das sie in Port Said und Kairo aufgetrieben hatten. Zu ihrer Überraschung kamen sie problemlos voran. Der Weg, dem sie folgten, fand sich auf keiner ihrer Karten, aber dem Kompass zufolge führte er genau in die richtige Richtung. Die vielen Reifenspuren im Staub zeugten davon, dass in dieser Gegend mehr Verkehr herrschte, als sie sich vorgestellt hatten, auch wenn ihnen selten jemand entgegenkam, mal ein klappriges Auto, mal ein Ziegenhirte, der ein paar magere Tiere vor sich hertrieb. Als es dunkel wurde, schlugen sie ihre Zelte auf. Peter bereitete ihnen auf dem Gaskocher ein einfaches Abendessen zu. John dozierte aus einem seiner Altertumsbücher. Die Gegend war dafür bekannt, dass die Einwohner dem Krokodilgott Sobek gehuldigt hatten. Ihm und einer falkenköpfigen Gottheit war der vor zweitausenddreihundert Jahren entstandene Doppeltempel in Kom Ombo gewidmet. Ein gutes Zeichen dafür, dass sie auf der richtigen Spur waren, befand John. Peter nickte. Mats sagte nichts. Je länger die Expedition dauerte, desto schweigsamer wurde er. Man sah ihm die wachsenden Zweifel an. Peter wusste, dass dies dem Meister nicht gefiel. Früher oder später würde John Mats dafür bestrafen, so viel war klar. Sie gingen früh zu Bett und brachen am nächsten Morgen früh auf. Mariks Karte zufolge waren sie nicht mehr weit von der Stelle entfernt, die er mit dem Krokodilskopf gekennzeichnet hatte. Ihre Anspannung stieg, selbst Mats schien seinen Enthusiasmus wiedergefun-

den zu haben. Aber wonach sollten sie Ausschau halten? Eine abgebrochene Säule, die aus dem Sand ragte? So einfach würde es nicht sein, sonst wäre der Tempel schließlich längst entdeckt worden. Aber irgendetwas musste es geben, sonst hätte doch auch Marik nie von der Existenz dieses geheiligten Ortes erfahren. Oder beruhte das Symbol auf der Karte, ebenso wie Mariks vage Andeutungen, nur auf Sagen und Geschichten, aus Märchen aus Tausendundeiner Nacht? Der Weg bog um eine Felsformation. Und dann sahen sie es. Das Ausgrabungscamp mit Baggern, einem Kranlastwagen, Containern und Zelten lag direkt vor ihnen.

58

Jon Nordh wurde davon geweckt, dass Lilly und Tim in seinem Bett herumtollten. Sie spielten Löwenfamilie, ein morgendliches Ritual, in dem Nordh, wach oder schlafend, eine feste Rolle einnahm, und zwar, oh Wunder, als Löwenpapa. Als sie bemerkt hatten, dass er die Augen geöffnet hatte und sich regte, warfen sie sich knurrend und fauchend auf ihn. Zwei, drei Minuten tat er, was von ihm erwartet wurde, er wälzte sich mit ihnen auf dem Bett herum, warf sie hier- und dorthin, kitzelte und zwackte. Sie jauchzten vor Vergnügen und auch ihm machte es Spaß. So nah wie in diesen ersten Minuten des Tages kam er ihnen selten. Tim sprang ihm auf den Rücken und leckte ihm den Nacken, Lilly steckte ihm einen speicheltriefenden Finger ins Ohr. Na wunderbar. Bevor das Spiel vollends eskalierte, rettete ihn das Klingeln des Handys. Es war Mellander. Der DNA-Vergleich der eingesandten Haar- und Blutproben lag vor. Sie stimmten mit denen von Charlotte überein. Das Bekennerschreiben war authentisch. Angesichts der Forderungen an die Regierung stufte der Staatsschutz die Entführung und die Morde nun als terroristisch ein. Am späten Vormittag würde ein Krisenstab unter der Beteiligung der Säpo und einem Staatssekretär im Hauptpräsidium tagen. Nordh solle sich darauf vorbereiten, die bisherigen Ermittlungsergebnisse zu präsentieren. Er war sich unsicher, ob es Panik war, die er aus Mellanders Stimme herauszuhören meinte, oder etwa eine heitere Aufgekratztheit. Ihr Kalkül von den Malmöer Superbullen, die im Handstreich einen aufsehenerregenden Fall lösen, war nicht aufgegangen. Im Gegenteil. Die Ermittlung hatte sich zu einem Albtraum entwickelt. Aber wie hatte Churchill es formuliert? Verschwende niemals eine gute Krise. Vielleicht war sie zynisch genug, die Chance zu wittern, die Verantwortung für den Fall an den Staatsschutz abzugeben und gleichzeitig als diejenige dazustehen, die eine Terrorermittlung nationaler Tragweite aufs richtige Gleis gesetzt hatte. Ihr Tonfall war schwer zu beurteilen, wenn man gleichzeitig einen knurrenden Sechsjährigen am Hals baumeln und Spucke im Ohr hatte. Er sagte zu, was blieb ihm auch anderes übrig? Vielleicht war es ja tatsächlich das Beste so, überlegte er mit einem gewissen Fatalismus, selbst wenn er die Bilder von Sjöbäcks und de Klerks verunstalteten Leichnamen in seinem Kopf noch immer nicht mit der Idee von Klimaaktivismus und Umweltschutz zusammenbringen konnte. Er stand auf und machte Frühstück. Die Löwen waren hungrig.

Er hatte die Kinder gerade bei der Ferienfreizeit abgesetzt, als sich sein Handy erneut meldete. Es war wieder Mellander. Dieses Mal war ihre Tonlage eine gänzlich andere. Sie klang hilflos. Er hörte zu, schluckte. Nach dem kurzen Gespräch setzte er das Blaulicht aufs Dach und raste zum Hubschrauberlandeplatz, wo er in den startbereiten Helikopter kletterte. Der Sitz neben ihm blieb leer. Schmerzhaft wurde ihm erneut bewusst, wie gern er jetzt Karhuu an seiner Seite gewusst hätte. Der Hubschrauber hob ab. Ihm wurde flau. In seinem Magen kämpften Kaffee und Orangensaft um die Deutungshoheit. In jedem Fall zu viel Säure, wann lernte er endlich aus seinen Fehlern? Unter ihm schrumpfte Malmö zu einem grauen Fleck zusammen. Das Umland wirkte ausgeblichen, das Meer funkelte in der Sonne eines endlosen Hochsommers. Der Hubschrauber nahm Kurs auf Nordwest. Als sie über Helsingborg hinwegflogen, musste er an Kurt und Monica denken. Er schämte sich für die lächerliche Schlägerei, die er mit den bedauernswerten Hardcore-Trinkern angezettelt hatte. Keine zwölf Stunden war das her, aber es fühlte sich bereits wie ein ferner Traum an.

Keine halbe Stunde später landete der Helikopter auf Tjörn. Es empfingen ihn die beiden Kripoleute aus dem nahen Göteborg, die ihn am Vortag durch den verfallenen Bauern- und Schlachthof geführt hatten. Nun befanden sie sich keine fünf Kilometer davon entfernt.

»Was ist das hier?«, fragte Nordh und machte eine ausladende Geste. Sie standen auf den schiefergrauen Felsen, die für die Westküste typisch waren, das Meer im Rücken, und blickten auf eine hügelige Graslandschaft, in der zwischen abstrakten Installationen und gegenständlichen Skulpturen Schafe weideten. Am markantesten war die gut fünfzehn Meter hohe marmorartige Plastik eines weiblichen Kopfes, der hoch über dem Meer auf den Klippen thronte.

»Der Ort heißt Pilane«, sagte der Kripomann. »Ein Kunstskulpturenpark in einer uralten Kulturlandschaft. Keramikfunde zeigen, dass sich hier schon vor viereinhalbtausend Jahren Menschen angesiedelt haben.«

Ein Skulpturenpark wie Wanås in Schonen. Kunst schien es dem Killer angetan zu haben. Wahrscheinlich hielt er sich selbst für einen Künstler. Mit Weltretterattitüde. Dazu ein Ort mit viereinhalbtausendjähriger Siedlergeschichte. Das entsprach der Hochzeit des alten Ägypten. Das Ganze nur einen Katzensprung vom Eliasson-Hof entfernt. Es war geradezu dreist, dass er es wagte, nach seiner knapp geglückten Flucht anderthalb Tage zuvor hierher zurückzukehren, um der Menschheit sein neuestes Werk zu präsentieren.

»Ich will es jetzt sehen«, sagte Nordh.

Die Kripofrau nickte mit aufeinandergepressten Lippen und wies auf einen Trampelpfad.

»Dort entlang.«

Der mäandernde Weg neigte sich abwärts. Nach mehreren Kehren zeigte der Kripomann auf einen gut sechs Meter hohen, obeliskartigen Monolithen. Mitarbeiter der Spurensicherung hatten den Bereich um das Kunstwerk weiträumig abgesperrt. Als sie unter dem flatternden blau-weiß gestreiften Kunststoffband hindurchgeschlüpft waren und sich bis auf wenige Meter genähert hatten, erkannte Nordh, dass die Skulptur nicht aus Stein war, wie er zunächst gedacht hatte, sondern aus dicht gepresstem Schilf.

»Auf der Rückseite«, sagte die Kripofrau.

Sie umrundeten das monumentale Objekt.

Der unbekleidete Leichnam hing kopfüber an dem Obelisken herab. Der Kopf war abgetrennt und durch einen angenähten Hundekopf ersetzt worden. Auf dem Brustkorb dieselbe lange Wunde wie bei Sjöbäck und de Klerk. Nordhs erster Gedanke: Es war nicht Charlotte, es war der Körper eines Manns, stark übergewichtig, vermutlich mittelalt. Obwohl es irrational und dem Toten gegenüber irgendwie auch unfair war, atmete Nordh innerlich auf. Blut war zu Boden geronnen, aber längst nicht so viel wie bei de Klerk. Der Mann war nicht hier getötet worden, sondern fraglos woanders, bevor man ihn hergeschafft und mit einem Seil an dem Schilfobjekt hochgezogen hatte. Dazu hatte es immenser Kraft bedurft, der massive Männerleib musste mehr als hundert Kilo wiegen.

Eine Mitarbeiterin der Spurensicherung wandte sich an ihn.

»Der Boden ist aufgrund der Hitzewelle ziemlich ausgetrocknet, aber trotzdem haben wir Radspuren entdeckt. Es scheint, als wäre der Leichnam mit einer Art Sackkarre hierhergeschafft worden. Vermutlich vom Parkplatz dort drüben aus. Näher als dort kommt man mit dem Auto nicht hier heran.«

Sie wies mit dem Kinn in südliche Richtung. Bis dahin waren es drei-, vierhundert Meter. Nordh erkannte in der Ferne abgestellte Autos.

»Wer hat den Toten entdeckt?«, fragte er.

»Eine Mitarbeiterin des Parks«, antwortete der Kripomann. »Vor knapp zwei Stunden. Die arme Frau hat einen Nervenzusammenbruch erlitten. Sie musste ins Krankenhaus nach Stenungsund gebracht werden.«

Nordh nickte. Im selben Krankenhaus befand sich Karhuu. Er betrachtete erneut den Toten. Der Hundekopf starrte ihn aus leblosen Augen an. Es war ein Windhund, soweit Nordh das beurteilen konnte. Der Leichnam war wie der von de Klerk über und über mit hieroglyphenartigen Schriftzeichen bedeckt. Darunter konnte Nordh an den Oberarmen auffällige Runen-Tätowierungen erkennen. Ein Wikingerfan oder ein Neonazi. Vielleicht beides. Die Tattoos würden die Identifizierung erleichtern. Er schoss einige Fotos mit seinem Smartphone.

»Sobald ihr hier fertig seid, nehmt ihr ihn ab und schickt ihn zur Rechtsmedizin nach Lund«, sagte er. »Ich brauche Fotos von den Hieroglyphen. Jedem einzelnen verdammten Zeichen.« Er hatte genug gesehen. Sein Magen rebellierte. Er schwor sich, wenn dieser Fall abgeschlossen war, nie wieder in einen Hubschrauber zu steigen.

59

Svea Karhuu hatte fast zwölf Stunden geschlafen. Ihr Körper holte sich die Ruhe, die er zum Heilen brauchte. Die Wunden schmerzten, aber sie fühlte sich lebendiger als am Vortag. Sie aß mit Appetit: Joghurt, Banane, ein Käsebrot. Dazu trank sie grünen Tee. Unter Anleitung machte sie vorsichtige Gehübungen im Flur. Ein Königreich für eine Zigarette, dachte sie, aber die Krankenpfleger ließen sich nicht dazu überreden, ihr zu gestatten, nach draußen zu gehen. Wenigstens gelang es ihr, von einer Mitpatientin im Rollstuhl eine Portion Snus zu schnorren. Zurück im Bett steckte sie sich das Kautabakpäckchen in die Backentasche und genoss den kribbelnden Nikotinflash. Großes Kino. Sie telefonierte mit ihrem Vater. Es gab keine Neuigkeiten. In Kristoffers Wohnung war es ruhig geblieben und die automatisierenten Auswertungen der Kamerafeeds hatten keinen Match registriert. Sie versuchte Nordh zu erreichen, aber er ging nicht ran. Die Frau im Bett neben ihr schnarchte. Sie loggte sich mit dem Smartphone in die Ermittlungsakte ein und las die neuen Einträge. Anschließend ging sie die Schlagzeilen der Newsseiten durch. Viele Spekulationen, nichts Neues mit Substanz. Pernille Friis sendete nun zweimal täglich live, ihre Schalte vom Vorabend hatte mehr als eine halbe Million Zuhörer erreicht. Die Reichweite der Frau ging durch die Decke. Ihrem Podcast waren nun Werbejingles eines Schlankheitsdrinks und eines Online-Spielcasinos vorgeschaltet. Tja. Sie musste an Charlotte denken. Das Mädchen ging gerade durch die Hölle. Des einen Leid ist des anderen Freud. Es klopfte und die Tür ging auf. Überraschung, mit diesem Besucher hatte sie im Leben nicht gerechnet. Es war Måns de Klerk.

»Darf ich kurz stören?«

»*Surprise, surprise.* Komm rein und setz dich.« Er nahm auf dem Besucherstuhl neben ihrem Bett Platz. Seine Mimik hatte etwas Verlegenes, Schulbubenhaftes. »Was verschafft mir die Ehre?«

»Meine Mutter lebt quasi um die Ecke«, sagte er, als würde das irgendetwas erklären. »In Göteborg. Der Leichnam meines Vaters wird nach dem Fund seines …« Sein Adamsapfel ruckte. »Er wird voraussichtlich übermorgen freigegeben. Wir bereiten uns gerade auf die Beerdigung vor. Trotz der Scheidung meiner Eltern – meine Mutter trifft das Ganze sehr. Meine Geschwister und mich natürlich auch.« Er kaute auf seiner Unterlippe. »Es ist nicht gerade leicht.«

Das glaubte sie ihm vorbehaltlos. Aber der junge Manager war sicherlich nicht hergekommen, um sich an ihrer Schulter auszuheulen.

»Warum bist du hier?«

»Ist das übergriffig?« Er senkte den Blick auf seine Hände, die er auf seinem Schoß ineinandergelegt hatte, wo sie sich unruhig wanden wie zwei große Fische in einem zu kleinen Eimer. Ehrlich gesagt, ja, dachte sie, ich liege hier im Nachthemd, bin in einer ausgesetzten Situation und du hast hier nichts verloren. Gleichzeitig war sie aber auch neugierig, was er zu sagen hatte. »Das tut mir leid. Aber mir ist es ein großes Anliegen, etwas Wichtiges geradezurücken. Und im Gegensatz zu deinem Kollegen kamst du bei der Vernehmung sehr sympathisch rüber.«

Schleimer.

»Ich habe noch einen Haufen anderer Kollegen. Alles aufgeschlossene Leute. Außerdem gibt es da seit Neuestem eine Erfindung namens Telefon.«

Ein kleines Lächeln huschte über sein Gesicht.

»Ich weiß«, sagte er, »es war auch alles andere als einfach, deinen Aufenthaltsort in Erfahrung zu bringen. Vielleicht war es blöd, aber ich habe den Sicherheitsdienst des Minenunternehmens darauf angesetzt, die haben Leute mit einem guten Draht zur Polizei. Mir ist es sehr wichtig, mit dir persönlich zu sprechen.«

Karhuu musste an das unangenehme Telefonat mit dem Assistenten von Aaron de Klerk zurückdenken. Sie spürte, wie sich ihre Irritation in Zorn verwandelte. Die Vorstellung, dass abgehalfterte Ex-Bullen ihre Malmöer Kollegen von der Seite anhauten und um Interna baten, gefiel ihr ganz und gar nicht. Wo sie sich befand und wie ihr Gesundheitszustand war, ging *Malmberg Ressources* oder Måns de Klerk oder sonst wen einen Scheißdreck an.

»Komm zur Sache«, sagte sie schroff.

»Nun gut.« Er wischte sich mit der Hand über den Mund. »Um es kurz zu machen: Ich habe in der Vernehmung die Unwahrheit gesagt. Es stimmt, was Pernille Friis über sich und mich gesagt hat. Wir sind in der fraglichen Nacht nach dem Firmenessen miteinander im Bett gelandet. Ein One-Night-Stand, mehr nicht. Ich bin am nächsten Morgen früh raus und dann mit meinen Kollegen zurück nach Stockholm. Danach habe ich sie nicht wieder gesehen.«

»Warum dann die Lüge?«

Er seufzte.

»Weil es ein dummer Fehltritt war. Ich bin seit etwa einem Jahr glücklich verlobt. In drei Monaten wollen wir heiraten. Wenn Amelie denn noch will. Sie ist verständlicherweise ziemlich sauer. Durch Pernilles unseligen Podcast hat sie von dem Seitensprung erfahren. Ich habe es dann natürlich zugegeben. Nun liegt es an ihr.« Wieder seufzte er schwer. »Ich war eine Zeit lang nicht gerade besonders zuverlässig. Weder im Job noch privat. Habe zu viel getrunken und hier und da auch andere Drogen probiert. Vielleicht lag es daran, dass in unserer Familie Leistungsdruck eine Prämisse ist. Bevor ich meinen Vater beerdige, will ich reinen Tisch machen. Auch gegenüber der Polizei.«

Zerknirscht sah er sie an. Der klassische Hundeblick. Arme Amelie, willst du dir das wirklich antun? Bei ihr jedenfalls zog die Masche nicht. Was erwartete er auch von ihr? Vergebung? Da war sie die falsche Adressatin. Aber sie glaubte seiner Geschichte. Die Verlobungsstory klang plausibel. Trotzdem würde sie Stöcker darauf ansetzen, sie zu überprüfen.

»Verstehe«, sagte sie. Und weil sie immer noch sauer war, drückte sie ihm einen Spruch rein. »*Never fuck the company.*«

»Wie gesagt, es war ein Fehler.« Immer noch dieses Kleine-Jungen-Gesicht, so als würde er Mami um Vergebung bitten. »Es ist dumm gelaufen. Dabei wäre Pernille ohne diesen Sjöbäck niemals bei *Zenith* gelandet.«

»Wie bitte?«

Ihre Kopfhaut begann zu kribbeln.

»Reidar Sjöbäck, das erste Opfer. Ihr Lover. Er hat ihr einen Gefallen getan.«

»Du brauchst mir nicht zu erklären, wer Sjöbäck ist. Aber was für einen Gefallen? Was hat er mit *Zenith* zu tun?«

»Ach«, sagte er mit einem gewissen Erstaunen, bei dem sie nicht sicher war, ob es gespielt war oder nicht. »Das wusstest du nicht?«

»Nun sag schon.«

»Wo fange ich da an?«

»Ganz vorne. *Zenith* für Dummies.«

»Also: Was viele nicht wissen, weil es in der Öffentlichkeit kaum diskutiert wird – *Zenith* ist trotz der internationalen Ausrichtung im Kern immer noch ein Familienunternehmen. Der Kopf hinter den Kulissen ist Ludvig Lydén, ein Patriarch alter Schule. Es gibt diverse Sprösslinge und die üblichen innerfamiliären Machtkämpfe, aber solange der Alte nicht den Löffel abgibt, tanzen alle nach seiner Pfeife.«

»Klingt wie in dieser TV-Serie: *Succession.*«

»Das trifft es ziemlich gut.«

»Aber wo kommt Sjöbäck ins Spiel?«

»Gegenfrage: Weißt du, wer Sjöbäcks Vater ist?«

Karhuu überlegte. Stöcker hatte bei seiner Hintergrundrecherche eine bildungsbürgerliche Familie aus Örebro erwähnt. Mehr als das fiel ihr nicht ein.

»Nein.«

»Er saß fast drei Jahrzehnte für die Liberalen im Parlament. Heute ist er über achtzig und hat sich offiziell seit Langem aus der Politik zurückgezogen. Gilt aber immer noch als brillanter Parteistratege und bestens in der Wirtschaft vernetzt.«

Karhuu erinnerte sich daran, was Stöcker über die politischen Ambitionen Reidar Sjöbäcks gesagt hatte. Er war ebenfalls in der liberalen Partei gewesen und hatte offenbar vorgehabt, in die Fußstapfen seines Vaters zu treten.

»Und wo ist die Verbindung zwischen Sjöbäck und diesem Medienmogul?«

»Ludvig Lydén und die beiden Sjöbäcks sind sehr eng miteinander. Alle drei gehören einer sehr exklusiven und verschwiegenen Vereinigung an, eine Art Rotary oder Lions Club, nur deutlich weniger provinziell.«

»Und Reidar hat Lydén gebeten, seine neue Freundin bei *Zenith* unterzubringen? Wieso hatte sie das überhaupt nötig?«

De Klerk verzog seine Mundwinkel zu einem Lächeln, das Machiavelli alle Ehre gemacht hätte.

»Hast du eine Vorstellung davon, wie viele True-Crime-Podcasts es gibt?«

Karhuu zuckte mit den Schultern.

»Interessiert mich nicht, in meinem Leben gibt es mehr als genug True Crime.«

»Touché.« Wieder das Lächeln. »Nun, allein auf dem skandinavischen Markt sind es mehr als ein, zwei Dutzend. Zahllose englischsprachige Angebote kommen noch dazu. Die Konkurrenz ist also hart. Bevor *Zenith* Pernille eine Plattform geboten hat, war sie nur ein kleiner Fisch in einem großen Teich. Finanziell hat es noch nicht einmal gereicht, um die Miete zu bezahlen. Sie hat für Geld gefakte Kundenbewertungen im Netz geschrieben, um sich über Wasser zu halten.«

»Woher weißt du das?«

»Zum einen kenne ich die Geschäftszahlen, zum anderen hat sie mir das mit den Fakebewertungen an ebenjenem fatalen Abend selbst erzählt. Sie hat geradezu damit kokettiert. Ein modernes Aschenputtelmärchen.«

»Und bei *Zenith* kam plötzlich der Durchbruch? Wie das?«

»Du hast keine Ahnung, wie so etwas heutzutage läuft, oder?«

»Nein.«

»Stichwort *Crossmarketing.* Wir bezahlen ein Heer aus Bloggern, Influencern, Streamern, Podcastern und so weiter. Der eine bewirbt den anderen, die Reichweiten wachsen für alle. Eine Win-win-win-win-Situation.«

Schöne neue Welt.

»Wann hat Pernille bei *Zenith* angefangen?«

»Vor einem Dreivierteljahr.«

Zeitlich kam das hin. Die Liebschaft zwischen der Dänin und Sjöbäck hatte vor einem guten Jahr begonnen. Karhuu dachte konzentriert nach.

»Wie bist du eigentlich bei *Zenith* gelandet?«

Der junge Mann sah auf einmal wieder betreten drein.

»Ehrlich gesagt hat mein Vater auch für mich etwas gedreht. Ich will nicht sagen, dass ich es aus eigener Kraft nicht geschafft hätte, aber dank Papa waren die Wege kurz und meine Bewerbung ist auf dem richtigen Schreibtisch gelandet.«

»Willst du damit sagen, dass dein Vater ebenfalls mit Lydén befreundet ist?«

»Richtig. Er ist, wie die Sjöbäcks, seit Ewigkeiten Teil dieses besonderen geschäftlichen Netzwerks, dem Lydén vorsitzt. *Fraternitas nobilis.* Das ist Latein und bedeutet edle Bruderschaft.«

Karhuus Gedanken ratterten. Måns de Klerk. Aaron de Klerk. Reidar Sjöbäck. Ludvik Lydén. Pernille Friis. Alle kannten einander. Nun waren zwei von ihnen tot, auf bestialische Weise ermordet. Pernille berichtete darüber aus dem Zentrum des Geschehens, und das halbe Land hörte zu.

»Gehörst du ebenfalls zu diesem Club?«

Er lachte auf.

»Um Gottes willen. Man muss mindestens fünfzig sein und einen herausragenden Posten in der Wirtschaft oder Politik bekleiden. Muffige alte Säcke. Stockkonservativ. Sie nehmen noch nicht einmal Frauen auf.«

»Stockkonservativ? Wie passt das zu Reidars außerehelicher Beziehung zu Pernille?«

»Tja.« De Klerk grinste abschätzig. »Falls du es noch nicht bemerkt hast: Die Welt wird von scheinheiligen alten Männern regiert.«

Bei Karhuu verfestigte sich mehr und mehr der Eindruck, dass Måns de Klerk seinem Vater und dessen Klüngel verbittert gegenüberstand. Gleichzeitig profitierte er von diesen Seilschaften. So viel zum Thema Scheinheiligkeit.

»Dieser Club«, sagte sie, »*Fraternitas nobilis*, über wie viele Leute sprechen wir da?«

Er zuckte mit den Achseln.

»Zwanzig bis fünfundzwanzig, würde ich schätzen.«

»Gibt es eine Mitgliederliste?«

»Offiziell mit Sicherheit nicht. Das ist kein Kaninchenzuchtverein. Man muss sich das eher wie bei Freimaurern vorstellen. Sie tagen in einem alten Schloss und es gibt einen speziellen Händedruck.«

»Wie bei Dan Brown? Die *Illuminati?*«

De Klerk lachte.

»So weit geht es dann doch nicht. Es gibt keine große Verschwörung oder so etwas, es geht einzig und allein ums Geschäft. Hilfst du mir, dann helfe ich dir.«

»Kapiere. Woher weißt du das alles?«

»Von meinem Vater. Einmal im Jahr zitierte er mich in Stockholms teuerstes Restaurant, wo wir dann zusammen zu Abend aßen. Seine Art, unsere Vater-Sohn-Beziehung zu pflegen. Wenn er viel trank – und er trank immer viel –, neigte er zu Sentimentalität und Geschwätzigkeit. Ich glaube, ihm schwebte vor, mich in seinen Club einzuführen, wenn ich alt genug dafür wäre.«

»Könntest du eine Mitgliederliste erstellen?«

Sie kniff die Augen zusammen und musterte ihn. Nun würde

sich zeigen, ob seine Verbitterung größer war als seine Loyalität. Der junge Manager saugte an seiner Unterlippe. Sie konnte sehen, wie es in ihm arbeitete.

»Ich kenne längst nicht alle«, sagte er schließlich. »Aber auf sechs, sieben Namen käme ich schon. Du musst mir allerdings versprechen, dass du es absolut vertraulich behandelst, Svea.«

Svea.

Oh, jetzt wurde er vertraulich. Sie begann sich zu fragen, warum er ihr all diese Firmen- und Familieninterna verriet, bei denen er auch selbst nicht gerade gut wegkam. War das sein Weg, sich durch vermeintlich schonungslose Offenheit von jeglichem Verdacht zu befreien?

»Sicher«, sagte sie.

Er lächelte spitzbübisch.

»Abgemacht. Aber sag mal, wenn du hier raus bist und gesundheitlich wieder auf dem Damm, wollen wir zwei dann mal irgendwo zusammen einen Drink nehmen?«

Ihr klappte innerlich die Kinnlade herunter.

Arme Amelie.

Was für ein Arschloch.

60

Nordh hatte keine Zeit mehr gehabt, sich umzuziehen, deshalb musste er mit der verschwitzten Kleidung vorliebnehmen, die er anhatte. Wenigstens hatte er im Handschuhfach seines Autos einen Deoroller gefunden. An dem langen Konferenztisch saßen ein Dutzend Leute, darunter Nora Mellander und der stellvertretende Landespolizeichef, beide in Paradeuniform, dazu eine Handvoll Mitarbeiter des Staatsschutzes, ein ranghoher Regierungsbeamter, ein Abgesandter des Justizministeriums, die forensische Psychologin Sonya Yakupova, mit der er bereits zwei Videotelefonate geführt hatte, sowie einige Kripoleute der Landesmordgruppe der Operativen Einheiten. Das ganz dicke Geschütz. Der stellvertretende Landespolizeichef sprach in seinen einleitenden Worten von einer nationalen Krise und Nordh kam nicht umhin, ihm zuzustimmen. Spätestens seitdem die Forensik die Bekennerschreiben mit den Blut- und Haarproben als authentisch eingestuft hatte, war aus der Mordserie ein Politikum landesweiter Tragweite geworden. Nordh verteilte Dossiers, die Wallgren und Stöcker vorbereitet hatten, und referierte die aktuellsten Entwicklungen. Da sein Team bereits in den vergangenen Tagen eine Liste von Vermissten zusammengestellt hatte, war der Mann, der in der Nacht ermordet worden war, schnell identifiziert worden. Es handelte sich um den vierundsechzigjährigen Göran Wall, Geschäftsführer eines großen Sicherheitsunternehmens, das in Göteborg seinen Hauptsitz hatte. Wall war vor sechs Tagen von seiner Frau als vermisst gemeldet worden, nachdem er von einer Kajaktour in den Schären vor Göteborg nicht zurückgekehrt war. Zuerst war man von einem Bootsunglück ausgegangen, dann aber war das Kajak samt Paddel und Ausrüstung intakt auf einer kleinen Insel gefunden worden. Nur von Wall keine Spur. Bis er eine knappe Woche später am frühen Morgen enthauptet und mit dem angenähten Kopf eines sogenannten Pharaonenhunds kopfüber an einem Obelisken hängend in einem Skulpturenpark auf Tjörn entdeckt worden war. Dem Körper war wie bei den anderen Opfern bei lebendigem Leib das Herz entnommen worden, und er war über und über mit den schon bekannten hieroglyphenartigen Zeichen bedeckt. Der Fundort des Leichnams auf Tjörn war nicht identisch mit dem Tatort, dazu war dort zu wenig Blut gefunden worden, dasselbe galt für die winzige Insel, auf der man Walls Kajak sichergestellt hatte. Ein kleines Team, das die Insel untersuchte, hatte Nordh vor wenigen Minuten telefonisch über den Fund einer benutzten Ampulle informiert, die ein starkes Betäubungsmittel enthalten hatte, wie man es zur Einleitung einer Narkose verwendete. Somit deutete alles darauf hin, dass Wall wie Sjöbäck und de Klerk vor ihrem Tod überwältigt, entführt und eine knappe Woche gefangen gehalten worden waren. Nordh unterbrach sich und trank ein halbes Glas Wasser, bevor er weitersprach. Alle hörten ihm konzentriert zu, manche runzelten die Stirn. Er machte sich innerlich auf einen Schwall kritischer Nachfragen bereit. Aber zuerst würde er seinen Vortrag beenden. Die Bombe ließ er ganz am Schluss platzen: Der wichtigste und mit Abstand größte Kunde von Walls Security-Unternehmen war *Zenith,* das skandinavienweit operierende Medienhaus, für das sowohl Pernille Friis, die Geliebte Reidar Sjöbäcks, sowie Måns de Klerk, der Sohn Aaron de Klerks, tätig waren.

Nordh nahm Platz, trank sein Glas leer und schenkte sich aus einer Flasche nach. Norwegisches Edelmineralwasser, die kleinen Freuden einer nationalen Krise. Einer der fünf Säpo-Leute, es waren ausschließlich Männer, dem schicken Anzug nach zu urteilen der Ranghöchste, meldete sich zu Wort.

»Wo ist im jüngsten Fall der umweltpolitische Aspekt?«

Nordh hatte auf die Frage gewartet, aber ihm gefiel der Tonfall nicht. Es klang, als sei er persönlich dafür verantwortlich, dass es einen solchen Aspekt bei Göran Walls Tod überhaupt gab. Dafür verantwortlich war Nordh natürlich nicht. Gefunden hatte er ihn trotzdem. Beziehungsweise sein Team. Beziehungsweise Stöcker, der alte Stinker. Vielleicht musste er seine Meinung über ihn beizeiten etwas nachjustieren.

»Bevor Wall vor vier Jahren in die Sicherheitsbranche gewechselt ist, war er im weiteren Sinne unser aller Kollege.« Er lächelte kühl. »Im engeren Sinne war er bei der landesweit operierenden Sondereinheit Umweltkriminalität. Dort war er maßgeblich für die Untersuchung verbotener Weichmacher im Trinkwasser zuständig, ebenjenem Skandal, für den Sjöbäck als

Chef der Wasserwerke verantwortlich war. Wall hatte damals eine Menge Kritik auf sich gezogen, weil die Untersuchung in den Augen vieler Beobachter nur sehr zaghaft geführt wurde und Sjöbäck am Ende nicht belangt wurde, sondern nur einer seiner Mitarbeiter. Es wurde sogar die interne Ermittlung eingeschaltet und die unschöne Sache endete damit, dass Wall seinen Hut nehmen musste und anschließend in der Sicherheitsbranche eine Blitzkarriere hinlegte.«

»Willst du damit andeuten, dass Wall Sjöbäck geschützt hat?«, fragte der stellvertretende Landespolizeichef.

»Ich will damit andeuten«, sagte Nordh, »dass sich in unserem Fall ein doppeltes Geflecht abzeichnet, das immer enger wird. Auf der einen Seite gibt es diese ganzen persönlichen Verknüpfungen: Göran Wall, Reidar Sjöbäck, seine Freundin Pernille Friis, die für *Zenith* aus der Mitte des Geschehens heraus die Öffentlichkeit unterhält, sowie die beiden de Klerks, von denen der Junior wiederum mit der Podcasterin verbandelt ist. Auf der anderen Seite gibt es die ökologischen Bezugspunkte, die der Täter anprangert: Sjöbäcks verunreinigtes Grundwasser und Walls schlampige Untersuchung, de Klerks Minen, die in Nordschweden gravierende Umweltschäden in Kauf nehmen, sowie die exponierten beruflichen Tätigkeiten der Grosshögs in CO_2-intensiven Branchen.«

Allgemeines Nicken.

»Danke, Jon«, sagte Mellander mit einem Wolfslächeln. »Prägnanter lässt sich die Situation wohl kaum zusammenfassen. Ich denke, ich spreche für alle hier, wenn ich zum Ausdruck bringe, dass dein Team und du im Rahmen eurer Möglichkeiten hervorragende Arbeit geleistet habt.« Wieder zustimmendes Nicken in der Runde, zumindest bei der Hälfte der Anwesenden. »Doch ich glaube, wir alle sind uns ebenfalls einig darüber, dass die Ermittlung nun dringend breiterer Unterstützung bedarf. Besonders in Anbetracht dessen, dass der Terrorist sich nun mit unerfüllbaren Ultimaten direkt an unsere Regierung wendet und die öffentliche Sicherheit bedroht.« Sie nickte dem Staatsrat zu. »Deshalb ist es in meinen Augen alternativlos, dass die Säpo, möglicherweise in enger Kooperation mit den Experten der Landesmordgruppe, hier und jetzt den Staffelstab übernimmt und aufbauend auf der bemerkenswerten Vorarbeit der Kripo Malmö die schwere Aufgabe schultert, die vor uns liegt: das Mädchen und mögliche weitere Entführungsopfer zu befreien sowie weitere Morde zu verhindern und den Täter zu fassen.«

Salbungsvolle Worte, Nora.

Und clever. Der Fall hatte sich binnen weniger Tage zu einer nationalen Katastrophe entwickelt, die sich über Wochen oder Monate hinziehen konnte. Selbst wenn der Täter irgendwann gefasst werden sollte, war mit langwierigen Untersuchungskommissionen, einem Prozessmarathon und großem öffentlichen Interesse zu rechnen, vielleicht über Jahre hinweg. Höchste Zeit, die Verantwortung dafür loszuwerden. Das Szenario, dass die Malmöer Polizei unter Mellanders Kommando innerhalb kürzester Zeit einen gefährlichen Psychopathen überführt, war spätestens mit der Entführung von Charlotte und den politischen Forderungen des Killers hinfällig geworden. Als Aspirantin auf den höchsten Polizeiposten des Landes konnte sie sich ein solches Debakel nicht leisten. Sie zog Nordh ab. *Malmö, zero points.* Und wenn er an Karhuu im Krankenhaus und seine eigene Erschöpfung dachte, war es vielleicht sogar das Beste so. Sicher, er hatte Charlottes Eltern versprochen, ihre Tochter zurückzubringen. Aber am Ende zählte doch nur, dass sie unversehrt zurückkam, und es war völlig egal, wer sie rettete. Wenn er nur nicht so unglaublich müde wäre. Er sah sich um. Der klimatisierte Raum war bis zum Bersten mit Kompetenz gefüllt. Warum sich nicht einfach eingestehen, dass das alles eine Nummer zu groß für ihn geworden war?

61

Svea Karhuu versuchte Jon Nordh anzurufen, aber sie erreichte nur die Mailbox. Nachdem Måns de Klerk gegangen war, hatte Wallgren sich gemeldet und sie über den dritten Toten sowie die Entwicklungen im Präsidium informiert. Wahrscheinlich saß Nordh immer noch in der Krisensitzung mit den hohen Tieren aus Stockholm. Viel Glück, Jon. Sie loggte sich in die Fallakte ein und las, was bisher über den Tod von Göran Wall bekannt war. Was natürlich als Erstes ins Auge sprang: Ihm war nach der Enthauptung der Kopf eines sogenannten Pharaonenhunds angenäht worden. Karhuu googelte. Eine Menschenfigur mit Hundekopf stellte in der altägyptischen Mythologie Anubis dar, den Gott, der die Verstorbenen ins Totenreich begleitet und die Grabstätten der Menschen bewacht. Das weckte ihr Interesse. Sie stöberte im Hintergrundmaterial, das Stöcker zusammengestellt hatte. Dort fanden sich eine Menge Informationen zum Totenreich. Eine wissenschaftliche Abhandlung begann mit einem mehr als viertausend Jahre alten Zitat, das in der Grabkammer einer Pyramide gefunden worden war: »Du schläfst, damit du erwachst; du stirbst, damit du lebst.« Sie sann einige Momente über diese Worte nach. So wie sie es verstand, bedeutete das Sterben demnach nicht das Ende der Existenz, sondern viel eher eine Verwandlung. Sie las weiter. Nach der Vorstellung der alten Ägypter bestand der Mensch aus verschiedenen Komponenten, die nach seinem Tod auseinanderfallen. Es gab diesseitige Teile wie den Körper, den Namen, das Herz sowie den Schatten; und jenseitige Teile wie *Ka,* die Lebenskraft, die eng an den Körper gebunden war, und *Ba,* die Seele, die sich frei bewegen konnte. Für all diese Komponenten musste nach dem Ableben gesorgt werden, denn wenn auch nur eine einzige ein weiteres Mal umkam, würde das die endgültige Vernichtung des gesamten Individuums bedeuten. Das erklärte, warum das Mumifizieren des Körpers so wichtig war. Er war das Gefäß, in dem sich später die seelischen Anteile wieder vereinigen konnten. Beim Präparieren des Leichnams war das einzige Organ, das im mumifizierten Körper verblieb, das Herz, denn es wurde beim Totengericht, das über ein ewiges Leben oder die totale Auslöschung entschied, gebraucht. Karhuu überlegte. Bei allen drei Mordopfern war im Grunde das Gegenteil geschehen, das Herz war ihnen entrissen worden. In der Logik der ägyptischen Jenseitsvorstellung bedeutete dies, dass ihnen kein Weiterleben im paradiesähnlichen Zustand möglich war, sondern dass auf sie nur noch das große Nichts wartete. Glaubte der Täter tatsächlich daran? War der Vernichtungswille der Grund, warum er ihnen die Herzen nahm? Karhuu las weiter. Während *Ka* beim Körper im Grab blieb und von den Angehörigen des Toten mit Essen und Getränken versorgt werden musste, reiste *Ba* in die Unterwelt, *Duat* genannt, ein grausamer, düsterer Ort, voller mordlustiger bewaffneter Dämonen, in dem sich die Seele zurechtfinden, alle Gefahren überwinden und sieben schwer bewachte Tore passieren musste, um schließlich den Weg zum Totengericht zu finden und vor den Rat der zweiundvierzig Götter zu treten, in deren Anwesenheit das Herz während einer Zeremonie gewogen wurde. Daran erinnerte sich Karhuu. Stöcker hatte davon berichtet. War das Herz leicht genug, winkte die Transformation zum *Ach,* die Verschmelzung zwischen *Ka* und *Ba* zum ewigen Leben in Herrlichkeit. War es jedoch zu schwer, wurde man von einer grausamen Gottheit namens Ammit gefressen und für immer ausgelöscht. Keine so schöne Vorstellung, dachte Karhuu. Sie fragte sich, wie es um das Gewicht ihres Herzens bestellt war. Immerhin hatte sie einem anderen Menschen das Leben geraubt, wenn auch in Notwehr. Sie versuchte den Gedanken zu verdrängen und fand eine Liste der zweiundvierzig Götter des Totengerichts. Jeder stand für eine menschliche Sünde. Mord war auch dabei. Der dafür zuständige Gott hieß Neha-her. Ob er sie für den Tod des korrupten Kommissars bestraft hätte? Sie ging die Liste durch. Sobek war dabei, der Krokodilgott, zuständig für Fruchtbarkeit und Herrscher über das Wasser. Er bestrafte Wut und Aggression. Moment mal. Herrscher über das Wasser? Das las oder hörte sie zum ersten Mal. Eine Überlegung tauchte auf: Reidar Sjöbäck war als Sobek in Szene gesetzt worden. Der Chef der Wasserwerke. Der Herrscher über das Wasser. War das ein Zufall? Sie entdeckte Sokar auf der Liste. Der Gott mit dem Falkenkopf. Patron der Erde und der Metallarbeiter. Aaron de Klerk leitete ein Minenunternehmen, das Eisenerz schürfte. Erde und Metall? Verdammt, das konnte doch kein Zufall sein. Sokar war im Totengericht für die Sünde Diebstahl zuständig. Karhuus Finger fuhr die Liste entlang. Wo war Anubis? Es gab keinen Anubis, Anubis gehörte nicht zum Totengericht. War sie doch auf der falschen Fährte? Dann entdeckte sie einen Gott mit dem Namen Am-hehu, der ebenfalls wie ein Mensch mit Hundekopf dargestellt wurde. Er war für die Ahndung von schweren Verbrechen zuständig. Göran Wall war vor seinem Wechsel in die Sicherheitsbranche mehr als zwanzig Jahre Polizist gewesen. Am-hehu bestrafte Raub und Habgier. Karhuu griff nach dem Wasserglas, ihr Mund war so trocken, dass ihre Zunge am Gaumen pappte. Alle drei Mordopfer waren zu Gottheiten des Totengerichts arrangiert worden. Die beruflichen Tätigkeiten aller drei fanden ihre Entsprechung in der Mythologie ihrer jeweiligen Götter. Gleichzeitig waren alle drei Leichname ihrer Herzen beraubt worden, was ihnen den Gesetzen der altägyptischen Religion zufolge die erlösende Verwandlung zum *Ach* verwehrte. Der Täter selbst inszenierte sich mit seiner Pavianmaske als Toth, Hüter von Gesetz und Ordnung, Protokollant des Totengerichts, Erfinder der Hieroglyphen. Er war derjenige, der über dem Gericht wachte. Aber gab es innerhalb dieser mythologischen Logik nicht einen Widerspruch? Einerseits erhob Toth seine Menschenopfer in den Rang von Göttern. Andererseits schändete er ihre Körper durch die Herzentnahme auf eine Weise, die sie nach den Gesetzen der *Duat* für ewig auslöschte. War das sein Selbstbild? Wollte er ein Wesen verkörpern, das sogar Götter vernichten konnte? Derartige Größen- und Allmachtsfantasien waren für Täter mit schweren Persönlichkeitsstörungen nicht ungewöhnlich. Mit einem Seufzer legte sie das Smartphone beiseite. Ihr Kopf brummte, ihre Wunden schmerzten. Sie ließ ihren Oberkörper zurück ins Bett sinken. Aber die Sache ging ihr nicht aus dem Kopf. Die drei Toten und ihre jeweiligen Götter: die Verbindung schien geradezu maßgeschneidert zu sein. Johannes Eliasson – oder wer immer sich sonst hinter Toth verbarg – war tief in den archaischen Mythos abgetaucht und hatte Verknüpfungen ins Hier und Jetzt geschaffen. Karhuu dachte an das, was Måns de Klerk ihr über den exklusiven Geschäftszirkel erzählt hatte, der sich um Ludvig Lydén, den Kopf von *Zenith*, gebildet hatte. Göran Wall hatte der Mordakte zufolge ebenfalls eine enge berufliche Bindung an das Medienunternehmen. Ob er auch dem Männerbündnis angehört hatte? Er war nicht bei den Namen dabei, die Måns eingefallen waren, aber das musste natürlich nichts heißen, Måns hatte ja gesagt, dass es mehr Mitglieder gab als die, von denen er gehört hatte. Aber wie Karhuu die Sache auch drehte und wendete, sie bekam weder die altägyptischen Götter- und Jenseitsvorstellungen mit Klima- und Umweltschutzforderungen unter einen Hut noch die ominöse Altherrengilde mit der sechzehnjährigen Charlotte Grosshög. Dann traf sie ein Gedanke. Nein, vielmehr ein Gefühl. Es hatte damit zu tun, was sie selbst beim Lesen über das Totengericht für einen Augenblick empfunden hatte, ihren eigenen Schuldimpuls, der aufgeflackert war. Der Täter inszenierte ein Gericht. Es ging hier um Gerechtigkeit, so verdreht und pervertiert sie auch sein mochte, es ging um

Gerechtigkeit und es ging um Schuld. Sie war überzeugt: Die ganze Sache war zutiefst persönlich.

Ihr Handy klingelte. Es war ihr ehemaliger Chef aus Stockholm. Das war eine Überraschung. Seit Joakim Frost sie aus seinem Team und der Hauptstadt verbannt und ihre Karriere als verdeckte Ermittlerin beendet hatte, hatte sie nicht mehr mit ihm gesprochen. Warum auch? Nachdem sie als frische Absolventin der Polizeihochschule von Frost für das Undercover-Team rekrutiert und gefördert worden war, hatte er sie eiskalt fallen lassen, weil sie sich geweigert hatte, vor dem Untersuchungsausschuss ihres missglückten Einsatzes eine Falschaussage zu tätigen, die Frost als Verantwortlichem in einem besseren Licht dargestellt und stattdessen ihre Freundin, die ermordete Zwangsprostituierte Kateryna, belastet hätte. Der Mann, zu dem sie drei Jahre lang aufgeblickt hatte, hatte sich als zynischer Karrierist entpuppt. Was wollte er jetzt von ihr? Nachdem sie eine lange halbe Minute hin und her überlegt hatte, nahm sie das Gespräch an.

»Hallo, Svea«, sagte er, *»long time no see.* Ich wollte mal hören, wie es dir geht. Stimmt es, dass du im Krankenhaus liegst? Ich habe mir Sorgen gemacht!«

Long time no see. An wem lag das wohl? Von wegen Sorgen. Woher wusste er überhaupt, dass sie im Krankenhaus lag? Sein Netzwerk war offenbar größer, als sie angenommen hatte. Und warum interessierte er sich auf einmal wieder für sie?

»Hi«, sagte sie kühl. »Woher weißt du von meiner Verletzung?«

»Ich hoffe sehr, es ist nichts Ernstes.«

Gar nicht erst auf ihre Frage eingehen. Machttechnik, Kapitel drei. Im Manipulieren war Frost Weltmeister.

»Nur ein Kratzer«, sagte sie.

»Tapfer wie immer.« Er lachte. Es klang aufgesetzt. »Ich habe gehört, du bist in den Kroko-Klima-Killer-Fall involviert?«

Daher wehte also der Wind.

»Japp.«

»Und?«

»Läuft«, sagte sie und gab sich keinerlei Mühe zu verbergen, wie verdammt enttäuscht und wütend sie noch immer war.

»Heute sind eine Menge wichtiger Leute zu euch nach Malmö gekommen«, sagte er.

»Japp.«

»Tut mir leid, dass du in dieser Runde nicht dabei sein konntest.«

Leidtun? Ich lach mich tot, dachte sie.

»Dumm gelaufen.«

»Du hättest das Treffen sicherlich bereichert.«

»Sicherlich«, echote sie trocken.

Er räusperte sich, als hätte er etwas im Hals. Wahrscheinlich war er frustriert, dass er keinen Fuß in die Tür bekam. Armer Joakim.

»Macht ihr denn Fortschritte?«

»Am laufenden Band.«

»Und die Zusammenarbeit mit diesem Nordh?«

»Toller Polizist«, sagte sie. Im Gegensatz zu dir. »Klug, kompetent und vor allem sehr loyal.«

»Das klingt doch gut.«

»Finde ich auch.«

Was zum Teufel wollte er von ihr? Dass sie Interna aus dem Fall weitergab? Einfach nur nett plaudern? Sie verstand es nicht.

»Und wie geht es dir sonst? Ist Malmö okay?«

Im Ernst jetzt?

»Was zum Teufel willst du von mir?«

»Einfach nur hören, wie es dir geht. Ich weiß, dass damals nicht alles optimal gelaufen ist. Das tut mir leid. Trotzdem liegst du mir immer noch am Herzen, Svea.«

Na klar.

In ihr loderte etwas hoch auf. Eine Wut, deren Intensität sie überraschte. Sie hatte diesem Mann drei Jahre ihrer Karriere geschenkt. Als Dank hatte er sie vom Hof gejagt.

»Ich muss Schluss machen«, sagte sie. »Ein wichtiger Anruf auf der anderen Leitung. Mein Chef. Jemand, der zu hundert Prozent hinter mir steht.«

Ohne seine Entgegnung abzuwarten, legte sie auf. Was für ein schräger Scheiß war das denn gewesen? Sie dachte lange darüber nach, aber sie wurde nicht schlau daraus.

62

Der stellvertretende Polizeichef räusperte sich.

»Ich weiß nicht, ob ich deinem Vorschlag vorbehaltlos zustimmen kann, Nora«, sagte er. »Auch in meinen Augen hat Kommissar Nordh mit seinem Team einen fantastischen Job gemacht. Er hat innerhalb kürzester Zeit einen plausiblen Tatverdächtigen ermittelt. Den Täter um ein Haar gefasst. Zwei der Tatorte aufgespürt. Einen Zusammenhang zwischen den Opfern hergestellt. Das Fahndungsnetz ausgelegt. Jetzt muss es sich nur noch zuziehen. Und gerade in dem Moment willst du ihm die Verantwortung entziehen?« Wieder räusperte er sich. Nordh schluckte. Von den aufgezählten Meriten gebührte, genau genommen, keine einzige ihm, zumindest nicht ihm allein. »Sicher sind wir uns alle darin einig, dass Jon bei einem Fall mit solchen Dimensionen mehr Unterstützung gebrauchen kann, aber ihm nun das Ruder zu entreißen, halte ich für aktionistisch, zu kurz gedacht und auf einer persönlichen Ebene sogar für unfair. Jon ist das Gesicht dieses Falls – und es ist ein gutes Gesicht!«

Nordh hätte lachen können, wenn es nicht alles so durchsichtig und zynisch gewesen wäre. Sein hochrangiger Fürsprecher war als Stellvertreter naturgemäß der erste Kandidat für den Posten des bald scheidenden Landespolizeichefs. Wie man hörte, waren die beiden sogar befreundet. Dass sich seine Konkurrentin gerade in einer monströsen Ermittlung verhedderte, konnte ihm also nur recht sein. Also setzte er sich dafür ein, dass der Fall in Malmö blieb.

Aus dem allgemeinen Gemurmel meldete sich der Chef der Säpo-Fraktion zu Wort.

»Bis hierhin gute Arbeit der hiesigen Kripo – keine Frage. Wir ziehen den Hut. Aber dank der Bekenner- beziehungsweise Erpresserschreiben an die Regierung wird aus dem Kriminalfall ein terroristischer Akt. Wir haben es mit einem Täter oder möglicherweise sogar einer ganzen Gruppierung zu tun, die im Namen einer ideologischen Überzeugung in Serie schwerste Verbrechen begeht, um die demokratisch gewählten Entscheidungsträger unseres Landes unter Druck zu setzen und zu nötigen. Dazu schocken sie durch ihr obszönes und grausames Handeln und das geschickte Bespielen medialer Kanäle breite Gesellschaftsschichten und sorgen für Angst und Verunsicherung. Das, meine werten Kollegen, ist die Definition von Terrorismus. Diesem Terror adäquat und robust zu begegnen, fällt in die Verantwortung und Kompetenz meiner Leute. Daher sind wir mehr als bereit, das Zepter des Handelns zu übernehmen.«

Nordh beobachtete Mellanders Reaktion. Über ihr sorgfältig geschminktes Gesicht huschte ein Lächeln. Hier wird gefeilscht wie auf einem Viehmarkt, dachte er.

Es meldete sich eine Frau, die zur Landesmordgruppe gehörte. Sie klopfte auf den Ordner, der vor ihr auf dem Konferenztisch lag.

»Wir haben das Dossier natürlich ebenfalls gründlich studiert. Ein persönlicher Dank an dich, Jon, und dein tolles Team.« Sie schenkte ihm ein professionelles Lächeln, das ihre makellos weißen Zähne zeigte. »*Outstanding,* was ihr in der kurzen Zeit geleistet habt, wirklich *outstandig.«* Nordh verdrehte innerlich die Augen. Er wettete einen Hunderter darauf, dass sie innerhalb der nächsten Minute ihre Fortbildungen beim FBI erwähnen würde. »Bitte auch einen persönlichen und solidarischen Gruß an deine mutige Kollegin, die verletzt im Krankenhaus liegt. Sie hat eine Menge riskiert. Weibliches *empowerment* dieses Kalibers findet man in unseren Reihen leider immer noch viel zu selten.« *Empowerment?* Im Ernst? Er freute sich schon jetzt darauf, Karhuus Gesicht zu sehen, wenn er ihr von diesem Theater hier erzählen würde. »Nun ist es so, dass unserer Auffassung nach in dieser Runde bisher viel zu wenig von den schweren dissozialen Persönlichkeitsstörungen gesprochen wurde, die den Tatcharakter definieren und die sich nicht mit wenigen Worten auf einen diffusen Terrorismusbegriff reduzieren lassen. Dank unserer Expertise, die unter anderem durch viele Fortbildungsstunden beim FBI geschärft wurde und in Fällen wie diesem der forensischen Psychologie vertraut«, sie wies mit ausladender Geste auf Sonya Yakupova, »sind wir in der einzigartigen Lage, mit unserer Kompetenz und Erfahrung die Führung dieser komplizierten Ermittlung zu übernehmen, ohne die Frage der nationalen Sicherheit aus den Augen zu verlieren.«

So ging es sicherlich eine halbe Stunde hin und her. Nordh fühlte sich wie ein Spielball, hin und her geworfen zwischen den verschiedenen Gruppen und Interessen. Mellander versuchte, den Staatsrat für sich einzuspannen, und wollte wissen, wie der Ministerpräsident persönlich zur Frage der weiteren Ermittlungsstruktur stand, doch der hob abwehrend die Arme und betonte, dass sich der Regierungschef in strategische Entscheidungen innerhalb der Sicherheitsbehörden weder einmischen durfte noch wollte. Innerhalb der Regierungskanzlei sei aber bereits entschieden worden, dass eine zeitnahe Stellungnahme zur aktuellen Situation und zu den Bekennerschreiben unumgänglich sei und dass der Regierungssprecher natürlich darauf hinweisen würde, dass alles dafür getan werde, Charlotte Grosshög und mögliche weitere Opfer zu befreien sowie den Täter zu fassen, dass er aber auch sehr nachdrücklich die Nichterpressbarkeit des Staates betonen werde. Zustimmendes Gemurmel. Schließlich ergriff der stellvertretende Landespolizeichef erneut das Wort. Nun sei genug geredet worden, eine Entscheidung müsse her. Derjenige, der letztendlich das Mandat dafür habe, sei der ranghöchste Polizist des Landes selbst. Er werde ihn jetzt ins Gespräch miteinbeziehen. Für eine knappe Sekunde zog sich der linke Mundwinkel in seinem bärtigen Gesicht nach oben. In dem Moment wurde Nordh klar, dass das ganze Theater hier ein abgekartetes Spiel war. Von Anfang an hatte festgestanden, wer der Gewinner und wer der Verlierer war. Mellander verstand nun ebenfalls, dass das Spiel gezinkt war und sie verloren hatte. Das sah Nordh ihr an. Über die Raumlautsprecher wurde der Landespolizeichef zugeschaltet und ergriff das Wort. Jetzt kapierten auch die Letzten, dass er die gesamte Sitzung mitverfolgt hatte. Drei Minuten später war alles geregelt. Die Malmöer Kripo würde den Fall unter Nordhs Leitung weiterführen. Die Säpo und die Landesmordgruppe stünden der Ermittlung beratend zur Seite und stellten nach Bedarf Ressourcen und Expertise zur Verfügung. Viele Grüße aus Stockholm. *Over and out*. Viele missbilligende Blicke Richtung Nordh. So, als sei er hier der Gewinner. Nehmt diesen beschissenen Fall doch, wenn ihr ihn unbedingt haben wollt, hätte er ihnen am liebsten zugerufen, ich schenke ihn euch. Mit Kusshand.

Stühlescharren. Draußen war ein Kaffee- und Kuchenbüfett aufgedeckt worden. Der Raum leerte sich. Der stellvertretende Landespolizeichef kam auf ihn zu, schüttelte ihm die Hand, wünschte ihm viel Erfolg und verabschiedete sich. Dringlichkeiten in Stockholm. Na dann. Nordh blieb als Einziger im

Besprechungszimmer zurück. Ihm war nicht nach Small Talk auf dem Flur, und Hunger auf Kuchen hatte er schon gar nicht. Gedankenverloren blickte er aus dem Fenster. Draußen sah er, wie der stellvertretende Landespolizeichef ein paar Worte mit dem Mann vom Justizministerium wechselte, dann verabschiedeten sich die beiden. Der stellvertretende Landespolizeichef stieg in einen schwarzen BMW, der mit laufendem Motor am Straßenrand auf ihn wartete. Als das Auto anfuhr, erhaschte Nordh einen Blick auf den Fahrer. Er trug einen Hut. Wie Kojak oder Bogart. Einen verdammten Trilby.

63

Als Karhuu wieder aufwachte, lief auf dem Handy noch immer das Hörbuch, das sie angemacht hatte. *Die Geheimnisse der Pyramiden* hatte sich nach wenigen Kapiteln als so lahm erwiesen, dass sie eingeschlafen war. Und nein, sie glaubte nicht, dass Außerirdische für ihren Bau verantwortlich waren. Sie schaltete den Vorleser ab. Es war bereits später Nachmittag, sie hatte den halben Tag verschlafen. Nordh hatte ihr auf die Mailbox gesprochen. Die gute Nachricht: Sie hatten den Fall behalten. Die schlechte Nachricht: Sie hatten den Fall behalten. Jon-Nordh-Humor. Sie musste lächeln. Dann versuchte sie, ihn zurückzurufen. Sie wollte mit ihm über den *Fraternitas*-Zirkel und ihre Überlegungen zum altägyptischen Totengericht sprechen, aber Nordh nahm nicht ab. Keine Minute, nachdem sie das Smartphone wieder weggelegt hatte, kam piepsend eine Mitteilung auf dem *burner phone* an. Sie kam von ihrem Vater. Er schrieb nur ein Wort. »Treffer.« Ihr Herz begann zu hämmern. Zitternd öffnete sie die kleine Videodatei, die angehängt war. Es waren zwei Videoschnipsel, die ihr Vater aneinandergehängt hatte, beide waren nur einige Sekunden lang, beide zeigten dasselbe

Gesicht. Eine blonde Frau um die dreißig. Karhuu erkannte sie sofort. Jeder Zweifel war ausgeschlossen. Es war Jenny Karlsson, eine Streifenpolizistin aus Stockholm vom vierzehnten Revier. Berüchtigt für ihre rassistische Weltsicht und rabiate Festnahmen vermeintlicher Straßendealer. Sie und Karhuu waren vor etwa einem Jahr nach einem Hockey-Training der Polizeisportgruppe in den Duschräumen heftig aneinandergeraten. Eine handfeste Schlägerei, angezettelt von Karlsson und zwei Idiotinnen aus ihrem Gefolge. Dummerweise hatte eins der anderen Hockeygirls nur das Ende des Handgemenges mit dem Handy gefilmt, jene Passage, in der Karhuu sich zur Wehr gesetzt, Karlsson zwei Zähne ausgeschlagen und den Kiefer gebrochen hatte. Das war der offizielle Anlass für Karhuus Suspendierung und anschließende Strafversetzung nach Malmö gewesen. Wie hatte sie den Vorfall nur verdrängen können? Weil es wenige Wochen nach dem katastrophalen Ende ihres Undercover-Einsatzes passiert war. Weil sie wahrscheinlich unter einer posttraumatischen Belastungsstörung gelitten hatte. Oder es immer noch tat. Weil sie in Notwehr einen korrupten Kollegen getötet hatte. Der offenbar mit Jenny Karlsson liiert gewesen war. Das Gerücht hatte Karhuu schon damals aufgeschnappt. Und offenbar genauso erfolgreich verdrängt wie die Schlägerei unter der Dusche. Jetzt kam alles wieder hoch, jetzt war alles wieder da.

Das Blut an ihren Händen.

Der Geruch des Shampoos in ihrem Haar.

Karlssons hasserfüllte Worte, die gefallen waren, bevor sie unter der Dusche zum Angriff auf Karhuu übergegangen war.

Nutte.

Türkenfotze.

Copkiller.

Damals konnte Karlsson es noch nicht gewusst haben, höchstens erahnt. Nun schien sie sich sicher zu sein und bereit, es Karhuu mit gleicher Münze heimzuzahlen. Auge um Auge. Zahn um Zahn. Mann um Mann. Karhuu zweifelte nicht daran, dass Karlsson es ernst meinte. Die Fascho-Bitch und ihr Schichtteam hatten einen Ruf, was schwere Misshandlungen Festgenommener betraf. Einmal hatte sich unter ihrer Aufsicht ein afrikanischstämmiger Kleinkrimineller in der Arrestzelle erhängt. Mit einem Gürtel, der ihm laut Protokoll vorher abgenommen worden war. Ein Mitarbeiter der Rechtsmedizin hatte später durchsickern lassen, dass die Verletzungen, die zum Tod geführt hatten, eher zu einem Würgegriff als zum Erhängen gepasst hätten. Mehrfach hatte es interne Ermittlungen gegen Karlssons Team gegeben, passiert war nach Karhuus Kenntnisstand nichts. Typische Corpsmentalität: Man pisste sich gegenseitig nicht ans Bein. Ihr Vater hatte es einmal so formuliert: Die Polizei ist ein merkwürdiger Berufsstand, Svea. Er zieht die besten Menschen an, aber auch die schlechtesten.

Sie legte das Handy weg und ließ sich wieder aufs Kopfkissen sinken. Was zum Teufel sollte sie jetzt tun? Sie musste einen Weg finden, Jenny Karlsson unschädlich zu machen. Anzeige zu erstatten, wäre lächerlich. Es gab keinen Beweis dafür, dass es Karlsson gewesen war, die die Drohbriefe schickte und die in Kristoffers Wohnung eingedrungen war. Die Videoüberwachung war illegal. Und was am schwersten wog: Sie konnte niemandem erzählen, dass sie Karlssons Lover *undercover* in Notwehr getötet hatte. Also musste sie die Sache selbst in die Hand nehmen. Je eher, desto besser. Erst dann hätte Kristoffer sein Leben zurück, erst dann würde sie endlich Ruhe finden. Eine gute Stunde lag sie da und grübelte. Schließlich wusste sie, wie sie es anstellen musste. Sie rief ihren Vater an und teilte ihm ihre Überlegungen mit. Ove hatte zunächst Bedenken. Es gebe auch andere Wege. Er bot sich an, die Sache zu übernehmen. Aber Karhuu lehnte das kategorisch ab. Sie nahm gern seine Hilfe in Anspruch, aber die Verantwortung musste sie selbst übernehmen. Diese Geschichte war zutiefst persönlich. Schließlich erklärte er sich einverstanden und war sich sicher, innerhalb der nächsten Stunden alles Nötige in die Wege leiten zu können. Nach dem Telefonat rief sie den Krankenpfleger und bat den verdutzten Mann, ihr die Kanüle aus dem Handrücken zu entfernen. Sie habe sich nämlich eben gerade selbst entlassen.

64

Ohne die Chefs am Konferenztisch war die Atmosphäre im Raum sofort angenehmer, stellte Nordh fest. Das Kompetenzgerangel machte einer konstruktiven Stimmung Platz. Vielleicht hatten auch der Kaffee und der Kuchen zur besseren Stimmung beigetragen. Wie vom Landespolizeichef gewünscht, behielt er die Ermittlungsleitung. Die Verantwortung über so viele Mitarbeiter zu haben, fühlte sich ungewohnt und alles andere als behaglich an, aber hier ging es schließlich nicht um seine Befindlichkeiten, sondern darum, einen Serienmörder zu fassen und das Leben einer Teenagerin und weiterer möglicher Opfer zu retten. Zwei Leute der Landesmordgruppe wurden nach Göteborg abgestellt, um die örtliche Kripo bei der Untersuchung des Tods von Göran Wall zu unterstützen. Ein Dutzend Mitarbeiter würden in Malmö die Kollegen unterstützen, die die Hinweise aus der Bevölkerung überprüften, von denen mittlerweile mehr als siebeneinhalbtausend eingegangen waren. Sonya Yakupova würde auf Grundlage der Fallakten ein möglichst differenziertes Profil des Täters erstellen. Die Säpo übernahm mehrere Aufgaben. Sie würde ihre Akten zu militantem Klima- und Umweltschutz durchkämmen und nach Verbindungen zu dem aktuellen Fall suchen. Sie würde den Internetverkehr scannen und mögliche Sympathisanten unter die

Lupe nehmen. Zudem würde sie mit den ihnen zur Verfügung stehenden Mitteln die Suche nach Johannes Eliasson intensivieren. Selbst wenn sich der Mann seit mehr als vier Jahrzehnten unter einem anderen Namen bewegte, hatte er womöglich Spuren hinterlassen. In Schweden oder aber auch im Ausland. Nordh und sein Team würden die verschiedenen Einsätze koordinieren und die Ergebnisse bündeln. Als er die mehrstündige Sitzung am frühen Abend beendete, empfand er fast so etwas wie Aufbruchsstimmung. Er versuchte Karhuu anzurufen, erreichte sie aber nicht. Was sie Wallgren über das geheimnistuerische Netzwerk berichtet hatte, dem sowohl Reidar Sjöbäck, Aaron de Klerk und der Kopf hinter *Zenith,* Ludvig Lydén, angehörten, war überaus interessant und wurde durch den Umstand, dass Göran Wall, Pernille Friis und Måns de Klerk für das Medienunternehmen gearbeitet hatten beziehungsweise immer noch arbeiteten, noch interessanter. Diese Ballung konnte kein Zufall sein. Nur bekam er Charlotte Grosshög ebenso wenig in diese Gleichung wie einen psychisch auffälligen Teenager aus degenerierten Verhältnissen, der vor fünfundvierzig Jahren spurlos verschwunden war. Von dem altägyptischen Klimbim ganz zu schweigen. Sei's drum, er würde morgen weiter darüber nachdenken. Nach dem langen Tag wollte er jetzt nur noch seine Kinder sehen, eine Runde Federball spielen und ein kaltes Bier trinken. Aber vorher hatte er noch etwas Wichtiges zu erledigen. Er hatte eine selbst auferlegte Pflicht zu erfüllen. Sicher, Charlottes Eltern wurden rund um die Uhr von einem geschulten Team betreut. Aber er fühlte sich für sie verantwortlich. Also fuhr er hin. Im Autoradio liefen die Nachrichten. Der Regierungssprecher wurde zitiert. Rechtsstaat, Mitgefühl, Nichterpressbarkeit. Als Vera Grosshög ihm die Tür öffnete, sah er die Erwartung in ihren Augen und die Enttäuschung, die darauf folgte, denn sie deutete seinen Gesichtsausdruck richtig. Es gab keine bahnbrechenden Neuigkeiten. Ihre Tochter war nicht gerettet worden, sie befand sich noch immer in den Händen eines mordenden Irren.

Sie setzten sich zu dritt unter einen Schatten spendenden Pavillon im Garten. Von den Grundstücken der Nachbarn zog Grillgeruch herüber. Dort ging das Leben weiter, hier blieb es seit Tagen stehen. Vera und Clas sahen mitgenommen aus. Nordh kannte das. Nichts zehrte Menschen so aus wie die diabolische Mischung aus Verlust, Schuld und Angst, gewürzt mit einer schwachen Prise Hoffnung. Bleiche Gesichter, blutunterlaufene Augen. Nordh referierte die Fakten. Viele gute Leute arbeiteten an dem Fall, rund um die Uhr. Es gab unzählige Hinweise. Mehr Trost konnte er ihnen nicht anbieten. Das fatale Interview mit Pernille Friis erwähnte er nicht. Es nützte nichts, ihnen Vorhaltungen zu machen. Er fragte nach Göran Wall. Sie hatten noch nie von dem Mann gehört. Er fragte nach Ludvig Lydén. Sie wussten nicht, wer das war. Er fragte nach Johannes Eliasson. Sie kannten den Namen nur aus den Nachrichten. In den Büschen zwitscherten Vögel. Er trank sein Wasser aus. Noch nie hatte er sich so nach seinen Kindern gesehnt. Er stand auf. Dann fiel ihm doch noch etwas ein. Karhuu hatte in dem Protokoll der Vernehmung von Charlottes bester Freundin etwas zum Besuch des British Museum während einer Klassenreise nach London vermerkt. Offenbar hatte die altägyptische Abteilung im Mittelpunkt gestanden, weil das Thema zuvor im Unterricht behandelt worden sei. Ob Nordh Charlottes Unterrichtsmaterialien mitnehmen dürfe? Achselzuckend ging Clas ins Haus und kam mit dem Schulrucksack seiner Tochter wieder. Nordh bedankte sich. Vera trat zu ihnen in den Flur.

»Eine Sache ist ein wenig seltsam«, sagte sie und rieb nervös an einem Ekzem am Hals, das vor zwei Tagen noch nicht da gewesen war. »Charlottes Sportschuhe sind weg.«

65

Svea Karhuu nahm ein Taxi zur nächsten Autovermietung. Sie entschied sich für einen BMW mit Automatikschaltung, je weniger sie ihre linke Armschulterpartie belastete, desto besser. Gas geben, bremsen, lenken – das bekam sie auch mit einem Arm hin. Das Navi zeigte eine Fahrzeit von fünfeinhalb Stunden an. Sie kaute Schmerztabletten. Der behandelnde Arzt hatte ihr eine Gardinenpredigt gehalten, bevor er sie kopfschüttelnd hatte ziehen lassen. Es war ja auch dumm. Sie setzte unnötig ihre Gesundheit aufs Spiel, riskierte Komplikationen und Folgeschäden. Ganz zu schweigen davon, dass sie Nordh und das entführte Mädchen im Stich ließ, weil sie die Verzögerung ihrer Genesung mutwillig in Kauf nahm, obwohl ihr Jenny Karlsson nicht weglief und Kristoffer in der Taiga in Sicherheit war. Aber tief in ihrem Inneren spürte sie, dass die Sache keinen Aufschub duldete. Karlssons Drohung war nichts weniger als ein Angriff auf ihr innerstes Selbst. Ihre Liebe, ihr Herz, ihre Seele. Ihr Leben konnte erst weitergehen, wenn die Bedrohung eliminiert war.

Der BMW schoss wie ein Pfeil durch den Sommerabend. Die Landschaft veränderte sich. Die Felsen verschwanden, Kornfelder zogen vorbei. Im Autoradio fand sie einen Sender, der die neueste Podcastfolge von Pernille Friis brachte. Sie war zweifellos die Frau der Stunde. Zunächst ging es um die Ermordung von Göran Wall. Natürlich war wieder viel von der Inkompetenz der Polizei die Rede. In einem Einspieler klagte Walls Frau mit tränenverhangener Stimme – und von Friis' Suggestivfragen getrieben – die Unfähigkeit der Ermittler an. Was für eine journalistische Meisterleistung, dachte Karhuu mit bitterem Sarkasmus. Von Walls Verbindung zu *Zenith* kein Wort. Nachdem sich die Podcasterin an der Polizei abgearbeitet hatte, nahm sie den Täter ins Visier. Karhuu fiel auf, dass Friis, wie schon am Vortag, unsachlicher wirkte als in früheren Folgen oder im Verhörraum. Sie sprach den Täter persönlich an, forderte ihn auf, sie anzurufen und der Öffentlichkeit seine Sicht auf die Dinge zu erläutern. Friis provozierte, nannte ihn unter anderem einen Ökoirren und einen impotenten Feigling. Vielleicht war es nur eine Masche, vielleicht wollte sie ihn so aus der Reserve locken. Aber es klang völlig überdreht und löste in Karhuu Fremdscham aus. Es war ja nicht nur die Journalistin. In den Korridoren des Präsidiums, auf dem Krankenhausflur, im Radio, im Fernsehen, im Internet sowieso: Ihr kam es vor, als sei in den vergangenen Tagen Hysterie zum allgemeinen Hintergrundrauschen geworden. Vielleicht als Reaktion auf die kaum zu begreifende Grausamkeit der Taten, zusätzlich befeuert durch Presse, soziale Medien und die anhaltende Hitzewelle.

Als Karhuu Linköping passierte, meldete sich ihr Vater. Er hatte bekommen, was sie brauchten, und er hatte die Gegebenheiten vor Ort ausgekundschaftet. Die Umsetzung würde nicht einfach, aber sie war möglich. Gut so. Sie hielt das Gespräch kurz, trotz *burner phone.* Ihr Smartphone hatte sie gar nicht erst mitgenommen, sicher war sicher. Als einfache Polizistin hatte Karlsson zwar keinen uneingeschränkten Zugriff wie Telefonortungen oder gar Abhörmaßnahmen, aber wer weiß, welche Hilfe sie im Corps hatte. Ihr Lover hatte für die organisierte Kriminalität gearbeitet. Möglich, dass sie selbst mit drinsteckte. Grimmig gab Karhuu Gas.

66

Es war spät geworden, bis die Kinder eingeschlafen waren, was natürlich Nordhs eigene Schuld gewesen war, durch den langen Arbeitstag hatte sich alles nach hinten verschoben, das Abendessen, das Federballmatch und drei Runden Uno. Anschließend hatte er ihnen eine Gutenachtgeschichte von zwei Dinosaurierkindern auf Abenteuerreise erzählt, eine niemals endende Fortsetzungsstory, die er vor vier oder fünf Jahren begonnen hatte und für die sie nun eigentlich zu alt waren, aber trotzdem beim Zubettgehen fast immer darum bettelten. Es war ein schöner Abend gewesen, wenn man von dem Streit absah, wer von beiden den Grill anzünden durfte. Sie hatten unbedingt wieder Burger essen wollen. Nun saß Nordh in der Dunkelheit des Kinderzimmers und lauschte ihren gleichmäßigen Atemzügen. Vielleicht lag es an seiner Erschöpfung, dass ihn plötzlich Sentimentalität übermannte. Linda war für immer fort. Aber Lilly und Tim waren da. Er schluckte so hart, dass es wehtat. Tränen traten in seine Augen, so salzig, dass es brannte. Seine Kinder waren bei ihm. Es war Lindas Geschenk an ihn. Vielleicht das größte, das man einem anderen Menschen machen konnte. Er fühlte ihr gegenüber Dankbarkeit, zum ersten Mal seit ihrem Tod. Für die Millionen Stunden, in denen Linda sein kleines, albernes Leben groß hatte erscheinen lassen. Für den Wegabschnitt, den sie gemeinsam gegangen waren. Für Lilly und Tim. Er schniefte. Dankbarkeit, Akzeptanz. War sie das nun, die viel beschworene letzte Trauerphase? War er schon so weit? Nach fünfzehneinhalb Monaten? Der Gedanke wühlte ihn auf. Von wegen Akzeptanz. Seine Hände ballten sich zu Fäusten, seine Kiefer pressten aufeinander. Vor seinem inneren Auge tauchte Calles Gesicht auf. Am liebsten hätte er hineingeschlagen. Und Linda? Ihr Verrat wog noch hundertmal schwerer. Sie hatte ihn betrogen und sie hatte ihn alleingelassen und für beides hasste er sie. Die Tränen rannen ihm über die Wangen. Selbstmitleid drückte ihn tief in die Polster des Sessels, der zwischen den Betten der Kinder stand. Lange blieb er so sitzen.

With the lights out, it's less dangerous,

here we are now, entertain us.

Irgendwann gab er sich einen Ruck und stand auf. Wusch sich im Bad das Gesicht. Ging nach unten und schenkte sich einen großzügig bemessenen Cognac ein. Schnappte sich den Rucksack mit Charlottes Schulsachen und setzte sich mit beidem an den Tisch auf der Terrasse. Trank. Leerte den Rucksack aus. Ein Schreibblock, ein Etui, eine Mappe, ein Tabletrechner mit Schullogo auf der Schutzhülle. Richtige Bücher benutzte man in der Oberstufe anscheinend nicht mehr. Er blätterte durch den Block. Notizen zu einer Strindberg-Novelle. Stichpunkte zu einem John-Lennon-Referat. Matheaufgaben. In der Mappe einzelne oder zusammengeheftete Arbeitsblätter. Noch mal Strindberg. Die Analyse eines Gedichts von Harry Martinson. Chemie III: Organische und anorganische Verbindungen. Rousseau, Voltaire, Kant. Nordh nahm sich das Tablet vor. Benutzername und Passwort standen praktischerweise auf dem Aufkleber mit dem Schullogo. Ohne Probleme fand er den Ordner für den Geschichtsunterricht. Er war nach den Themen des vergangenen Schuljahrs strukturiert. Griechische und römische Antike. Das Mittelalter. Aufklärung und französische Revolution. Aber Charlottes beste Freundin hatte Karhuu gegenüber zu Protokoll gegeben, dass die Klasse auf der Studienreise nach London die altägyptische Abteilung des British Museum besichtigt hatte. Dass Charlotte dort plötzlich für eine Weile verschwunden gewesen war. Dass sie sich danach überraschend von ihrem Freund Oliver getrennt und Andeutungen über einen geheimnisvollen Fremden gemacht hatte. Nordh leerte das Cognacglas, holte seinen Laptop und loggte sich in die Fallakte ein, wo er Karhuus Protokoll noch einmal las. Da stand es schwarz auf weiß, seine Erinnerung hatte ihn nicht getäuscht. Vielleicht war es nur ein Missverständnis, vielleicht waren die Unterrichtsmaterialien zum alten Ägypten woanders. Er sah auf die Uhr, es war fünf vor zehn. Kurz entschlossen rief er Oliver an. Er kam schnell zur Sache.

»Ich habe eine Frage zu eurer Klassenfahrt nach London.«

»Ja?«

»Warum habt ihr euch im British Museum so intensiv mit der Abteilung über das Alte Ägypten beschäftigt, obwohl ihr das Thema im Geschichtsunterricht gar nicht behandelt habt?«

Es blieb viele Sekunden lang still in der Leitung. Nordh fragte sich schon, ob der Junge angetrunken war oder gekifft hatte.

»Wir waren überhaupt nicht in der ägyptischen Abteilung, sondern bei den Griechen und Römern. Ich habe ein Referat über Troja gehalten.«

Nordh war baff.

»Charlottes Freundin Linn hat uns erzählt, dass ihr überhaupt nur wegen dem alten Ägypten im Museum gewesen wäret.«

»Hä? So ein Quatsch, Linn und Charlotte haben zusammen ein Referat über Sokrates gehalten.«

»Seltsam.« Nordh fuhr mit der Handinnenfläche über seine Bartstoppel. »Aber Charlotte war während des Museumsbesuchs für eine Zeit lang verschwunden und alle, einschließlich der Lehrer, haben sie suchen müssen?«

»Hat Linn das erzählt?«

»Ja.«

»Das war ganz anders. Sie und Charlotte sind mit Einverständnis der Lehrer zusammen losgegangen und haben eine Toilette gesucht. Als sie nach einer Weile noch nicht zurück waren, wurden zwei andere Schülerinnen losgeschickt, um nach ihnen zu schauen. Fünf Minuten später waren sie alle zusammen wieder da. Das Ganze hat maximal eine Viertelstunde gedauert.«

Nordh drehte das leere Glas im Kreis.

»Sorry, doofe Frage, aber stimmt es, dass Charlotte direkt nach dem Museumsbesuch mit dir Schluss gemacht hat?«

Wieder eine längere Pause.

»Nein, das war drei Tage später. Am Abend, bevor wir zurückgefahren sind.«

Nordh bedankte sich und beendete das Gespräch. Es gab keinen Grund, dem Jungen nicht zu glauben. Linn hatte Karhuu Blödsinn aufgetischt. Die Klasse hatte sich keine Mumien angesehen und es gab aller Wahrscheinlichkeit nach auch keinen geheimnisvollen Fremden. Linn hatte einen mystischen Schleier über die Klassenfahrt geworfen. Aber es hatte überhaupt nichts Mystisches gegeben. Nur ein banales Teenagerdrama: ein Mädchen, das mit ihrem Freund Schluss machte. Nordh verscheuchte eine Mücke, die erste, die er dieses Jahr bemerkte. Dazu kam die Sache mit Charlottes Schuhen. Er hatte den ausführlichen Bericht der Forensik zweimal sorgfältig gelesen. Der Rekonstruktion des Handlungsverlaufs zufolge war der Entführer in der Nacht durch die offene Terrassentür ins Haus eingedrungen, in die obere Etage und in Charlottes Zimmer geschlichen, wo es den Blutspuren zufolge zu einer körperlichen Auseinandersetzung gekommen war, bevor der Täter das Mädchen überwältigen und möglicherweise auch betäuben konnte. In diesem Szenario war Charlotte entweder bewusstlos oder gefesselt und geknebelt, denn der Täter brauchte Schätzungen der Experten zufolge danach noch mindestens eine halbe Stunde, um die Schriftzeichen im Zimmer anzubringen. Hilfeschreie oder laute Geräusche hätten die Eltern aufgeweckt. Am plausibelsten war den Forensikern zufolge die Variante, in der Charlotte, ebenso wie Göran Wall, durch die Injektion mit einem starken Betäubungsmittel außer Gefecht gesetzt worden war. Anschließend hatte sie der Täter vermutlich aus dem Haus zu seinem Auto getragen. Das Mädchen wog etwa fünfzig Kilo, für einen kräftigen Mann kein Problem. Aber wie passten da die

Turnschuhe des Mädchens ins Bild? Die Vorstellung, dass der Entführer noch einmal zurückgekommen war, um die Schuhe mitzunehmen, war absurd. Selbst wenn das Mädchen bei Bewusstsein war und nicht um Hilfe rufen konnte, weil sie geknebelt war oder mit einer Waffe bedroht wurde: Warum hätte ihr Peiniger ihr erlauben beziehungsweise sie dazu auffordern sollen, die Schuhe anzuziehen? Sie war vermutlich barfuß gewesen, es war warm draußen und das Auto war vermutlich so nah wie nur möglich am Haus geparkt, denn es wäre dumm gewesen, mit dem Entführungsopfer, ob bei Bewusstsein oder nicht, durch die halbe Nachbarschaft zu spazieren. Nordh schlug eine Mücke auf seinem Unterarm tot. Wie er es auch drehte und wendete – das Ganze ergab keinen Sinn. Über ihm tanzte jetzt ein ganzer Mückenschwarm. An den anderen Abenden hatten sich die Biester nicht blicken lassen. Vielleicht schlug bald das Wetter um. Dann fiel ihm doch noch etwas ein. Möglicherweise ging es nicht um die kurze Strecke vom Haus zum Auto, sondern später vom Wagen aus zu dem Ort, an dem Charlotte eingesperrt und versteckt werden sollte. Möglicherweise ging dieser Weg über Stock und Stein und die Schuhe waren dafür unabdingbar. Nordhs Kopf brummte. Er war hundemüde und konnte nicht mehr geradeaus denken. Es war Zeit, ins Bett zu gehen.

67

Svea Karhuu traf ihren Vater auf einem menschenleeren Pendlerparkplatz am Stadtrand der Hauptstadt. Es ging auf dreiundzwanzig Uhr zu. Ihnen blieb genügend Zeit. Die Sonne war untergegangen, aber es war noch hell. Sie wollte in zwei Stunden zuschlagen, wenn die kurze Sommernacht Stockholm in ein trübes Zwielicht tauchen und Jenny Karlsson hoffentlich schlafen würde. Ihr Vater nahm sie behutsam in den Arm. Die körperliche Nähe tat ihr gut. Er roch nach dem altmodischen Rasierwasser, das er benutzte, seit sie denken konnte.

»Minun kullanmuru«, murmelte er. Meänkieli. *Mein Liebling.*

Auch wenn sie adoptiert war: Mit Sicherheit war Ove der beste Vater der Welt. Er hatte ihr beigebracht, was Gerechtigkeit bedeutete. Dass sie keine Selbstverständlichkeit war. Dass man sie verteidigen und für sie kämpfen musste. Als Spross einer Familie, die sich seit Generationen in dem kargen Landesteil behauptet hatte, der jahrhundertelang vom Süden ausgebeutet und systematisch benachteiligt worden war, lag ihm diese Gewissheit im Blut. Er hatte sie ihr vermacht. Ohne ihn wäre sie keine Polizistin geworden. Doch Oves Gerechtigkeitssinn ging über Paragrafen und Gesetze hinaus. Sonst wäre er jetzt nicht hier, sonst würde er nicht tun, worum sie ihn gebeten hatte. Sie gingen den Plan gemeinsam durch. Er beschrieb ihr detailliert die Örtlichkeiten. Karlsson wohnte in einer Mietskaserne im Osten der Stadt, in der vierten Etage eines fünfstöckigen Hauses. Sie war vor drei Stunden allein nach Hause gekommen. Ove zückte sein Smartphone. Er hatte in einem Fenster des Treppenaufgangs im gegenüberliegenden Haus eine der Kameras platziert. Er wies in dem Video-Livestream auf zwei Fenster. Küche und Wohnzimmer. In der Küche war es dunkel, im Wohnzimmer flackerte das bläuliche Licht eines Fernsehers.

»Wir machen es im Wohnzimmer«, entschied Karhuu. Ove nickte. Er reichte ihr den Dietrichsatz und die Pistole. Es war eine kleine, handliche Steyr M-A2. Karhuu wog sie in der Hand, überprüfte das Magazin. Sie würde zweifellos ihren Dienst tun. »Woher kommt sie?«

Ove lächelte schmal.

»Jemand, der mir einen Gefallen schuldete. Sie ist sauber und nirgendwo registriert. Nur leider ohne Schalldämpfer.«

»Danke.« Sie massierte sich mit dem Handballen die Nasenspitze. »Ein Messer wäre mir lieber gewesen, aber mit der kaputten Schulter geht es nicht anders.«

Ihr Vater musterte sie.

»Bist du wirklich sicher, dass du es selbst machen willst?«

»Ja. Ich muss ihr dabei in die Augen sehen.«

Wieder nickte er.

»Ich habe nichts anderes von dir erwartet, *kullanmuru*.«

Sie trennten sich. Ihr Vater stieg in sein Auto und fuhr los. Sie blieb auf dem Parkplatz stehen. Niemand sollte sie im Vorhinein in der Nähe von Karlssons Wohnung sehen. Abzüglich der Fahrzeit blieb ihr noch eine gute Stunde. Sie sah in den dunkelblauen Himmel, in dem einzelne Sterne funkelten, und dachte an Kristoffer. Ob er noch wach war? Was ihm wohl durch den Kopf ging? Sie war ihm unendlich dankbar dafür, dass er das alles ohne Nachbohren oder Murren und Klagen mitmachte. Sie hatte sich geschworen, ihm die Wahrheit zu erzählen, wenn die Sache vorüber war. Auch wenn er sie dann nicht mehr haben wollte. Aber er verdiente endlich Ehrlichkeit.

Als es an der Zeit war, fuhr sie los. Eine halbe Stunde später war sie am Ziel. Sie stellte den Wagen in einer unbeleuchteten Ecke des Parkplatzes ab, der im Schatten der gesichtslosen Wohnsilos lag. Bevor sie ausstieg, setzte sie sich ein Cap auf und blickte noch einmal auf das Handy. Ove hatte sich nicht noch einmal gemeldet. Das war gut. Sie blickte an dem Haus hoch, zählte die Fensterreihen. In Karlssons Wohnung brannte kein Licht mehr, auch der Fernseher war aus. Überhaupt waren in dem ganzen Haus nur zwei Fenster erleuchtet. Hier lebten offenbar brave, schlafende Bürger. Auch das war ihr recht. Bevor sie in den Lichtkegel des Eingangs trat, sah sie sich noch einmal um. Niemand zu sehen. Keine späten Spaziergänger, keine schlaflosen Rentner, die noch eine letzte Runde mit dem Hund drehten. Also los. Für das Schloss der Eingangstür brauchte sie weniger als eine Minute, dann war sie drin. Trotz der pochenden Schulter entschied sie sich gegen den Fahrstuhl und für das dunkle Treppenhaus. Fünfzig Jahre alte Aufzüge machen meistens Lärm. Ihre Sneaker auf der Treppe waren dagegen lautlos. Als sie vor Karlssons Tür stand, wartete sie, bis sich ihr Puls beruhigt hatte. Ihr stand Schweiß auf der Stirn, ein weiteres Signal, dass ihr Körper noch nicht wieder bei hundert Prozent war. Nun wurde es ernst. Sie nahm die Waffe, entsicherte sie und steckte sie dann wieder in den hinteren Hosenbund. Das war umständlich und nicht ganz ungefährlich, aber sie brauchte die rechte Hand für das Lock-Picking-Set. Behutsam machte sie sich an dem Türschloss zu schaffen. Es war eine Frage von Training und Fingerspitzengefühl, Licht brauchte sie keins. Nach zwanzig Sekunden schnappte das Schloss auf. Sie verstaute das Werkzeug in der Hosentasche und griff nach der Waffe. Sie holte tief Luft. Sie stieß die Wohnungstür auf. Sie trat lautlos ein. Sie machte drei Schritte in den Flur hinein. Sie ahnte die Konturen eher, als dass sie sie sah. Sie stieß mit dem Fuß vorsichtig die Tür auf, die zu ihrer Rechten lag. Sie erkannte die Umrisse eines Waschbeckens und einer Badewanne. Sie ging weiter. Sie öffnete die Tür zu ihrer Linken. Ihrem Orientierungssinn zufolge musste das die Küche sein. Richtig, von draußen drang genügend Restlicht ein, um einen Tisch, eine Hängelampe und eine Küchenzeile zu erahnen. Sie ging langsam weiter, ein Schritt nach dem anderen. Es blieben noch zwei Türen. Links lag das Wohnzimmer, rechts musste demnach das Schlafzimmer liegen. Ein weiterer Schritt. Der Laminatboden knarzte. Sie erstarrte, die Pistole im Anschlag. Sie wartete, lauschte in die Schatten hinein. Eine Minute, zwei. Nichts regte sich. Sie tat den letzten Schritt wie in Zeitlupe. Der Boden blieb still. Sie holte erneut tief Luft. Dann öffnete sie die Tür zum Schlafzimmer, knallte den linken Ellenbogen auf den Lichtschalter, was einen Schmerz auslöste, der ihr fast den Atem raubte, und richtete die Waffe aufs Bett. Blonde Haare auf dem Kopfkissen. Unter der Bettdecke zeichnete sich ein Körper ab, der langsam erwachte. Karlsson drehte Karhuu das Gesicht zu, zwinkerte gegen die Helligkeit an, stemmte sich auf die Ellenbogen. Ihre Miene irgendwo zwischen Unverständnis und Panik. Karhuu registrierte das mit einer gewissen Befriedigung und ging zwei Schritte in den Raum hinein. Karlsson richtete sich weiter auf. Sie trug ein verwaschenes *White-Pride*-T-Shirt.

»Sieg Heil, *bitch*«, sagte Karhuu.

»Verdammt, was soll der Scheiß?«

Karhuu zielte auf ihre Stirn.

»Als wüsstest du das nicht.«

Karlsson hob abwehrend die Hände. In ihren Augen stand nun die blanke Angst.

»Ich habe keine Ahnung, warum …«

Sie brach ab. Wahrscheinlich, weil sie einsah, dass Leugnen zwecklos war.

»Steh auf.«

»Aber …«

»Steh verdammt noch mal auf!« Karlsson stand auf, ihre Augen fixierten die Mündung des Pistolenlaufs. Möglicherweise fragte sie sich, ob es eine Bedeutung hatte, dass kein Schalldämpfer auf die Waffe geschraubt war. »Ob deine Nachbarn aufwachen oder nicht, ist mir scheißegal. Ich bin in weniger als einer Minute aus dem Haus. Niemand wird mich sehen, niemand wird mich wiedererkennen.«

»Wir können über alles reden«, sagte Karlsson mit brüchiger Stimme.

Es gab nichts zu verhandeln.

»Schnauze halten!«, befahl Karhuu. »Hände hinter den Kopf! Ab ins Wohnzimmer!« Sie trat zwei Schritte zurück, sodass Karlsson an ihr vorbeigehen konnte, ohne ihr zu nahe zu kommen. Karlsson gehorchte. Karhuu folgte ihr mit zwei Schritten Abstand. »Stopp«, sagte Karhuu, als Karlsson in der Mitte des

Wohnzimmerteppichs stand. »Auf die Knie!« Karlsson gehorchte. Dann fing sie an zu weinen.

»Das war doch alles nicht ernst gemeint«, brachte sie zwischen einzelnen Schluchzern hervor.

Ihr liefen Tränen über die Wangen und Rotz aus der Nase.

»Schau zum Fenster«, verlangte Karhuu unbeeindruckt.

Karlsson drehte den Kopf und blickte zum Fenster. In dem Moment tauchte der grüne Laserstrahl auf und blieb auf Karlssons Stirn stehen.

»Was …?«

Karhuu trat neben sie und hielt ihr die Waffe an die Schläfe. Karlsson zitterte am ganzen Leib.

»Hör mir gut zu, denn ich erkläre es dir nur einmal. Von nun an will ich dich nie wieder sehen und nie wieder von dir hören. Du lässt mich und meinen Freund in Ruhe. Du näherst dich uns nie wieder. Du denkst nicht mal an uns. Denn wenn du das tust …« Karhuu wies Richtung Fenster. »Ich habe *undercover* einige interessante Menschen kennengelernt, die für Geld erstaunliche Dinge tun. Rickard da draußen auf dem Dach gegenüber ist einer davon. Elitesoldat auf Abwegen, Scharfschütze, war dreimal in Afghanistan. Er reitet den Drachen, aber solange er nicht auf Turkey ist, trifft er ein Zehnkronenstück auf tausendfünfhundert Metern Entfernung. *Capici?* Dann gibt es da noch zwei Schutzgeldeintreiber der *Hell's Angels,* die sich gern etwas dazuverdienen, und einen Ex-Meth-Junkie, der für immer in meiner Schuld steht und ziemlich fix mit dem Messer ist. Eine Rund-um-die-Uhr-Bewachung kann ich mir zwar nicht leisten, aber sagen wir so: Regelmäßig ist einer von ihnen in deiner Nähe. Nur ein einziger Schritt in meine Richtung, dann geht bei dir für immer das Licht aus. Checkst du das?« Karlsson nickte, ihre Zähne klapperten. »Du bleibst hier jetzt hocken, bis der Ziellaser verschwindet. Danach bleibst du immer noch da, hältst dein Maul und zählst bis zehntausend.« Wieder nickte

Karlsson. Urin lief ihr die Beine hinab. »Schade um den schönen Teppich.«

Als Karhuu sich umdrehte, machte Karlsson doch noch mal den Mund auf.

»Du hast ja keine Ahnung, mit wem du dich anlegst«, stieß sie schluchzend hervor. »Wenn du wüsstest, wer in Wirklichkeit …«

Karhuu kam wieder einen Schritt näher und hob noch einmal ihre Waffe. Sie hatte keine Lust, sich dieses greinende Geplapper anzuhören. Alles, was gesagt werden musste, war bereits gesagt worden.

»Halt's Maul, Karlsson, sonst stopfe ich es dir für immer.«

Als sie schon die Türklinke in der Hand hatte, fiel ihr noch etwas ein. Sie drehte sich um, holte Karlssons Handy aus dem Schlafzimmer, ging damit ins Wohnzimmer und befahl Karlsson, es zu entsperren. Mit zitternden Fingern gehorchte die Polizistin.

»Hör mir doch zu«, schluchzte sie. »Die ganze Sache ist anders, als du denkst. In Wahrheit ist es …«

Ihre Versuche, sich aus der Verantwortung zu winden, waren erbärmlich.

»Maul halten, habe ich gesagt«, bellte Karhuu.

Sie nahm das entsperrte Handy an sich, änderte den Code, steckte es ein und ging. Wahrscheinlich hatte ein billiger Laserpointer noch nie eine so effektive Wirkung gehabt. Sie sicherte die Pistole und steckte sie sich wieder in den Hosenbund. Erleichtert, dass Karlsson sich nicht gewehrt hatte und sie die Pistole nicht hatte benutzen müssen. Aber wenn es nötig gewesen wäre, hätte sie nicht gezögert.

Ägypten 1985

Nachdem sie das Ausgrabungscamp entdeckt hatten, kochte John vor Wut, auch wenn er sich äußerlich nichts anmerken ließ. Peter spürte es dennoch, schließlich war der Meister in seinem Kopf. Jemand war ihnen zuvorgekommen, wahrscheinlich der ägyptische Staat mit seinen Archäologen und Bauarbeitern.

»Wir verstecken den Land Rover und bauen unser Zelt zwischen den Felsen auf«, befahl John. »Dann beobachten wir.«

Mats protestierte.

»Das ist doch sinnlos.« Er hob die Arme und ließ sie wieder fallen. »Die ganze Aktion war von Anfang an sinnlos. Ich hätte nicht auf euch hören und meine Zeit und mein Geld für so einen Schwachsinn verschwenden sollen. Wir kehren jetzt um!«

Der Meister trat nah an ihn heran und umfasste seinen Arm. Kurz dachte Peter, er würde ihn ohrfeigen, aber John beugte sich nur vor und flüsterte Mats etwas ins Ohr, das Peter nicht verstand. Mats' Miene verwandelte sich. Sein Gesichtsausdruck nahm etwas Unterwürfiges an, das Peter nur zu gut kannte. Sie parkten den Land Rover abseits der staubigen Straße und erkletterten die Anhöhe, wo sie in einer Senke das Zelt aufbauten. Sie legten sich in Schichten auf die Lauer. Das geschäftige Camp lag etwa einen Kilometer entfernt. Tagsüber hörte man die klappernde Hydraulik der Bagger und hin und wieder das rhythmische Hämmern eines Presslufthammers. Nachts war die Wüste still und kalt. Weder Peter noch Mats wagten John zu fragen, was sein Plan war. Auch in Peters Kopf offenbarte sich der Meister nicht. »Abwarten«, war das Einzige, was Peter vernahm. »Beobachten und abwarten.«

Drei Tage lang geschah so gut wie nichts. Manchmal verließ ein Geländewagen das Camp, manchmal kam ein anderer angefahren. Am

Morgen des vierten Tages veränderte sich etwas. Das Licht über der Wüste hatte eine Farbe angenommen, die Peter an die staubigen Felder in der Herbstsonne der Kolonie erinnerte. Ein leuchtendes Ocker, ein vibrierendes Umbra. Als hätte der liebe Gott einen Filter über die Sonne gelegt. Im Camp kam etwas in Bewegung. Der Kran wurde eingefahren. Man spannte Planen über die Bagger. Zelte wurden abgebaut. Peter rief die anderen. Die Geschäftigkeit im Camp ließ nur einen Schluss zu. Es wurde evakuiert. Und tatsächlich setzte sich irgendwann eine Karawane aus Autos in Bewegung und verschwand – eine mächtige Staubwolke hinter sich herziehend – langsam in Richtung Kom Ombo. Der Horizont leuchtete mittlerweile in satten Orangetönen, ein böiger Wind kam auf und Peter spürte das feine Prasseln von Sandkörnern auf seiner Haut.

»Ein Sandsturm«, sagte Mats, »das muss ein Sandsturm sein, der aufkommt. Habub, nennen ihn die Leute hier.« Er klang mit einem Mal panisch. »Deshalb wurde das Camp geräumt. Wir müssen auch weg! Wir müssen auf der Stelle aufbrechen!«

Er blickte John verzweifelt an. Der schüttelte den Kopf.

»Wir gehen ins Camp«, sagte er.

Kurz sah es so aus, als wollte Mats widersprechen, aber dann beugte er sein Haupt und sie brachen auf.

68

Als Nordh am Morgen mit den Kindern aus dem Haus trat, bemerkte er, dass sich das Wetter geändert hatte. Die stechende Hitze der vergangenen Tage war einer drückenden Schwüle gewichen. Die Sonne lag hinter einer Dunstschicht, was dem Himmel eine ungesunde, gelbliche Färbung verlieh. Möglicherweise würde es später ein Gewitter geben. Er ging noch mal zurück ins Haus, holte Tims Regenjacke und verstaute sie in dessen Rucksack. Seine Freizeitgruppe würde heute einen Ausflug machen. Nachdem er die Kinder abgeliefert hatte, fuhr er ins Präsidium. Es gab tausend Dinge zu tun, doch als Erstes rief er bei der Familie von Charlottes bester Freundin Linn an und bat um ein Gespräch. Über den Zweck äußerte er sich nur allgemein: Reine Routine. Die folgenden zwei Stunden verbrachte er mit Koordination und administrativer Arbeit. Seit dem Vortag hatte sich die Größe seiner Mordkommission vervielfacht und er war sich noch nicht sicher, ob das nun gut oder schlecht war. Wenigstens hatte sich sein vages Gefühl von Aufbruch über Nacht gehalten. Die landesweite Fahndung war weiterhin ergebnislos. Um zehn Uhr hatte er ein Treffen mit der forensischen Psychologin. Sonya Yakupova umgab auch vis-à-vis dieselbe kühle Aura, die Nordh bereits in den Videotelefonaten registriert hatte. Vermutlich eine Berufskrankheit. An Linda erinnerte ihn nun nichts mehr, was gut war, denn so konnte er sich vollständig auf das Gespräch konzentrieren. Yakupova hatte ihr Profiling zu drei Thesen zusammengefasst. Erstens: Die Persönlichkeitsstruktur, die die Taten offenbarten, passte zu allem, was über den Verdächtigen Johannes Eliasson bekannt war. Der Tod der Mutter bei der Geburt und die daraus resultierenden Schuldgefühle. Eine Kindheit, die von schwerer Misshandlung und grober Gewalt geprägt war. Fehlende Elternliebe. Verrohung. Emotionale und soziale Entwicklungsstörungen, die sich schon früh in Aggression gegenüber Schwächeren, manipulativem Verhalten, Pyromanie und Tierquälerei äußerten. Die augenscheinlichste Verbindung zwischen dem jungen Johannes und der Mordserie waren natürlich das Herrichten seiner Opfer und der räumliche Bezug zu seinem Elternhaus. Für einen solchen Tätertypus waren sadistische Züge, das Fehlen jeglicher Empathie, eine komplexe, in sich stimmige Wahnwelt, wie sie sich in der Bezugnahme auf die archaischen Jenseitsvorstellungen des alten Ägypten zeigte, sowie Größen- und Allmachtsfantasien, die sich zum Beispiel in der Erfindung eines eigenen Sprachen- und Zeichensystems äußerten, charakteristisch. Die Psychologin untermauerte ihre Begründung mit einem längeren Vortrag und viel Fachvokabular, aber im Grunde sagte sie das, was auch Nordhs Bauch sagte. Mit hoher Wahrscheinlichkeit handelte es sich bei dem Täter um Johannes Eliasson, den man sich jedoch nicht als verwahrlosten, tumben Außenseiter vorstellen musste, sondern als überdurchschnittlich intelligenten, äußerlich hochgradig angepassten Mitbürger, der eine neue Identität angenommen hatte. Anders war es nicht zu erklären, dass er in den viereinhalb Jahrzehnten seit seinem Verschwinden nicht aufgefallen war. Die Mordserie war lange und intensiv vorbereitet gewesen, die Tatorte lagen weit auseinander und die Taten waren hochgradig inszeniert, was darauf hinwies, dass ihm zeitliche und finanzielle Ressourcen zur Verfügung standen. Zweitens: Für Eliasson schien das Element Wasser in seinem Tun eine zentrale Rolle zu spielen. Man denke an den Krokodilgott Sobek, die aufwendig gebaute Barke, den Fundort des zweiten Leichnams im

Kanal, des zweiten auf einer Insel und des dritten in unmittelbarer Nähe zum Meer. Letzteres galt ebenso für den Hof, auf dem er aufgewachsen war. Bei seiner Flucht nach dem Kampf mit Karhuu hatte er ein Boot benutzt. Ebenso beim Mord auf der Insel bei Åhus sowie bei der Entführung des dritten Opfers in den Göteborger Schären. Wasser war in diesem Fall ebenso allgegenwärtig und bedeutungsvoll wie die zentrale Rolle, die der Nil in der altertümlichen Agrargesellschaft der Ägypter gespielt hatte. Yakupova war sich sicher: Das Versteck, in das sich Eliasson zurückzog und in dem er womöglich Entführte gefangen hielt, lag an der Küste oder auf einer Insel. Drittens: Wenn man all diese Erkenntnisse und Analysen zusammennahm, waren die vermeintlichen Bekennerschreiben und umweltpolitischen Forderungen äußerst zweifelhaft. Ein Täter dieses Typus war kein Terrorist und hatte keine politische Agenda. Die einzige Agenda war er selbst. Klima- und Umweltschutz passten nach der Überzeugung der Psychologin nicht in diesem Fall. Trotz der Verwicklung der Opfer in verschiedene Ökoskandale oder Umweltfragen. Die vermeintlichen Bekennerschreiben ergaben einen Widerspruch zur Charakteristik der Taten und des Täters, den Yakupova nicht aufzulösen vermochte. Nordh hakte nach. Möglicherweise Schizophrenie? Oder eine Rechtfertigung vor sich selbst, um sein Tun zu legitimieren? Yakupova zuckte mit den Schultern. Natürlich konnte man nichts ausschließen, aber der Forschungsstand innerhalb der Psychopathologie kannte keine derartigen Beispiele. Nordh überlegte. Aber was dann? Ein Trittbrettfahrer? Er musste an Charlottes Blut- und Haarproben denken. Sie waren ohne jeden Zweifel authentisch. Was war mit den fehlenden Schuhen und den merkwürdigen Lügen ihrer besten Freundin? Ein vager Verdacht nahm in seinem Hinterkopf immer mehr Form an. Vielleicht würde die Vernehmung am Nachmittag mehr Klarheit bringen.

»Da ist etwas, das ich nicht verstehe«, sagte Nordh. »Wenn Eliasson tatsächlich unser Mann ist: Wie kann jemand, der schon als Kind und Jugendlicher dermaßen auffällig gewesen ist, in den folgenden fünfundvierzig Jahren nicht in Erscheinung treten, um dann plötzlich innerhalb von Tagen denkbar brutale und abartige Morde in Serie zu begehen? Wie kann so jemand für fast ein halbes Jahrhundert die Füße stillhalten?«

»Es gibt diese Fälle. Lebensumstände, die labile Persönlichkeiten über lange Perioden hinweg stabilisieren. Vielleicht ist er verheiratet gewesen. Vielleicht hatte er sich in medizinische Behandlung begeben. Oder er ist schlichtweg nicht in der Lage gewesen, seine Triebe und Fantasien auszuleben, weil er zum Beispiel lange Haftstrafen verbüßt oder in einer geschlossenen psychiatrischen Einrichtung gelebt hat.«

Nordh kratzte mit dem Daumennagel an seinen Schneidezähnen.

»Guter Hinweis. Wir müssen die Gefängnisse und Psychiatrien auf jemanden mit Eliassons Profil überprüfen. Aber das wird dauern.«

»Dann gibt es natürlich noch die Möglichkeit, dass er in dieser Zeit gar nicht in Schweden war, sondern am anderen Ende der Welt. Wie ich bereits erwähnt habe, kennt die Fachliteratur einige wenige Mordfälle, in denen ebenfalls Leichname mit Teilen von Tierkadavern kombiniert worden sind. Wie zum Beispiel die Kinderleichen mit den angenähten Katzenköpfen in den Neunzigerjahren in Memphis. Die Geschichte zog sich über mehrere Jahre hin, ohne dass jemals ein Täter gefasst worden wäre.«

Nordh nickte.

»Wir müssen uns dringend die Unterlagen von damals besorgen. Ich hätte mich schon früher darum kümmern sollen. Nun gut, jetzt habe ich Leute im Team, die einen direkten Draht zum FBI haben. Vielleicht beschleunigt das die Sache.« Er hielt einen Moment inne. »Wir reden hier doch von Memphis in Tennessee, oder?«

»Gibt es denn noch ein anderes Memphis?«

69

Nachdem Karhuu Jenny Karlssons Wohnung verlassen hatte, ging sie rasch zu ihrem Auto, fuhr einige Kilometer, blieb auf einem Supermarktparkplatz stehen, stieg aus und rauchte zwei Zigaretten hintereinander. Ihr Herz raste. Sie stieg wieder ein und fuhr zum Treffpunkt, wo sie auf ihren Vater wartete. Als er kam, nahmen sie einander in den Arm. Endlich beruhigte sich ihr Puls.

»Und?«, fragte er.

»Sie hat sich in die Hose gemacht. Wortwörtlich.«

»Wow«, sagte er. »Das passiert, wenn Arschlöcher plötzlich mal am anderen Ende einer Waffe schnuppern.«

»Vielleicht hat es tatsächlich funktioniert. Zumindest fürs Erste.«

»Ich drücke die Daumen.«

Karhuu gab ihm die Waffe zurück. Sie verabschiedeten sich. Dann stieg sie wieder ins Auto und fuhr die ganze Nacht durch. Alles war nach Plan verlaufen. Eine Garantie, dass Karlsson sie fortan in Ruhe lassen würde, gab es nicht, aber sie hatte ihr fraglos einen Riesenschreck eingejagt. Ove würde noch eine Woche in der Hauptstadt bleiben, ein Auge auf Kristoffer haben, Karlsson überwachen und hier und da mit dem Laserpointer herumspielen. Danach reichten hoffentlich ein, zwei Besuche pro Monat. Das würde Karlssons Panik wieder auffrischen und sie daran erinnern, dass sie ihre Rachegelüste am besten für immer begrub. Kurz musste Karhuu daran denken, dass Karlsson am Ende noch etwas zu sagen versucht hatte. Kryptisches

Gestammel. Sie hatte versucht, sich irgendwie noch aus der Nummer herauszuwinden. Drauf geschissen.

Karhuu kam am frühen Morgen im Krankenhaus in Stenungsund an. Sie widersetzte sich allen Überredungsversuchen, sich wieder ins Krankenbett zu legen, mit dem Totschlagargument, sie handele im Auftrag der nationalen Sicherheit. Was zumindest nicht völlig an den Haaren herbeigezogen war. Sie ließ sich den Verband wechseln, bedankte sich für alles und nahm ihre Sachen und ihr Handy an sich. Am liebsten hätte sie sofort mit Kristoffer gesprochen, aber der war noch in den unerreichbaren Tiefen der Taiga. Vielleicht hatte er dort ja einen Lachs gefangen. Irgendetwas Schönes erlebt, damit er sie nicht allzu sehr dafür hasste, dass sie sein Leben auf den Kopf stellte. Sobald Ove grünes Licht gab, konnte er nach Stockholm zurückkehren. Sie würde zu ihm fahren und ihm alles von Angesicht zu Angesicht erklären – sobald dieser Fall zu Ende war.

Nordh hatte mehrmals versucht, sie zu erreichen. Sie rief zurück, aber er nahm nicht ab. Wallgren und Stöcker erreichte sie ebenfalls nicht. Vielleicht saßen sie alle zusammen in einer Besprechung. Karhuu hatte gerade den Motor des Mietwagens angelassen, als ihr Handy klingelte. Es war der Professor aus Lund. Er klang euphorisch. Es gab einen Durchbruch bei der Entzifferung der Hieroglyphen. Er war noch weit davon entfernt, alles übersetzen zu können, aber er hatte einige interessante Hypothesen. Am besten wäre es, wenn sie es sich selbst ansehen würde. Warum nicht? Über Lund zu fahren, war nur ein kleiner Umweg. Sie sagte zu. Kurz darauf rief Nordh zurück. Als sie berichtete, dass sie auf dem Weg nach Malmö sei, wollte er ihr zunächst nicht glauben.

»Ernsthaft? Die haben dich jetzt schon nach Hause geschickt? Das Gesundheitssystem wird immer erbärmlicher.«

Sie hütete sich, das Missverständnis aufzuklären. Vermutlich verstieß sie gegen einen Haufen dienstrechtlicher Regeln. Aber sie wollte dabei sein, wenn der Killer gefasst wurde. Sie wollte dazu beitragen. Nordh brachte sie auf den neuesten Stand. Die Überlegungen der Psychologin zur Bedeutung von Wasser in dem Fall waren interessant. Die Unvereinbarkeit ihres Täterprofils mit den Forderungen nach Klima- und Umweltschutz bestätigte, was Karhuu von Anfang an gespürt hatte. Irgendetwas daran stimmte nicht. Der Vernehmung von Charlottes bester Freundin wollte Karhuu unbedingt beiwohnen. Sie diskutierten über ihr Gespräch mit Måns de Klerk und dem exklusiven Männerzirkel, dem der Patriarch und *Zenith*-Kopf Ludvig Lydén vorstand und zu dem sowohl Sjöbäck als auch de Klerk senior und möglicherweise ebenfalls Göran Wall gehört hatten. Karhuu erläuterte, was sie über die Götter des altägyptischen Totengerichts gelesen hatte und die Sünden, für die sie standen.

»Es ist etwas Persönliches, es geht ihm um Gerechtigkeit, Jon«, sagte sie. »Um Strafe und eine verdrehte Form von Gerechtigkeit. Ich bin fest davon überzeugt, dass er jedes seiner Opfer kannte.«

»Und wie passt Charlotte in diesen Machtzirkel des alten, weißen Mannes?«, fragte Nordh, ohne dabei allzu spöttisch zu klingen.

»Ich weiß es auch nicht. Warten wir ab, was ihre Freundin uns zu erzählen hat.«

»Wir müssen uns dringend diesen Ludvik Lydén vorknöpfen. Es wird immer deutlicher: Mit Ausnahme des Mädchens ist *Zenith* der Dreh- und Angelpunkt des Ganzen.«

»Daran habe ich auch schon gedacht.«

»Ich lade ihn für morgen vor.«

»Meinst du, jemand seines Kalibers kommt ohne Weiteres nach Malmö?«

Vielleicht irrte sie sich, aber sie meinte, Nordh am anderen Ende der Leitung lächeln zu hören.

»Im Moment«, sagte er, »sind wir die wohl einflussreichsten Bullen des Landes, Svea.«

Damit hatte er wahrscheinlich sogar recht.

Anderthalb Stunden später erreichte sie die Universität von Lund. Das Büro, in dem sie der Professor empfing, war hell und modern und das Gegenteil ihrer Fantasie einer verstaubten und mit Spinnweben überzogenen Indiana-Jones-Grotte, in der sich Papyrus-Rollen und ledergebundene Schwarten auf viktorianischen Möbeln stapelten. Ebenso wenig hatte Jonas, der Wissenschaftler, ein untersetzter Mittvierziger mit schicker Frisur, der ihr mit einnehmendem Lächeln die Hand gab, etwas von einem raubeinigen Abenteurer mit Lederhut und Peitsche. Er bat sie, neben sich auf einem Bürostuhl vor einem Schreibtisch Platz zu nehmen, auf dem zwei große Monitore standen. Jonas wirkte aufgekratzt.

»Seit wir telefoniert haben, bin ich noch einen großen Schritt weitergekommen. Ich glaube, ich habe den Code tatsächlich geknackt.«

»Wirklich?«

Karhuu spürte ein Kribbeln unter der Haut.

»Auf dem linken Bildschirm siehst du die Schriftzeichen in der Abfolge, wie sie auf den Fotos zu sehen waren, die du und deine Kollegen mir geschickt habt. Der erste und umfangreichste Block stammt von der Unterseite der Barke. Der zweite vom Leichnam Aaron de Klerks. Der dritte aus dem Zimmer des entführten Mädchens und der letzte von Göran Wall. Bei dem Textblock vom Boot ist die Abfolge der Zeichen klar, genauso gut könnten sie auch auf einem Blatt Papier stehen. Beim Zimmer des Mädchens ist es schon schwieriger. Auf welcher der vier Wände beginnt der Text, wo endet er? Noch komplizierter ist es, wie du dir sicher vorstellen kannst, bei der Transkription der Zeichen auf den Leichnamen. Ich musste ziemlich viel hin und her schieben, bis es einen Sinn ergab, aber dazu gleich mehr. Aus diesen Gründen habe ich den Text von der Barke am intensivsten untersucht. Was mir lange gefehlt hat, war der Schlüssel. Wir hatten ja bereits darüber gesprochen.«

»Ptolemäus. Der Herrschername in der Kartusche.«

»Ganz genau. Siehst du dieses Zeichen dort?«

Er wies mit dem Finger auf den Monitor.

»Erinnert an Pfeil und Bogen.«

»Nicht wahr? Wie du dort siehst, biegt sich der Bogen einmal nach links und einmal nach rechts. Dazwischen stehen zwanzig andere Zeichen. Diese Bogen gibt es noch fünf weitere Male in dem Text, sie rahmen jeweils exakt zwanzig Zeichen ein. Irgendwann bin ich auf die Idee gekommen, dass diese Bögen womöglich eine Kartusche darstellen, um – wie auf dem berühmten Stein von Rosetta – die Wichtigkeit ihres Inhalts zu betonen. Zudem fällt auf, dass sich die sechs Kartuschen jeweils zu Zweierpärchen gruppieren. Wie man jedoch schon auf den ersten Blick erkennt, variiert der Inhalt aller sechs, keine ist mit einer anderen identisch. Ich habe sie trotzdem durch ein linguistisches Analyseprogramm laufen lassen.« Er wies auf den anderen Bildschirm und klickte auf eine Schaltfläche. »Wie du siehst, haben auch wir Sprachforscher heutzutage leistungsfähigere Werkzeuge als zur Zeit von Thomas Young.« Er lächelte. »Schau, hier sieht man, dass der Computer Muster gefunden hat, die Menschen leicht entgehen. In jeweils drei der Kartuschen gibt es fünf identische Zeichen. Sie stehen jeweils an erster, fünfter, neunter, dreizehnter und siebzehnter Stelle.« Er klickte mit der Maus. Die Zeichen, die er meinte, färbten sich rot. Karhuu erkannte die wiederkehrenden Muster. Ein Viererrhythmus.

»Was ist mit den dazwischenliegenden Zeichen? Denen, die sich nicht wiederholen?«

»Wir ignorieren sie zunächst einmal, okay? Wir haben also in den sechs Kartuschen zwei Sorten von jeweils fünf sich wiederholenden Zeichen. Ich habe ihnen Namen gegeben, die sich durch ihre Bildhaftigkeit selbst erklären. Einmal Schlange, Stab, Vogel, Quadrat und Fisch sowie einmal Stab, Vogel, Sanduhr, Stab und Vogel. Kommst du noch mit?«

»Ich glaube schon.«

»Super. Zwei Zeichenmuster also. Schön und gut. Doch sie nützen uns nichts, wenn wir nicht wissen, was sie bedeuten. Uns fehlt immer noch der Schlüssel. Ich habe es mit allen nur denkbaren Begriffen der ägyptischen Mythologie versucht. Ebenfalls mit den Namen der Mordopfer und des entführten Mädchens. Schließlich auch mit dem Namen des Verdächtigen. Johannes Eliasson. Alles erfolglos. Aber natürlich fiel mir der religiöse Beiklang des Namens auf. Als jemand, der selbst Jonas heißt, bin ich für so etwas sensibilisiert. Die Geschichte mit dem Wal?« Sie nickte, er grinste schief. »Dann weißt du sicher auch, dass Johannes und Elias zwei zentrale biblische Gestalten sind. Aber sie tauchen nicht nur im christlichen Glauben auf. Der Name Johannes wurzelt im Hebräischen und bedeutet *Jahwe ist gnädig*. Elias geht auf den alttestamentarischen Propheten Elia zurück, ist also ebenfalls hebräisch und bedeutet *Mein Gott ist Jahwe*. Also habe ich mich gefragt, ob wir es möglicherweise mit einem verschlüsselten hebräischen Text zu tun haben. Aber es funktionierte nicht. Die beiden Fünfer-Zeichen-Pakete, die wir in den Kartuschen identifiziert haben, lassen sich nicht mit den hebräischen Namen in Einklang bringen. Dann fiel mir ein, dass Johannes und Elias auch im Koran auftauchen. Auf Arabisch heißen sie Yahya und Ilyas. Also habe ich das probiert. Und *boom!*« Jonas schnippte mit den Fingern. »Schau, hier. Beide haben fünf Buchstaben. Man liest Arabisch von rechts nach links. Den Bildzeichen Stab, Vogel und so weiter lassen sich arabische Lautzeichen zuordnen.«

»Sein eigener Name ist der Schlüssel.«

»Sein eigener Name ist der Schlüssel«, bekräftigte Jonas. »Johannes und Elias, Yahya und Ilyas, daher die Doppelkartuschen.«

»Okay, mit den beiden Namen sind also sechs verschiedene Buchstaben übersetzt, wenn ich richtig zähle. Was ist mit dem Rest?«

»Nachdem wir wissen, dass die Namen auf Arabisch verfasst sind, lässt sich mit der Hypothese weiterarbeiten, dass der gesamte Text arabisch ist. Transkribiert in ein selbst verfasstes Zeichensystem. Wobei jeweils drei von vier Zeichen irrelevante Füllmasse sind. Ein Täuschungsmanöver, um die Übersetzung zu erschweren. Einer der ältesten Codierungstricks überhaupt.«

Drei von vier waren irrelevante Füllmasse.

Karhuu musste an die vier Eliasson-Brüder denken. Den Konkurrenzkampf untereinander, von dem der alte Bertil gesprochen hatte.

Mattheus, Markus, Lukas und Johannes.

Drei waren irrelevant. Drei waren wahrscheinlich tot. Übrig geblieben war nur einer.

»Verdammt«, sagte sie leise.

»Den Rest der Übersetzung des Textes von der Unterseite der Barke hat ein avanciertes Programm übernommen«, fuhr Jonas fort. »Auf der Grundlage arabischer Grammatik und der bekannten Häufigkeit des Auftretens bestimmter Silben und Buchstaben kommt moderne Übersetzungssoftware ziemlich weit. Übrig blieben Handarbeit und ein wenig Feinjustierung. Über die Schwierigkeiten der Zeichenreihenfolge auf den Leichnamen hatten wir ja bereits gesprochen.«

»Sehr beeindruckend«, sagte Karhuu. »Wirklich großartig. Aber spann mich nicht weiter auf die Folter. Wie lautet die Übersetzung der Texte?«

Der Professor klickte ein Bedienfeld an.

»Voilà!«

Karhuu las.

Text 1 (Boot):
Geschlagen und gedemütigt. In den sicheren Tod geschickt. Aus dem eisigen nassen Grab wiederauferstanden. Neugeboren. Johannes Elias. Der Täufer und Prophet. Übers Wasser gefahren und in die Wüste gegangen. Mit der Gnade alter Götter erneut dem Tod entronnen. Oh, Offenbarung. Johannes und Elias. Zurückgekehrt zu den Wurzeln. Um Einlass gebeten. Erneut gedemütigt und in den Staub geworfen. Zorn, oh, Zorn. Die Rache und Reinwaschung ist mein. In der Duat, wo dein Herz gewogen wird. Johannes Elias. Richter der zweiundvierzig. Richter des Sobek. Bestraft für deine Wut.

Heavy Shit.

Sie las weiter.

Text 2 (Leichnam Aaron de Klerk)
Zeit der Vergeltung.
Reinwaschung.
Richter des Sokar.
Bestraft für den Diebstahl.
In der Duat.

Karhuu schluckte.

Text 3 (Leichnam Göran Wall):
Zeit des Zorns.
In der Duat.
Richter des Am-hehu
Bestraft für die Habgier
In der Festung unter Wasser
Wo die Seeschlangen dümpelten

Karhuu wischte sich mit dem Handballen Schweiß von der Stirn. Das war religiös verbrämtes, durchgeknalltes Zeug. Sie verstand nicht alles, aber das, was sie verstand, bestätigte einige ihrer Hypothesen. Johannes Eliasson beschrieb eine Art Werdegang, der ihn zu einem göttlichen Rächer gemacht hatte. Er strafte seine Opfer für Sünden, die sie ihm gegenüber begangen hatten, mit dem Tod. Er arrangierte sie wie Götter des zweiundvierzigköpfigen Totengerichts. Sokar, Sobek und Am-hehu. Wut, Diebstahl und Habgier.

Kein Wort über das Klima. Kein Wort über Umweltschutz.

»Irre«, sagte sie. »Deine Arbeit hilft uns ungemein weiter.«

»Vielen Dank für die Blumen. Schön, wenn ich etwas dazu beitragen kann, dieses Monster zu fassen. Manches an der Übersetzung ist, wohlgemerkt, Interpretation. Ich habe versucht, den Text so plausibel wie möglich lauten zu lassen, auch wenn er ehrlich gesagt ziemlich durchgeknallt klingt.«

»Wir reden hier schließlich über die Bekenntnisse eines Serienmörders.« Sie lächelte knapp. »Aber darf ich fragen, warum die Übersetzung aus dem Zimmer des entführten Mädchens fehlt?«

Der Professor wandte sich ihr auf seinem Drehstuhl zu.

»Weil man die Zeichen nicht übersetzen kann. Ihre Anordnung ergibt keinen Sinn. Es ist ein Buchstabensalat, zusammengewürfelt aus den Zeichen, die man auf dem veröffentlichten Foto des ersten Leichnams erkennen konnte. Ich bin mir sicher, dass sie nicht vom Urheber der anderen Texte stammen.«

Karhuu begriff es plötzlich. Charlotte war nicht vom Krokokiller entführt worden. Auch von sonst niemandem. Sie hatte ihr Zimmer mit einer Dose Lackspray umdekoriert, ein paar Blutflecken hinterlassen, die einen von ihr, die anderen wahrscheinlich von ihrer besten Freundin Linn, und war in ihren Schuhen aus dem Haus marschiert. Vermutlich hatte Linn sie mit dem Motorroller abgeholt, der auf ihrer Auffahrt stand. Ein Nachbar hatte nachts entsprechende Motorengeräusche gehört. Linns Story aus dem British Museum, der mysteriöse Fremde, die altägyptische Abteilung: Das alles war reiner Blödsinn. Die Tränen, die Verzweiflung, das verwischte Make-up: Respekt, die Rotzgöre hatte eine schauspielerische Meisterleistung abgeliefert. Alles war der medialen Megastory vom Krokokiller angepasst, in der die cleveren Girls eine Riesenchance gesehen hatten. Die Hintergründe der Mordopfer, Sjöbäcks Wasserskandal und de Klerks Minen sowie die Berufe von Charlottes Eltern boten eine Steilvorlage, um das mediale Narrativ zu ändern. Die Mädchen hatten begriffen, dass in der heutigen Welt Deutungshoheit wichtiger war als schnöde Fakten, um mit einem billigen Kniff und einem gefakten Bekennerschreiben die denkbar größte Bühne für ihre Agenda zu haben. Karhuu dachte an die Worte der Eltern. Charlottes Kampf für Gerechtigkeit. Das Mädchen hatte den Begriff auf eine höhere Ebene gehievt. Von Obdachlosen und dem Fair-Trade-Laden auf eine globale Frage. Und sie hatte moralisch betrachtet ja recht: Umwelt- und Klimafragen drehten sich im Kern natürlich um Gerechtigkeit. Zwischen Jung und Alt, Arm und Reich, Verlierern und Gewinnern der neuen Klimarealität. Charlotte und Linn hatten die Polizei, die Öffentlichkeit und ihre Eltern an der Nase herumgeführt. In Karhuus Brust flammte Wut auf. Die Aktion hatte die Ermittlung sabotiert. Dann erlosch der Zorn wieder. Karhuu war für Wut viel zu erschöpft. Und sie ahnte, was auf die Mädchen, vor allem auf Charlotte und ihre Familie, zukommen würde, sobald der Betrug bekannt wurde. Die Anteilnahme der Öffentlichkeit an ihrem Schicksal würde sich in ihr Gegenteil kehren, die Sechzehnjährige zur Persona non grata werden – gehasst und zum Abschuss freigegeben. Karhuu seufzte. Der Wissenschaftler sah sie nachdenklich an.

»Kann es sein, dass ihr Fall nichts mit den anderen zu tun hat?«

»Es sieht ganz danach aus. Vielleicht«, sie zögerte, »hat sie sich selbst entführt.«

»Ist das nicht eine gute Nachricht?«

Er hatte recht. Vielleicht musste man es so betrachten. Charlotte war nicht in Gefahr und das war eine große Erleichterung. Ihr Handy brummte. Es war Nordh. Sie nahm das Gespräch an.

»Ich habe gute Neuigkeiten, Jon«, hob sie an.

Er fiel ihr ins Wort.

»Pernille Friis ist verschwunden.« Er klang gehetzt. »Es sieht aus, als sei sie entführt worden.«

70

Nordh raste mit Blaulicht über die Öresundbrücke. Er versuchte, sich nur auf den Verkehr zu konzentrieren. Bei Tempo hundertsiebzig eine gute Idee. Aber er verlor immer wieder den Fokus und seine Gedanken verknoteten sich. Sein Hirn war überfordert. Es waren zu viele Informationen innerhalb zu kurzer Zeit. Offenbar war Pernille Friis entführt worden. Charlotte dagegen nicht. Sie hatte ihre eigene Entführung inszeniert. Karhuus Professor hatte den Code geknackt. Alles deutete auf Johannes Eliasson hin. Mit Klimafragen hatte der Killer nichts am Hut.

Nordh ließ sich vom Navi leiten. Das Hausboot, auf dem Friis lebte, lag in einem der zahlreichen Kanäle Kopenhagens vertäut. Nordh parkte und stieg aus. Drückende, feuchte Hitze. Der Himmel hatte die Farbe angetrockneten Haferschleims. Die dänische Polizei war bereits vor Ort. Ein Kommissar schüttelte ihm die Hand und stellte sich vor. Gemeinsam stiegen sie an Bord. Es ging zwei Treppenstufen abwärts, dann durch eine offen stehende Tür. Der Kommissar wies aufs Türschloss. Eindeutig Einbruchsspuren. Die Tür war gewaltsam mit einem Stemmeisen geöffnet worden. Sie gingen hinein. Der Wohnbereich war schmal, aber lang, die Einrichtung im gemütlichen *shabby chic*. Viele Grünpflanzen. Zwei Mitarbeiter eines Spurensicherungsteams knieten im hinteren Teil auf dem Boden, sie waren offenbar noch bei der Arbeit. Der Kommissar lenkte Nordhs Aufmerksamkeit auf eine Staffelei, auf der eine große gerahmte Leinwand stand. Man erkannte in Grundzügen ein in Blau gehaltenes, unfertiges Aktgemälde, das mit zwei kräftigen Pinselstrichen in Rot-Schwarz durchgestrichen worden war.

»Das ist Blut«, sagte der dänische Kollege. »Wir vermuten, es stammt von Pernille.«

Nordh musste an die Blutspuren in Charlottes Zimmer denken und er fragte sich kurz, ob es möglich wäre, dass die Podcasterin ebenfalls ihre eigene Entführung vortäuschte. Aber was hätte sie dabei zu gewinnen? Friis stand schließlich jetzt schon im Zentrum der Aufmerksamkeit und hatte ihre publizistische Reichweite binnen Tagen verzehnfacht. Sie war der Star der Stunde. Ihre Berichterstattung mochte schrill und zugespitzt sein und einen Haufen journalistischer Standards verletzen, aber soweit er wusste, hatte sie bisher noch nicht gelogen. Und die Verschleppung durch einen Serienmörder zu inszenieren, wäre noch mal ein ganz anderes Kaliber. Der dänische Kommissar zeigte ihm einen durchsichtigen Beweissicherungsbeutel. Darin war eine Ampulle mit Firmenetikett. Nordh erkannte sie wieder. Es handelte sich um dasselbe Betäubungsmittel, das auch auf der Insel gefunden worden war, auf der Eliasson Göran Wall entführt hatte. Eine Insiderinformation, die kaum nach außen gedrungen sein dürfte. Alles deutete darauf hin, dass sich der Killer Pernille Friis geholt hatte.

»Wann wurde ihr Verschwinden bemerkt?«, fragte Nordh.

»Sie hätte am Vormittag im Aufnahmestudio sein sollen. Als sie nicht kam, hat man vergeblich versucht, sie telefonisch zu erreichen. Nach zwei Stunden haben ihre Mitarbeiter sich ernsthaft Sorgen gemacht. Unpünktlichkeit passt nicht zu ihr. Schließlich hat die Produktionsfirma einen Mitarbeiter hergeschickt. Als er die aufgebrochene Tür bemerkt hat, hat er die Polizei gerufen.«

Nordh nickte. Kurz darauf trafen die Spezialisten der Landesmordgruppe ein. Er hatte ihnen erst mit einer halben Stunde Verzögerung Bescheid gegeben, weil er nicht mit der Kavallerie in Kopenhagen einreiten, sondern sich in Ruhe ein Bild der Lage hatte verschaffen wollen. Er delegierte die Kooperation mit den dänischen Behörden an den ranghöchsten Kollegen. Das war der Vorteil, wenn man vom Landespolizeichef zum Boss ernannt worden war.

71

Wie bei ihrem ersten Besuch saß Karhuu Charlottes bester Freundin am Tisch auf der Terrasse gegenüber, nur dass Linn dieses Mal von ihren Eltern flankiert wurde und man Karhuu statt gekühltem Pfefferminztee selbst gemachte Zitronenlimonade anbot. Linn wirkte angespannt und vermied Blickkontakt. In die Mimik der Eltern ließ sich viel hineinlesen: Hilfsbereitschaft, Anteilnahme, Angst und Beschützerinstinkt, Letzterer vermutlich von Karhuus ausdrücklichem Wunsch ausgelöst, sie mögen bei der Befragung bitte dabei sein. Die Ermittlerin faltete die Hände auf dem Tisch, auch wenn ihre Schulter schmerzhaft protestierte, und räusperte sich. Wo beginnen?

»Linn, du hast mir erzählt, dass deine Klasse auf der Studienfahrt nach London das British Museum besucht hat, um sich dort die altägyptische Abteilung anzuschauen. Nun haben wir jedoch in Erfahrung gebracht, dass in Wirklichkeit die Ausstellung über die griechische und römische Antike das Ziel der Exkursion war. Charlotte und du habt sogar ein Referat zu dem Thema gehalten. Sokrates, wenn ich mich nicht irre.«

Linn blickte auf das verworrene Muster der Wachstuchtischdecke und zupfte an einem schmutzigen Pflaster herum, das um ihren kleinen Finger geklebt war.

»Sokrates und sein Einfluss auf die antike Zivilisation«, sagte Linn. »Es stimmt schon, dass wir hauptsächlich wegen der Griechen und Römer dort waren, aber wir haben uns auch die anderen Ausstellungen ansehen dürfen. Das Museum ist berühmt für seine altägyptische Abteilung. Der Stein von Rosetta und so weiter. Ziemlich interessant.«

»Das klang beim vergangenen Mal anders.«

»Dann habe ich mich wohl falsch ausgedrückt. Tut mir leid.«

Linn sah kurz auf, dann wandte sie sich wieder der Tischdecke zu.

Die Blicke der Eltern richteten sich abwechselnd auf ihre Tochter und Karhuu. Sie hatten offensichtlich Mühe zu begreifen, was hier vor sich ging.

»Des Weiteren hast du mir erzählt, dass Charlotte während des Museumsbesuchs annähernd eine Stunde verschwunden gewesen wäre. Dass die Lehrer sich gesorgt hätten, dass ihr sie gesucht hättet, dass sie über Lautsprecher ausgerufen wurde.«

»Das stimmt ja auch. Charlotte war irgendwann plötzlich weg.«

Es klang trotzig.

»Deinen Klassenkameraden zufolge seid Charlotte und du gemeinsam losgegangen, und zwar auf die Toilette. Nachdem ihr vorher um Erlaubnis gefragt hattet. Nach zehn, fünfzehn Minuten wart ihr wieder da.«

»Wer hat das erzählt?« Karhuu antwortete nicht. Kleines Verhör-ABC, Paragraf 3: abwarten. Die Mutter beugte sich vor und wollte offenbar etwas sagen, aber Karhuu hob abwehrend die Hand. Das genügte. Die Mutter lehnte sich wieder zurück. »Ich habe nicht auf die Uhr geschaut. Mir kam es viel länger vor«, sagte Linn schließlich.

»Was ist mit Charlottes Andeutungen, von denen du erzählt hast? Wie kann sie im Museum einen geheimnisvollen Fremden getroffen haben, wenn ihr zusammen auf Toilette wart?«

»Das war später. Als wir Zeit hatten, uns auf eigene Faust umzusehen.«

Wieder sah Linn auf. Ihr Blick glich nun dem eines in die Enge getriebenen Tieres. Taktikwechsel:

»Das Pflaster da an deiner Hand: Hast du dich geschnitten?«

»Das? Ach so. Ja. Vor ein paar Tagen beim Zwiebelschneiden.«

Nun konnte sich die Mutter nicht länger zurückhalten.

»Was sind das für merkwürdige Fragen? Was soll das hier werden? Ich dachte, es geht darum, zu helfen, Charlottes Entführer zu fassen.«

Karhuu ignorierte sie.

»Was hast du für eine Blutgruppe, Linn?«

Die Miene des Vaters verfinsterte sich.

»Ich muss doch sehr bitten!«, sagte er mit nachdrücklicher Stimme.

Die Stimmung am Tisch war endgültig gekippt. Es war Zeit, die Scharade zu beenden.

»War die vorgetäuschte Entführung Charlottes Idee und du hast ihr aus Loyalität geholfen, oder habt ihr euch das Ganze gemeinsam ausgedacht?«

»Verdammt noch mal!«, entfuhr es dem Vater und er stand so ruckhaft auf, dass sein Gartenstuhl beinahe nach hinten umkippte. Er wies mit ausgestrecktem Arm Richtung Auffahrt. »Raus hier!«

Karhuu ignorierte ihn.

»Du hast sie in der Nacht mit deinem Motorroller abgeholt und zu einem Versteck gebracht, nicht wahr?«, fragte sie ruhig. »Wo befindet sich Charlotte jetzt?«

Linn schossen die Tränen in die Augen. Sie hielt sich die Hände vors Gesicht. Ihre Schultern bebten. Ihre Mutter legte den Arm um sie und blitzte Karhuu mit verzerrter Miene an. Wie gesagt, Beschützerinstinkt, wer wollte es ihr verdenken? Die Eltern würden ihn in nächster Zeit brauchen. Sie mochte sich nicht ausmalen, was alles auf die Mädchen niederstürzen würde. Das meiste davon auf Charlotte.

»Raus hier!«, wiederholte der Vater. »Solche infamen Unterstellungen lassen wir uns nicht bieten! Ohne Rechtsanwalt … lächerlich … Vorgesetzten sprechen …«

Sein Satz verhedderte sich.

»Wir haben ein kleines Ferienhaus«, schluchzte Linn. Ihr Mascara war so verschmiert, dass sie wie eine Death-Metal-Musikerin aussah. Die Eltern sahen sie entgeistert an. »Charlotte ist dort. Es liegt etwa eine Stunde von hier.«

72

Nordh nahm im Vernehmungsraum gegenüber von Ludvig Lydén Platz. Er hatte sich den Medienmogul und Patriarchen alter Schule irgendwie anders vorgestellt, altmodischer, verstaubter. Aber statt eines weißbärtigen Kauzes im Tweetdreiteiler samt Taschenuhr und Einstecktuch blickte er in die grauen Augen eines agilen Mittsechzigers, Marke Steve Jobs, in schwarzer Jeans und schwarzem Polohemd, der lässig die Beine übereinanderschlug und seine Hände auf dem Oberschenkel faltete. Der einzige Hinweis auf seinen Hintergrund waren die pedantisch manikürten Fingernägel, die in der künstlichen Beleuchtung seidig schimmerten. Aber diese eine kleine Eitelkeit reichte schon aus, um in Nordh etwas zu triggern, etwas Aggressives, eine Wut, die ihn selbst überraschte. Lag es an dem, was er über Lydén wusste? Dass dieser Mann mithilfe seines Medienimperiums den politischen Schulterschluss zwischen den konservativen Parteien und den rechtsextremen Schwedendemokraten gefördert und gefeiert hatte? Lag es an der zur Schau getragenen Arroganz in Lydéns Blick, in dem sich der Klassenunterschied zu Nordh, Sohn eines Klempners und einer Krankenschwester, zu manifestieren schien? Oder war es schlichtweg Nordhs Müdigkeit, Erschöpfung und das latente Gefühl, der falsche Mann für die Leitung dieser Ermittlung zu sein?

»Also«, hob Lydén mit einem überheblichen Lächeln an, »was verschafft mir die Ehre?«

Als wüsstest du das nicht selbst, du selbstgerechtes Sackgesicht. Nordh fiel es schwer, seinen irrationalen Zorn nicht von der Leine zu lassen. Aber vielleicht musste er sich gar nicht zurückhalten, vielleicht war das bei diesem Typ Mensch sogar der Schlüssel, um zu dem zu gelangen, was man wollte.

»Zwei deiner Freimaurerfreunde wurden getötet. Regelrecht abgeschlachtet. Drei, falls dein Geschäftspartner Göran Wall auch zu eurem Illuminaten-Club gehört. Gehörte. Und der neue Shootingstar deines Medienzirkus, Pernille Friis, wurde heute Nacht vom, ich zitiere, *Kroko-Klima-Killer* entführt.« Nordh verschränkte die Arme vor der Brust. Lydéns doppeltes Zwinkern verriet ihm, dass er von Friis' Verschwinden noch nichts gewusst hatte, was bedeutete, dass selbst in der gut geölten Maschinerie *Zeniths* nicht alle Informationskanäle reibungslos funktionierten. »Flapsig formuliert: Es läuft gerade nicht so richtig. Beziehungsweise: An deiner Stelle würde mir der Arsch auf Grundeis gehen.«

»Ich bin kein Freimaurer.«

Lydén spielte den Dummen. Na schön. Wenn er es nicht anders wollte.

»*Fraternitas nobilis.* Stammt der Name aus Harry Potter oder hast du ihn dir selbst ausgedacht?«

Lydéns Mundwinkel zuckten amüsiert.

»Der junge de Klerk hat aus dem Nähkästchen geplaudert.«

»Dein Dan-Brown-Zirkel: Was treibt ihr da genau?«

»Wir tragen scharlachrote Kutten und opfern Jungfrauen.«

Nordh seufzte.

»Sehr witzig. Für jemanden, der in Lebensgefahr schwebt, hast du einen bemerkenswerten Humor.«

»Inwiefern schwebe ich in Lebensgefahr?«

»Sjöbäck, de Klerk, Wall und jetzt auch noch Friis. Die Einschläge kommen näher, findest du nicht?«

»*Fraternitas nobilis* ist ein Zusammenschluss von Charakterköpfen aus Wirtschaft, Politik und Kultur. Wir teilen dieselben Werte.«

Lydén entfaltete seine Hände und legte die Fingerspitzen aufeinander. Nordh begann die Gesprächsführung seines Gegenübers zu begreifen. Nie direkt antworten. Zwischen Themen hin und her springen. Gegenfragen und Ironie. Das war Rhetorik für Fortgeschrittene. Eine bewährte Machttechnik. Aber nicht mit ihm, nicht hier und nicht heute.

»Was für Werte sollen das sein?«

»Was ist mit Pernille geschehen?«

»Was für Werte sollen das sein?«, insistierte Nordh.

Sie starrten einander an. Lydéns Fuß begann zu wippen und klopfte gegen das Stahlgestänge des Tisches zwischen ihnen.

Tock, tock, tock.

Schließlich lenkte der Unternehmer ein.

»Tradition. Respekt. Ehre.«

Na klar. So viel Respekt und Ehre, dass dein Drecksblatt ein Bild des verunstalteten Leichnams von Aaron de Klerk aufs Titelblatt gehievt hat. So gingen *edle Brüder* miteinander um.

»Du hast dieses Netzwerk ins Leben gerufen?«

»Mein Urgroßvater. Achtzehnhundertneunundneunzig.«

Er klang stolz. Gockelhaft ruckte sein Kinn einen Zentimeter nach oben. Vielleicht war er bei seiner Eitelkeit zu packen.

Nordh nickte, als sei er widerwillig beeindruckt.

»Sicherlich gab und gibt es prominente Mitglieder?«

Lydén lächelte kühl.

»Du wirst verstehen, dass ich darüber nicht spreche.«

Nordh verschränkte die Finger ineinander und legte die gefalteten Hände auf den Tisch.

»Ich muss zugeben, dass mir diese Welt fremd ist. Geheime Zirkel, Charakterköpfe, gesellschaftliche Eliten. Ich selbst stamme aus einem Arbeiterhaushalt. Ehre und Respekt haben sie mir trotzdem beigebracht, sonst wäre ich heute nicht hier und wir säßen uns nicht gegenüber. Meine Aufgabe ist es, einen Serienmörder und Entführer zu fassen und seine Opfer zu befreien. Denn wenn ich es nicht tue, werden mehr Menschen sterben. Dieses Tier da draußen wird sie töten. Er wird ihnen den Brustkorb öffnen und das Herz bei lebendigem Leib herausreißen. Unsere Forensiker haben es ausgerechnet. Dazu ist etwa so viel Kraft nötig, wie eine Vierzig-Kilo-Hantel über den Kopf zu stemmen. Die Opfer verbluten natürlich binnen kürzester Zeit, aber das Letzte, das sie in ihrem Leben sehen, ist vermutlich ihr eigenes, noch pochendes Herz.« Nordh ließ seine Worte einige Sekunden wirken, bevor er fortfuhr. »Wir wissen beide, dass du mir dabei helfen kannst, den Mörder zu fassen, Ludvig.« Lydéns Fuß begann wieder zu wippen. Tock, tock, tock. Seine Miene hatte die Überheblichkeit verloren. Nordh konnte spüren, wie er mit sich rang. »Wer tötet deine *Fraternitas*-Freunde, Ludvig? Und warum?«

Tock, tock, tock.

»Ich weiß es nicht.«

Tock, tock, tock.

»Was sagt dir der Name Johannes Eliasson?«

»Gar nichts.«

Tock, tock, tock.

Nordh blickte ihn aus zusammengekniffenen Augen an.

»Du weißt etwas.«

»Nein.«

In Lydéns Blick war ein anderer Ausdruck getreten. Vielleicht war es Angst.

»Blödsinn.«

Lydén stieß einen Seufzer aus. Er klang gequält.

»Ich bin hier fertig«, sagte er und stand auf.

»Einen Moment noch«, sagte Nordh, schaltete mit einem Knopfdruck unter der Tischplatte die Aufnahmetechnik ab und erhob sich ebenfalls. Er trat dicht an Lydén heran, fasste ihn hart am Oberarm und zog ihn zu sich. »Wenn ich herausfinde, dass du mich angelogen hast«, flüsterte er ihm ins Ohr, »werde ich dich irgendwann, wenn das alles vorbei ist, aufsuchen und dir deine verdammte Visage polieren. Kapiert, *Gatsby?*«

73

Die feuchtwarme Luft stand still. Am Himmel türmten sich die Wolken. Svea Karhuu stieg aus dem Auto. Ihre linke Schulter pochte. Nach wenigen Schritten begann sie bereits zu schwitzen. Sie hatte weder Verstärkung angefordert noch Charlottes Eltern informiert, sondern war allein gekommen. Die Dinge nicht unnötig verkomplizieren, hatte sie gedacht. An die Einsicht des Mädchens appellieren. Das Spiel war aus und Charlotte war hoffentlich klug genug, das einzusehen. Der Weg führte Karhuu in einem leichten Auf und Ab durch einen Buchenwald. Trockene Blätter raschelten unter ihren Füßen, über ihr rief ein Kuckuck. Schön war es hier, friedlich. Kurze Zeit später lichteten sich die Bäume. Sie erreichte den See und entdeckte am Ufer das kleine

Ferienhaus. Eigentlich war es kaum mehr als eine Blockhütte mit Veranda. Ein kurzer Steg führte ins Wasser, ein Ruderboot war daran vertäut. Eine Idylle. Plötzlich und mit unerwarteter Wucht griff Heimweh nach ihrem Herzen. Sie sollte nicht hier sein, sie sollte in den Weiten Nordschwedens sein und angeln. Gemeinsam mit Kristoffer. Aber sie war hier. Um die Welt vor einem Killer und ein Mädchen vor sich selbst zu retten. Nun waren es nur noch wenige Schritte bis zum Haus. Als sie die Tür erreicht hatte, klopfte sie. Vielleicht hatte Charlotte sie bereits kommen sehen, vielleicht auch nicht. Drinnen regte sich nichts. Karhuu klopfte erneut, dieses Mal fester. Wieder keine Reaktion.

»Charlotte, mach bitte auf.«

Nichts. Karhuu drückte die Klinke nach unten. Die Tür war abgeschlossen. Die Ermittlerin schlug dreimal mit der Unterseite der Faust gegen das Holz. Die Tür zitterte im Rahmen.

»Wer ist da?«

Karhuu glaubte, eine gewisse Ängstlichkeit in der Stimme zu entdecken.

»Svea Karhuu, Kripo Malmö. Ich bin allein und muss mit dir reden, Charlotte. Mach bitte die Tür auf. Es hat keinen Zweck mehr, sich länger zu verstecken. Deine Freundin Linn hat uns alles erzählt.«

Es blieb still im Haus. Eine halbe Minute, eine ganze. Wahrscheinlich wog Charlotte noch immer ihre Optionen ab. Sollte sie ruhig. Es gab keine Optionen. Sie hatte sich in eine Sackgasse manövriert, und es gab nur einen einzigen Weg heraus. Irgendwann hörte Karhuu gedämpfte Schritte auf dem Holzboden. Das Schloss knackte und dann schwang die Tür auf. Karhuu blickte in ein blasses Teenagergesicht. Das lange Haar war strähnig, auf der Stirn beulten sich Mückenstiche. Der Blick aus grün-braunen Augen flackerte. Karhuu meinte, Schlaflosigkeit, Anspannung, Resignation und einen nicht unwesentlichen Anteil an Trotz zu registrieren.

»Bist du wirklich allein?«

Die helle Stimme ließ sie jünger wirken, als sie war.

»Ja.«

Charlotte öffnete die Tür ganz und trat einen Schritt zur Seite, sodass Karhuu ins Halbdunkel eintreten konnte. Sie sah sich um. Abgesehen vom fehlenden maritimen Dekor erinnerte das Innere des Häuschens an die Kate von Aaron de Klerk. Ihr schoss das Bild des grauenhaft zugerichteten Schlafzimmers durch den Kopf. Auf so etwas würde sie hier Gott sei Dank nicht stoßen. Charlotte war am Leben. Das war die gute Nachricht. Die schlechte Nachricht war, dass die Teenagerin in den kommenden Tagen vermutlich zum meistgehassten Menschen des Landes werden würde. Aufgestachelt von Medien wie denen des *Zenith*-Verlags hatte sich die öffentliche Meinung gegenüber Klimaaktivisten in den vergangenen Jahren drastisch verschlechtert. Nun hatte eine von ihnen ihre eigene Entführung inszeniert und die ganze Nation hatte um ihr Leben gebangt. Sobald die Täuschung ans Licht kam, würde sich die Anteilnahme in rasende Wut und bodenlose Verachtung verwandeln.

Seufzend ließ sich Karhuu in einen Sessel fallen und Charlotte nahm ihr gegenüber Platz. Der Couchtisch zwischen ihnen war vermüllt: leere Chipstüten, Verpackungen von Müsli- und Schokoriegeln, Softdrinkdosen. Wahrscheinlich das Zeugnis des nervlichen Drucks, unter dem Charlotte in den vergangenen Tagen gestanden hatte.

»Geht es dir gut?«, fragte Karhuu. Irgendwo mussten sie schließlich beginnen. Das Mädchen nickte. Nervös wickelte sie eine Haarsträhne um den Finger. »Okay.« Wieder seufzte Karhuu. »Ich will dir jetzt keine Moralpredigt halten, aber …«

Dann hielt sie doch eine Moralpredigt. Über die negativen Folgen, die die scheinbare Entführung für die Ermittlung gehabt hatte. Über die Angst und Sorgen von Charlottes Eltern. Über das Mitleid des ganzen Landes. Über den Shitstorm, der die Familie nun unweigerlich heimsuchen würde. Charlotte sagte lange nichts. Sie hatte die Hände unter die Oberschenkel geschoben und die Linie ihres kleinen Munds vibrierte unmerklich.

»Und wenn es das alles trotzdem wert war?«, sagte sie schließlich leise. »Wenn es ein notwendiges Opfer war?« Sie zog eine Hand unter dem Oberschenkel hervor und begann gedankenverloren an einem Fingernagel zu knabbern. »Meine Eltern und alle anderen, die uns die Katastrophe eingebrockt haben, sind in dreißig oder vierzig Jahren tot, aber wir und unsere Kinder nicht.« Sie blickte Karhuu eindringlich an. »An manchen Stellen der Welt verbrennen die Einwohner jetzt schon. Ganze Inseln saufen ab. Wir alle ersticken am CO_2. Die Menschen müssen endlich aufwachen. Wir müssen sofort handeln, um das Allerschlimmste noch halbwegs abzuwenden. Aber wir wachen nicht auf.« Ihre Stimme brach. »Wir machen einfach immer weiter.«

Natürlich hatte sie recht. Die Menschheit galoppierte mit Höchsttempo auf einen Abgrund zu. Die Welt stand in vielerlei Hinsicht bereits in Flammen. Doch der Weg, die Entwicklung zu stoppen, musste ein anderer sein. Charlottes und Linns Aktion würde beim Großteil der Menschen das Gegenteil von dem bewirken, was die Mädchen bezweckt hatten. Man würde sie auf den Scheiterhaufen zerren.

Karhuu seufzte ein drittes Mal.

»Wann seid ihr auf die Idee gekommen?«, fragte sie.

»Nach der Veröffentlichung des Fotos und Namens von Aaron de Klerk. Er ist … er war in bestimmten Umweltgruppen eine Art Buhmann. Zu Recht. Die Minen verunreinigen das Trinkwasser, zerstören ganze Landstriche und rauben den Samen das Land und die Möglichkeit, traditionelle Rentierzucht zu betreiben.« Sie schob die eine Hand wieder unter den Oberschenkel, nahm die andere hervor und führte sie zum Mund.

Karhuu sah, dass die Fingernägel bereits völlig abgenagt worden waren. »Als in einem Insta-Feed dann auch noch irgendjemand darauf hinwies, dass Reidar Sjöbäck ebenfalls für einen Umweltskandal verantwortlich war, passte einfach alles zusammen. Die Berufe meiner Eltern, die große mediale Aufmerksamkeit …«

Sie hob die Schultern und ließ sie wieder fallen. Klein sah sie in diesem Moment aus, dachte Karhuu, schmal und zerbrechlich. Trotzdem hatte sie versucht, die ganze Welt zu schultern.

74

Nordh floh vor der Betriebsamkeit im Besprechungszimmer und nahm Karhuu, Wallgren und Stöcker mit in sein Büro. Sie diskutierten lange darüber, was die vorgetäuschte Entführung für die Ermittlung bedeutete. Dank Charlotte standen sie nun wie Deppen da, die sich von zwei Sechzehnjährigen an der Nase hatten herumführen lassen. Trotzdem waren sie sich darüber einig, dass man Charlotte, ihre Freundin und ihre Familie vor dem heftigen öffentlichen Meinungsumschwung, den es zweifellos geben würde, so gut wie möglich schützen musste. Gleichzeitig hatte die Allgemeinheit ein Anrecht darauf, informiert zu werden. Ein nicht aufzulösendes Dilemma.

Stöcker berichtete, was er über die Fälle von Kinderleichen mit angenähten Katzenköpfen in Memphis, Ägypten, herausgefunden hatte.

»Viel ist es bisher nicht. Ich habe eine Anfrage an die örtlichen Behörden gestellt, aber es wurde mir signalisiert, dass es eher eine Frage von Tagen oder gar Wochen ist, bis wir mit einer Antwort rechnen können. Die Akten stammen aus den Achtzigerjahren und sind nie digitalisiert worden. Wenn wir Pech haben, sind sie vernichtet oder unauffindbar. Ägypten ist nicht Schweden, man denke nur an die vielen Regimewechsel in den vergangenen drei Jahrzehnten.« Er seufzte. »Ein bisschen mehr Glück hatte ich mit meiner eigenen Recherche. Es gibt in Ägypten mehrere englischsprachige Zeitungen, die zwischen 1985 und 1989 wiederholt über Mordfälle an Kindern berichtet haben, bei denen es zu Enthauptungen und dem Anbringen von Katzenköpfen kam. Es handelte sich in allen Fällen um Straßenkinder oder jugendliche Obdachlose, die auf den Strich gingen. Die Leichname wurden in Memphis gefunden, einige Kilometer südlich der Hauptstadt, aber die Ermittlungsbehörden vermuteten, dass die Morde und Inszenierungen der Leichname woanders stattfanden, mutmaßlich in den Kairoer Slums. Der oder die Täter wurden nie gefasst. Aber nun kommt's: 1989 wurde ein schwedischer Staatsbürger festgenommen und verhört. Drei Tage später hat man ihn wieder freigelassen. Offenbar reichten die Beweise nicht aus, um ihn länger festzuhalten.«

»Das muss er sein!«, sagte Nordh mit Bestimmtheit.

»Wie hieß der Mann?«, fragte Karhuu.

»In den Artikeln wurde leider kein Name genannt«, antwortete Stöcker. »Ich fürchte, wir müssen auf die Polizeiakten warten.«

»Lasst uns die Geschichte noch einmal aus einem anderen Winkel betrachten«, sagte Karhuu. Sie klappte ihren Laptop auf und stellte ihn so, dass alle den Bildschirm sehen konnten. Dann öffnete sie die Mail, die Jonas ihr geschickt hatte. »Hier seht ihr die dreiteilige Übersetzung der Pseudohieroglyphen, die der Altertumsprofessor erstellt hat, im Wortlaut.«

Geschlagen und gedemütigt. In den Tod gefallen. Blut von meinem Blute verloren. Aus dem eisigen nassen Grab wiederauferstanden. Neugeboren. Johannes Elias. Der Täufer und Prophet. Übers Wasser gefahren und in die Wüste gegangen. Mit der Gnade alter Götter erneut dem Tod

entronnen. Oh, Offenbarung. Johannes Elias. Zurückgekehrt zu den Wurzeln. Um Einlass gebeten. Erneut gedemütigt und in den Staub geworfen. Zorn, oh, Zorn. Die Rache und Reinwaschung ist mein. In der Duat, wo dein Herz gewogen wird. Johannes Elias. Richter der zweiundvierzig. Richter des Sobek. Bestraft für deine Wut.
Zeit der Vergeltung.

Reinwaschung.
Richter des Sokar.
Bestraft für den Diebstahl.
In der Duat.
Zeit des Zorns.

In der Duat.
Richter des Am-hehu
Bestraft für die Habgier
In der Festung unter Wasser
Wo die Seeschlangen dümpelten

Nordh meldete sich als Erster zu Wort.

»*Geschlagen und gedemütigt.* Das verstehe ich ja noch. Der kleine Eliasson wurde von seinem Vater und den Brüdern psychisch und körperlich misshandelt. Aber das Nachfolgende? *In den Tod gefallen. Blut von meinem Blute verloren. Aus dem eisigen nassen Grab wiederauferstanden. Neugeboren.* Wieso ist er in den Tod gefallen? Aus welchem nassen Grab ist er wiederauferstanden und erneut geboren? Meint ihr nicht, dass es sich dabei nur um wirres Psychogebrabbel handelt?«

»Die Diskussion hatten wir doch schon«, sagte Stöcker genervt.

Dieser alte Stinker. Nordh wollte gerade lospoltern, als ihm Karhuu ins Wort fiel.

»Die Brücke!«, rief sie.

»Was für eine Brücke?«, fragte Wallgren.

»Die Tjörnbrücke, die im Januar 1980 zusammenbricht, nachdem sie von einem Schiff gerammt worden ist. Der alte Bertil, unser Zeuge aus Klövedal, hat mir davon erzählt. Von den Auswirkungen, die das Unglück für die Inselbewohner hatte. Und dass genau zu jener Zeit Johannes Eliasson und sein Bruder Markus, der ihn mit dem Auto in eine Einrichtung in Mittelschweden hatte bringen sollen, verschwunden sind. Nach dem dramatischen Einsturz der Brücke sind wegen der schlechten Sichtverhältnisse – es war eine neblige Nacht – sechs Autos vierzig Meter tief in den Sund gefallen. Es hat acht Tote gegeben. Aber was, wenn es in Wirklichkeit nicht sechs, sondern sieben Autos waren? Was, wenn Markus und Johannes in diesem siebten Auto saßen? Was, wenn Johannes diesen Sturz entgegen jeder Wahrscheinlichkeit überlebt hat? *In den Tod gefallen.* Der Sturz in den Abgrund. *Blut von meinem Blute verloren.* Sein Bruder stirbt. Auf Tjörn wurde Wochen später eine nicht mehr zu identifizierende Wasserleiche angespült, die Schlachterstiefel trug, wie man sie von den Eliasson-Brüdern kannte. Aber niemand hat diesen Leichnam in Zusammenhang mit dem Brückenunglück gebracht. *Aus dem eisigen nassen Grab wiederauferstanden.* Johannes gelingt es irgendwie, aus dem versinkenden Auto zu kommen, an die Oberfläche zu tauchen und im eiskalten Wasser an Land zu schwimmen. *Neugeboren.*«

»Das klingt ziemlich abenteuerlich«, sagte Nordh.

»Verdammt, Jon, der ganze Fall ist abenteuerlich.«

Womit sie zweifellos recht hatte. Trotzdem regte sich der ewige Detektiv in ihm.

»Warum wurde dieses siebte Auto nicht von den Tauchern gefunden?«

Karhuu zuckte mit den Achseln.

»Keine Ahnung. Die Strömung vielleicht?«

Denkbar.

»Warum sind sie nachts losgefahren?«

»Wenn sie am nächsten Vormittag in Mora sein sollten, mussten sie nachts aufbrechen. Das ist eine Fahrt durchs halbe Land.«

Das stimmte.

»Der Junge müsste völlig unterkühlt und mit seinen Kräften am Ende gewesen sein. Er wird Hilfe benötigt haben. Warum hat sich niemand gemeldet? Warum hat sich der Junge nicht gemeldet?«

»Was weiß ich? Er kann auf dem Festland irgendwo untergekrochen sein. Vielleicht ist er in einen Stall eingebrochen oder in ein leeres Ferienhaus. Vielleicht hat er seine Chance erkannt. Einen Ausweg vom Erziehungsheim. Lies, was darauf folgt: *Übers Wasser gefahren und in die Wüste gegangen.* Vielleicht ist er auf ein Schiff gelangt und hat in Ägypten sein Glück gesucht.«

»Das ist ziemlich oft *vielleicht.*«

»Mehr als spekulieren können wir mit dem kryptischen Text nicht.«

»Das alles ohne Papiere?«

»Es war eine andere Zeit, Jon«, sagte Stöcker.

Was natürlich stimmte.

»Nur so ein Gedanke«, sagte Wallgren. »Die ermordeten Strichjungen in den Kairoer Slums – haben sie möglicherweise damit zu tun, wie Eliasson nach seiner Flucht selbst gelebt hat? Ein psychisch kranker, schwer traumatisierter Junge in seinem Alter: Ich finde, es ist kaum vorstellbar, wie er sich jahrelang allein durchgeschlagen haben soll, ohne dabei Übergriffen und Gewalt ausgesetzt gewesen zu sein. Vielleicht waren diese frühen Morde in Kairo eine Art Kompensation für das, was er selbst erleben musste.«

»Der arme Junge«, knurrte Nordh. »Mir kommen gleich die Tränen.«

»Ich finde Annas Überlegungen ziemlich plausibel«, sagte Karhuu. »Es geht ja nicht darum, seine Taten zu relativieren, sondern sein Handeln nachzuvollziehen.«

Stöcker nickte zustimmend. War ja klar.

»Okay, lassen wir das zunächst mal so stehen«, sagte Nordh. »Als Arbeitshypothese.«

»Was ich ebenso interessant finde«, sagte Karhuu, »ist die Passage über die Gnade der alten Götter, die ihn erneut vor dem Tod bewahrt haben. Für mich klingt das nach einer Art von Bekehrung. Wir wissen über Johannes, dass er trotz der Verwahrlosung in einer extrem religiösen Familie aufgewachsen ist. Sein Name spricht ja bereits Bände, er betont es ja auch selbst: Johannes der Täufer. Elia der Prophet. Mit *alten Göttern* nimmt er aber vom zentralen Glaubensgrundsatz des Christentums Abschied und öffnet sich einem gänzlich anderen theologischen Konzept: Auf den einen dreifaltigen Gott folgt die mannigfache Götterwelt des alten Ägypten. Grund für diese Wandlung war offenbar ein einschneidendes Erlebnis: Eine erneute Rettung vor dem Tod. Vielleicht ist das eine weitere Quelle seiner Psychopathologie. Zweimal haben ihn höhere Mächte vor dem Tod bewahrt. Er sieht sich als Auserwählter.«

»Du bist echt gut darin, Svea«, sagte Wallgren und kicherte. »Du solltest das beruflich machen.«

»Was ist mit dem letzten Teil des Textes?«, fragte Nordh. »Wut, Zorn, Rache, Reinwaschung, Richter, Bestrafung, Vergeltung. Das klingt, als wäre er im Auftrag der Götter unterwegs. Gleichzeitig klingt er wie ein gekränktes Kind.«

»Es ist womöglich beides«, sagte Karhuu. »Er sieht sich als Teil der *Duat* und des Totenreichs. Gleichzeitig wendet er sich gegen verschiedene Vertreter des göttlichen Totengerichts: Sobek, Sokar und Am-hehu. Im richtigen Leben Sjöbäck, de Klerk und Wall. Die ihn auf unterschiedliche Weise gedemütigt haben. Er spricht von Wut, Diebstahl und Habgier. Was wiederum exakt den Verbrechen entspricht, für die die jeweiligen Gottheiten in der *Duat* stehen.«

»Eine in sich geschlossene Wahnwelt«, sagte Stöcker.

»Man fragt sich, was Sjöbäck und die beiden anderen Eliasson angetan haben«, sagte Wallgren, »nachdem er zurück nach Schweden gekommen ist. Er schreibt ja, dass er zu den Wurzeln zurückgekehrt sei und um Einlass gebeten habe.«

»Fest steht, dass er irgendwann seinen Namen geändert und eine neue Identität angenommen hat«, sagte Wallgren.

Nordh strich sich über das unrasierte Kinn. Er dachte an Ludvig Lydén und dessen elitäre Bruderschaft. *Fraternitas nobilis.* Lydén hatte Angst gehabt und er hatte gelogen. Er wusste, wer für die Morde an seinen Kameraden verantwortlich war. Ging es am Ende darum? Hatten die selbst ernannten Charakterköpfe Eliasson über den Tisch gezogen? Hatten sie ihn nicht in ihrem albernen Club mitmachen lassen? Hatten sie den armen kleinen Johannes gemobbt?

Er hob gerade an, etwas zu sagen, als sich sein Privathandy meldete. Er stutzte, denn das kam selten vor, und blickte aufs Display. Es war die Ferienfreizeit seiner Kinder.

»Sorry, aber ich muss da rangehen«, sagte er, stand auf und ging aus dem Büro. Im Flur nahm er das Gespräch an. Mit zunehmend versteinernder Miene hörte er zu. »Ich komme sofort«, sagte er und legte auf.

75

Karhuu, Wallgren und Stöcker sahen sich achselzuckend an.

»Und weg war er«, sagte Stöcker nicht ohne einen gewissen Sarkasmus.

So ganz würden die Spannungen zwischen den beiden Männern wohl nie aufhören. Aber Stöcker hatte recht. Mitten in einer Besprechung ohne weitere Erklärungen einfach aufzuspringen und abzuhauen, war ein klassischer Nordh, dachte Karhuu. Wahrscheinlich hatte er mal wieder vergessen, seine Kinder vom Fußballtraining abzuholen oder etwas in der Art. Na ja, als alleinerziehender Vater mit einem derart fordernden Beruf hatte er es sicher nicht leicht. Also diskutierten sie ohne ihn weiter.

In der Festung unter Wasser
Wo die Seeschlangen dümpelten

»Eine Festung unter Wasser – was soll das überhaupt sein?«, fragte Wallgren. »Ich kann mir darunter überhaupt nichts vorstellen.«

»Eine untergegangene Stadt?«, schlug Stöcker vor.

»So etwas wie Atlantis?«, entgegnete Wallgren und kicherte.

»Ich hatte eher an etwas Handfesteres gedacht. Ein Dorf in einem Tal, das geflutet wurde, weil dort ein Stausee entstand. So etwas in der Art. Aber haben wir so etwas in Schweden überhaupt?«

»Nicht, dass ich wüsste«, sagte Karhuu. »Aber so, wie ich den Text verstehe, ist damit der Ort gemeint, an dem Göran Wall ermordet wurde. Was wiederum nahelegt, dass es sich um Johannes' Versteck handelt. Und wahrscheinlich auch den Ort, an dem Pernille Friis gefangen gehalten wird. Auch wenn ich nicht begreife, wie das unter Wasser gehen soll.«

»Vielleicht ist es auch gar nicht wörtlich, sondern metaphorisch oder metaphysisch gemeint«, sagte Wallgren. »Die forensische Psychologin hat ja bereits dargelegt, dass Wasser in Zusammenhang mit den Taten eine wichtige Rolle spielt.«

»Für die alten Ägypter gilt die besondere Bedeutung von Wasser auf jeden Fall«, sagte Stöcker. »Der Nil und seine jährlichen Überflutungen waren für die ägyptische Agrargesellschaft überlebenswichtig. Der Fluss stand im Zentrum von allem. Ohne ihn wäre das Gebiet nie so intensiv und dauerhaft besiedelt worden. Der Nil war die Grundlage und die Lebensader für das mehr als dreieinhalbtausend Jahre währende Reich. Wasser spielte auch in den Jenseitsvorstellungen eine wichtige Rolle. Der paradiesartige Ort, an den die Seelen gelangten, die das Totengericht mit dem Wiegen des Herzens überstanden hatten, wurde *Sechet-iaru* genannt, was man ungefähr mit ›Gefilde der Binsen‹ übersetzen kann. Ein wasserreiches Gebiet – in den Beschreibungen ähnlich dem Nildelta –, in dem auf fruchtbaren Böden Landwirtschaft betrieben wird, die die Toten mit allem Notwendigen versorgt.«

»Okay«, sagte Karhuu, »gekauft. Nehmen wir also mal an, die Festung unter Wasser ist kein realer Ort, sondern eher ein spiritueller Zustand. Was hat es dann mit den dümpelnden Seeschlangen auf sich?«

»Schlangen spielen in der ägyptischen Mythologie eine wichtige Doppelrolle«, sagte Stöcker. »Einerseits waren sie gefürchtete Gegner der Götter und sie gehörten zu den schrecklichen Bewohnern der *Duat,* die der Verstorbene auf seinem gefährlichen Weg bis zum Totengericht mit den richtigen Beschwörungsformeln beschwichtigen musste. Andererseits waren sie auch mächtige Beschützer. Die Kobra wurde verehrt und findet ihre Abbildungen als Kopfschmuck der Götter und Pharaonen.«

»Wow, was du dir alles angelesen hast, ist beeindruckend«, lobte Karhuu. »Ich habe auch einiges nachgeschlagen, aber du übertrumpfst mich um Längen. Wie viele Nächte hast du dir um die Ohren geschlagen?«

»Viele«, antwortete Wallgren für ihn und tätschelte ihrem Mann den Arm. Sie klang stolz und Stöcker wurde rot.

»Sagen wir so: Ich habe nicht gerade viel geschlafen in letzter Zeit. Über Seeschlangen im Besonderen habe ich allerdings nichts gelesen«, sagte er. »Ich werde mich aber gleich daransetzen.«

Karhuu hob einen Daumen.

»*Dümpeln* ist in Zusammenhang mit Seeschlangen ein etwas seltsamer Begriff«, sagte Wallgren. »Bei *dümpeln* denke ich eher an Schiffe als an Wassertiere. Findet ihr nicht?«

»Vielleicht ist die Übersetzung ein wenig unglücklich geraten«, sagte Karhuu. »Ich werde den Professor darauf ansprechen.«

Sie diskutierten noch eine Weile weiter, aber irgendwann zerfranste das Gespräch. Die *Festung unter Wasser* und die *dümpelnden Seeschlangen* blieben ein Mysterium.

76

Nordh fuhr wie ein Wahnsinniger. Was aber wenig nutzte. Er jagte den Wagen in der Stadt immer wieder auf über achtzig hoch und bremste dann scharf ab. Der Feierabendverkehr war zähflüssig. Die verdammten Baustellen überall. Zweimal drängelte er sich auf abgesperrten Fahrspuren rechts an den Autoschlangen vorbei. Das Hupkonzert und die wütenden Gesten der anderen Fahrer ignorierte er. Ich darf das, denn dies ist ein gottverdammter Notfall, ihr Idioten! Es geht um mein Kind. Am Stadtrand dünnte der Verkehrsstrom endlich aus. Er stieg jetzt richtig aufs Gas. Eine knappe Viertelstunde später war er da. Er stellte den Wagen auf dem Parkplatz des Naherholungsgebiets ab und stieg aus. Die Luft war schwer vor drückender, feuchter Wärme. Der Himmel war mittlerweile ein Aquarell aus Grau und Schwefel. Die Feuerwehrwagen sah er schon von Weitem. Im Laufschritt eilte er los. Sofort brach ihm der Schweiß aus. Eine Wolke aus Kriebelmücken und Gnitzen umschwirrte ihn, klebte auf seiner Haut, stach oder biss zu. Dann endlich entdeckte er Tim, er stand mit gesenktem Kopf neben einem jungen Mann, wahrscheinlich einer der Gruppenleiter des Freizeitprogramms, die den Ausflug begleitet hatten. Von anderen Kindern war nichts zu sehen, vermutlich waren sie bereits längst zu Hause. Er rannte zu seinem Sohn, ging in die Knie und schloss ihn in die Arme. Tim war blass, hatte verweinte Augen, aber ihm fehlte nichts. Wenigstens körperlich nicht. Sein kleiner, magerer Körper bebte und Nordh drückte ihn an sich. Beruhigend sprach er auf seinen Jungen ein. Der Freizeitleiter redete aufgebracht, aber Nordh hörte nicht zu. Erst als Tim aufgehört hatte zu weinen, löste Nordh die Umarmung und richtete sich auf. Die Wiese, vor der sie standen, war so groß wie zwei bis drei Fußballfelder. Etwa die Hälfte davon war verbrannt. Flammen waren nicht mehr zu sehen, trotzdem hielten die Feuerwehrleute die Wasserstrahlen noch weiter auf die ausgefransten Ränder der versengten schwarzen Fläche, die hier und da noch rauchte. Offenbar war das Schlimmste verhindert worden. Endlich wandte sich Nordh dem Gruppenleiter zu. Der junge Mann hielt ihm mit anklagendem Gesichtsausdruck einen Gegenstand hin. Das Beweisstück. Es war das Stabfeuerzeug mit dem rosafarbenen Griff aus der Küchenschublade.

77

Svea Karhuu telefonierte endlich mit Kristoffer. Er saß im Zug zurück Richtung Stockholm und machte einen gelösten Eindruck. Die beiden Tage in der Taiga in der Gesellschaft von Karhuus Onkel hatten ihm gefallen. Sie waren fischen gewesen, hatten Vögel beobachtet und die Abende mit Sauna und einer stattlichen Anzahl Bieren an einem See verbracht. Je mehr er von seinem unfreiwilligen Ausflug in den hohen Norden berichtete, desto wärmer wurde ihr ums Herz. Dennoch stand etwas zwischen ihnen. Der Elefant im Raum. Sie rechnete es ihm hoch an, dass er nicht nachfragte, sondern wartete, bis sie darauf zu sprechen kam. Viel sagte sie nicht, obwohl es so viel zu erklären gab. Zu viel, jedenfalls zu viel für ein Telefongespräch. Sie würde ihm alles beichten, sie würde alle Karten auf den Tisch legen, sie würde gestehen, dass sie einen Menschen getötet hatte und einen anderen bedrohte. Bald, sobald dieser Fall gelöst war. Von dem sie ihm auch keine Details berichten durfte. Ihr Beruf hatte beschissene Seiten. Sie spürte Kristoffers Enttäuschung. Er hatte klaglos alles getan, worum sie ihn gebeten hatte. Nun hatte er das Recht zu erfahren, worum es eigentlich ging. Warum sein Leben in Gefahr gewesen war, warum es das jetzt nicht mehr war, warum seine Freundin ein so großes Geheimnis daraus machte. Er bot sogar an, direkt bis Malmö durchzufahren. Er wollte Antworten und er vermisste sie. Sie vermisste ihn auch und sie wollte ihm die Antworten geben, die sie ihm schuldig war. Die ihm zustanden. Aber gerade jetzt war der falsche Zeitpunkt. Der Fall forderte sie bis an ihre Grenzen. Das Pochen in der Schulter war wieder stärker geworden, obwohl sie Ibuprofen wie Smarties aß. Sie war vollkommen erschöpft. Eigentlich müsste sie im Krankenhaus liegen, aber dazu hatte sie keine Zeit.

»Gib mir ein paar Tage«, sagte sie.

»Ja«, sagte er traurig, »ja gut«, und dann legte er auf.

Seine Enttäuschung tat ihr weh, doch es gab nichts, was sie dagegen tun konnte. Kraftlos ließ sie sich aufs Bett fallen und innerhalb von Minuten schlief sie ein.

Sie wachte auf, weil ihre Blase drückte. Zeitlich desorientiert, schlurfte sie zur Toilette. Sie bemerkte, dass sie vor dem Einschlafen weder Jeans noch Bluse ausgezogen hatte. Es war kurz vor zweiundzwanzig Uhr, sie hatte zwei Stunden geschlafen. Sie streifte die verschwitzte Kleidung ab und ging in die Küche, wo sie zweieinhalb Gläser Wasser trank und ihren plötzlichen Heißhunger mit einer Schale Müsli und einer absurd großen Portion Moltebeermarmelade stillte. Es schmeckte nach Kindheit. Danke, Mama. Danach spürte sie, dass es ihrer Schulter wieder etwas besser ging. Auf dem Handy scrollte sie sich in der Fallakte durch die letzten Einträge der aufgeblähten Ermittlertruppe. Es gab keine neuen Entwicklungen, die von Belang waren. Die Fahndung nach Eliasson war weiterhin ergebnislos. Pernille Friis wurde immer noch vermisst, auch die Newsseiten waren voll davon, natürlich ganz vorne und am reißerischsten: *Zenith*. Pietät galt offenkundig noch nicht einmal gegenüber den eigenen Angestellten. Karhuu musste an die zunehmend greller gewordenen Beiträge der Podcasterin denken, an die Witzchen über die vermeintliche Impotenz des Täters, und sie fragte sich, ob es diese provokanten Sprüche gewesen waren, die Friis in den Fokus von Eliasson gerückt hatten, denn im Gegensatz zu Sjöbäck, de Klerk und Wall gehörte sie dem elitären Männerbund qua Definition schließlich nicht an. Karhuu nahm mit einer gewissen Erleichterung zur Kenntnis, dass Charlottes Geschichte bisher noch nicht an die Öffentlichkeit gedrungen war. Bis dahin war es zwar nur eine Frage der Zeit, aber vielleicht gab es der wiedervereinten Familie ein wenig Spielraum, um sich gegen die ärgsten Böen des unvermeidlichen Sturms zu wappnen. Die juristische Aufarbeitung von Charlottes und Linns Aktion stand auf einem anderen Blatt Papier. Das Vortäuschen einer schweren Straftat war keine Bagatelle, und obwohl die Mädchen nicht volljährig waren, mussten sie mit empfindlichen Konsequenzen rechnen. Karhuu löschte das Licht und legte sich wieder ins Bett. In der Ferne grollte Donner. Das Gewitter, das sich den ganzen Tag über aufgebaut hatte, entlud sich. Sie strampelte die Decke weg. Ihr war zu warm und sie spürte, dass sie zu aufgekratzt war, um wieder einzuschlafen. Ihre Gedanken rotierten, ihr war, als habe sie einen Brummkreisel im Kopf. Immer wieder flackerte der letzte Abschnitt der Fake-Hieroglyphen in ihrem Bewusstsein auf.

In der Festung unter Wasser

Wo die Seeschlangen dümpelten

Und plötzlich war der Gedanke da. Er hing mit einem Satz zusammen, den Wallgren bei der Besprechung formuliert hatte.

»Bei ›dümpeln‹ denke ich eher an Schiffe als an Wassertiere.«

Nein, Karhuu hatte kein fotografisches Gedächtnis, aber ein verdammt gutes Erinnerungsvermögen. Der Gedanke entstammte einem Buch, das sie als Kind gelesen hatte, weil es in ihrem Haushalt nicht gerade gut um altersgerechte Literatur bestellt und der letzte Schub aus der Bücherei bereits verschlungen gewesen war. Ein Buch ihres Vaters: *Die schwedische Marine: Damals und heute.* Knochentrockener Stoff, seitenweise technische Spezifikationen, trotzdem war der dicke Schinken ihrem Lesehunger zum Opfer gefallen. Und nun erinnerte sie sich. Es gab U-Boote, die so hießen: *Seeschlangen.* Sie griff wieder nach ihrem Handy und fand sofort einen Wikipedia-Eintrag, den sie überflog. Richtig, sie hatte sich nicht getäuscht. Die schwedische Marine hatte 1967 fünf U-Boote der Klasse *Seeschlange* bauen lassen, auf der Malmöer Kockumswerft, keine drei Kilometer Luftlinie von ihrer Wohnung entfernt. Die Werft gab es heute noch, sie gehörte mittlerweile zum Rüstungskonzern Saab, aber der riesige Kockumskran, einst das Wahrzeichen der Stadt, war bereits vor Jahrzehnten demontiert worden, wie Nordh ihr einmal in sentimentaler Tonlage erklärt hatte. Sein Vater, der Klempner gewesen war, hatte auf der Werft sanitäre Anlagen montiert. Jedenfalls: U-Boote dümpelten, wenn sie nicht gerade tauchten, echte Seeschlangen taten das nicht. Karhuu machte das Licht an. Sie stand unter Strom. Vielleicht war sie kurz davor, den rätselhaften Text komplett zu dechiffrieren. Wenn mit den Seeschlangen wirklich U-Boote gemeint waren, was bedeutete dann die Festung unter Wasser? Sie las den Lexikoneintrag ein weiteres Mal. Dieses Mal stellte sich Ernüchterung ein. Alle fünf U-Boote der Klasse *Seeschlange* waren Ende der Neunzigerjahre nach Singapur verkauft worden. Was im Weiteren aus ihnen geworden war, stand dort nicht. Auch eine ausgedehntere Onlinesuche gab keinen Hinweis auf das Schicksal der Unterseeboote. Vermutlich waren sie längst verschrottet. Sie seufzte. Dann fiel ihr Blick erneut auf die Übersetzung des Professors, die sie sich ausgedruckt hatte. Sie hatte nicht sorgfältig genug gelesen. Dort stand nicht *dümpeln,* sondern *dümpelten.* Die grammatikalische Vergangenheitsform, nicht Gegenwart. Es ging also nicht darum, wo sich die Boote jetzt befanden, sondern darum, wo sie sich einst befunden hatten. Sie überlegte. Es konnte sich wohl kaum um eine echte Unterwasserfestung handeln, ein wasserdichtes Bauwerk auf dem Meeresgrund, das man mit U-Booten anfahren musste. So etwas gab es nur in Filmen. Eliasson musste etwas anderes meinen. Vielleicht eine Art U-Boot-Bunker? Meterdicke Betonfestungen, in die U-Boote hineinfahren konnten. Deutschland hatte solche Basen im Dritten Reich errichtet, um die Unterwasserboote im Zweiten Weltkrieg vor Bombenangriffen zu schützen, davon hatte sie schon einmal gelesen. Warum also nicht auch Schweden während des Kalten Krieges? Sie googelte und wurde tatsächlich fündig. Auf einer Insel vor Stockholm lag der zu Teilen unterirdische Militärhafen Muskö. Mit etwas Wohlwollen konnte man ihn durchaus als ›Festung unter Wasser‹ bezeichnen. Aber er wurde von der Marine bis heute intensiv genutzt. Unmöglich, dass Eliasson dort seinen Unterschlupf hatte. Von der großen Entfernung zu Malmö und den anderen Tatorten ganz zu schweigen. Doch einen anderen Seebunker gab es in Schweden nicht, zumindest fand sie online nichts dazu. Vielleicht hatte sie sich schlichtweg getäuscht, vielleicht hatten Eliassons Seeschlangen eine völlig andere Bedeutung.

Sie gestand sich einen letzten Versuch zu, die Idee zu retten. Es war zwar schon spät, aber Nordh war sicher noch wach. Er hatte seinen Wehrdienst bei der Marine geleistet und sogar eine Kampftaucherausbildung durchlaufen, was er ihr gegenüber mehrmals erwähnt hatte, auch wenn man von seiner heutigen körperlichen Verfassung, ehrlich gesagt, kaum darauf schließen konnte. Egal. Womöglich wusste er mehr.

78

Als Karhuu anrief, hatte Nordh gerade das zweite Glas Cognac gekippt. Die Stimmung, in der er sich befand, war ein düsteres Potpourri aus Selbstmitleid, Schuldgefühl, Trauer, Überforderung und Versagensangst. Er war wahrscheinlich der schlechteste Vater der Welt. Er ordnete die Bedürfnisse seiner Kinder der Arbeit unter. Seine Erziehungsmethoden waren impulsiv und undurchdacht. Warum sonst hatte er seinem viel zu kleinen Sohn mehrmals erlaubt, ein Feuerzeug zu nehmen und den Grill anzuzünden? Kein Wunder, dass Tim das verfluchte Ding mit auf den Ausflug genommen hatte, um damit anderen Kindern zu imponieren. Denn richtige Freunde hatte er keine. Weil er ein trauriger, traumatisierter Junge war, der mehr elterliche Zuwendung brauchte. Der besonders viel Aufmerksamkeit von seinem Vater benötigte, denn eine Mutter hatte er ja nicht mehr. Wie konnte Nordh ihm also böse sein, wenn er in einem verzweifelten Versuch, auf sich aufmerksam zu machen, aus Versehen eine halbe Wiese abgefackelt hatte? Nein, er war seinem Sohn nicht böse. Ungeachtet der immensen Kosten für den Feuerwehreinsatz und die Schadensersatzforderungen der Kommune, die unweigerlich auf ihn zukommen und seine eh schon angespannte finanzielle Situation verschlimmern würden. Er verachtete allein sich selbst. Sein Unvermögen, sein

Scheitern. Denn in seinem Job, dem er zu oft die Zeit mit seinen Kindern opferte, sah es ja nicht anders aus. Widerwillig war er zu dem Kopf und Gesicht einer Ermittlung geworden, die nach drei Morden und einer Entführung noch immer keinen Täter festgenommen hatte, sondern einem Phantom hinterherjagte, das vor fünfundvierzig Jahren verschwunden war. Eine Ermittlung, die sich von zwei Teenagern hatte veräppeln lassen. Die von einer True-Crime-Podcasterin vorgeführt wurde. Er selbst hatte sich wider besseren Wissens zum Spielball eines Machtkampfes um den Posten des Landespolizeichefs machen lassen. Und warum? Weil er immer noch hoffte, etwas zu finden, das den Tod von Linda und Calle erklärte. Dabei lag die einzige relevante Erklärung doch längst auf der Hand. So ehrlich musste er endlich sein: Linda hatte eine Affäre mit seinem Freund und Partner begonnen, weil Nordh irgendwann nicht mehr genügend in die Beziehung investiert hatte. Er war mit der tollsten, klügsten, liebevollsten Frau der Welt verheiratet gewesen, aber er hatte sich nach der Geburt der Kinder in die Arbeit gestürzt, anstatt die Beziehung zu Linda zu pflegen und ihr jeden Tag aufs Neue seine Liebe zu beweisen. Was für ein Idiot er gewesen war. Doch nun war es zu spät.

Karhuus Anruf riss ihn aus seinen Betrachtungen.

»Was denn?«, blaffte er und erschrak, wie so oft in letzter Zeit, darüber, wie rüde er klang.

Karhuu berichtete. Seeschlangen, U-Boote und eine Festung unter Wasser. Ja, er kannte den Marinestützpunkt Muskö vor Stockholm, der im Kalten Krieg gebaut worden war. Er war selbst während seiner Militärzeit mehrmals dort gewesen, aber nicht in einem U-Boot, sondern auf einer Fregatte. Ob er von einem anderen, womöglich geheimen oder zumindest inoffiziellen U-Boot-Bunker wusste, der mittlerweile stillgelegt war? Nordh zögerte drei, vier, fünf Sekunden – dann verneinte er. Sorry, sagte er, er glaube nicht, dass es eine solche Anlage in

Schweden gebe, davon hätte er während seines Dienstes sicherlich gehört, oder auch gerade in letzter Zeit, wo Russland wieder ein Feind geworden war und Schweden als neues NATO-Mitglied einige stillgelegte Militärbasen aus dem Kalten Krieg wieder in Betrieb nahm oder zumindest darüber diskutierte. Aber er lobte Karhuu für ihre Überlegungen, sie waren nachvollziehbar, vielleicht stimmte sogar die Denkrichtung, vielleicht sollte man sie morgen noch einmal in der großen Besprechungsrunde thematisieren, vielleicht wusste die Säpo mehr, vielleicht sollte man Stöcker auf eine entsprechende Recherche ansetzen. Er wünschte ihr eine gute Nacht und legte auf. Zögernd griff er nach der Cognacflasche stellte sie dann jedoch wieder ab, ohne nachgeschenkt zu haben. Er hätte in diesem Augenblick nicht sagen können, warum er Karhuu angelogen hatte. Keine Frage: Ein Vertrauensbruch erster Güte. Er stand auf, ging zum Bücherregal im Wohnzimmer und holte einen vergilbten Landesatlas heraus, der schon seinem Vater gehört hatte. Sein Vater, der Klempner gewesen war und auf der Kockumswerft sanitäre Anlagen montiert hatte. Auf zivilen, aber auch militärischen Schiffen. Letztere vor allem in den Siebziger- und Achtzigerjahren, als sich das Land in einer regelrechten U-Boot-Paranoia befand, die nicht ganz unberechtigt war, kam es doch zu Dutzenden Vorfällen und Sichtungen von sowjetischen Unterseebooten in schwedischen Hoheitsgewässern. Damals hatte die blockfreie Nation einen viel größeren Anteil des Bruttosozialprodukts für die Verteidigung ausgegeben als heute. Unter anderem hatte sie in mehrere Anlagen investiert, die die heimische Militärschiff- und U-Boot-Flotte vor möglichen sowjetischen Luftangriffen schützen sollte. Bis auf Muskö bei Stockholm waren diese geheimen oder zumindest inoffiziellen Stützpunkte seines Wissens nach in den Neunzigerjahren stillgelegt worden. Einer befand sich hoch oben im Bottnischen Meerbusen, mehr als tausendfünfhundert Kilometer entfernt. Der andere lag in der Nähe von Karlskrona, dem größten schwedischen Marinehafen, an der Küste von Blekinge, unweit der Insel, auf der Aaron de Klerk ermordet worden war. Er schlug den Atlas auf, blätterte und fand schnell die richtige Seite. Auf der alten Karte war die Gegend um die Bunkeranlage als militärisches Sperrgebiet ausgewiesen. Nordh erinnerte sich genau, wie ihm sein Vater in diesem Atlas die Stelle gezeigt hatte, mit seinem großen, schwieligen, oft dreckigen Zeigefinger, nicht ohne Stolz, denn schließlich hatte er, auch wenn er nur ein einfacher Handwerker war, seinen kleinen Teil zur Landesverteidigung beigetragen. Auch U-Boot-Besatzungen mussten mal aufs Klo. Nordh kramte im Bücherregal nach einer anderen Karte, fand sie, nahm sie heraus und klappte sie auf dem Wohnzimmertisch auf. Vor vier Jahren, Tim war noch ein Kleinkind gewesen, hatten sie in der Gegend Urlaub gemacht. Damals, als sie noch eine normale Familie gewesen waren. Nordh schluckte. Keine Zeit für Sentimentalitäten jetzt. Das Jagdfieber hatte ihn gepackt. Er fand das Gebiet auf der Wander- und Radfahrkarte wieder. Es war heute ein Manövergebiet, in dem im Winterhalbjahr Truppenübungen abgehalten wurden, aber im Sommer war der militärische Betrieb eingestellt und es wurde für Wanderer und Radfahrer geöffnet. Nur das Verlassen der Wege in der idyllischen Heidelandschaft war verboten. Der Schiffsbunker selbst war auf keiner der beiden Karten markiert. Was bei einer ehemaligen geheimen militärischen Anlage kein Wunder war, selbst wenn der Bau seit Jahrzehnten nicht mehr genutzt wurde. Nordh verglich die beiden Karten. Falls ihm sein Vater damals nach zwei, drei Bieren in gelöster Laune die richtige Stelle gezeigt hatte, war er vor vier Jahren im Urlaub gerade mal ein paar Kilometer an dem ehemaligen U-Boot-Bunker vorbeigeradelt. Er holte sich ein Glas Wasser und spülte damit eine Koffeintablette herunter. Wenn sein Gemütszustand nur etwas klarer wäre, wenn sein Sohn nicht an just diesem Tag eine Wiese in Brand gesetzt hätte, wenn er sich nicht an diesem Abend, vom Cognac befeuert, in Selbstmitleid und Versagensfantasien gesuhlt hätte, wenn ihn Mellander nicht zum Gesicht einer verkorksten Ermittlung gemacht und er sich nicht von zwei Teenagern wie ein Volltrottel hatte vorführen lassen, wenn eine Podcasterin nicht von Beginn an Ermittlungsinterna öffentlich gemacht und ihn wie eine Karikatur hatte aussehen lassen – ein Bild, zu dem er durch eine missglückte Pressekonferenz zugegebenermaßen selbst beigetragen hatte –, dann hätte er nun wahrscheinlich anders gehandelt. Er hätte das Richtige getan. Aber er entschied sich für das Gegenteil. Er log Karhuu an. Er setzte die Ermittlergruppe, der er vorstand, nicht in Kenntnis. Er alarmierte weder die Chefin noch das schwer bewaffnete Sondereinsatzkommando. Obwohl er Karhuus Schlussfolgerungen plausibel fand. Gerade *weil* er Karhuus Schlussfolgerungen plausibel fand. Die geografische Lage des ehemaligen Seebunkers sowie der Stolz und das Wissen seines Vaters stützten den Gedankengang seiner Partnerin. Er schätzte, die Chance war fifty-fifty, dass der U-Boot-Bunker an der Küste von Blekinge die ›Festung unter Wasser‹ war, Eliassons Versteck, und womöglich auch der Ort, an dem er Pernille Friis gefangen hielt.

Nordh schrieb eine Nachricht für Rosa und legte sie auf den Küchentisch. Womöglich würde er die ganze Nacht weg sein oder sogar noch länger. Lilly und Tim hassten es, wenn er zum Frühstück nicht da war. Schon wieder enttäuschte er sie, dabei brauchte doch gerade Tim im Moment ganz offensichtlich Zuwendung und Halt. Aber er musste das jetzt tun, er musste sich selbst etwas beweisen, koste es, was es wollte. *True Detective* hatte er auf der Innenseite seines Oberarms tätowiert. Genau wie Calle, dessen Idee das gemeinsame pathetische Tattoo gewesen war. Unsere Blutsbrüderschaft, hatte er gesagt, unsere Selbstverpflichtung. Blutsbrüderschaft? Sein sogenannter

Blutsbruder hatte seine Frau gevögelt. Wieder war da diese Bitterkeit im Hals, die ihn schlucken ließ, wenn er an seinen ehemaligen Freund und Partner dachte. Aber drauf geschissen. Er war tatsächlich Bulle aus Überzeugung, auch ohne Calle. *True Detective.* Nach zwei großen Gläsern Cognac zumindest. Er würde sich den Killer jetzt schnappen. Nordh ging ins Schlafzimmer, öffnete den Kleiderschrank und griff ins oberste Fach. Zwei Brustholster nahm er heraus und zog sie übereinander an, einen links, den anderen rechts. Für seine Glock und eine zweite Automatik, eine 44er *Desert Eagle* mit noch mehr Durchschlagskraft, die er sich vor Jahren besorgt hatte und zusammen mit seiner Dienstwaffe in einem Tresor im Kleiderschrank verwahrte. Er dachte an das, was Karhuu auf dem Eliasson-Hof passiert war, und befestigte an seinem Unterschenkel ein Messer in einer Scheide, das er noch aus Kampftaucherzeiten bei der Armee hatte. Lieber zu viel als zu wenig. Dann ging er zum Schuppen auf der anderen Seite des Gartens, wo die Tiefkühltruhe stand, die nicht mehr in Betrieb war, legte sich davor auf den Bauch, schraubte unten eine Verblendungsleiste ab, griff in den Spalt zwischen Boden und Truhe und zog ein kleines Paket hinaus. Er befestigte die Leiste wieder und nahm den Inhalt des Päckchens heraus. Es handelte sich um eine Handgranate. So etwas bewahrte man nicht im Haus auf. So etwas bewahrte man überhaupt nicht auf. Nur Idioten taten das. Calle und er hatten das Ding vor Jahren bei der Razzia eines kriminellen Rockerclubs beschlagnahmt, aber es hatte nie den Weg auf die offizielle Asservatenliste gefunden. Das war Calles Idee gewesen. Die Granate hatte unter Umständen einen hohen Wert. Als Tauschmittel gegen Informationen aus gewissen Milieus. Sein Partner hatte es mit vielen Vorschriften nicht so genau genommen. Mehrmals hatte er Geständnisse durch Gewalt erzwungen. Nordh hatte immer weggesehen. So war die beste Aufklärungsquote Südschwedens und sein guter Ruf zustande gekommen. Jetzt schämte er sich dafür, dass er es sich jahrelang hinter Calles breitem Rücken bequem gemacht hatte. Er hatte so vieles verdrängt. Warum hatte er jahrelang nicht an die Handgranate unter der Gefriertruhe gedacht? Weil er sich schämte. Weil er sich für den Menschen schämte, der Linda an seinen Freund verloren hatte. Und vielleicht war das der finale Grund dafür, warum er die ganze verdammte Geschichte jetzt im Alleingang beenden würde. Hatten ihn nicht zunächst Mellander, dann der Vizepolizeichef zum Kopf dieser Ermittlung gemacht? Also hatte er jedes Recht, über einzelne Maßnahmen zu entscheiden. Seine Maßnahme lautete Mission Ego-Shooter. Grimmig steckte er die Granate in die Tasche seiner abgewetzten M65-Armeejacke. Seine Rambojacke, hatte ihn Linda immer geneckt. Ach, Linda. Er holte einen Bolzenschneider und ein Stemmeisen aus seinem Werkzeugregal und legte sie ins Auto. Dann brach er auf. Er trieb den Passat durch die schonische Nacht. Donner grollte und am Himmel zuckten Blitze. Das Gewitter entlud sich. Irgendwann setzte Starkregen ein. Gut, denn es passte zu seiner Stimmung. Irgendetwas zwischen *Mad Max* und *Apocalypse Now*. Der Scheibenwischer hatte Mühe, mitzuhalten, und auf der Straße stand das Wasser teilweise zentimeterhoch. Nordh weigerte sich, vom Gas zu gehen, und vertraute auf die Assistenzsysteme des modernen Autos. Ein Loblied auf deutsche Ingenieurskunst. Er hoffte, dass sich das Unwetter bis an die Küste von Blekinge hielt, denn es würde ihm unter Umständen helfen, sich unbemerkt dem Bunker zu nähern und in ihn einzudringen. Als er von zu Hause aufgebrochen war, hatte er sich Sorgen gemacht, dass sein hirnverbrannter Beschluss auf der zweistündigen Fahrt ins Wanken geraten würde, dass er Skrupel entwickeln und die Vernunft Oberhand gewinnen würde. Aber dem war nicht so. Er fühlte sich eins mit sich. Entschlossen, konzentriert und auf eine merkwürdige Weise frei von allen Zwängen und Ängsten, eine Freiheit, die er möglicherweise seit Lindas Tod nicht mehr gespürt hatte.

Irgendwann ebbte der infernalische Regen ab, schwoll wieder an und hörte schließlich ganz auf. Er erreichte das militärische Übungsgelände und hielt vor einem rot-weiß lackierten Schlagbaum. Zutritt nur für Fußgänger und Radfahrer, die auf beiden Seiten der Schranke passieren konnten. Er stieg aus. Die Straße war feucht und es roch nach Ozon. Auch hier hatte es offenbar ein Gewitter gegeben. Der Schlagbaum war mit einer Kette und einem Schloss gesichert. Für den Bolzenschneider kein Problem. Nordh entschied dennoch, den Wagen stehen zu lassen und die etwa drei Kilometer bis zu dem Bunker zu Fuß zurückzulegen. Vielleicht hatte der Irre irgendwo Kameras montiert. Die Autoscheinwerfer würden unnötigerweise Aufmerksamkeit erregen. Davon wollte Nordh logischerweise so wenig wie möglich. Er steckte die Karte ein und schulterte Bolzenschneider und Stemmeisen. Wolkenfetzen jagten über den Himmel, der Halbmond tauchte die feuchte Heidelandschaft in silbrig und violett oszillierendes Licht. Er wollte gerade losgehen, als er hinter sich ein Geräusch hörte. Reifen, die auf dem feinkörnigen Kies knirschten. Jetzt sah er auch die Konturen. Es näherte sich ein Auto mit ausgeschalteten Scheinwerfern. Verdammt! Er ließ die Werkzeuge fallen, zog seine Glock und visierte die Stelle an, an der er den Kopf des Fahrers vermutete. Das Auto hielt. Jetzt oder nie. Er entsicherte die Pistole, im selben Moment wurde die Fahrertür geöffnet. Er hatte eine halbe Sekunde zu lange gezögert.

»Hände hoch!«, brüllte er, den Finger am Abzug.

»Scheiße noch mal, Jon, ich bin's.«

Die Bärin.

Himmelherrgott noch mal.

Er ließ die ausgestreckten Arme sinken und atmete tief durch. Um ein Haar hätte er seine Partnerin erschossen.

»Verdammt, Svea, was zur Hölle machst du hier?«

»Sollte ich das nicht eher dich fragen?«

Da war was dran.

»Aber wie …?«

»Na ja. Dein Zögern am Telefon. Deine Stimmlage. Die Art und Weise, wie du mich abgefertigt hast. Wir arbeiten jetzt ein Jahr zusammen. Ein bisschen habe ich dich kennengelernt, auch wenn du es einem in deiner Rüstung aus Sarkasmus nicht gerade leicht machst.«

»Du bist mir von Malmö aus hinterhergefahren?«

»Du wolltest mir mein Tablet ins Krankenhaus bringen, falls du dich erinnerst. Dann hatte ich mich selbst entlassen und du hast es in deinem Wagen liegen gelassen.«

»Du hast mich getrackt.«

»Ja.«

Nordh kam sich ertappt vor. Wie ein Kind, das versucht hatte, seine Mutter auszutricksen. Er seufzte.

»Hör zu, Svea. Es tut mir leid, dass ich dich angelogen habe. Das war unfair und spiegelt nicht den Respekt wider, den ich dir gegenüber empfinde. Mea culpa.« Sie war einige Schritte nach vorn getreten und der Mondschein illuminierte ihre Gesichtszüge. »Aber dies hier …«, er machte eine fahrige Bewegung mit der Pistole, »… muss ich allein zu Ende bringen.«

»Bullshit«, sagte sie mit Bestimmtheit.

»Svea!« Er spürte Verzweiflung in sich aufsteigen. »Du verstehst es nicht. Dieser ganze verdammte Fall … du wärst beinahe umgebracht worden … und wir stecken doch überhaupt nur bis zum Hals in der Scheiße, weil ich …«, er sah ihre dunklen Augen glühen, »weil ich mit Mellander einen Deal gemacht habe. Ich habe mich von ihr dafür bezahlen lassen, dass wir beide nun hier stehen. Kapierst du?«

Er hörte ihre Atemzüge.

Eins, zwei, drei.

»Das interessiert mich nicht, Jon. Ich bin hier, weil ich hier sein will. Ich will das Monster fassen, das für all das Leid und die Toten verantwortlich ist. Ich will den Bastard kriegen, der mich fast abgestochen hat. Aber vor allem bin ich hier, weil ich an deiner Seite stehe. Wenn du aus irgendwelchen pathetischen Gründen entschieden hast, dass du das Ding ohne Verstärkung durchziehen willst, dann bin ich trotzdem bei dir. Wir sind Partner. Schon vergessen?«

Sie streckte ihm die Faust entgegen. Er zögerte einen weiteren langen Moment, dann drückte er endlich seine gegen ihre.

»Okay.«

Er wandte sich um, um aufzubrechen.

»Einen Augenblick noch.«

»Was denn?«

»Schwarzer Lidschatten.«

Sie hielt ihm ein Döschen hin, rieb sich mit der anderen Hand das Gesicht ein. Wie in Actionfilmen. Dennoch schlau. Er tat es ihr nach. Erst jetzt bemerkte er, dass sie in Schwarz gekleidet war. Er hatte unter diesem Aspekt überhaupt nicht auf seine Kleidung geachtet. Dunkelblaue Jeans und die olivgrüne Militärjacke. Immerhin. Er musste sich eingestehen, dass Karhuu mindestens genauso gut vorbereitet war wie er.

79

Schweigend gingen sie nebeneinander her. Alles, was es zu sagen gegeben hatte, war gesagt worden. Dass Nordh einen Deal mit Mellander eingegangen und in irgendeiner Form dafür bezahlt worden war, den Fall anzunehmen, ging Karhuu nach ihrem Befinden nichts an. Nordh war ihr nichts schuldig. Sie hatte ihn bekniet, die Ermittlung aufzunehmen, und sie bereute es nicht. Geheimnisse hatte sie selbst auch. Wer ohne

Schuld ist, werfe den ersten Stein. Im Mondlicht schimmerte die feuchte Heide wie Seide. Nach dem erlösenden Gewitterregen dampfte die warme Erde, Nebelschwaden legten sich über die flache Landschaft. Einen Film hätte man in dieser Atmosphäre drehen können, eine Neuauflage vom *Hund von Baskerville*. So was in der Art. Vom Meer her hörte man das Rauschen der Brandung. Nachdem sie eine gute halbe Stunde gegangen waren, zeichnete sich in einiger Entfernung in Richtung der Küste die Kontur eines geduckten Baus ab. Ein Feldweg führte dorthin, aber ein Tor in einem gut drei Meter hohen Maschendrahtzaun verwehrte den Durchlass. Schilder wiesen die Zone hinter dem Zaun als militärisches Sperrgebiet aus, das Betreten war strengstens untersagt. Sie traten näher an die Tür heran. Sowohl der Zaun als auch die Schilder hatten schon bessere Zeiten erlebt. Alles wirkte, als wäre die Anlage seit Jahrzehnten vergessen. Der Zaun war rostig und hing an einer Stelle durch. Es war ein Kinderspiel, an dieser Stelle darüberzuklettern, trotz ihrer immer noch lädierten Schulter. Zurück auf dem verwachsenen Feldweg ging Nordh vor ihr in die Knie. Er wies auf symmetrische Abdrücke im Boden, in denen sich etwas Wasser gesammelt hatte. Das Stollenprofil eines Quads.

»Jemand war vor Kurzem hier«, sagte er.

Geduckt näherten sie sich dem Gebäude. Nach etwa dreihundert Metern hatten sie es erreicht. Es war ein Betonbau, gut vier Meter hoch und etwa zehn Meter breit. An der Wand vergilbte Graffiti. *Ficken 2000* und *Malmö FF*. Sex und Fußball, Themen für die Ewigkeit. Der Bunker schien rückwärtig bis zur Küstenlinie zu reichen, die circa zwanzig Meter vor ihnen lag. Eine Tür oder eine andere Art von Eingang entdeckten sie an der Frontseite nicht. Vielleicht war es übertriebene Vorsicht, aber sie verständigten sich mit Zeichensprache. Nordh ging rechts um den Bunker herum, Karhuu links. Nach etwa fünfzehn Metern entdeckte sie eine rostige Metalltür im Beton. Dort, wo sie auf dem Türrahmen auflag, hatte sie an einer Stelle eine Beule, aus der ein schwacher Lichtstrahl nach außen trat. Karhuu war sich nun sicher: Jemand war hier. Eliasson und hoffentlich auch Friis. *Wo die Seeschlangen dümpelten.* Die Tür hatte einen Griff und ein eingelassenes Schloss, das ziemlich neu aussah. Karhuu zog an dem Griff, aber die Tür öffnete sich nicht. Kurz überlegte sie, dann nahm sie ihr Lock-Picking-Werkzeug aus der Tasche und versuchte sich am Schloss. Nach zwei Minuten spürte sie, wie der Bolzen des Schließmechanismus aufsprang. Zufrieden zog sie erneut am Griff, aber die Tür bewegte sich immer noch keinen Millimeter. Sie musste von einem Vorschieberiegel oder von innen liegenden Schlössern blockiert sein. In dem Fall gab es keine Chance, sie von außen zu öffnen. Okay, dann halt weitersuchen. Vielleicht gab es einen zweiten Eingang. Karhuu folgte der Mauer, bis diese die Uferkante erreichte. Sie stand etwa sieben, acht Meter über dem Meer. Unter ihr klatschte die Brandung auf Steine und Beton. Wenn sie sich vorbeugte, ahnte sie links von sich die seeseitige Öffnung des alten Schiffsbunkers, ein schwarzer Schlund wie der Eingang zur Hölle. Aber ob das Tor im Wasser offen oder geschlossen war, konnte sie nicht erkennen, denn der Eingang lag im Schatten. Sie blickte vor sich hinab. Zerklüftetes Gestein. Im Dunkeln dort hinabzuklettern, wäre lebensgefährlich. Sie ging zur Frontseite zurück, wo Nordh auf sie wartete. Sie zogen sich einige Schritte zurück, hockten sich hinter einen windschiefen Wacholderbusch. Karhuu berichtete von der verbarrikadierten Tür. Auf Nordhs Seite gab es keinen Eingang.

»Wir machen es folgendermaßen«, sagte Nordh. »Ich klettere auf meiner Seite die Böschung hinab. Es wird kein Kinderspiel, aber ich werde es hinbekommen. Da an der Wand wachsen ein, zwei Krüppelkiefern, an denen ich mich festhalten kann, außerdem gibt es mehrere Felsvorsprünge.«

»Das ist Wahnsinn, Jon.«

»Ich bekomme es hin.«

Was sollte sie entgegnen? Er war zwanzig Jahre länger im Dienst als sie, er war ihr Chef. Sie konnte es ihm nicht verbieten.

»Na schön, und dann?«

»Dann ziehe ich mich aus und schwimme in einem Bogen hinaus und dann Richtung Ufer zurück in den Bunkereingang. Einen anderen Weg hinein gibt es nicht. Er wird damit nicht rechnen.«

»Hörst du die Brandung? Da unten ist alles voller Steine, Betonbrocken und rostigen Stahlträgern. Strömung und Brandung machen Hackfleisch aus dir! Oder ziehen dich aufs offene Meer hinaus. Das ist ein verdammtes Himmelfahrtskommando! Außerdem kann das Tor da unten geschlossen sein.«

Unter der schwarzen Schminke lächelte er schief.

»Ich habe nie behauptet, dass es ein Kindergeburtstag wird.«

»Und was mache ich?«

»Du wartest an der oberen Tür.«

»Ich habe nicht vor, nur herumzustehen und zu warten, bis du tot im Wasser treibst.«

»Hör mir zu, Svea. Ich sterbe nicht im Wasser, ich bin Kampftaucher, ich komme da hinein.«

»Jon, das ist zwanzig Jahre her. Schau dich an, du bist …«

Sie biss sich auf die Lippe.

»Was? Ein Schatten meiner selbst? Eine verbitterte Witzfigur?«

»Entschuldige bitte. Ich wollte nicht … Du bist der Boss. Sag mir, was ich machen soll.«

»Du wartest hier, bis du von drinnen Schüsse hörst.«

»Und dann?«

Er fasste in die Tasche seiner Jacke und holte etwas heraus. War das etwa eine Handgranate?

»Dann jagst du mit der Granate die Tür in die Luft, kommst von oben herein und wir nehmen ihn in die Zange.«

»Eine Handgranate? Du spinnst doch, Jon! Bist du ein verdammter Prepper oder so was?«

»Ich bunkere höchstens Katastrophen.«

Wieder das schiefe Lächeln.

»Jetzt mal ohne Quatsch: Woher stammt das Ding?«

»Egal jetzt. Weißt du, wie man damit umgeht?«

Sie nickte.

Er hatte recht. In diesem Moment war es wirklich egal. Alles stand auf Messers Schneide. Er hielt ihr die Granate hin. Sie nahm sie. Dann verschwand er im Zwielicht.

80

Bei den schlechten Lichtverhältnissen die Böschung hinabzuklettern, war nicht ansatzweise so leicht, wie er Karhuu gegenüber behauptet hatte. Es war ein Selbstmordkommando. Er legte sich neben der Abbruchkante auf den Bauch, klammerte sich an Grasbüschel, verlagerte dann den Körperschwerpunkt und ließ sich in der Hoffnung hinabgleiten, dass seine Füße irgendwo in der Steilwand Halt finden würden. Aus dem Gleiten wurde ein heftiger Ruck. An ausgestreckten Armen baumelte er herab, krampfhaft mit den Füßen nach einem Absatz oder einer Wurzel tastend, die ihm Halt geben konnten. Das Gras glitt ihm aus den Händen, und in dem Moment, in dem er sich schon herabfallen sah, fand zuerst seine linke, dann die rechte Fußspitze eine Nische in der Wand, die sein Körpergewicht auffing. Bevor er Gefahr lief, nach hinten wegzukippen, griff er nach dem dünnen Stamm einer Kiefer, die zwischen den Felsen Wurzeln geschlagen hatte. Das war knapp gewesen. Er drehte den Kopf und sah nach unten. Aus dem Schatten heraus reckte eine kleine Birke ihren Stamm aus einer Felsspalte. Er musste auf seine Reflexe und schieres Glück vertrauen. Er ließ die

Kiefer los, presste sich an die steinerne Wand, verlagerte sein Gewicht und ließ sich nach unten rutschen. Alles geschah ruckartig, schnell und unkontrolliert. Er rumste zwei Meter nach unten, stoppte abrupt, ein Bein links, das andere rechts des dünnen Birkenstammes. Schmerzen, als hätte ihm ein Riese in den Schritt getreten. Mit Anlauf. Ihm blieb die Luft weg. Er japste. Sein Oberkörper krümmte sich, gleichzeitig krallte er sich am schmalen Stamm zwischen seinen Beinen fest. Der Schmerz trieb ihm Tränen in die Augen. Er zählte bis hundert. Langsam bekam er wieder Luft. Sein Unterleib pochte. Er würde nie wieder Sex haben können. Er würde nie wieder Sex haben wollen. Egal jetzt. Weiter. Ungelenk bugsierte er das linke Bein über den gekrümmten Birkenstamm, drehte den Körper, griff nach dem Baum und ließ sich nach unten rutschen. An irgendetwas Spitzem ratschte er sich den Unterschenkel auf. Er hing in der Luft, versuchte unter sich etwas zu sehen. Er sah aber nichts, da war nur Schatten. Wie tief mochte es noch sein? Ein Meter? Zwei? Drei? Es war egal, er hatte keine anderen Optionen mehr, also ließ er sich fallen. Der Aufprall war hart. Sein rechter Fuß knickte weg. Er ließ sich zur Seite abrollen, landete mit dem Körper auf Steinen. Er schrie vor Schmerz auf. Die Brandung übertönte ihn. Dann blieb er liegen, den Blick über sich in den Himmel gerichtet. Den Atem kontrollieren. Schadensinventur. Am schlimmsten hatte es den rechten Knöchel erwischt. Vorsichtig stand er auf. Das Fußgelenk schmerzte bei Belastung, aber er würde gehen können. Irgendwie würde er gehen können. Aber zuerst musste er schwimmen. Die Kletterpartie war erst der Anfang gewesen. Der leichteste Teil. Er zog sich bis auf die Boxershorts aus. Die Wunde an seinem Unterschenkel blutete, war aber, soweit er es beurteilen konnte, nicht tief. Weiter jetzt. Die Brustholster zurrte er an seinem Oberkörper fest. Das Salzwasser war Gift für die Handfeuerwaffen, aber funktionieren würden sie trotzdem, zumindest hoffte er das. Eine gute

Stelle, um ins Wasser zu gelangen, war im Dunkeln unmöglich auszumachen. Überall spitze Steine, dazu die Wucht der Brandung. Wie hatte es einer seiner Ausbilder vor fünfundzwanzig Jahren formuliert: Flach springen, nach oben beten. Zum ersten Mal leuchtete ihm der Spruch ein. Er positionierte sich auf einem etwas höher gelegenen Felsblock, wartete die nächste Woge ab und warf sich mit aller Kraft nach vorn. Sein Hechtsprung war schlecht getimt. Kurz, aber viel zu heftig streifte er mit der Brust den Grund. Wie ein Pferdetritt in die Rippen. Sobald sein Kopf wieder über Wasser war, begann er, gegen den Schmerz anzuschwimmen. Die kalte Strömung griff nach ihm. Mal schien sie ihn nach vorn zu drücken, mal zog sie ihn zurück Richtung Ufer. Das Wasser war kabbelig, die Wellen hatten Schaumkronen. Es war schwer, sich zu orientieren. Schon nach wenigen Minuten übersäuerte seine Arm- und Beinmuskulatur. Er war mal ein guter Schwimmer gewesen, aber das war mehr als zwei Jahrzehnte her. Er schraubte den Oberkörper aus dem Wasser, um sich räumlich zu orientieren. Zu seiner Rechten lag das Ufer und er erkannte den Umriss des Bunkers in zwanzig, dreißig Metern Entfernung. Er passte seinen Kurs an, ignorierte die Schmerzen in den Muskeln, dem Brustkorb, dem Fußgelenk, den Hoden und schwamm auf den Bau zu. Fünfzehn Meter. Zehn. Fünf. Und dann erkannte er es. Das Eingangstor in die Betonfestung, von dem er angenommen hatte, dass es entweder gar nicht mehr existierte oder offen stand, war geschlossen. Das Wasser drückte ihn an eine rostige Metallwand. Er klammerte sich an einer Eisensprosse fest. Pustete durch, gönnte seinen strapazierten Muskeln eine Pause. Aber wie zum Teufel sollte er nun in den Bunker eindringen? Sicher, er könnte zum Ufer zurückschwimmen, versuchen, die steile Böschung wieder hochzuklettern, was ihm utopisch vorkam, und die Tür, die sie oben entdeckt hatten, mithilfe der Handgranate sprengen. Aber dann wäre Eliasson vorgewarnt. Drinnen musste es einen Mechanismus geben, mit dem man das Tor zum Wasser hin öffnen und schließen konnte. Entweder funktionierten die alten Motoren noch, oder – wahrscheinlicher – es gab einen manuellen Kurbelmechanismus, ähnlich wie bei alten Schleusen. Vermutlich hatte Eliasson drinnen sein Schnellboot vertäut. Wenn sie oben mit Gewalt eindrangen, würde er erneut fliehen können. Bibbernd an die Sprosse geklammert kamen ihm zum ersten Mal Zweifel an seiner Hauruckaktion. Es wäre so viel vernünftiger gewesen, die Geiselbefreiung und Festnahme vorschriftsmäßig durchzuziehen. Mit einem schwer bewaffneten fünfzehnköpfigen Sondereinsatzkommando, Hubschraubern und Schnellbooten. Als Leiter des Zugriffs könnte er in der Einsatzzentrale vor den Monitoren sitzen, die Füße hochlegen, Chips futtern und sich den Blockbuster aus dem Feed der Bodycams in aller Seelenruhe aus der Ferne anschauen. Stattdessen hing er wie ein hilfloses Würstchen an einer rostzerfressenen Metallsprosse und fror sich den Hintern ab. Obendrein hatte er noch Karhuu in seinen Feldzug mit hineingezogen. Was für ein Vollidiot er doch war. Aber für Selbstmitleid war es entschieden zu kalt. Er sah eine einzige Chance. Die Tore reichten mit Sicherheit unter Wasser bis auf den Grund. Vermutlich war eine Fahrrinne für Schiffe und U-Boote ausgehoben worden. Aber vielleicht gingen die Tore nicht mehr bis ganz auf den Boden hinab, vielleicht hatte die Strömung oder Erosion so viel von dem Meeresgrund weggespült, dass er sich würde hindurchzwängen können. Wie tief mochten sie hinuntergehen? Fünf, sechs, sieben Meter? Verdammt, es war einen Versuch wert. Er war ein Ex-Kampftaucher, was zum Teufel konnte schon passieren? Dass er sich da unten festklemmte und ertrank zum Beispiel. *Fuck it.* Ihm gingen die Optionen aus. Er holte tief Luft und schwamm in die Tiefe hinab. Es war vollkommen dunkel. Die einzige Orientierung bot die eiserne Wand neben ihm, die er mehrmals mit dem Ellenbogen streifte.

Seine Muskeln brannten, die Luft ging zur Neige, seine Lungen schmerzten, alles schmerzte, der Druck auf die Trommelfelle nahm zu. Noch einen Zug, sagte er sich, nur noch einen weiteren Zug. Und dann war er unten. Er spürte den Boden unter sich. Das Tor zu seiner Rechten. Und da war sie, die Lücke, er konnte sie ertasten, eine Erosion im Meeresboden, unter der Metallschiene, in der die Rollen der unteren Torkante verliefen. Vielleicht einen halben Meter tief. Jetzt schnell durch da. Der eine Holster verfing sich an der Metallunterkante der Schiene. Nordh zog, er ruckelte. Das Scheißding! Panik durchfuhr ihn. Ein letzter Ruck, dann löste er sich endlich. Hoch, nichts wie hoch! Er schoss nach oben. Sein Kopf durchbrach die Wasseroberfläche. Seine Lungen fühlten sich an, als würden sie bluten. Gierig sog er Luft ein. Sein Kopf brummte, ihm war schwindelig. Er war drinnen. Direkt neben einem Schnellboot aufgetaucht. Er hielt sich an einer herunterhängenden Leine fest. Er befand sich in einer gigantischen Höhle aus Stahlbeton. Eine Reihe von Deckenlichtern tauchte das Gewölbe in ein schwaches, gelbliches Licht. Zu seiner Rechten eine Art Steg. Drei Schwimmzüge, dann stemmte er sich aus dem Wasser. Er zog die *Desert Eagle* und entsicherte sie. Er sah sich um. Das Boot war leer, auf der anderen Seite des Wassers war ein Betonplateau. Er ging den Steg entlang in die Tiefe der unterirdischen Halle, bis er zu einer Metalltür kam. Es gab für seine Mission nur eine Richtung: weiter. Er drückte die Klinke hinab und öffnete die Tür. Dahinter erstreckte sich ein in den Felsen getriebener Gang. An dessen Ende stand ein blonder Hüne und starrte ihn an. War das alles real oder befand er sich in der *Duat?* Irgendetwas stimmte mit dem Gesicht des Mannes nicht. Die Nase war schief und geschwollen. Richtig, Karhuu hatte ihn in dem verfallenen Hof auf Tjörn mit einem Tritt im Gesicht erwischt. Außerdem hatte er eine Hasenscharte. Beide verharrten. Eine Sekunde, zwei, drei. Was dann folgte, war wie in einem

Western. Beide rissen ihre Pistolen nach oben und schossen. Der Rückstoß der *Desert Eagle* war heftig. Ein Gefühl, als würde er sich den Arm auskugeln. Aber die Wirkung war beeindruckend. Sein zweiter Schuss riss ein faustgroßes Stück aus Eliassons Oberarm. Der wurde von der Wucht herumgerissen, taumelte, aber fing sich wieder. Schoss zweimal in Nordhs Richtung, drehte sich dann um und begann zu rennen. Nordh schoss ein drittes Mal, traf aber nicht und begann dann ebenfalls zu laufen. Eliasson gelangte an eine weitere Tür, riss sie auf, sprang hindurch und knallte sie zu. Nordh erreichte sie Sekunden später. Er drückte die Klinke hinab, zog, aber sie rührte sich nicht. Eliasson hatte die Tür hinter sich abgeschlossen. Während Nordh noch überlegte, was er tun sollte, hörte er über sich, jenseits der felsigen Decke des Gangs, eine Explosion. Das musste die Handgranate gewesen sein. Gut gemacht, Bärin! Nordh trat drei Schritte zurück, richtete die *Eagle* auf das Schloss und schoss. Auch wenn es ihn womöglich eine Muskelzerrung oder Schlimmeres kostete: Die Feuerkraft der Waffe war so immens, dass die Tür tatsächlich aufsprang. Er ließ das Teufelsding fallen, weil seine Arme einen weiteren Schuss nicht verkraften würden, zog stattdessen die Glock, riss die Tür ganz auf und geriet in einen Kugelhagel. Eliasson kniete am anderen Ende des Gangs, zielte und schoss ununterbrochen. Nordh spürte, wie ein Teil seines linken Ohrs weggerissen wurde. Er warf sich auf den Boden und erwiderte das Feuer. Der Krach war ohrenbetäubend. Und dann war plötzlich Schluss. Er hatte sein Magazin leer geschossen. Eliasson ebenfalls. Oder seine Waffe hatte Ladehemmungen. Panisch blickte er zu Nordh, der sich dafür verfluchte, dass er die *Desert Eagle* voreilig fallen gelassen hatte. Nordh musterte den Mann. Groß, durchtrainiert, Anfang sechzig. So sah der Bastard also ohne seine Affenmaske aus. Nordh stand auf, zog das Kampfmesser aus der Scheide und ging auf Eliasson zu. Dabei bemerkte er eine Tür zu seiner Rechten. Seine

Ohren fiepten, vor allem das verletzte, aus dem Blut auf seine Schulter rann und auf den Boden tropfte. Trotzdem hörte er von irgendwoher gedämpfte Schreie. Auch Eliasson hatte sich jetzt aufgerichtet. Er hielt sich den verletzten Arm. Das Blut sprudelte nur so hervor, wahrscheinlich war eine Arterie getroffen. Dagegen war Nordhs Ohr ein Kinkerlitzchen. Hinter Eliasson befand sich eine weitere Stahltür, aber der Mistkerl hatte offenbar eingesehen, wie es um ihn stand, kniete nieder und gab offensichtlich jeden Fluchtgedanken auf. Wenn die Blutung nicht bald gestoppt würde, war es um ihn geschehen. Sie stierten einander an. Nordh war bis auf wenige Meter an ihn herangetreten.

»Es ist aus«, sagte er. »Leg dich auf den Boden und verschränk die Hände hinterm Kopf, dann kann ich dir vielleicht das Leben retten.«

Oder ich lass dich wie ein Schwein verbluten, dachte er. Verdient hättest du es. Oder du verrottest für den Rest deines Lebens in der engsten Gefängniszelle des Landes.

Eliassons imponierender Oberkörper hob und senkte sich. Dann schrie er plötzlich auf, sprang aus der Hocke und rannte wie ein Berserker mit gesenktem Haupt auf Nordh zu. Die Wucht des Angriffs rammte Nordh zu Boden. Sein Hinterkopf schlug auf. Der Zusammenstoß raubte ihm den Atem. Das Gewicht des Kolosses drohte ihn zu zermalmen, so fühlte es sich zumindest an. Doch nach einigen Sekunden spürte er, dass jede Kraft aus dem gigantischen Körper gewichen war. Nordh nahm seine ganze restliche Energie zusammen und drückte Eliasson von sich. Das Kampfmesser in seiner Hand hatte er völlig vergessen. Dem Hünen steckte die fünfzehn Zentimeter lange Klinge in der Brust. Dort, wo sich sein Herz befand. Es musste Zentner wiegen.

81

Karhuu stand draußen vor der Tür, das Ohr an den Stahl gepresst. Sie hatte in der Aufregung vergessen, auf die Uhr zu sehen, und wusste nicht, wie lange sie hier schon stand und wartete. Zehn Minuten? Fünfzehn? Vielleicht sogar zwanzig? Sie wurde zunehmend unruhiger. Was, wenn Nordh an der Klippe abgestürzt war? Vielleicht lag er schwer verletzt auf den Steinen am Ufer oder er hatte sich den Hals gebrochen. Vielleicht war er zu weit aufs Meer hinausgetrieben oder die Brandung hatte seinen Kopf an einem Felsen zertrümmert. Vielleicht war die ganze Zweieraktion von vorn bis hinten eine riesige Dummheit und ihre Loyalität gegenüber Nordh reine Idiotie. Sie blickte auf ihr Handy. Noch fünf Minuten, sagte sie sich, wenn ich bis dahin nichts von ihm höre, rufe ich Verstärkung. Im selben Augenblick drang das Knallen gedämpfter Schüsse durch die Tür. Sie atmete auf. Nordh lebte. Er war in den Bunker eingedrungen. Nun war sie an der Reihe. Sie hatte sich die Stelle bereits ausgesucht. Über der Klinke war der Türrahmen so ausgebeult, dass man den Bügel der eiförmigen Granate dort einkeilen konnte. Ihr Wissen über die Waffengattung war äußerst rudimentär, in irgendeinem Vortrag auf der Polizeihochschule hatte ein Referent einige Minuten darauf verwendet. Den Bügel durchdrücken, den Sicherheitsbolzen herausziehen und dann nichts wie weg mit dem Ding. So weit die Theorie. Nur, dass sie die Granate in diesem Fall nicht werfen konnte. Sie war es, die sich von der Granate entfernen musste, und zwar schnell, denn die Auslösezeit lag je nach Modell zwischen drei und fünf Sekunden, der Tötungsradius bei bis zu zwölf, der Verletzungsradius bei bis zu vierzig Metern. Besser nicht lange drüber nachdenken, Nordh brauchte sie jetzt. Sie klemmte die Granate mit dem Bügel im Spalt zwischen Türrahmen und Tür fest, zog den Bolzen, sprintete einige Meter an der Mauer entlang und warf sich dann um die Ecke. Im selben Moment detonierte der Sprengkörper. Sie spürte den Beton unter sich erzittern. Mit einem Krachen landete die aus den Angeln gesprengte Stahltür mehr als zehn Meter vom Bunker entfernt in der Heide. Karhuu sprang auf, zog die Glock und lief auf die Türöffnung zu. Vor ihr ein Treppenschacht, der nach unten führte. Sie hastete die Stufen hinab, die Glock im Anschlag. Von weiter unten, tief aus den Eingeweiden des Bunkers, drang das Peitschen weiterer Schüsse zu ihr hindurch. Aber da war noch ein anderes Geräusch. Ein Schreien, gedämpft durch dicke Wände und Türen, dennoch unverkennbar eine Frau. Pernille Friis. Karhuu nahm einen weiteren Treppenabsatz, dann ging es nicht mehr weiter. Vor ihr lag ein horizontaler Gang im gelblichen Licht altmodischer Industrielampen. Die Schüsse kamen nun näher, das Schreien auch. Nach zehn Metern endete der Gang vor einer Metalltür. Sie drückte die Klinke hinab, warf die Tür auf und scannte den Raum vor sich. Ein weiterer menschenleerer Flur. Das Schreien aber jetzt ganz nah. Da, eine Tür zu ihrer Rechten. Jemand hämmerte von innen dagegen.

»Hier!«, schrie die Frauenstimme. »Ich bin hier!«

Die Tür war verschlossen, aber Karhuu erkannte die Stimme.

»Pernille? Hier ist die Polizei«, rief sie. »Geh so weit wie möglich von der Tür weg.«

»Okay«, rief Friis.

Karhuu schoss aufs Türschloss. In Filmen klappte so etwas immer auf Anhieb. Im richtigen Leben benötigte sie sieben Schuss, bis das Schloss so zerstört war, dass die Stahltür aufsprang.

An der Rückwand des kargen Raums kauerte Pernille Friis auf dem Boden. Karhuu trat hinein. Friis zitterte und trug nichts außer einer Art Leinennachthemd. Aber sie lebte und schien unverletzt. Zumindest äußerlich, dachte Karhuu. Sie streckte die Hand aus und half der zierlichen Frau auf. Friis bibberte dermaßen, dass ihre Zähne klapperten. Karhuu zögerte einen Augenblick, dann schloss sie sie in den Arm. Von Friis' kühler Arroganz und *Frühstück bei Tiffany* war nicht viel übrig geblieben.

»Jetzt nichts wie raus hier«, sagte Karhuu schließlich.

Friis nickte. Ihre Verfassung schien so fragil, dass es wichtig gewesen wäre, sie nach draußen zu begleiten. Gleichzeitig war da noch Nordh. Die Schüsse waren verstummt, aber das konnte alles Mögliche bedeuten. Ihr Partner konnte tot sein oder schwer verletzt auf ihre Hilfe hoffen. Sie entschied sich für Nordh und erklärte Friis den Weg hinaus. Den Gang hinunter, die Treppe hinauf und sich draußen hinter irgendeinem Busch verstecken. Karhuu konnte Friis' angsterfüllten Augen ansehen, dass es sie Überwindung kostete, sich von ihrer Retterin zu trennen, aber sie willigte ein. Zusammen verließen sie die Zelle, Friis folgte dem Gang nach links, Karhuu lief nach rechts. Dorthin, wo sie die Schüsse ausgemacht hatte. Wieder eine Stahltür. Wie in einem bescheuerten Computerspiel, dachte sie. Zum Glück war diese Tür nicht verschlossen. Als Karhuu sie zur Hälfte geöffnet hatte, kam ihr vom anderen Ende des Gangs ein mittelgroßer, stämmiger Mann in einer Krokodilmaske entgegen, in der Hand eine Pistole. Karhuu hob die Glock. Beide schossen gleichzeitig. Die Kugeln prasselten gegen den Stahl, hinter dem Karhuu hervorlugte. Querschläger jaulten durch den Gang. Sie zog den Kopf zurück. Ihr war nichts geschehen, aber sie hatte Eliasson ebenfalls verfehlt. Kein Wunder, ihre Schusshand zitterte wie verrückt, ihre unverheilte Schulterwunde pochte. Sie war am Ende ihrer Kräfte. Was war mit Nordh? Dass ihr Eliasson unbedrängt gegenüberstand, war kein gutes Zeichen. Vor ihrem inneren Auge sah sie Nordh in einer Blutlache liegen. Die furchtbare Vorstellung verlieh ihr neue Kräfte. Gerade als sie sich wieder vorbeugen und eine weitere Salve auf Eliasson abfeuern wollte, hörte sie Schüsse. Aber die kamen nicht vom Krokodilmann, sondern von weiter weg. Außerdem konnte sie hören, dass der zweite Schütze ein anderes Kaliber verwendete. Sie lugte hinter der halb offenen Tür hervor. Eliasson rannte den Gang entlang auf sie zu. Verfolgt von Nordh, der im Laufen feuerte. Fünf Meter, bevor Eliasson Karhuus Tür erreichte, verschwand er aus ihrem Blickfeld. Vom Gang musste eine offene Tür oder ein weiterer Flur abgehen, den Karhuu von ihrem Standpunkt aus nicht gesehen hatte. Sie stürmte hinter ihrer Deckung hervor und wäre fast mit Nordh zusammengestoßen. Ihr Partner sah furchtbar aus. Ein Stück seines linken Ohrs fehlte, seine linke Gesichtshälfte und die linke Schulter waren blutüberströmt, außerdem hatte er eine offene Wunde am Bein. Er trug nichts als Boxershort und zwei Holster. In der Wandöffnung vor ihnen führte eine Treppe nach oben. Der Bunker war ein einziges Labyrinth. Eliasson hatte etwa zehn Sekunden Vorsprung. Sie jagten ihm die Stufen hinauf hinterher. Bis zwischen ihren Köpfen etwas explodierte. Ein greller Lichtblitz, dann hüllte weißlicher Rauch sie ein. Im selben Moment begannen ihre Augen zu tränen, das Atmen fiel ihr schwer. Eine Tränengasgranate. Karhuu versuchte weiter nach oben zu gelangen, aber es ging nicht. Ihr Körper kapitulierte. Sie ließ sich auf die Treppe sinken. Das Gas brannte wie Feuer in ihren Augen, aber auch auf ihrem Gesicht, sie sah nichts mehr und jeder Atemzug schmerzte. Nordh schien es ähnlich zu gehen, er kauerte zwei Stufen unter ihr, hielt sich die Arme vor den Kopf und hustete ununterbrochen. Zwei, drei Minuten lang waren sie völlig außer Gefecht gesetzt. Irgendwann gelang es Karhuu, sich aufzurappeln. Sie schaute nach Nordh, der sich immer noch die Augen rieb und auf einer Stufe hockte, dann begann sie die Treppe langsam hinaufzusteigen. Zwölf Stufen, eine Kehre, ein Absatz, zehn Leitersprossen im Beton und eine offen stehende Klapptüre über ihr, dann kletterte sie ins Freie. Sie stand mitten in der Heide, gut zwanzig Meter vom Bunker entfernt. In der Ferne hörte sie das Knattern eines verschwindenden Quads.

Ägypten 1985

Das Interesse des Meisters galt nicht im Mindesten dem aufkommenden Sandsturm, sondern ausschließlich der Grube, die die Bagger ausgehoben hatten. Sie war von einer Plane überspannt und etwa acht mal sechs Meter breit und vier Meter tief. Eine Rampe führte auf den Grund. Was auch immer der Meister sich erhofft hatte – hier unten wurde er enttäuscht. Vor ihnen lag kein altertümlicher Schatz, kein Eingang in einen prächtigen Tempel oder eine geheimnisvolle Grabkammer. Vor ihnen war nichts als eine steinerne Wand, lehmgelb wie der Sand selbst. Die eingravierten Hieroglyphen entdeckte Peter erst auf den zweiten Blick. John fuhr mit der Hand über die Zeichen, sein Blick wirkte verträumt. »Wir sind am Ziel, Blutsbruder«, hallte es in Peters Kopf.

»Wir brauchen den Presslufthammer«, sagte John. »Wahrscheinlich befinden sich die Werkzeuge in dem Container.«

Sie hatten den Container begutachtet, bevor sie in die Grube hinabgestiegen waren. Er war mit einem Vorhängeschloss gesichert, aber das ließ sich sicherlich mit irgendeiner Eisenstange oder Ähnlichem aufbrechen. Eine Aktion, die allerdings einige Zeit dauern würde.

»Was ist mit dem Habub?«, fragte Mats. »Der Sturm nimmt an Fahrt auf.«

Was zweifellos richtig war. Die Plane über ihnen knatterte und flatterte in den zunehmenden Böen. Sand rieselte auf sie hinab.

»Den warten wir hier unten ab«, befand John, die Hand immer noch auf die Mauer gelegt. »Es ist zu spät, jetzt den Container aufzubrechen.« Was sicherlich stimmte. »Die alten Götter hier werden uns beschützen«, sagte der Meister in seinem Kopf. John zwinkerte ihm zu.

Alte Götter.

Peter schauderte. Dann fiel ihm etwas ein, etwas, das Marik ihm gegeben und was sein Freund ihm dazu gesagt hatte. Das Kügelchen in Zellophanfolie. Er holte das sorgfältig verwahrte Geschenk aus seinem Rucksack und wog es in der Hand.

»Was ist das«, fragte Mats.

»Der Schlüssel«, sagte Peter.

John lächelte wissend. Natürlich. Er war schließlich so gut wie immer in Peters Kopf.

»Ja«, sagte der Meister. »Ja, ja, ja!«, kreischte der Pius.

Peter wickelte das dunkle, harte Bällchen aus der Folie und teilte es in drei Stücke.

»Lange kauen«, sagte er, »und dann schlucken.«

Der Geschmack war erdig, pilzig, alt.

Alle drei kauten, alle drei schluckten. Zuerst geschah nicht viel. Sie hockten sich nebeneinander in eine Ecke der Grube. Ein Ende der Plane löste sich und flatterte mit einem ratternden Geräusch im Wind. Der Sand fiel nun eimerweise in die Grube. Peter spürte seinen Magen grummeln. Da wurde es tief in ihm sehr warm. Mats, der neben ihm saß, trat Schweiß auf die Stirn. Seine Augen fuhren unruhig von links nach rechts. Er begann etwas zu murmeln, das Peter nicht verstand, vermutlich war es Schwedisch. John dagegen wirkte entspannt. Er hatte die Augen geschlossen und summte eine Melodie vor sich hin. Plötzlich sprang Mats auf und begann zu schreien.

»Nein!«, rief er. »Nein, nein, nein! Bitte nicht! Bitte nicht!«

Er drehte sich mehrmals mit aufgerissenen Augen um sich selbst, so, als hätte er die Orientierung verloren, dann rannte er die Rampe hinauf, duckte sich unter der Plane hindurch und verschwand aus dem Blickfeld. Peter rappelte sich auf. Sein Impuls war, Mats zurückzuholen. Da draußen tobte der Sandsturm. Jetzt dort hinauszugehen, war lebensgefährlich. Doch John umfasste seinen Arm und schüttelte unmerklich den Kopf. Er hatte nicht mal die Augen geöffnet. »Lass ihn gehen«, sagte der Meister, »wir brauchen ihn nicht mehr.«

Es war Peter unmöglich, sich der Stimme zu widersetzen, und bald darauf war jeder Gedanke an Mats vergessen, denn nun geschah etwas mit ihm, das all seine Aufmerksamkeit auf sich zog. Eine Naturgewalt entfachte sich AUS IHM SELBST. Ein heißer Strom wie ein meterdicker, ständig weiterwachsender ockerfarbener Wurm schien seinem Bauch zu entspringen. Tentakel aus Sand griffen nach ihm und rissen ihn jäh in die Höhe. Aus der Vogelperspektive sah er auf sich selbst und John in die Grube hinab. Er stürzte nach unten und wieder hinauf. Fünfzig, nein, hundert Meter hoch. Der Sturm zerrte an ihm, doch er konnte ihm nichts anhaben. Er hatte keine Angst, im Gegenteil, er spürte nur Wärme und Zuversicht, er schwebte in einer Wolke aus heißem Sand. Dann baute sich etwas vor ihm auf. Etwas nahm Form an, etwas gigantisch Großes, etwas, das mächtiger war als alles, was er bisher kannte, mächtiger vielleicht sogar als der Meister, der Pius, der Erzengel, mächtiger vielleicht sogar als Jesus und der liebe Gott. Es war ein ALTER GOTT, das begriff er nun, als sich das riesige Antlitz eines Krokodils vor ihm formte und mit einem Donnergrollen zu ihm sprach.

»DU SCHLÄFST, DAMIT DU ERWACHST; DU STIRBST, DAMIT DU LEBST. FOLGE DEINEM HERRN, DENN ER IST MEIN DIENER.«

Die Worte dröhnten in ihm wie Glockenschläge. Dann wurde er fallen gelassen und er fiel und fiel und fiel.

Als Peter das Bewusstsein wiedererlangte, rappelte er sich auf, hustete und spuckte Sand, rieb sich die Augen. Dann sah er auf. Die Plane über der Grube war verschwunden und der Himmel war strahlend blau. Er wandte sich um. Johns Körper lag reglos neben ihm, fast vollständig von Sand bedeckt. Er zog John aus dem Sand. Der Meister regte sich nicht. Peter überstreckte den Kopf, kontrollierte hektisch die Atemwege, fühlte am Hals nach dem Puls. Gerade als er darüber nachdachte, mit der Herzdruckmassage zu beginnen, erwachte John hustend zu Leben. Er richtete sich auf, spuckte, rieb sich den Mund mit dem Handrücken der Linken und lächelte schmal. Sand klebte an seinen dünnen Lippen. Anschließend hob er den rechten Arm und zeigte

Peter, was er in der Hand hielt. Ein kunstvoll geschmiedeter Dolch, wie ihn Peter noch nie gesehen hatte. Der Griff hatte die Form eines Krokodils. Die Waffe sah böse und ungemein alt aus. So, als wäre sie nicht von dieser Welt.

82

Woran sich Nordh nach dem Blackout erinnerte: Karhuus Hand in seiner. Fremde Gesichter. Jemand gab ihm eine Spritze. Ein Hubschrauberflug. Das Krankenhausbett. Lange nichts. Dann Rosa und die Kinder. Dass sie zusammen geweint hatten. Nun waren sie weg, stattdessen stand da ein Arzt. Was er sagte, war schlecht zu verstehen, das schrille Pfeifen in Nordhs linkem Ohr war penetrant. Er bat den Arzt, lauter zu sprechen. Ein Teil seiner Ohrmuschel fehlte, aber die innen liegenden Teile des Hörapparats waren intakt, sagte der Arzt. Möglicherweise käme später plastische Chirurgie infrage. Ob der Tinnitus verschwinden würde, war nicht vorauszusagen. Zwei seiner Rippen seien gebrochen und sein Fußgelenk sei aufgrund einer Bänderdehnung stark geschwollen. Die Hoden waren geprellt und die Wunde an seinem Unterschenkel war mit elf Stichen genäht worden. Seine Allgemeinkonstitution war schlecht. Er würde es eine ganze Zeit lang ruhig angehen müssen. Nach der Visite schlief Nordh wieder ein. Als er wieder aufwachte, saß Karhuu neben seinem Bett.

»Guten Abend«, sagte sie.

Er hatte jede zeitliche Orientierung verloren.

»Wie lange ist es her, dass wir …?«

»Anderthalb Tage.«

»Wow.«

»Die Pause hast du dir verdient.«

»Kannst du ein bisschen lauter sprechen, mein Ohr …«

»*Welcome back*«, sagte sie, »du Held.«

Seine Worte. Eine Handvoll Tage war das erst her. Nun hatte sich die Situation umgedreht.

»Zitierst du mich etwa?«

Sie lächelte knapp.

»Dein Gedächtnis scheint noch zu funktionieren.«

»Wenigstens das. Und der Rest wird wieder, sagte der Arzt. Na ja, mehr oder weniger. Früher oder später.«

»Na, das klingt nicht nach vorzeitigem Ruhestand.«

Gott bewahre.

»Genug Small Talk«, befand Nordh. »Was ist mit Pernille Friis?«

»In Sicherheit. Sie liegt auf der anderen Seite des Krankenhausflurs in der Frauenabteilung und steht noch unter Schock. Aber sie wird wieder.«

»Okay. Gut. Sehr gut. Aber haben wir ihn? Haben wir den zweiten Mann gefasst?«

Karhuu seufzte.

»Möglicherweise.« Was das nun wieder bedeuten sollte. »Er ist auf einem Quad geflohen, das auf einem Parkplatz in einigen Kilometern Abstand gefunden wurde. Von dort aus ist er vermutlich mit einem Auto weitergefahren.«

»Also haben wir ihn nicht?«

Wieder huschte ein kleines Lächeln über ihr Gesicht.

»Mal sehen. Heute Morgen bekamen wir eine interessante, sehr lange Mail aus Kairo. Mithilfe der Säpo, die wiederum einen kurzen Draht ins Außenministerium hat, ist Henning in Kontakt mit einem ägyptischen Kollegen gekommen, der die Akten über die Kindermorde in Memphis in den Achtzigerjahren ausgegraben hat. Wir haben das Material umgehend übersetzen lassen. Und jetzt halt dich fest: Der schwedische Staatsbürger, der damals unter Verdacht stand, heißt Mats-Linus Thunström.«

»Du veräppelst mich.«

»Nein.«

»*Der* Mats-Linus Thunström?«

»Es gibt laut Melderegister nur einen.«

»Der Baumagnat?«

»Ja.«

Nordh war baff. Er hatte den Mann noch vor einigen Tagen aus Mellanders Büro kommen sehen. In Begleitung des Bürgermeisters und des Bauamtsleiters.

»Verflucht und zugenäht.«

»Er ist heute Morgen verhaftet worden und wartet im Präsidium aufs Verhör. Niemand wollte ohne dein Einverständnis loslegen. Außerdem dachten wir, es wäre sinnvoll, ihn einige Stunden schmoren zu lassen. Währenddessen werden seine Wohnungen und seine Geschäftsräume durchsucht. Mellander ist alles andere als glücklich damit. Angeblich macht bereits der Bürgermeister persönlich Druck. Ehrenbürger der Stadt, unbescholtener Mann, Leistungsträger und unternehmerisches Vorbild. Bla, bla, bla … Du kannst es dir vorstellen.«

»Und du glaubst, Thunström ist der zweite Mann?«

»Wenn er es ist, dann nageln wir ihn fest.«

»Und der tote Hüne?«

»Die Spurensicherung durchkämmt immer noch die Bunkeranlage. Eine Mammutaufgabe. Das Interessanteste, was bisher sichergestellt wurde, ist ein Führerschein, der auf einen Peter Neugebauer ausgestellt ist. Ursprünglich ein Deutscher, hat sich aber vor etwa fünfzehn Jahren einbürgern lassen. Hier ist er laut Finanzamt als selbstständiger Schmied beziehungsweise Goldschmied tätig, verkauft seinen Kram übers Internet. Seinen Steuererklärungen zufolge läuft es eher schlecht als recht. Manchmal verdient er sich als Erntehelfer etwas dazu. Er lebt als Dauercamper auf einem Wohnwagenstellplatz im Umland. Und nun kommt's: Die Rechercheure der Säpo haben Belege dafür gefunden, dass er sich vor der Zeit in Schweden lange in Ägypten aufgehalten hat. *Fun Fact:* Mats-Linus Thunström verbrachte ebenfalls viele Jahre in Nordafrika, die meisten in Ägypten, bevor es ihn 1994 wieder ins Vaterland zurückrief. Drüben hat er den Grundstein für seine unternehmerische Karriere gelegt, bevor er hier dann richtig durchgestartet ist und sein Hoch-und-Tiefbau-Imperium aufgebaut hat.«

»Du meinst, die beiden kennen sich seit ihrer gemeinsamen Zeit in Ägypten?«

Wieder Karhuus vielsagendes Lächeln.

»Nach Thunströms Festnahme als Mordverdächtiger in den Katzenkopffällen in Memphis hat ihm jemand ein Alibi verschafft, sodass er wieder auf freien Fuß kam. Und nun rate einmal, wer das war.«

Nordh stieß einen Pfiff aus.

»Die beiden kennen sich also aus gemeinsamen Tagen in Ägypten. Aber was ist mit Eliasson? Waren wir die ganze Zeit auf der falschen Spur?«

»Wir wissen es nicht mit Sicherheit. Es scheint kompliziert. Wie ich bereits erwähnte, haben unsere behördlichen Kontakte in Ägypten in den vergangenen Tagen sehr gewissenhaft gearbeitet. Sie sind auf einen Totenschein gestoßen, den ein Arzt 1985 in einem Kaff in der Wüste auf einen Mann namens Johannes Eliasson ausgestellt hat. Papiere hatte der Verstorbene nicht bei sich, seine Identität wurde allein durch seine zwei westlichen Begleiter gestützt. Offenbar sind die drei Männer in der Sahara von einem starken Sandsturm überrascht worden. Laut diesem Totenschein ist Eliasson am Sand und Staub erstickt, kein ungewöhnlicher Tod bei derartigen Wetterereignissen. Jetzt darfst du raten, wer die beiden westlichen Begleiter waren.«

Nordh pfiff erneut.

»Jesus Christus im Himmel.«

»Wohl eher Ammit und Toth, wenn wir hier schon von Göttern reden.« Nordh rieb sich vorsichtig das verbundene Ohr. Die Wunde juckte. Karhuu fuhr fort: »Und damit nicht genug. Die Landesmordgruppe ist auf einen alten Haftbefehl aus Göteborg gestoßen. 1982 gab es einen Raubmord im Strichermilieu. Gefahndet wurde nach einem jungen Mann, der in der Szene unter dem Namen Elias bekannt war.«

Nordh brauchte einige Sekunden, um seine Gedanken zu sortieren.

»Möglicherweise Johannes. Aber ich begreife nicht, warum Thunström und dieser Neugebauer hier einen Mordkult um einen ehemaligen Kameraden entfesseln sollten, der vierzig Jahre zuvor in der Wüste gestorben ist. Warum der Eliasson-Hof? Warum taucht sein Name in den verschlüsselten Botschaften auf den Leichnamen auf? Müssen wir uns Johannes als eine Art Sektenführer à la Charles Manson vorstellen und Thunström und Neugebauer als seine Jünger, die vier Jahrzehnte später in ihrer alten Heimat ein blutiges *Helter Skelter* veranstalten? Die Nummer kaufe ich irgendwie nicht.«

»An der Überlegung bin ich auch hängen geblieben.« Karhuu schwieg einen Moment. »Aber was wäre, wenn Johannes Eliasson in diesem Sandsturm gar nicht gestorben ist?«

»Wie meinst du das?«

»Erinnerst du dich an den Wortlaut des Hieroglyphen-Textes? *Übers Wasser gefahren und in die Wüste gegangen. Mit der Gnade neuer Götter erneut dem Tod entronnen.*«

Nordh brauchte etwas, um zu begreifen, worauf Karhuu hinauswollte.

»Du meinst, es war nicht Eliasson, der damals dem Sandsturm zum Opfer gefallen ist, sondern Thunström oder Neugebauer? Ein Identitätstausch?«

»Nicht Neugebauer. Das passt schon allein wegen der imposanten Körpergröße nicht. Neugebauer ist Neugebauer. Bei Mats-Linus Thunström sieht die Sache dagegen anders aus. Er ist

1962 auf Södermalm geboren. Damals war es noch nicht Stockholms Hipsterviertel, sondern ein Arbeiterstadtteil. Der Vater unbekannt, die Mutter hat in einer Fabrik malocht und ist zwei Jahre nach Thunströms Geburt bei einem Arbeitsunfall ums Leben gekommen. Der Junge wuchs bei seiner Tante auf. Sobald er achtzehn war, hat er auf einem Frachter angeheuert, ist dreimal um die Welt gefahren und schließlich in Nordafrika von Bord gegangen. Dort hat er sein erstes Bauunternehmen gegründet. Das war die Basis für die Erfolgsgeschichte, die er dann in seiner alten Heimat weitergeschrieben hat. Nach Schweden zurückgekehrt ist er im selben Jahr, in dem Neugebauer eingewandert ist.

»Thunström, Neugebauer und Eliasson treffen in Ägypten aufeinander.« Nordh dachte laut nach. »Drei junge, abenteuerlustige Europäer in Nordafrika. Man findet zueinander, vielleicht freundschaftlich, vielleicht geschäftlich, vielleicht beides. Irgendwo im Nirgendwo geraten sie in einen schweren Sandsturm. Thunström überlebt den Sturm nicht. Johannes Eliasson sieht in dem Drama jedoch die Chance, nicht mehr ein mordverdächtigter Stricher auf der Flucht zu sein, sondern ein unbeschriebenes Blatt.«

»So in etwa.«

»Gibt es jemand, der den echten oder falschen Thunström identifizieren könnte?«

»Wie gesagt, die Eltern sind tot, die Tante auch und Geschwister hatte er keine. Wir suchen nach Weggefährten aus seiner Jugend, aber bisher ohne Erfolg. Und selbst wenn wir jemanden aufgabeln: Das Ganze ist fünfundvierzig Jahre her. Das Einzige, was wir gefunden haben, ist ein Schulfoto. Auf dem Bild war er vierzehn.«

»Und?«

»Wir haben es an die digitalen Forensiker weitergegeben. Die haben Programme, die Fotoporträts künstlich altern lassen können. Aber die Ergebnisse sind uneindeutig. Die Qualität des

Klassenfotos ist schlichtweg nicht gut genug. Ähnliches gilt für alte Fotos von Eliasson. Auf dem einzigen, das wir haben, war er zwölf. Der Baulöwe Thunström könnte in Wirklichkeit Eliasson sein. Oder eben auch nicht.«

»Wie geht es jetzt weiter?«

»Alle warten auf dein Startzeichen. Angedacht ist, dass zwei erfahrene Ermittler aus Stockholm das Verhör leiten.«

Nordh saugte eine Weile an seiner Unterlippe.

»No fucking way«, sagte er schließlich, zog die Kanüle aus dem Handrücken und stieg ächzend aus dem Bett.

83

Während der Fahrt zum Präsidium warf Karhuu ihrem Partner immer wieder verstohlene Seitenblicke zu. Nordh sah wie eine lebende Leiche aus, sicherlich war es in Hinblick auf seine Gesundheit leichtsinnig, das Krankenhaus zu verlassen, aber wer war sie, ihn zu kritisieren? Sie hatte schließlich dasselbe getan. Außerdem konnte sie ihn verstehen. Er war der Kopf der Ermittlung und hatte dafür eine Menge einstecken müssen. Als Kapitän war es sein gutes Recht, das Schiff nun nach Hause zu schaukeln. Auf dem Revier trafen sie als Erstes auf Mellander. Als sie Nordh erblickte, der sich bei Karhuu untergehakt hatte und mehr schlurfte als ging, kam sie auf ihn zu, lächelte und tätschelte ihm die Schulter.

»Schön, dich zu sehen, Jon, ich habe mir Sorgen gemacht.« Sie stockte. »Was für ein Fall!« Nach einer weiteren Pause setzte sie neu an und brachte Nordhs und Karhuus nächtlichen Alleingang aufs Tapet, die nicht registrierte Schusswaffe, das Kampfmesser und die Handgranate unbekannter Herkunft. Sie kann einfach nicht aus ihrer Haut heraus, dachte Karhuu und schüttelte innerlich den Kopf. Aber am meisten echauffierte sich Mellander über die Verhaftung Thunströms. Sie fand sie überhastet, von zu wenigen Indizien und keinen harten Beweisen gestützt sowie ermittlungstaktisch unklug. Der Bauunternehmer sei ein Schwergewicht und politisch bestens vernetzt.

»Politik am Arsch«, brummte Nordh. »Du wolltest diesen Fall unbedingt, Nora, und du wolltest, dass ich ihn übernehme. Jetzt ziehen wir es durch, bis zum bitteren Ende.«

Sie ließen Mellander stehen. Einen Flur höher warteten Anna Wallgren, Henning Stöcker, die Forensikerin Emma Davidsson und die IT-Spezialistin Mette Petersen auf sie. Das Kernteam, mit dem sie die Ermittlung begonnen hatten. Eine Woche war das nun her. Es fühlte sich an wie eine Ewigkeit.

»Es sieht bisher nicht gut aus«, sagte Davidsson. »Finger- und Schuhabdrücke, Haare, Blut: Alles, was die Spurensicherung gefunden hat, lässt sich entweder den Opfern oder Peter Neugebauer zuordnen. Die Durchsuchung von Thunströms Räumlichkeiten dauert noch an, aber bisher herrscht auch dort Fehlanzeige. Unsere Hoffnung liegt nun auf DNA-Spuren, aber die Auswertungen werden sich noch Tage hinziehen, obwohl die Labore unter Hochdruck arbeiten.«

»Danke, Emma«, sagte Nordh.

»Was Thunströms digitale Spuren betrifft«, sagte Petersen, »ist das Ergebnis – Stand jetzt – leider ebenso ernüchternd. Ob auf seinen Rechnern, in der Cloud, auf dem Handy: Nirgendwo etwas, das auch nur im Entferntesten mit den Morden oder dem alten Ägypten in Verbindung steht. Auch die Auswertung der Geodaten seines Smartphones, der Smartwatch und seines Teslas hat nichts gebracht. Ihnen zufolge war er in den vergangenen Tagen und Wochen nie auch nur in der Nähe der Tatorte. Das Gleiche gilt für seinen digitalen Kalender. Er führt ihn gewissenhaft und seine Termine sind eng getaktet. Wenn er tatsächlich an den Morden beteiligt war, dann war er schlau genug, für die Planung und Ausführung weder sein Handy noch sein

Auto zu benutzen und den Großteil der Arbeit Neugebauer zu überlassen. Was allerdings interessant ist: Seine Villa steht auf einem Grundstück mit Meerblick samt eigenem Bootshaus.«

»Gibt es eine Ehefrau, eine Freundin oder Kinder?«, fragte Nordh. »Irgendjemand, der bezeugen kann, was Thunström macht, wenn er gerade einmal nicht arbeitet?«

»Nein«, sagte Wallgren. »Er ist alleinstehend und kinderlos.«

»Für einen Serienmörder ziemlich praktisch«, knurrte Nordh.

»Die Aufzeichnungen des hauseigenen Alarmsystems scheinen ihm für alle fraglichen Zeiten ein Alibi zu geben«, sagte Petersen. »Aber natürlich lassen sich solche Daten theoretisch auch manipulieren.«

Karhuu registrierte, dass Nordhs Gesicht Farbe annahm. Das aufflammende Jagdfieber tat ihm offenbar gut.

»Mithilfe der Landesmordgruppe suche ich immer noch nach Menschen, die Thunström von früher kennen könnten«, sagte Stöcker. »Aber als er Schweden verlassen hat, war er noch ein halbes Kind. Was Eliasson angeht, können wir nur mutmaßen. Wie ihr wisst, verliert sich seine Spur im Winter 1979/80 beziehungsweise 1982, falls der Haftbefehl aus Göteborg tatsächlich ihm galt. Selbst ehemalige Weggefährten hätten wahrscheinlich Schwierigkeiten, heute mit Bestimmtheit zu sagen, ob ihnen nun Thunström oder Eliasson gegenübersäße.«

»Was ist mit Thunströms Bauimperium und Lydéns alberner Bruderschaft? Seid ihr auf irgendwelche Verbindungen, Seilschaften oder Konflikte gestoßen?«

»Gutes Stichwort«, sagte Wallgren und kicherte ihr zwanghaftes Kichern. »Die Nachricht ist erst gerade eben an uns weitergeleitet worden, da die zuständige Polizeistelle gepennt hat und Ludvig Lydén die peinliche, aber auch tragische Geschichte wohl sehr gern unter den Teppich gekehrt hätte. In der vergangenen Nacht hat er auf seinem Grundstück im Garten auffällige Geräusche gehört. Er glaubte angeblich, es handelte sich um bewaffnete Einbrecher. Er will einen fremdländisch aussehenden Mann mit Gewehr gesehen haben.«

»Dieser verdammter Lügner«, sagte Nordh kopfschüttelnd. »Er dachte, die ägyptischen Götter kommen ihn holen.«

»Er hat dann aus dem Schlafzimmerfenster herausgeschossen«, nahm Wallgren ihren Faden wieder auf. »Mit einem 44er Magnumrevolver.«

»Er wollte wohl auf Dirty Harry machen«, sagte Stöcker.

»Genau, für Ungeübte eine schwer zu hantierende Waffe«, sagte Wallgren. »Was ihm dann auch zum Verhängnis geworden ist.«

»Inwiefern?«, fragte Davidsson.

»Er hatte den Arm nicht durchgestreckt, sondern sich den schweren Revolver zum Zielen direkt vors Gesicht gehalten.«

»Ach du meine Güte«, sagte Petersen.

»Der Rückschlag hat ihn voll erwischt, der Hahn des Revolvers hat sein rechtes Auge schwer verletzt. Er wird damit wohl nie wieder sehen können.«

»Hätte dieser Blödmann nur seinen Mund aufgemacht«, sagte Nordh.

»Und der Schuss?«, fragte Karhuu. »War da überhaupt jemand in seinem Garten?«

»Wildschweine«, antwortete Wallgren. »Eine Rotte Wildschweine.«

»Was für ein Blödmann«, wiederholte sich Nordh. »Nun gut, vielleicht redet er ja jetzt endlich Tacheles mit uns.«

»Die Waffe war übrigens nicht registriert«, sagte Wallgren. »Er hat noch nicht einmal einen Waffenschein.«

»Zu deiner eigentlichen Frage«, sagte Stöcker. »Wir sind da tatsächlich auf etwas gestoßen. Es geht um Bauausschreibungen im großen Stil. Sicherlich ist es euch auch schon aufgefallen, dass Baustellen das halbe Stadtgebiet überziehen und der Verkehr massiv eingeschränkt ist, zumindest gefühlt. In Wirklichkeit sind es nur ein Dutzend, darunter das neue Polizeipräsidium, aber die haben es vom finanziellen Volumen her in sich. Ein Großteil der Ausschreibungen hat Thunströms Konzern an sich ziehen können. In starker Konkurrenz zu einem anderen Großunternehmen, *SverigeBygg*, ihr habt den Namen vielleicht schon einmal gehört. Es handelt sich um einen Konzern, der wiederum in verschiedene Tochterfirmen aufgeteilt ist. In einem dieser Ableger gibt es einen stillen Teilhaber namens *Noble Brothers*. Edle Bruderschaft. Der Name hat uns stutzig gemacht, denn er erinnert natürlich sehr an die *Fraternitas nobilis*. Dank eines richterlichen Beschlusses konnten wir einen Einblick in die stille Teilhaberschaft nehmen. Und nun rate mal, wer der Kopf der *Noble Brothers* ist.«

»Ludvig Lydén.«

»Bingo«, sagte Wallgren. »Des Weiteren mit an Bord: Reidar Sjöbäck, Aaron de Klerk, Göran Wall.«

Nordh stieß einen Pfiff aus.

»So viel zu Charakterköpfen«, sagte er verächtlich. »Am Ende des Tages geht es wie immer nur um die Knete.«

»Während sich Thunström in Malmö gegen *SverigeBygg* und unsere noblen Brüder durchgesetzt hat, war es vor einigen Jahren in Göteborg umgekehrt. Und dort ging es dank des gigantischen Eisenbahntunnelprojekts um noch ganz andere Summen.«

Für einige Momente sagte niemand etwas.

»Ist es am Ende so banal?«, fragte Wallgren schließlich. »Lassen sich die Morde und Entführungen, mit Ausnahme von Pernille Friis, auf geschäftliche Konkurrenz und einen Haufen Geld herunterbrechen?«

»Wenn wir die Botschaften der Täter ernst nehmen«, sagte Karhuu, »und das sollten wir, denn die Passage über die Seeschlangen hat uns zu ihrem Versteck und Pernille Friis geführt, dann ist Geld allein nicht das Ausschlaggebende. Ich zitiere: *Zurückgekehrt zu den Wurzeln. Um Einlass gebeten. Erneut gedemütigt und in den Staub geworfen. Zorn, oh, Zorn. Die Rache und Reinwaschung ist mein.«*

»Ich fange gleich an zu heulen«, sagte Nordh.

»Es geht hier auch um Erniedrigung, Wut und Revanche«, sagte Karhuu.

»Hypothese«, sagte Wallgren, »altes Geld gegen neues Geld. Eliasson hat alles dafür getan, seine Herkunft aus prekärsten Verhältnissen abzuwaschen. Er hat sogar eine neue Identität angenommen. Trotzdem haben die Schnösel der sogenannten edlen Bruderschaft den ewigen Bauernjungen in ihm erkannt und ließen ihn, den Neureichen, in ihrem exklusiven Club nicht mitmachen, woraufhin Eliasson mit einer Kriegserklärung reagiert hat. Zunächst geschäftlich, aber schließlich auch ganz real.«

Alle Blicke hatten sich ihr zugewandt.

»Guter Gedanke, Anna«, sagte Karhuu. Ihr war es wichtig, das zu betonen, denn ihrer Meinung nach stellte die Kollegin, die doppelt so alt war wie sie selbst, ihr Licht viel zu oft unter den Scheffel.

Allgemeines Nicken.

»Dann fragen wir den Bastard doch endlich selbst«, sagte Nordh und sah dabei angeschlagen, aber auch so wild entschlossen und grimmig aus, wie Karhuu ihn noch nie gesehen hatte.

84

Bevor Nordh und Karhuu die Befragung begannen, beratschlagten sie sich mit der forensischen Psychologin.

»Serienmörder, die zu zweit agieren, sind selten, aber selbst die Populärkultur kennt diverse Beispiele«, sagte Sonya Yakupova. »Man denke nur an Bonnie und Clyde. Aber unabhängig davon, ob das Verhältnis der beiden Männer sexuell ist oder nicht, gibt es in ihrer Beziehung wahrscheinlich einen aktiveren, dominanteren Part und einen passiveren, der zur Unterordnung neigt. Ausgehend vom soziokulturellen Hintergrund würde ich darauf tippen, dass Thunström der Kopf des Duos ist. Mein Rat: Zielt auf seinen Narzissmus, versucht ihn aus der Reserve zu locken. Nehmt ihn aus verschiedenen Richtungen ins Visier.«

Das Erste, was Nordh durch den Kopf ging, als Karhuu und er das Verhörzimmer betraten und gegenüber von Mats-Linus Thunström und seinem Anwalt Platz nahmen, war die auffällige Durchschnittlichkeit des Mannes. Um die sechzig, mittelgroß, mittelschlank, mittelkräftig. Ausgewogene Gesichtszüge, weder schön noch hässlich. Lichter werdendes Haar, das aber noch zu einer vollwertigen Frisur reichte. Die Farbe, nun ja, mittelbraun. Leger angezogen. Weißes Hemd und beigefarbene Chinos. Es konnten teure Marken sein oder auch Stangenware. Am Handgelenk eine unprätentiöse Smartwatch. Falls der Mann tatsächlich einen Neureichenkomplex hatte, dann lebte er ihn zumindest heute nicht aus. Womöglich auf Anraten seines Anwalts hin, der deutlich förmlicher gekleidet und laut Wallgrens Informationen aus Stockholm eingeflogen war und für eine der renommiertesten Strafrechtskanzleien des Landes arbeitete. Beide hielten ihnen die Hände zur Begrüßung über den Tisch hinweg hin. Karhuu schüttelte sie, Nordh ignorierte sie. Damit hier gleich mal klar wurde, wer hier der *bad cop* war. Karhuu sortierte ihre Unterlagen. Die meisten Blätter ihres beeindruckend hohen Stapels stammten aus dem Papierkorb neben dem Kopiergerät. Anfängertrick, aber bisweilen effektiv. Er selbst hatte kein einziges Blatt vor sich liegen. Alles, was er brauchte, hatte er im Kopf.

»Wo«, begann Karhuu, »warst du am 7. August 1965?«

Der durchschnittliche Mann lächelte milde.

»Da habe ich im Krankenhaus auf Södermalm das Licht der Welt erblickt.«

Karhuu kritzelte etwas auf ein Papier.

»Was ist das für ein Gefühl«, fragte Nordh, »einem Menschen bei lebendigem Leib das Herz herauszureißen?«

Der Anwalt beugte sich vor und war im Begriff, etwas zu sagen, aber Thunström berührte ihn sachte mit der Hand am Unterarm.

»Ich habe keine Ahnung. Eine furchtbare Vorstellung. Jemand, der so etwas fertigbringt, muss vollkommen geistesgestört sein.«

»Wie heißt deine Mutter?«, fragte Karhuu.

»Ich nehme an, du meinst meine leibliche Mutter und nicht meine Tante.« Thunström lächelte und lehnte sich in seinem Stuhl zurück. Er wirkte geradezu tiefenentspannt. »Sie hieß Lisbet und ist viel zu früh gestorben. Meine Ziehmutter, Lisbeths Schwester, hieß Louise.«

Keine Frage, der Psycho hatte seine Hausaufgaben gemacht. Karhuu machte sich Notizen. Oder sie tat nur so.

»Warum diese lächerlichen Hieroglyphen?«, fragte Nordh. »Warum diese kindischen Rätsel? Wir haben sie natürlich geknackt und auf diesem Weg dich und deinen unterwürfigen Pavian geschnappt. Gehörst du zu der Art von Psychopathen, die unbewusst darum betteln, gefasst zu werden, weil sie in Wirklichkeit nicht die Eier dazu haben, zu ihren Taten zu stehen?« Immer schön weiter provozieren. »Oder sind die Botschaften ein verkappter Hilfeschrei? Ein Ruf nach Aufmerksamkeit und Liebe, weil Papa dir damals auf dem jämmerlichen Bauernhof die Schuld an Mamas Tod gegeben und dich und deine Brüder regelmäßig verdroschen hat?«

Das milde Lächeln wurde von einem nachsichtigen ersetzt.

»Von den Hieroglyphen habe ich natürlich aus den Medien erfahren. Wie auch nicht? Es scheint ja, als gäbe es gerade kaum ein anderes Thema als den sogenannten Kroko-Klima-Killer. Furchtbare Sache. Aber wem sage ich das?« Er schüttelte, ohne eine Miene zu verziehen, den Kopf. »Aber das mit Mama und Papa und den Brüdern verstehe ich nicht. Ticken Psychopathen so? Ich selbst habe meinen Vater leider nie kennengelernt, wie ihr sicher bereits wisst, und Geschwister habe ich auch keine.«

Thunström blickte auf den Papierstapel und lächelte Karhuu an. Wohldosiert. Fast schüchtern. Er übertrieb nicht, wollte keine Siegesgewissheit preisgeben. Noch nicht. Es bedurfte mehr Provokation. Aber zunächst war Karhuu dran. Immer schön abwechselnd.

»Wie hieß das Boot, auf dem du als junger Mann in Stockholm angeheuert hast?«

»Entschuldigung, wenn ich dich verbessern muss«, sagte Thunström, »es soll wirklich nicht wie eine Zurechtweisung klingen, aber wir Seeleute, wenn ich das so sagen darf – einmal Seemann, immer Seemann –, sprechen in diesem Fall nicht von Booten, sondern von Schiffen. Als Faustregel gilt: Unter fünfzig Metern Länge ist es ein Boot, bei über fünfzig Metern ist es ein Schiff. In meinem Fall also ein Schiff, ein Massengutfrachter mit dem klangvollen Namen *Hermine 3*.«

Die Antwort war wahrscheinlich genauso Bullshit wie Karhuus Frage. Warum sollte der echte Thunström Eliasson ausgerechnet dieses biografische Detail anvertraut haben? Egal, überprüfen ließ es sich wahrscheinlich eh nicht. Gut war die Frage trotzdem, selbst wenn sie die richtige Antwort gar nicht kannten, denn sie setzte Thunström unter Druck.

»Wo kauft man eigentlich diese Tiermasken?«, fragte Nordh. »In Internetshops für geistig gestörte Erwachsene?«

»Ich nehme an, im Internet gibt es heutzutage alles nur Denkbare.«

Sein Gesicht war die fleischgewordene Unverbindlichkeit.

»Warum hast du deine Ausbildung als Matrose abgebrochen und dich ausgerechnet in Ägypten niedergelassen?«, fragte

Karhuu. »Wenn ich mir einen erlebnishungrigen jungen Mann auf der Suche nach Abenteuern vorstelle, würden mir Orte mit einer, nun ja, etwas offenherzigeren Sexualmoral einfallen als in einem streng muslimischen Land. Rio, New York, die Karibik?«

»Ehrlich gesagt war ich nie der Typ Frauenheld oder Draufgänger. Ich bin aufs Schiff, weil ich aus der kalten, nassen, armen Stadt wegwollte, die Stockholm damals für mich war. Aber ewig an Bord wollte ich auch nicht bleiben, dazu war mir das Seemannsdasein nach drei Jahren doch zu monoton. Außerdem habe ich eins erkannt: Als Matrose wird man nicht reich. Aber indem man Dinge von hier nach dort transportieren lässt. Als Handelskaufmann habe ich mir ein Sümmchen zusammengespart, um schließlich meiner Leidenschaft nachzugehen. Häuser und Straßen zu bauen. Etwas zu gestalten. Eine Stadt zu formen. Etwas zu hinterlassen. Der Gesellschaft etwas Nützliches zu geben. Und warum Kairo? Kairo hat mir gefallen, weil es so quirlig war. Natürlich hatte ich dort auch die eine oder andere Freundin. Nicht jede Muslima ist erzkonservativ und der Nahe Osten war in den Achtzigern in mancherlei Hinsicht liberaler als heute.«

Er zwinkerte Karhuu zu, als würde sie genau wissen, wovon er sprach. Es passierte ihr oft, hatte Nordh beobachtet, dass Leute sie aufgrund ihres Aussehens per se für muslimisch hielten. Meistens verdrehte sie dann die Augen. Dieses Mal blieb ihre Miene undurchdringlich.

»Der verrottete Hof deiner Kindheit«, sagte Nordh. »Warum ist dir dieser Ort so wichtig? Wo dich doch deine Familie immer wie den letzten Dreck behandelt hat?«

Wieder beugte sich der Anwalt vor, wieder bedeutete ihm Thunström, sich zurückzuhalten. Nordh registrierte, dass sich zum ersten Mal etwas in der Miene des Mannes änderte. Ein kurzes Aufflackern in den Augen.

Zorn, oh, Zorn.

Gut.

Weiter so.

»Entschuldigung, aber ich weiß wirklich nicht, wovon die Rede ist.«

»Tjörn. Die Hahnenbucht. Der Eliasson-Hof. Seit Generationen die Schande der Insel.«

Thunströms Oberlippe zuckte.

»Vielleicht liegt es daran, dass ich einen großen Teil meines Lebens im Ausland verbracht habe, aber ich war bedauerlicherweise noch nie auf Tjörn, obwohl es da, wie man hört, ja sehr schön sein soll. Das Nordische Aquarellmuseum liegt dort, wenn ich mich nicht irre. Ich mag bildende Kunst, vielleicht ist es tatsächlich mal einen Besuch wert.«

»Oh, bildende Kunst, gutes Stichwort, dann interessiert dich der dortige Skulpturenpark sicherlich auch.« Nordh blieb am Ball. »Unter anderem gibt es dort einen Obelisken aus Schilf, der sich wunderbar dazu eignet, enthauptete Leichname daran aufzuhängen.«

»Ich fürchte, ich kann dazu nicht mehr sagen als das, was in den Zeitungen stand. Tragisch, sehr tragisch.«

»Dieser Sandsturm in Ägypten«, sagte Karhuu. »1985, wenn ich mich nicht irre – was ist damals eigentlich genau passiert?«

Thunströms Oberlippe zuckte zweimal. Zum ersten Mal wirkte er einen Augenblick lang überrascht. Offenbar hatte er nicht damit gerechnet, dass sie von dem Sandsturm und dem Todesfall wussten. Aber er fing sich schnell wieder.

»Jetzt fällt bei mir der Groschen«, sagte er. »Deswegen die Frage nach dem Eliasson-Hof. Johannes Eliasson. Er war ein netter Bursche, wenn auch etwas verschlossen, soweit ich das beurteilen kann, denn wir kannten uns erst einige Tage, bevor er auf so unglückliche Weise ums Leben gekommen ist. Wenn ich daran zurückdenke, tut es immer noch weh. Er war doch noch so jung.«

Thunström schüttelte traurig den Kopf. Oscarverdächtig. Er spielte eine Rolle und gefiel sich zunehmend darin. Vielleicht war das der Narzissmus, den die Psychologin gemeint hatte. Trotzdem glaubte Nordh zu beobachten, wie es im Kopf seines Gegenübers arbeitete. Er musste abschätzen, welche Informationen die Polizei aus seiner Zeit in Ägypten in Erfahrung gebracht hatte.

»Wie müssen wir uns die Umstände von damals vorstellen?«, hakte Karhuu nach.

»Wenn man so will, war es eine Art Bildungsreise«, sagte Thunström nach kurzem Zögern. »Ich habe in Kairo einen Landsmann und einen Deutschen kennengelernt, Johannes und seinen Begleiter, einen gewissen Peter. Die beiden sind ihren Erzählungen zufolge viel in Nordafrika herumgekommen und haben angeboten, mir eine spektakuläre Ausgrabungsstätte in der Wüste zu zeigen, die abseits der ausgetretenen Tourismuspfade lag. Ich fand die Idee spannend. Kurze Zeit später sind wir dann aufgebrochen. Die ersten Tage ging alles gut, aber dann sind wir in der Wüste in einen furchtbaren Sandsturm geraten und haben die Orientierung verloren. Wir dachten, es sei das Beste, in unserem Geländewagen auszuharren, bis der Sturm vorbei war. Aber Johannes hat irgendwann Panik bekommen, ist ausgestiegen und im Sturm verschwunden, bevor wir ihn zurückhalten konnten. Leider war das sein Todesurteil.«

»Tragisch«, sagte Nordh und lächelte böse. »Sehr tragisch. Noch tragischer: Ebenjener Peter, der mit Nachnamen Neugebauer heißt, dein Kumpel von damals, ist vor anderthalb Tagen in einer ehemaligen Bunkeranlage an der Südostküste gestorben, weil er sich seiner Verhaftung mit Waffengewalt widersetzt hat. Eine entführte und dort festgehaltene Person konnte befreit werden. Die sichergestellten Spuren reichen aus, um die Tatbeteiligung Neugebauers an den Morden an Reidar Sjöbäck, Aaron de Klerk und Göran Wall zu beweisen. Aber Neugebauer ist kein Einzeltäter. Ein zweiter Mann ist uns entkommen und alle hier im Raum wissen, dass es sich bei diesem Dreckskerl um dich handelt, nicht wahr?«

Wieder zuckte die Oberlippe. Etwas in Thunströms Augen geschah. Und in diesem Moment war sich Nordh endgültig sicher. Sie hatten ihn. Sie hatten den Richtigen. Der Mann, der ihnen gegenübersaß, war nicht Mats-Linus Thunström, sondern Johannes Eliasson, der den Namen und die Identität eines Toten gestohlen hatte.

Es war sehr lange still im Raum, nur die Klimaanlage surrte leise.

»Das ist natürlich eine Überraschung«, sagte der Mann, der sich Thunström nannte, aber Eliasson war. »Einerseits. Andererseits ist mir dieser Peter schon damals unangenehm aufgefallen. Ein grober Typ. Später habe ich Gerüchte gehört, dass er sich als Söldner verdingt hat, unter anderem im Kongo, wo er wohl in viele schlimme Dinge verwickelt war. Womöglich ist er in diesen kriegerischen Auseinandersetzungen verroht, womöglich steckte schon immer ein Sadist in ihm. Hätte ich das vor unserer Reise gewusst, wäre ich natürlich niemals mitgefahren. Es war wohl der Charme von Johannes, der mich für diese Sache begeistert hat.«

Der Charme von Johannes. Na klar.

»Nach Johannes' Tod hattest du also nichts mehr mit Peter zu tun?«, fragte Karhuu.

Gutes Timing, gute Frage, dachte Nordh, denn nun musste Eliasson pokern. Entweder brachte er selbst die Verhaftung wegen Mordverdachts, die toten Strichjungen, die angenähten Katzenköpfe und das von Neugebauer gestützte Alibi ins Spiel oder er riskierte, als Lügner überführt zu werden, schließlich musste er damit rechnen, dass die Polizei Berichte über die Taten in Ägypten vorliegen hatte. Der Dreckskerl zögerte lange. Er wechselte seine Sitzhaltung. Begann die Fassade zu bröckeln?

»Einige Jahre nach der traumatischen Wüstenreise, die in Johannes' Tod gemündet war«, sagte er schließlich, »gab es eine weitere unschöne Geschichte. Das Resultat von Neid und übler Nachrede. Ich hatte, wie gesagt, damals in Kairo gerade meine erste Baufirma gegründet. Die Keimzelle meines heutigen Unternehmens, wenn man so will. Es lief gut. Mit Peter als einzigem festen Angestellten, zu dem Zeitpunkt wusste ich noch nichts von seiner fragwürdigen Vergangenheit, und zupacken, das muss man ihm lassen, das konnte er, denn er war stark wie ein Ochse. Aber auch ich habe täglich zwölf, dreizehn, vierzehn Stunden Zementsäcke und Steine geschleppt oder mit der Maurerkelle in der Hand in der Hitze geschuftet. Hier und da habe ich Tagelöhner eingestellt, meistens junge, tatkräftige Burschen. Als einer dieser Jungen, die oft aus einfachsten Verhältnissen stammten, auf grauenhafte Weise ermordet und verstümmelt wurde, hat mich ein lokaler Konkurrent bei der Polizei verleumdet. Selbstverständlich ein lächerlicher, an den Haaren herbeigezogener Vorwurf. Aber mit dem weißen Europäer konnte man es ja machen.« Er schüttelte den Kopf. »Ihr glaubt gar nicht, wie rassistisch diese Araber sein können.« Nordh hörte, wie Karhuu scharf Luft einsog. »Aber wie dem auch sei. Gottlob konnte die hässliche Geschichte aus der Welt geräumt werden. Weil ich zu den fraglichen Zeitpunkten, es gab offenbar mehrere Mordopfer, gar nicht in der Stadt war, sondern auf abgelegenen Baustellen gearbeitet habe, was Peter bezeugen konnte. Wobei ich betonen möchte, dass ich ihn kurz darauf entlassen habe, als mir die Gerüchte über seine grausamen Söldnertätigkeiten zu Ohren gekommen sind. Ich habe diesen Mann seitdem nie wieder gesehen. Davon, dass er sich in Schweden aufhielt, hatte ich bis gerade eben keine Ahnung.«

Eliasson verzog sein Gesicht auf eine Weise, die er vermutlich für ein entwaffnendes Lächeln hielt, aber in Nordhs Augen war es eine hässliche Fratze.

»In einer Zeitspanne von mehr als vierzig Jahren gibt es auf der ganzen Welt genau zwei Mordserien, in denen die Leichname enthauptet werden und man ihnen Tierköpfe annäht«, sagte Karhuu, »und ganz zufällig tauchst du in beiden Ermittlungen auf?«

Wieder beugte sich der Anwalt vor, aber Eliasson hob abwehrend einen Finger. Dies hier war seine Show, er wollte niemand anderem die Manege überlassen.

»Falsch«, sagte er. »Ich möchte nicht pedantisch klingen, aber es ist doch so: Das erste Mal geschah es aus Zufall. Ein von mir angestellter junger Tagelöhner, der – wie ich später erfahren habe – auch auf den Strich ging, wurde ermordet, ein Konkurrent schwärzt mich an. So tragisch es ist: *Shit happens.* Ein grausames Verbrechen, bei dem das Opfer eine lose Verbindung zu mir hat – wie im Übrigen zu Dutzenden oder gar Hunderten anderen auch. Man denke nur an die vielen Freier. Armut ist ein schweres Joch, ich wünschte, ich hätte dem Jungen, Achmet war sein Name, mehr unter die Arme greifen können.« Er schüttelte leicht den Kopf über all die Ungerechtigkeit dieser Welt. Was für ein Schauspieler. »Aber beim zweiten Mal«, er hob zwei Finger, »pickt mich die Polizei doch nur heraus, eben weil es jenen ersten Zufall überhaupt gegeben hat. Die einzige Verbindung zwischen damals und heute ist dieser Peter Neugebauer. Nur dass ich mit diesem Mann seit über vierzig Jahren nichts mehr zu tun habe. Offenbar ist er euer Mörder. Es liegt doch auf der Hand: Wahrscheinlich wurde er von den furchtbaren Dingen, die damals in Kairo geschehen sind, inspiriert. Und sein ominöser Gefährte, nach dem ihr sucht?« Er hob theatralisch die Hände und ließ sie wieder fallen. »Vielleicht jemand, der schon damals in die Morde verwickelt war. In dem Fall würde ich nach einem *alten Ägypter* suchen.«

Jetzt lächelte er. Nein, er grinste. Ergötzte sich an seinem

Wortwitz. Hatte die Selbstsicherheit des unschuldigen Selfmademan wiedergefunden. Er witterte, dass sie außer der losen Bande zu Peter, die fast ein halbes Jahrhundert zurücklag, nichts gegen ihn in der Hand hatten. Seine Augen glommen siegesgewiss. Der Anwalt sah seine Chance, endlich auch einmal den Mund aufmachen zu dürfen.

»Denn wenn die Ermittlungsbehörden keinen einzigen Beweis vorlegen können, der meinen Mandanten mit den Tatorten, den Tatzeiten, den Opfern oder dem verdächtigten Peter Neugebauer in Verbindung bringt, bitten wir um sofortige Aufhebung der Untersuchungshaft.«

»Darüber wird der Staatsanwalt entscheiden«, knurrte Nordh, aber es klang lahm und hilflos, was er selbst am besten wusste. Er suchte den Blickkontakt zu Karhuu, die ein Schulterzucken andeutete. »Aber für heute sind wir hier fertig«, sagte er schließlich.

Eliasson würde nicht gestehen, das hatte Nordh begriffen. Ebenso wenig würde er sich in Widersprüche verheddern, dazu war er zu gerissen. Die einzige Hoffnung bestand darin, dass er trotz seiner Bauernschläue einen Fehler begangen hatte. Ein zurückgelassenes Haar. Eine nicht sorgfältig genug gelöschte Nachricht an Neugebauer. Ein verdammter Fingerteilabdruck auf einer Tränengasgranate. Einen einzigen winzigen Fehler.

Eliasson und sein Anwalt standen in einer nahezu synchronen Bewegung auf.

»Eine Frage hätte ich doch noch«, sagte Karhuu. »Rein hypothetischer Natur. Ich habe mich in den vergangenen Tagen notgedrungen ein wenig in die Mythologie des alten Ägypten eingelesen. Was mich umtreibt, weil ich es nicht verstehe: Die Opfer sind in der Inszenierung allesamt Götter des Totengerichts: Sobek, Sokar und Am-hehu. Aber warum die Richter töten?«

Eliasson musterte sie lange. Sein Blick hatte etwas Reptilienhaftes bekommen.

»Ein wenig kenne ich mich in der Materie auch aus«, sagte er schließlich und lächelte sanft. »Also rein hypothetischer Natur: Wenn alle Richter tot sind, kann einen niemand mehr verurteilen, egal, wie schwer das eigene Herz wiegt.« Er zwinkerte ihr zu. »Nicht wahr?«

85

Das vorherrschende Gefühl, das Karhuu empfand, war Enttäuschung. Sie war sich ebenso sicher wie Nordh. Der Mann, der ihnen im Verhörraum gegenübergesessen hatte, war nicht Mats-Linus Thunström, sondern Johannes Eliasson. Auch wenn Peter Neugebauer als sein Lakai die Drecksarbeit gemacht hatte, war Eliasson für drei Morde und eine Entführung verantwortlich. Von den Mordopfern in Kairo ganz zu schweigen. Eliasson war der Mann hinter der Krokodilmaske. Er verkörperte Ammit, er war der ›große Verschlinger‹, der ›dämonische Fresser‹, der grausamste aller Götter. Eliasson hatte es nach ihrem Empfinden durchschimmern lassen, eben gerade so viel, dass Nordh und sie es begriffen, gleichzeitig eben so wenig, dass man ihm juristisch keinen Strick daraus drehen konnte. Immer wieder musste sie an seinen letzten Satz denken. »Wenn alle Richter tot sind, kann einen niemand mehr verurteilen, egal, wie schwer das eigene Herz wiegt.« Sie wertete ihn als verstecktes Geständnis. Ihm lag eine verquere Logik inne. Gleichzeitig deutete er an, dass Ammit noch weit von seinem Ziel entfernt war. Das Totengericht bestand aus zweiundvierzig Göttern. Neununddreißig waren noch übrig. Vorausgesetzt, die Rechnung stimmte. Es konnte weitere Mordopfer geben, von denen sie nichts wussten. Möglicherweise weil Eliasson, mit oder ohne Hilfe von Neugebauer, in der Vergangenheit einen anderen *Modus Operandi* gehabt hatte. Dass er vor vierzig Jahren in Ägypten getötet und danach vier Jahrzehnte pausiert hatte, erschien auch der forensischen Psychologin unwahrscheinlich, selbst wenn es Beispiele für solche Fälle gab. Noch war die Gefahr für weitere Morde nicht akut, noch saß Eliasson in Untersuchungshaft. Aber ewig konnten sie ihn nicht festhalten. Er hatte eine der besten Anwaltskanzleien des Landes engagiert und politischen Einfluss. Dass Mellander Fingernägel kauend durch die Flure des Präsidiums tigerte, sprach Bände. Sie hatten maximal eine Woche, um einen Beweis zu finden, der den Bauunternehmer mit den Taten verband. Für eine längere Untersuchungshaft war die Indizienlage schlichtweg zu dünn. Der ganze Ermittlungsapparat arbeitete auf Hochtouren. Die größte Hoffnung setzten die meisten Kollegen in die Forensik. Eliasson wäre nicht der Erste, der am Ende über eine Haarwurzel stolperte. Karhuu selbst irrte emotional durch das Land des Konjunktivs. Wenn sie im Bunker auf der Treppe nur einige Schritte schneller gewesen wäre. Wenn sie, statt Nordh allein zu folgen, Verstärkung angefordert hätte. Wenn sie sich auf Tjörn im Nahkampf mit Neugebauer besser verteidigt, ihn überwältigt und zum Sprechen gebracht hätte.

Wenn.

Wenn.

Wenn.

Diese Selbstzerfleischung brachte natürlich nichts, im Gegenteil, sie war kontraproduktiv, dennoch konnte Karhuu nicht anders. Nordh schien ebenfalls erschüttert zu sein, er sah furchtbar aus. Er hatte sich aufgebäumt, um Eliasson zu verhören, nun fiel er in sich zusammen. Sie fuhr ihn ins Krankenhaus zurück. Auf dem Weg dorthin sprachen sie kaum miteinander, wahrscheinlich weil sie sich beide innerlich leer fühlten. Sie waren bis zum Äußersten gegangen, um den Dreckskerl zu fassen, sie hatten ihr Leben riskiert, aber wenn kein Wunder geschah, mussten sie ihn wieder laufen lassen.

Nachdem Karhuu Nordh bis zum Krankenhausbett begleitet hatte, schaute sie bei Pernille Friis vorbei, doch die Podcasterin schlief. Ihre Aussage hatte sie bereits getätigt. Der Mann, der sie entführt und im Bunker beaufsichtigt hatte, war Neugebauer gewesen. Dafür sprach nicht nur die Pavianmaske, sondern auch seine kolossale Statur. Der Mann mit der Krokodilmaske hatte sich ihr nur ein einziges Mal gezeigt. Er war in den Raum gekommen, in dem sie eingesperrt gewesen war, und hatte sie minutenlang schweigend betrachtet. Dann war er wieder gegangen, ohne ein einziges Wort verloren zu haben. Eine Gegenüberstellung oder ein Stimmenvergleich war sinnlos. Karhuu fragte sich, wie Friis mit dem traumatischen Erlebnis umgehen würde. Sie war sich sicher, dass die Journalistin nur wegen des immer schriller werdenden Tonfalls ihrer Sendung und den sexualisierten Beleidigungen zum Opfer Eliassons geworden war. Ob das Geschehene Friis zum Nachdenken und Einbremsen bringen oder ob sie es mit Vollgas in ihrem Podcast verbraten würde?

Karhuu machte sich auf den Weg nach Hause. Seit dem Gewitter vor zwei Tagen war das Wetter wechselhaft. Regen trommelte auf das Autodach und die Windschutzscheibe, dann kam abrupt die Sonne wieder durch und ließ den nassen Asphalt dampfen. Vor einer Baustelle blieb Karhuu im Stau stecken. Das Schild der Baufirma fiel ihr ins Auge. *Thunströms,* stand da. Darüber das Emblem, eine geometrische Form, die aus zwei Dreiecken bestand. Sie hatte es bereits x-Mal gesehen, aber erst jetzt fiel ihr auf, was das Logo eigentlich darstellte. Es sah aus wie die Skizze einer verdammten Pyramide. Sie schlug vor Frust aufs Lenkrad ein. Das Firmenemblem war ein Wink mit dem Zaunpfahl, gleichzeitig bewies es überhaupt nichts. Dasselbe galt für Ludvik Lydén, sein geschäftliches Netzwerk und die ermordeten Mitglieder. Ja, sie waren in einem verschachtelten Unternehmenskonstrukt Konkurrenten von Eliassons Firma. Aber das waren zahlreiche andere Unternehmer auch, deswegen bewies es rein gar nichts. Ebenso der Spruch über die toten Richtergötter. Eliasson war wie ein Aal, der ihnen aus den Fingern zu gleiten drohte.

Auf der Treppe, die zu ihrer Wohnung führte, saß ihr Vater. Das konnte nichts Gutes bedeuten. Ihr Magen gefror zu Eis. War Kristoffer etwas geschehen?

»Lass uns hineingehen«, sagte er knapp.

Als sie die Wohnungstür hinter sich geschlossen hatte, konnte sie nicht länger warten.

»Was ist passiert?«, platzte es aus ihr heraus.

»Jenny Karlsson ist tot«, sagte Ove. »Sie wurde in ihrer Wohnung erschossen. Es war eine Hinrichtung, ein Schuss ins Genick, ein weiterer in den Kopf.«

»Aber …?«

Ihre Gedanken ratterten.

»Nach deinem Besuch hatte ich eine der Kameras im Treppenhaus vor ihrer Wohnung angebracht.«

Er hielt ihr sein Handy hin. Ein Standbild aus einem Videostream. Schlechte Beleuchtung, grobe Pixel. Trotzdem erkannte sie den Mann, der aus Karlssons Wohnung kam. Die Halbglatze. Die markante Nase. Der buschige Vollbart. Sie spürte ihr Herz wummern. Es war Joakim Frost. Ihr ehemaliger Förderer und Chef. Der Leiter ihres verunglückten Undercover-Einsatzes. Sie verstand überhaupt nichts mehr.

Was zum Teufel …?

Warum sollte er …?

Das ergab keinen Sinn.

Es sei denn …

Ihre Gedanken ratterten. Sie stand auf und holte Karlssons Handy. Das hätte sie schon längst tun sollen. Sie entsperrte das Smartphone mit dem geänderten Code, gab Frosts Namen in das Suchfeld ein. Fehlanzeige. Sie versuchte es mit ihrem eigenen Namen. Bingo. Es gab einen Ordner, den Karlsson nach ihr benannt hatte. Er enthielt rund zwei Dutzend Word-Dateien. Karhuu öffnete eine nach der anderen. Es handelte sich um Vernehmungsprotokolle. Karlsson hatte Anwohner eines Wohnblocks befragt. Karhuu kannte die Adresse. Es war das Hochhaus, in dem Karhuu in Notwehr Karlssons Geliebten getötet hatte, den korrupten Kommissar, der auf der Lohnliste des Prostitutionsrings gestanden hatte. Die Protokolle deuteten darauf hin, dass Karlsson auf der Suche nach Beweisen gewesen war, um Karhuu zu belasten und des Mordes an ihrem Lover zu überführen. Karhuu begriff: Der ganze Firlefanz mit den Copkiller-Patronen und dem Einbruch in Kristoffers Wohnung war nur Psychoterror gewesen. Karlsson hatte Kristoffer nicht töten, sondern Karhuu vor Gericht bringen wollen. Aber das erklärte immer noch nicht, warum ihr ehemaliger Chef Karlsson kaltblütig hingerichtet hatte. Es sei denn … Der Gedanke wirkte so weit hergeholt, dass es absurd schien, ihn auszuformulieren. Sie tat es trotzdem. Und plötzlich ergab alles einen Sinn: Frost steckte selbst mit drin. Er war selbst einer der Hintermänner des Prostitutionsrings. Jenny Karlsson hatte sterben müssen, weil sie im Dreck gewühlt und Staub aufgewirbelt hatte. Indem er sie ausschaltete, hatte Frost verhindert, dass der Undercover-Einsatz bei einem Gerichtsprozess öffentlich unter die Lupe genommen wurde. Karhuu fiel es nun wie Schuppen von den Augen. Sie hatte während der gesamten Operation immer nur ihm Bericht erstattet. Nach dem dramatischen Vorfall um den Tod des korrupten Kollegen hatte Frost ihren Einsatz unmittelbar abgebrochen, obwohl sie kurz davor gewesen war, mehrere Strippenzieher des Zwangsprostituiertennetzwerks zu überführen. Sie hatte nie richtig verstanden, warum. Nun begriff sie es. Er hatte die Ermittlung, die von ganz oben angeordnet worden war, nicht verhindern können. Aber er hatte sie steuern können. Karhuu war sein kleines Vögelchen gewesen, das exklusiv ihm ins Ohr zwitscherte, wenn Gefahr drohte. Eine lebende Alarmanlage, ein Scheiß-Kanarienvogel unter Tage. Nachdem Frost den Einsatz beendet hatte, war ihre Freundin Kateryna, die junge Prostituierte und designierte Kronzeugin, aus dem zwölften Stock eines Hotels gestoßen worden. Wahrscheinlich war Frost auch dafür verantwortlich. Anschließend hatte er inständig versucht, Karhuu dazu zu bringen, den toten Bullen Kateryna in die Schuhe zu schieben. Als sie sich weigerte, ihre ermordete Freundin zu verleugnen, hatte er sie nach Malmö abgeschoben. Nun verstand sie auch, weshalb er sie im Krankenhaus angerufen hatte. Er hatte sich weder für sie noch für den Krokokiller-Fall interessiert, sondern er hatte ausloten wollen, ob Karlsson auf der Suche nach Beweisen an Karhuu herangetreten war. Er hatte wissen wollen, ob die beiden Frauen miteinander gesprochen hatten und wie viel Karlsson bereits in Erfahrung gebracht hatte. Dann hatte er sie erschossen. Er verknotete die losen Enden. Das letzte lose Ende war Karhuu selbst. Der beschissene Kanarienvogel. Sie schluckte und sah ihren Vater an.

»Hat das Video eine Ort- und Zeitsignatur?«, fragte sie.

»Leider nicht.«

Dann war es juristisch wertlos. Wenn man Frost nicht gut kannte, erkannte man ihn ohnehin kaum. Auf dem Video war nur irgendein mittelalter Mann in irgendeinem Treppenhaus zu sehen. Also musste sie die Sache anders lösen. Frost würde kommen. Früher oder später. Aber darauf konnte sie nicht warten. Zuerst musste sie Kristoffer aus der Schusslinie nehmen. Er war ihre Achillesferse. Wenn Jenny Karlsson hatte herausfinden können, was er ihr bedeutete, konnte Frost das erst recht. Vor jemandem wie ihn konnte sie Kristoffer weder in der Taiga noch sonst wo verstecken. Es gab nur eine Lösung. Und die schmerzte so sehr, als würde man ihr bei lebendigem Leib das Herz herausreißen.

86

Fünf Tage später konnte Jon Nordh das Krankenhaus verlassen. Zu Hause warteten Tim, Lilly und Rosa auf ihn. Sie hatten ein kleines Fest für ihn vorbereitet. Lilly hatte eine Girlande gebastelt, an der ein Schild baumelte: *Willkommen zurück.* Tim hatte drei Bilder von ihm gemalt, auf jedem einzelnen trug Nordh Polizeiuniform und verhaftete im eindrucksvoll kolorierten Blaulicht einen Gangster. Rosa hatte einen Erdbeerrollkuchen gebacken, seinen Lieblingskuchen, und zum Abendessen gab es Pasta mit Zitronensoße. Der Grill blieb aus. Anschließend spielten die Kinder Federball, sie waren in den vergangenen Tagen richtig gut geworden, hatten ein Gefühl für Ball, Schläger und die Bewegungsabläufe entwickelt, was sie stolz vorführten. Nordh hätte gern mitgespielt, aber seine gebrochenen Rippen und sein Knöchel ließen das noch nicht zu. Er hatte den Ärzten versprechen müssen, es langsam anzugehen. Dieses Mal aber wirklich. Er brachte die Kinder ins Bett und las ihnen lange vor. *Karlsson vom Dach* war ein bewährter Klassiker, der Tim und Lilly immer wieder zum Lachen brachte. Als er schließlich das Licht ausmachte, fragte ihn Lilly, ob sein Beruf lebensgefährlich sei. Er schluckte hart.

»Nein«, sagte er.

Selten war ihm eine Lüge so schwergefallen.

»Schwörst du es?«

»Ja«, sagte er.

»Du musst es sagen.«

»Was sagen?«

»Du musst sagen: *Ich schwöre es*.«

Lilly konnte hartnäckig wie ein Pitbull sein.

»Also gut. Ich schwöre es. Aber jetzt wird geschlafen.«

»Kannst du singen?«, fragte Tim.

Er fragte das jeden Abend. Nordh sang. Das Wolfslied aus *Ronja Räubertochter.* Wie jeden Abend wurde ihm die Brust schwer. Es war das Lied, das Linda den Kindern vorgesungen hatte. Nach ihrem Tod hatten sie so lange darum gebettelt, bis er den Text auswendig gelernt hatte. Dass er bis heute schief sang, schien sie nicht zu stören.

Als die beiden eingeschlafen waren, ging er nach unten, nahm seinen Laptop und sah die Mails durch. Wie das gesamte Ermittlungsteam wartete er angespannt auf die neuesten DNA-Ergebnisse des kriminaltechnischen Labors. Aber es gab keine guten Nachrichten. Über fünfundneunzig Prozent der Proben waren bereits ausgewertet worden, ohne dass es eine Übereinstimmung mit Eliasson gegeben hatte. Nun hofften alle auf ein Wunder. Aber Nordh glaubte nicht mehr daran. Eliasson war vorsichtig und clever gewesen. Er hatte dafür gesorgt, dass sich nur Neugebauer die Hände schmutzig gemacht hatte. Ein Beweis, dass die beiden Männer nach ihrer Rückkehr nach Schweden miteinander in Kontakt gewesen waren, war trotz akribischer Arbeit des riesigen Spurensicherungsteams nicht gefunden worden. Ludvig Lydén und seine idiotische Bruderschaft wollten sich weiterhin nicht zu Eliasson beziehungsweise Thunström äußern. Er hatte Lydén dennoch angerufen, um ihm etwas klarzumachen. Wenn der Medienmogul nicht dafür sorgte, dass seine Blätter keinen Shitstorm gegen Charlotte Groshög entfachten, würde Nordh ihn wegen unerlaubten Waffenbesitzes vor Gericht ziehen.

Morgen würde man den Bauunternehmer aus der Untersuchungshaft entlassen und er würde, aller Voraussicht nach, ungeschoren davonkommen.

Frustriert klappte Nordh den Laptop zu. Dann klappte er es wieder auf. Ein Gedanke trieb ihn seit Tagen um, war aber wegen des Falls immer wieder in den Hintergrund getreten. Er fragte sich, welche Folgen der Brand, den Tim verursacht hatte, wirklich hatte. Der Gruppenleiter hatte vor Ort irgendetwas von Naturwiese und unersetzlichem Schaden gefaselt. Weder die Feuerwehr noch die Verwaltung des Naherholungsgebiets hatten sich bisher bei Nordh gemeldet. Er suchte online nach einer Meldung über den Brand, fand aber nichts. Stattdessen fiel ihm etwas anderes ins Auge. Ein Artikel vom Vortag über einen Wohnungsbrand in Helsingborg, bei dem zwei Menschen ums Leben gekommen waren. Nordh kam die rußgeschwärzte Hausfassade auf dem Pressefoto vage bekannt vor. Er klickte auf einen Link zu einem Video. Darin stand eine Live-Reporterin in einigem Abstand vor dem Haus und befragte Anwohner, Nachbarn und Schaulustige, die sich hinter einer Absperrung drängten. Aus mehreren Fenstern quoll Rauch und leckten Flammen, die Feuerwehr hielt mit Wasserschläuchen dagegen. Ein aufgebrachter Mann mit Schnäuzer schimpfte ins Mikrofon. Er sagte, dass in der Wohnung eine stadtbekannte Trinkerin gehaust habe. Bestimmt hätte sie sich mit einer Zigarette in der einen Hand und der Schnapspulle in der anderen ins Delirium gesoffen, den Brand verursacht und das Leben ihrer Nachbarn in Gefahr gebracht. Subtext: Es geschieht ihr nur recht. Monica, dachte Nordh. Daher kam ihm das Haus bekannt vor. Die beiden Toten waren Monica und Kurt. Der Schnurrbartmann echauffierte sich noch immer, als Nordh etwas ins Auge stach. Am hinteren Rand der Menschentraube fing die Kamera einen anderen Mann ein. Er trug einen Trilbyhut. Nordh verschlug es den Atem. Ein Mann mit Trilby hatte Kurt dafür bezahlt, dass er seine Zeugenaussage zurückzog und für immer darüber schwieg, was er an dem schicksalsträchtigen Tag wirklich beobachtet hatte: Linda und Calle waren nicht bei einem Unfall gestorben, sondern einem Attentat zum Opfer gefallen. Ihr Wagen war von einem Lieferwagen von der Straße abgedrängt worden, bevor er sich überschlagen hatte und gegen einen Baum geprallt war. Aber Kurt hatte nicht den Mund gehalten, sondern

Nordh und Monica davon erzählt. Womöglich hatte das Trinkerpärchen die Geschichte anschließend weitergetratscht. Weshalb sie für immer zum Schweigen gebracht wurden. An dem Brand war keine Zigarette schuld, sondern ein Mann, der die Spuren vom Mord an Linda und Calle verwischte. Ein Mann mit Trilbyhut. Auch der Fahrer des Landespolizeichefs hatte einen Trilby getragen. Aber das musste ein Zufall sein, oder? Während der Hitzewelle der vergangenen Tage hatten sich die Leute alles Mögliche auf den Kopf gesetzt, um sich vor der Sonne zu schützen. Käppis und Hüte jeglicher Couleur. Andererseits war da die Sache mit der Unfallakte, in der der entscheidende Teil gefehlt hatte, bevor er dann auf Mellanders Betreiben hin wieder aufgetaucht war. Nordh glaubte keine Sekunde mehr daran, dass die unvollständige Akte auf die Schlamperei eines krebskranken Kollegen zurückzuführen war. Mellander hatte nur vage Andeutungen gemacht, aber es musste jemand verantwortlich sein, der im Apparat deutlich weiter oben saß als ein Verkehrspolizist. Und plötzlich fiel ihm etwas ein. *Trilby.* Es war nicht nur die Bezeichnung für einen verdammten Humphrey-Bogart-Hut. Es gab auch einen Ort, der so hieß. Er hatte zigmal darüber weg gelesen. In der Liste in Calles Zweithandy. Nordh holte es aus seiner Nachttischschublade. Der Entsperrungscode bestand aus Lindas Geburtstagsdatum, das hatte er bereits vor einem Dreivierteljahr herausgefunden. Calle, du Arschloch. Sie war meine Frau, nicht deine. Aber jetzt war nicht die Zeit für Selbstmitleid. Er scrollte sich durch die Kontaktliste, die nur aus Orten und ihren Koordinaten bestand.

Tiflis

Tirana

Tromsk

Trilby, Ohio

Er hatte sich also nicht vertan.

Dahinter: (59° 33' 13 N 18° 03' 79 O)

Man musste kein Geografie-Ass sein, um zu bemerken, dass die Koordinaten nicht stimmen konnten. Da Trilby in den USA lag, musste es auf einem westlichen Längengrad liegen, wie alles, das sich westlich von Greenwich in London befand, nicht auf einem östlichen. Das wusste jeder Sechstklässler. Es war Nordh aber nicht aufgefallen, da er nur die ersten fünf Koordinaten in der Liste mit über zweihundert Orten überprüft hatte. Er hatte schlampig gearbeitet, schalt er sich selbst. Aber weiter jetzt. Um wirklich sicherzugehen, gab er *Trilby, Ohio* in seine Kartenapp ein. Es war, wie er gedacht hatte, die Koordinaten waren völlig andere. Was also war mit den Ziffern in Calles Liste? Eine Telefonnummer? Nordh tippte die Zahlen in sein Handy. Die Nummer war nicht vergeben. Und nun? Er gab die Zahlen in das Suchfeld der Kartenapp ein. Der Ort lag in Stockholm. Er erkannte die Adresse, denn er war selbst schon mehrmals dort gewesen.

Es war das Polizeihauptpräsidium.

Lange, sehr lange saß er so da und versuchte zu begreifen, was es zu bedeuten hatte. Erst das Klingeln seines Handys riss ihn aus seinen Gedanken. Es war Stöcker. Er ging ran.

»Ja?«

»Vor einigen Stunden ist hier ein älterer Mann aufgetaucht, ein pensionierter Lotse aus Stenungsund, der etwas sehr Interessantes vor seiner Haustür gefunden hat, als er heute aus dem Urlaub zurückkam. Er hat es mitgebracht und wir haben es eingehend untersucht, und ich glaube, du solltest dir das Ergebnis mit eigenen Augen ansehen.«

Stöcker war wahrlich kein Mann großer Gefühle. Aber jetzt klang er beschwingt, wenn nicht gar euphorisch.

»Nun sag schon, worum handelt es sich?«

»Komm einfach vorbei, Jon.«

Nordh stöhnte innerlich auf. Er hasste solche Spielchen. Gleichzeitig war da diese brennende, irrationale Hoffnung.

»Gib mir zwanzig Minuten«, sagte er, stand auf und nahm die Jacke mit den Autoschlüsseln.

Schwedische Westküste, neun Tage zuvor

Peter ging den Feldweg an der Küste entlang. Über ihm spannte sich der Nachthimmel. Er musste an die Jahre in Kairo denken. Es war der Anfang vom Ende gewesen. Nachdem Mats in dem Sandsturm ums Leben gekommen war, übernahm John seinen Namen und dessen Fünfundzwanzigtausend-Dollar-Lieferung an Baumaschinen. Doch anstatt sie in Ägypten zu verkaufen, gründete er eine Baufirma. Er sprach damals zwar noch kaum Arabisch, aber er besuchte die Clubs und Bars, die sich aus der Kolonialzeit gehalten hatten und in denen fast ausschließlich vermögende Briten und einflussreiche Ägypter verkehrten. Er bezirzte und beschwatzte die Leute. Oh, darin war der Meister gut! Er fand Investoren, er baute sich ein Kontaktnetz auf. Erste Aufträge flatterten ein. John engagierte einen einheimischen Bauingenieur und zwei Vorarbeiter. Billige Tagelöhner gab es in Kairo zuhauf. Das Geschäft florierte, das Unternehmen wuchs. John machte sich einen Namen. Dinierte mit Politikern und ließ sich eine Residenz bauen. Nur für Peter gab es bald keinen Platz mehr. Doch es gab einen Platz. Aber es war kein Platz an der Sonne. Peter agierte auf Anweisung des Meisters im Schatten. Dort, wo es dunkel war und böse. Den ersten Jungen holte sich der Meister noch selbst. Er sagte, das sei notwendig. Er sagte, das Krokodil sei hungrig. Er sagte, nur ein solches Opfer sei des alten Gottes würdig. Er setzte den Dolch ein. Er stahl das Herz und tauschte die Köpfe aus. Er war Ammit, er verschlang ihre Seelen. Peter wusste, dass es falsch war. Aber was sollte er tun? Er war der Diener. Er war der, der aufräumte. Er holte nachts die Jungen, damit Ammit zufriedengestellt wurde. Blutopfer, nannte der Meister das. Peter beseitigte jedes Mal alle Spuren.

Er legte falsches Zeugnis ab. Er sündigte, und es gab nichts, was er dagegen tun konnte. Die Stimme des Meisters war zu mächtig. Tante Hedwig und Jesus blieben stumm.

Die Baufirma wuchs und expandierte über die Jahre. Was die Jungen anging, die der Meister sich von Peter holen ließ, ließ er nach dem Vorfall mit der Polizei mehr Vorsicht walten. Peter musste sie metertief in der Wüste verscharren. Irgendwann zog es den Meister zurück in seine alte Heimat. Peter folgte kurz darauf. Er lernte die neue Sprache. Sprachen lagen ihm immer noch. Er diente dem Meister im Schatten. Er wandelte in der Finsternis. Seine Seele war verdorrt. Er verdingte sich bei Bauern, arbeitete auf den Feldern wie damals in Chile. Manchmal zerrte Heimweh an ihm. Nicht nach den Schlägen, aber nach der Landschaft im Schoß der Anden. Nach dem rauschenden Fluss und dem Duft von Tante Hedwig. Manchmal musste er auch an Marik denken. Den einzigen echten Freund, den er je gehabt hatte. Dann betete er das Vaterunser auf Arabisch. Schrieb es auf. Erfand eigene Zeichen. Eine eigene Sprache. Ein System. In einer Ecke seines Kopfes, zu der selbst der Meister keinen Zugang hatte. Ein System, das die Wahrheit sprach. Ein System, das sich nicht dem Meister unterwarf. Sein heimlicher Ort. Tief in seinem Inneren. Wo er sich einen Rest des Guten bewahrt hatte. Von dort stammte auch die Idee mit dem Dolch. Er verwahrte Ammits Dolch für den Meister. Der ihn in den vergangenen zwanzig Jahren immer weniger brauchte. Nur ein, zwei Mal im Jahr ging er auf Jagd. In Ländern wie Haiti, Ecuador, Myanmar. Dort, wo sich niemand scherte. Irgendwann fertigte Peter ein Duplikat an. Dazu musste er die Schmiedekunst und das Handwerk des Goldschmiedes erlernen. Aber Zeit hatte er genug. Er brauchte vier Jahre dazu und er redete sich ein, dass er es für den Meister tat. Im Fall, dass der echte Dolch einmal verloren ging. Aber das war eine Selbsttäuschung. Tief im Inneren wusste er, dass das Duplikat einem anderen Zweck diente. Eines Tages würde er es vielleicht benötigen. Dann begann die Vorbereitung auf die Blutstage. Der Meister war gedemütigt und um viel Geld betrogen worden, nun schwor er Rache. Viele, viele böse Männer würden dem Krokodil zum Opfer fallen und Peter würde ihm assistieren. Wie immer blieb die Drecksarbeit an ihm hängen. Mehr als zwei Jahre lang bereiteten sie den großen Kriegszug vor. Ein Marsch durchs Totenreich bis vors letzte Gericht. Der Meister würde seine Feinde verschlingen und sein ewiges Leben sichern. Es waren furchtbare Tage. Peter watete im Blut. Aber er hinterließ verschlüsselte Botschaften. Er belog den Meister über die Bedeutung seiner Zeichen. Doch es reichte nicht. Es reichte nicht, um den Blutdurst zu beenden. Die Polizei war zu dumm. Nachdem Peter die Frau hatte holen müssen, traf er eine Entscheidung. Vielleicht weil ihre roten Haare ihn an Tante Hedwig erinnerten. Er legte den echten Dolch in einen Gefrierbeutel. An der Klinge war das Blut des letzten Opfers, am Griff die Fingerabdrücke des Meisters. Das Schicksal sollte entscheiden. Oder Jesus, der Herr. Er betete wie früher: »Gott ist mein Lotse. Ich werde nicht stranden. Gott leitet mich auf dunklen Wassern und führt mich auf der Fahrt meines Lebens. Gott gibt mir neue Kraft und hält mich auf rechtem Kurs um seines Namens willen.«

Gott ist mein Lotse.

Peter hatte viel darüber nachgedacht. Er war dem Gebet nicht gerecht geworden. Er hatte sich dem falschen Meister unterworfen. War auf dunkle Wasser geraten. War untergegangen. So wie der Meister damals, als er noch ein halbes Kind gewesen war. In den vergangenen Jahren hatte Peter alles über das Brückenunglück gelesen, was es gab. Dort hatte alles begonnen. Dort war der Meister aus der Tiefe aufgestiegen. Dort hatte er seine übermenschliche Macht erkannt. Das faszinierte Peter. Jedoch interessierte er sich immer weniger für den Meister, sondern immer mehr für jemand anderen, der an dem verhängnisvollen Tag in die Geschehnisse involviert war. Vielleicht weil ihm die Figur des Lotsen aus dem Gebet so vertraut war. Der Lotse, der damals an Bord des Unglücksschiffes gewesen war, lebte immer noch. Nun war er ein alter Mann. Nach der Katastrophe war er die Passage noch mehr als tausendmal gefahren, hatte in der Zeitung gestanden. Wie es ihm heute wohl ging? Peter konnte nicht sagen, warum er das

Schicksal des Meisters und vieler Menschen in die Hände dieses Mannes legte. Vielleicht, weil genau dies einem Lotsen bestimmt war.

Als Peter vor dem kleinen bescheidenen Haus angekommen war, legte er das Paket auf die Matte vor der Tür. Anschließend machte er sich auf den Rückweg. Die Nacht ging vorüber und der Tag begann.